现代小说
佳作
100部

邱华栋 著

100 Masterpieces of
Modern Novels

译林出版社

图书在版编目（CIP）数据

现代小说佳作100部 / 邱华栋著. —南京：译林出
版社，2024.5
ISBN 978-7-5753-0068-1

I.①现…　II.①邱…　III.①小说研究－世界　IV.
①I106.4

中国国家版本馆 CIP 数据核字（2024）第 047102 号

现代小说佳作100部　邱华栋 ／ 著

责任编辑　张　黎
装帧设计　周伟伟　薛顾璨
校　对　王　敏
责任印制　闻媛媛

出版发行　译林出版社
地　址　南京市湖南路 1 号 A 楼
邮　箱　yilin@yilin.com
网　址　www.yilin.com
市场热线　025-86633278
排　版　南京展望文化发展有限公司
印　刷　徐州绪权印刷有限公司
开　本　890 毫米 ×1240 毫米　1/32
印　张　21
插　页　4
版　次　2024 年 5 月第 1 版
印　次　2024 年 5 月第 1 次印刷
书　号　ISBN 978-7-5753-0068-1
定　价　108.00 元

第一卷

梦游人

③

白牙

到灯塔去

To the Lighthouse

ITALO CALVINO

铁皮鼓

THE NAME OF THE ROSE

独裁

Min Kemp

①

A GYERTYÁK CSONKIG ÉGNEK

SÁNDOR

Karl
Ove
Knausgård
我的奋斗
VOL 1
父亲的葬礼

迷惘

柏林，亚历山大

DICTIONARY
OF THE KHAZARS

哈扎尔辞典

大师和玛格丽特

失明症漫记

ENSAIO SOBRE
A CEGUEIRA

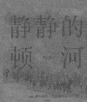

马塞尔·普鲁斯特：

《追忆似水年华》

马塞尔·普鲁斯特1871年生于法国奥特伊市，家住拉封丹街96号。他出身于一个中产阶级家庭，父亲是巴黎医学界的权威，曾经当过政府"卫生总监"，母亲是一个文化修养很好的犹太人，与巴黎富人阶层有着广泛的联系。这种家庭带给了马塞尔·普鲁斯特优越的文化环境。但普鲁斯特从小体弱多病，9岁时他就暴发了第一次哮喘，生命垂危，差点就告别了人世。在中学时代，马塞尔·普鲁斯特勤奋好学，对文学、修辞学和哲学都有着浓厚的兴趣和爱好。1890年，他在巴黎大学听了哲学家柏格森关于人类意识和直觉的心理哲学课程后，受到影响和启发，柏格森的哲学理论就成了他文学写作的支撑。

1896年，25岁的马塞尔·普鲁斯特出版了早期短篇故事和随笔集《欢乐与时日》，并开始写作第一部长篇小说《让·桑特伊》。但《让·桑特伊》更像是马塞尔·普鲁斯特的一部习作，带有自传体特征，描绘的是他童年时代的种种感受。可能马塞尔·普鲁斯特觉得这部小说并不成熟，一直没有出版它。1905 年，母亲的去世是影响他一生的事件，严重依赖母亲的他开始了自我反省，1909 年之后，马塞尔·普鲁斯特把全部精力投入到《追忆似水年华》的写作当中，一直到 1922 年他去世前，这部书才最终完成。

一部伟大的书总有自己独特的命运。1913 年，《追忆似水年华》第一卷《在斯万家那边》遭遇出版商的退稿，出版商还在他有意为之的大量词汇上都画上了表明语法错误的符号。普鲁斯特一气之下，拿回了书稿后自费出版。有一个审稿编辑在审读报告中写道：

"有个人患了失眠症。他在床上翻来覆去，睡意蒙眬间，昔日的印象和幻象浮上心头，这里面有些就是写他小时候与父母亲住在贡布雷时如何深更半夜还难以入睡。老天爷！写了十七页！有个句子居然有四十四行！"

《在斯万家那边》自费出版之后，没有引起巴黎文学评论界的注意。1918 年，第一次世界大战结束，普鲁斯特出版了第二卷《在少女们身边》。这一卷于 1919 年获得了法国龚古尔文学奖，大家才注意到他，马塞尔·普鲁斯特声名鹊起了。人们也逐渐意识到，普鲁斯特带来了一个全新的文学世界。后来，对这部小说的关注和好评与日俱增。1922 年，第三卷《盖尔芒特家那边》和第四卷《索多玛与蛾摩拉》出版。普鲁斯特去世之后，这部小说获得了持续关注，第五卷《女囚》、第六卷《女逃亡者》、第七卷《重现的时光》一直到 1928 年才全部出齐。

让我们来看看这部小说最初诞生的那一刻。每一部小说的写作都有灵光一闪的触发点。1909 年的某一天，普鲁斯特和平时一样在喝茶吃面包。忽然，他通过舌头感觉到，过去的记忆被味觉唤醒，于是，一扇记忆的大门猛然被打开了，过往的所有生活中那些花边一样复杂精致的细节伴随着细腻而生动的感觉在他的记忆里复活。自此，他一泻千里地开始了这部小说的写作。在品尝面包和茶水的那一刻，《追忆似水年华》就开始涌现在马塞尔·普鲁斯特的脑海里。之后，只需要去写下连绵出现在脑子里的东西就可以了。

在《追忆似水年华》中，马塞尔·普鲁斯特运用的叙述手段不是线性时间叙述，而是在线性时间叙述中不断来回跳跃和折返，反复修正他对时间与记忆的感觉。同时，事件和人物也以不断变换的角度重新讲述，使读者逐渐拼贴出全貌。《追忆似水年华》的叙述语调是缓慢的，有节奏的，绵长的，无穷无尽的。普鲁斯特喜欢运用长句子，以这些长句子达到对回忆的最精确描述。最长的句子出现在小说的第五卷，以"从实实在在的、崭新的座椅之间，梦幻般地冒出沙龙、玫瑰红丝绒面的小椅子以及提花毯面的赌台……"开始，这个句子到结束共有 1000 字左右。普鲁斯特还喜欢不规则地运用一些标点符号，尊崇口语的多变和中断、书面语的复杂句法，以及没有表达完全的那种含蓄感。因此，一种独特的叙述语调贯穿着小说的始终，叙述者用内心独白意识流的方法在讲述。

《追忆似水年华》叙述的历史年代往前可以延伸到 1840 年，向后则到 1918 年第一次世界大战结束。小说所涉及的人物有 200 多个，小说的主角，不妨看成是马塞尔·普鲁斯特本人和他创造的一个自我分身的混合体。那个小说中的马塞尔，既是他又不是他。在小说中，叙述者马塞尔从儿时不断成长，最后终于成长为一个小说家。小说所叙述的人物和事件总是反反复复呈现，如同不断变换时间的刻度和观察的角度。小说的情节并不连贯，人物也不是按照顺序出场，而是不断地、反复出现在小说中，并且互相映衬。

小说叙述的空间范围，是从法国的博斯小城伊利埃开始的。小马塞尔过去经常在那里度假。小说所涉及的主要人物，一部分是叙述者的亲戚：父母亲、弟弟、叔叔和舅舅、姨妈和婶婶，还有很多小城乡下的邻居和村民。另外一部分，则是巴黎的中上层人士，包括了叙述者的一些中学和大学同学、他父亲的朋友们和母亲的犹太富人朋友们。这两组人物关系的链条不断延伸，在小说中像涟漪一样一圈圈地扩展开来，从而构成了19世纪末到20世纪初期，法国从巴黎到外省乡下各色人等的全景人物画廊，确立了小说的历史学、社会学和人类文化学的价值。

"在很长一段时期里，我都是早早地躺下了。有时候，蜡烛才灭，我的眼皮儿随即合上，都来不及咕哝一句：'我要睡着了。'半小时之后，我才想到应该睡觉；这么一想，我反倒清醒过来。"

这是小说第一卷《在斯万家那边》中的第一句话。由此，叙述者开始了漫长的回忆。《在斯万家那边》这一卷分为三个部分，在第一部分"贡布雷"中，叙述者开始回忆他住过的各个房间，然后，就开始追忆他在贡布雷所度过的童年生活，以及对母爱的细腻回味。这一卷中最有名的段落和篇章，是叙述者由小玛德莱娜蛋糕的味道所引发的回忆，确立了马塞尔·普鲁斯特独特的叙事风格。由此，通过叙述者的内心独白，他在贡布雷的生活，当地的社会习俗、居民、植物与自然景物全部一一浮现，包括叙述者第一次见到斯万先生，以及盖尔芒特公爵夫人的出场，等等。叙述者追忆完这些之后，在一个早晨醒了过来，第一部分就结束了。

第二部分是"斯万之恋"，在这一部分里，叙述者多少隐匿起自己的主观身份，而是以旁观者的身份来讲述：在叙述者认识斯万之前，斯万就进入到巴黎上流社会的社交圈子里，斯万先生还爱上了引荐他进入那个贵族和资产阶级上层圈子的女子奥黛特，但是，奥黛特青睐的却是另外一个男人。结果，斯万先生非常嫉妒，也深受煎熬。后来，斯万被排除出那个上层社会小圈子，他也逐渐远离了那段无望的爱情。第三部分是"地方的名称：名称"，叙述者又重新地活跃了起来，变得全知全能，他继续回想着自己的少年时光，并且将这种回忆由贡布雷的生活延伸到了巴黎香榭里舍大街边的公园里。在那里，叙述者爱上了斯万先生的女儿吉尔贝特·斯万。最后，小说以林园自然风景引发的回忆结束。

小说的第二卷《在少女们身边》继续了这种追忆风格。这一卷分为两个部分，第一部分是"在斯万夫人周围"，叙述者延续第一卷第三部分的回忆，主要回忆他对斯万夫妇的女儿吉尔贝特·斯万的追求，以及追求失败的种种心绪。其间，还交代了叙述者和斯万夫人周围一些上层知识分子交往的细节。在第二部分"地方的名称：名称"中，叙述者笔锋一转，开始回忆起和外婆一起去海滨度假的情景，由此，他认识了外婆过去的老同学——一个侯爵夫人，以及这个夫人的后辈亲戚，叙述者还认识了一个画家和画家的一些女朋友。叙述者试图亲吻那些女孩子中一个叫阿尔贝蒂娜·西莫内的女子，但是，被她拒绝了。小说的这个部分是最出彩的：对时光和岁月的留恋，对女性世界的观察，对情爱心理的展现，对人物的无以复加的生动和细腻的描绘，以及所运用的语言的繁复和优美，在这个章节里毕现无遗，马塞尔·普鲁斯特的美学风格进一步得到了彰显。

《盖尔芒特家那边》是小说的第三卷，这一卷分成两个部分，第一部分详细叙述主人公和邻居盖尔芒特公爵夫人的隐秘激情：叙述者试图靠近盖尔芒特夫人，但是，他只能去接近她的外甥，来一个迂回方式的接近。由此，叙述者开始进入一个资产阶级上流社会的社交圈，认识了各色人等，并发现着人类社会关系组成的奥秘。在第二部分中，叙述者的外婆去世了，叙述者陷入到悲哀当中。而他曾经追求过的女子阿尔贝蒂娜·西莫内来到了巴黎，她专门来看望叙述者，也就是小说的主人公，此时，她已经改变了对叙述者的看法，没有再拒绝叙述者——主人公对她的一次亲吻。随后，小说继续叙述主人公参加盖尔芒特公爵夫人家的社交活动，并且在那些社交场合认识了更多的人。在这一部分的结尾，在盖尔芒特公爵夫人举办的一个沙龙上，斯万先生说自己已经病入膏肓，但是，听到的人却没有什么反应，大家并不为之动容，这使叙述者体验到一种极其复杂的生命感受。

小说的第四卷《索多玛与蛾摩拉》，从卷名上就可以判断，这一卷的主题是关于性、爱情和罪恶的。我们知道，在《圣经》中，索多玛和蛾摩拉是两座罪恶之城，它们的居民陷入到乱伦和罪恶中不能自拔，直至最后被发怒的上帝摧毁了。《索多玛与蛾摩拉》这一卷分为两个部分，在第一部分中，叙述者发现了一个秘密：夏吕斯先生是一个同性恋，他的同性恋对象是裁缝朱皮安。由此，叙述者在内心里唤起了一种不舒服的感觉，因为他对同性恋持一种审慎的批评和不接受的态度。小说在这个部分点题，将卷名的含义做了阐释。在第二部分中，叙述者又回到了自身，讲述他和阿尔贝蒂娜·西莫内的交往，以及对她的各种揣测和仔细的琢磨，以及他发现的她的一些反常的表现。这导致叙述者非常焦虑，他内心充满矛盾和嫉妒，因为阿尔贝蒂娜·西莫内自己并不能确定她是否真的爱他，他也感觉到了这一点。当他最终想放弃对阿尔贝蒂娜·西莫内的追求时，阿尔贝蒂娜·西莫内又通过谈论其他女孩子，引发了叙述者的嫉妒，最后，叙述者决定带阿尔贝蒂娜·西莫内回到巴黎，要向母亲宣布，他要向阿尔贝蒂娜·西莫内求婚。这个部分，马塞尔·普鲁斯特描绘了人对于情感的耻感和罪感，其到达的深度令人惊叹。

第五卷《女囚》继续讲述叙述者本人的爱情遭遇：阿尔贝蒂娜·西莫内和他回到了巴黎，住在他的寓所里。他既在感情上囚禁阿尔贝蒂娜·西莫内，又在行动上监视她，企图约束她。可当她在他身边时，作为一个想当作家、喜欢孤独的人，叙述者又感到了无端的烦躁，感到两个人在一起并不舒服。阿尔贝蒂娜·西莫内只要想出去参加交际活动，叙述者就感到不安和嫉妒，这导致他们不断地争吵。直到有一天，当叙述者外出，进行了激烈的思想斗争之后，决定和她分手，叙述者回到了家中，却发现阿尔贝蒂娜·西莫内已经出走了。这一卷卷名"女囚"，讲述的就是一个男人想用爱情来囚禁一个女人，最终是不可能的。

第六卷《女逃亡者》继续讲述叙述者的爱情。叙述者很快就后悔于他和阿尔贝蒂娜·西莫内那次要命的争吵，想让她重新回到自己的身边，并且通过朋友传递了他想和好的迫切愿望。但是，等到阿尔贝蒂娜·西莫内决定回到他身边的时候，他又有些后悔了。因为，一个女人将给他带来好的和不好的所有的东西。小说将人在两难的尴尬境地里的状态描述得相当逼真。那么，最终怎么办？小说自然有解决的办法：就在这个时候，阿尔贝蒂娜·西莫内在一次骑马时掉下来，摔死了。于是，问题解决了，但叙述者立即陷入了悲痛和难过，他又开始回忆和阿尔贝蒂娜·西莫内的所有交往，并且开始了解女友过去的生活。他发现，阿尔贝蒂娜·西莫内竟然是一个同性恋。叙述者由于这个发现减轻了内心的自我责怪，他又开始追求一个新的姑娘，这个姑娘就是很久以前他曾经喜欢过的吉尔贝特·斯万，斯万夫妇的女儿。而此时的吉尔贝特·斯万已经准备嫁给罗贝尔·圣卢先生。

于是，到小说的第七卷《重现的时光》，就要将小说所涉及的主要人物的命运做最终的交代：叙述者一心想当作家，但他一直对自己信心不足。他发现写作和具体的生活距离过于接近了，他必须要找到自己信赖的、同时可以婉转地描绘生活的某种文学形式。在第一次世界大战结束之后，叙述者从外省疗养院回到了巴黎，重新加入了以维尔迪兰夫妇家为中心的巴黎上流社会社交圈。这个时候，他发现，巴黎的一切都已经物是人非。斯万先生当年爱过的女子奥黛特，成了盖尔芒特公爵的情妇，而吉尔贝特·斯万的丈夫圣卢在战场上阵亡了。在维尔迪兰夫妇的沙龙上，吉尔贝特·斯万向叙述者介绍自己的女儿。她女儿已经16岁了，而斯万和盖尔芒特两大家族的血脉在这个16岁的女孩子身上汇聚到了一起。就在这时，面对眼前的青春少女，叙述者马塞尔感到了时间神秘而巨大的力量，他忽然决定，他要像盖一座宏伟的教堂那样写一本书，将这个由亲戚和朋友、爱情和血缘、家族和联姻、战争和变乱以及迅速消逝的社会各个阶层组成的全部关系，都写到一本书里。最后，他完成了这本书，就是这本《追忆似水年华》。

这就是《追忆似水年华》七卷的主要情节。小说的人物和故事分散在不同的时间段里，叙述者不断地向前叙述，又不断地向后迂回。最后，小说的结尾和开头呼应，达成了这部小说首尾相连的空间结构，构成一部庞大叙述体的文学编织物，形成了教堂建筑般外观宏伟、内部精雕细刻的风格。这部小说又像一面巨大的花毯，在这面花毯上，各色花纹、图案以人物、风景、故事的方式同时涌现在我们眼前，它是平面的，无限广大地向四周延伸开来，成为一个消逝时代的佐证。

编织这面花毯的，正是普鲁斯特这个敏感的、神经质的哮喘病人。《追忆似水年华》是一部长河式的意识流小说，是一部心理现实主义小说，是一部自传体小说，也是一部教育和成长小说，更是通过内心体验所描绘出来的社会小说，是一部现代主义小说。马塞尔·普鲁斯特把这些标签化的特征都统合在一起，创造出一部深度和广度都令人惊异的巨作，一部和他的时代紧密联系的作品。关于如何写作长篇小说，马塞尔·普鲁斯特在接受访问的时候曾经说：

"我们既有平面几何，也有立体几何，后者是关于两维和三维空间的几何。那么，对于我而言，长篇小说并不意味着只是平面的（简单的）心理学，而是时间的心理学著作。它是那种我试图隔离的、看不见的时间物质，而且，它意味着试验必须持续一个很长的时期。我希望不要以某种不重要的社会事件作为我的书的结尾，比如两个人物之间的婚姻，他们在第一卷里属于完全不同的社会阶层。这将意味着时间在流逝，披上了凡尔赛宫里的铸像上可以看到的那种美丽和铜绿，那是时间逐渐给它镀上的一个翠绿色的保护层。"

在这段话里，普鲁斯特表达了他对长篇小说写作的观念。小说就是时间的艺术，写作小说，就是如何处理小说中的时间，处理人感觉到的意识、心理和记忆所构成的时间。同时，小说还是空间的艺术，一方面，小说中的人物在一定的空间里活动，小说自身还构成了一个由时间的维度所确定的空间。这个时间和空间在马塞尔·普鲁斯特的笔下成为不断绵延的叙述的河流、词语的河流，一条由150万个法语单词、250万个汉字构成的长河。这部小说深深地进入到人的内心宇宙，将一个个体生命所经历的时代的全部记忆，都化作内心时间的流动而展现出来。

如果把马塞尔·普鲁斯特的这部小说与巴尔扎克所创造的《人

间喜剧》系列相比，在表现外部社会现实的广阔方面，似乎是狭窄的。但这种狭窄实际上是一种假象。马塞尔·普鲁斯特向内心的深渊与宇宙走去，在那里他发现了巨大的暗河和地下之海，那就是人的意识与人的内心的声音。他沿着内心之河向那个未知的世界走过去，带给我们他发现的深藏的一切。于是，普鲁斯特在私人生活领域与有限的社会风景之间来回编织和穿越，描绘了那个时代的人的心理肖像和社会肖像。

马塞尔·普鲁斯特写出了一部足以和人类文学史上的经典作品相媲美的杰作。法国作家安德烈·莫洛亚写道：

"对于 1900 年到 1950 年这一历史时期而言，没有比《追忆似水年华》更值得纪念的长篇小说杰作了……马塞尔·普鲁斯特像同时代的几位哲学家一样，实现了一场'逆向式的哥白尼革命'，人的精神又重新被安置在天地的中心，小说的目标变成描写精神所反映和歪曲的世界。"

安德烈·莫洛亚的评价指明了这部小说的核心贡献：对精神所反映和歪曲的世界的全面呈现。可以说，普鲁斯特的《追忆似水年华》改变了小说历史的进程。它如同一条巨大的河流，将一个时代的全部印象化作个人的、绵密的、厚实的、雕琢的、绵延的、细腻的、忧伤而平静的回忆。小说编织了普鲁斯特的记忆，混合着嗅觉、味觉、触觉、听觉、视觉，将微不足道和微妙复杂的心理与外部世界流动不居的景象熔于一炉，造就出一本连绵之书，在书里，时间和回忆似乎像河水那样流动着，永不停息，记忆因此得以永恒。

詹姆斯·乔伊斯：

《尤利西斯》

　　1882年2月2日，詹姆斯·乔伊斯出生在爱尔兰都柏林市。他的父亲是一个公务员，母亲有很好的音乐修养，这是一个典型的中产阶级家庭。詹姆斯·乔伊斯在童年和少年时期就显露出文学才能，经常自编一些小戏剧，和弟弟妹妹在家里上演。中学时代，他积极参与学校里的剧社活动，扮演一些戏剧角色。1898年他进入都柏林大学学习哲学和拉丁语文学，并对爱尔兰的古典文学和神话传说进行过细致的钻研。大学毕业之后，他离开都柏林前往巴黎学习医学，却因为母亲病危而中断了学业，又回到了爱尔兰，在一所私立学校教书。

　　1904年，22岁的詹姆斯·乔伊斯爱上了20岁的餐厅女招待诺拉。出于复杂的情感、文化和性格叛逆的原因，他同自己的天主教信仰决裂，背井离乡，带着诺拉跨洋过海，来到了欧洲大陆。詹姆斯·乔伊斯一开始在海滨城市波拉担任语言学校的教师，后来去罗马当了很短时间的银行职员，这份工作使他很不愉快。他又来到当时归属奥匈帝国的小城的里雅斯特担任语言学校的教师，在那里一住就是 10 年，还和诺拉生了两个孩子。同时，他业余时间勤奋地写作。1920 年，38 岁的詹姆斯·乔伊斯一家在诗人庞德的帮助下，定居法国巴黎，他才真正结束了漂泊，能够专心从事文学写作。

理解詹姆斯·乔伊斯，必须要记住两个日子对于他和他的作品的重要性：2 月 2 日和 6 月 16 日。2 月 2 日是詹姆斯·乔伊斯出生的日子。1922 年的 2 月 2 日这一天，在法国东部小城第戎，莎士比亚书店的西尔维亚·比奇女士将《尤利西斯》正式出版。《尤利西斯》的写作耗费了詹姆斯·乔伊斯的大量心血。小说的出版也很不顺利，在杂志上连载时就遭到了作品涉及"淫秽"的投诉，纽约"防止罪恶协会"甚至抗议连载这部小说的《小评论》杂志，杂志不得不停止连载。詹姆斯·乔伊斯选择在他 40 岁生日这一天出版这部小说，显然是为了庆贺。随后美国市场上出现的都是盗版。1924 年，美国一家法院最终裁定这本书不是淫书，美国版才正式问世，英国版在 1936 年才得以正式出版。

6 月 16 日是詹姆斯·乔伊斯遇见诺拉的日子。对于他来说这一天也非常重要。于是，他把小说《尤利西斯》中描绘的那一天定格在 6 月 16 日。在这一天里，《尤利西斯》中的两个男主人公布鲁姆和斯蒂芬，将在都柏林进行 19 个小时的漫游。他们穿行在都柏林的大街小巷，经历各种事件，见识各色人物。最后，一直到深夜，进入到第三个主角——布鲁姆的妻子、女主人公莫莉的睡梦中。她在睡眠中的梦境独白和意识的连绵流动，表述出复杂的女性思绪和经验，以数万个词汇的语言流，将我们引导到黑夜里人性的洪荒世界。

《尤利西斯》对表现的时空进行了压缩，写了不到一天的事情，小说表现的时间段是 1904 年 6 月 16 日早晨 8 点到 17 日凌晨

2 点 45 分这段时间，接近 19 个小时。小说的空间地理背景是詹姆斯·乔伊斯的故乡都柏林。这部小说也是一部都柏林之书，很多描写都是按照都柏林的城市布局来书写的。

整部小说的结构，和希腊史诗《奥德赛》形成了同构般的呼应关系，也是一种平行关系，这是理解这部小说的关键。广告员布鲁姆对应的是希腊神话中的奥德赛，斯蒂芬·戴达勒斯对应的是神话中的青年忒勒玛科斯，莫莉对应神话中的帕涅罗帕。三个主人公斯蒂芬·戴达勒斯、布鲁姆和布鲁姆的妻子莫莉就像影子一样，飘动在都柏林的大街小巷和黑夜的梦境中。不过，这三个都柏林的现代人，已经不是荷马史诗中的青年、英雄和英雄的坚贞妻子，在 19 个小时的叙述时空里，他们活动在都柏林，他们的外部行动、社会观察和内心活动呈现出和希腊史诗中的英雄完全不一样的面貌，呈现出现代生活中的现代人的渺小、世俗、琐碎、日常、分裂、自私、灰暗的一面，由此解构了希腊史诗中英雄的高大伟岸，对当代城市文明进行了有力的嘲讽和批判。詹姆斯·乔伊斯通过这部小说，展现了现代人在工业社会的精神分裂、孤独、苦闷和逐渐崩溃的精神图景。

《尤利西斯》被詹姆斯·乔伊斯定位为白天之书。小说的主体情节都发生在白天。全书一共三部 18 章，第一部有 3 章，有些像《一个青年艺术家的画像》的续篇，继续着斯蒂芬·戴达勒斯的成长故事。小说一开始，讲述他的母亲病危，他从巴黎返回都柏林，但是和父亲不和，就在一个旧炮楼里暂时栖身，靠教书养活自己。他很需要一个精神上的父亲。当他把炮楼的钥匙交给了合住在一起的医学院学生穆利根之后，他就打定主意离开炮楼了。

小说的第二部是全书的主要部分，共分 12 章，讲述了犹太广告员利波德·布鲁姆的生活：他和妻子莫莉的关系不很融洽，由于他们共同养育的孩子死了，他们之间出现了裂痕，莫莉有一个情人。这天早晨，布鲁姆去参加朋友的葬礼，思考着死亡，由此开始一天的漫游。在这一部分，斯蒂芬·戴达勒斯只是配角，利波德·布鲁姆是主角，他们在不同的场合同时出现，彼此逐渐熟悉起来。当斯蒂芬·戴达勒斯与两个英国士兵发生冲突时，利波德·布鲁姆恍惚间把他看成自己夭折的儿子鲁迪，他准备把斯蒂芬·戴达勒斯带回自己的家。

小说的第三部有 3 章，和第一部在章节数目上相对称，讲述了布鲁姆带着斯蒂芬在都柏林的夜晚漫游的经历。他们先在一家小店盘桓，之后，布鲁姆带斯蒂芬回家，斯蒂芬答应教他的妻子莫莉意大利语。不过，斯蒂芬最后没有在布鲁姆家留宿，而是离开了他家。布鲁姆回到家中，发现妻子莫莉已经睡了，但他觉得卧室里有些异样，对妻子和情夫可能发生的幽会产生了一些联想。小说的最后一章，是莫莉在睡眠中的意识流独白，这是全书很有名的一章，没有标点符号，只有意识流的语言呈现。在莫莉的梦中，出现了丈夫、情人和少女时代的初恋对象等多个男人，还有对斯蒂芬的性幻想等等，小说到这里就结束了。

《尤利西斯》和荷马史诗《奥德赛》的平行结构和互文的对应关系，是阅读理解这部小说的入口。整部小说对应希腊史诗中奥德修斯离家浪游的故事，只不过奥德修斯变成了现代人，广告员利波德·布鲁姆，他在都柏林的大街上漫游。至于詹姆斯·乔伊斯为什么要这么做，我想，由于神话产生于人类年幼时代对世界的想象，而在工业化的时代，神话已经死亡了，因此詹姆斯·乔伊斯便设计出和神话并行的结构，来表现现代人的存在状态和境遇，涉及人与史诗、神话的深刻联系。

在小说中，詹姆斯·乔伊斯似乎是在有意炫耀自己的博学，他使用了大量混杂的文体，以驳杂的知识和各种文学技巧，将小说变成了一个形式上集大成的文本。这部小说 18 个章节的每一节文体都完全不同，有模仿教义手册教义问答的；有模仿英语从古代到当代发展的各个历史时期的变化的；有电影镜头和蒙太奇手法；等等。小说的 18 章比拟人体的各个部位的构成，假如这部小说能站起来的话，那么前 3 章就是头部，中间 12 章是躯干，最后 3 章则是下肢。小说中有大量的影射、戏仿、比喻、拟声和音乐技巧，文本十分繁复，它可以说是小说、戏剧、散文、史诗、幽默和论文的结合体。小说还涉及神学、历史学、语言学、生物学、医学和航海知识，等等，实在是蔚为大观。詹姆斯·乔伊斯使用英语写作这本书，但其间还夹杂着法语、德语、意大利语、希腊语、拉丁语和希伯来语，有的地方还出现了梵文。有些英语词汇是詹姆斯·乔伊斯自己创造出来的，这给读者、研究者和翻译者都带来了巨大的困难，也带来了不少乐趣。书中的主人公布鲁姆是一个犹太人，《尤利西斯》又可以说是关于爱尔兰和犹太两个民族的现代史诗，此外，它还是关于都柏林的一部百科全书，从这几个角度来理解这部小说，就比较容易。

问世一百年来，《尤利西斯》确立了它在 20 世纪小说史中的核心地位，成为很多作家再度出发的源头，他们从中获得了创造的灵感。詹姆斯·乔伊斯仿佛开启了一个闸门，将现代小说的洪水猛兽放了出来，源源不断地生成了现代主义小说的奇观景象。20 世纪的很多花样翻新的小说实验与探索，以及小说作为一门艺术如何实现更大的可能性，都是从这部小说延伸出来的。詹姆斯·乔伊斯无疑是一个令人敬仰的文学开山者，《尤利西斯》也成了新的小说经典。

《城堡》

在 20 世纪的小说家中，很少有谁能够像卡夫卡那样，尖锐深刻地描绘出人的境遇和境况。阅读弗兰茨·卡夫卡的小说，类似被梦魇所俘获。一旦进入到他的文学世界里，你会发现那就是一个梦魇世界。他所描述的状态，就像将醒未醒，想挣扎着逃离，但是又无法真正脱身。这就是为什么他的三部长篇小说都没有完成，因为他既无法找到答案，也没有办法给小说人物以最终的出路。在梦魇般的世界里，任何人都像挣扎在蛛网上的俘获物，只能在不断的挣扎中被逐渐吞噬。

1883 年，卡夫卡生于奥匈帝国所属的布拉格一个犹太商人家庭。他的父亲是一家商店的店主，当过兵，依靠自身的努力开了一家妇女时装批发商店，总是担心这一切都会失去，没有安全感，他把这种担心也带给了儿子弗兰茨·卡夫卡。虽然弗兰茨·卡夫卡自小喜欢文学，但按照父亲的强迫命令，他不得不去学习法律专业，于 1906 年获得了布拉格大学的法学博士学位。后来他一直就业于一家保险公司。

1917年，卡夫卡被检查出得了肺结核，这个病当时很难治愈，这使他的生活发生了变化，他最终选择过一种生命中只有文学的孤独生活。1922年，弗兰茨·卡夫卡开始在疗养院休养，1924年病逝于维也纳附近一个地方疗养院。他生前发表的作品很少，临终时，他在遗嘱中嘱咐自己的好友马克斯·布罗德，要他帮助销毁全部的作品手稿，还列下了清单。马克斯·布罗德并没有执行这个遗嘱，而是在随后一些年中坚持不懈地整理出版他的作品，在1937年还整理出了6卷本的弗兰茨·卡夫卡全集出版。卡夫卡逐渐获得了欧洲文学界的重视。

卡夫卡虽然死于1924年，在第二次世界大战中，他所有在世的家庭成员都死于纳粹的集中营。在人类历史上，像20世纪这样充满了激烈变革和大动荡的百年历程并不多见。两次世界大战、纳粹大屠杀和犹太人集中营、冷战结束与柏林墙倒塌、全球化和互联网的兴起、极端宗教恐怖主义到高科技技术革命，人类历史的进程不断演变，波诡云谲，令人瞠目结舌。这些时代的动荡变化，给人们带来心理上的巨大震荡、文化和种族的激烈冲突、肉体的更多疾病和心灵的复杂创伤，还有精神上的恐惧和惶惑感。人们在这样的境况中不断地被裹挟和异化，人们也在努力地寻找着出路。这时大家会发现，在20世纪的一百年里，很少有作家像卡夫卡那样距离我们这么近。

《失踪者》是弗兰茨·卡夫卡的第一部长篇小说，写于1912—1914年，于弗兰茨·卡夫卡去世3年后的1927年出版。写作这部小说时，卡夫卡是在自己创作的旺盛期，但他却无法给这部长篇小说结尾。他甚至都没有给小说起名字，只是在和友人的谈话中称他写的小说是一部"关于美国的小说"。还是他的好朋友马克斯·布罗德将这部小说命名为《美国》。卡夫卡曾经在自己的日记里谈到这部小说为《失踪者》。结合小说的具体情节，叫《失踪者》也许更符合卡夫卡的原意。

根据研究者的推断，1912 年至 1914 年的卡夫卡，很想与狄更斯在表现广阔的社会层面上一比高低。弗兰茨·卡夫卡梦想描述一个时代的风貌，甚至想"对狄更斯不加掩饰地模仿"。但当这部小说按照卡夫卡预定的计划前进的时候，它逐渐偏离了原来的设想，小说顽强地沿着自己的轨道前进，卡夫卡式的风格再度显现了出来。

《诉讼》是弗兰茨·卡夫卡的第二部长篇小说，它的篇幅和《失踪者》差不多，创作于 1914—1918 年之间。在这部小说里，卡夫卡运用大量奥地利社会现实生活的细节，去呈现他要表现的抽象的本质。小说中，银行职员约瑟夫·K 突然被捕了，而他根本就不明白自己为什么被捕。他被捕后的调查和审讯不断地进行，他进入到绞肉机一样的司法体系里，在这个封闭的、僵化的、荒诞的司法体系里，约瑟夫·K 一点点越陷越深，他想探究自己为什么被捕，但一次次遭遇失败。最后，他被两个黑衣人处死了。小说具有寓言和象征色彩，洞开了一扇围绕着人们沉闷现实的窗户。

1922 年 9 月，弗兰茨·卡夫卡完成了长篇小说《城堡》。在《城堡》中，卡夫卡的荒诞风格发挥到了极致。这是一部寓意丰富的作品，小说讲述一个叫 K 的土地测量员来到一个山村，打算进入附近的城堡，以便证实自己的身份，同时进行测量工作。但他想尽了各种办法，始终进入不了那座城堡。村民开始怀疑和排挤 K，K 也感觉这个世界就像城堡一样冷漠，他永远无法进入。小说没有完成，但卡夫卡曾经透露了小说的结尾，在结局一章中，土地测量员 K 将获得部分的胜利，他没有放弃自己的斗争，最终因为心力衰竭而死去——到头来，土地测量员仍旧没有进入那个谜一样的城堡。

"城堡"和"土地测量员"成为两个象征性符号，寓意人类面对的境遇和存在状态。这两个符号象征人们在20世纪努力寻求理想生活所遭受的莫名挫折。在《城堡》中，细节的缜密和逻辑的清晰，使小说情节断裂和混沌互相映照，城堡近看一切历历在目，远看则是一团雾气蒙蒙，十分神秘，小说的很多片段非常精彩。

和那个土地测量员一样，弗兰茨·卡夫卡像一个在荒野上寻找目标的迷途者。他不知道他的小说走向何方，小说中的停顿、反复、回望、中断比比皆是，这反映了卡夫卡的写作过程本身的犹疑不定，尽管他确信终点就在不远的前方，他却无法抵达。在弗兰茨·卡夫卡的小说中，主人公的头顶永远都悬着一柄达摩克利斯之剑，仿佛随时都会落下来，不可测的厄运会突然地降临到主人公的头上一样。而围绕着主人公的世界，则是噩梦般的异化的世界，在那里，很多事都是荒诞和不可理喻的。

除去三部长篇小说，弗兰茨·卡夫卡还留下了一百多篇中短篇小说和微型小说。卡夫卡的小说没有惯常的情节逻辑，想象力也很奇崛。读者都很难忘记他的短篇小说《变形记》的开头：

"一天早晨，格里高尔·萨姆沙从不安的睡梦中醒来，发现自己躺在床上变成了一只巨大的甲虫。"

他的有些小说介乎随笔和小说之间，文体模糊。除了《变形记》之外，他的著名短篇小说还有《地洞》《一份给科学院写的报告》《判决》《饥饿艺术家》《在流刑营》《乡村医生》《万里长城建造时》《骑煤桶者》《关于一条狗的研究》等等。这些小说，几乎每一篇都给我们留下了深刻的印象。比如，《骑煤桶者》中那个骑桶人因为寒冷而到处去借煤，但却没有人借煤给他，最后他不得不在寒冷的天空中越飞越高，悲哀地离开了这个世界。在《饥饿艺术家》中，一个人以表演饥饿作为自己的谋生技艺，和他一起在旁边的铁笼子里表演饥饿的，还有一头同样处境的黑豹。《乡村医生》则表现了医生悬壶济世理想的破灭：医生要在大风雪天前往一个村子去救治一个病人，可他却需要借马。马匹弄到了，他赶到了病人家，却被这家人羞辱，有一种上当受骗的感觉，只好在风雪中逃走，驾着马车四下流浪，无家可归。

《在流刑营》中，一个军官不厌其烦地给旅行者介绍刚刚发明的、准备处死违反纪律的士兵的刑具，结果他自己使用了这个刑具，整个过程是那么的合理，又那么的残酷荒诞。在《一份给科学院写的报告》中，卡夫卡以叙述者过去当过猿猴的口吻，来讲述猿猴的生活，展示人类对动物的同情。

《万里长城建造时》是卡夫卡作品中关于中国题材的作品。卡夫卡一定想到了万里长城建造时的艰难和不可思议。长城是为了防御游牧民族而建的军事建筑，耗费这么大的人力物力，却没有起到巨大作用，它只是一道墙，荒诞感油然而生。在小说《地洞》中，鼹鼠一样的人畏惧外部的生活，他决心从此躲在地洞里生活。在建造地洞的过程中，地洞所带来的优点和缺点也被地洞中的叙述者一一地思考，一种地洞人生恰恰是弗兰茨·卡夫卡要表达的某种象征。

弗兰茨·卡夫卡曾说：所有的东西都可以摧毁我。这显示了他的内倾、游移、敏感和不安。在 20 世纪，由于"一切固定的东西都烟消云散了"，外部世界很容易摧毁一个人的内心，人们无可逃遁，生活在巨大的梦魇之中等待黎明。这就是卡夫卡揭示的人类存在状态与境遇。弗兰茨·卡夫卡一度被贴上了表现主义作家的标签。表现主义诞生在德语的氛围里，是因为德语在本质上重思想表达，重理论的抽象。卡夫卡用德语写出了抽象的本质，而不是仅仅地描绘现象的真实，因为现象总是浮在表面。

弗兰茨·卡夫卡是一个很难模仿的作家，因为他太独特了。如果不能从精神上把握卡夫卡的精髓，领会他写作的奥义，很难写出一篇"卡夫卡"风格的作品。人们至今仍旧被卡夫卡揭示的复杂境遇和状态所包围，阅读和理解卡夫卡，在 21 世纪继续具有现实意义。弗兰茨·卡夫卡凭借他的这些无可匹敌和具有启示意义的文学断片，就已经使他成为了经典作家。他似乎越来越醒目，是一个持续不灭的文学神话。

《到灯塔去》

电影《时时刻刻》里的画面:弗吉尼亚·伍尔夫的衣服口袋里装满用于自沉的石头,这使她的背影看上去沉着而迟疑。她缓慢地走向一条河,走进去。河水慢慢变得湍急,枯叶在漩涡里急速翻转。她往河流的中间走,河水淹没了她的腰,淹没了她的肩膀。然后,她突然一沉,在河流中消失了。

在 20 世纪的小说家中,弗吉尼亚·伍尔夫是非常重要的。她的勇敢实验和开拓精神,扩大了小说的内涵和表现边界。她的出现令人惊奇:小说艺术的表现形式发生了突变,产生了一个拐点,在百年文学历程中熠熠生辉,放射着令人目眩的光芒。

弗吉尼亚·伍尔夫本名雷斯利·弗吉尼亚·斯蒂芬,1882 年生于英国伦敦的一个知识分子家庭。她的家族几代都是书香门第和达官显宦,父亲雷斯利·斯蒂芬爵士是著名的文学批评家、作家和出版家,学识渊博,他写过《18 世纪英国思想史》,主编过《国家名人大辞典》,家庭藏书丰富。弗吉尼亚·伍尔夫从未上过学,在父母亲的影响下，她从小就喜爱阅读和写作。1895年，她挚爱的母亲去世，1904年，她最依赖的父亲也去世了。双亲的亡故对她的打击很大，使她产生了持续的精神紧张，头痛、抑郁，甚至出现了精神崩溃的前兆。在后来的写作过程中，精神上的抑郁和发作一直包围着她，最终，1941年3月28日，弗吉尼亚·伍尔夫因严重的神经官能症而投河自尽。

当年，在伦敦布鲁姆斯伯里区的新住处，经常聚集着一群伦敦的文学艺术家、画家、史学家和文化学者，这些人有小说家福斯特、经济学家约翰·凯恩斯等，形成了英国文学史上很有名的文化小团体："布鲁姆斯伯里"团体。1912年，弗吉尼亚·伍尔夫和伦纳德·伍尔夫结婚，这给她的生活带来了稳定感，他们一起开办出版社。1927年之前她的著作都是自己出版的。

弗吉尼亚·伍尔夫是20世纪一位十分风格化的小说家。阅读她的作品，不用看名字，只要一看小说的语调、叙述的节奏和描绘人的意识流动，就可以判断出作者是她。弗吉尼亚·伍尔夫认为，人生的经历就是"头脑接受无数个印象——琐碎的、奇特的、稍纵即逝的，或者用锋利的钢刀镌刻的。它们来自四面八方，犹如不计其数的原子纷纷地坠落下来"。这形成了她文学写作的核心观念：志在描绘那些微妙、短暂和复杂的心理感觉与印象。在她创作的9部长篇小说和很多短篇小说中，都强调了主观感受，以意识流动和内心独白的语言流，结构和推动小说情节发展，自由联想打破了时空的间隔，将人生和历史压缩到一瞬，又拉长到永恒的长度；印象派画家式的斑驳和音乐式的旋律在她的小说中浮现，构成了诗化、音乐旋律化和绘画画面接续不断的意识流。

弗吉尼亚·伍尔夫的长篇小说《远航》《夜与日》是她早期风格比较传统的作品。从《墙上的斑点》开始，逐渐迎来她创作生涯中的巅峰时刻，她出版了一系列有鲜明个性和风格的长篇小说：《雅各布的房间》（1922）、《达洛维夫人》（1925）、《到灯塔去》（1927）、《奥兰多》（1928）、《海浪》（1931），这5部小说是她的"意识流"小说的主体，最能体现她的创作风格和美学追求，也是弗吉尼亚·伍尔夫的主要代表作。

《到灯塔去》被认为是她最出色的小说，带有鲜明的自传色彩，着重描绘了她对父母亲和童年生活的感觉与印象。小说里的"灯塔"是一个象征，它矗立在那里，指引方向，标明方位，让人一眼就能看见。可有时候灯塔也会被暴风雨袭击，会被大雾遮掩。在这样的情况下，灯塔的作用会被忽视。小说的题目往往是内容的浓缩和暗示，弗吉尼亚·伍尔夫这部小说的篇名中，有一个动词"到"，也就是说，"到"灯塔去是最为关键的一个步骤，为什么要"到"那里，才是小说所要抒发的最重要的内容。

这部小说分成篇幅不等的三个部分，小说叙述的时间跨度在10年以上。阅读弗吉尼亚·伍尔夫可以先选择这一部来读，因它高度风格化，带着作者的全部生命的印记，承载了她对岁月、时间和亲情与人生的深刻理解。

小说第一个部分"窗户"，写的是拉姆齐一家一次在海滨别墅中的聚餐，大家如何在快乐的家庭气氛中享受人伦的乐趣，感受美好的时光。在聚餐结束之后，拉姆齐太太凝望着窗户外面的灯塔。在凝视中，她的思维迅速流动，灯塔像是聚光灯一般，将她的大量记忆召唤到眼前，那些记忆场面和人物形象纷至沓来，在她向灯塔驻足凝望的时候，人生的另外一扇门打开了。那是时间之门，里面储存着关于生命拔节成长的所有细节，她看到了去路与来路，在灯塔的照耀下栩栩如生。第二个部分叫"时光飞逝"，这个时候，距离上一次拉姆齐一家去别墅度假过了一段时间。这段时间里，他们家发生了巨大的变化：这对夫妻的大儿子在战争中阵亡了，大女儿也死于难产，尽管他们将这栋海滨别墅修葺一新，但是人生的颓败感就在眼前，浓重地萦绕在幸存的家庭成员的心中。

在这一部分中，弗吉尼亚·伍尔夫用她细腻敏感的笔触，把人生面临的生生死死的场面铺叙为很多看似平静，实则隐含着巨大力量的片段。这部分宛如一面精巧的花毯，被作者的记忆编织，宛如一件精美的瓷器，上面绘制了很多随着时间的推移反而变得清晰的那些人生场景。时光飞逝中，不变的总是留在主人公内心里的创伤记忆，随着时光的流逝而变成了更加沉痛的东西。

第三部分"灯塔"，写的是 10 年之后，女画家莉莉一直为没有能够完成拉姆齐太太的肖像画而焦虑。当拉姆齐先生带着小儿子和小女儿前往灯塔实现夙愿的时候，女画家莉莉终于找到了描绘女主人的灵感，她完成了那幅绘画。这一部分是小说的收束部分，章节名为"灯塔"，显然要通过主人公的行为，来照亮小说中涉及的所有人物命运的最终归宿。"灯塔"在小说的第一部分中是出现在拉姆齐太太视线里的实在物，在这一部分里，则变成了小说中的总象征。虚拟和现实的灯塔照耀着每个人的脚下之路，灯塔的方位明确，就如人是向死而生一样。

《到灯塔去》就像是一幅三联画一样，徐徐展开了三个集中的场景，三个部分像放大的凝固静止时间的节点，以聚焦的方式，将更多的、更复杂的人生图景映照出来。我们可以看到，时间带给每个人以击打和烙印，小说中主人公的家庭与人生因此变得斑驳陆离，在大历史中分崩离析。

弗吉尼亚·伍尔夫正是通过几个主人公人生片段的书写，描绘了她对生命和死亡、对大变动时代的整体印象。我们会发现，小说中的灯塔成为全书的一个核心象征，它象征着希望，象征人生无常，但它却永恒不变，象征着一个时间的见证，象征着人生可能达到的一种飘渺但也有方向的理想境地。

除去9部长篇小说和一些短篇小说，弗吉尼亚·伍尔夫还写了大量随笔、书评、日记、游记、传记、书简和文论，结集出版的随笔评论集有《普通读者》（2卷）、《一间自己的屋子》、《瞬间集》、《船长临终的时候》、《三个旧金币》、《飞蛾之死》、《现代作家》、《花岗岩和彩虹》、《书和画像》等，以及通过一只叫弗莱西的狗的眼光，打量著名女诗人巴蕾特夫人的传记作品《猎犬弗莱西》。

在大量的随笔、书评和文论中，她表达了她的文学师承、文学修养和文学观点。她对英国和欧洲其他国家文学史上的主要作家都有涉猎和评判，这些随笔是难得的美文，观点犀利，视野开阔，证明了她是一个当之无愧的散文大家。她的丰厚的散文和随笔写作，贯穿了她的整个文学生涯，语言风格轻松、清新、平实、诙谐、幽默，和她的小说的回旋和繁复形成了对比。她被一些推崇者称为"英国传统散文最后的大师"和"新散文的开创者"，在中国也拥有很多读者。

特别是，弗吉尼亚·伍尔夫的随笔集《一间自己的屋子》的出版，开创了女性主义崛起的历史。《一间自己的屋子》是一本薄薄的小书，内容却很丰富，她从妇女和小说的关系入手，讲述了她对女人应该如何进入现代社会、应该怎样生活等等问题的看法。

她认为，女人应该去争取独立的经济地位和社会地位，只有经济独立，有一间自己的屋子，女人才可以拥有自己的独立生活。女性主义者乃至女权主义者们都把弗吉尼亚·伍尔夫看作自己的导师和先知先觉者，她的关于女性权利和权力的观点，成为 20 世纪重要的思想资源。

她开辟了一条新道路，召唤更多的人走在了这条道路上。

《柏林，亚历山大广场》

　　我第一次接触到亚历山大·德布林的作品，是观看一部长河电视电影《柏林，亚历山大广场》。这部长达 15 个半小时的电视电影的导演，是德国著名的"电影狂徒"法斯宾德。在这部 13 集加一个终曲的电视电影中，德国的一个时代和社会风俗画被复原，对人和社会、对城市和生活的广阔展现令人震惊。而它的原著者是亚历山大·德布林，是德国文学史上十分重要的作家。

　　德国当代作家君特·格拉斯在谈到亚历山大·德布林的时候说："他是我的导师，他甚至比托玛斯·曼的影响还要深远和巨大，覆盖在 20 世纪德国文学的上空。"在 20 世纪德国文学史中，亚历山大·德布林属于不断为后世作家提供灵感的作家，在德语现代文学的发展中占据举足轻重的地位。

　　亚历山大·德布林 1878 年出生于现位于波兰境内的斯德丁市，父亲是一个犹太人，开了一家裁缝店，母亲主要在家操持家务，一家三口日子过得还算不错。但在亚历山大·德布林 10 岁时，某一天他父亲忽然抛弃了他们母子俩，和一个女工私奔到了美国。无依无靠的母亲把小亚历山大·德布林带到了柏林，去投奔亲戚们。可以想见，这段经历对他们母子的打击。在母亲的抚养和亲戚的帮助下，亚历山大·德布林奋发图强，中学毕业之后，于1902年进入柏林大学攻读神经病理学，后来在弗赖堡大学攻读精神病学，获得了博士学位，并于1911年开始作为神经病理学家和精神病医生在柏林行医。

亚历山大·德布林很早就已经开始了文学创作活动。1900年，22岁的亚历山大·德布林写出第一部长篇小说《骏马飞驰》。这部小说带有成长小说的特征，是用第一人称写的。

1915年，亚历山大·德布林出版长篇小说《王伦三跳》，这是他获得了很大成功的作品，标志着一个重要作家的诞生。1918年，他出版长篇小说《瓦德策克和汽轮机的斗争》，继续描绘他对工业化时代带给人类生活的巨大改变的担忧。1920年，他出版了2卷本的长篇小说《华伦斯坦》。这部小说带有史诗小说的规模，取材于17世纪德国的"三十年战争"时期，描绘历史人物华伦斯坦波澜起伏的一生。

1924年，他出版长篇小说《山、海和巨人》，这是一部科学幻想小说，写的是未来世界中的公元2700年到公元3000年300年间的事情。小说描绘未来的人类在征服和改造大自然的过程中，格陵兰岛冰川消融，结果迎来意想不到的结果：人类和复活的古代生物展开殊死决战，最后人类反而被古生物灭亡。1927年，亚历山大·德布林根据印度神话创作了叙事长诗《马纳斯》，这部长诗通过印度神话体系对世界的理解，继续表述了亚历山大·德布林那段时间里的思考：人和自然的不和谐最终导致人类的灭亡。

1929年，亚历山大·德布林出版了他的代表作，长篇小说《柏林，亚历山大广场》。这是一部关于柏林的书，小说的内容丰富，写作技巧高超，以意识流的运用为主要手法，表现德国柏林的斑驳复杂和光怪陆离，以及一个人在城市中的漫游。出版之后轰动一时，是当年的畅销书，后来被几位导演改编为电影、电视剧和广播剧。法斯宾德改编的系列电视电影是其中最著名的一部，也最能体现原著的精神。

《柏林，亚历山大广场》有一个副题："弗兰茨·毕勃科普夫的故事"，全书紧紧围绕着弗兰茨·毕勃科普夫在柏林的游历，展开了广阔的叙述。小说的一开始就写到弗兰茨·毕勃科普夫的出狱——他曾因为怀疑女朋友不忠，盛怒之下误杀了她而坐了四年大牢。现在，他刑满释放了。弗兰茨·毕勃科普夫是处于社会底层的工人，他进入到柏林城，看到了喧闹的大都市的一切，一开始有些不习惯，监狱里的习惯和作息时间还在影响着他的大脑。他下定决心要从头再来，打算做点小买卖。于是，一场令人眼花缭乱的城市历险逐渐展开在他的行踪中。

虽然小说主要叙述弗兰茨·毕勃科普夫的经历、思想和感悟，但小说里还有一个不是人物的主人公——柏林的亚历山大广场。这是柏林最著名的公共广场，因此，广场也是小说的主角，潜在的主角，一切都在围绕着这个象征德国的亚历山大广场在进行。

亚历山大·德布林在这部小说里全方位展现了柏林市的丰富性。他熟悉和喜爱柏林的亚历山大广场以及其周边景象，早年作为精神病医生行医的时候，他就活动在广场附近，熟悉亚历山大广场周边的一切。小说中，在柏林市这个著名的大广场周边，晃荡着柏林的各色人等，有卖报纸的、拉皮条的、小偷、流氓、强盗、小贩、官吏、妓女、无赖、警察等等，他们形成了弗兰茨·毕勃科普夫周围广大的人群。他一开始做小买卖，却被坑了，由于阴差阳错的关系，他和一个黑社会组织的头目赖因霍尔德有些来往，最后被动地参与到赖因霍尔德所组织的犯罪活动中。在一次盗窃活动中，赖因霍尔德故意把他甩出车外，打算摔死他，弗兰茨·毕勃科普夫命大，只是把胳膊摔骨折了。出院之后，他还是和赖因霍尔德混在一起。因为他在柏林感到无所适从，感到自己没有任何根基，必须要依赖赖因霍尔德的力量。后来，赖因霍尔德的手下杀了他喜欢的姑娘米西，并且嫁祸于弗兰茨·毕勃科普夫，他深受打击，精神濒临崩溃的边缘，被送进了精神病院。

当真正的凶手被警察抓到并被判了10年徒刑之后，弗兰茨·毕勃科普夫被证明无罪，他昏迷了一段时间后，清醒过来，仔细思考了自身的处境，似乎明白了社会的复杂和自身的缺陷。从医院出来之后，他开始在一家工厂当看门人，打算重新开始自己的新生活。小说结尾处，是这样的："在这个傍晚时分，弗兰茨·毕勃科普夫，从前的运输工人、小偷、流氓、杀人犯，死了……走向自由，走向自由，旧世界必须灭亡，醒来吧，早晨的空气。"

看来，弗兰茨·毕勃科普夫将在对希望的渴求之下，重新鼓起生活的勇气，去寻找属于自己的新鲜空气。

《柏林，亚历山大广场》在写作技巧上也有鲜明的特点。总体来说，小说的叙述是意识流式的叙述方式，跟随弗兰茨·毕勃科普夫的行踪做出不间断的内心独白。这种随着主人公的移动和行踪而进行的跟踪式的叙述，构成了全书的主要结构。同时，亚历山大·德布林还运用了后来美国"新新闻主义"小说家多斯·帕索斯和汤姆·伍尔夫等人所采取的写作技巧，将大量1920年代柏林发生的真实情况和新闻报道，以拼贴的方式穿插在小说的叙述里。比如政治动态、国会报告、天气预报、商业广告、电视节目、电话号码、股市信息、年度生育和死亡报告、屠宰场信息、饭店菜单等等，都作为小说的旁证和花边，镶嵌在小说的接缝处，使小说显得庞杂和包罗万象。这部小说还运用了电影蒙太奇手法，将时间和空间的变化用共时的手法表现出来，显得层次复杂又分明。电影导演法斯宾德在谈到这部小说的时候说：

"比德布林是不是受到过《尤利西斯》的影响这个问题更叫人兴奋的是，我发现《柏林，亚历山大广场》中的文字乃是受到了经过他的书房前的高速火车的节奏的强烈影响。这一类大半构成了噪声的东西，其特殊的节奏、反复无常的疯癫错乱，都烙印在他小说的字里行间。而大城市的生活意识，对于城市生活本质的特殊洞察，无疑也提供了他在这部有史以来为数不多的大城市小说中，运用剪接技巧的来源。大城市的生活，即意味着对于声音、景象和动态事件不断变换的注意力。"（见《人的城市与灵魂——对亚历山大·德布林的小说的杂思》一文）法斯宾德的说法是很有意思的说法。

《柏林，亚历山大广场》这部小说的叙述视点在不断地发生变化。一开始，似乎有一个全知全能的叙述人，他有一个观察小说主人公弗兰茨·毕勃科普夫的摄影机眼，他跟踪着弗兰茨·毕勃科普夫在柏林市区活动。但随后，这个视点就由弗兰茨·毕勃科普夫的内心独白和意识的流动所替代，全知全能的叙述者隐退了，变成了弗兰茨·毕勃科普夫的意识流。不过，那个全知全能的叙述人，后来变身为评论家、说唱艺人和见证人，不断出来评头论足，发表议论，使小说有一种奇特的间隔效果。而弗兰茨·毕勃科普夫的内心独白、潜意识的流动、下意识的自由联想、无意识的举动，形成了由断片和破碎的印象构成的印象和感觉的世界，表现和再现的世界。

小说以主人公弗兰茨·毕勃科普夫出狱之后的活动为轴心，还交叉叙述了很多条复线。比如《圣经》故事、古代希腊神话和传说、柏林的三教九流和对各行各业的扫描，这些线索交叉在一起，形成了浑浊的、大气的和氤氲的气质，也使小说的容量大增，内容复杂，主题多义。评论家对这部小说就有多种解读结果，对这部小说的看法也很多样，你可以说它有犯罪小说、意识流小说、城市小说、宗教小说、社会写实小说和复合小说的元素与特征，这些说法都贴近这本小说，但又都不能完全概括。

可以看出，1920 年代欧洲现代主义文学思潮，对小说有很大影响。弗洛伊德的精神分析理论、自然主义、表现主义和象征主义，甚至后期印象派绘画在这部小说中也都可以找到点痕迹。小说在叙述方式上运用时空倒错、意识流动和内心独白、蒙太奇的拼贴手法，以及叙述者视点的变化，运用得很熟练。小说还将视觉、意识、联想和主人公对时间和空间的感觉都融合在一起，开启了后现代小说的闸门。难怪一些评论家认为，在对德语小说家的影响上，亚历山大·德布林比托马斯·曼更重要。

《柏林，亚历山大广场》出版后，亚历山大·德布林一跃成为重要的德国作家。这部作品，给亚历山大·德布林带来了巨大的声誉。但是一个有犹太人血统和左翼思想的作家，在法西斯主义日益得势的德国，处境越来越不妙。随着希特勒的上台，1933 年 2 月 28 日国会纵火案件的第二天，亚历山大·德布林就逃离了德国，开始了流亡生活。他先在瑞士做了短暂的停留，就来到了法国。纳粹势力在德国的兴起，也引发了他很深的思考。1935 年，在流亡中他写下长篇小说《毫不宽恕》。这部小说描绘一个穷苦出身的德国农民一心想飞黄腾达，成为资本家和工业联合会的主席，在支持纳粹的过程中他飞黄腾达了，但却丧失了人性，人生接近毁灭的边缘。

1936年，亚历山大·德布林取得法国国籍。当希特勒的部队进攻法国的时候，他离开法国，前往美国大陆。在美国，有一段时间他的境遇很糟糕，几乎到了赤贫的地步。在这种情况下，他仍旧不忘写作，写下长篇历史小说三部曲《亚马孙河》，小说气魄宏大，人物众多，描绘了欧洲殖民主义者在拉丁美洲亚马孙河流域，对当地土著印第安人进行屠杀和掠夺的历史，以及对亚马孙河流域文明的破坏。可以说，亚历山大·德布林走到哪里，就写到哪里，看到什么就能引发他进行新的文学思考和表达。

1945年，第二次世界大战结束，亚历山大·德布林归心似箭，回到了疮痍满地的德国，着手参与创办美因茨大学的科学和文学院，试图恢复德国自然科学和人文研究。1950年，他出版总题为"1918年11月"的系列长篇小说，由四部小说构成：《市民和士兵》《被出卖的人民》《部队从前线归来》《卡尔和罗莎》，这是他关于德国历史成因和德国革命的历史小说。回到德国之后，亚历山大·德布林对战后德国现状日益感到不满，1953年他离开德国，定居巴黎。在巴黎，他写了最后一部长篇小说《哈姆雷特，或漫漫长夜的结束》，这部小说又回归到了现实主义的风格当中，讲述一个从前线回到和平生活中的士兵，如何像哈姆雷特那样不适应战后生活，精神错乱，进了修道院的故事。

晚年，他皈依了天主教，1957年病逝于法国巴黎的一家医院里。

亚历山大·德布林就像一只穿越在人类历史和想象空间中的自由鸟，上下纵横几千年，古往今来都能写。他的作品篇幅浩繁，气魄宏大，结构严谨复杂，技巧高超，语言生动，他创造出一系列丰富复杂的文学作品，成为一个文学巨人。

《魔山》

　　托马斯·曼 1875 年出生于德国北部城市吕贝克。他的父亲是农产品和家族商号的老板，同时还是负责税务的市政议员。托马斯·曼 16 岁的时候，他的父亲去世，家族产业迅速衰落。两年后，他跟随母亲来到慕尼黑。他的母亲喜欢音乐和文学，会弹钢琴，艺术修养很好，为托马斯·曼的成长营造了很好的艺术氛围。在慕尼黑，托马斯·曼在一所大学学习，不过没有取得学位，他很快就在一家保险公司工作，业余时间勤奋地写作，并将文学作为自己一生的事业。

　　1894 年，19 岁的托马斯·曼发表了处女作、中篇小说《沉沦》。1898 年，托马斯·曼出版了小说集《矮个子弗里德曼先生》，获得了文学界的好评，此后，他在一家文学杂志当编辑，写作长篇小说《布登勃洛克一家》，于 1901 年出版。

　　《布登勃洛克一家》是一部现实主义风格的家族小说，小说的副题是"一个家族的没落"，描绘了布登勃洛克一家四代人的生活和历史。布登勃洛克家族一代比一代寿命短，经商能力也一代不如一代，但后来者的艺术和文学天分与才能，却一代代在增强和提高。这印证了托马斯·曼的观点：艺术和文学是建立在金钱和商业废墟上的。《布登勃洛克一家》通过四代德国商人的衰落，演绎了一出衰亡的挽歌。传统资本主义体系土崩瓦解，新兴垄断资本主义在德国掌控天下。在布登勃洛克一家，人和人的关系、人和社会的关系、人和金钱的关系、男女之间的婚恋关系，都在特定环境中扭曲和变形。

凭借《布登勃洛克一家》，托马斯·曼确立了他文学天才的名声。这部小说也成为欧洲现实主义家族式长篇小说中的新典范。

长篇小说《魔山》是托马斯·曼最重要的作品，《魔山》的出版奠定了托马斯·曼在 20 世纪的文学地位。1912 年，托马斯·曼的妻子得了肺病，在瑞士达沃斯一家高山疗养院养病，托马斯·曼前往探望，也染上了疾病，不过他得的是黏膜炎，在医院里疗养了半年。在这半年的时间里，他决心写一部浓缩当时欧洲主要思想的小说。1924 年，这部意义深邃、情节复杂的小说《魔山》出版，引起了轰动。

小说的主人公是一个叫汉斯的青年，他来到一座高山疗养院养病，在这个疗养院里待了 7 年，接触到欧洲各种思想潮流，这些思想潮流通过在疗养院疗养的病人们表现出来。这些思想和精神互相影响、纠缠和环绕，使汉斯觉得自己来到了一座魔山上。在小说的结尾，青年汉斯在这些思想的激荡和影响下，下山参加第一次世界大战，最后待在战壕里继续思考，构成了深刻的讽刺：汉斯想有所作为，最后却死在了第一次世界大战的炮火里。

"魔山"是一个巨大的象征，它象征当时欧洲混乱的思想潮流。

在这个高山疗养院里，人道主义者、耶稣会修士、精神分析医生、法西斯分子、社会主义者等等，这些人构成了欧洲各种思潮的代表。托马斯·曼善于运用现代主义小说的写作技巧，精神分析、内心独白、象征和梦境、心理描写和对话技法运用娴熟。与《布登勃洛克一家》和19世纪的现实主义小说的深刻联系相比，《魔山》更像是开启20世纪德语现代文学的一部面向未来的小说，因而具有更大的意义。

1929年，由于《布登勃洛克一家》和《魔山》所取得的文学成就，托马斯·曼获得了诺贝尔文学奖，获奖理由是："由于他杰出的小说《布登勃洛克一家》日益被公认为当代文学的经典作品之一。"诺贝尔奖评委会委员弗雷德里克·伯克更是在颁奖词中连篇累牍地大谈《布登勃洛克一家》的意义与价值。

20世纪30年代后，随着纳粹的上台，托马斯·曼受到法西斯的威胁。1933年2月，他到欧洲一些国家巡回演讲，停留在瑞士，选择了流亡的生活。1941年他离开欧洲，来到美国加州，担任美国华盛顿图书馆德国文学顾问，担任普林斯顿大学的教授，3年后正式加入美国国籍。

就是在颠沛流离于欧洲北美的路上，托马斯·曼构思并取材于《圣经》，在1933年到1943年这10年的时间里，完成了长篇小说"约瑟和他的兄弟们"四部曲。四部小说分别是《雅各的故事》（1933）、《年轻的约瑟》（1934）、《约瑟在埃及》（1936）和《赡养者约瑟》（1943），描绘《圣经》中的犹太先人约瑟波澜壮阔的一生。小说是对《圣经》故事的重构，也是他对当代世界的观察与反思。他说：

"在这本书里，我从法西斯主义者那里把神话夺了过来，并且在语言的最后角落里都加以人道主义化——如果后世能在此找到什么值得重视的东西，那就是这一点。"

当纳粹疯狂地丑化、妖魔化犹太人和犹太文化时，托马斯·曼以这个小说四部曲，把传说中的犹太人祖先约瑟人道主义化，以《圣经》人物谱写人类美德和善的存在。德国法西斯战争在欧洲失败之后，德国文化界希望托马斯·曼能尽快从美国归来，但托马斯·曼无意立即回国，他说自己"害怕石头废墟和人性的废墟"。

托马斯·曼的小说创作总是呈现出沉思的气质与哲思的深度，也是德语精神性小说写作的集大成者。后来者还有赫尔曼·布洛赫等人。

1947 年，71 岁的托马斯·曼出版了长篇小说《浮士德博士》，再度引起了巨大关注。这部小说的主人公是一位音乐家，他和魔鬼订立了合约，要为魔鬼写出很多音乐。这个音乐家的灵魂最终为魔鬼所占据，导致了痴呆和疯傻。小说分析了那些与德国法西斯合作的艺术家最终灵魂毁灭的情况，呈现了托马斯·曼本人作为杰出作家的精神痛苦。实际上，托马斯·曼是将自己放到拷问自我灵魂的平台上，描绘了艺术家的悲剧和国家民族悲剧之间的关系，带有一种极其深沉的力量。

小说具有丰富的象征含义，采用的是传记的形式，以音乐家生平作为线索，描绘音乐家从 1885 年到 1940 年之间的经历。细察小说的表达，可以发现小说中有一种忏悔情绪，这是托马斯·曼以德国人身份所做的精神忏悔。因为德国民族和小说中的音乐家一样，把自己的灵魂交给了纳粹，并最终导致毁灭。

《浮士德博士》和《布登勃洛克一家》、《魔山》、"约瑟和他的兄弟们"四部曲，构成了托马斯·曼创作的山峦般起伏的长篇小说巨峰。

托马斯·曼 1952 年返回欧洲，由于内心有一种疏离感，他一直没有回到德国定居，而是住在瑞士，1955 年在瑞士病逝，享年80 岁。

托马斯·曼是 20 世纪德语小说家中的佼佼者。他以自己对德意志民族和文化深邃的凝视、眷恋与批判，跟上了时代迅速变革的步伐。他运用意识流、内心独白等精神分析方法，以心理描写和蒙太奇手法拓展小说技巧空间。他的作品结构宏大严谨，就像欧洲那些坚固庄严的教堂一样，具有秩序和稳定感。

托马斯·曼深情呼唤欧洲文化家园，他把欧洲看成一个文化的母体，经历两次世界大战之后，他更加坚定要做一个时代的观察者、批判者和记录者，以精神内省和良心拷问，回答德意志民族的迷失和文化迷思。他推崇艺术家、作家这些精神工作者的作用，认为艺术家和作家是平衡物质世界和资本金钱的巨大力量，是人之为人的尺度。

在托马斯·曼长达 60 年的写作生涯中，他始终围绕着现实境况进行写作，在文学技法上调和了现代主义的各种表现手法。他善用自我的深刻体验，来表达对人类充满希望的整体价值观，他赋予被战争毁灭的欧洲文明以再生的力量。托马斯·曼以歌德和托尔斯泰为自己的精神导师，努力在 20 世纪分崩离析又不断重建的进程中，追求建构理想和宏伟的文学大厦，同时，托马斯·曼的作品也是亲切生动的，热情召唤着每一个想亲近他的人，来到他创造的文学花园中。

《铁皮鼓》

　　1927 年 10 月 16 日，君特·格拉斯出生在现今波兰境内的但泽，父亲是德国小商人，母亲是卡舒布人。他母亲喜欢文学，君特·格拉斯自小深受母亲的影响，热爱读书。他的少年时代正赶上德国纳粹横行时期，参加过少年团和青年团，当过党卫军士兵，没有来得及进入战斗就被俘了。这在他出版的自传《剥洋葱》中有所描述。这段经历成为他背负的沉重负担，虽然他如实地写出了 17 岁当党卫军士兵的事实，在《剥洋葱》（2006）出版后，他仍遭到欧洲文化界人士的抨击，有人甚至建议应该取消他获得的诺贝尔文学奖。

　　在君特·格拉斯的身上，20 世纪德国的命运成了他必须面对的时代命题。二战结束后，君特·格拉斯于 1946 年获得释放，从此置身于二战后德国社会和文化废墟里，开始了艰难生存。首先是求生，战乱后的年月，生存本身就是巨大的挑战。君特·格拉斯无法继续求学，他当过农民、矿工、爵士音乐师、石匠学徒，给人雕凿墓碑。石匠学徒的身份使他对雕塑萌发了兴趣，雕凿墓碑积累了不少和石头打交道的经验。

1946 年，他到杜塞尔多夫艺术学院学习雕刻和版画，后来进入柏林造型艺术学院继续学习。雕刻和版画创作贯穿了他的一生，成为他文学写作的重要补充，打开了他艺术想象的空间，也反过来影响了他的文学写作。

君特·格拉斯的小说风格十分幽默和嬉闹，他喜欢用动物意象作为小说的核心象征并包含在小说篇名中，比如比目鱼、癞蛤蟆、猫和老鼠、狗等等，以动物的遭遇和特性来比喻人的世界，描绘德国被遗忘的大量生动的历史细节。他的小说总是带有喧闹的气息，也有黑色寓言的深度，在叙述方式上深受德国与西班牙流浪汉小说的影响，在 20 世纪德语小说中独树一帜。

1958 年，在德国战后著名文学团体"四七社"举行的一次文学家的朗诵会上，君特·格拉斯朗诵了他还在写作的长篇小说《铁皮鼓》的开头，立刻受到了大家的热烈赞扬，获得了由里希特主导的"四七社"当年的文学奖。

《铁皮鼓》1959 年出版，受到广大的德国普通读者的热烈追捧，成为畅销书。君特·格拉斯一鼓作气，在 1961 年出版了小长篇《猫与鼠》，1963 年出版了长篇小说《狗年月》，他将《铁皮鼓》和这两部作品一起，称为"但泽三部曲"。三部小说虽然在内容情节上各自独立，但它们的背景都是他的出生地但泽，那个德波边境城市在 20 世纪复杂的历史情景。这三部小说情节十分荒诞，但又离不开德国奇特的历史和现实，语言风趣幽默，带有黑色的幽默讽刺和悲悯情怀，描述了德国人民所遭受的灾难。

通过这三部小说，君特·格拉斯奠定了他在战后德国文坛的地位。1999 年，他获得了诺贝尔文学奖，获奖理由是："他以戏谑的黑色寓言描述了曾被历史遗忘的一角。"这句授奖词高度概括了他的作品的风格和贡献。

《铁皮鼓》是 20 世纪最著名的长篇小说之一，它的独特品质结合了欧洲痛苦的战争、欧洲文明在战争中的浩劫和毁灭的历程。小说的叙述形式采用了流浪汉小说的技法，但又有所变通。《铁皮鼓》采取第一人称倒叙的手法，以侏儒奥斯卡的眼睛来看，以他的嘴来叙说，将 1899 年到 1954 年半个世纪德国的历史风云展现出来，主要的着墨点在纳粹的上台和覆灭、东西德的分裂和西德战后的社会状况，给我们呈现出波澜壮阔的画面，通过 3 岁之后就自愿不再长个子的侏儒奥斯卡的眼睛，变形化地讲述德国 20 世纪前半叶的历史，情节荒诞滑稽，读起来令人忍俊不禁，妙趣横生而又潸然泪下。

小说的叙述起点在 1952 年，时年已经三十岁的侏儒奥斯卡正在一家疗养院里，而这恰恰是奥斯卡最喜欢待的地方，这里可以远远躲开让他厌恶的成人世界。于是，奥斯卡就开始写作他的回忆录。小说分为三个部分，第一部分从奥斯卡的家世写起，一直追溯到纳粹上台为止，这个部分的精彩之处在于描绘了奥斯卡的出生。他实际上是奥斯卡的母亲和她的表哥偷情的产物，奥斯卡的母亲嫁给了另外一个男人，他却并不知情。因此，奥斯卡就很不愿意出生，还是医生剪断了脐带，强行让他降生人间的。奥斯卡在娘胎里就带有异禀，他可以在娘胎里思维，生下来很久不会说话，却能听懂别人在说什么。在奥斯卡 3 岁生日的时候，母亲给他买了一个铁皮鼓，是孩子挂在胸前敲着玩的那种薄铁皮鼓。一切从奥斯卡 3 岁的时候就起了变化，他忽然决定从这时开始自己不再长大，以便与可怕的、虚伪的成人世界保持距离，他假装摔倒，从楼梯上滚了下去，从此停止了生长发育，变成了一个侏儒。这一跤还让他获得了一种特殊的功能：一旦他发出尖叫声，那么玻璃制品就会应声碎裂。于是，大家都不敢轻易惹他，奥斯卡成了成人世界的观察者和批判者。

《铁皮鼓》的第二部，从第二次世界大战爆发写到了战争的结束。小说着墨最多的人物，是奥斯卡的父亲。他的父亲是他又爱又恨、充满嘲讽的对象，是一个懵懂的人，加入纳粹，当上了冲锋队的队长，与其他大部分被蒙蔽和利用的德国普通人一起参加了可怕的毁灭欧洲的二战。奥斯卡的生母爱着自己的表兄，她失去了对生活的信心，最后吃鱼中毒去世。之后，父亲请 17 岁的姑娘玛利亚来照顾自家的店铺和小奥斯卡，但是玛利亚和奥斯卡发生了性关系，还怀了孕，玛利亚就嫁给了奥斯卡的父亲，生下一个孩子叫库尔特，库尔特名义上是奥斯卡的弟弟，实际上是他的儿子。小说的荒诞不经和离奇就更加突出了。在纳粹统治时期，奥斯卡可以用尖叫来粉碎玻璃制品，他加入了一个由侏儒组成的剧团，在德军所到之处进行慰问演出，给纳粹士兵打气并给他们带来欢乐。1945 年，德军战败，这个战时剧团解散了，奥斯卡回到老家但泽，苏军很快就占领了但泽，奥斯卡和父亲在地窖里被苏军抓获，奥斯卡将一枚纳粹党徽章放到了父亲的手中，父亲一时紧张，把徽章吞了下去，结果被苏军战士射杀。但泽被划归了波兰，奥斯卡由继母玛利亚带着前往杜塞尔多夫，二战就这么结束了。

《铁皮鼓》的第三部分主要描绘了二战之后西德的社会状况。奥斯卡向继母玛利亚求婚，遭到拒绝，于是决定继续发育，却在长到130 厘米时停止了生长，长成了鸡胸驼背的样子。奥斯卡当了石匠，还去艺术学院担当模特，艰难地求生存，还组织了爵士乐队。1951年，他又遇到过去侏儒剧团的团长，团长让他继续加入剧团，奥斯卡重新拿起了铁皮鼓，到处巡回演出，还灌制唱片，赚了不少钱。

随着战后德国经济的恢复和社会的日益繁荣，奥斯卡觉得越来越空虚，他看透了成人世界的荒唐和自私、罪恶和虚伪，再次决定离开成人世界，制造了一次谋杀的假象，他被控告谋杀了一名女护士，被关进了精神病院般的疗养院。可真凶最终被抓获，30 岁的奥斯卡获得释放，他不得不重返成人世界，从他视为避难所的医院里出来，他感到茫然和恐慌，不知道自己的未来将走向何方。小说在这里就结束了。

君特·格拉斯深受西班牙流浪汉小说的影响，从形式上假借流浪汉小说的模式进行叙述。德国文学中有一部杰出的流浪汉小说，是 17 世纪德国作家格里美尔豪森的《痴儿西木历险记》，君特·格拉斯显然受到了这部小说的影响。所谓"流浪汉"小说，就是以主人公所经历的离奇、古怪、荒唐的事情为线索，来表现丰富和复杂的社会的一种小说。《铁皮鼓》继承了流浪汉小说的外形，却充满了现代主义小说的荒诞感和批判意识。

《铁皮鼓》以奇特的想象力、突出的人物塑造，创造出充满了阅读快感的文学文本。荒诞的人物奥斯卡是一个古怪精灵，这么一个德国怪胎以特殊的生存伎俩、旁观者的独特视角，观察和审视他所经历的非人岁月，结构了德国 50 年的历史，君特·格拉斯塑造出文学史上最令人难忘的人物之一：侏儒奥斯卡。小说后来被著名导演施隆道尔夫拍成电影，获得了美国奥斯卡最佳外语片奖。

长篇小说《猫与鼠》（1961）的情节背景也是纳粹兴起时期，小说分为 13 个章节，以中学生马尔克为主角。他的喉结在发育期间上下活动很像一只老鼠，遭到同学的耻笑，以此象征马尔克如同被环境和社会所追逐的老鼠，在一种轻快的气氛和语调中，表述了历史的沉重加到少年身上的悲哀。

《狗年月》（1963）恢复了宏大的场面和细腻的叙事，分为三个部分，以 2 个孩子和 3 条狗的命运呈现纳粹上台和覆灭的历史。小说将人和狗的命运交织在一起，以个人命运的荒诞离奇，衬托大历史的荒诞无情。小说背景仍是作者的故乡但泽，在小说的最后部分，地域延伸到了西德。战后西德经济发展很快，在经济奇迹里，德国人很快就忘记了二战所造成的浩劫。君特·格拉斯以狗的命运和人的命运对比，呈现了那个特殊的"狗年月"。

1977 年，君特·格拉斯出版了长篇小说《比目鱼》。这部小说具有神话和童话的色彩，小说框架借用格林兄弟的童话《渔夫和他的妻子》，在原来的童话里，渔夫的妻子是一个贪得无厌的人，她总是要求一条能够满足她任何要求的比目鱼来满足她的要求。在君特·格拉斯的小说中，比目鱼是被渔夫本人所俘获，这条会说话的比目鱼决定成为年轻渔夫的顾问，为男人们的事业出谋划策。但 4 000 年男人统治的时期过去了，历史却没有什么进步。比目鱼再次逃走，被三个女同性恋和女权主义者俘获，比目鱼被当成男人的帮凶受到这几个女权主义者在西柏林组成的法庭的审判。

在审判中，比目鱼交代了历史上 9 个厨娘在人类不同历史发展阶段的命运，诉说女人所构成的另一段备受男性压抑的历史。这 9 个厨娘代表了新石器时代、铁器时代、中世纪早期、中世纪哥特时期、巴洛克时代、18 世纪的资产阶级革命、19 世纪的无产阶级革命等等，用比目鱼的嘴巴说出了另类女性历史。审判持续了 9 个月，比目鱼被无罪释放了。这部小说读起来妙趣横生，有不少欧洲烹调的知识和菜谱，将欧洲文化史和妇女解放史放在一起，夹杂着厨娘的菜谱，《比目鱼》一出版就获得了德国家庭主妇的热烈欢迎，几乎人手一册，第一版印了 45 万册。

君特·格拉斯后来还出版了长篇小说《母老鼠》《癞蛤蟆的叫声》《辽阔的原野》《蟹行》等，每一部都能引起广泛关注。

君特·格拉斯擅长用动物来比喻人类，他的小说题目中有比目鱼、蜗牛、猫、老鼠、蟾蜍、螃蟹、狗等等动物，风格怪诞幽默，情节离奇，在荒诞的情节中讽刺历史和现实，叙述结构多层次多角度，是流浪汉小说的新变体，以独特的方式叙说他经历的20世纪。

一个德国作家评价他："全世界都在读他的书，唯独在德国他受到敌视。"的确，在德国境内，他的作品总是能够引起争论，每部作品都成为德国文化矛盾的交汇点。他的小说结合了诗歌、绘画与民间文学因素，善于在小说的结构上并行多条叙述线索，这使他的小说像宏大的、结构严谨复杂的建筑一样。他还有民间说书人的气质，讲述离奇、怪诞的故事来抓住读者的心，将20世纪德国和欧洲历史以被哈哈镜变形的形象呈现给我们，让我们看到了历史的真相和它变形后的样子。

君特·格拉斯还是一个关注德国和欧洲社会现实的作家，他以文学的手段进行介入，使我们看到了文学在不断边缘化中仍旧有回到社会生活核心的巨大力量。君特·格拉斯以他强有力的文学表达和批判能力证明了这一点。

维托尔德·贡布罗维奇：

《费尔迪杜凯》

在米兰·昆德拉看来，欧洲小说作为一个从创造精神上有延续性的整体，是这么发展的：

"在小说的不同发展阶段，（欧洲）不同民族像接力赛跑那样轮流做出创举：先是伟大先驱意大利的薄伽丘；然后是法国的拉伯雷；然后是西班牙的塞万提斯和流浪汉小说；十八世纪有伟大的英国小说，到了世纪末，歌德带来德意志的贡献；十九世纪整个地属于法国，到最后三十年，有俄罗斯小说的进入，随之，出现了斯堪的纳维亚小说。然后，在二十世纪，有中欧的贡献：卡夫卡、穆齐尔、布洛赫、贡布罗维奇……"（见《被背叛的遗嘱》，第 29 页，上海译文出版社 2003 年版）

米兰·昆德拉将中欧小说作为一个文学地理学概念提出来，贡布罗维奇是他推崇的一位十分重要的中欧作家。他把贡布罗维奇的贡献放到小说发展史的关键转折点上来强调，使我们将目光也投向了贡布罗维奇。

维托尔德·贡布罗维奇 1904 年出生于波兰一个偏僻的乡村，他的祖先原来是生活在立陶宛的波兰贵族，到了他这一代已经完全没落。从欧洲历史上看，波兰和立陶宛曾作为民族联盟王国，包括现在的白俄罗斯和乌克兰的大片土地，面积仅次于俄罗斯帝国。1772 年到 1795 年，波兰、立陶宛王国被普鲁士、奥地利和俄罗斯三次瓜分，逐渐萎缩，波兰变成一个东欧的中等国家。

1911 年，维托尔德·贡布罗维奇跟随父母亲迁居华沙。青少年时代的维托尔德·贡布罗维奇在一所天主教学校上学，各科成绩很悬殊：波兰文和法语得了满分，拉丁文、几何学和代数学却得了零分。16 岁时，贡布罗维奇就尝试着写作。1927 年，他毕业于华沙大学法律系，获得了硕士学位。大学毕业后，奉父亲之命，去法国巴黎继续攻读哲学和经济学。1928 年回到华沙，在法院担任见习律师。

维托尔德·贡布罗维奇很早就对文学萌发了兴趣，工作之余勤奋写作，1933 年，他的第一本短篇小说集《成熟期的日记》出版，这给他带来了一些文学名声。1939 年，他正在阿根廷旅游，上船后他发现自己是除波兰国家足球队全体队员之外的唯一旅客。纳粹德国用闪电战侵占波兰，他流亡在阿根廷，居无定所，一直到 1947 年才勉强在布宜诺斯艾利斯一家银行谋取了一份工作，业余时间继续写作。他有家难归，二战结束后，在巴黎的波兰侨民的帮助下，他得以出版小说《横渡大西洋》《春宫画》《宇宙》等。

20 世纪 60 年代，维托尔德·贡布罗维奇声望日高，欧洲文坛把他和博尔赫斯、贝克特等作家并列。有评论家认为，维托尔德·贡布罗维奇更能代表荒诞派文学的成就，呼吁瑞典文学院在 1969 年授予他诺贝尔文学奖。1969 年 7 月 24 日午夜，他在法国的海滨城市旺斯因心脏病发作去世。

他的代表作是长篇小说《费尔迪杜凯》，出版于1937年。小说的荒诞情节和思考的深度引起波兰文坛的注意，使得他一鸣惊人。贡布罗维奇的这部小说独树一帜，有一个费解的书名："费尔迪杜凯"，这个书名是什么意思呢？其实，这个词是维托尔德·贡布罗维奇自己创造出来的，意思就是反传统和反媚俗。这是他的美学思想的体现。就像达达主义中的"达达"一样，没有实际的意思，是参与其中的作家在词典中偶然翻到的一个词，没有明确的意思，却象征了反传统、要创新的意思。"费尔迪杜凯"也是这个意思，这个词甚至和小说的情节没有什么关系。

《费尔迪杜凯》有一定的自传性，主人公表面上看似乎很像是作者的化身，它的情节有些荒诞不经，说的是30岁的小说家尤瑟夫出版了小说《成熟时期的日记》后，不被读者和文坛认可，他感到了绝望。他意识到自己对某些约定俗成的规则很难适应。就在这时，尤瑟夫的老师平科帮助了他。平科老师会魔法，他可以把尤瑟夫变成一个十多岁的少年，让他重新回到学校里，并且把他的心理也改造成了中学生尤齐奥。从此，尤瑟夫-尤齐奥就奇妙地经历了学校的教育规训和成长中的孩子的全部体验。在小说的叙述中，一个荒诞世界的画卷在我们面前展开了。小说首先挖苦了波兰的教育机构，那个教育机构是由一些混饭吃的酸儒、无视学生个性的刻板老师、僵化的考评体系所构成的。随着小说情节的不断推演，古怪滑稽的场面就不断出现。

小说主人公尤瑟夫在32岁的时候非常厌恶成熟和成人的世界，但他的那些喜欢教育他的姑妈则劝他，必须要在社会上出人头地，你要么"当一名医生，至少，也该当上个情场老手，或者，最不济当一个马贩子，总之，在社会上，你得有个明确的身份"。可是，眼下，他变成了一个儿童尤齐奥之后，他又开始厌恶幼稚和不成熟了。受到他的影响，他的同学敏脱斯，为了摆脱幼稚，就去找乡下农民交朋友。等他们一起到了乡下，敏脱斯发现，找个农民结交并建立友情，也不是件容易的事情，人家根本就不愿意和小屁孩来往。他们走向成熟的努力失败了。尤齐奥在城市和在乡下的两个故事的结尾，都严格遵从阿里斯托芬喜剧的原则：以所有的人在地上滚动、打闹结束。这部小说通过一个荒诞离奇的故事，嘲讽了当时波兰存在的落后虚假、滑稽荒诞的社会现实。

表面看来，《费尔迪杜凯》中成人尤瑟夫变成孩子尤齐奥的情节，与卡夫卡的《变形记》中变成甲虫的人有异曲同工之妙，但两者却截然不同。《费尔迪杜凯》中的荒诞性并非来自卡夫卡，贡布罗维奇想表达致敬的前辈是法国作家拉伯雷，拉伯雷的《巨人传》让人哭笑不得的那种滑稽和无厘头，催生了《费尔迪杜凯》。荒诞滑稽自有其力量，这会让不少人感到不适应，贡布罗维奇被误读、被冷落，也就不难理解了。

米兰·昆德拉对维托尔德·贡布罗维奇很推崇。在《被背叛的遗嘱》中，他写道：

"维托尔德·贡布罗维奇，他在哪个位置？如何理解他的美学？1939 年，他离开了自己的国家（波兰），是年 35 岁。他随身所带的只有《费尔迪杜凯》，一部用波兰文写成的、尚未出名、在国外更是默默无闻的天才小说，这简直就是他的艺术家身份证。他远离欧洲，来到了阿根廷。他令人难以想象地孤独一人，从未有一个阿根廷大作家靠近过他。反极权的波兰移民对他的艺术不感兴趣，整整 14 年，他的环境一点儿也没有改变，一直到 1953 年他才开始写作并发表了他的《日记》……他以三种关键性的拒绝，划定了自己的立场：拒绝对波兰侨民政治介入的屈从；拒绝波兰的传统；最后，拒绝 60 年代西方的现代主义，贫瘠的现代主义，'对现实不诚实的'、在小说艺术方面疲软、大学式的、冒充高雅的、沉浸在他的自我理论化中的现代主义……《费尔迪杜凯》出版于 1937 年，比《厌恶》早一年。但是，维托尔德·贡布罗维奇默默无闻，萨特则声名显赫。《厌恶》可以说在小说的历史中剥夺了应该属于贡布罗维奇的位置，在《厌恶》中，存在主义哲学给小说穿上了可笑的服装，而维托尔德·贡布罗维奇写的是一部真正的小说，把过去的戏剧性小说的传统（在拉伯雷、塞万提斯和菲尔丁的意义上）重新地继承起来，使得关于存在的问题在他的作品中出现非严肃性和滑稽的光彩。"（见《被背叛的遗嘱》，第 232 页，上海人民出版社 1995 年版）

法国评论家皮沃在《理想藏书》中罗列中欧文学值得收藏的 49 本书中，将《费尔迪杜凯》排名第四。他这么评价《费尔迪杜凯》：

"这部奇特滑稽的小说具有辛辣的讽刺含义，无情地嘲讽将人异化的社会。主人公是一位 32 岁的男子，他重新变成了小孩，返回学校，并且以冷静的目光审视我们社会教育制度的弊端。该小说使作者成为当代最伟大的小说家之一。"

贡布罗维奇的确是一个非常奇特的作家。米兰·昆德拉把他和卡夫卡、布洛赫、穆齐尔并称为"中欧小说家四杰"，并将他们写的小说纳入"欧洲小说"的范畴。《费尔迪杜凯》这部作品里，荒诞的情节、嘲讽的语调和夸张的想象，都有一种后现代的戏谑和无厘头，又有某种深刻的讽刺。当"小说将死"的哀叹出现在 20 世纪中期的时候，贡布罗维奇用他的《费尔迪杜凯》告诉我们：小说仍有生命力，有创造的空间，它完全可以是另外一个样子。他的想象力极为生动，他对自己的作品也采取一种随意、不在乎的态度。贡布罗维奇生性内向、紧张，一向病弱，其作品自始至终反对传统和模式化，语言往往夸张、怪诞，人物常常是漫画式的，或丑态百出，或乖张古怪，他们随时受到外界的侵扰和威胁，内心充满了不安和恐惧，像一群长不大的孩子，和时代有一种紧张的关系。他通过这些人物和荒诞的故事，表达对所处时代的深刻透视。

2004 年，在贡布罗维奇百年诞辰之际，波兰和联合国教科文组织为他举行了迟到的纪念活动。此时，他已经去世 35 年了。

《彼得堡》

在 19 世纪 90 年代到 20 世纪 20 年代这 30 多年里，伴随着俄罗斯社会的政治动荡与转型，在俄罗斯发生了一场文化革命。这个时期，也是欧洲现代主义方兴未艾的时期，因此，涌现了大批作家、诗人和艺术家，这一时期被称为俄罗斯的"白银时代"。

安德烈·别雷是"白银时代"的重要作家。他是一个多面手，一生创作有长篇小说、中短篇小说、诗歌、评论、回忆录和文学理论著作。他是成功运用意识流技法的俄语作家。有评论认为，他应该是和普鲁斯特、詹姆斯·乔伊斯并列的三大意识流小说家。其实他的作品还呈现出现实主义和象征主义的一些特征，用意识流小说来概括他的全部艺术风格似乎并不准确。

1880 年 10 月 26 日，安德烈·别雷出生在莫斯科一个知识分子家庭，原名鲍里斯·尼古拉耶维奇·布加耶夫。他的父亲是莫斯科大学的数学教授，母亲富有艺术家气质，懂音乐，爱好弹钢琴。安德烈·别雷自小就在数学的理性和文艺的浪漫之间徘徊遨游。后来，他进入莫斯科大学学习数学。1901 年开始发表作品，1903 年毕业后留在学校里的文史系，继续学习人文知识。他对哲学、文学和理科学科广泛涉猎，对音乐、建筑和雕塑都有研究。离开学校之后，他到欧洲一些国家游历，最远到达了非洲和中东地区。这样的远游开阔了他的视野，也使他确立了以文学为志业的方向。

他一开始的写作是诗歌创作。当时，在俄罗斯文坛上，象征主义诗歌风气大行其道，他踊跃进行艺术实践，成了"青年象征派"的一员。1904 年，安德烈·别雷出版了第一部诗集《蔚蓝色天空中的金子》，他还接连创作了 4 部诗体交响，都是带有音乐剧、诗剧和散文诗风格的长诗，分别是《北方交响曲》《戏剧交响曲》《返归》和《暴风雪高脚杯》，有着某种诗神高蹈的气质。

此后，诗歌写作贯穿了安德烈·别雷的一生，但他在小说方面取得的成就更为重要。1910 年，他出版长篇小说《银色的鸽子》，小说探讨了地理特性在俄罗斯人的文化性格方面造成的无所适从，是向东还是向西？这对于俄罗斯来说永远是一个问题。安德烈·别雷曾计划写一个《东方·西方》三部曲，探讨横贯欧亚大陆的俄罗斯在宗教意义上和文化归属上到底是属于西方还是东方。在他的设计中，这个三部曲分别是《银色的鸽子》《彼得堡》和《无形的城堡》。前两部都出版了，第三部《无形的城堡》被改为《我的一生》最终没有完成。他后来说："《银色的鸽子》是没有西方的东方，《彼得堡》是俄罗斯的西方，而《我的一生》则是西方的东方或者东方的西方，是基督的动因在灵魂中的诞生。"

《银色的鸽子》写的是一个知识分子对自我命运，实际上也是对俄罗斯现代命运的寻求。小说主人公达雅尔斯基受到当时俄罗斯知识分子运动"到民间去"的影响，准备深入生活，去体验和发现俄罗斯的本质，但横亘在他面前的是俄罗斯城市和乡村的分裂、宗教和科学知识的断裂。而贵族女人和带有乡野气息的农妇对他的双重诱惑，都使达雅尔斯基感到难以抉择。他首鼠两端，无所适从，小说的结尾是他被鸽教派教徒所杀害。他的死亡宣告了知识分子"深入民间"的彻底失败。小说还深入描绘了分裂人格与人的精神冲突，带有精神分析的特征，已经不同于传统的现实主义小说了。

1916 年出版的《彼得堡》是他的小说代表作。这部小说是他对1905 年俄罗斯一次政治变动的文学回响。《彼得堡》的出现，标志着现代意识流小说在俄罗斯的新发展。我们都知道，俄罗斯文学有一个宏大的现实主义文学传统，特别是在 19 世纪，托尔斯泰、陀思妥耶夫斯基、屠格涅夫、果戈理、契诃夫等人创造了俄罗斯文学的高峰，也是人类文学的一大高峰。在这样一个高大的传统之下，要想另辟蹊径是相当困难的。在这一点上，安德烈·别雷有独特的优势。他刚好站在俄罗斯激烈变动的历史前夜，他敏感地察觉到时代的内部分裂和动荡的气息，他又有开阔的视野、丰厚的文学艺术和科学文化知识积淀，正当其时地担当起了现代小说在俄罗斯发展的使命。

小说《彼得堡》的时代背景是在 1905 年。这一年，安德烈·别雷从莫斯科来到了彼得堡，亲眼看见了一次屠杀。革命者试图举行暴动推翻沙皇的统治，但失败了，革命者遭到围剿和屠杀。小说就是根据这一历史事件展开文学描述的，由贵族参政员阿勃列乌霍夫一家三口的分裂说起。

阿勃列乌霍夫是沙皇宫廷重要的官员，他要维护沙皇统治，他的儿子尼古拉在上大学，受到革命组织的影响，在父亲的卧室里安装炸弹，打算炸死自己的父亲，但内心又受到了煎熬。阿勃列乌霍夫的妻子早在两年前就和一个意大利演员私奔到西班牙，她在炸弹爆炸前夕回到了这个家。小说展开的矛盾纠葛和情节核心，是这三个人的相互关系，外围则塑造了俄罗斯当时各种人物的典型形象。最后，一家三口聚在一起的时候，那枚炸弹爆炸了，所幸的是，炸弹并没有把他们炸死，而是改变了三个人的生活态度。参政员阿勃列乌霍夫失去了朝廷信任和他的权力，夫妻俩重归于好，回到了乡下，尼古拉受到很大的刺激，出国漫游去了。几年之后尼古拉回到国内，发现父母已经去世，他蛰居在父亲的领地里，一心阅读哲学著作，成为一个不问时势的失意的人。

这样概要描述《彼得堡》的故事情节可能比较简单。小说取得的艺术成就非凡。首先，在《彼得堡》问世时，欧洲现代小说巨匠卡夫卡、乔伊斯、普鲁斯特的作品都在写作中，还没有问世。因此《彼得堡》有先声夺人的一面，在今天看来，显得难能可贵。《彼得堡》翻译成中文接近 50 万字，它所采用的艺术表现手法是主人公的意识流和内心独白。小说的结构顺序，并不是严格按照线性时间叙述，而是有闪回、跳跃、正叙和倒叙。关于这部作品，安德烈·别雷在给友人的一封信中这样说：

"我的这部长篇小说，是借助象征性的地点和时间描写残缺不全的想象形式的下意识生活，我的《彼得堡》实质上是对被意识割断了同它自然本性联系的瞬间下意识生活的记录，它的真正的登场人物，则是一些想象的形式，即所谓不曾游到意识这道门槛的想象形式，不妨把这部长篇小说称作'大脑的游戏'。"

这说明他在写这部小说时，自觉摈弃了现实主义对历史事件的模仿和再现，而着重去表现典型人物的内心意识活动，从而改变了俄语小说的面貌。小说以典型人物的心灵活动、下意识动作、未经理性整理的感觉等表述，创造出一部非现实主义文学作品，另辟蹊径，打破了传统现实主义。内心独白和瞬间感觉是主要叙事方式，安德烈·别雷动用了他的很多知识储备，《彼得堡》成为一部内容庞杂、包罗万象的作品。小说涉及古希腊罗马神话、中国孔子的儒家学说、欧洲民间故事、非洲和中东地区的文化符号体系、《圣经》传统和故事、俄罗斯文学典故，还包括通灵学、人智学、物理、化学等各种人文学科和自然科学的理论与术语，小说在文化信息传达上很多面，带有折射之光。

安德烈·别雷徘徊在两种矛盾的世界观之间。一种是形而上学的，另一种是世俗的和形式主义的。从宗教哲学的层面上讲，他是俄罗斯东正教思想家，从世俗层面上讲，他受康德的影响很深。东正教的神学思想在他的作品中扎根，而康德主义又成为他不断出发的起点。在《彼得堡》中，他的这两种思想也有很大程度的呈现，显示了他的内在矛盾。

《彼得堡》在文体上有创新意识。安德烈·别雷的音乐、美术素养很好，他在这部小说的形式上融合不同门类艺术的特点，在叙述上找到一种节奏和韵律感，还有一种视觉效果，运用的词汇和意象很有画面感，在小说语言上注意旋律，把一些音乐手法，诸如对位、旋律、和声、变奏、转调等运用到小说里，通过调动词汇和语言的组合来实现音乐效果。因此，小说呈现出交响乐的立体结构，在阅读的时候可以感觉到他追求的语言的音乐性。

在小说中，安德烈·别雷用了一些俄罗斯特有的俗语、象声词、外来语和古代词汇，来表现人物之间复杂的对话和潜对话的情景。有时候，在标点符号的使用上比较大胆，善于使用大量的省略号、破折号、顿号、冒号，来展现人物内心和意识流动时的迅速、迟疑和悬空的状态。

这部小说出版之后获得了成功。作家高尔基也认为，安德烈·别雷写出了一部有独创性的作品。在《彼得堡》之后，他出版了长篇小说《莫斯科》（1926）、《头面像》（1932）和自传体小说《科吉克·列达耶夫》（1922），还出版了文学评论集《象征主义》《绿草地》《小品集》。他还著有几种关于俄罗斯作家的研究著作，像《创作的悲剧：陀思妥耶夫斯基和托尔斯泰》（1911）、《词汇的诗篇：普希金、丘特切夫、巴拉丁斯基、伊万诺夫、勃洛克》（1922）、《作为辩证法的节奏：（青铜骑士）研究》（1929）、《果戈理的艺术》等，都比较重要。可以看到，他有着宏阔的视野，将俄罗斯的伟大文学传统做了精心的梳理，对形成俄罗斯文学山峰的大作家都做了研究和分析，并志在发展这个传统。

1930年代中期之后，他被当作"颓废派"遭到了公开点名批判，《彼得堡》也不再出版。1934年1月8日，安德烈·别雷因病去世。

1978年，绝版40多年的《彼得堡》获得再版，1981年出版的《彼得堡》的新版本加了大量的注释。可以说，安德烈·别雷拓展了俄语现代小说的新路径，是一个极有创造力的大作家。

伊萨克·巴别尔：

《骑兵军》

　　伊萨克·巴别尔 1894 年生于敖德萨一个犹太商人家庭，少年时代在父亲的严厉督促下学习犹太文化经典和《圣经》，后来，他进入敖德萨商业学校学习商业管理。在学校里，他碰到了文学启蒙老师瓦东。瓦东是他们的法语老师，有很高的文学素养，熟悉很多法国作家作品。在瓦东老师的影响下，伊萨克·巴别尔熟悉了很多法国经典作家，在他 15 岁的时候，直接用法语学写小说。这段经历对他日后写出《骑兵军》有重要影响。

　　当时，沙皇俄国进入社会变革的前夜，山雨欲来风满楼。他没打算像父亲那样去从事商业活动，毅然离开了敖德萨，去闯荡社会。他先是去了基辅，1915 年，21 岁的他又来到彼得堡。在彼得堡，他过着狼狈不堪的生活，没有居住权，纯粹是一个流浪汉，栖身于一个小酒馆里，向彼得堡的一些杂志投寄作品，却屡遭挫折，退稿编辑都劝他改行，认为他不适合搞文学，建议他去做个小买卖，养活自己。

这时，伊萨克·巴别尔认识了大作家高尔基。1916 年底，在高尔基的帮助下，他的一些短篇小说得以发表，并受到了关注。高尔基发现他有文学天赋，建议他应该走进更为广阔的生活。1917 年他到罗马尼亚前线加入了部队，在红军教育委员会任职，1918 年后参加了布琼尼领导的第一骑兵军，担任随军记者，记述自己所看到的东西。这段经历一直到 1924 年才结束。这段经历被他称作"被高尔基打发我到人间的阶段"，深刻影响了他的文学观。

1924 年，他的短篇小说集《骑兵军》中的一些篇章陆续发表，1926 年，《骑兵军》全书出版，获得热烈的反响，也引起很大争议。《骑兵军》部分篇章发表时，他就遭到了骑兵军军长布琼尼的激烈批评（文盲布琼尼 1935 年成了苏联元帅）。他认为，伊萨克·巴别尔的小说《骑兵军》，没有写出第一骑兵军英勇作战的事实和他们浴血奋战的精神。在 1924 年的《十月》杂志上，布琼尼发表了一封公开信，批评巴别尔的作品。

布琼尼的这个态度和举动，使伊萨克·巴别尔面临很大压力。《骑兵军》全书出版之后，迅速被欧洲各国翻译成多种文字，影响不断扩大。与此同时，布琼尼继续抨击这部作品。让布琼尼感到恼怒的是，这部小说"从一个犹太人的胡言乱语，到对天主教教堂的打砸抢，到骑兵鞭打自己的步兵，到一个有梅毒的红军战士的肖像"，总之，伊萨克·巴别尔写的都是有关英勇的骑兵军的一些恶劣和糟糕的细节。

在这个关键时刻，苏联文坛的领导者高尔基坚决地站在伊萨克·巴别尔一边，为他进行文学辩护。高尔基在 1928 年的《消息报》上批评布琼尼，双方接连写了几封公开信。高尔基对伊萨克·巴别尔的支持是非常重要的，他是这么说的：

"布琼尼自己不但喜欢装饰他的战士的外表，而且还喜欢装饰他的马匹的外表，而伊萨克·巴别尔则美化了他的战士的内心。"

他的辩护十分有力，一方面因为他是苏联文坛领袖，说的话举足轻重，另外一方面也的确是事实。这场争执最后以伊萨克·巴别尔获得胜利而结束，成为当时文坛上的一个重要事件。

现在来看伊萨克·巴别尔的小说集《骑兵军》，会认定这是一部 20 世纪的文学杰作。小说集所收录的 30 多篇具有速写和素描特征的短篇小说，以精巧的文学写作手法，描绘了第一骑兵军在革命和战争年代里的最为真实可感的历史片段。在《骑兵军》中，伊萨克·巴别尔描绘人物的动作、言行带有闪电般的精确和震撼效果，片段截取与省略表达所造成的迅捷夸饰的风格，使这部小说特异化、风格化，在小说林中独树一帜。

《骑兵军》收录的短篇小说的特点是，巴别尔所叙述的都是片段、瞬间、局部放大的细节与情节。第一骑兵军的战争生活林林总总，但他只摄取他想要的那些。总体上说，这些作品有着写实主义速写的特征。通过寥寥数笔，巴别尔就写出了复杂的战争和复杂的人性。这是伊萨克·巴别尔最成功的地方。在人性面前，战争的残酷和历史风云的变幻，都无法遮蔽人性的光辉和黑暗。他同时展现了人性中善和恶的两极，并将这两极突出地呈现出来，造成了强烈的效果，也刺激了布琼尼这样的文盲将军，因此，发生一场争论实在难免。

《骑兵军》第一版收录了 34 篇短篇小说，后来的版本增补了一两篇，属于一本系列短篇小说集。30 多篇短篇小说的篇幅都很短，翻译成中文之后，短的一两千字，长的三四千字。如此短小的篇幅，却达到了相当高的艺术水准。

《骑兵军》描绘的是苏联革命初期，哥萨克骑兵军和白军、波兰军队作战的情况。在具体的篇章中，伊萨克·巴别尔善于从小的地方入手，摘取片段或者瞬间入手，创造出极其独特的艺术风格。比如：

《渡过兹布鲁齐河》中，主人公"我"留宿在一个犹太人家庭，晚上，"我"被噩梦惊醒，醒来却发现自己和这家男主人的被割断了脑袋的尸体躺在一起。

《一封家信》中，他通过士兵库尔久诺夫的口来讲述，当白军的父亲杀死了自己当红军的一个儿子，而另外一个当红军的儿子又杀死了这个当白军的父亲。白军红军之间的战争，直接导致同一个家庭的分崩离析。

《多尔绍夫之死》中，伤兵多尔绍夫不能和战友一起撤离，但他又不愿意留下来成为波兰人的俘虏，因此要求战友留托夫向他开枪。留托夫不忍开枪打死战友。排长阿丰卡则开枪满足了多尔绍夫宁死不做俘虏的要求，阿丰卡开枪之后，还大骂留托夫是个软弱的"四眼"小知识分子。

《我的第一只鹅》中，"我"必须要杀死一只无辜的、走路姿态优美的鹅，来证明自己不是戴眼镜的软弱知识分子，而是一个不害怕看到鲜血的战士。"我"也因为杀掉了一只鹅而成为被战士接纳的对象。

《一匹马的故事》中，师长看上了一个连长的马，把这个连长的马给抢走了。为了重新夺回那匹马，连长想了各种各样的办法，还是没有办法把他的马要回来。情急之下，他写了一个退党声明，在声明里说的仍旧是那匹酷爱的马被师长抢走的事。最后，在战友的劝说下，连长平静下来，几个星期之后负伤离开了部队。

这些表现复杂的、两难的、极端的人性选择，使小说具有了相当的深度和力度。《骑兵军》在特殊的历史时期产生，它的特殊性就在于残酷的战争既泯灭了人性，又使人性不断迸发出光辉。

伊萨克·巴别尔通过《骑兵军》描绘了革命的艰难、人性的复杂和战争的残酷。血和尸体几乎在《骑兵军》的每一页里都有，与此同时，你也可以在每一页中看到优美的景色、淳朴的战士、人性的光辉和勇敢的行动。这些反差强烈的对比，造就了这部小说的奇特效果，它如同味道浓郁的大餐盘，或色彩艳丽的调色盘，将所有能震动你的东西全部呈现在你的眼前，小说的叙述语调却出奇得平静。

在战争生活的磨砺中，巴别尔逐渐确立了自己的写作风格。他认为，作品的语言应该"像战况公报或者银行支票一样准确无误"。这是他对语言的追求，形成了简洁洗练、迅速快捷、空白省略的风格。他往往只用几个词，就能写出别人用一页才能说清楚的事，用几页就能写出别的作家可能要用一本书才能表达的东西。这是伊萨克·巴别尔鲜明的个人风格。

在这里，我们也许会联想起普鲁斯特和他刚好相反。在普鲁斯特的笔下，回忆那些过往的生活细节可以像连绵流淌的河流那样无穷无尽，而在巴别尔的笔下则是短短的素描。两人都创造出独树一帜的风格。

伊萨克·巴别尔喜欢过安静的生活，却刚好赶上了动荡的时代，于是他过了动荡的一生，在战争、政治运动和苦难中遍尝人生艰辛。1939 年 5 月，巴别尔以间谍罪的名义被抓起来了。1940 年 1 月 27 日被枪决。他留下来的放在 24 个文件夹里的两部长篇小说手稿、一些短篇小说的草稿、翻译稿、日记、创作笔记、话剧剧本以及私人信件，被克格勃搜查后带走。1955 年，伊萨克·巴别尔被平反后，大部分手稿都没有找到。

《骑兵军》是 20 世纪短篇小说中的典范之作，它的风格化明显，有一种强烈到不可被替代的叙事风格。《骑兵军》是可以让人流泪、大笑、凝视、沉思、叹息、痛哭、恼怒、悲伤、忧郁、欣喜的书。在《骑兵军》中，伊萨克·巴别尔经常使用第一人称，有时候是在转述别人的讲述时使用，有时是直接使用。在直接使用的时候，带有作者亲历性的特点。小说集的大部分叙述视点是第三人称的。

《骑兵军》涉及的主题，小到革命时期的战争动荡和纷争，文化、宗教和种族冲突，大到人类的基本价值观、生命和死亡的意义等等，都有着多层次的表达。《骑兵军》精确、迅捷、简洁的语言风格和绘画般截取图像和动作的叙事方法，给读者留下了深刻印象。随着时光的流逝，《骑兵军》所放射出来的艺术光辉更加耀眼，是因为每一篇都有鲜血，也都有鲜花在绽放。

米哈伊尔·阿法纳西耶维奇·布尔加科夫：

《大师和玛格丽特》

米哈伊尔·阿法纳西耶维奇·布尔加科夫是俄罗斯重要的小说家。在他的笔下，荒诞的历史和现实可以互相映照。他和巴别尔、安德烈·别雷一样，所在的时代跨越沙皇俄国和苏联时期，都能够沿着独特的艺术道路，让俄语小说和欧洲现代主义潮流产生联系。20 世纪的俄罗斯小说，因为他们的存在而熠熠生辉。

1891 年，布尔加科夫生于俄罗斯基辅一个教授家庭。早在中学时代，他就对文学感兴趣，尤其对戏剧很青睐。中学毕业之后，他到基辅大学攻读医学，同时，他对神学、历史学、哲学、精神病学和文学都感兴趣。1916 年大学毕业后，他去外省乡下的一所乡村医院当医生。3 年之后，他回到基辅，被白军将领邓尼金征召到志愿军里担任随军医生，后来逃跑，又被征召，之后再次逃跑，不得不抛弃了自己的医生职业，开始专心从事文学写作，1920 年来到莫斯科。在莫斯科期间，正值十月革命胜利后，社会上弥漫着一种躁动和新鲜的气息。一开始他在一家报社担任编辑，开始大量写稿，几年间，他写了中篇小说《袖珍日记》《魔障》《不祥的蛋》《狗心》，长篇小说《白卫军》等。

布尔加科夫是生活在新旧交替时代里的人物，《大师和玛格丽特》是他的代表作，也是俄罗斯 20 世纪重要的小说作品。这部小说的写作持续了很多年，从 1928 年到作者逝世前夕的 1940 年才最终完成，凝聚了布尔加科夫的全部心血。一直到 1966 年，小说的删节版才发表在《莫斯科》杂志上。1967 年，欧洲的一些国家以各种语言翻译出版了该书，它的影响跨越了国界。

《大师和玛格丽特》这部小说的内容和结构比较复杂。全书一共有 32 个章节，贯穿了两条大的线索：大师的爱情和人生命运，以及他创作的关于古代罗马总督彼拉多的内心斗争的故事。细分起来，小说在两大线索中还有三条小线索：一条是古罗马总督彼拉多和他的祭祀长该亚法最后在十字架上钉死了耶稣的过程，第二条是莫斯科 20 世纪 30 年代的社会现实生活，第三条是超越具体时空的神秘幻觉和想象。涉及的主题多样、复杂、深厚，受难、俗世的庸常以及作者神秘的幻想融合成独特的结构。小说中套着小说，一个大师正在 1930 年代的莫斯科写着关于耶稣受难的小说，在大师笔下，耶稣的形象更具有人的弱点，他软弱、胆小，最终以水一样的柔和善改变了总督的想法，在内心里有了忏悔。

小说中并存着三个时间层次和三种完全不同的文学想象、现实和历史的空间。小说一开始，出现了莫斯科文协主席柏辽兹、号称流浪汉的诗人伊万，和一个自称从外国来的专家教授的讨论，他们在莫斯科一个公园里奇妙相遇。实际上，这个化身为外国教授的，正是魔鬼撒旦。就这样，在《大师和玛格丽特》一开始就出现了魔鬼撒旦，魔鬼被某种神秘力量召唤到莫斯科上空，他开始在莫斯科捣乱。

小说的第二章，化身为教授的魔鬼给莫斯科文学协会主席柏辽兹和诗人伊万讲述当年的罗马总督彼拉多把耶稣钉上十字架的过程。然后，撒旦和他的随从们，还有一只象征不祥命运的黑猫一起到处作乱。撒旦先是预言了莫斯科文学家协会主席柏辽兹身首异处，结果，柏辽兹被一个主妇洒掉的葵花籽油滑倒，然后跌倒在地，被经过的电车把脖子碾断了。诗人伊万看到这样的情景，就去追撒旦和他的助手们，以及那只巨大的、会在电车上买票的黑猫，还在莫斯科河里游泳，找了半天，撒旦的影子也没有看到，衣服也丢掉了，只好穿着一个流浪汉的衬裤来到了文协，见到等待主席回来主持会议的其他作家。

诗人伊万讲述了柏辽兹离奇的死亡，魔鬼撒旦化身教授的情况，教授那烟一样聚散的助手，还有那只巨大的黑猫，以及教授讲述他曾经目睹彼拉多下令把耶稣钉在十字架上的经过。诗人伊万的讲述被大家认为是说疯话，因为谁都觉得不可能发生这样的情况，他们把穿着衬裤、大喊大叫的伊万送到了精神病院，被大夫诊断为精神分裂。接着，其他一些人也相继被送到了精神病院。在精神病院，诗人伊万见到了大师。大师写了一部关于罗马总督彼拉多处死耶稣的小说，这部小说不仅得不到出版，还受到了编辑的冷遇和批评家拉通斯基的批判，大师一怒之下焚烧了手稿。他的情人玛格丽特赶来抢救了部分手稿。大师的住所也被一个狡猾的小人侵占，大师不得不离开，最后来到精神病院，在这里，他才感到了一点安全。

小说就是这样在喜剧、闹剧和荒诞色彩的叙述中展开了几条线索。撒旦和他的助手、黑猫等一起大闹莫斯科，耶稣和彼拉多的故事作为一条复线，也一直在小说里隐现。它有时候作为魔鬼撒旦化身的教授的讲述，有时候是诗人伊万的梦中情节，有时候是大师在写作的书中的情节。1930年代的糟糕的莫斯科生活，也在魔鬼撒旦的捣乱中展现出真相，带有讽刺与象征、幻想与幽默混杂的风格。小说显现了复调结构：现代的和历史的、传说的和宗教的、神话的和民俗的，互相呼应，成为重要的元素。小说重要的特点还是它的想象力和荒诞感。撒旦大闹莫斯科，莫斯科人都惊慌失措，他们的生活一片混乱。魔鬼接着大闹莫斯科，将以剧院为中心的莫斯科搞得人性大暴露，最终所有的人都灰溜溜的。小说的结尾则是撒旦和随从在一番谈话之后，说服了大师和大师的情人玛格丽特一起飞离了莫斯科，前往一个安静的永恒之地。莫斯科逐渐地恢复了秩序，那些因为魔鬼撒旦捣乱而现了原形的人也纷纷改变了自己的生活，诗人伊万变成了一个历史学教授，在一次幻觉中，他看到了已经移居安静之地的大师和玛格丽特，并和他们说话，大师叮嘱伊万，要成为一个真正的人。

这部小说有很强的戏剧色彩，正如文学理论家巴赫金所说，"一切真正伟大的东西都应当包含有笑的成分"，这部小说会让你开怀大笑，尤其是在莫斯科人被魔鬼撒旦和随从捉弄、露出原形的时候。在具有笑的传统的伟大作品中，前有拉伯雷的《巨人传》，后有拉什迪的《午夜之子》，鲁西迪公开承认自己受到了布尔加科夫的影响。巴赫金还说：

"作品打破时代的界限，流传好几百年就意味着，在伟大的时代常常伴随有伟大的作品，这些作品的生命力比其诞生的时代的生命力更强盛、更充实。"

这部带有神话、童话和闹剧色彩的小说中所出现的人物，和《圣经》故事中耶稣受难和复活的故事多少有着对应的关系。在情节结构上，也与《圣经》传说相对应。从地点上看，莫斯科和耶路撒冷对应；小说的开头是一个星期三，这一天，撒旦降临莫斯科，文协主席身首异处；耶稣的形象则和大师相对应；大师和魔鬼离开莫斯科与耶稣受难都发生在星期六。因此，整部小说隐含了布尔加科夫的真正意图，就是末日审判将降临在莫斯科的头顶。这个意图非常隐晦，在那个时代里也很危险，即使没有人读懂这本书，他们也能闻到其中危险的味道。

布尔加科夫把关于彼拉多处死耶稣的情节放到了整部小说的第2、16、24、25这四个章节里，分别通过魔鬼撒旦的化身沃兰德的讲述、诗人伊万的幻觉、大师没被火烧毁残留下来的部分小说章节来表现。如果从神话原型理论角度来看这部小说，就更好理解了。小说可以说是和《圣经》故事对应的。我们知道神话是初民们对世界的想象，神话有一些基本的原型结构，爱、仇恨、情欲、战争、血缘、复仇和悔恨等等，构成了神话的深层元素，神话有着基本的、重复在人间发生的类型。所以，布尔加科夫认为耶稣受难的故事和发生在莫斯科大师身上的命运，是完全对应的，而且今后可能还会再次发生。现实中，大师只要妥协，就可以得到现实的好处，而传说中，耶稣只要像彼拉多暗示的那样去说、去做，他的性命就可以保住，但是，他们都没有妥协。

小说在安排魔鬼撒旦捣乱之后莫斯科各色人等的命运时，显示了最终光明会战胜黑暗的希望。诗人伊万最后从精神病院出来，得到了一处住宅，他变成了一个历史学家，小说通过其中一些具体人物的命运，张扬了人类的爱和仁慈的力量。布尔加科夫不仅表达了对末日审判的态度，而且也带给了我们希望和最后的胜利。

大师和自己情人玛格丽特的关系也是小说中特别复杂的关系。

小说中，玛格丽特为了挽救大师，可以以自己的心灵为代价，与魔鬼撒旦签订一个协议。她对大师的爱完全是奉献的，无私的，牺牲自我的。大师和魔鬼撒旦有了正面的交谈，然后，魔鬼开始带领大师飞行和游走在莫斯科的上空，带领他去看已经被撒旦搅乱了的莫斯科人的世俗生活和他们的那些丑陋的人性表现，告诉大师，莫斯科人的堕落是无可救药的。但是，大师同样要改变魔鬼的看法，他相信人性的善良，相信爱能够改变一切。最后，魔鬼被大师所折服了。大师也获得了玛格丽特的真正爱情。

小说中大师的命运就是布尔加科夫在那个时代的命运。大师只想过一种平静的生活，最终大师并没有写完自己的小说，他在小说里解放了彼拉多，让笔下的古罗马的总督自我忏悔，获得了拯救。

1937年，布尔加科夫被解除了在莫斯科艺术剧院担任的职务，处境变得困难。他的肾病迅速恶化，在生命的最后时光，在妻子的陪伴下继续修改《大师和玛格丽特》，1940年3月10日，布尔加科夫病逝于莫斯科。

布尔加科夫是俄罗斯20世纪最重要的作家之一。克里米亚天体物理实验室的女天文学家卡拉奇金娜，曾将她发现的三颗小行星中的一颗命名为布尔加科夫星。他就像小说中的大师那样飞向了月亮，成了一颗永恒闪耀的星星。

鲍里斯·列昂尼多维奇·帕斯捷尔纳克:

《日瓦戈医生》

  鲍里斯·列昂尼多维奇·帕斯捷尔纳克 1890 年 1 月生于莫斯科一个艺术世家,父亲是一位画家,担任莫斯科美术和建筑学院的教授,曾经为文学大师列夫·托尔斯泰的《复活》配过插图。母亲是钢琴家,他们经常举行家庭聚会,家里来的都是文学艺术界的精英,包括列夫·托尔斯泰,奥地利诗人里尔克等。

  在这样的家庭环境熏陶下,帕斯捷尔纳克对文学艺术产生了极大兴趣。1909 年,19 岁的帕斯捷尔纳克进入莫斯科大学哲学系学习,就学期间曾经到德国马尔堡大学研修康德哲学。从中学到大学,他学习了拉丁文、希腊语、英语、法语和德语。在大学期间,他发表了一些诗歌作品,还在作家安德烈·别雷担任编辑负责人的出版社担任助理编辑。大学毕业后,他出版了诗集《云雾中的双子星座》(1914)、《在街垒上》(1916)。这两部诗集收录了他的早期诗作,风格明显地受到了白银时代的象征主义诗人群体的影响,诗风多变,用隐喻的手法抒发了他对爱情、命运、自然和历史的感受。

第一次世界大战期间，由于一次骑马导致的意外伤害，帕斯捷尔纳克没有去服兵役，而是去做家庭教师，还开始了文学翻译。1922 年，他出版了第三部诗集《生活，我的姐妹》，显示了苏联十月革命后，正在创建的新社会带给他的希望。

二战结束后不久，他开始写一部反映他所经历的变革时代的长篇小说。此前，他在抒情诗、长诗、自传、散文、文学评论、中短篇小说、翻译等体裁领域都有尝试。1955 年，他完成了小说《日瓦戈医生》，苏联国家文学出版社决定 1957 年 1 月出版这部小说。当时的世界政治格局，已经是美苏冷战的局面。在这种情况下，帕斯捷尔纳克的朋友将这部书的手稿带到了意大利。

1957 年 11 月，《日瓦戈医生》意大利文版首先面世，随后不到一年的时间里，英文、法文、德文、西班牙文和俄文等版本纷纷在欧洲出版。1958 年 10 月 23 日，瑞典皇家学院宣布，本年度的诺贝尔文学奖授予帕斯捷尔纳克，他获奖的理由是"在现代抒情诗和伟大的俄国小说传统领域所取得的巨大成就"。

在各方面的压力下，帕斯捷尔纳克发表声明，表示拒绝接受诺贝尔文学奖，也没有去斯德哥尔摩领奖。这个事件引发的轩然大波使帕斯捷尔纳克心力交瘁，备受打击。他郁郁寡欢，身体每况愈下，于 1960 年 5 月 30 日去世，留下了未完成的自传散文《人与事》。

虽然诗歌创作贯穿了帕斯捷尔纳克的一生，但小说《日瓦戈医生》却是他的代表作。这部小说翻译成中文近 50 万字，小说的叙述时间跨度有 40 年，主人公是日瓦戈医生。他在 1917 年十月革命前后的遭遇是主要情节，展现了渺小个人和广阔时代的关系。尤里·日瓦戈医生不仅外科医术精湛，还是一位诗人，他在俄国革命前是一个怀着热情的热血青年。他出生于西伯利亚一个实业家家庭，父亲在沙皇俄国是一个既得利益者，在他很小的时候，父亲就抛弃了他和他患心脏病的母亲，在国外挥霍金钱，贫困潦倒之后从火车上跳下去自杀了。少年时期，日瓦戈受到了当牧师的舅舅的影响，对文学产生了兴趣。后来，日瓦戈来到莫斯科读书，寄宿在一个化学教授家里，和同样寄宿的学生米沙·高尔东结下了深厚友谊。教授的女儿冬尼娅也很喜欢日瓦戈。等到日瓦戈大学医科毕业，冬尼娅法律系毕业，他们结了婚，还生了一个儿子。

很快，战争爆发了，日瓦戈医生应征上了前线，在战地医院做医生。不幸受伤后，在医院治疗，得到一个叫拉腊的护士的精心照顾，日瓦戈医生因此对拉腊产生了感情。拉腊的丈夫匹夏离家出走去参军了，许久没有音信。尽管日瓦戈爱上了拉腊，但他是一个有家室的人，他克制住自己的感情，回到了莫斯科。此时，已经是十月革命之后，过去为沙皇俄国效力的各种权贵都被打倒了，莫斯科处于激烈动荡中。日瓦戈医生吃惊于他所看到的满目疮痍的莫斯科，他不理解怎么变成了这样。接着，日瓦戈医生发现他家的房子也被其他人占据了，住进了好多人。他家处于物质上严重匮乏的境地，不被周围的穷人和当局所信任。为了摆脱困境，他带着妻子冬尼娅、儿子和老岳父，一起前往遥远的西伯利亚。在那里，冬尼娅的外祖父留下了一座农庄。

在火车向西伯利亚行进的途中，他们遇到红军和白军作战，日瓦戈医生看到了内战造成的沿途城镇被毁灭的悲惨景象。最终，他们到达了乌拉尔，在偏僻的农庄里过上了平静的生活。有一天，日瓦戈在乌拉尔碰到了拉腊。不久，日瓦戈被当地的红军游击队所征用，当了随军医生，在反击白军的队伍里服务。他们在深山密林里和白军作战，日瓦戈医生认识了拉腊的丈夫。原来，拉腊的丈夫匹夏后来成了红军将军，改名为斯特尼科夫，一直在西伯利亚领导红军抗击白军。后来，日瓦戈医生受不了在游击队的苦，跑回了乌拉尔，却发现妻子冬尼娅因为不知道他的死活，带着父亲和儿子回莫斯科了。

日瓦戈医生就和拉腊同居在一起。此时的日瓦戈，已经被当地政权怀疑为不可靠分子，他预感到自己随时有可能被逮捕，就跑到一个废弃的农庄瓦雷金诺，打算和拉腊一起建立两个人的方舟与天堂。可是，拉腊却无法前来。等不到拉腊前来的日瓦戈医生十分失落，他离开乌拉尔，回到了莫斯科。此时，他的妻子冬妮娅带着孩子已经逃到了法国。日瓦戈医生在莫斯科生活很艰难。

有一天，他在街上看到一个走着的女性的背影很像拉腊，就在后面追赶她，却怎么也追不上，在追赶的路上心脏病发作，倒在大街上。后来，拉腊赶来参加了他的葬礼，结果被安全部门带走，下落不明。匹夏虽然令白军闻风丧胆，但他后来不被重用，在大清洗中被怀疑当过白军，最后自杀身亡。日瓦戈医生的同父异母兄弟安格拉夫是苏维埃军队的将军，他后来搜集了日瓦戈生前的诗作，出版了它们。他还找到日瓦戈和拉腊所生的一个女儿，担负起抚养日瓦戈医生遗孤的责任。

小说分上、下部，一共 17 章，上部主要讲述了日瓦戈的童年、在莫斯科的求学和十月革命前后那段岁月，下部描绘了日瓦戈前往西伯利亚的情况，结尾是日瓦戈医生留下来的 24 首诗，作为全书的结束。小说中一共塑造了一百多个人物，他们都围绕在日瓦戈的周围，在他的经历中隐现。小说模糊地表达了对暴力革命的怀疑，对苏联采取的一些政策造成的后果的质询，对俄罗斯传统文化被毁坏的深切痛惜。

小说中弥漫着一种沉郁的语调，叙述的语调还带着抒情色彩，这和俄罗斯大地的广袤和忧郁气质有关，也和作者是一个杰出的抒情诗人有关。可以看到，小说中处处都有帕斯捷尔纳克对祖国博大的山川景物的热爱，他用诗人的诗篇和画家般的笔触，细致地描绘了打动他心灵的俄罗斯大地上的万物。他认为，文化和大自然是不朽的，是任何暴力都不能真正摧毁的。

《日瓦戈医生》中的尤里·日瓦戈医生这个人物形象，是帕斯捷尔纳克创造出来的一个有着鲜明时代感的文学人物，也是他的心灵自传式形象的外化，尽管日瓦戈在职业上被塑造为医生，可他同时又是一个诗人，与作者是一致的。医者救治人的躯体，诗人诗化人的心灵，这一角色的设定，带有救赎自我和他人的意味。

特别是在《日瓦戈医生》结尾处的 24 首诗歌中，埋藏着小说主人公日瓦戈医生对自身命运在时代洪流中的解读和凝视。最后一首诗是《赫弗西曼花园》，诗中，圣彼得要用剑保护耶稣，耶稣基督对圣彼得说："争执不该用刀剑解决，人，收起你的剑吧。"这表达了帕斯捷尔纳克对历史中的暴力的否定，还表达了当一个人面临苦难而无法避免的时候，甘愿接受苦难和牺牲来实现自己的价值。

关于这部小说，帕斯捷尔纳克说：

"我想通过这部小说，描绘俄罗斯最近四五十年的历史面貌，同时通过沉重、悲伤的主题的方方面面，使我能够表达自己对艺术、对福音书、对人在历史中的生存和其他等等的看法。"

因此，人与历史的关系是这部小说的主题，帕斯捷尔纳克通过这部小说，表达了他的历史哲学，俄罗斯的文化和宗教、伟大文学传统的方方面面，都以各种影响与回响出现在这部小说里。

如果说作家是时代和历史的记载者，那么，《日瓦戈医生》就是20世纪苏俄特定历史时期的留影。它是一张黑白照片，但在我们一代代读者的阅读下，却变成了彩色的画面。这就是经典的力量：在一部生动的小说中，时间不仅没有淹没一切，反而会使万事万物在阅读中变得栩栩如生。

米哈依尔·亚历山大维奇·肖洛霍夫：

《静静的顿河》

米哈依尔·亚历山大维奇·肖洛霍夫 1905 年 5 月 24 日生于俄国维申斯克省的顿河维申斯克村镇，父亲是个哥萨克下级军官。肖洛霍夫 13 岁时，因一战爆发而中断学业，此后一段时间，他在顿河地区为苏联红军征集军粮。1922 年，肖洛霍夫前往莫斯科，开始写作，并显露出才华。1924 年加入俄罗斯作家联合会，成为职业作家。1926 年，他出版了小说集《顿河故事》和《浅蓝的原野》。

1925 年，肖洛霍夫带着妻子回到顿河地区生活，开始写作在他心里酝酿已久的长篇小说《静静的顿河》，最终完成了这部由四卷构成的长篇巨著。四卷分别于 1928 年、1929 年、1933 年和 1940 年出版，成为他一生的文学代表作。在苏联卫国战争时期，肖洛霍夫上过前线，写了通讯、特写和短篇小说，歌颂苏联军人的英雄功绩。1943 年，他发表卫国战争题材的长篇小说《他们为祖国而战》（未完成）。肖洛霍夫还有长篇小说《被开垦的处女地》、短篇小说《一个人的遭遇》等。

1965 年，肖洛霍夫获得诺贝尔文学奖，获奖理由是："由于他在那部描写顿河流域的史诗般的杰作中，以强烈的艺术力和正直的创造性，真实地反映了俄罗斯民族生活的一个历史阶段。"

1984 年 2 月 21 日，肖洛霍夫在他的出生地——顿河克鲁齐林诺村去世。

肖洛霍夫可以说是苏联时期的一位小说大家。肖洛霍夫以《静静的顿河》这部小说获得了斯大林文学奖和诺贝尔文学奖，这在当时的冷战气氛之下非常罕见。同时能够在东西方获得文学上的承认，被认为是一个奇迹。在苏联，他曾担任苏联作家协会书记处书记，还是苏联科学院院士、苏联最高苏维埃代表和苏共中央委员，社会地位很高。这都是由于他写出了《静静的顿河》这部杰作。

肖洛霍夫是一位被称为"社会主义现实主义"的代表作家。他非常重视深入生活，认为生活是创作的源泉。为了写作《静静的顿河》，他和妻子回到顿河故乡，在顿河流域到处走动，在乡间和草原上收集哥萨克的故事和传说，并查阅了大量史料。由于《静静的顿河》涉及十月革命前后顿河地区的很多历史事件，他深入探访，实地观察了解，掌握了大量写作素材，《静静的顿河》的创作出版前后经历了 14 年的时间。

今天看来，《静静的顿河》是一部当之无愧的顿河哥萨克人史诗。从出生之后，肖洛霍夫的童年、少年时代就与顿河哥萨克生活在一起，他非常了解顿河哥萨克文化和族群的生活习俗，以及他们在大时代的变动之下的各种选择与命运，写下了关于哥萨克人在特定历史阶段中的可歌可泣的人物与故事。《静静的顿河》细致描绘了 1919 年顿河暴动的成因，小说第三卷的出版受到某些人的阻碍，有人认为他是反革命作家，对他进行批判。但肖洛霍夫坚持自己的创作理念绝不动摇，他一方面尊重历史事实，不虚构历史，另一方面从人性的角度深入刻画笔下的红军和白军哥萨克，人物塑造并不简单化、概念化和脸谱化，因此获得了长久的艺术生命力。这也有力地回击了那些攻击他的人，捍卫了文学的尊严，创造出了真正的经典之作。

《静静的顿河》分为四卷本，波澜壮阔地描绘了1912年到1922年间，俄罗斯顿河地区的哥萨克人在两次战争——第一次世界大战与国内战争，两次革命——二月革命和十月革命的重大社会动荡中的苦难历程与历史命运，塑造出一批性格鲜明、栩栩如生的人物形象，展现了俄国十月革命前后的真实画卷，小说场景宏大、人物众多、结构严整、情节生动，因此获得了广泛的好评。

《静静的顿河》展现的是在那个血雨腥风的变革时代里，顿河哥萨克人如何在战争中经过无数痛苦和流血，最后走向了社会主义道路的过程。在那个风云变幻的年代，顿河哥萨克人作为一个特殊的族群，以一个个的生命个体承担着历史的悲剧命运，并做出了自己的选择。小说的情节线索十分清晰，一共有四条线索，草蛇灰线伏脉千里，互相缠绕又历历在目。就像是肖洛霍夫在小说中拽着四条线绳，分别给我们呈现了战争的残酷场面、爱情的艰难抉择、哥萨克人的族群关系、顿河四季的生活形态，广阔的大自然最终是所有哥萨克人的母亲，生生不息地在养育和佑护着哥萨克人，也埋葬着哥萨克人。

小说最重要的主人公名叫格里高利。我们先来认识一下他，在小说中，肖洛霍夫是这么写他的：

"格里高利生着下垂的鹰鼻子，稍稍有点斜的眼睛里嵌着一对略微有些发蓝的扁桃形的热情的眼睛，高高的颧骨上紧紧地绷着一层棕红色的皮肤。格里高利和他的父亲一样有些驼背，甚至于在笑的时候两个人的表情也是一样的粗野。"

　　显然，这段生动的描写告诉我们，格里高利自幼生长在顿河岸边的草原上，是一位标准的哥萨克人。感情方面，他在妻子娜塔莉亚与情人阿克西妮亚之间摇摆，体现出男人软弱、多情与痴情的一面。格里高利有着顿河草原上哥萨克人的很多优良品质，比如敢于担当，勇敢无畏，善良正直，同时，他身上还有哥萨克人粗狂野性、狭隘自我、观念保守的缺点，这使他在面对复杂的局面时，经常表现出游移和徘徊的态度，因而造就了自己生活中的悲剧。在历史巨变面前，他又无法判断历史的主流走向，既是一个革命者，也是一个反革命者，这就要看他的具体行为的性质了。在小说中，他有着两面性甚至是多面性，你可以说他是一个英雄，也可以说他是一个受到迫害的人。因此，肖洛霍夫塑造出的格里高利这个人物具有相当的深度和丰富性，既有人性的深度，也有历史的深度，因而成为俄语文学中一个不朽的文学角色。

　　在给肖洛霍夫的诺贝尔文学奖颁奖词中，是这么说的：

　　"哥萨克的儿子格里高利背叛红军、投靠白军虽然违背了自己的意志，不得不走向绝路，但他仍是一个英雄，同时又是一个牺牲者。祖传的荣誉观此刻正经受着最严峻的考验，他自己的失败也将是历史的必然，如同古希腊的复仇女神一样得到报应。但对于格里高利，他的妻子娜塔莉亚和情人阿克西妮亚——对这两位难忘的女人他都寄予同情，因为她们俩都遭到了悲惨的厄运。当格里高利最后回到故乡，用战刀在大草原上为阿克西妮亚挖了坟墓时，除了自己的一个儿子以外，他成了一个一无所有、两鬓斑白的老头了。"

　　小说描写了格里高利在数年间，有时在红军阵营，有时又倒向白军，手里的军刀上沾着红军和白军战士的血，这血让他痛苦，让他分裂，也让他的灵魂处于一种极其矛盾的煎熬中无法自拔。而格里高利的痛苦因此也成为自希腊罗马神话以来，西方文学中悲剧人物的典型。

不仅格里高利是一个矛盾的、有深度的人物形象，在《静静的顿河》中，很多人物都处于这样的矛盾和难局中。人在革命和战争的磨盘中碾压，人性就会经受考验。巨变的历史使顿河草原上的哥萨克人骨肉分离，两派相争，红军、白军就像是旋风一样刮过顿河地区，原来的亲朋好友瞬间变为敌人。小说中，哥萨克人科舍沃伊是格里高利的小舅子，他却打死了格里高利的哥哥彼得罗，彼得罗的妻子达丽娅枪杀了亲家公伊凡，他们在历史命运的旋涡中失去人性，也失去了自我，变成了杀人的人。

《静静的顿河》在这方面的展示尤其令人心惊胆寒，痛心不已。这不仅是俄国的战争悲剧，也是人性经不起考验的悲剧。正是战争让哥萨克人陷于苦难之中，肖洛霍夫在这一点的呈现上具有古希腊悲剧的磅礴力量。

可以说，《静静的顿河》是一首呼唤和平、赞美大自然、歌颂顿河人精神的长歌。战争使顿河草原一片萧条，大地悲凉，天地歌哭，因哥萨克人妻离子散，很多人变为禽兽，自相残杀。在这样的人间景象之下，有着永恒的天空在注视着他们，永恒的大自然也在召唤他们。因而在《静静的顿河》中，俄罗斯大地的风景成为抚慰人心、修补伤痛的良药。特别是对顿河的描绘，是肖洛霍夫最出彩之处。一条大河波浪宽，风吹草低鱼儿跃。放眼望去，顿河流域的哥萨克人本可以生活在宁静闲适的环境里，家家的院落和牧场，条条小道通向农庄，顿河风光在肖洛霍夫笔下有着无穷的魅力，也特别打动读者的心。

《静静的顿河》曾被人指控抄袭了一位白军军官的作品。联想到四卷本分别出版于肖洛霍夫23岁、24岁、28岁和35岁，人们觉得他这么年轻就能写出这样的一部作品，很难忽视这一指控。1968年，一位住在列宁格勒的女士给《新世界》杂志主编特瓦尔多夫斯基写信，说她的哥哥是《静静的顿河》的原作者，曾在1920年代被逮捕，在狱中把稿子交给了狱友，一位神父保管。后来肖洛霍夫审讯了这个神父，拿到了手稿。特瓦尔多夫斯基回信说希望她去法院，通过法律途径解决。但最终那位女士不再现身，这件事不了了之。

1984年，一位挪威学者经过繁复的统计分析，认为肖洛霍夫肯定是《静静的顿河》的作者。1987年，多达上千页的原稿现身，经过鉴定手稿是真实的。1999年，俄罗斯科学院世界文学所对这部手稿进行了鉴定，认为其中605页是肖洛霍夫的手迹，285页是他的妻子和姐妹抄写的，手稿的纸张也是1920年代生产的，才为这一剽窃指控画上了句号。后来，依旧有人仔细分析小说文本，对其中一些涉及俄土战争的表述等很多细节，继续提出剽窃的追问。

肖洛霍夫的创作理念，一是对生活的观察和深入，这是他最为重视的创作的本质要求。二是要面对真实，无论是历史的、现实的还是内心的真实，都是肖洛霍夫追求的第一原则。他说："正直地同读者谈话，向人们讲述有时是严峻的，但永远是勇敢的真实。"肖洛霍夫与其他作家的不同之处就在于他"直接书写全部的真实"。因此，以格里高利为代表的顿河哥萨克尽管有着人性的弱点，有着悲剧性的性格与命运，可在他身上依旧附着善良、正直、美好和光明的一面。不管生活如何击打他，不管哥萨克的命运如何，格里高利依旧怀有希望。

肖洛霍夫在诺贝尔获奖演说时说道：

"我愿我的作品有助于每个人变得更好，心灵变得更纯洁，也希望我的作品能唤起每个人对同伴的爱心，唤起为人类的理想、进步而积极奋斗之愿望。如果我的愿望有朝一日实现的话，我将感到万分高兴。"

《迷惘》

　　艾利亚斯·卡内蒂 1905 年生于保加利亚一个犹太人家庭，童年时跟随母亲来到奥地利首都维也纳，在苏黎世、法兰克福等地的中学就读。1924 年，他在维也纳大学学习化学，后来获得哲学博士学位。在大学期间，他就喜欢文学，并开始尝试写作。他精通西班牙语、保加利亚语、德语和英语，他母亲对德语则怀着深厚的感情，因此，后来他成为一个用德语写作的作家。

　　1938 年，奥地利被德国纳粹政权吞并，作为犹太人，他逃到了英国，在英国长期居住，后来加入了英国国籍，成为一个流散到英国的德语作家。

　　艾利亚斯·卡内蒂一生只写过一部小说《迷惘》。凭借这部小说，他也傲立于 20 世纪的小说史。这在 20 世纪的作家中很少见。小说《迷惘》于 1935 年出版，当时并没有引起评论界的注意，后来，文学研究者把《迷惘》和普鲁斯特、乔伊斯的作品相比较，给予更高的评价。

在描绘 20 世纪的荒诞、动荡的作家当中，艾利亚斯·卡内蒂十分突出。由于一生颠沛流离，他的作品弥漫着一种深沉的批判精神和自我的不断反省，并升华成时代的象征。1981 年，他获得了诺贝尔文学奖，《迷惘》成为他获奖的指标性代表作。

《迷惘》的重要性在于，它以虚构的人物故事预言 20 世纪的灾难和疯狂。促成艾利亚斯·卡内蒂写出《迷惘》有两个诱因，一个是 1927 年他在奥地利维也纳亲眼看见了警察血腥镇压示威工人的场景，另一个是 1928 年他在柏林 3 个月期间所看到的德国人的生存状态。他认为，欧洲处于疯狂和愚蠢的边缘，他是在一个疯子所组成的世界里。他决定写 8 部小说来表达他的想法，初步将这个系列命名为《疯子的人间喜剧》。在写作过程中，他把原来的想法推翻了，将系列小说的构思浓缩到一部小说里，这就是《迷惘》。1930 年，他将完成的小说手稿寄给托马斯·曼，几天之后手稿就被退回来了，托马斯·曼没有看这部手稿。1935 年，德国苏尔坎普出版社出版了《迷惘》，这时，托马斯·曼则怀着极大的兴趣阅读了这本书，还给艾利亚斯·卡内蒂写了一封信大加赞赏。

《迷惘》翻译成中文有 40 万字，小说的叙述密度很大，情节并不复杂，人物也不繁多，只是在两三个关键人物上着墨。小说的主人公彼得·基恩是一个汉学家，他学识渊博，同时还是一个藏书家。彼得·基恩喜欢书籍里的世界，厌恶道德堕落的现实世界，他自主断绝了和社会上的来往，躲避到书籍世界和对东方古代文化的研究中。他研究孔子、孟子等中国古代儒家思想家，渐渐地疏离了现代社会，成了一个没有处世经验的书呆子，逐渐受制于女管家苔莱泽。

女管家苔莱泽刚好和他相反，她世俗、贪婪、喜欢金钱，控制欲非常强。最后，在两个人的较量中，学者、汉学家彼得·基恩的财产被女管家霸占，他被赶出了家门。他具有的所有渊博的知识，都无法抵御女管家的贪婪和无耻的手腕。彼得·基恩流落街头，不得不面对吃人的社会，毫无经验的他又被一个侏儒欺骗，手头仅剩的一点钱也被侏儒骗走了，最后，彼得·基恩落到了凶狠、野蛮的看门人普法夫的手里，在精神上和肉体上进一步遭到了摧残。所幸的是，他的弟弟赶来帮助哥哥，将侵害彼得·基恩的几个人全部打败，夺回了彼得·基恩所失去的一切。经历了这一番磨难的彼得·基恩感到这个世界的疯狂和可怕，一种迷惘和恐惧抓住了他，在虚妄中，他放火将自己的藏书点着了，和他藏有的人类圣贤的著作一起同归于尽。

从结构上看，《迷惘》分为三个部分："没有世界的头脑"、"没有头脑的世界"和"世界在头脑中"，分别从三种状态分析了精神世界和疯狂的现实世界之间的激烈冲突。艾利亚斯·卡内蒂用他饱蘸思想的笔墨，塑造出带有病态和怪僻性格的人物，这些人物被他用漫画的笔调描绘了外表，又用精神分析的深度描绘了内心，塑造出独特的"极端的个体"。潜意识、梦境和内心独白也是艾利亚斯·卡内蒂所使用的表现手法，使这部小说在现代主义小说中占有特殊的位置。

《迷惘》的故事情节紧凑，写法上十分细腻和细密。一个大学者在愚昧而贪婪的女用人的摆布下走向了毁灭，他拥有的知识和善救不了他。小说所展现的是一个在疯狂的世界中企图找到自己的理想国的知识分子最终毁灭的故事。不难看出，艾利亚斯·卡内蒂敏感地察觉到了时代的病症，给我们描绘出内部精神紧张和疯狂的时代图像。物质和精神的对抗，对物质的贪婪将精神追求毁灭是一大主题。在一个精神濒临崩溃的世界，任何一个像女管家、侏儒和看门人那样的俗人，都可以毁灭人的高贵复杂的精神世界和理想国。当欧洲被希特勒的纳粹德国所席卷，当二战爆发又最终结束，《迷惘》所触及的主题就显得特别重要。这是对 20 世纪两次世界大战及对德国纳粹的深刻反思，也是对欧洲文明千疮百孔的反思。

艾利亚斯·卡内蒂还是一个文体家，他所写的近 20 多部作品，体裁上绝不重复，涉及小说、剧本、记事、回忆录、游记、杂文、评论和社会学专著等多种文体。他很讨厌用一个固定的文体来写作，每一次的写作都是他在文体上的新尝试和新探索。这些游记、杂文、日记、文学研究著作和自传，没有非常丰厚的思想和文化积累以及人生经验，这种文体之间的自由跨越不可能实现。

比如，随笔集《耳证人》（1974）中写了 50 个怪人，是一本文笔怪异的随笔集。在这本篇幅不长的书中，他分析了 50 种具有怪癖和特殊个性的人，有舔名人、自赠女、呈讲员、告密员、细味女、葬礼迷、荣誉检查官、蟾蜍美术家、有罪女、耳证人、遗失大爷、月亮表姐、咬物高手、强硬妇、灾难总督、虚构女子、书迷鬼、通神汉等各种人，以敏锐的观察呈现出现代人极端的个性和扭曲的状态，用幽默的笔调刻画出这些特殊人的性格侧面和肖像画，带有寓言色彩，可以让你在他冷嘲热讽的笔调中捧腹大笑。

1960 年，他出版了《大众与权力》，这是一部类似政治哲学随笔或社会文化学的著作，很难归类。这部著作是对权力研究的最重要的著作之一，分为 12 个章节，分别从群众、集团、集团和宗教、群众和历史、权力的内在结构、幸存者、权力的要素、命令、转变、权力面面观、统治者与偏执狂等角度，分析权力、集权、统治者、宗教、战争、监禁、群众之间的关系，是一部阐述人和社会、人和权力、人和人之间的关系的著作，内容还涉及了生物学、政治学、社会学、人类学等多个领域。

艾利亚斯·卡内蒂的三卷本自传《获救之舌》(1977)、《耳中火炬》(1980)和《眼睛游戏》(1985)是他晚年的代表作，这一组独特的自传，是他描绘自己和时代关系的全景图。卡内蒂将自传变成了个人和时代紧密联结的东西。

艾利亚斯·卡内蒂自己坦承有4个老师，他们是德国作家卡尔·克劳斯、卡夫卡、罗伯特·穆齐尔和赫尔曼·布罗赫。这几个作家被他看成和他息息相关的作家，他们都擅长于从精神的层面去描绘时代在他们心灵中的投影。

艾利亚斯·卡内蒂的作品带有寓言和格言体的写作风格，是独一无二的和难以模仿的。总体上说，他长于批判，长于发现世界的阴暗面。他将自己的思想以形象的方式说出，将他对时代的观察在各个文体之间自由穿梭，带给了我们思想和文学之美交汇的享受。在艾利亚斯·卡内蒂的启发下，迷惘的世界将变得逐渐清晰起来。

《弗兰德公路》

克洛德·西蒙说："谁也不能创造历史，人是看不到历史的发展的，就像谁都看不到草的生长一样。"他把一个空间停止不动、时间沿着线形的方向流逝的现实世界看作可以雕塑的东西，他的所有写作，都是把这个看上去有序和规整的世界，分割成一块块活动着的浮雕，并且加以详细地刻画。

集结在子夜出版社麾下，和阿兰·罗布-格里耶同属于法国"新小说派"阵营的克洛德·西蒙，在 1985 年出人意料地获得了诺贝尔文学奖，获奖理由是："通过对人类生存状况的描写，善于把诗人和画家的丰富想象与对时间作用的深刻认识融为一体。"

在这短短的一句话的评价当中，包含了克洛德·西蒙对小说艺术的贡献和秘密。这次诺贝尔文学奖的颁发，是对法国新小说派在小说实验方面盖棺论定般的奖赏。但一般情况下，大家会觉得这次诺贝尔文学奖要颁也应该颁给阿兰·罗布-格里耶，是阿兰·罗布-格里耶而不是默默无闻的克洛德·西蒙一直高举着新小说派的大旗。因此，这次诺贝尔文学奖的颁发，是让所有的人注意克洛德·西蒙的小说创作的一个契机：他是谁？为什么会是他？

1913 年，克洛德·西蒙出生在法国的海外殖民地马达加斯加的首府塔那那利佛，父亲很快在 1914 年爆发的第一次世界大战中阵亡，他的母亲就把他带回了法国的一个靠近西班牙边境的故乡小镇佩皮尼扬生活。克洛德·西蒙后来到巴黎接受中学教育，在巴黎曾经受到一个立体派画家的影响，学习绘画。中学毕业后，到英国剑桥大学和牛津大学学习哲学和数学。1936 年，克洛德·西蒙满怀着激情参加了西班牙的反法西斯内战，结果这场残酷的内战以西班牙共和军失败而告终，这对他的一生都产生了影响，从此他对诸如革命和战争抱有了悲观和幻灭意识，这种意识深刻体现在他的每一部作品中。

1939 年，他参加了法国的军队，投入到第二次世界大战当中，在一个骑兵团服役。1940 年，在与德军作战的残酷的牟兹河战役中，法军被打败，在溃逃中他头部受了重伤被俘。不久，他又从德军的战俘集中营中逃跑，回到法国，在巴黎参加地下抵抗运动。二战结束之后，他在欧洲、南亚和中东地区四处旅游，以扩大视野，见识人类的基本生存面貌。后来回到法国南部的乡下，一边从事葡萄种植，一边埋头写作，沉默寡言，不热衷于交际，从 1941 年到 21 世纪初，他一共出版了 20 多部作品，在小说艺术写作上孜孜以求，不断探索小说艺术的各种可能性。

1941 年，他写了第一部小说《作假者》（1946 年才出版），这部小说的主题和加缪的《局外人》多少有些相像，描绘了一个叫路易的人被缠绕着自身的幻觉所困绕，最终杀死了一个修士的故事。

在这部小说中，他不再坚持小说的时间线性叙述，而是将作品中主人公的生活中最重要的一些时刻着重描写，犹如强调时间凝固的巨大的水滴，而不是去描述下雨时水滴落下的轨迹。而杀死修士这个情节，是通过路易的情人、男同事和一个目击者的讲述来呈现的。在他这第一部小说中，已经呈现出鲜活的小说艺术创造力，在小说的结构上，他尝试一种巴洛克艺术的螺旋上升式的结构；在人物的描写和塑造上，内向式强调主人公的内心感受和意识的流动，将回忆、现实和想象都融合在一起，创造出一种立体派绘画风格的文学作品。

克洛德·西蒙说："现实只是由记忆组成的。"1960年，他出版了代表作《弗兰德公路》，在这部凝聚了他二战中重要的人生经历的小说中，他用速写和泼墨结合、用画笔的停顿和氤氲、用快速的滴撒和铺排，描绘了战争带给人类的创伤和复杂的心理感受。小说共分三部，内部有着复杂的叙述层次，全书是以二战结束后一个骑兵和他的骑兵队长的风骚妻子在幽会时的回忆来结构，同时，对骑兵队长的一个祖先在1789年法国大革命中悲剧性的死亡进行了对位式的描绘，运用对话、回忆、印象、想象、幻觉，把这个战死的骑兵队长的家世、婚姻、战友之间的关系，以巴洛克式的令人眼花缭乱的叙述呈现给我们。战争对大自然和人类生活的毁坏，人与人之间关系的冷漠和畸变，女人和男人之间的互相吸引和背叛，人受历史和时间的制约，都是小说隐约的主题。整部小说如同一幅巨大的，具有印象派、立体派和中国泼墨山水画等艺术风格的绘画，语言激情澎湃，诗意连绵，由文字构成的对大自然的描绘令人神往，死神一瞥中又包含着人的生生不息，呈现了人的欲望、战争、婚姻、死亡和性的冲动与激情，以及对这所有一切的有意义和无意义的质询。小说表达了克洛德·西蒙的时间观和历史观：时间是无法挽留的，世事是难以捉摸的，人生是无法把握的。克洛德·西蒙说：

"在传统小说中，人们总是认为表现时间的经过只要用延续的时间流，我认为这种想法非常的幼稚。在那种小说中，第一页叙述的是人物的诞生，到第十页才是去写主人公的初恋。可在我看来，问题决不在表现时间的连续性，而在描绘时间的共时性，在绘画中就是这样。"

写《弗兰德公路》的时候，他感觉到所有的细节和人物故事一起共时性地涌现出来，他甚至要用 5 种颜色的铅笔来写作，才可以区分它们之间的联系。

此后，他在小说探索的道路上越走越远，他认同小说理论家让·里加杜的观点："小说不再是去叙述一场冒险经历，而是进行一次叙述的探索冒险。"小说的结构和叙述方式成为他着力的地方。

他的小说《盲人奥利翁》(1970) 是根据 17 世纪法国画家普桑的一幅画来创作的。那幅画的名字叫《双目失明的奥利翁朝着初升太阳的亮光走去》，这部小说用一种短句子来直接表现印象，对各种画面进行描述，故事完全被打碎在这种画面的描述中，让读者自己去拼接。克洛德·西蒙信奉的就是对画面的截取，对细节的繁复描绘，对时间滞留的仔细打量，并且把这种打量放大，如同电影的蒙太奇手法，还有着螺旋上升的巴洛克风格，将动和静、生和死、战争与和平、男人和女人之间的关系，进行细密画般的描绘。

小说《农事诗》(1981) 也是他的代表作之一，集中体现了他的小说美学。小说通过三个处于不同历史时期的人物对三次战争的回忆，把法兰西第一帝国和第二次世界大战时期的法国联系起来，描绘了战争的残酷和复杂性。

在小说《有轨电车》中，他将有轨电车的起点和终点与他所经历的童年生活的经验联系在一起，通过描述、想象和联想，将时间的无限蔓延与封闭在一个有限的空间里的感觉传达出来。再比如，《植物园》（1997）是一部自传，他将这部自传写得像一部探索性的小说，不仅排版方式独特，而且内容也零碎不堪。这是由克洛德·西蒙于20世纪各个时期，在世界各地生活和旅行的一些片段观感与零星感受，以及内心体验和对一些事件的回忆混杂而成的。按照他自己的话说，这是"一部回忆录的肖像"，每个片段都如同他的回忆苗圃中栽种的一株植物。

克洛德·西蒙在他的小说创作中体现出非凡的创造性。在时间的作用下，人类的生存在他笔下呈现出一种浑莽景象。对于一个经历了几次战争的人来说，克洛德·西蒙抱有某种悲观情绪，是完全可以理解的。他的小说中，战争是他最喜欢的故事背景和主要情节，这和他本人的经历密不可分。

此外，作为一个画家的经历，也深刻影响着他的写作。在他的语言和行文当中，他仿佛在用文字绘画，也善于用文字进行绘画，把平面的物体推展到立体的形象，同时又使这些立体的形象具有画面感，并且在时间的扭曲中不断变化。他着力于这种变化，把一维的空间变成了四维的叙述，和读者一起去创造文字背后的气味、联想、幻觉、梦境、回忆、色彩、声音、图像，把这一切都融合到小说中。他善于精细描绘那些只有画家的画笔才可以媲美的场景，善于运用巴洛克式的回旋式结构、颠倒时间和空间的跳跃，取消与隐藏人称和叙事人、取消情节的连贯性，大量采用意识流和不分段的长句子与短促的句子，这些都构成了他的小说语调和技巧特征。

把绘画的技法运用到小说创作中，将绘画的画面感和共时性赋予了小说，改变了小说内部叙述时间的绵延，把现实、历史、梦境、幻觉、想象、下意识、潜意识、无意识和回忆都放在一幅幅由文字绘就的画面上，使他的小说看上去就像是一幅幅油画，有的是三折的，有的是多个层次的，犹如一堆闪烁着五彩斑斓的光芒的彩色玻璃。

阅读他的小说，一般都会感到眼花缭乱，因为他的小说风格强烈，文字造就的色彩浓郁，小说的结构层次丰富复杂，既像迷宫一样迷惑了读者，又强烈地吸引着读者。

也许，有人会说克洛德·西蒙将小说引入了某个死胡同，或者说，他给我们建造了一个小说的晦涩迷宫。其实，在靠近他的文学迷宫时，读者首先应该认真对待他那创造性的写作，而不是在晦涩难懂面前却步。当我们习惯了某种小说阅读的审美定势时，需要的是打破自己的审美习惯，看到创造性的作家为我们展开的别有洞天的文学世界，这一点在阅读克洛德·西蒙的作品时尤其重要。

克洛德·西蒙于 2005 年 7 月 6 日在巴黎病逝，再也不能辛勤地在葡萄园里耕作，在书房里写作了。时任法国总理的德维尔潘所致悼辞说：

"法国文学失去了其中一位最伟大的作家，但他仍会作为最伟大的小说家之一，活在个人或集体的记忆中。"

《我们的祖先》

伊塔洛·卡尔维诺 1923 年 10 月 15 日生在古巴。父亲是农艺师，母亲是植物学家，一直在拉美研究热带植物。两岁时，他随父母回到意大利，在一座海滨小城长大。1941 年，他进入都灵大学求学，一度准备从事父亲的职业，去研究农学，但他真正喜欢的却是文学。1944 年，21 岁的他参加了意大利地下抵抗组织，参加过游击战。战后，他在都灵大学学习文学，毕业后在一家出版社供职，撰写各种文学评论。

1947 年，他的长篇小说《通往蜘蛛巢的小径》出版，一举成名，该作获得里齐奥内文学奖。在小说中，他塑造了几个地下抵抗运动游击队员的形象。主角叫皮恩，通过少年皮恩的眼光，折射出抵抗运动游击队们的精神面貌。他偷了一支德国士兵的手枪，把这把手枪藏到了蜘蛛筑成的泥巴巢穴里，然后投奔了山上的游击队。后面的一切都是少年皮恩的眼睛看到的，他把游击队的生活看成了如童话般生动有趣和色彩斑斓，那些游击队员也不像所谓的英雄那么高大，他们都是一些有个性和缺点的人。视点的独特使得这部小说产生了奇特的效果，更像是一部带有流浪汉小说风格的儿童历险记。

关于这个阶段的作品，伊塔洛·卡尔维诺在他的文学宣言《向迷宫挑战》中写道：

"我的创作是从写战争和人民的生活起步的，这个题材跟文学、电影领域里出现新现实主义的那个时期相联系。但是，批评家们指出，在我的第一部作品中（指的就是《通往蜘蛛巢的小径》），已经显露出用寓言的方法来写现实的人和事的端倪，这种倾向后来在我的作品里越发地鲜明起来。评论家们总议论我的作品用寓言的手法描写现代人的忧虑、不安、自我本质的丧失和毁灭。有的说是童话小说，有的说是哲理小说，有的说属于科学幻想小说……至于我自己，一般地说，跟前一部作品比较，我的每一部新作都会有不小的变化。"

1952 年，他发表《我们的祖先》之一的《分成两半的子爵》，寓言化风格明显。1960 年，《我们的祖先》全书出版，标志着他的创作风格从新现实主义转移到了寓言化小说阶段。这部小说十分有趣，风格幽默诙谐，由三个相对独立的部分构成，通过对意大利历史中的子爵、男爵和骑士的传说，构筑了一个把寓言、幻想、现实与哲理组合在一起的世界，在荒诞的故事中包含了对现实世界的看法。

《我们的祖先》由《分成两半的子爵》《树上的男爵》《不存在的骑士》组成。小说明显带有民间故事和童话寓言的色彩，从不同的角度和视点，描绘意大利人的历史和精神世界的构成。

在《分成两半的子爵》中，由于一次意外，把一个具有善和恶两重品性的子爵的身体给分成两半，后来这两个只有半个身子的子爵经历了各种事情，善的子爵做善事，恶的子爵做恶事，最终，他们又合成了一个子爵，变成了完整的人。

《树上的男爵》情节奇特，描绘一个男爵少年有一天忽然决定在树上生活了。这使得他的家庭成员们万分惊奇，并且一筹莫展。但男爵再也没有从树上下来过，而是获得了一个全新的观察自己的家庭和同类的角度。同时，也显示出他和社会、家族、爵位的疏离。

在《不存在的骑士》中，骑士已经异化成铠甲中不存在的东西了。他参加战争，去争取各种名利，可是，他不过是铠甲中的空无，他是不存在的。这三部小说构成了一个整体，小说背景是意大利的历史，所折射的却是当代意大利。意大利高速发展的战后资本主义经济造成了很多社会问题，政府贪污腐化、人民贫富分化、人的内心世界紧张不安，伊塔洛·卡尔维诺正是抓住了这种时代情绪和内心情绪，写出了人的自我迷失和荒诞感。

1965 年，他出版了短篇小说集《宇宙奇趣》，1967 年出版小说集《你和零》。这两部小说集是全新观念指引下的科幻小说，打开了他的写作新天地，也让读者十分惊讶。小说的背景在全宇宙中，伊塔洛·卡尔维诺依据现代物理学成就和知识谱系，表达关于宇宙体系的形成和相互关系、人类社会的起源和发展、现代神话的变形和同构的思想，显示了卡尔维诺广博的知识谱系，令人惊叹。

伊塔洛·卡尔维诺继续沿着对小说文本探索的道路前进。1979 年，他出版《如果在冬夜，一个旅人》。这部小说在结构上带有开放式的特征，小说情节很有趣，讲述的是一个男读者和一个女读者，他们阅读着一部名叫《如果在冬夜，一个旅人》的小说，但阅读者很快发现，他们读的书装订出现了问题。在随后的阅读中，两个读者发现，这本书里有 10 篇不同国家、不同类型、不同作者的小说片段混了进来。于是这两个读者不断解读与发现那些不同的小说片段，获得了很多解谜的乐趣。而小说主人公在解读这些小说时，我们作为读者，也就分别领略到迷宫小说、体验型小说、象征型小说、政治小说、苦闷的小说、几何逻辑小说、堕落的小说、大地原始小说和启示录小说等各种类型。最后，小说中的男读者爱上了那个女读者，他决定向她求婚。小说至此画上了句号。

《如果在冬夜，一个旅人》这部小说把小说阅读变成了正在产生的过程，展示了小说写作内外的秘密，打开了小说写作的空间，是一本关于小说的小说，也就是元小说，也是一部关于读者和作者关系的小说，实在是妙趣横生。

1983 年，伊塔洛·卡尔维诺出版小说《帕洛马尔》。帕洛马尔是书中男主人公的名字，也是美国加利福尼亚的一座天文观测站的名字。伊塔洛·卡尔维诺在这两者之间建立了某种联系。这部小说被称作观察与思考型的小说，整部小说都是帕洛马尔对眼前事物的观察和思考，海浪、女人、太阳、乌龟、乌鸫、草坪、月亮、星星、阳台、壁虎、飞鸟、博物馆、大理石、长颈鹿、猩猩、爬虫、蛇、人头骨等等，都成了帕洛马尔思考的元素。最后，他死了。在小说中，卡尔维诺试图描绘出人的三种经验，他通过帕洛马尔的观察和思考做了表达。第一种是视觉经验，所见即所得，是人的基本经验；第二种是人通过视觉经验进行归纳得到的符号化和语言与语义学的经验，是人命名世界的过程；第三种则是思辨和思想，是人对周围一切的终极思考。

《帕洛马尔》是伊塔洛·卡尔维诺在文体的边界上走得最远的小说，混杂了散文、小说、论文的界限，也打破了文学、文艺理论和哲学的边界。

1985 年，他在准备去美国讲学的 8 篇演讲稿的时候，因脑溢血猝然去世，留下了未完成的小说《太阳下的美洲豹》、演讲稿《未来千年文学备忘录》。卡尔维诺所完成的 5 篇文章的题目，分别以轻逸、迅速、确切、易见和繁复为主题，描述了小说的类型，指出未来小说的可能性。

在这些演讲稿中，伊塔洛·卡尔维诺像自由穿梭在古代到今天的文学天空中，援引了大量作家作品，探讨了小说发生和存在的现实，以及未来的可能性。他从古代希腊、罗马的作家一直讲到博尔赫斯和乔治·佩雷克，带来了文学的新希望。

大部分的作家都在写作镜子般映照现实的作品，而伊塔洛·卡尔维诺以他并不重复的大量作品，带来了一个完全不同的文学世界。伊塔洛·卡尔维诺是那种飞鸟型的作家，他很轻盈地飞到文学想象的天空中，用游戏和趣味带给我们想象的甜蜜。他把高深的知识和有趣的想象结合，丰富甚至改变了 20 世纪的文学版图。

《玫瑰的名字》

1932 年，翁贝托·埃科出生于意大利西北部地区的阿莱山德莱，"埃科"的意思是回声。1954 年，他毕业于都灵大学哲学系，获得了哲学博士学位。在整个 20 世纪 60 年代，他是意大利文化和哲学团体"63 年集团"的重要成员，在传媒机构工作一段时间后，他就一直在欧洲最古老的大学波洛尼亚大学担任语言学教授。

翁贝托·埃科对新鲜的和古老的东西都保有着敏锐的激情和浓厚的兴趣。数十年来，他的研究涉足的领域极其广泛，写过很多种理论著作，出版的著作十分跨界和破圈，令人惊叹于他的学识的渊博和研究范围的广博。他的主要论著有：《开放的作品》（1962）、《内容的形式》（1971）、《符号学概论》（1975）、《诠释与过度诠释》（1990）。他最关心和潜心研究的是中世纪神学文化和 20 世纪的大众传媒文化，他能够把这两种东西结合起来，创作出一系列雅俗共赏的著作。他还兴致勃勃地在电视台和广播电台参与制作电视、电影、广播，与漫画家合作出书，等等，他甚至是一部在意大利新发行的

CD-ROM 光碟版的百科全书的监制，这部电子百科全书收录了欧洲 16 到 19 世纪文明史的重要史料。他关于大众文化和语义学研究的著作有《最短的日记》（1963）、《启示录式的和完整的》（1964）、《空缺结构》（1968）、《符号学和语言哲学》（1983）。他出版的各类著作超过 150 种，在欧洲号称"当代达芬奇"，是一个百科全书式的人物。

可以说，翁贝托·埃科是集作家、符号学家、哲学家、历史学家、文学评论家、美学家、神学家于一身的文化传奇人物，也是世所罕见的欧洲公共知识分子。

2007 年 3 月 6 日，翁贝托·埃科来到北京，在中国社科院礼堂做了一场题为"乱与治"的演讲。演讲的内容是关于当代世界政治、社会与文化的关系和图景的。他宏阔的视野，雄辩的口才和轻松的语气给人们留下深刻的印象。他高大魁梧，脸上经过修剪的灰白色络腮胡子增加了他的睿智，一双智慧、热情和带着笑意的眼睛，让你觉得他是一个很慈祥的大师。记者拿着书请他签名，他笑着问："你们是记者，可我的读者在哪里？"

如果仅仅聚焦在翁贝托·埃科的小说创作上来仔细观察，我们会发现，他一生共写了七部长篇小说。这七部小说是：《玫瑰的名字》《傅科摆》《昨日之岛》《波多里诺》《洛阿娜女王的神秘火焰》《布拉格公墓》《创刊号》。

这几部小说，几乎每一部都是构思巧妙之作，故事情节令人匪夷所思，包含的知识内容也让人叹为观止，寓教于乐，在知识谱系广博的铺展当中，完成了小说叙事那有趣的探险历程。这是因为小说写作似乎是他在学术研究之余的休闲行为与游戏行为，因而他十分放松，更多了一层意趣和生机勃勃的智慧。

1980 年，他的第一部长篇小说《玫瑰的名字》出版，立刻引起了轰动。在这部包裹着侦探小说外衣的书中，有一场关于中世纪意大利宗教和世俗政权的纷争，小说以很多个死亡案件的破解过程来结构和铺陈，真相大白之时，也是读者恍然大悟之时。

　　这部小说的阅读门槛并不低，是写给那些具备了中世纪欧洲历史和宗教文化知识的读者的，因而颇具知识性和趣味性。小说一出版，就引起很大轰动，多年来，在全世界累计发行量超过 4000 万册，被翻译成 40 种语言出版，很快被改编成了同名电影，也使小说原作者翁贝托·埃科名声大噪。系列电影《007》的某一部中，这部小说作为道具曾经出现在一个杀手的床头。《玫瑰的名字》风靡欧洲的时候，据说一些性工作者的手包里，除了有一支口红和避孕套外，还会有一本《玫瑰的名字》。

　　《玫瑰的名字》这部小说的故事发生在公元 1327 年的意大利北部一座修道院里。由于修道院里突然发生了一起凶杀案，这座修道院的修道士被怀疑有不敬上帝的污秽和异端行为，因此，奥匈帝国皇帝特别派遣方济各会的英国修士威廉带着助手阿德索，前往这个修道院进行调查。全书以阿德索作为见证人，在很久之后的记载来结构。

　　威廉和阿德索这两个修士出现在那座神秘的高山修道院之后，修道院院长阿博热情地接待了威廉和阿德索，告诉他们，就在前几天，修道院里一个年轻的修道士奇怪地死在了修道院主楼旁边的悬崖下面。于是，威廉要求院长协助他破获这起死亡案件，院长答应了，但提出了一个条件，就是不允许威廉和他的助手进入修道院的图书馆。

　　威廉觉得很奇怪，就问他这是为什么。阿博院长告诉他，这是因为修道院的图书馆里有很多藏书，有的书充满了谬误，有的书揭示了真理，因而图书馆是一个迷宫，也是一个可怕的地方，一般人在其中往往会迷失自己。威廉点了点头，但已经在内心里认定，修道院图书馆一定是一个危险的地方，并且与死亡案件有关。

果然，就在威廉修士和阿德索抵达修道院的第二天，又有一名修士离奇地死在了一缸猪血里。威廉立即对现场进行了勘察。他发现在死者的桌子上有一本怪书，这部书的前半部分是关于通奸、嫖娼、同性恋等各种异端邪说的文字，后半部却是亚里士多德的《诗学》的第二卷，桌子上还有一句暗语："镜子上面有四，其一、其七。"

威廉一边思考着这个暗语，一边在图书馆走动，观察着这个图书馆的构造。他在进进出出之际没有留心，等到再转回到那张死者的桌子跟前的时候，突然那本怪书已经不见了。这说明，有人趁机拿走了那本怪书。这让威廉修士感到，修道院里的确有一股恶魔般的力量，正在吞噬那些意志薄弱的人。

当天晚上，第三个修士因为中毒而死在一个浴缸里。这一连环的离奇死亡事件，使得威廉察觉到修道院里藏着一种毁灭的力量，这种邪恶的力量隐藏在某个地方，不断出来作恶而且很可能就藏身于图书馆。他带着阿德索在图书馆里巡查，差点掉入螺旋设计的图书馆迷宫中走不出来。

等到他终于带着阿德索脱险之后，这时，修道院里一个最老的修士阿利纳找到了威廉，警告有点惊魂未定的威廉说，他要小心了，这个修道院里还要继续上演死亡的悲剧。因为根据阿利纳的观察，很明显，修道院里发生的这一连串修士死亡的事件，正是按照《圣经·启示录》里七个喇叭手的预告，一一对应。只要是那些天使吹响一次喇叭，就会有对应的一个修士死在修道院里，这意指上帝在对修道院里的修士进行惩罚。

于是，威廉阅读《启示录》里的有关章节，找到了一些线索，那就是，《圣经》中天使要吹七次喇叭，那么这个修道院里一共会有七个人死于非命。每一次不是死于跌落悬崖，就是死于厨房里的猪血大缸。威廉继续调查，他逐渐了解到这个修道院的一些修士确实存在污秽的行为，他们中有的人把农家女带入修道院进行奸淫，有的搞同性恋，还有的隐藏起来在搞政治阴谋，并不是所有的修士都在潜心修道。

最后，聪明的威廉修士破解了第二个死去的修士留在桌子上的暗语，打开了一个密室，在里面发现了被图书馆馆长约尔格囚禁起来的现任院长。原来，院长阿博也发现了修士接连死亡的秘密，他到图书馆调查，被馆长、瞎眼的约尔格囚禁起来。约尔格还想害死前来调查的威廉修士，在一番争斗中，威廉和助手阿德索成功脱险，而一场大火瞬间在图书馆里燃烧起来，约尔格、院长阿博连同那本前半部是淫秽的内容后半部是失传的亚里士多德《诗学》第二卷的怪书，和山崖上巍峨挺立的修道院一起毁于火海。

《玫瑰的名字》这本书将意大利中世纪文化、神学、历史元素融会贯通，造就了一种特殊的效果，可以说它既是一部侦探小说，又是一部文化小说和历史小说。小说用后现代的视角审视中世纪的核心观念，比如理性与信仰、道与言、真理与异端、邪说与谬误等等关系，虚构了亚里士多德的《诗学》第二卷的存在。小说塑造的一些修士形象非常突出，尤其是瞎子馆长约尔格，他是一个真正的基督徒，但是这个基督徒却又是一个反基督徒，他不是来自反对基督的其他异端，恰恰是来自基督徒内部和基督教自身。由于害怕亚里士多德的理性让人们认识到真理而自毁于大火。有趣的是，据说约尔格这个文学形象来自博尔赫斯，博尔赫斯既是图书馆的馆长，也是一个盲眼老头，如此看来，翁贝托·埃科是以这种方式在向博尔赫斯致敬。

《玫瑰的名字》改变了后现代文学作品晦涩难懂的面貌，重新获得了大众读者的青睐，做到了雅俗共赏，解释了理性和信仰、神学、哲学和文学之间复杂的关系。

《玫瑰的名字》之后，翁贝托·埃科出版的六部长篇小说《傅科摆》、《昨日之岛》、《波多里诺》、《洛阿娜女王的神秘火焰》、《布拉格公墓》和《创刊号》等，也都十分有趣，每一本都涉及一个专门的知识领域，显示了埃科的博学、睿智和卓见。

纵观翁贝托·埃科的作品，一般分为两大类，一类是上述的几部小说，另一类是文艺理论、哲学、美学、符号学著作。比如，他编写了多部大部头、图文并茂的彩色图文书《美的历史》《丑的历史》《中世纪之美》《异境之旅》等，运用大量的美术作品和摄影图片，分门别类，讲述美与丑的观念史，中世纪的美学观点，还有人类对异境世界的想象。在《美的历史》中，从远古女性岩画一直到现代美女影星碧姬·芭铎和莫妮卡·贝鲁齐的性感照片，他都精到地进行了分析，让我们看到了从古希腊到今天的全球化时代，人们对美的理解的观念变迁史。

他的文学演讲集《悠游小说林》出版于1994年，收录了他在美国哈佛大学多次演讲的内容。在这本书中，他从人类的神话、童话、罗曼司、史诗到长篇小说，逐一分析了小说的历史和小说的无限可能性。他的文学创作又分成两个部分：长篇小说和文学随笔。翁贝托·埃科长期在报纸杂志上开设专栏，写下大量的随笔，这些随笔见解非凡，妙趣横生，短小精悍，脍炙人口，分别结集为《小记事》系列、《误读》、《带着鲑鱼去旅行》、《康德与鸭嘴兽》等十多种。

翁贝托·埃科是欧洲文明之树上结出来的大师，在 20 世纪，小说的发展道路有很多条，翁贝托·埃科走出了一条他自己的路。他用奇特的文学想象串联起欧洲中世纪和当代世界的历史与文化，创造出一个有趣而烧脑的小说世界，仿佛用积木搭建出了一个个十分复杂的建筑，然后，他又用叙事学的圈套拆掉了它们。

2016 年 2 月 19 日，翁贝托·埃科在意大利米兰的家中去世。

路易-斐迪南·塞利纳：

《茫茫黑夜漫游》

　　路易-斐迪南·塞利纳在 20 世纪的法国作家中，常常排位仅次于普鲁斯特。在法国某杂志举行的"法国作家眼中的法国重要作家"评选活动中，阿兰·罗布-格里耶、尤内斯库、萨洛特、朱利安·格拉克、巴赞、索莱尔斯等法国当代作家给出了他们的答案。在 200 年的时间跨度里，这些法国作家眼中最重要的法国作家是谁？几乎每个人都提到了普鲁斯特，一半的人认为，塞利纳很重要，得票第二。

　　路易-斐迪南·塞利纳的人生经历很传奇，也是一个争议很大的人物，这在于他的亲德倾向和排犹主张。因此，很长时间里，他的名字上都有一层阴影。但在 20 世纪的法国小说家中他的确是独树一帜的。塞利纳出身于一个中产阶级家庭，父亲是一家保险公司的职员，喜欢文学。塞利纳少年时代就按照父母的意愿去德国学习德语，还去英国学习英语，回到法国之后，曾经当过商店里的学徒店员。

　　1914 年，第一次世界大战爆发，20 岁的塞利纳应征入伍，在前线受伤，不久就回到后方。1915 年他在伦敦的法国外交机构工作。他喜欢到处跑，1916 年去非洲的喀麦隆待了一年。战后，他在法国的大学攻读医学，1924 年获得医学博士学位。毕业之后，他到美国汽车城底特律当医生，为国际组织调查美国福特汽车厂的工人医疗与保健情况撰写报告。1928 年回到法国，在巴黎郊区医院当医生，开始写作长篇小说《茫茫黑夜漫游》。1932 年，这部 40 万字的小说出版，他以外婆的名字塞利纳为笔名。这部惊世骇俗的小说引起了轰动，当时的著名作家、诗人马尔罗、瓦雷里、莫洛亚纷纷发表评论称赞，塞利纳一时声名鹊起。由于两个评委坚决反对，认为这部小说的一些描写有伤风化，所以未能获得龚古尔文学奖，但它获得了勒诺陀文学奖。

《茫茫黑夜漫游》是一部激情之书，一部文风绚烂、粗野、幽默、滑稽的意识流小说和流浪汉小说，但这不能完全概括这部小说的特点。16 世纪，西班牙出现了流浪汉小说的鼻祖之作《小癞子》，作者是谁到今天也不知道，只能以无名氏来命名。《小癞子》讲述了一个小混混到处流浪，经历了人间很多传奇的故事，以小癞子本人向一个贵族讲述自己生平的方式结构作品。

《茫茫黑夜漫游》也采取了流浪汉小说的形式，叙述者是第一人称"我"，有着很强的个人的自传性，以作者四处漫游的经历为素材。小说的叙述时间为 1914 年一战之前到战争结束 10 年后的 1928 年左右为止，全书一共 45 章。根据小说的时间线索和人物的行动轨迹，大体分为一战时期的前方战争生活、后方的医院生活、非洲殖民地生活、美国汽车城底特律、巴黎郊区、巴黎城区、图卢兹市和巴黎塞纳河畔的维尼。小说主人公叫巴尔巴米，他可以说是塞利纳的化身，在小说的开始他的身份是一个医学院的学生，然后参加了法国军队，一战中和德军作战，负伤后到后方养病，后来去非洲的法国殖民地，又去美国生活以及回到法国，和塞利纳本人的经历基本相同，可以说这是一部自传性很强的作品。

《茫茫黑夜漫游》让人瞠目结舌的地方，主要在于它的叙述风格。它的叙述语调快捷有力，犹如狂风暴雨般的瞬间印象式的语言较为迅捷，夹杂着粗话脏话，而且，小说中主人公巴尔巴米的各种离奇的、古怪的想象和比喻很滑稽幽默，使这部小说带有狂欢的气质。主人公在欧洲、非洲和美洲的经历，即主人公所经历的恐怖战争、法国殖民地的平等贸易和黑暗统治、医治不了人的灵魂的医院、冷漠可怕的美国资本主义、肮脏无比的巴黎和郊区的精神病院，还有粗野的性和没有希望的爱情，都是小说中的元素。

小说主人公巴尔巴米带有后来的存在主义作家笔下人物的气质。塞利纳在写这部小说的时候，创造出不少拼合删节了一些字母的法语词汇，故意破坏法语的固定用法。这样的语言风格带来了破坏感和阅读快感，读者在阅读《茫茫黑夜漫游》的时候，会情不自禁地被他叙述的语言洪流带走，带到主人公四下漫游的地方，带到主人公经历的离奇和大开眼界的事件旁边，带到人性中的幽暗地带，带到荒谬、空虚、绝望、激情、热烈、冷漠、伪善的情绪里。可以说，塞利纳在这部小说里肆无忌惮地表达了他对人世的看法，尤其在表现人性的黑暗面的时候，一点也没留余地，既批判了小说中主人公自己，也批判了作者本人，但塞利纳决不虚伪造作。

《茫茫黑夜漫游》的出版引发了读者的强烈共鸣，它涉及法国在20世纪之初的各种社会问题：失业、战争、殖民地统治、资本主义的压榨、郊区生活的贫困、对金钱的追逐、社会制度等等，在小说里，借助主人公的嘴巴做了大胆犀利的、讽刺性的批判和攻击，读起来快意淋漓。在这里引一段《茫茫黑夜漫游》中的片段，来看看作者的语言和叙述风格：

"难道就没有搞错？没看到对方的影子就互相射击，这种事并没有受到禁止！这样的事非但准许做，不会受到责备，甚至会得到正人君子的认可和鼓励，就像抽签、订婚和围猎一样！……没什么可说的。我刚一下子发现了战争的全貌。我犹如失去童贞的处女。要像我刚才那样，几乎是单独在它面前，才能看清可恶的战争，看清它的正面和侧面。不久前，有人在我们和对面的人之间点燃了战火，现在战火正熊熊燃烧！就像弧光灯中两根炭棒之间通了电流。炭棒是不会马上暗下来的！上校和其他人一样，也会在战争中死去，上校看起来虽然十分狡黠，但当对面射过来的子弹从他的双肩之间穿过之时，他身上烧焦的肉会和我一样多。……"（见《长夜行》，上海译文版，第10页）

在这段独白中，表明了作者的反战立场，描述了战争的可怕和他们对战争的恐惧，语言如同激流奔泻而下，使你来不及喘气。而且，塞利纳从不回避描述自己和他人的恶，以及自己与他人的丑，坦荡的作风使小说充满了对伪君子的嘲笑。作者敢于把主人公放到火上烤，牺牲自己也是为了告诉人们真理。

《茫茫黑夜漫游》中的叙事按照时间的顺序和主人公浪游的空间顺序展开。逃跑和主动离开是主人公的特性，一旦环境对他产生了威胁，或者说敌意出现了，主人公就立即逃跑了。巴尔巴米的命运随着时间和空间的转移不断发生戏剧性的变化，带给我们20世纪初期缭乱和缤纷的世相。小说中大部分人物都是扭曲病态的，这些人物饱尝了战争、疾病、贫困和罪恶的苦，对世态炎凉的展示和道德堕落的批判，以及作者本人的非道德的情绪表达，矛盾地交织在一起。

1936 年，他出版了长篇小说《缓期死亡》，这部小说以他的医生职业和家庭生活为主要内容，回忆了他的童年和少年时代。在叙述上基本是线性时间，不像《茫茫黑夜漫游》是根据主人公的回忆和想象来结构作品，作品语调似乎是一气呵成的，以一种自由联想的奔腾气势贯穿全篇，将《茫茫黑夜漫游》的风格发挥到了极至，把 20 世纪上半叶的法国写得腐朽不堪，生活中无数让塞利纳感到不满的细节刻画得很逼真，表达了他对社会和家庭生活的憎恶情绪。

二战结束后，尽管他躲在丹麦，但在 1950 年 2 月，法国政府还是判处他一年徒刑和 5 万法郎罚款。一年后，法国军事法庭根据赦免规定对他进行赦免，塞利纳这才和妻子一起回到法国，重新在巴黎开设诊所，一边继续写作。在他生命的最后 10 年里，出版了长篇小说《留到下回的美景》（2 卷本，1954）。这部小说从 1944 年开始叙述，描述了他亲眼看见二战最后阶段和他逃到了丹麦之后被囚禁在哥本哈根的生活，写作的技巧越发纯熟。他的后期小说还有《从一个城堡到另一个城堡》（1957）和《北方》（1960）。1961 年，他因脑溢血去世，去世前正打算写作新的长篇小说《轻快舞》，他在稿纸上连名字都起好了。

塞利纳的小说中意识流和内心独白的表达非常有冲击力。塞利纳的文学观的支撑点是，他认为，小说是激情催发下语言的自然流动和情绪、情节的自然展现。他反对按照过去的传统现实主义手法来讲故事，像镜子一样去反映现实。他的小说总是充满了跳跃和省略，叙述断断续续，语言闪烁不定，给人以很不确定和快速变化的感觉。他很善于说粗口，善于使用俚语和黑话，语感粗俗，以滑稽和幽默的方式展现人生最终的归宿：死亡。他还将一些他擅长的医学术语进行改造，用来描述小说中人物的状态，停顿、省略号、删节号、破折号的运用在他的小说里比比皆是，将复杂和模糊的情态表现得很到位。

《茫茫黑夜漫游》中运用的语言直接使用了巴黎郊区工人们日常使用的语言。他的小说观是：真正的小说不要去做任何的描述，而应当以节奏感强烈的语调去讲述印象，回顾往事、进行叙述，话语比任何叙述更加真实可靠。

塞利纳的小说观也进一步推动了现代主义小说在表达技巧上的发展。后来，新小说派中的女主将娜塔丽·萨洛特就发扬了塞利纳在这方面的探索。她运用各种方式的对话和潜在对话来展现主人公的意识和下意识、潜意识和无意识。总之，将说话和话语背后的各种可能性都进行了挖掘呈现，在如何用说话和内心声音表达人物复杂性方面，比塞利纳走得更远。

塞利纳属于离经叛道式的作家，但文学的创新需要这样的作家。只有艺术上的反叛和革新，才能不断开辟新境地，看似穷途末路的小说才能不断打开新的空间。

《哈德良回忆录》

　　玛格丽特·尤瑟纳尔是法国 20 世纪最杰出的小说家之一，尤瑟纳尔的贡献主要在于对历史小说的理解和探索。在她看来，各种打着现代主义和后现代主义旗号的文学探索，都是舍本逐末，把文学本身搞得更加混乱，她对各种文学实验都不以为然。她说：

　　"对智慧问题的关注在当代文学中只扮演了一个很小的角色，在我们这个时代最敏锐的那些人中，大多数只停留在描绘混乱的状态，超越这种状态达到某种智慧，一般来说似乎不是今天的现代人的做法了。"

　　她一生都在致力于描绘与人类生存相关的基本问题，描绘历史情境中人的基本处境。尤瑟纳尔不参与任何文学流派，甚至主动和法国"现代"的文艺流派保持距离，但她的小说写作却有着强烈的现代精神，开辟出法国小说的新方向。

　　1903 年，尤瑟纳尔出生于比利时布鲁塞尔，她的父亲是法国人，母亲原籍比利时，生下尤瑟纳尔仅仅 10 天后，就因为产后腹膜炎去世。父亲将小尤瑟纳尔带回法国北部老家生活。她父亲的家族是法国一个古老家族，父亲指导尤瑟纳尔学习各种欧洲语言，阅读文学和人文书籍，多个管家和家庭教师也对她产生了影响。加上她的刻苦自学，尤瑟纳尔掌握了法语、英语、希腊语、拉丁语和意大利语，受到欧洲古典文学和文化的深厚熏陶。她的父亲喜欢到处游历，尤瑟纳尔跟着他在欧洲很多国家生活，见识广博，视野开阔，这造就了未来的学识渊博的小说家尤瑟纳尔。

尤瑟纳尔很早就开始文学创作，最早出版的是一首对话体长诗《幻想的乐园》，取材于历史传说故事，写于 1919 年（时年 16 岁）。1929 年，挚爱的父亲去世了，尤瑟纳尔感到很痛苦，她继续在欧洲游历，并继续写作。

1939 年，二战突然爆发，战火在欧洲肆虐，尤瑟纳尔感到惶惑，就去了美国，在美国东部从事教师和翻译工作，居住在纽约芒特德塞岛。在美国期间，她写了话剧《阿尔塞斯特的神话》《埃莱克特或面具的丢失》。二战结束之后，她于 1949 年回到了欧洲，开始写长篇小说《哈德良回忆录》，小说于 1951 年出版，获得了成功。《哈德良回忆录》是尤瑟纳尔的代表作。她的其他作品还有长篇小说《苦炼》，以及三卷本自传《北方档案》《虔诚的回忆》《什么？永恒？》等。

《哈德良回忆录》是以古罗马皇帝哈德良为主人公的长篇小说。在小说中，虚构的部分紧紧围绕着历史上这个有名的罗马皇帝的生平来展开。语调是这部小说最重要的基石，以哈德良的回忆录的形式，写了一封长信给后来的皇帝马可·奥勒留，由此展开哈德良卧病在床开启的一生回忆。马可·奥勒留是古罗马一个著名的哲学家皇帝，留给后人的著作有《沉思录》。古代罗马是由皇帝来选择贤者继位的，而不是全都让自己的孩子继承皇位。

　　哈德良皇帝没有子嗣，他先是宣布安东尼为继承人，他又让安东尼收马可·奥勒留为养子。公元138年，哈德良去世，安东尼即位，安东尼于公元161年去世，马可·奥勒留和安东尼的儿子维鲁一起即位。公元169年，维鲁去世，马可·奥勒留独自执政到公元180年。马可·奥勒留可以说是罗马帝国有作为的皇帝之一，也是古代罗马帝国强盛时期的代表人物。尤瑟纳尔很早就谋划这部小说的写作，她说：

　　"这本书从1924年到1929年期间，从我20岁到25岁之间，就已经开始酝酿，并以各种不同的样式，整体地或者部分地写成了。只是所有的手稿全部被毁掉了……1934年，我重新开始创作，我进行了很长时间的探究。写出来被认为是定稿的有15页左右。我曾经想过很长的时间，让这部作品以一系列对话的形式出现，以便把当时所有的声音都反映出来。但是，不管我怎么做，细节总是优先于总体。各个部分在损害整体的平衡，哈德良的声音淹没在所有这些叫喊中。我无法去组织这个被一个人看见和听见的世界……不管怎么说，我太年轻，有一些书，在年过四十之前，不要贸然去写，我必须利用这些年头去学会准确地计算在这位皇帝和我之间的距离。"

　　尤瑟纳尔反反复复地多次拿起笔又放下，一直到了1948年，她过去的一只手稿箱子运到了美国，其中一些反复写过的札记，重新激发了她的创作兴趣。这个时候，经过20世纪最大战争浩劫的她已经45岁，对事物的理解也大不一样。忽然，她找到了如何写作这本书的路径：

　　"一幅用声音去描绘的肖像。我之所以选择用第一人称去写这部《哈德良回忆录》，就是为了让自己尽可能地摆脱任何中间人，哪怕是我自己。哈德良可以比我更加坚定地，并且更加细微地讲述他的生平。我很高兴地一再去描绘一个几乎是贤者的肖像。"

《哈德良回忆录》突破了以往欧洲历史小说的局限，它使历史小说具有了内心的声音和精神的深度。尤瑟纳尔对历史小说的发展起到了关键性作用，在她之后，那些写历史小说的人要注意了，因为很可能会在传统历史小说的泥沼里拔不出来。没有历史真实的声音和灵魂的历史小说，不是现代小说。对于历史小说，她说：

"把历史小说归入另类的那些人，忘记了小说家只不过是借助他那个时代的各种方式去诠释已经过去的某些事实，诠释有意识或者无意识的、个人的或者非个人的记忆，这些记忆与历史一样，都是用同样的材料编成的织物。19世纪的很多历史小说无非是一些雄伟壮丽的通俗小说。在我们这个时代，历史小说，或者人们处于其中而称之为历史小说的文学样式，只能是被置于一个重新发现的时代——去把握一个内部的世界。"

在这里，尤瑟纳尔指出了传统历史小说的糟糕之处，外部雄伟壮丽，内在是讨好大众的通俗历险故事。而历史小说需要内部的世界，那是一个由声音、精神世界、灵魂的运动和意识所组成的世界，是历史小说的新发展。

《哈德良回忆录》是这个哈德良皇帝的遗言。他在通过一封长信向自己隔代的继承者讲述自己的经历与时代。在小说中，哈德良回顾了一生，12岁的时候失去了父亲，16岁到雅典学习知识，回到罗马参军，在军队里不断晋升，得到当时的皇帝图拉真的赏识。图拉真去世后，哈德良继承了皇位，他采取很多措施来改善帝国的社会风貌：禁止奴隶决斗、男女同浴，提高妇女地位，大力建设罗马和雅典，修建了万神殿。他崇尚希腊文化，曾经还喜欢上一个12岁的希腊美少年，那个美少年在 20 岁时不慎溺亡了。他与犹太人进行了 4 年的战争，犹太人因此失去家园，到处流浪。是他下令将犹太人聚集的地方叫作巴勒斯坦。在尤瑟纳尔所虚构的这部古代罗马皇帝的回忆录中，哈德良不仅回忆自己的生平事迹，还将人生的感喟、对社会的观察都表达了出来，尤其是对于人类的价值和命运的思考。这些思考一方面可以看成是尤瑟纳尔借古代皇帝之口说出来的，另一方面，也是她总结古代罗马帝国留下的西方文明的根源性的价值观。小说出版之后好评如潮，获得了费米娜奖和法兰西学士院小说大奖，尤瑟纳尔由此成为法国第一流的小说家。

尤瑟纳尔的小说题材涵盖了古希腊和罗马的地中海文明、欧洲文艺复兴时期和 20 世纪初期的欧洲，她以对历史的巨大激情，以编织工般的技巧，将历史丰富的纹理织进了她的小说，带给我们一个由无数细节和心灵的悸动、灵魂的氤氲构成的鲜活的历史空间。

1980 年，77 岁的尤瑟纳尔被接纳为法兰西学院的院士，是法兰西学院历史上的第一位女院士。

尤瑟纳尔说："假如时间允许，我将一直创作，直到钢笔从我的手上滑落。"1987 年 11 月 8 日，她的脑血管病突然发作，钢笔从她的手上真的滑落了，一位杰出的女作家就这样停止了呼吸。

阿尔贝·加缪：

《鼠疫》

阿尔贝·加缪 1913 年 11 月 7 日生于阿尔及利亚一个工人家庭。他的父亲是法国人，母亲是西班牙人。阿尔贝·加缪 1 岁时，父亲死于二战的炮火，他母亲通过给人当用人来支撑家庭。他饱尝生活的艰辛，依靠自己的勤奋和奖学金，读完了小学和中学，又在阿尔及利亚大学攻读哲学，获得学士学位。

1937 年，他出版随笔集《反与正》，第一次涉及人在被异化的世界里的孤独，人如何面对自身的罪恶和死亡的威胁等主题。1940 年，他来到法国巴黎，和朋友一起在《巴黎晚报》工作。就是在这一年的 6 月 14 日，希特勒纳粹军队的铁蹄踏进了巴黎市区。这年的冬天，阿尔贝·加缪带着妻子，来到阿尔及利亚的奥兰城教书，在这里住了 18 个月。正是这一段生活，使他酝酿出小说《鼠疫》。

人类历史上有很多次被疫病席卷的时刻。黑死病、霍乱、鼠疫、麻疹、天花、猩红热、斑疹伤寒、流行性腮腺炎、白喉曾经造成过成百上千万人的死亡。从古埃及、古罗马到英格兰，从巴勒斯坦到印度，从法国、德国到中国宋、元时期的内陆省份，曾经都发生过大批人口死亡的流行性疫病。这些疫病甚至还毁灭了拉丁美洲的古代玛雅文明和印加文明。如今，登革热、艾滋病、疯牛病、禽流感、疟疾、血吸虫病、埃博拉病毒以及 SARS 肺炎不断地在我们身边出现。

2020 年初，新冠病毒逐渐席卷世界，一场全球性疫情一波波暴发，一直到 2022 年底才进入尾声。疫病是悬在人类头顶上的达摩克利斯剑，总是在人出其不意的时候掉落下来。从这个意义上再来看加缪的长篇小说《鼠疫》，就别有一番滋味在心头了。

《鼠疫》是一部寓言小说，也是一部象征色彩浓厚的小说。早在法国沦陷的 1940 年，二战在激烈地进行时，阿尔贝·加缪就开始构思这部小说。可能是由于纳粹政权在欧洲的肆虐而使他得到了创作灵感，但他并没有想根据纳粹的发展历史来写一部现实主义风格的小说。他联想到在面对突发危险事件时，人们可能的选择与抗争。曾经在欧洲历史上夺去很多人生命的鼠疫、霍乱、黑死病等等瘟疫大流行时的那些可怕历史纷至沓来，加缪巧妙构思了这部小说，从而把眼前的现实上升到抽象的、寓言化的高度，描绘更广义上的人类境况。

1946 年，他写完了《鼠疫》，次年出版了它。刚刚经历了德国纳粹政权彻底覆灭的欧洲人都非常喜欢这部小说，在法国，《鼠疫》在很短的时间里就销售了 20 万册。1957 年 10 月，加缪获得了诺贝尔文学奖，获奖理由是："由于他重要的著作，在这些著作中他以明察而热切的眼光照亮了我们这个时代人类良心的种种问题。"

《鼠疫》这部小说的叙述平缓有力，描绘了一个虚构的阿尔及利亚城市奥兰城，在面对突然来临的一场鼠疫时各种各样的人的表现。

奥兰城本来是十分宁静的：

"奥兰呈现出一派奇怪的景象：行人增多了，即使不是高峰时刻也一样，因为商店和某些办事处关了门，闲着没事干的人群挤满了街头和咖啡馆。他们暂时还不是失业者，只能说是放了假。下午三点，在明朗的天空之下的奥兰给人一种节日中的城市的假象，停止了交通，关上了店门，以便让群众性的庆祝活动得以展开，市民涌上街头共享节日的快乐。"

加缪用这样平缓精确的叙述语调，使小说的情节发展缓缓进入到面临重大疫情来临的决定性时刻。小说中出现的芸芸众生本来都是过着安宁的日常生活的，可一旦面临可怕的鼠疫，面临死亡的阴影，他们就呈现出千差万别来。人性的复杂性，特别是卑劣、自私、贪婪、胆小和怯懦都表现得更加突出。最终，到了小说的后半部分，大部分的人能够从开始的惊慌失措到团结一心，大家一起面对可怕的现实状况，最终战胜了鼠疫。

如此看来，这部小说的主角，不是突然袭击奥兰城的鼠疫，而是加缪刻画出的奥兰城里对未来抱有信心的人物群像。在小说塑造的所有人物当中，一个最令人难忘的人物，就是带领大家抗击突如其来的鼠疫的里厄医生。

里厄医生是全书的灵魂人物，也是一个象征性的人物。为了控制鼠疫的攻击，他不顾危险，也不怕任何困难，从自己的职业道德和荣誉感出发，始终站在鼠疫的对面，带领大家和鼠疫顽强作战；从精神上鼓励人，从行动上影响人，要大家不要灰心丧气，不要投降屈服，不要自私自利，不要胆怯偷生。他的人道主义精神和高尚、勇敢的行为，使周围的所有人，包括记者、神甫、商贩、士兵和孩子们都得到了感召。最终，大家用集体的力量和耐心，艰难地战胜了鼠疫。忽然有一天，鼠疫就迅速地退却了。这部小说触及了人的道德、政治、人性和伦理问题，并对此做了鲜明的呈现。可以说，鼠疫是一场疫病，也是检验人性的筛子，它让人性在面临它的考验时，自己去做出各种选择，同时也必然要为自己的选择承担所有的后果。

在加缪所处的 20 世纪，从东方到西方，从南半球到北半球，人类经历了太多的天灾人祸。20 世纪是白骨累累的世纪，是人类互相残杀最为激烈的世纪。浩劫过后，人们以自身具有的理性，会在自我反省中深深地自责和反省，也许会因此减少自己愚蠢的行为。但人类的永恒教训就是：人类从来都不会吸取历史的教训。人类的未来面对的未知危险仍旧很不确定。大量的天灾和人祸，各种细菌和新病毒也在不断涌现和肆虐，它们对人类的威胁会与日俱增。

在小说《鼠疫》中，突然被鼠疫包围的奥兰城，就是一个特定的环境。里厄医生选择去改变荒谬世界的逻辑，并且感化他人，获得正义的力量，把鼠疫裹挟的灰色世界变成被阳光普照的光明世界。因此，《鼠疫》里描写的鼠疫，是人类过去曾经面对、现在正在经历，甚至将来仍旧无法幸免的突如其来的所有灾难的象征和缩影。这甚至是人类要面对的永恒的惩罚。关键是我们是不是应该像里厄医生那样，排除自身的恐惧与疑惑、胆怯与游移，共同携手度过艰难的时刻，用耐心和毅力来战胜它。

似乎我们很容易在加缪的作品中找到哲学思考的印记。但阿尔贝·加缪并不是一个思辨型的哲学家，他是以自身经历和阅历来推导时代哲学命题的文学家。在阿尔贝·加缪的散文集《西绪福斯神话》中，希腊神话中的巨人西绪福斯每天要推动巨大的石头上山，当石头滚下来的时候，他必须要挡住石头，然后继续地将巨石往山上推，并且永不停止。他认为，西绪福斯所代表的就是人类，人类面对的处境和西绪福斯是一样的，周而复始，人类永远也不能摆脱受摆布和惩罚的命运。这种理念是 20 世纪混乱的欧洲所造就的，是诞生了纳粹和发达资本主义的欧洲所造就的，是殖民主义和大机器工业、日益发达的工业机器和官僚系统所造就的。

1956 年，他发表中篇小说《堕落》、短篇小说《流放与王国》，他的思想开始转向基督教伦理探讨，对过于世俗化的道德和存在的命题，已经失去了兴趣。

阿尔贝·加缪还钟情于话剧剧本的写作。戏剧是阿尔贝·加缪重要的文学创作，他认为话剧这种古老的文学表现形式，可以最大限度地呈现复杂和紧张的冲突，人与人的关系可以在剧情的纠葛中得到最大呈现。除去剧作《卡拉古里》，阿尔贝·加缪还创作了另外 4 个剧本：《误会》《戒严》《正义者》《阿斯图里亚斯起义》，并改编了 6 个其他人写的剧本，作为他创立的文学世界三足鼎立的重要部分。这些戏剧都把人放到一个具体的境遇里来探讨人的存在境遇，以及在不同的境遇中，选择对一个人把握自己命运的重要性。

阿尔贝·加缪对现代主义小说过分强调技巧持有警惕之心。他支持小说家对形式和讲述故事的方式进行各种探索，但他反对形式大于内容，反对放弃故事本身。因为，人类的与生俱来的好奇心促使人们对故事有着天然的兴趣。而小说存在的最大理由就是小说在不断地讲述着故事，虽然讲述故事的方式在发生着变化。

另一方面，阿尔贝·加缪的小说特异性之所以十分强烈，是因为他对人类苦难的认识和对自我存在的谛视。因此，对人生的荒诞感的表达和不懈地寻求意义，恰恰意味着加缪的存在主义思想，是试图去承担人类的道德和责任，而不是走向相反的方向。

1960 年 1 月 4 日，46 岁的加缪在巴黎东南 70 公里处发生的一次车祸中丧生，随身携带的提包里装着没有完成的长篇小说手稿《第一个人》。这一天是阴雨绵绵的一天，他乘坐伽利玛出版社老板米歇尔·伽利玛的小车回巴黎，结果车子撞到路边一棵大树上，加缪当场死亡。2019 年，意大利作家乔万尼·卡泰利的非虚构作品《加缪之死》在法国、意大利和阿根廷出版。在这部书中，经过深入调查的乔万尼·卡泰利认为，加缪之死是苏联克格勃所为。他是依据捷克诗人和翻译家扬·扎布拉纳当年的日记中记载的线索，得出的这一结论。据称，有人在加缪乘坐的那辆车的轮胎上做了手脚，导致汽车在高速行驶中突然爆胎。

捷克诗人和翻译家扬·扎布拉纳认为，谋害加缪的密令是当时的苏联内政部长德米特里·谢皮洛夫下达的，目的是为了报复加缪在 1957 年 3 月的法国《游击队报》上发表了攻击苏联的文章。而加缪确实在 1956 年 10 月声明反对苏联军事干预匈牙利。

令人意外的是，《加缪之死》出版之后，加缪的女儿凯瑟琳·加缪坚决反对这本书的出版发行，并且禁止该出版社引用任何加缪的作品原文。有些研究加缪的学者也反对《加缪之死》里的结论。美国著名作家保罗·奥斯特在这本书的序言中写道：

"这是一个可怕的结论，但在消化了卡泰利给我们列出的证据之后，很难不同意他的结论。因此，'车祸'应当以'政治谋杀'来解释。因此，阿尔贝·加缪在 46 岁时就永远沉默了。"

不管怎样，加缪的死绝对是一个众说纷纭、令人遗憾和悲伤的事件。加缪的遗作《第一个人》是一部回忆自我的成长和回忆父亲的小说，主题就是对父亲的寻找和对自我成长的发现。可惜的是，这部小说只写完了第一部分"寻父"，第二部分"儿子或第一个人"只写了一小部分，第三部分"母亲"只有一些大纲和笔记。

看来，阿尔贝·加缪打算写一部自己的"情感教育"式的小说，将个人生活赋以史诗的风格，写出一部在阿尔及利亚成长的法国人的史诗。最终，一场车祸把这部作品变成了永远的逗号。

阿兰·罗布-格里耶：

《橡皮》

阿兰·罗布-格里耶说："世界既不是有意义的，也不是荒谬的，它存在着，如此而已。"他认为小说家应该不带任何感情地、客观而又冷静地去描绘事物和世界。

进入阿兰·罗布-格里耶迷宫般的小说世界，必须要有一个视角。你的眼睛要像摄影机那样，注视着你平时不会去注意的各种物体，随时要留心那些可能会有某种暗示的东西和细节，然后加以分析，最后，所有的线索汇聚到一起，就是小说的结局。在他的大部分小说中，他总是喜欢用侦探小说、凶杀案件作为一个糖衣外壳，吸引那些对实验小说不那么有兴趣的人深入进去。而在小说的内里则包裹着他对现代小说的理解：对巴尔扎克的反对，对物化世界的描绘，对不确定事件的追踪，对两难和凑巧、邂逅和偶遇、暗示和象征的迷恋。这些是理解阿兰·罗布-格里耶的小说的钥匙。

阿兰·罗布-格里耶 1922 年 8 月生于法国布雷斯特，故乡雪白的海浪、飞潜的海鸥和隐藏有无数暗影的多孔岩石海岸给了童年的他以深刻的印象。1945年，他从国立农学院毕业，成为非洲法属殖民地一个"徒有虚名的农艺师"，他在柑橘研究所一边研究香蕉树的寄生虫，一边写作他的第一部小说《弑君者》。1949年，这部小说写完后却无法出版，巴黎一家大出版社觉得小说太前卫、太令人费解，"有礼貌地拒绝了"。

1951年，在安第斯群岛研究香蕉树的阿兰·罗布-格里耶回到法国，他发现《弑君者》躺在子夜出版社编辑的桌子上，他们对这部小说表现出浓厚的兴趣。但阿兰·罗布-格里耶却说："别着急，我正在写一部新的小说，新作肯定会让你们更加有兴趣。"他在回国途中写下了《橡皮》的初稿，1953年《橡皮》出版，由此诞生了一个新的流派：新小说派。

《橡皮》一露面就带有独特的文学气质：描绘事物客观、精确，罗布-格里耶仿佛带着科学家才有的冷静目光，关注世界万物和人物的内心。这部小说的外表包裹着一个侦探小说的外壳，一个恐怖组织准备把对国家政治和经济起重要作用的某些当权者一一暗杀，已经干掉了8个人，政治经济学教授杜邦也是这个当权集团中的一员，但是他幸免于难，躲过了对他的第一次谋杀。内务部得知了这个消息，立即派侦探瓦拉斯前去调查，并且埋伏好了。商人马尔萨要去取走杜邦寄存的重要资料，而恐怖分子也准备刺杀马尔萨，可是马尔萨临时改变了主意，他得以逃脱了，杜邦亲自去取那些重要的文件，结果杜邦被瓦拉斯打死了。

小说中，"橡皮"是小说的暗示符号，阿兰·罗布-格里耶在写这部小说的时候，把一些可能暴露的线索用橡皮抹掉了，留给读者以线头混乱、线索不清的迷局，从而使读者理解作家要表达的观念是：世界是不确定和混乱的。

继小说《窥视者》出版后，1957 年，他又出版小说《嫉妒》。这部小说以摄影机眼的手法，将一个男人偷窥妻子活动的视线和思绪记录下来。奇特的地方在于，小说用现在进行时进行叙述，并没有点明叙述者是谁，直到最后才知道，这个无所不在、视线受到一些遮挡的叙事者，是女主人公阿 X 嫉妒得发狂的丈夫。他用摄影机一样的眼睛，精确地观察着妻子的一举一动，尤其是她和弗兰克的交谈，这双眼睛还将周遭种植园里的各种东西都一一地记录下来。阿兰·罗布-格里耶运用电影叙事手法，将小说的空间变化、时间的错位，以及现实和幻觉、想象和梦境交织在一起，表现越来越复杂的、不确定的现代人的内心世界。小说客观而趋向物体物理属性的单纯语言描述，使作品具有不动声色的镜头感。

1962 年，他出版短篇小说集《快照集》。小说集收录了 6 篇小说，分别是：《三个反射现象》《归途》《舞台》《海滩》《在地铁的走廊中》《密室》。这些小说都具有相同的特质：对物体的精致描绘和不厌其烦的打量与陈述。比如，在小说《三个反射现象》中，叙述者仿佛架着一台摄影机，缓慢地摇过眼前的各种物体：咖啡壶、人体模特、一场教学课、水洼与森林。阿兰·罗布-格里耶像一个耐心十足的摄影师，将他看见的物体和场景，尤其是一些静物的细部进行长时间打量，用文字记录下来。

阿兰·罗布-格里耶的第二阶段的写作持续了相当长的时间。《幽会的房子》（1965）是以香港作为背景的小说。特定的地域和特定的时间，革命、谋杀和东方市井气息充斥在小说里。在《纽约革命计划》（1970）中，像纽约那样一个商业化的大城市，"革命"是根本不存在的，小说表达了罗布-格里耶对"革命"这个词汇的否定。在《一座灵魂城市的拓扑学结构》（1976）中，他描绘了一个被毁灭的城市中有一座既像神庙又像监狱的建筑，一个雌雄同体的人可以繁殖后代。整部小说如同一个梦境中的游记，是对噩梦式被毁灭命运的探幽。《金三角的回忆》（1978）是对一起谋杀的反复探询和陈述，最终使故事处于无法解读的境况。在小说《吉娜》（1981）中，阿兰·罗布-格里耶讲述了一个男人在执行任务的过程中消失的故事，他执行的是一个叫吉娜的女人的命令。《反复》（2001）是阿兰·罗布-格里耶接近80岁高龄时写出的作品，小说的时间背景是1949年，主人公是法国情报部门的间谍，他来到柏林执行一项任务，最终却忘记了自己的使命。

此外，他还写了三卷本的自传：《重现的镜子》《昂热丽克或迷醉》《科兰特的最后日子》，但他不把这三本书叫作自传，而是叫作"传奇故事"，在这三本自传中，他多少收敛了某种故弄玄虚，如实书写了他所创造的文学和影像的世界，和他复杂的内心感受。

作为小说家的罗布-格里耶和电影的关系，暗示着"新小说"和"左岸派"对于世界的共同看法。他们以作家的全新眼光，重新审视自古希腊以来逐渐分崩离析的世界，他们冷漠、客观、虚幻、闪烁的目光共同朝向世界的复杂性和多义性。他们为小说和电影留下了难解的疑惑阴影，阴影里也暗藏着新的可能。似乎新小说和左岸派电影导演的结合，在逻辑上就已暗含着一种必然。

1960年代，罗布-格里耶的"电影小说"《去年在马里昂巴》由法国左岸派导演阿伦·雷乃拍成同名电影。雷乃把电影第一步的工作全权交给格里耶去做，他要借助作家的目光和思维，把新电影推向人烟罕至的绝妙之境。他让格里耶自己写出全部的分镜头剧本，雷乃像小学生一样捧着格里耶的经卷，拍成了这部据说是最为难懂的著名电影。

在电影中，M 先生和 A 女士及 A 女士的丈夫在一个清静寂寥的旅馆相遇，M 先生不停地对 A 女士说去年他们的相遇。A 女士一开始不信其言，可随着连绵不断的劝说、讲解、召唤和描述，A 女士半信半疑，甚至在片尾处和 M 先生起身走向同一去处……片子伊始，就是没有来处的神秘独白：“古典装饰的大房间，安静的客房里，厚厚的地毯把脚步声吸收了，走的人也听不出来，好像走在另一个世界上……像是位于远方的陆地，不用虚无的装饰，也不用花草装饰，踩在落叶与砂石路上……但我还是在此处，走在厚厚的地毯上，在镜子、古画、假屏风、假圆柱、假出口中等待你，寻找你。”

梦呓一般的谈话，冰冷迟缓的镜头，层层迭进的空间，静止不动的人物……没有剧情，也没有一贯的逻辑，摄影机迷失在巴洛克风格建筑的繁复装饰里，镜头在房内时还是夜里，屋里上着灯，镜头摇开移向室外时，外面是阳光明亮的白昼。永远走不到头的回廊，无法确定身份的人物，没有缘由的笑声，阴森冷寂的沉默，突然打破这一切的热烈掌声，愈来愈激昂的音乐……

“你还是和从前一样的美，可是你仿佛完全不记得了。”“那是去年的事。”“你一定弄错了。”“那也许是另外一个地方，在卡尔斯塔德，在马里昂巴，或者在巴顿萨尔沙，也或者就在这里，在这间客厅里……”

电影不得不借助文字虚幻的描述，意义模糊的影像和指向莫名的文字如两条凉蛇般交颈攀升，它们共同指向世界无法言明的空旷高台。

罗布-格里耶认为，艺术创作的目的“不是为了解释世界，而是为了安定人心",他说:"人们在生活中常常碰到一大堆无理性的或意义暧昧的事情。"他和导演雷乃都把指向归于人类意识深处,在现实世界之外寻找灵魂喘息的可能。在作品中,放弃了时间的正常逻辑,以重新安排的时空秩序和无处不在的上帝造物进行着隐秘的对抗,取得了徒劳的胜利。时空拼贴、偶然组合,如同小说呈示的那样,以供阅读的文字却拒绝着阅读,呈送给眼睛的图像却拒绝着观看。无调性音乐、多调性音乐的影响在其中渗透,幻觉般呈示的多重空间只是虚假的出口。格里耶用文字给郁闷的现代人许诺了一个虚空的自由世界,阿伦·雷乃用影像把它们转译出来。罗布-格里耶和阿伦·雷乃的合作具有深远的意义,它改变了人们看世界的方式,让人们通过虚幻的去年和并不存在的马里昂巴看到了梦的真实倒影。人们没有理由绝望,自由还有希望。

《去年在马里昂巴》获得1961年威尼斯国际电影节金狮奖。从此,电影学院的教材中就多了这部难以理解的片子,它作为沉实厚重的黑暗,磐石般牢据着电影这艘大船神秘的底部,让所有后来者得以放心轻松地去到甲板上自由歌唱,来回漫步。

1963年以后,罗布-格里耶开始自己编导拍片。他的电影作品有《不死的女人》(1963)、《横越欧洲的快车》(1966)、《说谎的人》(1968)、《伊甸园及其后》(1971)、《N拿起骰子》(1971)、《欲念浮动》(1974)、《玩火》(1975)、《漂亮的女俘》(1984)等。

罗布-格里耶曾开玩笑地抱怨电影使他错过了诺贝尔文学奖。他说,"1985年,我获奖的形势很有利,当时,瑞典影片资料馆放映了我的影片回顾展,不知是什么引起了当地新闻界的愤怒,于是,最后是克洛德·西蒙得了诺贝尔奖"。

罗布-格里耶、克洛德·西蒙、杜拉斯……他们用文学与电影建立了关系，这不是作家与电影偶然的关系，我们也许可以从中看到人类要求艺术家用多种艺术思维观照现实的想法，也许，电影作为一种现代人必备的思维方式，已经借助文学的通道来到了我们家中的书案之上。

罗布-格里耶曾两次到过中国，在湛江、广州，他迷失于东方的青瓦石板小镇。在东方他感受到了时间的另外一种流逝方式。

罗布-格里耶说："每写出一个字，都是对死亡的胜利。"

《梦游人》

赫尔曼·布洛赫1886年11月出生于维也纳，父亲是一家纺织厂的工厂主，母亲是犹太富商的女儿，家境殷实。他在20岁时便接管了父亲的纺织厂，但这并不是他的志向所在。后来，他结识了当时一些十分重要的德语作家，如卡尔·克劳斯、托马斯·曼、茨威格、罗伯特·穆齐尔等人，受到他们的影响，开始了文学创作。1926年，他进入维也纳大学学习数学、心理学和哲学。1931年，他出版第一部长篇小说《梦游人》，获得了很高评价。1938年由于德国纳粹的迫害，他流亡到美国，在美从事群众心理学的研究，1951年5月30日因心脏病发作，在美国康涅狄格州的纽黑文去世。

除了长篇小说《梦游人》外，他的作品还有长篇小说《维吉尔之死》、《未知量》、《着魔》、《无罪者》，随笔集《小说的世界图景》、《对于音乐的认知问题的思考》、《詹姆斯·乔伊斯和当代》，以及历史文化论著《胡戈·冯·霍夫曼斯塔尔和他的时代》，等等。他与卡夫卡、穆齐尔、贡布罗维奇一起，曾被米兰·昆德拉称为"中欧文学四杰"。这四位作家的作品体现出一种共同的特征，那就是：一种精神性写作趋向。

海德格尔曾说过，德语和希腊语是人类最适宜用来表达哲学思想的语言。德语文学因而也适合表达思想，在德语作家中，精神性的哲思写作是一种独特的优势。从这个意义上来看赫尔曼·布洛赫的作品，我们就能很好地理解他的小说了。

赫尔曼·布洛赫的文学创作，特别是他的几部小说，都弥漫着浓浓的哲思气息。即使在他的呈现维吉尔意识流动的小说《维吉尔之死》中也是如此。他并不擅长讲故事，却善于思想，并将思想融入到小说的书写当中。这样的蕴含在小说里的思想，没有明确的概念，却有着思想的丝缕之光。

《梦游人》就是这样一部精神性哲思小说。《梦游人》共分三部，结构严谨，叙事扎实。三部分别为："梦游人：1888 年帕塞诺夫或浪漫主义""梦游人：1903 年埃施或无政府主义""梦游人：1918年胡格瑙或现实主义"。以三个时代的人物故事来表现 1888—1918年间奥地利所处的时代的巨大变化，呈现了欧洲传统社会正在瓦解崩溃，而新的价值体系并未建立的状态。这是欧洲从一战到二战间的整体的精神境遇，被赫尔曼·布洛赫以文学的触手敏感地抓取到了。

《梦游人》三部分的关键词，分别是三个年份：1888 年、1903年和 1918 年，这 30 年是德国皇帝威廉二世从登基到退位的时期。三个小说人物分别是帕塞诺夫、埃施和胡格瑙，三种主义分别是浪漫主义、无政府主义和现实主义。这些都是理解和进入这部小说的关键词和窗口。

第一部"梦游人：1888 年帕塞诺夫或浪漫主义"中的故事发生的时间背景是 1888 年，这一年有其特殊之处，被称为德国的"三皇之年"。本年度中，德国皇帝威廉一世去世，皇储腓特烈三世继位，但他只当了99天皇帝就驾崩了。他的儿子威廉二世接着登基。威廉二世继位后企图革故立新，但实际上却依旧固守着君主专制的旧传统。

这一部分的小说主人公，是出身于传统工厂主家庭的约阿希姆·冯·帕塞诺夫。他是家族中的次子，按照"长子继承家业，次子从军"的德国传统，约阿希姆10岁时就被父母送进库尔姆军官学校，进行军事训练。20年后，他成为一名德军中尉。一次偶然的相遇，他爱上了意外邂逅的陪酒女郎卢泽娜。他的好朋友贝特兰德退伍之后，成为一名商人。约阿希姆的兄长，也是家族产业和庄园的继承人赫尔穆特，随后死于一场决斗。于是，他面临着一个很重要的人生抉择：退伍回家，子承父业，接管家族产业和庄园，并按照父亲的愿望，向隔壁庄园主、男爵之女伊丽莎白求婚。他内心喜欢的却是卢泽娜。卢泽娜是一个酒吧陪酒女，地位低下，然而，她是他真心喜欢的女人，而伊丽莎白不过是家族之间强强联合的利益性选择。

在抉择的过程当中，约阿希姆与父亲产生了冲突，最终导致他的父亲精神崩溃。是选择隔壁男爵的女儿、"圣母玛利亚"般的伊丽莎白，还是选择陪酒女、风尘女郎、"罪恶泥淖"里的"恶之花"卢泽娜，让他十分痛苦。卢泽娜看穿了他的虚伪，主动离开了。最后，约阿希姆选择依附传统的价值系统，与门当户对的伊丽莎白结婚。在新婚之夜，伊丽莎白对约阿希姆说："我们既非素昧平生，我们又非心心相印。"她说出了心里话。

第二部"梦游人：1903年埃施或无政府主义"中的故事发生于1903年。这部分的主角不再是约阿希姆·冯·帕塞诺夫，而变成了奥古斯特·埃施。历史上的德国经济经历了上一次的危机之后，于1893年复苏，但在1900—1903年间，又发生了世界经济危机，导致德国的大量社会底层劳动者失业，也使社会危机四伏。

在这样的背景下，奥古斯特·埃施在科隆丢掉了他的书记员工作，他怒火中烧地向警察局检举陷害他的同事南特维希，却寄出了一封举报商人贝特兰德的信。经朋友、工会负责人马丁·盖林格的介绍，奥古斯特·埃施到曼海姆码头上的中莱茵航运公司做了会计，认识了海关检查员科尔恩。科尔恩想把自己的妹妹埃尔娜介绍给他，希望奥古斯特·埃施当他的妹夫。

一次偶然的机会，奥古斯特·埃施认识了杂耍剧院经理阿尔弗莱德·盖纳特，由此见到了背对木板、张开双臂迎接飞刀的表演者伊洛娜，"她看起来就像一个被钉在木十字架上准备处死的人"。他心里冒出一个让他十分兴奋的念头，那就是，去拯救随时可能飞刀加身的杂耍艺人伊洛娜。

为了拯救伊洛娜，他从中莱茵航运公司辞职，带着杂耍剧院经理阿尔弗莱德·盖纳特与伊洛娜一起回到科隆，想在科隆发展杂耍剧院生意。最后，以经理盖纳特卷款潜逃而告终，剧院生意亏了个精光。伊洛娜离开了他，他与他的旧相识酒馆老板娘亨特延大嫂结婚，在一家大型工业企业担任高级会计，他的救世梦想破灭，重新陷入平庸的生活。

第三部"梦游人：1918年胡格瑙或现实主义"中的故事，发生于1918年。在这一年的11月11日，历时四年的第一次世界大战落下了帷幕。小说的这一部分采取了多条线索并进的复调式结构，几条线索互相交织，把一些历史事件贯穿起来，前两部的主人公在这一部分聚首，渲染出一战结束时独特的社会面貌。

主人公胡格瑙是一个逃兵，他躲到了摩泽尔小城，谎称度假。在小城中，他遇到了摩泽尔的军队指挥官约阿希姆·冯·帕塞诺夫少校和当地一家报纸的发行人埃施。他在旅馆餐厅巧遇约阿希姆·冯·帕塞诺夫少校，假借爱国之名，骗取少校的信任。胡格瑙想在埃施的报纸上刊登广告，就来到埃施的报社，看到报社运营良好，就冒充一家子虚乌有的集团的代理人，以诈骗的方式企图取得埃施的报社控制权。阴谋败露之后，借助战后的混乱状态，他杀死了埃施，劫持了约阿希姆·冯·帕塞诺夫，最终安然无恙地回到故乡，过上了小资产阶级商人的安稳生活。

这一部分中，赫尔曼·布洛赫还穿插书写了五条情节支线，插入了十篇论述"价值崩溃"的随笔和十六篇"柏林救世军姑娘的故事"，由此将哲理随笔、诗歌、抒情散文、戏剧片段、报刊文章、商业信函等各种文体都混杂其间，在小说的形式表达上做了更多的探索，容纳了更多的信息，试图呈现那个时代欧洲所处的精神境况的全貌。

在《梦游人》中，有一种"梦态叙事"的气氛，弥漫在主人公那看似自我不断选择，实则受到时代局限的命运中。可以说，赫尔曼·布洛赫的《梦游人》以精确的三部复调式结构，书写了特定年代德国乃至欧洲的社会面貌和精神境况，成为引领现代小说前行的路标。

罗伯特·穆齐尔：

《没有个性的人》

奥地利作家罗伯特·穆齐尔的长篇小说《没有个性的人》是德语文学中的一块巨石。但穆齐尔没有写完这部小说，一部没有结尾的小说，本身就是一个关于文学的现代寓言。

罗伯特·穆齐尔 1880 年 11 月生于奥地利卡林西亚的克拉根福。他的父亲是奥匈帝国时期的工程师，有贵族封号。他的母亲很有艺术修养，天性敏感，这也影响了穆齐尔。1897 年，17 岁的穆齐尔进入维也纳布尔诺理工学院学习，1903 年在柏林大学攻读哲学和心理学，1908 年获得了哲学博士学位。从罗伯特·穆齐尔的教育背景来看，他学习过工程学、哲学、心理学、数学和物理学。他一生所留下的文学作品不多，有长篇小说《学生特尔莱斯的困惑》，短篇小说集《协会》《三个女人》，以及剧作《醉心的人们》。1938 年，纳粹军队攻占奥地利，穆齐尔流亡到瑞士，几年之后的 1942 年 4 月在瑞士因中风去世。

《没有个性的人》的第一卷于 1930 年出版，在德语文学界产生了影响。1943 年，他的一些未出版作品以《遗作残稿》为名出版。1952 年，由出版人、编辑家阿·弗里泽整理出版了新版《没有个性的人》两卷本，厚达 2160 页。此后，这部小说日益受到重视，并逐渐获得了德语小说的经典地位。2000 年出版的中文版两卷本由翻译家张荣昌译，长达 90 万字。这部小说的第一段是：

"大西洋上空有一个低压槽；它向东移动，和笼罩在俄罗斯上空的高压槽相汇合，还看不出有向北移避开这个高压槽的迹象。等温线和等夏温线对此负有责任。空气温度与年平均温度，与最冷月份和最热月份的温度以及周期不定的月气温变动处于一种有序的关系之中。太阳、月亮的升起和下落，月亮、金星、土星环的亮度变化以及许多别的重要现象都与天文年鉴里的预言相吻合。空气里的水蒸气达到最高膨胀力，空气的湿度是低的。一句话，这句话颇能说明实际情况，尽管有一些不时髦：这是一九一三年八月里的一个风和日丽的日子。……"

由此，展开了绵长的叙述。整部小说是叙述、抒情和议论融为一体的，小说的语调舒缓和低沉，似乎和笼罩在欧洲大陆上的厚云是一个感觉。小说的故事情节发生在奥地利的首都维也纳，时代背景是奥匈帝国时期。政府相关部门成立了一个专门委员会，准备庆祝 1918 年奥匈帝国皇帝弗兰茨·约瑟夫在位 70 周年。同一年，另外一个庆典也将在德国举行——德国皇帝威廉二世在位 30 年。这两个筹备的庆典活动被称为"平行的行动"。但就是在 1918 年，随着第一次世界大战的结束，这两个王国都灰飞烟灭了。因此小说的情节设定，就是对一个即将消失的时代的思考。

小说中最重要的主人公，名字叫作乌尔里希，他是奥匈帝国庆典活动委员会的秘书，小说开始时他刚刚 32 岁。在维也纳，乌尔里希作为委员会的秘书，由此展开了工作。他和奥地利社会各种人物的交往，对他们的精神状态都有所呈现。一战期间，奥地利维也纳的社会气氛代表了欧洲人的整体精神境况。乌尔里希在庆典委员会工作，除了和外部世界的接触之外，他善于内省，不断审视着自我和内心，思考着他作为人的特性。他渐渐发现，自己是一个没有个性的人，而且不仅是他，很多同代人也是如此。在奥匈帝国的社会现实中，物质和物化的感觉是现实的中心，精神的平庸和贫乏使得很多周围的人都是没有面孔的人。乌尔里希的生活平庸而日常，他的交往很多，随着主人公的活动，奥匈帝国在一战前的沉闷、庸常、压抑得如同死水一样的社会面貌被刻画出来。小说共分三卷，并未全部完成，仅从第一卷和第二卷中，就能看到穆齐尔哲学思考型的小说精神性写作的特质。

米兰·昆德拉对这部小说赞赏有加，认为它是中欧文学中必须被重视的一部杰作。这部小说显然不是传统意义上的故事小说和情节小说，穆齐尔把故事情节打碎掺杂在人物的各种议论、活动和思绪中，转变成了一种精神性的叙述，把小说推向一个新境界。它是一部没有结尾的小说。为什么没有写完？按照一般性的说法，希特勒上台之后，罗伯特·穆齐尔不得不开始颠沛流离的流亡生活，1936年因为中风，险些丢掉性命，从此疾病缠身，流亡到瑞士之后四年时间里郁郁寡欢，一直到1942年4月他离开人世，甚至都没有能力修改定稿第二卷第39章到第58章的手稿。

也许，当小说像平原一样展开的时候，小说的作者已经无法控制它向四面延展了。因此，穆齐尔不得不绝望地停留在随便某个地方，犹如一辆在广袤的旷野上奔驰的马车停在随意的某处。这样反而使《没有个性的人》呈现出现代小说的一种可能性，那就是，蔓延，作为小说的一种特性，它可以沿着所有的方向不断叙述下去，没有尽头，和时间与空间同在，直到世界消失的那一刻。

米兰·昆德拉在他的小说理论著作《被背叛的遗嘱》中谈到《没有个性的人》时说：

"尼采使哲学和小说接近，穆齐尔使小说与哲学接近。这一接近不是说穆齐尔比别的小说家少些小说家的什么……穆齐尔的被思考的小说同样完成了对主题的前所未有的开阔；从此，任何可以被思考的都不被小说的艺术所排斥。"

在米兰·昆德拉看来，《没有个性的人》的特性，就在于小说在向哲学接近，在精神的层面上展开平面扩大的叙事。它成为以情节和故事取胜的小说向内向式的精神性小说转折的基石，这是《没有个性的人》带给小说史的贡献。

精神性小说显然是对我们的阅读习惯的一种挑战。所以，这部小说无论从长度还是阅读难度上，都是对读者耐心的考验。只有人的心灵才是基本的、最高的现实，才最值得现代小说家去了解和剖析。这是作者的想法，它对我们的一个启发就是，精神性的小说是我们的文学传统中缺乏的，由此可以激发出我们的创造性激情。当然，这是对那些有准备的作家而言的。在 21 世纪的今天，很多作家还在写传统意义上的故事，讲述那些带有奇观性的传奇。实际上，在一个多媒体高度发达的社会，大部分的故事和事故已经由报纸、杂志、电视台、广播和互联网说给我们听了。故事的奇观性在媒体的版块上和自媒体上到处都是，现实生活中发生的各种千奇百怪的、离奇的、匪夷所思的事，早就超越了作家本人对奇观性故事的讲述能力，因此，把讲故事当作小说的唯一圭臬，是当代小说的一个误区。

精神性小说不能等同于哲学小说。哲学小说一般只是告诉你一个哲理，小说依托所讲述的故事，只是作者的哲学思想的外衣和载体，这在欧洲启蒙运动时的某些哲学小说和教育小说那里可以清晰地看到，比如狄德罗、伏尔泰的作品。穆齐尔笔下的《没有个性的人》这样的精神性小说，只是描述人的一种精神状态，这种精神状态是氤氲的、说不清楚的、混沌的、变化着的，但却抵达了时代气氛最幽深的地方。米兰·昆德拉在《被背叛的遗嘱》里多次谈到穆齐尔的这部小说：

"在穆齐尔那里，一切都成为主题（关于存在的提问）。如果一切都成为主题，背景便消失了，有如在一幅立体派的绘画上，只有背景了。正是在将背景取消时，我看到了穆齐尔所进行的结构性的革命。重大的变化通常有一种不引人注目的表象。其实，思考的长度，段落的慢节奏，给了《没有个性的人》一种'传统式'行文的表象。这部小说没有颠倒叙述的年代顺序，没有乔伊斯式的内心独白，也没有取消标点符号，没有破坏性的人物和情节，在 2000 多页的篇幅里，读者跟随着年轻的知识分子乌尔里希的简单故事：他与几个情人出出入入，遇到了几个朋友；在一个严肃而怪诞的协会里工作（在这里，小说以一种几乎难以察觉的方式，远离了真实性并变为游戏），协会的目的是为了准备庆祝皇帝的生日，一个为了1918 年计划的伟大的和平节日（一个滑稽可笑的炸弹放进了小说的底基）。每一种小的境况都在它的进程中似乎固定不动，为的是被一个长久的注视所穿破，这个注视去询问境况的意义，询问怎样去理解和思考它。"

米兰·昆德拉讲清楚了这部小说在小说史上发生的转折性意义所在。《没有个性的人》并没有激进的形式实验，没有玩令人眼花缭乱的语言游戏，也没有现代主义小说的花招，它只是运用了议论、抒情和叙事混杂的普通技巧，展开了一次长久的注视，向一个时代长时间的注视。在这次长久的注视中，欧洲人的境况和存在面貌，这种存在面貌的荒诞和平庸被小心地、低调地、平静地思考和观察着，被一种尖锐的洞察力所刺破。穆齐尔没有描绘一个时代的典型形象和典型人物，但他却绘制出一个时代一群人的精神肖像。

在《没有个性的人》中，现代小说发出了一个声音，那就是，人的精神状态将会是小说发掘和表现的重大母题，小说将不断地走向人物的内心，而不是去描绘人物的外部世界。从后来的现代小说发展来看，《没有个性的人》完成了它给自身设定的任务，也昭示了小说发展的一条重要路径，那就是，一种精神性小说的存在，拓展了小说未来发展的可能性。

米兰·昆德拉：

《生命中不能承受之轻》

　　米兰·昆德拉在 20 世纪欧洲作家中十分特别和耀眼。他的小说的音乐性、中欧特性和哲思的光芒使他有着极高的辨识度。他对"欧洲小说"概念的清理、发现和拓展，也使我们对欧洲小说看得更加清晰。作为一个捷克离散作家生活在法国巴黎，他在创作后期用法语写作，因此具有"世界小说"和"离散作家"的双重特性。

　　米兰·昆德拉 1929 年 4 月 1 日出生于捷克斯洛伐克第二大城市布尔诺。他的父亲卢德维克·昆德拉是一位音乐家，当过雅那切克音乐学院院长。母亲喜欢读书，喜欢各种艺术，因此，他的家庭有着强烈的艺术气氛。音乐家父亲对米兰·昆德拉的影响很大，他从小就受到父亲的培养，学会了弹钢琴。成年之后，他成为一名作家，而音乐的元素对他的小说艺术形成了巨大影响。无论是他的小说结构还是叙述的语调，都具有强烈的音乐性。比方说，他的几部长篇小说都有着交响乐的结构，分成七个部分的小说有：《生命中不能承受之轻》《生活在别处》《不朽》《玩笑》《笑忘录》，他的小说集《好笑的爱》也由七个短篇小说构成，就像是由七个乐章构成的一曲曲交响乐。而且，他的文学评论随笔集《小说的艺术》和《帷幕》，也是由七个部分构成，七这个数字在米兰·昆德拉的作品中起着非常重要的作用。

米兰·昆德拉自己也会作曲和演奏，但最终他没有向音乐家的方向发展，而是走向了文学创作。他的堂兄是一位诗人，受到堂兄的影响，他最开始写作的文体是诗歌。早在1950年代，他出版过几部诗集：《人：一座广阔的花园》（1953）、长诗《最后的五月》（1955）、爱情诗集《独白》（1957）等。这些诗集带有表现主义和超现实主义风格，诗歌里的声音清醒、冷静，充满了理性和并不繁复的意象。后来，他当过工人和爵士乐手，从布拉格电影学院毕业后，留校教授文学。

他的长篇小说《玩笑》出版于1967年，这部小说描绘了时代带给捷克人的禁锢和创伤。小说的主人公卢德维克爱上了女同学玛尔盖达，他在邮寄给她的明信片上开了几句容易引起歧义的玩笑，结果被开除了学籍。15年之后，卢德维克被平反，遇到当年他的批判者曼内克书记，他决定勾引曼内克的妻子海伦娜作为报复，但当他把海伦娜勾引到手后，却发现曼内克不仅另有情人，而且又成了新的时代楷模——曼内克永远都是站在时代前面的得势者。这使卢德维克感到荒诞和哭笑不得。

1968年，苏联坦克进入布拉格，《玩笑》被禁，米兰·昆德拉也被布拉格电影学院解雇。他失去了工作。在那个压抑沉闷的年代里，他并没有停止思考和写作。1973年，他的长篇小说《生活在别处》在法国出版，引起了欧洲文坛的注目。

"生活在别处"是法国诗人兰波的一个名句。小说描写了一个叫雅罗米尔的诗人的成长历程。他生于 1930 年代，死于 1950 年代，以青春的生命见证了那段特殊的历史。这个诗人的形象将青春、叛逆和政治与时代结合起来，是一些时代艺术家的写照。

由于他在捷克无法出版作品，他的长篇小说《告别的圆舞曲》于 1976 年在法国出版。这部小说以一个温泉疗养院为背景，描绘了几个人之间复杂的情爱关系。小说带有轻松的叙事语态，幽默的对话和场景，将沉溺在情爱中的几个人的境遇描绘出来。按照作者的话来说，"这是一部五幕的闹剧"。

1975 年，在一些人士的努力下，他和妻子一起来到法国。他对法国文化心仪已久，法国是他的精神故乡和源泉，来到法国，米兰·昆德拉似乎有意要和捷克保持一定距离，他更愿意在小说里去创造艺术的永恒价值。

1979 年，长篇小说《笑忘录》在巴黎出版。这部小说的文体是混杂的，有小说的片段、自传、史料、想象性场面和讽刺散文，这些文体以变奏曲的形式被作者组织起来，形成一部叙事体长篇小说。小说的主题是关于人和权力的关系。他认为，人与权力的关系是记忆和忘却的斗争，忘却是道德堕落的表现。小说有着哲理思考的特点，将捷克斯洛伐克的社会环境以及对东西方冷战局面的思考融汇到小说中。1981 年，法国总统密特朗宣布，授予米兰·昆德拉和阿根廷小说家科塔萨尔法国国籍，他变成了法国人。

米兰·昆德拉的代表作是长篇小说《生命中不能承受之轻》，于 1984 年在法国出版。这本小说和冷战时期的气氛有关，但它也是一部不折不扣的音乐性、哲理性的小说。这部小说中出现了一些对立的概念，在这些概念之下，作者展开了他独到的叙述。比如生命感觉的轻和重、灵魂和肉体、政治和生命，等等，有着最为深刻的思考和诗性表达。小说故事也讲得很扎实：1968年，苏联的坦克进入捷克斯洛伐克，一个开明的历史时期在捷克结束。代之出现的是捷克斯洛伐克被占领的气氛。外科医生托玛斯是小说的主角，他和女招待特丽莎、萨宾娜的情爱关系是小说的重点，小说的细节无时无刻不在描绘那个特定年代的压抑气氛。知识分子遭到清洗和排挤，无形的阴影笼罩着每一个人。米兰·昆德拉没有控诉，只是讲述了那个时代一些捷克知识分子的生活和遭遇。最后，托玛斯和特丽莎夫妇因为车祸意外身亡。

小说的语调舒缓平和，就像一首叙事曲，或者是一首交响乐。在这部小说里弥漫的只是一种情绪和氛围，氤氲起来，模糊起来，诗化起来。米兰·昆德拉将一些哲学概念的探讨和对政治历史的分析隐藏其中。这部小说是探讨人在某种制度和特定环境下存在的哲学追问之书。小说里的两个重要元素是性和政治，性和政治一直是米兰·昆德拉的作品中关键的词汇，不过，性在他的小说里是显在的，是裸露在外的，作者也为此而津津乐道。他试图通过对人物之间性关系和性活动的描写来呈现主人公内心的复杂波动。冷战时期东西方之间的政治较量和制度隔膜，是小说主人公活动的时代背景。至于对他的小说中性描写过多的质疑，他回答说：

"我不愿意解释为什么性行为在我的小说里起着如此重要的作用。这是无意识的、非理性的领域，一个对我来说十分亲切的领域。小说家有他自己的界限，出了这个界限，他就无法再对自己的小说讲理论了，这个时候他就必须知道如何缄口不言。"

《生命中不能承受之轻》最能体现米兰·昆德拉的作品风格和气质，以及他的文学理想与追求，也是他最好的作品。小说充满了多义性，就像米兰·昆德拉自己所说的："小说的精神是复杂的精神，每一部小说都对读者说：'事情并不像你想象的那么简单。'这是小说永恒的真理。"无论从文学、美学、政治学还是社会学各个角度去解读，读者都可以获得他想要的东西，小说的有趣之处就在于它的开放性和模糊性，它的艺术氤氲的气质。小说获得巨大的成功，被改编成了电影，获得奥斯卡最佳电影奖，扩大了小说的影响。

那么，什么是米兰·昆德拉所说的"轻"呢？对于他这部作品最重要的概念，还要让他自己来说：

"最沉重的负担压迫着我们，让我们屈服于它，把我们压到地上。但是在历代的爱情诗中，女人总是渴望承受一个男性身体的重量。于是，最沉重的负担同时也成了最强盛的生命力的影像。负担越重，我们的生命力越贴近大地，它就越真切实在。相反地，当负担完全缺失，人就会变得比空气还轻，就会飘起来，就会远离大地和地上的生命，人也就是一个半真的存在，其运动也会变得自由而没有意义。"

这就能够理解米兰·昆德拉所说的"轻"了。这部小说的结构分为七个部分，其中还夹杂了一些名词解释，制造了小说叙事的停顿和迟缓，也给小说的叙述造成音乐中变奏的旋律。人物之间错综复杂的情爱关系像走马灯一样令人眼花缭乱，主人公莫名其妙的决定导致了不同的生命轨迹。在诗性的抒写中，人的境遇表现无遗。

《生命中不能承受之轻》中还有一个概念很重要，就是 kitsch。这个词在韩少功的译本里被翻译成"媚俗"，但这个词源在德语词汇中指的是矫揉造作或拙劣的文艺作品，有"虚假性的蛊惑"的意思。因此，"媚俗"重点落在了俗字上，并不很理想。米兰·昆德拉把这个词汇发展成一种世界观，在小说中，他展示了这个词汇的世相：被迫害者和迫害者一起用长长的食指威胁群众、美国参议员与布拉格检阅台上的官员同样露出作态的微笑、欧洲明星们进军柬埔寨与效忠入侵者的游行示威者同样都是在搞闹剧、参加抵抗运动的一位编辑充满了表演性，这些都是"媚俗"的表现，它在人类的生活中无法消除。"媚俗"这个词汇是进入米兰·昆德拉的小说世界的一个关键词汇。

1991 年，他的长篇小说《不朽》的法文版出版。《不朽》的主人公是歌德，德国文化中的巨擘。小说讲述了当时的浪漫派诗人阿尔尼姆的妻子贝蒂娜对歌德的爱恋。贝蒂娜因为和歌德有一段恋情，在歌德死后，她润色和改造了和歌德的通信，把自己变成歌德的缪斯女神而获得了世俗意义上的"不朽"。米兰·昆德拉通过这么一个故事，深刻讽刺了世俗意义上的不朽，反讽了追求不朽的过程中的情况。他实际上是在思考，当死亡成为我们必须要通向的结局，人的境况是什么样的。《不朽》是他真正意义上的一部"欧洲小说"，他通过这部主角是歌德的小说，来向欧洲小说传统致敬。什么是欧洲小说？他说：

"小说是欧洲的创造小说做出的发现，尽管由各种不同的语言写成，但这些发现却属于整个欧洲……在小说的不同阶段，各民族相继倡导，有如在接力赛跑中：先是意大利，有他的薄伽丘，伟大的先驱者；然后是有拉伯雷的法国；再然后是塞万提斯和《小癞子》等西班牙流浪汉小说；18 世纪英国伟大小说（狄更斯）和世纪末德国的歌德介入；19 世纪完全属于法国，以及后三分之一世纪俄罗斯小说的进入，还有继它之后迅速出现的斯堪的纳维亚（北欧）小说；之后，20 世纪和它的卡夫卡、穆齐尔、布洛赫和贡布罗维奇一起的中欧的冒险。"

这就是米兰·昆德拉对欧洲小说的主线发展所进行的描绘。他虽然没有谈论他自己，但显然，他也把自己纳入到欧洲小说的演进中，也在自觉地实践着、继承着这个伟大的传统。1995 年，为了更加靠近他所谓的"欧洲小说"的伟大传统，他用法语写作并出版长篇小说《缓慢》，这部小说翻译成中文只有 8 万字。《缓慢》的主题是缓慢。他认为现在的人类生活的节奏和方式都太快了，在这部小说中，他给我们越来越快的生活指出了一条道路，应该慢下来：

> "慢的乐趣怎么失传了呢？啊，古时候闲荡的人到哪儿去啦？民歌小调中的游手好闲的英雄，这些漫游各地磨坊，在露天过夜的流浪汉，都到哪儿去啦？他们随着乡间小路、草原、林间空地和大自然一起消失了吗？"

这部小说夹叙夹议，将自身的经历和看法与一些欧洲人的当代生活情状编织起来，表达了他的深思。

2000 年他又完成了一部小说《无知》，照例很薄，为了反击法国读者对他的法语小说的轻慢，他先出版了西班牙文版本，2003 年才出版了小说的法文版。

《无知》的题材重新回到捷克，故事情节很简单：一个多年没有回捷克的女人伊莱娜，20 年后回到那个国家，发现一切已经物是人非，找不到任何过去熟悉的踪迹。她发现人们并不在乎她的流亡生活，她被排斥在捷克生活之外，她后来和过去的友人约瑟夫相遇，他们发生了性关系，但她对于他不过是一个送上门的猎物。一种茫然和迷惑充斥在他们的心尖。《无知》探讨了流亡者和故乡的关系，是表达米兰·昆德拉内心对祖国捷克斯洛伐克（后来变成捷克和斯洛伐克两个国家了）的真实反应和态度。他自己也说，一生移民一次就够了，他不想再从巴黎移民回布拉格。实际上，他在巴黎找到了他的精神故乡，他对捷克已经没有更多的眷恋了，更多的是恐惧和怀疑。他发现他们也不把他当成一个捷克作家，而是一个"欧洲先生米兰·昆德拉"。他对自己的作品在捷克的出版非常谨慎。2006年，他的代表作《生命中不能承受之轻》捷克文版才在捷克出版。

阅读米兰·昆德拉的所有小说，我们会发现他对小说的表现技巧自我要求很高，也做了很多有益的探索，比如音乐的结构、语调的运用，画面感和思辩性的介入，话剧结构的戏剧冲突等等。他还将人的存在和发现作为自己的文学追求去努力呈现。他的小说呈现出议论偏多的特点，像某种巴赫金所赞赏的"复调小说"。的确，在他的小说中声音也很重要，阅读他的作品不光是用眼睛看，还要用耳朵去听。

《失明症漫记》

　　若泽·萨拉马戈 1922 年生于葡萄牙里巴特茹省的戈莱加。他家境贫寒，中学未毕业就在一所技校学习，后来成为一名机械制锁工人。此后，迫于生计，萨拉马戈曾在医院、银行、保险公司、出版社、报社等机构从事各种工作，为他观察了解葡萄牙广阔的社会生活提供了机会。他一直梦想成为作家，1959 年，27 岁的萨拉马戈成为一家出版社的文学编辑，并为多家报刊撰写专栏文章。1975 年，他担任葡萄牙《新闻日报》副社长，此后，53 岁的萨拉马戈才全身心投入到文学写作中，不断迸发出巨大的文学创造力，属于大器晚成的大师级作家。

　　若泽·萨拉马戈曾在 25 岁时出版长篇小说《罪孽之地》，并未获得文坛关注。此后近 20 年的时间，他都在生活中打转，无暇在写作中投入更多精力。很多小说家的写作是从诗歌开始的，他的早期作品中有两部诗集《可能的诗歌》（1966）和《或许是欢乐》（1970）。1977 年，55 岁的萨拉马戈出版长篇小说《绘画与书法指南》，1980 年，他又出版了长篇小说《从地上站起来》，开始引起欧洲文坛关注。以上这几部长篇小说、诗集，包括他撰写的大量报刊文章所结集的几部文集，是他的创作生涯第一阶段的成果。

若泽·萨拉马戈真正令人刮目相看的作品，是长篇小说《修道院纪事》（1982）。这一年，他已经 60 岁了。《修道院纪事》结构精巧，叙事紧密，有两条情节线索：一条故事情节是 18 世纪葡萄牙国王若昂五世修建马弗拉修道院的非凡过程，另一条线是神父巴尔托洛梅乌·洛伦索发明飞行器"大鸟"的故事。由此，小说就把历史事实和小说家的想象力糅合在一起。

在葡萄牙历史上，马弗拉修道院的修建是一个重要事件。在国王若昂五世的命令下，马弗拉修道院的建设不断推进，而洛伦索神父的飞翔之梦也在这一过程中努力实现。缺了一只手的退伍兵和一位具有超视距能力的女人是这部小说中的主要配角，他们围绕在洛伦索神父的身边，成为修道院建造过程的见证人。

在萨拉马戈的笔下，一座历史上伟大建筑的背后，实际上是那些无名的修建者，这才是他在这本书中书写的对象。萨拉马戈由此创造出一种带有想象力和诗性的小说语言，不断催动情节演进，且散射出迷人的魅力，在历史境遇中探讨了个人的价值和尊严，将葡萄牙历史中最重要的一段为我们展现出来。《修道院纪事》显示了萨拉马戈卓越的叙事能力和非凡的想象力，小说中那紧密的语调不断推动情节和人物的发展，小说中主人公的梦想体现着萨拉马戈对那个时代的想象力，那就是，飞在空中俯瞰马弗拉修道院的全貌，和葡萄牙在那个历史阶段的全景。

《修道院纪事》让人们看到了一个杰出作家的诞生。萨拉马戈也有了更大的雄心。此后，若泽·萨拉马戈的创作进入繁盛期。

1984 年，他出版长篇小说《里卡多·雷伊斯离世之年》。在这部作品中，小说的虚构和历史的真实模糊了边界，若泽·萨拉马戈探讨了灵魂与肉体、历史与真实、人性与道德的复杂关系，是一部拷问灵魂、深入历史现场的力作。

若泽·萨拉马戈继续迸发属于他自己的神奇的想象力，1986 年，他出版长篇小说《石筏》。这是一部幻想小说，想象力的支撑点是葡萄牙所在的伊比利亚半岛有一天忽然脱离了欧洲大陆。故事情节令人匪夷所思：某一天，欧洲西部比利牛斯山出现了一道巨大的裂缝，使得整个伊比利亚半岛脱离欧洲，带着半岛上的葡萄牙开始在大西洋上漂浮。这块漂浮的半岛就像是一个巨大的石筏飘移到了大西洋中。

这场地理意义上的剧变引发了石筏上所有子民的巨大恐慌，由此产生了纷乱的景象。小说实写了伊比利亚半岛变为石筏的飘移，但故事情节和人物的境遇则带有虚构的荒诞色彩，具有魔幻未来小说的梦魇般的氛围。萨拉马戈在这部小说中，探讨了葡萄牙在欧洲的地理处境，也探讨了伊比利亚半岛在欧洲历史中的地位和未来的走向。

1989 年，若泽·萨拉马戈出版了长篇小说《里斯本围城史》。这部十分厚重的小说重现了里斯本被围困时的历史风貌，带领我们返回到时间深处，去看一座城市的围困史和脱离险境的过程。但里斯本被围困这一历史情境，是被一位史书撰写者篡改后写就的。萨拉马戈想让我们看到对历史真实的叙述是多么难。同时，小说中还有一条爱情故事线索，这是一个发生在里斯本的爱情故事，男女主人公在历史的夹缝里活动，他们的悲欢离合如此的生动，使得沉重的历史顿时变得丰盈起来。

若泽·萨拉马戈后来出版的长篇小说还有《耶稣基督眼中的福音书》（1991）、《失明症漫记》（1995）、《所有的名字》（1997）、《洞穴》（2000）、《双生》（2002）、《复明症漫记》（2004）、《死亡间歇》《2005》、《大象旅行记》（2008）、《该隐》（2010）等，几乎每一部都别具想象力，思想锐利，带着批判的锋芒。

我们很难想象，上述这些作品都是他在70岁之后完成的。若泽·萨拉马戈著作宏富，除了上述作品，还出版有诗集《一九九三年》（1975）、短篇小说集《几乎是物体》（1978）和《五种感觉俱全的作诗法》（1979）、日记《兰萨罗特日记》（五卷）（1994—1998）、博客文集《谎言的年代》和多部剧本等。

长篇小说《失明症漫记》（1995）是他的代表作，也是我们进入萨拉马戈创造的文学世界的最佳入口。这部小说情节离奇荒诞，故事的设定与发展令人惊异。小说中，在某地，有人突然发现自己双目失明，眼前一片白色，就像是掉进了一个被牛奶染色的世界中，由此衍生出很多人物和故事。《失明症漫记》的创作灵感，来源于若泽·萨拉马戈自己治疗视网膜脱落的患病经历，视网膜脱落将导致失明。在治疗疾病的过程中，萨拉马戈体会到眼睛里的世界变成朦胧和模糊的世界时，在他内心里产生的惶惑和恐惧。

《失明症漫记》这部小说的开头，出现了一位出租车司机，他在等红绿灯。忽然，他眼前呈现出一片纯白色，就像是看到了由牛奶形成的大海。红灯灭了，绿灯亮了，可他却像是被施了魔法，无法开动汽车。他打开车门，走出汽车，举起双手在眼前摇摆，却看不见自己的双手——他发现自己失明了。他只好站在街头寻求帮助。有人把他送往医院，他的车子就扔在那里不去管了。后来，一个毛贼偷走了他的汽车，可这个毛贼得意之余，很快发现他也失明了。

出租车司机的妻子陪同丈夫在医院看病，却惊奇地发现，医院里的眼科医生也失明了。很快，到医院看病、得失明病症的人越来越多，小说中的一些主人公在医院聚首，他们以"戴墨镜的姑娘"、"斜眼小男孩"和一个"戴眼罩的老人"作为称呼。之后，越来越多的人失明，城市交通瘫痪，工厂停工，医院和学校都无法正常运行，失明的怪病在所有人之间互相传染，整座城市迅速陷入"失明"的无端灾祸中。

将所有人的命运共同放在一场巨大的考验面前，是杰出小说家惯用的技法。比如在加缪的《鼠疫》中，何尝不是所有人在面对一场突如其来的疫病？在《失明症漫记》这部小说中，若泽·萨拉马戈也让笔下的主人公去经受这样的考验。他重点描绘了一位医生的妻子，她是小说中唯一没有失明的人，因而她成为这个失明事件的见证者。正是这位医生的勇敢妻子，带领着眼盲的人想办法摆脱困境，寻找病因，使他们逐渐在失明状态下找到了自我，开始倾听内心的声音。由于失明症是一种传染病，所以政府下令，得病的人都要被安置在隔离区。庞大的隔离区里，隔离了不断被运送进来的病人。

小说中，医生的妻子为了照顾失明的丈夫，也假扮盲人，和医生丈夫一起被安顿在了隔离所。刚开始，失明症患者生活在1号区，后来，外面送到隔离区的病人越来越多，1号区不够用了，又分离出了2号隔离区。隔离区里人声鼎沸，区域狭小，环境糟糕透顶。可想而知，那么多失明的人挤在隔离区，吃喝拉撒，事事烦心，一定会表现出人性的复杂性。对食物的抢夺是患者们最开始的互相争斗，光是这一点就让很多人丧失了道德底线。慢慢的，生活在隔离区的人为了自己的生存变得自私自利，男人们同类相残，冷漠无情，女性出卖肉体换取利益，人性的卑鄙开始显露无遗。这些隔离起来的失明症患者逐渐变成一群行尸走肉，他们有的人逆来顺受，有的人偷奸耍滑，还有的人为虎作伥，替隔离区的管理者榨取病人的钱财。

医生的妻子是唯一没有失明的人，她不仅是善良和爱的象征，更是引领人们走出困境的自由女神。她逐渐成为所有失明者的眼睛，带领大家对抗这场突发的无妄之灾，最终使隔离区的混乱局面有所改善。后来，有一天，失明症突然消失了，所有的人都在为眼睛复明而欢呼，他们冲出了隔离区，忘记了自己的各种行为表现，抢着要回到正常的生活中。而目睹了人性的丑恶、卑鄙、自私的医生的妻子，却用一块白布捂住了双眼，她不想再看到这些人的嘴脸，复明的医生丈夫则成为妻子的守护者。

可以说，萨拉马戈在小说中假设的这一场突如其来的、规模空前的失明症，异彩纷呈地检验了人性在非常时期的诸多表现。小说就像是黑色的透镜所映射出的人性的显影，让我们看到了人人内心存在的魔鬼，因而，这部小说更加令人称奇。小说表面上讲的是人的视力失明，因为失明会使人陷入到困境中，失明状态是令人恐惧的，深层上则隐喻了人类在诸多社会问题上的失明，和思想道德上的失明。后来，虽然失明症突然消失，可人们已经现出原形。萨拉马戈想通过这部小说告诉我们，心瞎了，即使眼睛能看见东西，那也是生活在一个没有光亮的世界里。

1998 年，若泽·萨拉马戈获得了诺贝尔文学奖，获奖理由是："用想象力、同情心和反讽所维系的寓言，持续不断地让我们重温那一段捉摸不定的现实。"之后，他又接连出版多部力作，诺贝尔文学奖对他来说不是"死亡之吻"。2010 年 6 月 18 日，他在西班牙兰萨罗特岛去世。

雨果·克劳斯：

《比利时的哀愁》

雨果·克劳斯 1929 年 4 月生于比利时布鲁日，他比较早慧，18 岁就出版了首部文学作品，曾就读于根特艺术学院。他后来一直用弗拉芒语进行创作，这种语言是比利时荷兰语的旧称，流行于比利时北部地区。雨果·克劳斯多才多艺，他是诗人、小说家和剧作家，还是一位画家和翻译家，并担任过导演、剧场监督兼制片人。雨果·克劳斯属于欧洲二战之后出现的重要作家，他的作品与二战经历有着深刻的联系，书写了二战后艰难重建过程中比利时人民的生活和现实，被誉为"比利时明亮的灯塔"。

早在 1950 年代，他曾在巴黎逗留，接触过法国超现实主义艺术家群体"眼镜蛇"，此后，他在多个艺术领域穿梭前行，笔耕不辍，十分多产，一生出版的诗集、小说、剧作和散文随笔集超过了 100 种，他的长篇小说《比利时的哀愁》（1983）影响很大，并屡次获得诺贝尔文学奖提名。他获得过尼德兰文学奖、德国莱比锡书展大奖和欧洲阿里斯特安文学奖。1986 年，他获得了法国儒尔·巴泰庸外国文学奖，2000 年获得意大利诺尼诺国际文学奖。2008 年，在饱受阿尔茨海默病折磨后，他选择以安乐死的方式离开了人世。

雨果·克劳斯创作的文学作品中，诗歌、小说和剧作并驾齐驱、等量齐观，都为人所称道，达到了相当的艺术高度。他的诗歌创作深受超现实主义影响，诗歌充满奇特、鲜明、突兀、怪诞的意象，对语言的内在韵律和节奏把握娴熟，开一代弗拉芒语诗歌的新风，是艾略特和庞德的诗风在弗拉芒语中的深刻回响。他的诗歌产量很大，诗全集超过一千三百页，题材多样，自传诗、文本游戏、口语诗、意象诗、即景诗、讽刺诗、以诗论诗、读画诗等等都有涉及，异彩纷呈，令人惊叹。

雨果·克劳斯的代表作是长篇小说《比利时的哀愁》(1983)，这部小说使他位列二战后欧洲重要作家行列，声名达于巅峰。《比利时的哀愁》规模宏大，结构精巧，带有自传性，有一个对位式的精巧结构。全书分为两大部分，分别为"哀愁"与"比利时"，合起来就是"比利时的哀愁"，形成了绝妙的互文和对应。中文版厚达 758页，地理背景是比利时小城瓦勒，小说共塑造了 179 个人物，描绘出二战前后比利时的个人成长和社会面貌的全景，是一幅徐徐展开的文学长卷。英国《卫报》曾评价这部小说"就像一部《尤利西斯》规模的《一个青年艺术家的肖像》"。这句话的评价里有两个着眼点，一是这部小说具有《尤利西斯》的规模和厚度，二是这部小说具有成长小说的特点和深度。

1830 年比利时宣布独立之后，这个国家主要由佛拉芒族和瓦隆族构成。这两个民族在语言和文化上一直存在矛盾。在比利时，说法语的区域是瓦隆区，说弗拉芒语的区域是佛兰德区，小说主人公路易斯就生活在佛兰德区。比利时一向有"欧洲的十字路口"之称，因为比利时夹在荷兰、德国和法国之间。二战时，德国发动闪击战，纳粹的铁骑迅速穿过比利时、荷兰和卢森堡等国，对法国发起了进攻。当时，比利时军队仅仅抵抗了18天之后，就向德国军队投降了，这也是比利时历史上不光彩的一段。二战期间，佛兰德地区的弗拉芒民族运动被德国纳粹所利用，他们认为，弗拉芒语和德语是同一语系，而比利时佛拉芒族中的很多人也都亲德，这些社会历史因素和现实境况，在《比利时的哀愁》中通过主人公、少年路易斯的眼睛一一呈现了出来。

小说的第一部分《哀愁》一共有27章，描绘了二战爆发之前比利时小镇的市民生活。雨果·克劳斯以路易斯这个11岁男孩为主角，描绘了他的成长经历，并以他的眼光来细致观察当时比利时的社会状况和人的精神状态。小说中，外祖母梅尔克对路易斯说："比利时的哀愁哟，就是你了。"

少年路易斯是亲人们心心念念的问题少年："看在上帝的份上，你到底会变成什么样的人啊？你没有目标。你不做家庭作业。你对苏联的战争局势不感兴趣。你没有朋友来我们家做客。我从来没有听到你像你这个年龄的其他男孩那样谈论女孩子……"

在二战爆发前的诡异气氛中，路易斯发现，周围的人似乎都有着诉说不尽的哀愁。无论是路易斯的校园同学，还是为生计奔忙的中年人，还有惶惶度日的老年人，内心里似乎都弥漫着某种哀愁。"哀愁"在这一部分中是个关键词，小说中的人物、心理和外部场景处处都带着愁闷苦楚的气息。

在"哀愁"这一部分中，雨果·克劳斯通过路易斯的故事来讲述他自己少年时的记忆，带有很强的自传性。二战期间的雨果·克劳斯和小说中的路易斯都是10多岁的年纪。当时，逼近的战争气氛越来越强，比利时小镇上的芸芸众生惶恐不安，路易斯深陷青春的迷茫，四周危机四伏，暗流涌动，历史巨变的雷雨在酝酿，这种感觉被作者附着在路易斯的观察和经历中，就像是发黄的照片逐渐恢复了彩色，让我们看到了那个时代人与物的再生。

小说中，主人公路易斯参加了征文比赛。他的文章题目正是《比利时的哀愁》：

"《哀愁》，这是个好标题。另一方面……还缺了点什么。这标题显得……显得……太单调了。每个人都有哀愁。为什么您不写成《为祖国而哀愁》？我常常给我们自家报纸拟标题……""或者，简单点，就叫《比利时的哀愁》。英语就是 The Sorrow of Belgium。如果您以这个标题得奖了的话，您就可以亮明身份了。

这不是开玩笑的。这不是开玩笑的。"

雨果·克劳斯以精巧的笔法，塑造了塞涅夫与伯塞茨两大家族的众多人物，并绘制出一个时代的人物群像。这些人物笼罩在二战前后的气氛中，两大家族各色人等，因欲望与私利而深陷时代的迷雾中。少年路易斯目睹这一人间喜剧和世事变迁，同时也观察和体验着自身青春期的躁动不安与身体的变化，以个体生命的拔节成长感受着历史风云。少年路易斯性格内敛，不言不语，他忍受着教会学校的僵化气氛，面临着危机四伏的家庭分裂，面临着青春期的躁动不安。在管理严苛的教会学校读书，那些性情怪异的修女教师所营造的监禁式课堂气氛，使路易斯分分钟都在滋长着叛逆精神。他的想法也在不断变化，从一个阵营转到另一个阵营，他有一些首鼠两端和无所适从。比如，路易斯曾听信宣传，加入佛兰德纳粹青年团，然后又脱离了纳粹青年团，悄悄去接近地下抵抗组织，后来，在战后反纳粹运动高涨时他又选择了中立，像是一株墙头草那样见证了那一段真实的历史。

雨果·克劳斯正是通过路易斯的目光和经历，重现了比利时的阶段性历史，以路易斯的成长来映射他所经历的青春与岁月。在"哀愁"这一部分，我们会看到，雨果·克劳斯以哀其不幸、怒其不争的笔触，把比利时佛兰德地区小市民的愚昧、自私、庸碌和冷漠描绘得入木三分，虽然路易斯的观察和言说是不动声色、若无其事的，可比利时人在特定历史时期的精神画像却被深刻描绘出来。

小说的第二部分《比利时》并不明确区分章节，而是由一段段场景与画面连续构成，以拼贴的方式结构，将二战爆发后比利时的社会生活的剧变连接成历史长卷。可以说，雨果·克劳斯在这一部分采取了碎片连缀的叙事方法。在这个部分，路易斯的视角已然变为了一种全知全能的视角。如果说第一部分《哀愁》是路易斯个人眼中变形的周遭世界，那么，第二部分《比利时》则是对一个国家在独特历史时期的全方位的呈现。就像是一部对位的音乐，《比利时》这一部分的视线是俯瞰式的，全景式的，个人转变为社会，内心活动转换为外部行动，家庭转换为民族国家的场景，和第一部分《哀愁》形成了鲜明的映照。

这一部分以二战和纳粹统治为背景，勾勒出比利时社会动荡不安的画卷与历史风云的全景，将弗拉芒语区与法语区、德语区的历史与文化冲突，以及比利时人的身份焦虑刻画得入木三分。在二战时期，比利时遭受侵略，许多美丽的小镇化作焦土，沦为德国的占领区，弗拉芒主义与纳粹合流，普通人的命运多舛，人性的卑微与卑劣表现处处可见，并与《哀愁》的部分形成了巧妙的对位和镜像书写。如此结构全书，从个人的视野逐渐扩大到国家，这部小说就像是内在的涟漪在一圈圈扩大，以震荡的水波般的力量，不断影响着读者进入省思。

在《比利时的哀愁》这部力作中，雨果·克劳斯展现了他丰富的写作技巧。叙事视角的多变，意识流的隐秘、真切和生动，蒙太奇画面的剪接，对位、时间叙事和拼贴板块叙事，共同构成了小说内部的绵密厚实与肌理丰盈，形成了叙事的多个层次。因此，雨果·克劳斯的这部杰作，既是一部个人的国家回忆之书，又是一部国家的个人记忆之书。

马洛伊·山多尔：

《烛烬》

马洛伊·山多尔，匈牙利小说家、诗人和剧作家。他于1900年4月11日出生在匈牙利王国北部的考绍市。马洛伊在文学方面比较早慧，1916年，他以"萨拉蒙·阿古什"为笔名发表了小说《卢克蕾西亚家的孩子》。一战结束后，他去西欧求学，先后去了德国的莱比锡、法兰克福和柏林，以专栏作家身份和德国作家托马斯·曼、亨利希·曼等有所交往。1921年，他的诗集《人类的声音》出版。1923年，马洛伊与玛茨奈尔·伊伦娜在布达佩斯结婚，两人移居巴黎。在巴黎期间，他的第一部长篇小说《屠杀》在维也纳问世。1928年春，马洛伊回到布达佩斯，成为《佩斯新闻报》的记者，同年出版长篇小说《宝贝，我的初恋》。1930年，他的小说《反叛者》出版。

1934年至1935年，马洛伊完成了自传体小说《一个市民的自白》两卷本，描绘了他的家族史和成长史。他用工笔手法，详细记录了时代的方方面面，记录了东欧年轻知识分子的心灵成长史。

1948 年，他离开匈牙利，经意大利流亡到美国。1957 年，加入美国国籍。

马洛伊·山多尔的作品相当丰富，但长期以来备受忽视。在美国居住的 40 多年间，他坚持用匈牙利语写作，出版长篇小说《圣热内罗的血》《卡努杜斯的审判》《在罗马发生了什么》《土地，土地……！》《强壮剂》《伪装成独白的爱情》《三十枚银币》《青春集》等，还有诗集《一位来自威尼斯的先生》《海豚回首》，以及一些戏剧作品和篇幅宏富的 1945 年至 1985 年的《日记》。由于这些作品都是用匈牙利语写作的，大都没有引起应有的关注。

马洛伊·山多尔的主要作品，都是关于匈牙利作为奥匈帝国一部分的历史时期的历史性和个人性的书写，这是阅读他作品的一个很重要的起点。

马洛伊·山多尔在美国用匈牙利语写作，客观上影响了他的作品的传播。一直到 1998 年，他的《烛烬》才被译为意大利语，随后被翻译成英文、德文、法文、中文等很多种语言，这时，人们惊叹，原来一位久违的文学大师就在眼前！此时，距离马洛伊·山多尔离世已经过去 9 年了。1989 年马洛伊·山多尔在美国自杀离世之后没多久，发生了东欧剧变和冷战结束的巨大变化。从 1990 年开始，他的作品在匈牙利陆续出版，他的多部遗稿也陆续整理面世，新出版了至少有 20 多部著作，其中，最重要的是《日记》全本、《一个市民的自白》全本和小说《我想要沉默》《解放》等作品。

马洛伊·山多尔的长篇小说《烛烬》（1942）是他的代表作，问世至今已 80 年。如今，回头再来阅读这部小说，我们仍能为其精美绝伦和感人至深的艺术表现力而折服。马洛伊·山多尔的中文繁体字译本《余烬》出版于 2006 年，出版方是台湾大块文化出版公司，作者马洛伊·山多尔被翻译为桑多·马芮。在繁体中文版的封底有一句评语：

"他的重新'出土'，在国际文坛上造成震撼，20世纪文坛大师的排名也因此重新排序。"

文无第一，武无第二。作家没有世界冠军，只有相对性的第一方阵阵列。审美活动的主观性非常强，但因马洛伊·山多尔的重新"出土"导致"20世纪世界文学大师重新排序"这一说法，还是成立的。马洛伊·山多尔在一战和二战之间就已在匈牙利成名，由于他坚持用匈牙利语写作，一生写下的著作繁多，文体丰富，有长篇小说、短篇小说集、回忆录、剧本、诗集、散文、评论集等超过50种著作。自离开祖国在北美生活之后，他被人们短暂遗忘了。自《烛烬》被翻译成多种欧洲语言出版之后，特别是21世纪以来，他的多部作品被翻译成了英语，一个更加全面立体的马洛伊·山多尔伫立在读者面前，大家才不禁为他的文学世界所吸引与折服。

2015年，译林出版社将马洛伊·山多尔的《烛烬》《一个市民的自白》《伪装成独白的爱情》等多部著作一起出版。马洛伊·山多尔这样一个在世界文坛上被遮蔽多年的作家，他的作品以中文的面目来到中国，是小说家兼翻译家余泽民联合几位师友从匈牙利语翻译的，保证了马洛伊·山多尔的作品在汉语中的完美呈现。《烛烬》是翻译家余泽民先生从匈牙利语直接翻译的。通过简体中文版《伪装成独白的爱情》《一个市民的自白》《烛烬》《草叶集》等作品，我们可以看到马洛伊·山多尔在叙事技巧和对中欧历史与现实的书写方面，带给了我们新的文学经验。比如，在小说《伪装成独白的爱情》中，几个人的独白构成了小说扑朔迷离的情节，独白的声音最终汇聚成了人心的图像，这图像就是人性的地图拼接。

《烛烬》这部小说并不长，中文约 10 万字，却非常精巧，情节紧凑，有着内在的巨大张力。我们从《烛烬》入手来阅读马洛伊·山多尔，就能感受到在咫尺之间，小说内部的张力是情节的紧张构成的。很少有小说家能在较短篇幅里，将叙述语调、故事情节、人物心理活动和对历史的追问驾驭得如此惊心动魄。

《烛烬》一开始，是在 1940 年代初期，当时还是二战期间，一个叫康拉德的匈牙利将军越过欧洲战场来到匈牙利，去面见多年前的老朋友、贵族将军亨里克。整部小说就是两个老人彻夜的长谈，他们的对话非常精彩，诘问、回忆、辩白、叙述，多个层次的对话和潜对话在两个人之间紧张地展开，而映照他们那风烛残年的面孔的是壁炉里跳动的火焰。一晚上，大都是亨里克将军在说话，在猜测，在质问，康拉德将军简单回应。两个人的对话在烛火和炉火的明灭中层层递进、不断深入，两人的谈话将他们的回忆带到了几十年前的那些岁月里。那个时候，他们很年轻，亨里克是贵族青年，而康拉德是一个穷小子，两个人都从军当兵了，好得不能再好。但康拉德后来与亨里克的妻子有染，试图在她的指使下，杀掉亨里克。可能是因为良心、机缘不巧或者内心游移的原因，亨里克没有倒在康拉德的当时假装射鹿却瞄准了他的枪下，就在那一瞬间，康拉德来不及或者没有胆量开枪，却被亨里克转身发现了，情况其实已经败露，康拉德沉默不语，回去之后立即远走他乡。亨里克的妻子则自我封闭，逐渐精神异常，后来精神崩溃，孤独地死去。

在小说中，亨里克抽丝剥茧，康拉德欲言又止，亨里克激情澎湃，康拉德沉默不语。两个昔日好友，现在风烛残年的老人，在二战的诡谲风云中无力改变世界，也无力改变自己接近完结的命运。在匈牙利一个古老封闭的庄园里，两人彻夜长谈，窗外是巨大的风暴，不断锤打着房屋和大树，发出了震耳欲聋的呼啸。一直等到黎明的来临，两个人也没有谈出一个所以然，但是，似乎两个人内心里封存几十年的恩怨和秘密就此了结了。

天亮了，风雨停歇，康拉德乘车而去，亨里克老将军给他送行，两个人就此永远告别。亨里克让比他更老的老保姆妮妮，重新在别墅的墙上挂上了已去世的妻子的画像。

《烛烬》里的故事经我这么一说，似乎有点简单。马洛伊·山多尔的这部作品最动人的地方，在于小说内部由叙述形成的张力。这个张力膨胀起来，向外扩大，将岁月、人性、恩怨、奥匈帝国的崩溃、死亡的阴影、欲望的纠缠、青春、友情及其背叛等等都融汇在一起。这种张力使得篇幅短小的小说都有些承载不了了，显得有限的空间都快要容纳不进主人公对时间、历史、记忆的千万种变形的回忆和对质。这是马洛伊·山多尔写作手法高超的地方，我们来看看《烛烬》的开头：

"上午，将军在榨汁房的地窖里逗留了很久。天刚破晓，他就带着酿酒师去了葡萄园，因为有两桶葡萄酒开始发酵。装好瓶后回到家里，已经是十一点多钟了。门廊里潮湿的砖石散发着霉味儿，他的猎手站在廊柱下，将一封信递给刚回来的老爷。

"'这是什么？'将军满心不悦地停下来问，整副黝红的面孔都隐在宽大帽檐的阴影里，他将草帽从额头朝脑后推了一下。他已经有几十年不拆信、不看信了。信件由一位管家在庄园管理办公室里拆开，拣选。

"'这是信使送来的。'猎手回答道，身子僵直地站在那儿。

"将军一眼认出信封上的笔迹，接了过来，揣进兜里。他走进清凉的前厅，一言不发地将草帽、手杖递给猎手，从放雪茄的衣袋里摸出眼镜，走到窗前，在昏暗之中，借着从半开半闭的百叶窗缝隙透进的光线开始读信。"

这样的开头，让读者有一种故事就要开始了的预感和强烈期待。《烛烬》的书名也翻译得很好，将蜡烛燃烧殆尽的那种感觉传达得十分精确。小说中两个老人在风烛残年再次相见，也是一次"烛烬"般的相遇。一部小说的题目是作者交给读者的一把钥匙，提供的一条路径。"烛烬"显然比"余烬"的译法要好。

此外，马洛伊·山多尔的其他几部作品，如《草叶集》《反叛者》《分手在布达》《匈牙利回忆录》等都已和中文读者见面。不管外面的世界如何喧嚣，沉浸到一个大作家创造的文学世界里之后，那些吵嚷和雄辩、雾霾和喧哗，都会充耳不闻，而一个瑰丽丰富的文学世界早就让我们置身其中。

在现实的时间刻度上，1989 年 2 月 21 日，马洛伊·山多尔在美国圣地亚哥家中自杀身亡。独居美国的马洛伊·山多尔此前接连遭到妻子病故、养子去世的打击，进入到没有人生牵挂的孤独境地，他最终选择了自杀。就在这一年的年末，东欧剧变，柏林墙倒塌，随后的 1991 年苏联解体，世界局势和地缘政治版图重新划分，世界局势变化巨大。

马洛伊·山多尔来不及再经历这些历史巨变了。但在他的作品里，有着后来的历史巨变的预感。因此，阅读马洛伊·山多尔的作品，我们能够看到一个消逝的年代以更为清晰的面目向我们走来。

《哈扎尔辞典》

　　1929 年 10 月 3 日，塞尔维亚—克罗地亚—斯洛文尼亚王国的国王亚历山大一世颁布法令，将国名改为南斯拉夫王国。12 天之后的 10 月 15 日，米洛拉德·帕维奇出生于王国的首都贝尔格莱德。他的父亲是一位雕刻艺术家，母亲是大学教授，家庭文化气氛浓厚，这使帕维奇很早就喜欢文学艺术。大学毕业后，他曾在贝尔格莱德电台担任节目编辑，1978 年之后担任诺维萨德大学的哲学教授，后来在贝尔格莱德大学任教，并当选塞尔维亚科学与艺术院院士。2009 年 11 月 30 日因病去世。

　　米洛拉德·帕维奇的文学生涯是从诗歌写作开始的。1967 年，他发表诗歌《羊皮纸》，几年后的 1971 年，他发表了长诗《月长石》，显示了他驾驭语言艺术的卓越能力。在他的诗歌中，能够看到他后来创作的一些特征，比如对历史、文化元素的关注，想象力与形式感的完美结合。

　　他一生共出版著作 30 多部，涉及多种体裁，有长篇小说、诗集、散文集、文学史著作、短篇小说集、历史著作、评论集、剧本等。结集出版的主要有：诗歌散文集《最后时刻的灵魂谷》（1982）；短篇小说集《铁幕》（1973）、《圣马克的马》（1976）、《青铜器》（1979）、《俄罗斯猎浪犬》（1979）、《贝尔格莱德故事新编》（1981）、《翻过来的手套》（1989）、《玻璃蜗牛》（1998）、《恐怖的爱情故事》（2001）等8部；文学史著作《新塞尔维亚语文学的诞生》（1983）；文学评论集《历史、阶层与风格》（1985）；长篇小说《哈扎尔辞典》（1984）、《茶绘风景画》（1988）、《风的内侧，又名海洛和勒安德耳的小说》（1991）、《君士坦丁堡的最后之恋》（1995）、《双身记》（2008）等5部；历史著作《贝尔格莱德简史》（1990）；中篇小说《鱼鳞帽艳史》（1996）；剧本《永恒之后的一天》；文论集《写作魔盒》（1999）与文化著作《星星的斗篷——星象指南》（2000）等，琳琅满目，风格多样，可以看出，帕维奇是一位多才多艺、熟练驾驭各种文体的学者型作家。

米洛拉德·帕维奇每一部小说的构思和表达形式都很奇特，他的6部中长篇小说中译本在2023年由上海译文出版社出齐了，读者都可以找到。比如，在小说《君士坦丁堡的最后之恋》中，塔罗牌的变换确定了小说基本形式，用扑克牌的千变万化，来映射出人的命运的变幻无穷。小说《双身记》中，灵肉分离的两个身体在三个历史时期经历了几次非凡的爱情，使小说在想象力飞腾中获得了趣味。

米洛拉德·帕维奇最受瞩目也最令人称道的作品，是他的长篇小说《哈扎尔辞典》。这部后现代风格的长篇小说以极其新颖的辞典形式结构全书，使扑朔迷离的历史迷雾呈现在小说之中，开创了辞典小说的先河。小说于1984年出版后，获得南斯拉夫最佳小说奖，问世后的近 40 年里，被翻译成 30 多种文字在世界上流传，人们阅读这本书时，都为书的结构和形式而惊讶。这本来是一部历史小说，却以辞典的方式，将历史与当下、梦幻与现实、想象与虚构糅合在一起，探讨了中东欧的哈扎尔这个古老民族，在中世纪的历史烟云中突然消失之谜。

而且，仿佛是为了和读者开玩笑，米洛拉德·帕维奇有意将《哈扎尔辞典》分为阴本和阳本。据说，中文版的阳本要比阴本多 11 个字。这需要读者去认真阅读和查找，才能发现阴本与阳本的差异到底是哪 11 个字，阳本多出来的 11 个字又起到了什么作用。由于《哈扎尔辞典》是一部颇具形式感的后现代历史小说，也是一部关于小说的元小说，进入这部有趣而又有阅读门槛的奇书，需要读者具备一些相关的历史文化、哲学宗教和现代小说的知识。

我们首先要从这部小说的结构来入手。《哈扎尔辞典》分为三个部分：《红书》、《绿书》和《黄书》。这是这本小说的基本构成。《红书》的部分是由基督教相关文献所记载的关于哈扎尔民族和国家的史料构成，《绿书》部分是由伊斯兰教相关著作所记载的哈扎尔民族史料构成；《黄书》部分则是由犹太教文献所记载的哈扎尔民族史料构成。整部小说一分为三，之后，在三个部分中又如星星散开那样，列出各种词条，对哈扎尔这个民族的相关历史记载进行爬梳整理。读者会发现，有些词条在三部分中都有记载和解说，但大部分词条都是相异的，这就使得三部分有很大差异，对哈扎尔王国和民族的历史记载出现了不同，形成了互相辩驳的态势，反而使哈扎尔在历史的迷雾中显得扑朔迷离。

如果说《哈扎尔辞典》的三个部分讲述了三种有关哈扎尔国家和民族的故事，似乎又有失简单化。这会让我们想起芥川龙之介的《罗生门》，一件事情，相关人士的说法都是不一样的。可把三种不同的说法罗列起来又有什么意思呢？最根本的问题是什么？纵观全书，我们要刨根问底的当然就是，哈扎尔王国是一个什么样的国家？哈扎尔人又是一群什么样的人？他们来自何处，最后又去了哪里？对比小说中的三个部分，我们发现，就连这最基本的一点，三大宗教的史料所记载的都不一样。

《红书》的基督教史料中记载："哈扎尔人来自遥远的萨尔马特（托博尔河至伏尔加河附近），他们有自己的语言和宗教团体，曾从犹太人那里索要人头税。"而《黄书》的犹太教史料是如此描述哈扎尔人的："定居于高加索的一个强悍好战的民族。"《绿书》的伊斯兰教文献记载，哈扎尔人是来自土耳其的一个古代民族，他们还分为白哈扎尔人和黑哈扎尔人，黑白两种哈扎尔人之间是极端对立、不能共存的。

也有三部分相互补充的地方。在《哈扎尔辞典》中最为精彩的部分，是《红书》《绿书》和《黄书》中都有关于哈扎尔历史上的一次宗教大辩论的记载。这也是这部小说中十分精彩和发人省思的部分。宗教大辩论是中古时期一些国家和民族间发生的大事，如中国元朝时期的佛道之辩，直接导致佛道的兴衰变化。正是经过了哈扎尔历史上的这次宗教大辩论，哈扎尔王国便逐渐从历史中隐身，再也不见其踪迹了。

小说总有一个开端。话说，在公元8世纪，哈扎尔王国的可汗决定，让王国只改信一种宗教，但他又无法在基督教、伊斯兰教和犹太教之间做出取舍，于是，他就决定召开一场宗教大辩论，谁胜出就立谁为国教。这可是立国之本的头等大事。在《哈扎尔辞典》的"哈扎尔大辩论"词条下，《红书》《绿书》和《黄书》都有详细记载，但三书所记载的史实却大相径庭，使历史真相变得更加迷离。

比如，《黄书》记载，这场宗教大辩论中胜出的是犹太教使者，哈扎尔人从此全部信奉了犹太教；《绿书》则记载了两个版本，一种说法认为，伊斯兰使者法拉比·伊本·可拉并没有参加这场大辩论，他可能在途中被敌人谋杀了。另一种说法记载，伊斯兰教使者在大辩论中击败对手，获得了胜利。《红书》中却记载了三个版本，都是哈扎尔人皈依了基督教。

那么，哈扎尔的历史真相是什么，到底信奉了哪种宗教，哈扎尔人又是如何消失的，这本辞典并未回答我们。米洛拉德·帕维奇似乎用三种答案，对历史本身提出了解构，决定权却交给了读者。答案如何，取决于读者如何在《红书》、《绿书》和《黄书》的记述中选择。这就是一种开放式的写作，带来的开放式的阅读效果。因此，真实与谎言、历史与虚无之间的界限就要由我们自己来判定了。

米洛拉德·帕维奇以辞典的形式结构出小说《哈扎尔辞典》，的确令人耳目一新，这使他跨越了历史小说的窠臼，使这一小说文类变得更加现代。在此之前，似乎还没有哪个作家以辞典的方式写一部小说。但《哈扎尔辞典》也容易让我们陷入到对它过度追求形式感的不满里，而对其内容望而却步或者有所忽视。可以说，阅读《哈扎尔辞典》是一个有趣而又艰难的过程，它那辞典形态的复杂密集的信息，以及关于巴尔干复杂历史的选取和书中的奇特想象，对读者的阅读提出了挑战。读者需要像玩乐高玩具的孩子，自己用书中的词条搭建出一个房子，而这一搭建的过程，可能解开了谜底，又制造了新的谜团。

博胡米尔·赫拉巴尔：

《过于喧嚣的孤独》

博胡米尔·赫拉巴尔1914年3月28日生于奥匈帝国布尔诺附近的日德尼采。1918年10月，奥匈帝国解体后，捷克斯洛伐克独立。中学毕业后，赫拉巴尔来到首都布拉格报考大学。1935年10月，赫拉巴尔进入查理大学法学院学习。1939年秋天，赫拉巴尔回到小城宁布尔克，担任过公证员助理、仓库管理员和铁路工人。1945年，赫拉巴尔通过考试继续在大学学习，获得了查理大学法律博士学位，但并未真正从事过与法律有关的工作。1949年，赫拉巴尔到布拉格克拉德诺钢铁厂当工人。1954年，他遭受了严重的工伤后，成了一名废纸收购站的打包工。1959年到1961年之间，赫拉巴尔在诺依曼剧院担任布景师。1962年起，48岁的赫拉巴尔才开始将全部精力投入到文学创作中，并迅速呈现出自己的独特风格。其主要作品有小说《底层的珍珠》《巴比代尔》《我曾侍候过英国国王》《过于喧嚣的孤独》等等，他的文学影响随着时光的流逝越来越大。

1963 年，赫拉巴尔的第一部小说集《底层的珍珠》出版，引起强烈反响。这部小说集是他在钢铁厂当工人时，根据在啤酒屋和众多工友们聊天所取得的素材写成。1964 年，他的短篇小说集《巴比代尔》出版，大受欢迎。他笔下的"巴比代尔"是一个无声抵抗的群体，他们以自身的沉默对抗着当时僵化的社会体制以及各种规训，作品中的幽默感和自我的安慰让人在感动之余也泪花四溅。

由此可见，赫拉巴尔非常善于写小人物。在《底层的珍珠》和《巴比代尔》中出现的，全都是捷克的小人物，他们是芸芸众生中的一个个鲜活的生命，平实而欢乐地生活着，虽然是底层的人，却有着珍珠的品质，人性的光辉处处闪耀。

1965 年，他的中篇小说《严密监视的列车》出版。1968 年，捷克斯洛伐克被苏联军队占领。此后，赫拉巴尔的著作被列入禁书名单，书店里也没有他的书了。赫拉巴尔就和妻子隐居在布拉格城外的小镇，在那里继续写作，他的代表作《我曾侍候过英国国王》和《过于喧嚣的孤独》就是在那里完成的。

假如想迅速靠近赫拉巴尔的文学世界，可以先从他的作品改编的电影入手。比如电影《严密监视的列车》和《我曾侍候过英国国王》都很好看。此外，他还有七八部小说被拍摄成电影，是捷克被改编成电影最多的小说家。《严密监视的列车》被拍摄成电影之后，获得了 1967 年美国奥斯卡最佳外语片奖和捷克哥特瓦尔德国家奖。《严密监视的列车》描绘了捷克一个小火车站上的值班员，在看护和值守车站的过程中发生的故事，这样一个小人物，生活在一个十分封闭的环境里，他的挣扎，他的寻求生命的意义的行为，他的瞬间的迸发和升华，都令人唏嘘不止。

小说《过于喧嚣的孤独》以赫拉巴尔在废品收购站当过打包工

的经历为素材，是一部佳作。这是赫拉巴尔酝酿了 20 年的一部作品，他曾经前后写过三稿。第一稿富有诗意，但太过抒情，显得轻飘。第二稿是散文笔法，使用了布拉格口语，可是读来似乎失之于油滑。最后，他用严谨的捷克书面语完成了第三稿，反而达到了亦庄亦谐的效果，悲喜剧元素都有，变成了一个叫汉嘉的老汉遥望岁月流逝的一部温情的回忆录。

《过于喧嚣的孤独》中文只有 5 万多字，容量却很大。赫拉巴尔以第一人称的叙述，讲述了汉嘉 35 年间的生活。这又是一枚"底层的珍珠"，一颗大号的捷克人"珍珠"，他的命运折射出捷克在 20 世纪里普通人的普遍命运。在小说中，主人公汉嘉每天都在废纸收购站处理废纸，面对承载知识与信息的书籍、报纸和各种纸张，处理这些废纸，便带有对什么是谎言和真实、什么是时代的荒诞感的嘲讽与反思。汉嘉是一位耶稣式的人物，这一形象带有自我救赎的象征性意蕴，在赫拉巴尔的作品中比较特别。

赫拉巴尔十分偏爱第一人称叙事。第一人称叙事有其优点，就是贴近自我，以自我的有限视角，表现出叙述者所有的观察和体验。第一人称叙事，能够比较容易和读者贴近，使读者以为这就是作者的自传，容易以假乱真或者非常相信书中所写。看来，赫拉巴尔以第一人称叙述来写作，一定程度上也是因为这种叙述的方便和直接，情绪表达比较饱满、真切、生动。

赫拉巴尔的长篇小说篇幅都不大，短篇小说也都短小精悍。他最长的小说是《我曾侍候过英国国王》，中文有 16 万字。这是一部赫拉巴尔在 1970 年代创作的巅峰之作，在这部小说中，无稽与荒诞、现实与超现实、真实与悖谬、闹剧与悲剧元素充斥其间，让人忍俊不禁又潸然泪下。捷克在二战期间曾经是德国的被保护国，因而捷克人会为此感到羞愧和有微妙的卑贱感。这是捷克不愿意谈论的一段历史，但赫拉巴尔却以小说的方式，将德国和捷克的特殊关系呈现出来。同名小说改编成的电影《我曾侍候过英国国王》中，其画面质感和演员的演绎使原作增色不少。

《我曾侍候过英国国王》以一个捷克餐厅服务员的视角，来呈现捷克在 20 世纪几十年间的命运。小说的叙述非常绵密，带有独有的幽默和揶揄腔调。小说第一章的题目是《擦拭玻璃杯》，开头是这样的：

"请注意，我现在要跟你们讲些什么。

"我一来到金色布拉格旅馆，我们老板便揪住我的左耳朵说：'你是当学徒的，记住！你什么也没看见，什么也没听见！重复一遍！'于是我说，在这里我什么也没看见，什么也没听见。老板又揪住我的右耳朵说：'可你还要记住，你必须看见一切，必须听见一切，重复一遍！'于是我惊讶地重复了一遍我将看见一切，听见一切。

"就这样开始了我的工作。"

小说的语调就由这样的开头确定了。叙述者以自己独特的眼光和有限的个人视角，将这家旅馆里发生的事情娓娓道来。他所接待的大大小小的客人以及欧洲的战争和历史风云的变幻，以一种奇幻的方式共时性发生。如领班克希万涅克在伺候英国国王时发生的故事，以及酒店接待一个非洲皇帝的场景，酒店里的人手忙脚乱，导致场面混乱不堪，最终，他们保持了服务员的尊严和酒店的秩序。这是小说前半部分的铺叙。

在这部小说的后半部分中，德国纳粹占领捷克后，主人公来到德军伤员的疗养院，发现这里竟然是德国优良人种的抚育中心。一时间，金发的日耳曼裸女云集旅馆，她们和那些战士们性交，生出体魄优异的日耳曼人。这里面，捷克人的苦涩感难以言表。面对那些金发的、饱满而又性感的德国裸女，叙述者作为服务员也大开眼界，在她们的包围中情不自禁地陷入了诱惑和性爱的幻觉。很快，战争结束，疗养院毁于战火，旅馆的生意也陷入凋敝，叙述者梦想成为一个百万富翁，他的梦还真成真了，可在战后，他的所有财产又被新政权全部没收了，竹篮打水一场空。

如果涉及他自己的生活时，赫拉巴尔喜欢隐藏在别的叙述者背后来讲述他自己的故事。比如，他的三本自传《婚宴》《林中小屋》《新生活》，加起来有 40 多万字，叙述者虽然用的是第一人称，但却不是赫拉巴尔本人，而是他的妻子"我"。以妻子的眼光来看作家，这样的视角非常独特。但我们不要忘记了，作者依然是赫拉巴尔，是他在用想象中的他妻子看待他的方式在叙述，这么做十分巧妙，能够呈现出作者本人的多侧面和丰富性，也产生了一种间隔效果和距离感。

还有，赫拉巴尔的自传性小说《河畔小城》三部曲《一缕秀发》《甜甜的忧伤》《哈乐根的数百万》也是如此。其中的第一部和第三部是以作家母亲的口吻来叙述的，第二部分，也就是《甜甜的忧伤》，却是作家赫拉巴尔自己来讲述他的童年，描绘了他们关于一座河畔小城的林林总总的记忆。于是，《河畔小城》三部曲就有了两人叙事结构的三个声部，错落有致。

阅读赫拉巴尔的著作，有两本延伸著作值得关注。一本是捷克学者托马什·马扎儿著的《你读过赫拉巴尔吗》，这本书中有一个活生生的赫拉巴尔跃然纸上，他在生活、音乐、美术、体育、戏剧、电影等众多领域自由穿梭。还有一本是匈牙利作家艾斯特哈兹·彼得的小说《赫拉巴尔之书》。小说的主人公是一名研究赫拉巴尔的作家，他妻子却陷入了对赫拉巴尔的单相思。这对夫妇在精神上不断碰撞与沟通，达成了和解，最终的故事很圆满。而他们之间的媒介却是作家赫拉巴尔。

艾斯特哈兹·彼得说，他写这部小说是为了向他喜爱的赫拉巴尔致敬。

博胡米尔·赫拉巴尔的小说有一种特别的语调，这种语调亲切、随意，第一句话就能把你带入他的小说，又在告诉你，随后有事发生。可以说，他的小说开口很小，进入之后你会发现他的小说叙述绵密、细致，写的是小人物的命运，折射的却是家国情怀与民族性格。特别是，博胡米尔·赫拉巴尔有一种独有的幽默感，这种幽默感与英美文学中的幽默感不一样，与东方式的幽默也不一样。幽默，一般是人在自信状态下的自嘲，幽默感在英美文学中的表达比较强势，美国式的黑色幽默则带有强烈的批判性。捷克作家笔下的幽默感，是一种弱者的幽默感，他们命运多舛却精神不屈，因此发明出来一种弱者的幽默。这样的幽默，是捷克人独有的幽默，带有黑色幽默的底色，却是一种无可奈何的幽默。

这就要追溯到哈谢克的《好兵帅克历险记》了。这种幽默在哈维尔的剧本以及米兰·昆德拉和伊凡·克里玛、赫拉巴尔的小说中都能感觉到。他们都是哈谢克的孩子，他们笔下的人物都是《好兵帅克历险记》里的好兵帅克的翻版、变种和延伸。不同的是，哈维尔的剧作趋向于荒诞感，米兰·昆德拉的幽默趋向于音乐的抽象和哲学的思辨，而伊凡·克里玛的小说则带有对自我和他人的审视。这几位作家的作品都有一种独特的品质，他们对人类的境遇和社会的境况探察深入，都写出了独到而锋芒毕露的作品。

博胡米尔·赫拉巴尔作品的特质就是：带泪的笑和无可奈何的

幽默感。因为捷克在 20 世纪的大历史中，命运是非常曲折的。大国角逐的过程中，一个小国无法摆脱被历史洪流和巨力所裹挟的力量冲击的命运。但再弱小的国家和民族和个体生命都要生存，生存需要尊严和精神支撑，那么，保持尊严的方法之一就是心里有痛也要带着眼泪微笑。流泪是因为悲伤，笑则是应对外部世界的回击。

1987 年，相伴多年的妻子艾丽什卡重病逝世，赫拉巴尔晚年过得十分孤苦凄清。1997 年 2 月 3 日，在医院治疗的赫拉巴尔，从窗口探出身子去喂鸽子时，掉了下去。一颗欧洲文学巨星就此陨落了，但他的传奇将在我们的阅读中继续生长。

维迪亚达·苏莱普拉沙德·奈保尔：

《大河湾》

维迪亚达·苏莱普拉沙德·奈保尔（下文简称奈保尔）曾被称为"没有写过一句败笔的作家"，他漫游世界之广大，视野之开阔，都是当代作家中罕见的。他 1932 年出生在加勒比海的岛国特立尼达和多巴哥，这个国家只有 100 多万人，大部分是黑人和印度裔，信仰天主教和基督教，自 1814 年沦为英国殖民地，1962 年独立后成为英联邦成员。特立尼达和多巴哥是一个融合了黑人文化、印度文化、北美洲与西班牙文化的混合文化区，在那样的地方长大，奈保尔自然有一种多元的文化意识。

奈保尔 1948 年毕业于西班牙港女王学院，1950 年去英国继续接受教育，在牛津大学攻读英语文学。大学毕业后，从事过英国广播公司编辑、《新政治家》杂志评论员等工作，之后，他的足迹遍布非洲、中东、南美洲、北美以及南亚的印度、巴基斯坦、印度尼西亚、马来西亚等国家和地区。他是一个多产作家，出版了 30 多部作品，其中一半是小说，一半是非虚构作品。这两种文体在他的作品里是等量齐观的。

奈保尔最早的长篇小说《灵异按摩师》出版于 1957 年。这是他自牛津大学毕业之后，寄居在伦敦一个穷亲戚家的地下室里写出来的作品。小说以特立尼达和多巴哥作为背景，塑造了一个叫甘涅沙的乡村按摩师，以按摩师的灵怪手艺作为幌子，给很多人治病，逐渐使自己具有神汉和明星混合的色彩与光环，获得大家的信服，他逐渐走到社会的中心，被选为特立尼达和多巴哥的国会议员，获得了大英帝国的勋章。

1958 年，他出版了长篇小说《艾薇拉的投票权》，继续描绘特立尼达和多巴哥特殊的人文气氛和文化、政治环境，以一个女人的现实境遇来折射那个加勒比海岛国的景象。

奈保尔广受赞誉的作品是小说集《米格尔大街》，出版时间是 1959 年。这本书是我们了解他的作品的一把钥匙。这部小说集收录了十多篇短篇小说，倾情描写了一条街上的街坊邻居的故事。他们都在米格尔大街生活，却不知道自己生活在一个十分闭塞的小地方，有着各种令人啼笑皆非的命运，令人喷饭。小说集中塑造的几十个人物性格各异，鲜亮生动，又都有自己的人性弱点，饱含奈保尔的人道关怀和善意的讽刺。这些小说互相之间有些联系，具有着串珠式小说的形式感，叙述功夫扎实，语言平实而又生动。《米格尔大街》为奈保尔斩获了英国毛姆小说奖。

1961 年，他出版了长篇小说《毕斯沃斯先生的房子》。这部长篇小说比较厚重，创作灵感来源于他的父亲在岛国特立尼达和多巴哥一生努力奋斗的艰难过程。维·苏·奈保尔的父亲西帕萨德死于 1953 年，这使奈保尔非常伤心。他父亲西帕萨德一直梦想成为一个作家，也希望儿子奈保尔能够成为作家，并且坚信这一点。作为岛国上的一个印度移民，他一生都在为能够拥有一幢自己的房子而努力，却到死也没有实现这个目标。这部小说是奈保尔献给父亲的深沉的怀念之歌。

在奈保尔的全部作品中，他的非虚构作品和虚构作品各占一半，这说明了他在非虚构文学写作上十分用力，也取得了非凡成就。奈保尔的非虚构作品主要是"奈保尔式"的长篇游记，他的游记不同于我们惯常理解的那种游记，他极力拓展了一般游记的概念，篇幅较长，一般都有长篇小说般的体量，夹叙夹议，是对所到国家和地区的文化和社会、政治和历史的精确观察与描述，行文旁征博引，关注当下，细究历史，异彩纷呈。比如，在 1962 年，他出版了长篇非虚构游记《中间通道：对五个社会的印象》，仔细描述加勒比海的西印度群岛地区五个小国的历史、文化和现实政治与命运，将它们和欧洲大陆的文化与贸易联系逐一分析，带给我们别致的图景。

特别是他的关于印度的非虚构作品《幽暗国度》(1964)、《印度：受创伤的文明》(1977)、《印度：百万叛变的今天》(1990) 以三部曲的形式出现，令人赞叹。这个三部曲创作时间跨度长，对印度这个重要大国进行了透镜般的观察书写，是他多次回到祖国印度进行深度旅游探访，以大量历史材料和现实细节所构筑的鸿篇巨制。奈保尔创作这部作品，从游历、采访到写作，前后长达 30 年，他采访了很多印度当代人，自己扮演一个极佳的聆听者的角色，把印度人的声音记下来，以自身游历作为主线将眼睛看到的东西尽收笔端。同时，他将长篇小说的叙事技巧运用到这个三部曲的写作中，发挥了他眼光毒辣、夹叙夹议、毫不留情的文风，将乱麻般的印度历史和现实梳理得十分清晰。

奈保尔一般是左手写一部非虚构作品，右手紧接着就会写一部长篇小说。1971年，他出版了长篇小说《自由国度》。这部小说的结构看上去像是一部中短篇小说集，实际上，这是一部互相关联的、主人公以不同的叙述角度讲述的故事，所构成的一个整体。

这部小说分为五个部分，描述者都是异国他乡之人，讲述的故事也是背井离乡的故事：一个加勒比海青年到达伦敦；两个白人来到处处都是敌意的非洲；一个印度厨师到达美国华盛顿；叙述者本人在小说的开头部分和结尾部分来到中东，看到了阿拉伯人和犹太人之间的文化冲突和血腥的战争。时间和空间的变化与位移也使这部小说叙述形成了网状的结构与不小的张力。在娓娓道来的叙述中，在不显山、不露水的平和语调当中，奈保尔呈现的却是裂隙遍地、到处都是文化和种族冲突的世界。这可能是全球化的另一面，是这个世界的真实面貌。

在这部小说中，奈保尔从全世界取景，在几个带有特殊时段的取景器里，将世界各处的人类生存状况做了描绘。他最关心的就是漂泊在世界上的移民的命运。似乎每个身在异国他乡的人，都和所处的环境格格不入，但他们为了新生活，又不得不背井离乡。这种两难的处境是自二战之后逐渐兴起的全球移民大潮所带来的世界性问题，维·苏·奈保尔非常敏感地借助于小说进行了书写。他的敏感性和卓越的观察能力让人惊叹，《自由国度》因而获得了英语布克奖，奈保尔从此跃身为一线英语作家。

长篇小说《游击队员》也是奈保尔的一部重要小说，出版于1975年。小说描绘了加勒比海岛国变动不居的社会政治现实，讲述一名英国女士简和出狱的南非情人罗奇，为了猎奇来到加勒比海某个岛国。他们住到"画眉山庄"之中，遇到了一个叫吉米的混血儿。

吉米是一个激进分子，他曾在英国生活过，是加勒比海"黑色权利"运动的领袖。但他的身份复杂，他做过皮条客、毒贩、赌场经营者和打手，后来成为黑人领袖和作家诗人，并迷惑了英国女人简。小说情节生动紧张，塑造出加勒比海混杂的多元文化背景下，三个人物简、罗奇和吉米之间的互动关系。他们血统复杂，有华人、黑人、白人和印度裔血统，都有一种莫名的漂泊感和无根感，最后，简成为牺牲品，被吉米强奸后杀害，由此揭示出种族、性和暴力在世界各个角落的普遍状态。

1979 年，他出版长篇小说《大河湾》。这是一个非洲国家的命运写照。被战乱所困扰的非洲东海岸某个国家中一个商人的命运逐渐展开，奈保尔描写了非洲国家的社会现实和战争创伤。书中那个不知名的国家似乎是刚果，这个国家刚刚独立，内战也结束了，一个终身制的总统统治着国家。在大河流过的某处河湾有一个小镇，在这个小镇上，居住着阿拉伯人、波斯人、印度人和葡萄牙人等。小商人萨利姆是一个印度裔穆斯林，他想在这个海滨小镇安分守己地做小买卖：

"世界如其所是。那些无足轻重的人，那些听任自己变得无足轻重的人，在这个世界上没有位置。纳扎努丁把他的小店低价卖给我，他觉得我接手后不会有好日子过。和非洲其他国家一样，这个国家独立后又经历了战乱，那个处在大河河湾处的内陆小镇几乎荡然无存。纳扎努丁说，我得从头开始。"

萨利姆是一个恪守道德准则的正派人，当社会局势开始动荡，他的生命和财产遭到了威胁。最后，萨利姆选择离开生意越来越不好的定居点，准备到别的地方发展。在小说的末尾，起义军和政府军展开决战，这个国家重新进入战乱当中：

"探照灯照亮了驳船上的乘客，他们待在栅栏和铁丝笼子后面，可能还不知道驳船脱离了汽船在独自漂流。后来又传来了枪声。探照灯关上了，看不到驳船了。汽船又发动了，在一片黑暗中沿河而下，离开了打仗的区域。空中肯定满是蛾子和各种飞虫。探照灯开着的时候，能看到成千上万的虫子，在白色的灯光下，白茫茫一片。"

奈保尔的《大河湾》倾力书写移民的故事，把一种无根的飘零感的图景扩大到非洲。

1981年，他出版非虚构作品《在信徒们中间》，将他在伊朗、巴基斯坦、印度尼西亚和马来西亚旅行的感受，结合这些国家的历史、宗教、文化和社会现象，进行纵横开合式的书写。从这部作品来看，奈保尔式的非虚构游记风格，就是将现场采访、历史探询、丰富思考与小说技巧结合起来的一种新的文体。

他的长篇小说《抵达之谜》（1987）以一个过来者的口吻，表达出移民最终和殖民宗主国和解的态度。小说分为5个部分，以倒叙手法叙述主人公从特立尼达和多巴哥来到英国的经历，一点点地类似同心圆那样不断展开，弥漫着一种淡然的哀伤气息。主人公对英国乡间的亲切描述，作为殖民地移民的内心愤怒、不平和自卑逐渐消失，他在英国多元文化交融的人群中自在地生活，各种肤色和语言被行色匆匆的身影所取代，主人公实现了由游移到确定、由漂泊到定居的过程，也解开了他是如何抵达理想之地的谜底。

在长篇小说《世间之路》（1994）中，奈保尔意犹未尽地持续书写移民身份最终在异质文化中找到位置的主题。在这部小说中，他将自传、游记和历史研究三者结合在一起。从历史中，他发掘出那些曾经到达加勒比海地区的欧洲人的踪迹，对他们的生平进行了探寻；从现实中，他继续表达全球化时代的移民为了寻找新生活，漂泊和自我放逐的疏离感；从自我出发，他对自己身份的怀疑最终得到了确信。《世间之路》中弥漫着一个寻找者、发现者的迷惑和哀愁，是《抵达之谜》的继续和新发展。

奈保尔后期的作品还有游记《超越信仰》（1998），书信《父子通信集》（1999），散文集《读与写》（2000），长篇小说《半生》（2001）、《魔种》（2004）等。

1990年，奈保尔被英国女王册封为爵士。2001年，奈保尔获得了2001年的诺贝尔文学奖，获奖理由是"其著作将极具洞察力的叙述与不为世俗左右的探索融为一体，是驱策我们从扭曲的历史中探寻真实的动力"。

2018年8月11日奈保尔在伦敦家中去世。

让-马里·古斯塔夫·勒克莱齐奥：

《乌拉尼亚》

让-马里·古斯塔夫·勒克莱齐奥1940年出生于法国海滨城市尼斯，他的祖父曾是毛里求斯岛上的一名法官，父亲出生于毛里求斯。他在尼斯度过童年，1947年，勒克莱齐奥与弟弟一起跟随母亲前往尼日利亚，去探望作为英军随军医生的父亲。之后，他去英国求学，后来又远赴泰国服兵役，之后到美国新墨西哥州任教。后来，他从美国到了墨西哥，受聘于法国拉美研究所，协助成立研究所的一个图书馆。

在墨西哥期间，他曾前往巴拿马的印第安人部落考察旅行，并翻译出版了玛雅文明神话著作《希拉姆·巴拉姆的预言》。后来，他和妻子一起，前往非洲南端的毛里求斯寻找祖父的足迹。多年以来，他在曼谷、墨西哥城、波士顿、奥斯丁、汉城、阿尔伯克基等地教书，曾多次来到中国，近年受聘担任了南京大学客座教授，并在中国很多地方旅行。由此可见，勒克莱齐奥是一位足迹遍布全球的作家。正因为如此，在他的笔下，常常呈现出远离现代文明、疏离大城市生活的文学景观。

他成名很早，自 1963 年出版第一部小说《诉讼笔录》之后，迄今已出版 50 多部作品，被称为 20 世纪后半叶法国新寓言派代表作家之一，也是当代使用法语创作的最好的作家。勒克莱齐奥拥有法国和毛里求斯双重国籍。2008 年，68 岁的勒克莱齐奥获诺贝尔文学奖，获奖理由是："他是一位集新起点、诗意冒险和感性狂迷于一身的作家，是在现代文明之外对于人性的探索者。"

勒克莱齐奥出版的作品很多，一般认为，他的创作可以分为三个阶段。第一个阶段从 1963 年到 1980 年。在这一阶段，勒克莱齐奥的作品带有法国先锋派作家的色彩，有的小说带有寓言化特征，作品塑造的人物形象与大都市和现代文明保持了一种强烈的疏离感，语言富有诗性和超现实的意象性，并在小说的表达形式上进行了多种探索。

这一时期的主要作品有：长篇小说《诉讼笔录》(1963)、《大洪水》(1967)、《可爱的土地》(1967)、《逃遁之书》(1969)、《战争》(1969)、《哈伊》(1971)、《巨人》(1973)、《到远方去》(1975)、《沙漠》(1980)，短篇小说集《发烧》(1966)、《梦多及其他》(1978)，随笔集《物质的沉迷》(1967)、《瞳孔放大》(1973)等。

这一时期的勒克莱齐奥，也曾受到法国新小说派作家的影响，但他是以新锐作家的形象出现在法国文坛的。他的小说处女作《诉讼笔录》出版后引起了文坛关注，获得了当年的勒诺多奖。长篇小说《战争》是一部没有战争的战争小说，描绘了 B 小姐和 X 先生在都市中生活，每天对城市中的声音、符号、信息交战的迷幻感觉，在他们周边还有一些流浪者、儿童、逃犯等边缘人物，与这两位主人公产生了奇妙的联系。与战争这一宏大主题相反，这部小说带给我们的，全都是别样的关于城市的感官联想，语言造就的缤纷幻象是小说的特征。

勒克莱齐奥的第二个创作阶段，是从 1980 年到 2000 年。在这20 年间，勒克莱齐奥出版了多部长篇小说、短篇小说集和非虚构作品。有的小说呈现出自传性，视野更加宽广，因他的脚下走过了很多的高山大河和海洋上的孤岛。他的小说中混合着对世界上犄角旮旯的少数民族文化的独特发现和观照，以他自己的旅行见闻作为创作资源，深入探讨了全球化时代下，在世界的缝隙和边边角角生存的少数族裔的文明的价值。

这一时期的主要作品有：短篇小说集《飙车》(1982)、《曙光别墅》(1983)、《春季与其他季节》(1987)、《燃烧的心》(2000)，长篇小说《沙漠》(1980)、《奥尼恰》(1991)、《帕瓦那》(1992)、《流浪的星星》(1992)、《金鱼》(1997)，非虚构作品《迭戈和弗里达》(1993)、《逐云而居》(1997)等。

勒克莱齐奥在这一时期的代表性作品是长篇小说《奥尼恰》。小说以勒克莱齐奥曾跟随母亲前往尼日利亚寻找父亲的亲身经历为素材，讲述一个小男孩跟着妈妈去非洲找爸爸的故事。这一寻父的历程十分艰难，充满了一个少年对非洲大陆和对父亲的想象。短篇小说集《梦多及其他》也值得关注，小说集收录的是一个有关少年梦多的系列短篇，描绘一个叫梦多的少年在巴黎的浪游。梦多离开家后，看到的现代都市巴黎的城市中人们所不注意的东西。梦多因而和大多数都市人都不一样，他似乎像是一颗植物的种子，落在哪里就在哪里发芽生长。最终，梦多的头发里都能长草，并孵化出鸟来。小说描绘一个少年在大都市冷漠的钢筋和水泥建筑丛林中，寻求回归到一种原始的孤独状态里，带有寓言化的特征。

勒克莱齐奥的长篇小说《流浪的星星》的叙述背景从 1940 年至 1982 年,时间跨度长达 40 年。小说中,法国海岸城市尼斯是主人公——犹太女孩艾丝苔尔的一个出发地。二战爆发之后,她的父亲去世,母亲带着她从尼斯出发,前往她们心目中的家园耶路撒冷。路上的艰难自不必说,等母女俩到达耶路撒冷之后,城市中的战乱依旧让她们吃惊。小说展示了那个战乱时代从法国尼斯到耶路撒冷之路上的各种景象,探讨了希望、绝望、死亡和宗教安慰、亲情友情等诸多元素之间的联系,书名"流浪的星星"寓意着即使人生的路途黑暗如夜空,人性的美与爱也是这夜空中明亮的星星,放射出自己的星光。

勒克莱齐奥文学创作的第三个阶段,是 21 世纪以来的这 20 多年。在这个阶段,勒克莱齐奥的创作势头丝毫没有减弱,相反,他的创作呈现出更为阔大的气象。

这一时期的主要作品有:长篇小说《变革》(2003)、《非洲人》(2004)、《乌拉尼亚》(2006)、《饥饿间奏曲》(2008)、《暴雨》(2014)、《阿尔玛》(2017)、《在首尔的天空下》(2019),短篇小说集《脚的故事》(2011),散文集《看不见的大陆》(2006)。

勒克莱齐奥近 20 年间创作的作品,显示了他是一位不折不扣的世界主义者,一个批判者和反思者,也是一个听从于自己内心的浪漫主义者和关注多元文化的人文主义作家。他的作品广泛涉及全球文化冲突和边缘文明的湮灭与失落,对西方现代文明不断进行质疑。瑞典学院在给勒克莱齐奥的授奖词中说他是"在现代文明之外和之下对人性的探索者",十分精彩地总结了他近 20 年的创作。

勒克莱齐奥所运用的法语十分雅驯,较少使用复合长句,也没有太多复杂的时态结构,严格遵守法语的语法规范,这使他的小说叙事语言质地坚实精确，又传达出一种氤氲之美，带有诗性的灵动鲜活。从艺术手法上说，对事物观察入微、对人物描写细腻是他作品的特色。深入内心和自传性解剖，不断呈现人性的丰富性，叩问现代文明的撕裂和彰显边缘文明的存在价值，是他晚近作品的特征。

勒克莱齐奥也很善于在小说叙事中插入诸多信息性元素，比如图片、剪报、歌词、标语牌等社会性符号标志，借以标明时间的刻度和时代的特征。2006 年，他的长篇小说《乌拉尼亚》获得了人民文学出版社颁发的"二十一世纪最佳外国小说奖"，评选委员会认为：

"《乌拉尼亚》继续不断地述说着反抗现代社会，不懈追求自然原始生活状态的话题"。

勒克莱齐奥欣然来到中国领奖，出现在北京领取了这个奖，并在此后经常来到中国讲学和游历。

勒克莱齐奥说："我写《乌拉尼亚》是为了纪念战争的岁月。"1947 年，据说，当年跟随母亲前往尼日利亚寻父时，7 岁的他就开始了写作。但他写的是什么呢？也是儿童诗一样的句子。在那段艰苦的日子里，勒克莱齐奥目睹了二战所造成的满目疮痍，内心萌发了创造一个理想乌托邦的苗芽。

《乌拉尼亚》是他后期的代表作，全书分为两部，是勒克莱齐奥篇幅最大的小说。在《乌拉尼亚》中，有一个虚构的生态乌托邦坎波斯。坎波斯与空想社会主义者圣西门等人的空想多少有些联系，是一个理想国，带有无政府主义的色彩，也带有生态文明的现代萌芽。小说中的叙事者"我"名叫达尼埃尔·西里图，是一个到墨西哥河谷绘制地图的地理学家。他在墨西哥勘探地貌时，意外发现了一个乌托邦式的理想王国——乌拉尼亚。来自全世界的流浪者都汇聚在这里，在乌拉尼亚人人平等，没有贫富差异，一切都回到了人的灵性尚未被物质与文明玷污的混沌之初。乌拉尼亚这个理想国后来被人类社会挤压，被迫迁移，去别处寻找它的出路。

这部小说素材来自勒克莱齐奥年轻时在墨西哥和巴拿马等拉美国家调查当地印第安人部落文化的经历。多年之后，那些经历被他用来塑造成一个世外桃源般的理想世界。在乌拉尼亚，没有冷漠、没有血腥、没有暴力，只有一派田园牧歌式的风景。这也是他对地球上的边边角角的边缘文明另外一种想象性的塑造，也迥然不同于正面乌托邦小说。

勒克莱齐奥通过对乌拉尼亚这个理想国的塑造，讽刺了当今西方现代社会追求物质至上的弊病，发人省思。这部小说对拉丁美洲的热带森林、河流、火山和阿兹特克文明遗迹的描述十分逼真，饱含深情，每个章节的引子是前一章节的末尾，使小说的叙事带有回环和史诗吟唱的特征，增加了作品的某种传奇色彩。

勒克莱齐奥非常善于从自身的经历中汲取创作灵感，他耐心地储存着记忆和经验，让一些创作的胚芽慢慢孕育，常常在多年之后才进行提取和创造。《乌拉尼亚》正是这样一部作品。勒克莱齐奥在创作这部少年时就萌发在内心的小说时，早已有了更加宏阔的视野，小说也触及了当今世界更为紧迫的主题，比如人类目前面临的生态环境危机、自然资源危机以及人文精神的危机。在《乌拉尼亚》中，就有对科技高速发展之后带来的正负效应的深刻反思与诘问。

我们阅读勒克莱齐奥，可以先从《乌拉尼亚》这部小说入手，它也正是勒克莱齐奥的足迹遍布全球、孜孜以求所追寻的理想之境。

石黑一雄：

《长日将尽》

　　石黑一雄与萨尔曼·拉什迪、奈保尔一起被称为英国文坛上的"移民文学三雄"。石黑一雄是一位英籍日裔小说家，1954 年 11 月 6 日出生于日本长崎，1960 年，不到 6 岁的石黑一雄跟随父母亲迁居英国。他父亲是一名海洋学家，受雇于英国北海石油公司。石黑一雄中学毕业后，进入英国肯特大学和东英吉利大学学习英国文学，因而他志在文学。1980 年，石黑一雄获得文学硕士学位，居住在伦敦郊区，开始潜心写作。

　　1982 年，28 岁的石黑一雄出版长篇小说《远山淡影》，获得了英国皇家学会文学奖。作为石黑一雄的第一部小说，小说叙述语调从容淡雅，弥漫着对旧事物的留恋和物是人非的哀伤情绪。但他分明是在用英语写作，就这样把一种日式气韵带到了英语文学之中。这部小说采取第一人称叙述，叙述者是一位日本女子悦子，她离开日本来到英国时，已经是一位中年寡妇。悦子住在英国乡下，离群索居，异乡的雨和雾以及长女的自杀事件，使她陷入对日本长崎生活的追忆当中。

二战结束后，美军投掷原子弹而遭到灭顶之灾的长崎已是一片废墟。在废墟中，遭到战败教训的日本人从军国主义造成的劫难中清醒过来，艰难寻求着普通的日常生活。悦子就是在那个年代成长起来的。她和幸子交上了朋友。在她的叙述中，她的家人、亲戚和朋友像记忆长河中缓慢驶过的船一样，他们一个个围绕与穿越在她成长的岁月中。最终，这些人和他们的故事都消失了，眼下，只有悦子一人在一个充满了雨和雾的国家陷入了回忆。她再也看不到日本的景色，人物和事都在远去，如同苍白的山色隐现在记忆里，浮现在云雾中。

1986 年，石黑一雄出版长篇小说《浮世画家》，小说的主人公是一个男性艺术家大野增次，他是一个日本浮世绘画家。小说以他的回忆构成了叙述的总基调，用第一人称的角度来进行叙事。浮世绘是日本特有的一种绘画风格，讲究精细描绘人物和社会场景，传达社会生活与民俗风貌。这部小说的背景是 1948 年，叙述了两年时间里大野增次的生活和思绪。那是日本笼罩在战争失败的阴影中的年代。

《浮世画家》如同一幅安静的、沉稳的、缓缓流动的画卷，情节进展比较缓慢，把一个画家在老之将至时对战争、死亡、名誉、生命的感悟融合到一起，弥漫着一种氤氲的气氛。日本特有的风物、园艺、花道、茶道、日本料理、衣物和风景，在老画家的记忆里也成了种种符号化的象征物。小说的叙述语调舒缓平和，遣辞造句中处处显露出一种哀伤的情绪。这与日本文学中的审美概念"物哀"和"幽玄"大有关系。

真正令石黑一雄在英语世界名声大噪的，是他的第三部小说

《长日将尽》。这部小说出版于1989年，和前两部小说的题材不一样，这部小说的主人公是一个地道的英国白人管家，名叫史蒂文生。他是英国贵族庄园达林顿府邸的管家，整部小说由他的第一人称讲述构成。

小说开头，庄园主人达林顿勋爵已经去世，这个英国贵族的府邸庄园已被一个美国人买下，史蒂文生则被留下来，继续担任庄园的管家。1956年7月的一天，在新主人的允许下，史蒂文生开着庄园里遗存的主人的汽车，前往英国西部地区，去和女管家肯特小姐见面。肯特小姐是他心仪但最终错失的女人。在6天的行程中，史蒂文生回忆了自己的生平和达林顿府邸的生活，对过去的主人达林顿勋爵的审视和怀想构成了小说的主体情节。

6天的旅程中，他回忆了20世纪30年代欧洲发生的一些重大事件对英国、对达林顿庄园的影响。这些历史事件包括希特勒上台、纳粹势力扩展对英国造成的影响，在小说中，管家史蒂文生解雇了一名犹太女用人作为对纳粹上台事件的侧写。达林顿勋爵作为英国上层贵族，曾利用他的权势试图弥合英国和德国的关系，结果却间接帮助了德国纳粹，这使管家的内心充满了疑虑。因而，在小说的情节结构中，当下的6天行程，与管家史蒂文生的回忆一起，平行展开了两个时代、两条线索的结构。一条线索是1930年代的欧洲局势，那是乌云密布的年代，一战结束、纳粹上台、二战爆发，都给庄园的生活留下浓重的阴影，对达林顿勋爵和管家史蒂文生的生活中造成了影响，因此，史蒂文生的回忆是沉重的。另一条线索是眼前的当下世界，他走出庄园和庄园过去记忆的时刻，阳光灿烂、小鸟飞翔、大道平坦、植物茂盛，这是一个光明的世界，他正前往肯特小姐的家。现在，与肯特小姐叙旧是他最向往的事。在小说的结尾，和肯特小姐的会面之后，两个人都发现岁月已将他们变成了老人，并各自拥有着无法改变的人生遗憾。小说刻意模仿了英国管家使用的那种规范、刻板和精确的语言风格。《长日将尽》获得了1989年的英语布克奖，并被拍成电影，由英国著名演员安东尼·霍普金斯和艾玛·汤普逊主演，这使石黑一雄名声大噪。

他的第四部长篇小说《无可慰藉》出版于1995年。这部小说讲述一个白人钢琴家在旅行中的三天里所发生的故事。钢琴家赖特星期二抵达一座欧洲城市，星期五他就离开了。但是，三天之内，各种古怪的事在他身边发生：行李员在电梯里向他描述行李员的职责和苦恼；一个宾客请求赖特帮助他完成一个古怪的任务——去和与他不说话的女儿沟通，希望能够和解；他发现一个叫索菲的女子竟然变成了他的妻子，他们还有一个儿子；音乐指挥布罗茨基遇到了车祸，可医生做手术反而把他的假肢锯掉了；赖特在这个他没有来过的城市里遇到了他童年的伙伴，已经成了电车售票员。

这些人打断了赖特的行程，等到他星期四到音乐厅演讲、准备演奏的时候，却发现舞台下面空空如也，连座位都已经拆除了。因此，这部小说可以说是石黑一雄作品中的一个异数，带有荒诞、超现实的叙事风格，夸张和离奇的情节包围着主人公，也使读者不断感到惊讶。显然，主人公似乎来到了一个卡夫卡所营造的世界，每个人都需要别人安慰，但每个人又都无法解决自己的问题。

石黑一雄在谈到这本书的时候说："让人物出现在一个地方，在那儿他遇到的人并不是他自己的某个部分，而是他过去的回声、未来的前兆、他害怕自己会成为什么样子这种恐惧的外化。"小说的情节更像是主人公赖特的一次梦游，在梦游中他遭遇了一个可能的世界，一个时间错位的荒谬世界。

在新千年即将到来之际，他出版了第五部小说《我辈孤雏》（又译《上海孤儿》）（2000）。石黑一雄是一个书写记忆的行家里手，这一次他动用了家族记忆来书写一个悲情故事。在 1930 年代，石黑一雄的祖父曾经来到上海，想在这座当时亚洲最繁华的城市里开办一个丝织工厂，最终却遭遇了失败，而后回到日本。石黑一雄小时候曾经在祖父遗留下来的照片中，看到了祖父当年在上海生活的场景。照片中所显示的时间漫漶感与物是人非感，都让小小的石黑一雄震惊，给他留下了难以磨灭的印象。这一印象在他的内心里酝酿多年，直到变成了一部小说《我辈孤雏》的灵感来源。

石黑一雄凭借这部小说的写作，开拓了他的创作题材空间，写出了一种国际化的新小说。《我辈孤雏》的故事背景是 1930 年代的上海。英国人班克斯曾在上海度过了童年生活。后来，他的父母亲离奇地失踪了，从此他成了一个孤儿。回到英国之后，班克斯下决心成为一名侦探，打算揭开父母亲失踪的谜底。于是，他重新回到上海，开始调查真相。这时正是二战前夕的 1937 年，班克斯来到上海，经过一番调查，他发现父亲并不是像他原先认为的那样，由于对从事鸦片贸易感到耻辱而离开了公司，父亲是因为一个女人的吸引而离开了班克斯的母亲，母亲随后也消失在战乱中的上海。在小说中，呈现出旧上海和伦敦交相辉映的风貌，片段式样的回忆和对历史现场的回返，使小说充满了旧照片一样的神奇间隔效果。

在这部小说中，人性中温暖的部分仍旧是最打动人的地方。在小说的最后一章，1958 年 11 月 14 日的伦敦，叙述者终于在香港的一家修道院里和母亲见面了，但母亲的神志已经出现问题，她认不出眼前的儿子班克斯。班克斯明白了现在他获得的一切，都是建立在母亲的苦难之上，个人的任何努力在历史的面前都将功亏一篑。

《我辈孤雏》延续了石黑一雄擅长的第一人称叙事。石黑一雄的几部长篇小说都是第一人称叙事，这与20世纪中现代小说对人物内心的注重有关。同时，第一人称的叙述不是全知全能的，是当事人的有限视角，石黑一雄在运用第一人称叙事上十分老到，他的叙述语调很有特点，每一部小说都能恰当地寻找到与小说主人公身份匹配的语感和语调，舒缓地、慢节奏地讲述时光中湮灭的人与事，十分风格化。

2005年，石黑一雄出版第六部长篇小说《莫失莫忘》。小说的背景是1990年代的英格兰，依旧是第一人称叙事，讲述者是一个叫凯蒂的31岁的寄宿学校护理员。在这所寄宿学校里有很多学生，他们被严格管理，学校的纪律很严明，大家都生活在一个封闭的小空间里。奇怪的是，从来都没有父母亲前来探望学生们，似乎有某种特殊的命运在等待着他们。最后，他们才知道，他们是基因技术造就的克隆人，他们长大后的作用就是作为器官移植的材料，给需要的人捐献出身体器官。在多次捐献之后，他们的生命也就完结了。但如果他们中间有人产生了爱情，可以申请延缓三年的时间捐献。这部小说显然是一部反面乌托邦的幻想小说。小说还书写了爱情、真相和可怕的科技暴力，涉及了人与死亡等终极命题，是一部科幻色彩的寓言小说。《莫失莫忘》之后，石黑一雄出版的两部长篇小说《被掩埋的巨人》（2015）、《克拉拉与太阳》（2021），继续大力拓展他的创作题材与空间。

《被掩埋的巨人》回到了英国亚瑟王时代的传说中。公元六世纪，英格兰的土地上，不列颠人与撒克逊人本来比邻而居，后来却起了纷争。小说中，亚瑟王、圆桌骑士、巨人、食人族、恶龙等英格兰古老传说中的元素符号复活，演绎出和如今的传说大不相同的另一种走向。小说对英国人的历史成因真相的寻求令人震惊，对记忆与遗忘的意义的追寻和对纷乱不堪的当下世界的警醒，都是意味深长的。

《克拉拉与太阳》（2021）是一部带有科幻元素的长篇小说。小说以第一人称视角，讲述机器人 AF 克拉拉所看到的人类生活。它是人工智能时代的产物，依靠太阳能作为动力运作，“太阳总有办法照到我们，不管我们在哪里”。后来，AF 克拉拉却逐渐有了人类的心智。它是女孩乔西的陪伴，是乔西的母亲从商店里挑选来的。之后，它以机器人的眼光，逐渐发现了乔西一家所隐藏着的危机。乔西罹患可怕的疾病，她母亲无法接受这一现实，她们的生活中处处都是裂隙。后来，AF 克拉拉就像太阳帮助万物那样，成为帮助乔西生活下去的力量。

此外，石黑一雄还创作了话剧剧本《伯爵夫人》（2005）和其他一些影视剧本。2009 年，他的短篇小说集《小夜曲》出版。他还出版了一本访谈录。石黑一雄对当代英语文学的贡献很大。由于他的日裔背景，使他具有一种跨文化的视野。他的文学观就是走国际化的路子，写出一种国际化的新小说。他说：

“我是一位希望写作国际化小说的作家。什么是国际化小说？简而言之，我相信国际化小说是这样一种作品：它包含了对于世界上各种不同文化背景的人们都具有重要意义的生活景象。它可以涉及乘坐喷气式飞机穿梭于世界各大洲之间的人物，然而他们又可以同样从容自如地稳固立足于一个小小的地区。

“这个世界已经日益变得国际化，这是毫无疑问的事实。在过去，对于任何政治、商业、社会变革模式和文艺方面的问题，完全可以进行高水准的讨论而毋庸参照任何国家的相关因素，然而我们现在早已超越了这个历史阶段。如果小说能够作为一种重要的文学样式进入到下一个世纪，那是因为作家们已经成功地把它塑造成一种令人信服的国际化文学载体。我的雄心壮志就是要为它做出贡献。"

石黑一雄以他的创作树立了他的国际化小说理想的典范。他善于从消失的时间和世界里重新打捞记忆，把人性的表现深刻地呈现在历史的深处。他还将东方和西方的文学传统嫁接起来，创造出一个细腻生动而又意蕴悠长的文学世界。这个世界远看似乎十分清晰，等到你靠近的时候，它似乎又是一团迷雾。

奥尔加·托卡尔丘克：

《云游》

　　奥尔加·托卡尔丘克 1962 年 1 月 29 日出生于波兰的苏莱霍夫。十几岁的时候，她就对文学写作产生了浓厚兴趣。1985 年，她毕业于华沙大学心理学系，这段学习经历影响并形成了她后来的文学创作理念与风格。1986 年，她生活在波兰的瓦乌布日赫，担任当地一家心理健康咨询所的心理医师。1987 年，她出版了诗集《镜子里的城市》，1993 年，出版第一部长篇小说《书中人物旅行记》。此后，她接连出版了长篇小说《E·E》（1995）、《太古和其他的时间》（1996）、《白天的房子，夜晚的房子》（1998）、《世界坟墓中的安娜·尹》（2006）、《云游》（2007）、《糜骨之壤》（2009）、《雅各之书》（2014），短篇小说集《衣柜》（1997）、《鼓声齐鸣》（2001）、《怪诞故事集》（2018），散文集《玩偶与珍珠》（2001）、《熊的时刻》（2012）等，是一位著作丰富、极具辨识度的作家。

　　2019 年 10 月 10 日，瑞典学院宣布，奥尔加·托卡尔丘克获得 2018 年度的诺贝尔文学奖，获奖理由是："有着百科全书般的叙述想象力，把横跨界限作为生命的一种形式"，从而使她成为现今在世的最年轻的诺贝尔文学奖获得者。此前，奥尔加·托卡尔丘克还获得过波兰图书出版商协会奖（1994）。2014年，她凭借长篇小说《雅各之书》获得了当年的波兰尼刻奖，这是她第三次获得这个奖项。2018年，她的长篇小说《云游》（又译《航班》）获得了当年的英语布克奖。

奥尔加·托卡尔丘克的创作成就是她的小说写作。由于有心理学的学习经历和执业经验，她在对小说人物心理的刻画上极大地胜人一筹。她的作品中还充满了对神秘事物的好奇感，非常善于将中东欧的神话传说和民间故事元素融汇到她的作品中，利用非凡的想象力，使她的小说具有当代神话和传奇的光芒。比如，在她的第一部小说《书中人物旅行记》中，已经显露出她的这种文学取向。这部小说讲述一对相爱的男女恋人，他们进行了一场探询"神秘之书"的旅程，小说中弥漫着一种神秘的气氛，这是托卡尔丘克刻意营造的。接下来的长篇小说《E·E》也是如此，书名是一个有通灵天赋的小姑娘 Erna Eltzner 的姓名缩写，这个小姑娘以通灵的方式和各种神秘的事物进行沟通，书中营造出了一个亦真亦幻的世界。

长篇小说《太古和其他的时间》是奥尔加·托卡尔丘克早期作品中的一部杰作。小说中的太古是一个地方，这个地方，似乎与世隔绝，但却有着与人类的生存息息相关的独特环境。小说以84个片段的方式结构全书，讲述太古这个地方的人与人、人与动物、人与植物和各种物体之间的关系。其中主干情节是两个波兰家庭绵延三代人的故事，侧写了波兰20世纪中纷繁复杂的历史。小说中还营造出一种在时间中游离的半梦半幻的氛围，混合了神话传说、宗教传统和现实境遇的复杂因素，让人耳目一新，她也因此在波兰文坛冉冉升起。

1998 年，她的长篇小说《白天的房子，夜晚的房子》出版。这部小说的中文繁体字版将书名译为《梦的剪贴簿》，恰到好处地呈现了这本书的特质。那就是，整本书的确就是一本有关房子的梦境的剪贴簿。小说描绘了波兰的一个偏远小镇上出现的各种离奇古怪的人物和故事。小说结构依旧采取碎片方式拼贴而成，这是托卡尔丘克的小说惯用的结构方式，她将多条线索、多个短篇故事、民间故事、随笔片段、圣徒传说，以及菜谱、笔记等等都容纳其中，以片段来显示整体的多层次叙事，带给我们关于波兰社会的丰富景象。

2006 年出版的长篇小说《世界坟墓中的安娜·伊》继续托卡尔丘克对神话传说元素的运用。这部小说共分为 22 章，她借用了四千年前的苏美尔人的神话，并将这一神话放到未来的世界中来展开叙事，带有赛博朋克式的科幻小说的元素。小说以全息地图技术方法，把苏美尔神话中的地下王国描绘成一个未来城市的地下世界。读者深入这个世界的过程，就是进入到自己的潜意识或无意识世界的奇妙旅程。托卡尔丘克把她那深藏不露的哲学思考隐藏在读者对自身的心理探索的过程中，显示了托卡尔丘克的高超艺术表达能力。

2009 年，她的长篇小说《糜骨之壤》出版。这部小说具有侦探小说的惊悚元素，令人耳目一新。小说的主人公雅尼娜是一位神秘的老妇人，她擅长占星术，喜欢诗歌，热衷于保护动物，一个人生活在波兰一处偏僻的山林里。有一天，一个邻居、绰号叫"大脚"的人神秘地死在一间屋子里。紧接着，凶杀案开始不断在这片山林中发生。警察局长在调查过程中，也神秘地死在了一口井里。而种种迹象显示，这竟然是一场动物连环复仇杀人事件。真正的凶手，可能是神秘的老妇人雅尼娜所召唤的麋鹿。这部小说在 2017 年被拍摄为电影之后，获得了多个国际电影节的奖项，在影响力层面上扩大了托卡尔丘克小说作品的影响力。

托卡尔丘克篇幅最大、最厚重的作品，当属长篇小说《雅各之书》。这部小说出版于 2014 年，通过对波兰历史文化的深入挖掘，探讨了走入 21 世纪的波兰面临的文化问题和精神境况。小说从 18 世纪波兰人和犹太人的历史关系写起，呈现出被历史所遮蔽的另一面。犹太人作为一个群体，虽然早已在波兰生活了很多年，但与波兰人却总是有着一种距离感，既有心理距离，也有生活距离，并未完全融入波兰人的社会。这部小说探讨了这一复杂的历史命题。而这可能是波兰历史中很隐蔽、让人不愿意触及的一面，因而，小说出版之后，在波兰也引起了争议。一些波兰民族主义者认为，这部小说扭曲了波兰的历史，是一部偏颇之作。但这部小说对欧洲历史的宏观性的思考，恰恰使它成为一部对欧洲文化和文明形成过程中的重要一环进行思考的深沉之作，因此具有独特的发现，被欧洲一些国家的作家和评论家所激赏。这部小说的出版，实际上是她获得诺贝尔文学奖的重要依凭。在英国伦敦和多个欧洲国家生活过的托卡尔丘克说：

"我深信文学无国界。只有一种文学，它使用不同的语言作为工具。这就是翻译如此重要的原因。它们像语言之间的脆弱联结，提醒我们文学是共通的。我们共同的潜意识中的某些东西创造了文学。我是波兰作家，但我把自己视为世界作家。"

2018 年，奥尔加·托卡尔丘克的长篇小说《云游》荣获英语国际布克奖。这部小说以 116 个片段组成，这 116 个片段从文体特征上来说，有短篇小说、随笔、信件、笔记等多种文类。可以用一句话来概括这部小说的内容：小说描绘了一次人在世界上的旅行，同时也描绘了一场在人体内部的旅行。人在地球表面的探索和人对人体内部的探索，在小说中完美地交织在一起，所以，这部小说才起名为《云游》。

小说中，医学解剖史、物理学、生物标本史、心理学、女性主义、神话原型元素比比皆是，有着托卡尔丘克笔下特有的那种神秘而带有梦幻色彩的特质。从文本结构上来说，116 个片段星散开来，显示出托卡尔丘克独特的小说结构方法。据说，在写这本书的时候，她借助一些推销作品和参加文学活动的邀请在世界各地旅行。旅行中，她一直在写有关旅行见闻和思考的片段。她想把自己的这一次书写结构成一部小说。

有一天，当她整理笔记时，把 116 篇已经写好的章节都摊在房间的地板上，她站到桌子上向下俯瞰着这些散篇，突然之间茅塞顿开。她意识到，这 116 篇散篇聚合起来，就能构成一部完整的小说。于是，她就把整理出来的《云游》发给了出版社。编辑一开始还以为这是一部乱码的作品，或者是一部草稿。后来，才认同了托卡尔丘克的看法，那就是，这是一部新型的长篇小说。出版之后，小说获得了国际布克奖，评委会赞赏这部小说"不是传统的叙述"，"我们喜欢这种叙事的声音，它从机智与快乐的恶作剧渐渐转向真正的情感波澜"。

在 2018 年接受《新京报》采访时，托卡尔丘克也特别谈道：

"我喜欢一小部分一小部分地组织自己的想法和想象，这就是我发挥想象的方式，而且我认为读者在这些碎片化的文本中畅游也会很轻松。……我们和电脑的关系已经改变了我们自身的感知——我们接受了大量迥异的、碎片化的信息，不得不在头脑中将它们整合起来。对我来说，这种叙事方式似乎比史诗式的庞大线性叙事要自然得多。"

《云游》的波兰版书名是 Bieguni，这个词出自 18 世纪俄罗斯东正教的某个门派，其信徒相信，一直处于移动状态才能避开恶魔的魔爪。这部小说因而是一个文本的混合体，短篇故事、散文随笔、私人日记、哲学思辨的片段和旅行观察笔记都混合在一起，看似毫无关联，缺乏整体性和统一性，但放在一起后奇妙地黏合起来了。就像是托卡尔丘克站在宾馆的桌子上看到散乱地摊开在地板上的那 116 篇片段稿件那样，她很快就看到了一个整体的效果，而这一点，也正是当今世界的表现方式。小说《云游》中的主人公游历四方，通过飞行、铁路、驾车、步行、轮渡、邮轮等进行外部世界的游走，而对维也纳、德累斯顿、柏林、莱顿、阿姆斯特丹、里加、圣彼得堡和费城的医学与解剖博物馆的巨细靡遗的参观，则构成了对人体这一内在空间的奇妙旅行，让我们看到了人本身所拥有的世界的广大和包罗万象。

奥尔加·托卡尔丘克在小说中将神话传说、史诗巫术、占星术、民间传说、寓言、心理学和现实生活扭结在一起，营造出一个神秘而闪光的文学世界，并向每一个靠近的人敞开。

《白牙》

扎迪·史密斯 1975 年出生于伦敦，父亲是一个英国人，母亲是牙买加移民。扎迪·史密斯毕业于剑桥大学英文系，从那时开始就饱读世界文学经典。1997 年她从剑桥大学毕业后决心投身于小说写作，向出版商提供了长篇小说《白牙》的梗概，出版商慧眼识才，以 25 万英镑的价格买下扎迪·史密斯前两部小说的出版权。

2000 年，25 岁的扎迪·史密斯出版了长篇小说《白牙》，一时间好评如潮，很快就卖出 100 多万册。这部小说的结构别具匠心，情节丝丝入扣，叙事生动幽默，从 20 世纪末在伦敦北部的印度人、巴基斯坦人和黑人聚集区写起，描绘了两代人、三个家庭错综复杂的关系。一开始，是一个叫阿吉的白人在 1975 年的某一天准备自杀，结果他被营救了。然后，他摆脱了自己的婚姻，和一个牙买加姑娘结婚，生了一个女儿名叫艾丽。另外一个家庭的男主人叫萨玛德，他是阿吉在二战期间的战友，两个人曾经一起在枪林弹雨中出生入死过，是最好的朋友。萨玛德是一位孟加拉穆斯林，在英国一家餐馆打工为生，他和妻子生了一对双胞胎儿子。后来，他把双胞胎的长子马吉德送回到孟加拉，把小儿子迈勒特留在英国。结果，小儿子迈勒特在伦敦长大，变成一个宗教极端分子，参加了激进组织，蓄谋搞恐怖爆炸行动。马吉德则从孟加拉重返伦敦，成为一个醉心于西方文明的英国绅士。

有一天，阿吉的女儿艾丽忽然怀孕了，那一对双胞胎兄弟都有可能是孩子的父亲。不过，犹太小伙子乔舒华也是艾丽的追求者，他的父亲马库斯是一个生物学家，正在进行一项旨在改变人类基因的科学实验。于是，乔舒华愿意"背锅"，只要艾丽答应他。1992年12月31日，小说走向了终局，各种纠结在一起的矛盾冲突最终演化成一场带有滑稽色彩的暴力冲突，这时，谜底终于揭开了。原来，马库斯就是当年阿吉和萨玛德在二战时抓获的纳粹科学家，上一代的三个人相聚，他们的孩子们则在1992年12月31日这一天，跨越了成长的一道门槛。

小说的叙述时间跨度超过半个世纪，人物故事的地理空间跨越欧洲大陆和英伦三岛、南亚的印度、巴基斯坦和孟加拉、美洲的美国和加勒比海一些国家，相当宏阔，核心情节是围绕着伦敦三个家庭的悲欢离合，展现出20世纪下半叶英国社会形成的多种族、多宗教、多元文化矛盾交织的丰富图景，将来自不同文化背景、不同国家的人们的生活状况以戏剧性的方式展现了出来。小说语言机智、诙谐，人物命运前后呼应，没有多余的笔墨，枝蔓丰盈而清晰，情节紧凑生动，扣人心弦。在21世纪激烈的种族和文化冲突的背景下，为文化融合和民族平等提供了一种可能。

扎迪·史密斯在小说《白牙》中表现出的才情，为她赢得了不少荣誉和评论家的赞誉。《白牙》出版后，获得了英联邦作家最佳处女作奖、英国布莱克小说纪念奖、英国《卫报》最佳处女作奖、法兰克福电子书最佳小说奖、《纽约时报》年度十大好书、《时代周刊》年度十大好书等等，还被《时代周刊》列入自 1923 年以来最杰出的 100 本英语小说榜单。在 2006 年的"橘子文学奖"颁奖典礼上，扎迪·史密斯说：

"我认为没有人比我更艰难了，面对大众传媒，我只是太天真了。写《白牙》的时候，我刚从剑桥大学毕业，什么都不懂，却要接受所有人对我的审视，真的是太恐怖了。那个时候我才二十二三岁，我以为在接受采访的时候和记者开开玩笑，说一些荒谬可笑的话，应该是无伤大雅的，但是他们却把我塑造成一个攻击英国和各种文学奖、文学体制的人。当我发现实际上并非如此时，我开始拒绝所有媒体的采访了。后来，我去美国在哈佛大学攻读硕士学位那一年，我母亲说，我几乎每个周末都在埋头写作，什么都不顾，专注得好像灵魂出窍一样。面对大众，我有时候会控制不住自己。但这没关系。现在好多了。生命真的短暂得难以置信。人们可以喜欢我的书，也可以不喜欢。我不会钻牛角尖。我也经常看文学评论，我会把它当作成绩单，总是非常认真地对待各种评论。"

《白牙》之后，她的长篇小说《卖名家签名的人》出版于 2002 年，这本小说继续展现扎迪·史密斯眼中的多元文化混杂的伦敦文化奇观，讲述一个有犹太人和华人血统的混血青年人，在伦敦北部种族混杂地区生活的故事。他是一个贩卖名家签名的人，依靠名家签名谋生，同时，在当代伦敦，他也在苦苦追寻自己的文化身份，穿梭而行，成为一个日益国际化的伦敦的见证人。

她的第三部长篇小说《论美》出版于 2005 年。小说的背景是美国波士顿郊区的一所大学校园，小说重点描绘的是两个种族和血统混杂的英美知识分子家庭里的矛盾冲突。

霍华德·贝尔西早年从欧洲大陆移居到美国，是一位专门研究画家伦伯朗的白人教授，祖上出身英国工人家庭。他在事业上一直没有突破，妻子琪琪是美国南方黑人奴隶的后代，继承了祖母为白人服务所得的房产，成了美国中产阶层的一员，在一家医院担任管理人员。他们一起生了两个儿子、一个女儿，家庭的自由气氛下，隐藏着一些矛盾。霍华德·贝尔西的学术死敌是基普斯教授，基普斯在伦敦某大学里担任艺术史教授，也是伦伯朗的研究专家，他的家庭保守和封闭，他是一个虔诚的基督徒。他妻子不和任何人来往，他们有一对儿女，也有着自己的问题和内心矛盾。

霍华德·贝尔西的大儿子杰罗姆暑假时来到伦敦，住在基普斯教授家里，他不仅喜欢基普斯家的生活方式和氛围，还爱上了基普斯的女儿维多利亚，却遭到拒绝。57 岁的霍华德·贝尔西对人生有一种厌倦感，他的婚外情暴露了，这使他和琪琪 30 年的婚姻遭受了打击。就在这个时候，学院又邀请基普斯来美国做讲座教授，霍华德·贝尔西与基普斯这一对事业上的死敌和两个横跨大西洋的家庭之间产生了一种奇特的联系。最后，霍华德·贝尔西面对人生困境时，从研究对象伦伯朗给妻子画的画像中，看到了一种伟大的美，他从妻子琪琪那里也看到了这样一种美。

《论美》的标题起得怪异，使人很好奇。读者不禁要问，这是一篇论文，还是一部小说？据说，小说的题目取自扎迪·史密斯的诗人丈夫的一首诗，她还把这首诗放到了小说中，作为解释小说主题的一个脚注。扎迪·史密斯是一位非常有个性的作家，她与那些想要留住青春与美好容貌的女性不一样，在一些公开场合，她说：

"很快，我就会老去，媒体的注意力会转到其他年轻女孩身上。

到了那个时候，我还会继续写作，只有写作是唯一不变的。在写作中，除了你的书，世间再也没有任何东西，哪怕你的妻子跑来告诉你，她要和你的兄弟上床，你都要觉得她的脸像巨大的分号，她的双臂像括号。"

而且，扎迪·史密斯认为，岁月的流逝会让女人变得更美丽。她写《论美》的时候，总会想到一个人———她的母亲。扎迪的母亲是一位医生，还当了 25 年的社区义工。

评论家一般都把扎迪·史密斯看成全球化时代里推崇多文化的代言人。但扎迪·史密斯似乎兴趣不大。她说：

"常常有人问我关于移民文学的问题，他们还问我，身为移民是怎样的一种感觉。但我根本不是移民，我在英国出生。实际上，我并不是人们所想象的那样，身上包含了多种文化，我只有一半牙买加血统，和一半英国血统。"

扎迪·史密斯出版的还有长篇小说《西北》（2012）、《摇摆时光》（2017），随笔集《改变思想》（2012）、《感受自由》（2019），剧作《威尔斯登的妻子》（2021）等，2008 年，扎迪·史密斯出版短篇小说集《大联盟》，收录了她的 23 篇短篇小说，这些小说大都以历史上杰出的作家、艺术家为写作的对象，描绘了他们生命历程中一些特殊的时刻。

扎迪·史密斯属于英国新一代青年作家，她正处于创作力旺盛的阶段。

《我的奋斗》

卡尔·奥韦·克瑙斯高 1968 年生于挪威奥斯陆。1998 年，30 岁的他出版了长篇小说《出离世界》，获得了挪威评论家奖。小说讲述一个成年男子和一个 13 岁女学生的畸恋故事。2004 年，他出版长篇小说《万物皆有时》，获得了有"小诺贝尔奖"之称的瑞典学院北欧文学奖。此后，克瑙斯高埋头写了一部大部头小说，在 2009 年至 2011 年间，出版了篇幅巨大的六卷本自传小说《我的奋斗》，赢得了世界性声誉，小说也获得了挪威最高文学奖布拉哥文学奖。据统计，每 10 个挪威人中，就有一个人会买一套《我的奋斗》，在 500 万人口的挪威发行了 50 万套。这绝不仅仅是克瑙斯高自己大挣版税的事，这已经是一个现象级的世界文学事件。

《我的奋斗》六卷本的厚度令人咋舌，每一部不仅像砖头一样厚，而且都有一个副题，分别是：《父亲的葬礼》、《恋爱中的男人》、《童年岛屿》、《在黑暗中舞蹈》、《雨必将落下》和《终曲》，总题是《我的奋斗》。每一部的副题就是这一部书的内容提示，邀请着望而生畏的读者进入克瑙斯高所创造的自传世界。作者全面聚焦在自己的生活上，描写和叙述的范畴就是他的家人、亲戚、朋友和工作，六卷的主题分别为：死亡、爱情、童年、工作、梦想、思考，六卷分别详细叙述了父亲的死亡、主人公的爱情、童年回忆、工作与生活、梦想与远方、家庭生活的终点和对妻子抑郁症的治疗。《我的奋斗》出版之后，围绕着这本书的内容，克瑙斯高的一些亲人如他的一位叔叔认为侵犯了隐私权，打算对他发起诉讼。这样的消息让读者更加关注《我的奋斗》了。

《我的奋斗》这个书名很容易使人们立即联想到希特勒的自传《我的奋斗》。实际上，克瑙斯高的《我的奋斗》是对希特勒的《我的奋斗》的一种反讽。克瑙斯高自己也一再声称，千万不要把他的这本书和希特勒的那本书联系在一起。但实际上，每个人都会这么联想一遍。也许，这就是克瑙斯高的写作策略。在如今碎片化阅读的时代里，谁还有耐心去读一个男人絮絮叨叨、无穷无尽地书写的自己生活中所有的一切？要么把事情做绝，让人看到你的绝对不一般，要么就会遭到忽视和遗忘。这一次，克瑙斯高押宝押对了，这要感谢他的出版社编辑盖尔先生。盖尔在第一次拿到这部书的手稿时，还嫌他写得不够长，说，奥韦你最好再多写一点，这样就能出12本了。最后，摆在大家面前的《我的奋斗》是厚厚的六卷本，每一本都是一块砖，尤其是第六卷，中文版厚达1350页，扔出去绝对能砸晕一个人。

《我的奋斗》的德文版因与希特勒臭名昭著的自传同名，所以全都隐去原题"我的奋斗"，六卷改为《死亡》、《爱情》、《游戏》、《生活》、《梦想》和《奋斗》出版，德文版总厚度达到了4700页，第六卷《奋斗》就有1300多页，书中有400页，像是一篇关于希特勒和德国法西斯主义的专著。

综合起来看，《我的奋斗》六部曲的结构类似某种建筑。克瑙斯高并不是按照时间的线性发展来展开他的叙述的。这六部分别是一幢建筑的一部分，有的是四面墙，有的是屋顶，有的是后花园，共同组成了克瑙斯高的叙述之屋。第一部《父亲的葬礼》中，讲述父亲之死。克瑙斯高认为在他的成长过程中，父亲的角色是最重要的，审父意识贯穿在第一部的字里行间。克瑙斯高回忆父亲的生和死，以及父亲带给他的所有影响。这是一个男人能从家庭记忆里挖掘出来最动人又最黑暗的东西了。等于说，克瑙斯高在第一部中就给自己掘了祖坟，描写一个名为"卡尔·奥韦·克瑙斯高"的人在成长期间与父亲的紧张关系，并以父亲的突然去世贯串全书。

在第二部《恋爱中的男人》中，他开始描绘自己的生活，这里面，性的成熟与爱情的萌生，在克瑙斯高的生活中都是逐渐发生的。这一部的最动人之处，就是克瑙斯高作为一个性取向常规的男人，他对自己的爱情生活的展示。到了第三部《童年岛屿》，他聚焦在自己的童年记忆中，那是像沼泽一样吸引着他的地域。他使劲地向自己的童年回望，在最模糊的记忆中探寻着所有的声音、影影绰绰的形象、气味和季节的轮换。这是一个生命在最初拔节生长的最生动的记载。每个人都有一个童年，有的成年人要用一生来治愈自己童年的亏欠，显然，克瑙斯高也有这样的心愿。读者在阅读这一部分的时候，也对自己的童年那水塘一样神秘的区域投下深深的一瞥。如果这个时候你被治愈了，那太好了，克瑙斯高写完了这一卷，也达到了他的目的：治愈童年的亏欠。

第四卷《在黑暗中舞蹈》带领我们来到了成年人的世界。在社会中，每个成年人都要找到自己的位置。假如一个人在社会中还没有位置，那么他就是虚无的不存在，就是毫无价值的。这是对当代北欧社会风貌的展开性叙述。我们看到了时代在一个男人的心里打上了什么样的烙印。第五卷《雨必将落下》，描绘了 19 岁的克瑙斯高是如何在卑尔根被写作学院录取，向着文学之山攀爬的艰难的心路历程。青春期的反叛和堕落的力量差点毁掉他，但他最终找到了生活的意义：写作。

尽管厚度令人望而生畏，但阅读《我的奋斗》的感觉却十分畅快。克瑙斯高在这部书中创造出一种语流，这种语流就是一种阅读的流动感，随着作者的叙述和思绪，不断地连绵而快速地流淌，你要是读下去就会一口气读完，一本书甚至在两天之内就读完了，读完六本只需要两个星期。这个时候我们会发现，克瑙斯高虽然写的是他自己的生活，涉及的也都是他的亲人与朋友，可实际上，我们在阅读时却能够唤起我们自己的经验。这就是文学的奇妙之处：克瑙斯高在写他自己的生活，可我们读了之后，感受到和唤起的也有很多我们的生命经验，读他就等于读我们自己。

而且，阅读也有很多的方法。比如，六卷本《我的奋斗》摆在你面前的时候，你绝对不要害怕它。就像阅读普鲁斯特的《追忆似水年华》可以任意从任何一页读起来，《我的奋斗》也可以从任何一卷读起来。比如，你完全可以从第六卷《终曲》开始读起来。这一卷既然叫"终曲"，那么它就是全书的结尾部分，我们恰恰对结尾都感兴趣，对不对？

这一卷实际上分为四块内容，全部融汇在克瑙斯高那不分章节的滔滔不绝的叙述中。一部分是他出版《我的奋斗》之前和家人的沟通交流，特别是他的叔叔居纳尔对他发出威胁，要起诉克瑙斯高，这是一个重点事件。第二部分是克瑙斯高和妻子琳达养育几个孩子的事无巨细的生活描述。育儿经在这部书里占到了很大的篇幅，第三部分，显然是克瑙斯高对很多读者的一种终极的回答，那就是，他对希特勒的第三帝国的看法。这一部分有关希特勒的评述有 400 页，其实完全可以独立成一本书。最后一部分，是他的妻子琳达身患抑郁症和战胜抑郁症的过程。这涉及了相当的个人隐私。难怪等琳达生下了他们的第四个孩子，也是他们的第三个女儿之后，克瑙斯高和琳达就离婚了。琳达是一位瑞典女作家，她本来对丈夫的写作十分支持，可这本书把她书写成几乎是裸奔的状态，她最终还是受不了，两个人选择了离婚，小说抵达了终点——终曲结束。

摆脱了《我的奋斗》带来的烦恼和纷争，婚姻解体之后的克瑙斯高，似乎更加自在自如，他是一位激情澎湃的多产作家，下笔千言，事无巨细，汪洋恣肆，一泻千里。2015 年，他开始出版四卷本的系列随笔《在秋天》《在冬天》《在春天》《在夏天》，这四册随笔与四时轮转的季节有关，形式独特。比如《在秋天》，副题为"给一个未出生的女儿的信"，分为三个部分，分别是九月、十月和十一月。九月的部分里，他给女儿写的信的题目分别是：苹果、黄蜂、塑料袋、太阳、牙齿、海豚、汽油、青蛙、教堂……《在秋天》中收录了三个月的信，一共有 60 封，涉及生活中的动物、植物、生活用品和食品等等，什么都有，想到什么写什么，翻译成中文每卷都在 30 万字左右，那么这个系列就有 100 多万字。

《我的奋斗》六卷本出齐之后，克瑙斯高信心满满，志存高远，他又开始了长篇系列小说"晨星"的写作。这个"晨星"系列，克瑙斯高计划是要写五卷的。按照他的设想，这是一部带有末日书写和幻想色彩的长篇巨著，克瑙斯高决定完全摒弃自传式写法。从开始动笔到出版第一卷《晨星》，已经过去了 9 年。小说于 2020 年 9

月出版，厚度达 666 页，据说这是有意为之，数字 666 象征着北欧神话里的恶魔。小说的内容也和神话与恶魔带给北欧人精神上的长久不安有关。全书有 9 个叙事人，他们要面对的共同的困扰，是突然出现在天空中的一颗又大又亮的星星。就是这颗带着某种不可预知的危险的晨星，使这 9 个叙事者的生活出现了很多不可思议的事情，由他们来讲给读者听。最后，克瑙斯高在书的末尾，以一篇哲学思辨文章《论死亡和死者》收尾。

"晨星"系列的第二卷《来自永生森林的狼》出版于 2021 年 10 月，厚度达到了 777 页，也是一部骇人的巨著。这部书继续将末日元素——那颗照耀所有人的超新星的爆发，视作笼罩在人类头顶上的不可知命运。超自然现象和气候危机，大自然的退化和北极冰雪消融，发生在 1986 年的挪威杀人事件与一个士兵个人的情感生活以及 2017 年一个俄罗斯生物学家对生命的体验和观察等等，构成了这本书相对整齐的构想，对灵魂和生命归宿的探讨，是这部带有北欧原始神话原型力量的小说的主题。

2022 年 11 月，"晨星"系列的第三卷《第三帝国》出版，厚度是 485 页，比前两卷要薄一点了。那颗巨大的新星还在天空中闪耀。卑尔根的一支四人乐队在一处隐秘的森林里遭到了谋杀。根据现场的情况可以看出，这四个人似乎死于某种宗教仪式，也就是说，他们是某种巫术或者宗教理念的受害者：喉咙都被割开，头皮都被剥掉，脑袋被拧断后反转一百八十度，惨状让警察都感到不寒而栗。克瑙斯高在这部书中，解释了他这本《第三帝国》的含义，绝对不是指希特勒所建立的第三帝国，而是指的中世纪的某种信仰。在欧洲，第一世纪指的是上帝的时代，第二帝国是耶稣的时代，第三帝国是圣灵的时代。小说中，神秘气氛弥漫，古怪的自然现象和其后的危机仍旧是小说的主题背景。

目前，克瑙斯高正以每年一本的速度出版着这个"晨星"系列，预计 2023 年出版第四卷，2024 年出版第五卷。假如把《我的奋斗》看成六部长篇小说，那么，53 岁的克瑙斯高已经出版了 11 部长篇小说和 4 卷随笔，每一部都很厚，抵得上别人的两三部。而他的代表作自然非《我的奋斗》莫属。

奥韦·克瑙斯高还获得了很多文学奖项：挪威文学评论奖（2009）、挪威布拉哥文学奖（2009）、北欧理事会文学奖（2010）、英国《独立报》外国小说奖长名单（2013）、爱尔兰都柏林文学奖短名单（2014）、德国《世界报》文学奖（2015）。2017 年 4 月与 6 月，他先后获得欧洲文学奖与以色列耶路撒冷文学奖。2020 年，《我的奋斗》第六卷《终曲》的法文版获得了法国美第契文学奖。

《我的奋斗》六卷本完美地诠释了克瑙斯高本人的生活，也映照了我们每个人的生活。本质上，我们每个人的奋斗都和他差不多，生老病死，以及在世上走一遭所要面对的一切。《我的奋斗》虽然是自传小说，却充满着克瑙斯高对社会、生活、道德与艺术的大胆剖白，对于每个人来说都深具吸引力。

第二卷

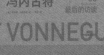

《喧哗与骚动》

　　威廉·福克纳是 20 世纪影响深远的美国作家，1897 年 9 月 25 日生于美国密西西比州北部一个庄园主家庭，家族早就衰落了。从小，威廉·福克纳就对家族兴衰史有着极大的兴趣。一战爆发后，17 岁的威廉·福克纳参加了加拿大空军，战后开始学习写作。他最早的文学启蒙老师是舍伍德·安德森，1925 年威廉·福克纳在新奥尔良拜见他。在舍伍德·安德森的帮助下，他于 1926 年出版了第一部长篇小说《士兵的报酬》。这部小说取材于威廉·福克纳参军作战的经历，描绘了在战争中青年士兵的幻灭感和痛苦经历。

　　1929 年，威廉·福克纳出版长篇小说《萨多里斯》。从这部小说开始，他的"约克纳帕塔法"系列小说正式诞生。小说描绘了美国南方种植园蓄奴时代萨多里斯上校所经历的种植园主衰败的故事。威廉·福克纳发现，"自己家乡那块邮票大的地方很值得一写，而且永远也写不完"。后来，他又写了十多部长篇小说和 70 多篇短篇小说，全都和他的家乡有关。他虚构了"约克纳帕塔法"这个地方，他还绘制了一张"约克纳帕塔法"地图，在地图上标明了山川与河流、家族与人物等等。

"约克纳帕塔法"系列小说叙述的时代上溯到美国独立战争之前，一直到二战结束，长达100多年。这个系列小说中一共出现了600多个有名有姓的人物，他们有的在这部小说里成为主角，在下一部小说里可能是配角，分别隐现在不同的作品中。每部小说从故事和人物、情节来说可以单独存在，但又是一个整体的一部分。因此也可以把福克纳的十多部长篇小说看成有十多个章节的、篇幅更加浩瀚的一部长篇小说。只有这样，你才能理解威廉·福克纳的雄心壮志，才会理解他对20世纪小说的贡献。

1929年，威廉·福克纳出版长篇小说《喧哗与骚动》，进入到创作的全盛时期。一直到他的小说《去吧，摩西》（1942）的出版，这十多年的时间是福克纳小说创作的巅峰时期。《喧哗与骚动》与他的第三部小说《沙多里斯》一样，反映了美国南方白人种植园世家的衰落过程。

《喧哗与骚动》是福克纳的成熟之作，也是他花费很大心血的作品。首先，这部小说以多个视点和叙事角度来结构作品，威廉·福克纳在时间的运用和结构的多层次、意识流和内心独白手法的运用上都到了出神入化的地步。《喧哗与骚动》作为威廉·福克纳经营了一生的"约克纳帕塔法"系列小说中最重要的作品，它的书名来自莎士比亚的戏剧作品《麦克白》。在莎士比亚这出和复仇有关的戏剧中，第五幕第五场戏中的主人公麦克白有一段独白：

"……我们所有的昨天，不过是替傻子们照亮了到死亡的土壤中去的道路。熄灭了吧，熄灭了吧，短促的烛光！人生，不过是一个行走的影子，一个在舞台上指手画脚的拙劣的伶人，登场片刻，就

在无声无息中悄然退下；它是一个傻子所讲的故事，充满着喧哗与骚动，却找不到一点意义。"（朱生豪译）

　　小说讲述的是美国南方种植园主康普生一家的故事。小说的时代背景大约在20世纪初期。作为种植园大地主家族的后裔，老康普生已经丧失了创业的斗志，家族产业到了他的手里开始衰败，这个家族里出过州长和陆军将军，庄园田地阡陌纵横，黑奴成百上千。可是自从美国南北战争结束、南方军失败，大势已去，蓄奴制度瓦解，康普生家族就开始衰落了。到了老康普生的手里，只有一幢十分破旧的大宅子和一户黑奴帮佣，其他产业都失去了。因此，老康普生整天酗酒、瞎逛，无所事事，他的老婆是一个自私、眼光短浅、势利的女人，将怨气都发泄到他身上。他们有一个长子昆丁，是小说中比较正派的角色，希望家庭能够保持原来的风貌，恪守南方保守的文化传统。他的妹妹凯蒂则是一个多情的女人，和男人婚前有性行为，最后因被认为辱没了康普生家族的荣誉，不得不跳水自杀。康普生夫妇还有一个次子杰生，这是一个坏小子，他冷酷无情、自私贪心，凡事都为自己考虑，对家庭造成的羁绊感到恼火，渴望寻求不羁的生活。而康普生最小的儿子班吉是一个白痴，他33岁却只有3岁儿童的智力水准。班吉还打算强奸邻居家的一个女孩，但是未遂，受到惩罚，被阉割掉了生殖器。整个康普生家族中，只有黑人女佣迪尔西忠心耿耿，相信这个家族还有希望。她不仅担负起康普生家族的很多家务，还担当保姆，从很早开始，就一直保护着孩子们的成长。这是小说最主要的几个人物，正是这些人物的意识活动，构成了小说的核心内容。

　　《喧哗与骚动》在结构上很清晰，由四部分组成，各部分的叙述者不一样，三个叙述者的主观叙述，加上第三人称的全知全能的第四部分的补充性说明，构成了小说的全部内容。小说的第一部分是由家族的小儿子、傻子班吉来讲述，标明的叙述时间为1928年4月7日。这一天，是白痴班吉的33岁生日。女黑佣迪尔西的外孙子带着班吉去玩，班吉就用断断续续的意识和白痴特有的思维，回忆了这一天的全部经历。班吉是一个白痴，对时间的感觉等于零，他尤其没有过去、现在、未来的区分，因此这一部分的意识流就像天书，威廉·福克纳用最大的可能性来表现班吉的意识，整个内心独白看上去又杂又乱，这一部分就成为最著名的白痴的意识流。

不过，威廉·福克纳并没有给我们设置阅读障碍，他要在这费解的第一部分告诉我们一些事情。于是，在班吉所回忆的十多个场景中，我们可以分辨出班吉眼中的家族故事：他的童年、圣诞节的快乐、姐姐凯蒂的还算隆重的婚礼、父亲康普生的去世、大哥昆丁的自杀等等，这些家族重大事件，在班吉凌乱的回忆片段里如同波光水影，在意识流过的瞬间显现。在班吉的眼中，他的姐姐凯蒂是他真正的保护人，一个带有母性色彩的保护者。凯蒂呵护班吉是班吉意识流中最温暖的部分，所以，班吉很喜欢姐姐凯蒂，也依赖和崇拜她，并为凯蒂的不贞洁遭到大家的唾弃感到不解，为姐姐的自杀而痛苦。自此，小说的第一部分就结束了，我们从中基本了解了这个家族的悲剧命运和人物之间的关系。

小说第二部分的叙事人是长子昆丁，叙述时间是1910年6月2日。就是在这一天，昆丁自杀了。他为什么要自杀？从这一天的大清早就开始讲述。昆丁当时在哈佛大学念书，早晨他醒来，发现寝室里就他一个人。手表的嘀嗒声十分急促，好像要催促他去做某种决定。昆丁愤怒地砸碎了手表，然后趴在桌子上写了一份遗书。他走出大学校园，坐上电车，横穿城市，但是似乎不知道应该去哪里。就在这一天，昆丁遇到了很多不顺心的事情。他先是去购买打算用于自沉的熨斗，结果，被误认为是一个诱拐犯而遭到警察的逮捕。在警察局，他的解释无法说服警察，昆丁只好联系朋友，他被保释出来。出来之后，他与朋友发生了口角，两个人打架了。造成他心绪不宁的主要原因，还是妹妹凯蒂的不贞洁，他对此难以接受，甚至耿耿于怀，因为他作为长子，十分珍爱家族荣誉，是一个保守的南方人。他想到妹妹凯蒂、她的丈夫和她的情人之间的纠葛，以及他和他们的两次会面带给他的糟糕感觉，心情就越来越坏。昆丁对妹妹凯蒂十分恼怒，他又感到无法去惩罚她，心情万分沮丧。就这样，到了1910年6月2日的晚上，昆丁就投河自杀了。在这个部分的意识流中，昆丁的意识流十分紧张，语速快捷，昆丁又是哈佛大学的学生，他的思绪带着理性色彩，有的地方也呈现了他的人生态度。但他的精神恍惚也造成了这个部分内心独白的缭乱、激昂与颓废。

小说的第三部分是二儿子杰生的叙述，叙述时间为"1928年4月6日"。这一天，杰生遇到了好几桩不开心的事情。姐姐凯蒂后来生了一个女儿，叫作小昆丁——看来是为了纪念哥哥昆丁而取的名字。小昆丁喜欢逃学，还和一些流浪艺人混在一起，不服从舅舅杰生的管教。他在这一天收到了凯蒂的一封来信，在信里凯蒂询问弟弟，她寄给小昆丁的钱他给小昆丁了没有，这使杰生十分恼怒。同一天，杰生还收到情人的来信，这也是让他感到恼火的一封信。同时，杰生耽误了在股市上发财的一个机会。于是，他把所有的不如意都发泄到家族成员的身上，认为他们都亏待了他。杰生尤其对姐姐凯蒂和她的女儿充满着怨恨。这一天，他甚至向母亲提议，把傻子弟弟班吉送进疯人院，把姐姐的女儿小昆丁送到妓院里去。他母亲当然没有接受他的想法。这部分的叙述以显现杰生的冷酷和偏执为重点。杰生脑神经有问题，头痛时常发作，这使他的内心独白也十分混乱，带有间歇式的痉挛特征。

小说的第四部分是家族女佣迪尔西的部分，时间背景为"1928年4月8日"。这一部分中，威廉·福克纳改用全知全能的第三人称叙述。这一天是复活节，一大早，杰生就发现姐姐的女儿小昆丁偷了他的7000元钱后逃走了，不知所踪。这些钱大都是他从凯蒂寄给小昆丁的生活费中扣下来的，即使他报警，也无法向警察解释钱的真正来源。因此，杰生只能自己想办法找小昆丁。不过，他的找寻却没有丝毫结果。小说描述女佣迪尔西带着自己的家人和傻子班吉一起前往社区黑人教堂，去做复活节礼拜。在这个部分，威廉·福克纳通过对迪尔西的描绘，补充了前三部分没有交代清楚的一些家族恩怨和细节。黑人女佣迪尔西以她的坚忍和忠诚、仁慈和爱心，帮助这个衰败的家族走向新的生活。与前三个叙述者的悲剧性的意识流和内心独白相比较，迪尔西以历史见证人的身份出场，做了一个总结性的回顾和展望。通过这部小说，威廉·福克纳想告诉我们，那个由种植园家族所组成的美国老南方体系已经瓦解，但是新南方却目标不明，充满了混乱。也许，只有像康普生家的黑人女佣迪尔西那样的人，以诚实、善良、慈爱的品质来体现出人性，才是南方的希望所在。小说还有一个附录，将康普生家族从1699年到1945年之间的主要人物和事迹做了介绍。

《喧哗与骚动》的文学技巧很值得分析。他后来的小说继续使用意识流技巧。威廉·福克纳将意识流的时间层次扩大，随意流动，回溯、停顿、反切等手法拓展了意识流的效果。就《喧哗与骚动》

而言，小说中最突出的技法是运用多个视角的叙述和意识流以及内心独白。而且，他采用的"意识流"经过他的改造和创新，带有叠加、复合、立体等特点，不同角度、人物、时间的意识流动将同一个人物故事的各个侧面拼接为完整的、斑驳的画面，把读者引入主要人物的丰富复杂的内心世界。

《喧哗与骚动》选择了四个时间点来讲述，并没有按照时间顺序，而是沿着这四个固定的时间点发散开来，需要读者自己去将主人公讲述的故事拼合完整，主动地参与理解和创造，把小说中支离破碎的人物关系和悲剧事件搞清楚。

《喧哗与骚动》表面上是在混乱和颠倒的时间中发生的故事，其实是内在关联的。《喧哗与骚动》的主题到底是什么？威廉·福克纳曾说："这是一个美丽而悲惨的姑娘的故事。"是的，凯蒂作为小说的中心人物，她的婚姻和情感成为撬动和改变小说中家庭人物关系的原始力量，而她的堕落和自杀象征美国南方的堕落和衰亡。但在小说中，凯蒂从来没有主动出面说话，而是通过她的三个兄弟的自白和意识流，折射她的生命无所不在，和她搅动出来的巨大命运的旋涡。小说通过四个人的意识流，以四个不同的侧面展现没有正式出场的凯蒂的生活。多年以来，对这部杰作的解读成了文学评论家们的乐事。比如，神话原型理论家认为，这部小说的故事结构就是以《圣经》中的基督受难周为原型。比如，小说中的时间坐标、1928 年的三个日期，恰是那一年的基督受难日、复活节前和复活节；而 1910 年昆丁自杀的那个日期又恰是"圣体节"的第八天，小说情节与圣经的故事原型有对应关系。

1930 年，威廉·福克纳出版了长篇小说《我弥留之际》，这是福克纳的又一部力作，它以非常紧凑的笔法，描绘美国南方一个家庭的女主人艾迪·本德仑弥留之际到她死亡后 10 天左右，发生在她家和送葬路途中的故事。在这个过程中，这家人经受了类似《圣经》中先知遭受的考验，外有洪水和可怕的天气，内有每人内心的恶魔，于是，这个过程就变成与死亡、生存和人类命运有关的寓言，短短十几万字，造就了一部杰作。

威廉·福克纳告诉我们，一个作家必须和一片土地建立深刻的联系。在小说语言的运用上，在小说结构多层次、多视角的表达上，他都带给了我们很多启示。

厄内斯特·海明威：

《永别了，武器》

　　厄内斯特·海明威是一个具有传奇色彩的杰出作家。1899 年，他出生于美国伊利诺伊州芝加哥附近的小镇奥克帕克村。父亲是医生，母亲爱好文学和艺术，他们一共生育了 6 个孩子，海明威是第二个。很小的时候，母亲就让厄内斯特·海明威拉大提琴，教他欣赏美术作品，父亲则教他钓鱼和打拳击。这在海明威的成长中奇妙地统一在了一起。中学时代，海明威的体育成绩很好，游泳、足球、射击、拳击都是他擅长的运动，他还参加学校乐队拉大提琴，开始写短篇小说。1917 年，中学毕业后，他去堪萨斯市《星报》当记者。在早期的写作当中，由于新闻稿件对简洁、准确、生动、具体、短句与活泼文风的要求，使他积累了特殊的写作经验，日后他创造出电报式的语言风格，和他当过记者不无关系。

　　1918 年，19 岁的海明威参加了美国在一战中的部队，主要在意大利后方医院服务，曾身受重伤，经过治疗后回到美国。接下来，他又担任《星报》驻欧洲记者，在巴黎、日内瓦等地活动，在美国作家舍伍德·安德森的介绍下，认识了侨居巴黎的美国女作家格特鲁德·斯坦因和诗人庞德等，受到他们的影响和举荐。

海明威引起关注的作品，是他的长篇小说《太阳照常升起》。小说出版于1926年，小说的主人公是一群参加了第一次世界大战后在欧洲居留的美国青年。他们的生活面临危机，找不到方向，是迷惘和幻灭的一群人。这是一部艺术家小说，书中刻画了想当作家和艺术家的青年在巴黎的困顿、探求和失落，充满印象派式样的光影感，死亡、疾病、伤残和心理问题笼罩在小说主人公身上，具有艺术感染力。巴黎的五光十色并没有抚平这些青年心灵的失落感，他们找不到出路，更加迷惘。女作家斯坦因曾对海明威说过，"你们都是迷惘的一代"，海明威把这句话作为小说的题词，放在扉页上。1927年，他从欧洲回到了美国。

海明威逐步地确立了文学"硬汉"的写作风格，1927年出版的短篇小说集《没有女人的男人》是他的起点。这部短篇小说题材广泛，描绘了拳击手、西班牙斗牛士等硬汉形象，他们在面临人生困境和抉择时，显示了男人的力量。

长篇小说《永别了，武器》是海明威的代表作之一，带有一定的自传性。小说描绘了一个年轻的美国军官，在意大利前线负伤，住进医院后和一个英国护士的悲剧爱情——女护士难产死亡，年轻的军官带着悲情离开了欧洲。从主题上看，小说是反战的，情节上是一个爱情悲剧，小说的语言干净利落，叙述扎实简洁，细节生动具体，没有废话，没有多余的描写，人物的性格也比较生动，但稍显平面。小说里有很多警句一样的议论，是对那个时代有力的批判，今天看来也非常有力量。从小说的形式上来讲，这是一部现实主义作品，海明威在语言上打上了他鲜明的风格烙印，这个特点就是精湛的叙事艺术，语言精练、简洁、生动，省略是最大特点。小说的开头和结尾部分，几乎可以和任何一部杰作媲美，很值得分析。开头部分确立了整部小说的叙述语言风格和语调：

"那年深夏我们住在村里的一所房子里，越过河和平原可以望见群山。河床里尽是卵石和大圆石，在阳光下显得又干又白，河水清澈，流得很快，而在水深的地方却是蓝幽幽的。部队行经我们的房子朝大路走去，扬起的尘土把树叶染成了灰蒙蒙的。树干也蒙上了尘土。那年树叶落得早，我们看到部队不断沿着大路行进，尘土飞扬，树叶被微风吹动，纷纷飘落……"

在这段写景的文字中，蕴含着战争即将摧毁这一切的担忧，简洁、具体和生动的句子立即把我们带到了现场。而小说的结尾更加出色，是小说史上最值得分析的结尾之一。据说，海明威改写了39遍，才感到满意。引文如下：

"我走到房间的门口。'你现在不能进去。'一个护士说。

"'不，我能。'我说。

"'你还不能进去。'

"'你给我走开，'我说，'另一个也走开。'

"但是等我把她们赶走以后，关上房门，拧熄了电灯，并没有丝毫用处。这好像是在向一尊塑像告别。过了一会儿，我走出房间，离开医院，冒着大雨回旅馆去。"

和《百年孤独》开头那句将过去、现在和未来同时显示在一句话里完全不一样，《永别了，武器》的开头和结尾是现在时态的。结尾是对一种情景的描绘：男主人公要去向恋人的遗体告别，两个护士在场，他把她们赶开了。然后，他默默地举行了一次属于自己的告别仪式，没有悲痛欲绝，没有呼天抢地，没有大声哭泣，他坐了一会儿，就离开了那里。强烈的感情全部隐藏在简约的文字背后，效果却很奇特。用动作和形象表现人物的感情和心理活动，用精粹的句子描述主人公的内心活动，用简练的对话呈现人物的性格，达到了超凡的效果，这就是海明威的叙事艺术的魅力。

1930年代前期，海明威居住在佛罗里达，后来又迁到古巴，这和他喜欢大海有关。他的生活方式主要是捕鱼、打猎和读书。海明威信奉一种行动的哲学，他不是一个书斋里的作家，尽管他博览群书。他是一个行动的人，只有在行动中，他才可以写出他的小说来。二战爆发之后，令人称道的是，他改装了"皮拉尔号"游艇，使之变成可以反潜作战的炮艇，在大海上寻找德国潜艇。不过，没有任何关于他和德国潜艇遭遇的记录。在二战快结束时，他率领一支游击队参加了解放巴黎的战斗，因他是保持中立身份的记者，战后他在被讯问后无罪释放。

海明威在小说写作上的高峰是《老人与海》，这部中篇小说出版于1952年。《老人与海》描绘了一个古巴老渔民桑地亚哥的故事。出海之后桑地亚哥打到了一条巨大的马林鱼，他想尽办法、费尽力气与周折，把大鱼拖回港口的时候，那条大鱼已经被鲨鱼啃得只剩下了骨头架子。这部小说把一个老渔民的命运，上升到了人类不屈不挠的象征高度，将老渔民化身为可以抵抗任何挑战的人物。"一个人并不是生来要给打败的，你尽可以把他消灭掉，可就是打不败他。"小说塑造的硬汉就是这个老年渔民，和他以往塑造的斗牛士、战士、打猎者、偷渡者和走私者不一样，这个老年渔民的经历不仅和古希腊悲剧中的角色有呼应的关系，还成为一个寓言，一个现代基督，一个人类命运的象征。

厄内斯特·海明威的"冰山理论"在小说叙述中运用得非常成

功，简洁的叙事和纯粹的动作描写，使小说带有硬朗的骨架和密度，征服了读者。这部小说本来是一部长篇小说的结尾部分，结果海明威把前面几个部分全部删掉了，只保留了 26531 个词的结尾。评论家对这部小说大加赞赏，并进行各种分析。但他却说："没有什么象征主义的东西。大海就是大海。老人就是老人。孩子就是孩子。鱼就是鱼。鲨鱼就是鲨鱼。"

海明威喜欢参加各种冒险活动，包括战争、打猎、捕鱼、观看斗牛等等。酗酒和两次非洲打猎中的小飞机事故，给他的身体带来了损害。在他的体内一直留着一些弹片，这些弹片带给他神经上的痛苦。1954 年，他获得诺贝尔文学奖。1959 年古巴革命胜利后，海明威离开古巴回到美国，居住在爱达荷州。由于身体的病痛，加上还患有糖尿病和高血压，他于 1961 年 7 月 2 日用猎枪自杀。

海明威以他如同电报电文一样简洁的语言风格，引发了一次文体革命，后来很多作家的作品中都可以看到他的影响。海明威是很勤奋的，他待在房间里时总是在读书，他在《海明威谈创作》一书中说："作家应当什么书都读，这样他就知道应该超过什么……一个真正的作家要和死去的作家比高低。"他是一个有魅力的、行动的人，把他自己的经历牢牢地和他的写作捆绑在一起，成为 20 世纪的一个文学传奇。

弗拉基米尔·纳博科夫：

《洛丽塔》

　　弗拉基米尔·纳博科夫的长篇小说《洛丽塔》的出版是一件惊世骇俗的事，这部探讨畸恋的小说将美国 1950 年代的保守面具撕裂，为 1960 年代各种社会运动掀开了帷幕，从此，纳博科夫也由文坛进入到大众的视野。

　　弗拉基米尔·纳博科夫 1899 年出生在俄罗斯圣彼得堡，他的家世显赫，祖父当过沙皇时期的司法部长，父亲是一名法官，参加过二月革命后成立的政府。列宁领导的十月革命成功后，他父亲带着他流亡到德国。1919 年，纳博科夫进入英国剑桥大学学习文学，1922 年取得学士学位，回到柏林。他父亲当时是活跃的自由派，因办报纸惹怒右翼君主派，在 1922 年被刺杀身亡。纳博科夫侨居欧洲时，写了不少俄语小说，在流亡侨民中有一些名声。1940 年之前，纳博科夫发表和出版了 9 部俄语小说：《玛丽》（1926）、《王，后，杰克》（1928）、《眼睛》（1930）、《防御》（1930）、《荣誉》（1932）、《绝望》（1936）、《黑暗中的笑声》（1938）、《斩首的邀请》（1938）、

《天赋》（1939）等。

二战爆发后，1940年他来到了美国，在美国的康奈尔大学等学校教授欧洲文学。纳博科夫不再用俄语写作，而是改用英语写作，写下8部长篇小说。

《塞巴斯蒂安·奈特的真实生活》是纳博科夫的第一部英语小说，出版于1941年。初次用英语写小说，纳博科夫心里有些惴惴不安。他请美国著名评论家威尔逊阅读了校样，结果威尔逊大为赞扬。小说以一个俄罗斯流亡者为同父异母的作家兄弟写传记结构全书，其中有趣地夹杂了对作家兄弟聘用的秘书写的另外一部传记进行的驳斥。最后，作者前往医院探访作家兄弟，发现兄弟已经去世，作者产生了一个幻觉，也许哥哥是不存在的，作者和这个作家兄弟合成一个人。这部小说很有趣，双重文本和双重人物，最后都合成了一个。难怪威尔逊会大加赞赏。通过这部小说，纳博科夫找到了用英语写作的自信。

纳博科夫后来又出版英文小说《庶出的标志》、《普宁》和《洛丽塔》等。

《洛丽塔》是一部出版之后引起轩然大波的作品。纳博科夫完成这本书后，在寻求出版的过程中到处碰壁，先后遭到了四家美国出版商的拒绝。1955年，这本书在巴黎奥林匹亚书局出版，被放到一套色情小说里。英国作家格雷厄姆·格林发现了它的文学价值，撰文给予热烈赞扬。当时，美国在麦卡锡主义的压制和禁锢之下，像《洛丽塔》这样离经叛道的小说很难出版，只有风气开放的巴黎能够接受。出版后，英国、美国的海关都曾查禁过这本书的入境。1958年，《洛丽塔》在美国出版，仍旧引发争议。

小说以亨伯特在监狱里的自述展开全书，还有一个前言，是一位署名约翰·雷博士的人煞有介事地说自己需要编辑一份已经死在监狱里的犯人留下的手稿，这份手稿就是这部小说的主体。因此小说的情节设定，是主人公的自供状。一个叫亨伯特的欧洲中年男子，喜欢上12岁的小姑娘洛丽塔，为实现他拥有洛丽塔的想法，亨伯特娶了洛丽塔的母亲后，一直蓄谋占有洛丽塔。亨伯特甚至想杀害洛丽塔的母亲，但洛丽塔的母亲先死了。于是，亨伯特就带着洛丽塔来到了美国，在美国各地旅行，住在汽车旅馆里，并最终占有了洛丽塔，满足了自己的欲望。可洛丽塔竟然和另一个男人一起出走，这让亨伯特十分恼怒，在追踪到他们俩之后，开枪打死了那个男人，对已经怀孕的洛丽塔依旧情有独钟。

这部小说因涉及成年人和未成年人之间的畸形恋而备受争议和斥责。批评者认为，这是一部不道德和反道德之书，是有害的书，但赞扬者认为，这本书恰恰是对美国物质至上的现实社会和粗鄙欲望的批判。纳博科夫对各种说法都不置可否。21世纪的今天再来看这本书，对其畸形恋的描绘，已经不那么令人大惊小怪，对小说的解读也有多种方法。总体上说，小说的机智和反讽的语调、对男人欲望的深入描绘和批判，具有对美国社会进行精神分析的深度。小说的开头也很著名：

"洛丽塔，我的生命之光，我的情欲之火。我的罪恶，我的灵魂，洛－丽－塔：舌尖向上，分三步，从上颚往下轻轻落在牙齿上。洛。丽。塔。"（于晓丹译）

这段开头开宗明义地说明小说要讲述的一切：畸形的情欲、热烈的恋情、黑色的悲剧和带有滑稽色彩的人物。对这部小说的阅读和研究长盛不衰，也给纳博科夫带来不菲的稿费和巨大的名声。

可以说，纳博科夫最好的作品是他用英语写下的小说。1962

年，他出版了长篇小说《微暗的火》，这是一部具有谜语特点和高度形式化的小说，分三个部分，第一部分是前言，是叙事者的自白与解释，第二部分是一首名为《微暗的火》的 999 行的长诗，第三部分是关于这首长诗的繁琐多义的评注，是小说的主体部分，占全书的六分之五。

纳博科夫曾经将普希金的长诗《叶甫盖尼·奥涅金》翻译成英文，诗歌译文 208 页，但他给这首长诗作了洋洋洒洒两千页的注释，四大卷，显示了他的渊博学识。显然，他的这次翻译经历促成了他的《微暗的火》的写作。

1969 年，70 岁的纳博科夫出版小说《阿达：一部家族史》，这是纳博科夫最值得关注的小说。这部小说的主线索是一个 90 多岁的俄罗斯裔美国哲学教授，回忆自己和同父异母的妹妹所发生的动人又曲折的爱情。形式上以男主人公的日记加女主人公的批注构成小说本身，似乎是在嘲讽规模宏大、看似严整的家族小说。而小说有大量的枝枝蔓蔓，是关于俄罗斯乃至欧洲历史上很多文学名家的作品的解读。在这部小说中，俄语、法语、德语、荷兰语等多种欧洲语言词汇频繁出现，给阅读带来了障碍，也显示了纳博科夫的博学。

纳博科夫后来还出版了英文长篇小说《透明》与《看那些小丑！》。除了 17 部长篇小说和翻译注释的普希金的长诗，他还出版了《果戈理传》（1944），描绘了文学家果戈理的一生。因常年在大学讲授文学，他出版有《文学讲稿》《俄罗斯文学讲稿》《〈堂吉诃德〉讲稿》等文学评论著作，发表有 50 多篇短篇小说、9 部剧本、400 多首诗歌，还出版有回忆录《说吧，记忆》等。

纳博科夫开启了美国后现代小说的大门，他对小说形式的探索实验启发了托马斯·品钦这样的小说家。他经历了 20 世纪的历史震荡和变化，作品呈现出十分复杂的面貌。他将想象力和渊博的学识、小说的实验相结合，走出了小说发展的新路。

纳博科夫的小说题材丰富，深度和广度都令同行赞叹。特别是，纳博科夫身上所具有的俄罗斯深厚的文化传统和美国新大陆的文化活力结合起来，造就了他山岳般的文学成就，丰富了 20 世纪的俄语和英语文学。

纳博科夫喜欢研究和捕捉蝴蝶，他可以说是一个业余昆虫学家，业余时间都用来和妻子薇拉一起捕捉蝴蝶，制作标本。这给他的形象增添了趣味性和神秘感。1977 年 7 月 2 日，他在瑞士的洛桑病逝。

索尔·贝娄：

《洪堡的礼物》

20 世纪下半叶，美国最重要的作家首推索尔·贝娄。他于 1915 年生于加拿大魁北克省，父母亲是俄罗斯犹太人移民。1924 年，迁居美国芝加哥，他后来毕业于芝加哥大学和西北大学，在芝加哥度过了大半生，并长期在芝加哥大学担任教授。

2000 年，82 岁高龄的索尔·贝娄又出版了一部小说《拉维尔斯坦》。这部小说以精湛的叙述和凝练的思想，再次显示了他无与伦比的文学创造力。《拉维尔斯坦》延续着他对美国知识分子精神境况的观察，用旁观者的视点，讲述大学教授、当代思想家拉维尔斯坦分裂的生活。

索尔·贝娄一共出版了 10 部长篇小说：《晃来晃去的人》《受害者》《奥吉·马奇历险记》《雨王汉德森》《赫索格》《赛姆勒先生的行星》《洪堡的礼物》《院长的十二月》《更多的人死于心碎》《拉维尔斯坦》。

《晃来晃去的人》和《受害者》是他早期的作品，描绘了主人公从加拿大到美国的成长历程。长篇小说《奥吉·马奇历险记》的出版，标志着他的小说具有了鲜明的美国特性。这部小说有26章，超过50万字，是一部厚重之作。小说的第一句话是："我是个美国人，出生在芝加哥——就是那座灰暗的城市芝加哥，我这人待人处世一向有自己的一套，自行其是，写自己的经历时，我也离不开自己的方式。"小说的语调鲜活生动，拉拉杂杂，带有流浪汉小说的喜剧性特点，语言通俗、流畅、日常、夸张，还有一种随意和自嘲。全书以回忆录的形式写成，讲述芝加哥一个犹太家庭孩子们的成长传奇。

《奥吉·马奇历险记》这部小说和西班牙流浪汉小说传统大有关系，和马克·吐温的《哈克贝利·费恩历险记》也形成了呼应。在马克·吐温的小说中，主人公在大自然中经历洗礼，然后成长为美国人。到了索尔·贝娄这里，大自然已经变成了超大城市芝加哥。小说非常好看，主人公在犹太人身份的预先设定下经历成长的过程，有五花八门的见识和阅历。这是一部关于美国人成长的书。就是从这部小说开始，索尔·贝娄确立了一种"索尔·贝娄风格"，这种风格就是一种喜剧化的叙述和漫不经心的东拉西扯，却波澜壮阔地展现了一整座城市以及这座城市背后的大陆气质。

1976年，索尔·贝娄获得诺贝尔文学奖。获奖理由是："他的作品中融合了对人性的理解和对当代文化的精湛分析。"

在给他的颁奖词里，提到他的长篇小说《赫索格》。这是他的一部重要作品。在小说《赫索格》中，他描绘了一个犹太学者、教授赫索格在现实生活中处处碰壁的故事。赫索格是一所大学历史系教授，在美国社会发生剧烈震荡的1960年代，赫索格的生活也发生了剧烈震荡。赫索格遭遇了婚变，被女人戏耍，找不到现实生活的重心和意义，于是精神状态出现了异常：他开始给各种人写信，他写信的对象有活着的，也有死去的，有男人，也有女人，他给他们写信只是倾诉和宣泄自己的一种方式，根本就没有把这些信给发出去，显示他的精神状态处于癫狂、分裂中。

这部小说之所以是杰作，是因为它有两个支点。其一，小说塑造的赫索格这个现代犹太学者精神异常的形象，能够揭示美国的精神境况。其二，小说以赫索格给很多人写信的方式结构小说，把书信体小说的可能性拓展了。他还把意识流手法融合到小说中，从形式到主题和人物形象，这部小说都是卓然不群的，深刻地呈现了美国知识分子的精神状态和困境。索尔·贝娄一般都会给笔下的人物以出路。他能为他们找到一条自我救赎的路。赫索格教授也是这样的，他四处碰壁，最后来到乡下的老房子里，算是找到了精神栖身之所，安稳了情绪，医治创伤，又有了生的希望。

索尔·贝娄的小说容量一般都很大，有卡尔维诺所说的"繁复"的美学特征。这里我说的容量，不单指篇幅大小，而是指他的小说描绘的生活场景宏阔复杂，细节丰富，语言有延展性，情节也有无数的线索在伸缩，富有弹性。

长篇小说《洪堡的礼物》是索尔·贝娄的代表作，它讲述了美国两代作家之间的精神联系，以及他们在生活中相互帮助的故事。这部小说以芝加哥这个索尔·贝娄最熟悉的城市为背景，展示美国知识分子的精神状态。老诗人洪堡是小说主人公，他反对美国的物质主义至上，有着人文理想，希望用艺术来改变社会，但是在美国这个物质主义甚嚣尘上的社会，简直可以说是生不逢时。他决心参与政治，希望自己喜欢的一个开明人士担任总统，但是上台的却是艾森豪威尔，这使洪堡非常失望。他在大学追逐一个诗歌教席却没有成功，对妻子的嫉妒心和疑心越来越重，最终使妻子离开了他，他也因精神状态不稳定被送进了疯人院，出来以后流落街头，最后因心脏病发作，凄惨地死于物质的贫困。

与之对应的一个人物，是洪堡的朋友和忘年交，年轻的作家西特林。西特林是一个俄裔美国犹太青年，过去一直和洪堡在一起，深受洪堡的影响，从精神上讲，洪堡是西特林的父亲。他后来根据洪堡的生平写了一出剧本，在美国百老汇上演后获得了成功，赢得了名声，有了金钱、美女，社会地位也随之上升。西特林和洪堡的命运由此产生了鲜明的对照。

西特林也有自己的烦恼：他得罪了芝加哥的流氓团伙，他们对他的生活构成威胁和干扰。紧接着，西特林精神状态和婚姻状态都出现了危机。本来也快要跌入深渊，恰巧他当年和洪堡编写的一个故事被拍成电影，意外得到很多名利，这算是洪堡给他的绝佳"礼物"，让他绝处逢生，逢凶化吉，否极泰来，令他喜出望外，特别是他得以向电影公司追索了一笔钱，他的一个电影剧本也卖了一大笔钱，于是，他重新安葬了自己的"老师"洪堡，然后去瑞士定居了。

索尔·贝娄多部小说的主人公都是美国知识分子，一般是学者、教授、植物学家、作家等等，他们都是精英人物，他们的精神危机显然也是美国的精神危机。他的小说有着一定的自传性，小说基本上取材于身边的生活和他的经历，人物大都有生活中的原型。比如西特林，就是他自己的化身，而洪堡的人物原型，取材于他的一些没有成功的犹太作家朋友，他把他们的生平和形象综合成了洪堡。

1987年，他出版了长篇小说《更多的人死于心碎》。这部小说的主人公克拉德是一个植物学家，也是一个当代知识分子。他对植物有着神奇的沟通能力，甚至可以和植物交流，可以透视植物，对植物的一切了如指掌，包括对植物的情绪和感情世界，他都有心灵感应。但这个人在婚姻生活中却一败涂地，他的几次婚姻都因无法"看清楚女人的真实面目"，最终宣告失败，使这部小说具有很强的反讽色彩。和克拉德能看透植物的一切、可以和植物完美交流形成鲜明对比和莫大讽刺的，是他对人类社会、对女性和人性的不了解，无法适应复杂的当代社会，更无从应对，从而揭示繁盛的物质之下知识分子的孤独与绝望、异化与挣扎、彷徨与沉沦。

索尔·贝娄对表面的物质繁荣之下的精神危机的观察颇为仔细。他的主要作品都在强调一个主题，就是当代美国知识分子，特别是犹太知识分子的精神危机。索尔·贝娄身上有着深厚的犹太文化传统和渊博的知识谱系。他对美国社会的洞察力非凡，他的小说表现形式上融合了现代主义和后现代主义的文学技巧，也令人赞叹。在他笔下，无论意识流还是幻觉，无论心理描写还是感觉联想，他都可以把这些技法与人物的状态完全贴合，使情节生动，人物丰富，情绪饱满。小说的多种元素共同作用，与表现形式的骨架紧紧咬合在一起，浑然一体，体现了他对人的悲悯之心和深切的关怀。

2005 年 4 月 5 日，索尔·贝娄在美国马萨诸塞州病逝。

《兔子四部曲》

约翰·厄普代克 1932 年出生于美国宾夕法尼亚州西灵顿小镇。他的血统复杂，有德国、荷兰和爱尔兰人血统。他的家庭非常普通，祖父做过修路工，父亲曾是电工，后来失业了，落脚在一所中学教书。这样的家庭出身，使他明白了一切必须要靠自己。成为职业作家后，他养成每天写三页纸的习惯。1950 年，约翰·厄普代克考上哈佛大学英文系，毕业之后，他和新婚妻子玛丽去英国牛津大学拉斯金美术学院学习绘画。这使他具有了深厚的美术修养，后来他出版了多部美术评论著作。一年后回到美国，在《纽约客》担任编辑。1953 年他辞掉工作，和妻子搬到马萨诸塞州的乡下定居，从事职业写作。他自己说，之所以离开纽约是因为他得了皮肤病，迫切需要安静下来。

约翰·厄普代克的创作十分丰富，著有长篇小说 20 多部，且几乎每一部都能掀起阅读热潮，被读者所追捧，是在美国中产阶级中拥有广泛读者群的作家。他的代表作是长篇小说《兔子四部曲》系列。这个系列的小说可以说是美国中产阶级的生活史诗，包括《兔子跑吧》《兔子回家》《兔子富了》《兔子安息》，加上出版于 2000 年的小长篇《怀念兔子》，跨越半个世纪长达 50 多年，每隔 10 年他就出一本，十分引人瞩目。今天看来，这个系列的小说是一幅美国中产阶级生活的宏大壁画，宏阔地展现了美国 1950 年代后的社会生活对一个普通美国家庭成员的影响，展现了美国社会风尚、道德标准的巨大变化。在这幅社会风俗的组合壁画上，美国普通人的生活活灵活现，历历在目，可以看到 50 年美国社会物质丰富、道德堕落和宗教力量不断缠斗的图景，折射出美国人的灵魂图谱。要想了解美国 20 世纪后半叶的社会生活的面貌，特别是中产阶级的生活内容和情感世界，阅读约翰·厄普代克的《兔子四部曲》是最为便捷的通道。

《兔子四部曲》系列小说的主人公哈里，绰号"兔子"，他是一个性格上也像兔子的男人，有些疑惧和敏感。二战结束之后，在不断变化的美国社会风尚和道德危机面前，他忍受不了婚姻沉闷，像兔子一样逃跑了。可是最终，因为灵魂和肉体都无处安身，依旧要回到家庭里来。在这种不断地出走和回家的过程中，演绎着哈里和儿子纳尔逊父子两代人的人生悲喜剧和生活闹剧。麦卡锡主义、60 年代性解放运动、越南战争、种族冲突和危机、阿波罗登月计划、嬉皮士运动、贩毒吸毒、石油危机、中产阶级全面兴起、福利社会问题和全球化时代的到来等等，这些美国社会外部的变化，都投射到"兔子"哈里一家，给他和他的家庭成员造成巨大的影响，他的家庭时而分崩离析，时而又重新聚合在一起，和美国社会与时代变化起伏一起变化起伏，既承担了时代的痛楚，也享受了时代的欢愉。

在 1990 年出版的《兔子安息》中，约翰·厄普代克考虑到小说主人公已经历了人生所有的起伏，从人生高位上跌落下来，就将"兔子"哈里写死了。可很多读者都不喜欢他把"兔子"哈里写死了，认为哈里还应该活在他笔下。于是，在 2000 年，约翰·厄普代克又出版了小长篇《怀念兔子》，讲述"兔子"哈里死后，他的灵魂回到自己生活过的地方，看到周围人生活的场景，以及听到众人对他的怀念的故事，算是这个小说系列的终结篇。

约翰·厄普代克描绘的美国中产阶级的优越和烦恼、痛苦和焦躁，生活中出现的问题的复杂多变和精神上的焦虑不安，十分贴合在现代性追寻中的人的状态。

约翰·厄普代克没有把他的所有作品看成一个整体，但多年的写作生涯中，他一直在扩大自己的小说疆域。他擅长的写作秘密三元素是：性爱、宗教与艺术，并试图做一个创作最广义小说的作家。在信息和网络发达的社会，如何运用传统写作和纸媒介传送信息，是一个巨大的挑战，在这方面，只有"创作最广义小说"，才可以适应新时代人们对文学的总要求。他的小说题材大部分围绕美国东部某个小镇，具体说就是他出生的西特林小镇来展开，但他经常放眼全球，笔触延伸到美国西部、东欧、南美洲和非洲，比如小说《巴西》（1994）、《政变》（1978），还有依据神话和古典文学的材料写的小说，比如《马人》和《哈姆雷特前传》（2000）。

1960 年代之后，美国的新教伦理面临前所未有的冲击和挑战，这深刻地体现在他的有关宗教题材的小说三部曲《一个月的礼拜日》（1975）、《罗杰教授的版本》（1986）和《S》（1988）中。在这个系列的小说中，他探讨了宗教对人的影响，作品涉及的问题十分尖锐。有趣的是，这个系列小说是对霍桑的小说《红字》的阐发，三部小说分别从《红字》中的三个主人公的角度出发：以原先的牧师、医生和女主角海斯特的角度，探讨了美国当代社会灵与肉、精神和物质、社会和个人之间的关系，小说的主人公，分别是今天的美国牧师、教授和女人，以三个主人公的嬗变，显现了美国社会自《红字》所引发的传统宗教文化和现代美国世俗生活之间的激烈冲突，显示了约翰·厄普代克丰富的文学技巧。

创作最广义的小说的努力，还体现在他对美国精神、美国历程的全方位把握上。

在小说《东方女巫》（1984）中，他写的是一群离了婚的女巫，这些女巫将魔鬼带到了偏僻的罗德岛上，破坏了罗德岛上传统的清教主义，释放出性解放时代人们内心的罪恶和忏悔。小说对美国的资本主义新教伦理的讽刺意味深长。在小说《福特时代回忆》（1992）中，他用结构主义的形式，将发生在两个时空的故事融合起来，将福特总统执政时期的社会气氛传达得非常逼真和精细。

长篇小说《圣洁百合》（1996）是他试图图解美国社会本质的文学努力，也是一部小型史诗，是对美国精神成长和物质丰富历程的描绘。伴随着电影工业基地好莱坞的发展变化，小说的时间跨度有上百年，将克拉伦斯一家四代人的轮替和成长，与好莱坞的科技发展和100年的道德变化纠缠在一起，展现的是美国社会的风起云涌和波澜壮阔。约翰·厄普代克说：

"我努力迫使我对生活保持多层次和多方面的感觉，我力图通过叙述形式去获得客观性。我的作品总是在反省，而不是在发表任何武断的意见。我认为艺术家带给了这个世界过去不曾有的东西，却没有摧毁什么东西，我赞赏这样一种保守的反驳。"（1967年答塞缪尔森的访谈）

阅读他的作品，可以得到一种照相写实主义的印象，像《兔子》系列、《夫妇们》等小说，展现的是美国中产阶级世俗生活的全景观。他文笔华丽、雕琢，由于他学习过绘画，在写作方面用笔如同绘画，笔触细致入微。他喜欢不厌其烦地描绘精微的生活细节和场景，他也很擅长心理描写，但其作品的底色却是现实主义的。他的这种现实主义吸收了大量现代主义文学技法，这样的笔法适合用来表现斑驳陆离的美国当代生活。他的小说对社会问题的强烈关注和批判、对新闻性的强调、对意识流手法的运用、对象征主义和心理现实主义的实践、对书信体和结构主义的借鉴，以及对电影蒙太奇手法的掌握，还有对印象派画家的手法的挪移、对人类神话和史诗资源的挖掘，都是出神入化的。这使他的小说呈现出波澜壮阔的视野和丰富、复杂、细腻的特点。

约翰·厄普代克勤奋地用文字尽可能地写出美国生活的矛盾冲突和悲喜剧混杂的色彩，写出"美国梦"的诞生和破灭。他的短篇小说成就也很高，创作有200多篇短篇小说。这些短篇小说结集为《同一个门》《鸽羽》《音乐学校》《博物馆和女人》《问题集》《相信我》，以及厚厚的《约翰·厄普代克早期短篇小说：1953—1975年》等，有十多部。这些小说写得相当精细和缜密，题材广泛，写作技巧复杂多变。特别是他的最后一部短篇小说集《父亲的眼泪》，写尽人的老之将至的种种境遇，技巧炉火纯青，人生百态尽显笔端，显示了他是一位不折不扣的小说大师。

约翰·厄普代克还出版了诗集《面向自然》《诗集》等。《自我意识》是他的一部自传，和他另外一部自传《山茱萸：童年回忆》相映成趣。从这样的自传中也可以领略到他在小说里的激情文风。他是掌握了美国主流社会审美阅读趋向的作家，常年在《纽约时报书评版》等重要报刊发表文学书评和美术评论，影响深远。多少年之后，也许他那些鞭辟入里的书评和艺术评论的生命力会更长久。

从某种程度上说，做一个创作最广义小说的作家，他实现了这一目标。约翰·厄普代克如同一片广袤的平原，铺展开来的是他带给我们的广袤的文学风景，昭示着未来文学发展的可能性，尽量地拓展写作题材，放大自己的内心体验和心灵感觉，将人类生活的方方面面都涌现在笔端。

约翰·厄普代克的作品是美国社会的解剖刀，他为中产阶级画像，并谱写他们的日常风俗史诗。他的创作精力十分旺盛，著有长篇小说20多部，还有大量的短篇小说集、散文、游记、文学评论、诗歌和儿童故事集。此外，他还经常编选"美国最佳年度小说选"之类的文选，经常在《纽约时报书评周刊》发表重量级书评，其多才多艺是美国文坛罕见的。要了解美国20世纪下半叶的文学和社会生活，他是绕不开的作家。

2009年1月28日，约翰·厄普代克因病去世。

《猫的摇篮》

　　库特·冯尼古特一直被称为是一位"黑色幽默"作家。他的小说在 20 世纪美国小说史上占有特殊的地位。具体来说，他将科幻小说的元素混合到存在主义的调色盘里，创造出一种"黑色幽默"小说，深刻批判和讽刺他所经历的社会现实和 20 世纪的美国历史。

　　1965 年，美国小说家弗里德曼编选了一册《黑色幽默小说选》，收入了 12 个作家的作品。其中主要有约瑟夫·海勒、库特·冯尼古特、唐纳德·巴塞尔姆、约翰·巴斯、托马斯·品钦和纳博科夫等作家。于是，"黑色幽默"作为美国文学的一个重要文学流派或者作家群体，获得了关注。黑色是死亡、沉闷、绝望、痛苦的象征，但和幽默这个词联系在一起，就产生了一种怪诞和滑稽的美学风格，从而使严肃的思考隐藏在滑稽幽默的表达背后，具有感染人的力量。

　　库特·冯尼古特一共写了 10 多部长篇小说，他最初的两部长篇是《自动钢琴》（1952）和《泰坦族的海妖》（1959），这两部小说都带有科幻色彩。这也成为他后来多部长篇小说的某种特色。

《自动钢琴》以自动化钢琴代替人对钢琴的演奏，描绘和讽刺了二战之后机器大工业取代了人工和小手工业的美国现实，暗示人的价值不断贬低的可怕前景。可见，他很早就开始思考这一在 21 世纪还在继续被人们忧虑的重大主题。《泰坦族的海妖》采用科幻小说模式，描绘人类不断对遥远的星空进行探索，但对近在咫尺的人类却没有一点关爱和兴趣，对地球外界的热情和对地球人的冷漠之间形成了对比，至今仍旧具有现实意义。这两部小说的出版，使人耳目一新的同时，也让人把他看作一位科幻小说家，这使他有些意外和不满。

他的代表作是长篇小说《猫的摇篮》，出版于 1963 年，这部小说继续采取科幻小说形式但却是一部主题十分严肃的黑色幽默小说。这部小说使他成为美国人最喜欢的小说家，尤其受到大学生的欢迎。

在 1960 年代，美国正在经历一场社会动荡和观念革命的大变动，此书的出版是恰逢其时，迎合了变动时代的思想潮流。小说讽喻了美国无限信赖科学家以及科学技术的现实，展现科学正在被美国政府利用，来为毁灭人类自己的战争进行服务和辩护的情景。在美国，当时刚刚走过麦卡锡时代的禁锢与保守主义阶段，这部小说的出现是非常大胆有趣的。它以巧妙的艺术构思和精彩的文学表达，以锐利的思想和滑稽幽默的表现手法，给 1960 年代思想激进的美国年轻人以启迪。如今来读这部小说，读者依旧能够会心微笑，因为它确实写得太幽默了，虽然作者并不喜欢他被评论家贴上标签，说他不是"黑色幽默"小说家，他不过是一个小说家。

《猫的摇篮》的故事情节是这样的：一个作家打算写一本描述

原子弹在 1945 年 8 月 6 日第一次使用到人类自己头上那一天，一些要员在干什么的书。于是，作家进行采访调查。小说的叙述者、作家"我"首先对原子弹之父、诺贝尔奖金获得者、科学家霍尼克尔博士进行采访，入手做自己的采访工作。此时，霍尼克尔已经死了，留下三个孩子，大女儿安吉拉、大儿子弗兰克和聪明的侏儒小儿子牛顿。作家"我"来到一个封闭的、戒备森严的通用锻铸公司，对霍尼克尔生前一起工作的同事进行采访。从主管布里德博士那里，"我"知道了原子弹之父霍尼克尔博士生前研究的最后一个课题，是军方要他发明一种把烂泥变成固体的冰块。这种神奇的东西只要一小点儿，就可以把眼前的沼泽、溪流和烂泥地变成固体的、可以通过的平原，从而成为军队所向披靡打胜仗的保证。

布里德博士并不知道，实际上，霍尼克尔生前已经发明了这种东西，并且给它起了一个名字叫作 X——9，就是在实验 X——9 的功能时，霍尼克尔自己被这种东西变成了冰冻的一坨。后来，叙述人、作家"我"认识了他的三个孩子，试图了解到原子弹之父、三个孩子的科学家父亲的真实情况。但除了知道霍尼克尔从来不读书，对人类这样的生物没有任何兴趣以外，没有得到相关的信息。科学家的大儿子弗兰克由于和犯罪集团有牵连，神秘地消失了。接着，鬼使神差，作家"我"被一家杂志社派往加勒比海地区的一个岛国圣洛伦佐，去采访在那里建立慈善医院的一位美国富翁。结果，"我"在飞往岛国的飞机上遇到前往那里参加弗兰克婚礼的安吉拉和侏儒牛顿。他们一起到了岛国，发现这个岛国正在被一个叫"老爹"的家伙所统治，同时，"老爹"还在追捕一个宗教组织博克侬教的教主博克侬，准备按照岛国的刑罚将这个家伙用钩子钩死。

　　此时，聪明的弗兰克已经是岛国总统"老爹"的上将和科学部部长。在岛国中，"我"逐步发现了秘密所在。原来，科学家霍尼克尔发明出来 X——9 的时候，正好带着三个孩子在科德角的别墅渡假，在那里，他实验了自己的发明，把自己变成了僵硬的尸体。外出游玩的孩子们回来发现了这个秘密，还不小心地把一只狗给冻成了冰。而 X——9 的威力正在于此，它可以将任何液体都变成僵硬的东西，变成冰块。最后，孩子们处理了现场，把剩下的 X——9 分成了三份，一人一份，放到保温桶中随身携带。于是，这种可以改变地球面貌的、比原子弹还要可怕的东西，被科学家的三个孩子随身携带着。在圣洛伦佐国，弗兰克把这个比原子弹还要可怕的东西献给岛国的统治者"老爹"，给自己换来了上将和部长的职务，负责整个岛国的科学发展和建设规划。

　　有一天，"老爹"忽然病了，想把总统的位子交给弗兰克，可弗兰克不愿意当总统，认为自己没有管理一个国家的才能，叫作家"我"当总统。"我"一开始很犹豫，可是后来又决定接受了。毕竟，在这个岛国当个总统，是非常诱人的事情。弗兰克和"我"商定，准备在一次演习仪式上，宣布正式移交总统的权力。正在这时，"老爹"因为误食 X——9 死亡，把自己变成了冰块。

　　在这场准备给"我"加冕的仪式上，一架出了故障的飞机撞到观礼台上，"老爹"的尸体不慎掉进了大海，大海在瞬间变成了冰块。接着，整个地球都变化了，所有的液体都变成了冰块，只有龙卷风盘旋在几个幸存者的头顶。一出令人恐怖的滑稽戏终于结束了，人类重新进入洪荒时代，大地上只剩下了"我"、弗兰克和侏儒牛顿兄弟，以及教主博克侬等少数几个人，不知道如何面对未来。

小说的题目"猫的摇篮"，实际上就是我们平时玩的那种翻绳游戏。也就是用两只手绷着绳子，翻出来各种形状，包括"猫的摇篮"的形状。可是，里面既没有猫，也没有摇篮，一片空无，也就是说这实际上是一种骗人的把戏。在这部小说里，"猫的摇篮"成为一切骗人把戏和空无一物的象征，象征一切科学的许诺，并不会总是给人类带来美好的前景，凡事都有真假、好坏、正反两个方面，有利必有弊。这一点，对人们过于依赖科学技术发展，导致环境恶化和资源消耗，是一个很好的提醒。

这部小说构思奇巧，虽然有着科幻小说的外形，却有着批判现实主义的内核。小说形式感非常强，加小标题一共 127 个片段，结构成一部简短有趣的作品。作者喜欢用片段和拼贴的形式结构作品，是因为他认为世界再也不是整体的一块，到处都支离破碎的，很多细节读起来，都是饶有兴味的。直到今天，这本书仍旧不断被再版，成为常销书。

此后，冯尼古特还出版了长篇小说《上帝保佑你，罗斯瓦特先生》（1965）、《第 5 号屠宰场》（1969）等作品，都是影响深远的作品。他后期的作品还有长篇小说《冠军牌早餐》（1973）、《囚鸟》（1979）、《棕榈树星期天》（1981）、《神枪手迪克》（1982）、《加拉坡格斯岛》（1985）、《蓝胡子》（1987）、《欺骗》（1990）、《时震》（1997）、《上帝保佑你，科沃其安大夫》（2000）等。

库特·冯尼古特 1960 年代在大学任教，1973 年当选为美国文学艺术院院士。他的小说大部分都带有科幻的外壳，篇幅都不大，行文自由，章节和句子都很短小，小说也不是按照顺时针方向叙述的，比较破碎。但读者在阅读的过程中会逐渐形成完整的印象。

库特·冯尼古特也是一个十分幽默的人，据说，他在给一些读者签名时，在名字中间都要画上一个"米"字符号，使读者大惑不解。他解释说："这是我的肛门的符号。"

库特·冯尼古特认为，作家应该向人类发出危险警告，就像煤矿工人带下井的金丝雀能够预警矿坑里的毒气那样。库特·冯尼古特小说的主题非常深广，涉及战争的残酷、科学灾难、反种族歧视和人的异化以及反抗等。他以戏谑的方式来呈现他的批判色彩，让我们在笑声中获得了深思。

《白噪音》

　　唐·德里罗1936年生于纽约市，中学毕业后到福特汉姆大学学习人文科学。由于自小在纽约长大，纽约多元文化混杂的环境，尤其是大量美术、戏剧、音乐、舞蹈、电影的展览与演出带给他多方面的滋养。大学毕业之后，他先是在一家广告公司工作，业余开始文学写作。他的第一篇短篇小说《约旦河》发表于1960年，第一部长篇小说《美国逸闻》出版于1971年，时年36岁。

　　此后，唐·德里罗出版了《球门区》《琼斯大街》《拉特纳星球》《演员们》《走狗》等多部长篇小说，这些作品构成了唐·德里罗创作生涯的第一个阶段。在上述六部长篇小说中，他不断探求写作的可能性，在题材的拓展和对美国社会特性的挖掘上，都显示出卓然不群的特征。

　　进入1980年代，唐·德里罗迎来了他创作生涯的新阶段，成为一个后现代主义色彩鲜明的小说家，写出了多部独步美国文坛的作品，走向了创作巅峰。

1982 年，他出版长篇小说《名字》。唐·德里罗曾在希腊居住过一段时间，这本书的地理背景是希腊。这是一部关于语言的书、名字和命名的书。他试图告诉人们，不同的文化对于现实之所以会产生不同的概念，是因为存在着一个基本的规定性结构；语言规定本能的表现，是人类的基本需要，它不仅表达思想，也建构现实。书中提及的地名达一百多个，人物的名字在命名时有许多巧合，说明名字所代表的人物的虚构性。

《名字》分为四个部分，以岛屿、山区、沙漠和草原作为题目，岛屿部分是以希腊的库罗斯岛为故事发生地，山区则是伯罗奔尼撒半岛，沙漠部分到了印度，而草原是美国的堪萨斯草原。小说中一共有三条情节线索，这三条线索互相交叉，主人公詹姆斯是美国一家跨国公司驻希腊的职员。最主要的一条情节线是詹姆斯对某个没有名字的邪教组织的追踪。詹姆斯的妻子是一位考古学家，在希腊一座小岛上进行考古发掘工作，他和妻子处于一种分居状态，但他常去小岛看望妻子和孩子，后来觉察到出现了一个系列杀人案件：每个被杀的老人都是流浪汉，而他们的名字开头的字母，都和他们被杀的地点的地名开头字母一样。于是，詹姆斯开始调查这个案件，和后来也来到希腊的美国独立制片人弗兰克一起追踪到了印度，追查到这个邪教组织的机构和头目，在印度经历了一次胆战心惊的邪教杀人事件。

这部小说有侦探小说的外壳，但内里却是对时代症候的精神分析，是对美国和其他国家关系的透视，是对商业原则、军事情报、邪教文化在这个世界上隐蔽法则的揭示。在更深的层次上，小说探讨了全球化带给世界各个地区的不平衡，以及彼此的文化冲突、家庭内部冲突、人和自我的冲突，是一部十分独特的作品。

1985 年，唐·德里罗的第八部长篇小说《白噪音》获得美国全国图书奖，这对他的小说写作是一个巨大肯定，他跃身为美国一流小说家行列。

《白噪音》这一书名令人疑惑，什么是"白噪音"？对此，唐·德里罗做了说明：

"有一种可以产生白噪音的设备，能够发出全频率的嗡嗡声，用以保护人不受诸如街头吵嚷和飞机轰鸣等令人分心和讨厌的声音的干扰或伤害。这些声音，如小说人物所说，是'始终如一和白色的'。也许，这是万物处于完美之平衡的一种状态。'白噪音'也泛指一切听不见的（或"白色"的）噪音，以及日常生活中淹没书中人物的其他各种声音——无线电、电视、微波、超声波器具等发出的噪音。"

我们可以把唐·德里罗对白噪音的解释当作进入这部小说的钥匙。在高度发达的后现代社会里，白噪音已经是我们生活中的背景音，无时无刻存在于我们的生活中。唐·德里罗曾对亚当·贝格利说：

"如果写作是思考经过提炼浓缩的形式，那么提炼得最浓缩的写作，也许就会终结为关于死亡的思索。"

《白噪音》正是他"关于死亡的思索"的产物，德里罗的研究学者马克·奥斯蒂恩称此书为"美国死亡之书"。在书中，"与死亡经验相联系"的白噪音是拒绝死亡的"人类的自然语言"。

《白噪音》的故事背景发生在大学里。杰克是美国一所私立大学的教授，他创立了希特勒学，专门研究德国纳粹元首希特勒，无非是找一个名目和课题，在大学体系里混饭吃。小说的叙事跨度是一年，刚好是杰克任教的一个学年。小说的结构分成三个部分，第一部分为"波和辐射",讲述杰克教授的家人、他的学校同事、他本人以及他们所居住的美国中西部一个小城市的情况。唐·德里罗的笔触颇具后现代特征,似乎抽空了情感,以小说主人公杰克的第一人称叙事,带着漠然的口吻,描述了一个了无生气的小世界,这个小世界由家庭、同事、学校和城市构成,特别是杰克作为典型的美国中产阶级家庭成员,他的日常生活的方方面面。表面上看,小城市一切都是祥和的、平静的、安全的,但杰克却隐约感到恐惧和不安全感,他通过研究纳粹狂人希特勒,发现在 20 世纪,人类文明正在缓慢地、不知不觉地走向毁灭。表面仿佛平静如常的美国社会日常生活十分祥和,衬托出杰克的隐忧,他认为毁灭的力量恰恰在悄然聚集。

主人公杰克是一个结了五次婚的男人,芭比特是他的第四个妻子——他的第四次婚姻是和第一任妻子复婚的。每到假期,他们家就特别的热闹:他和芭比特的前后几任妻子与丈夫全都带着各自生育的孩子,连同他们新组建家庭的父母亲,来到了杰克家,一时间,他们家热闹非凡,几十个有血缘关系的人聚在一起,构成了一个颇具后现代特征的美国大家庭,热闹非凡,实在蔚为大观,令人惊叹。

小说第二部分的题目是"空中毒物事件",这个部分仿佛是突如其来的插曲,是小说的中断和间奏,篇幅很短,描述了一场发生在寒假里的事故:在杰克就职的大学所在的城市里,一家化工厂发生了有毒原料泄漏事故,为防止伤亡事件发生,在政府的号召下,杰克和很多市民一起开车离开小城,为躲避飘浮的毒气云团的辐射和伤害。他目睹了消防人员和其他专业救灾人员对毒气云团的消除。这个部分指出当代人的生活环境遭受到巨大的破坏,化学品污染和辐射威胁就在人们身边。经过了 9 天的疏散躲避，军事人员将一种可以吞噬毒雾的微生物用战斗机撒到云团上，这场危机算是结束了。

唐·德里罗描绘的这场化学品泄漏事件，是 1979 年发生在宾夕法尼亚三里岛核工厂爆炸事件的文学写照。

小说的第三部分，题目是"'戴乐尔'事件"，讲述杰克发现他的妻子芭比特在吃着一种药片戴乐儿。这种药片的功效是治疗恐惧和抑郁症，但这药片也控制了芭比特的身心。而且这药片是不法商人通过不法途径销售的，他是以性交易的方式来交换药片，骗取芭比特的肉体。因此，杰克开始追查药片的来历，最终抓到不法商人的证据，他决心杀掉那个控制他妻子身心的商人格雷先生。杰克拟订了一个详细的复仇计划，他准备行动。当他到达行动地点时，却发现格雷被医药研究所开除了，格雷自己也在吃这种抗拒恐惧和抑郁的药片，格雷的精神状态也是失常的。杰克开枪打伤了格雷，又把格雷送往医院去救治……

《白噪音》这部小说和传统的现实主义小说以及现代主义小说都有很大的不同。小说在结构上呈现出文本的杂烩性质，电影蒙太奇和片段场景是小说的结构方式。它没有中心故事和人物关系的冲突，没有一般小说的开端、高潮和结尾这三大元素，小说似乎是平面的叙述，塑造的人物都是扁平的，情节大部分都是无意义的、琐碎的；以美国中产阶级的日常生活片段和景象来呈现高度发达的美国后现代社会内部的危机，在消费和图像所主导的现代生活面貌之下人的精神异常、环境污染的威胁、人文精神死亡的趋势，以及社会组织结构表面严密、实际上面临崩溃的可能性。这正是这部小说的深刻之处。

美国文学杂志《新标准》评价唐·德里罗："如果有谁对将美国人变成复印文本这件事情负责的话，那人就是唐·德里罗。"

用"复印"来形容唐·德里罗的小说不完全准确，因为唐·德里罗是创造性地以平面展示的方法，概括了美国人的生活纵深和精神的渊薮。

此后，唐·德里罗出版了长篇小说《天秤星座》《巴夫柯在墙上》等。1997 年，他出版了篇幅最大的小说《地下世界》。这部小说厚达 827 页，中文版有 70 万字。小说全面呈现了 1950 年代到 1990 年代美国长达半个世纪的复杂历史。小说一出版，就轰动了美国社会，很快被翻译成各种语言。《地下世界》以编年的形式分成几个部分，在时间上是顺序叙述的，把 1950 年代的麦卡锡主义、肯尼迪总统被刺、刺客奥斯瓦尔多神秘被杀、阿波罗飞船登月、英国戴安娜王妃之死、世界职业棒球锦标赛等各种历史上真实发生的事件作为线索，又以美国当代普通人的生活作为这些历史事件的陪衬，以活人的生活映衬喧嚣的历史事件，旨在探求美国文化的特性。《地下世界》的书名也寓意着在被美国媒体所引导的大众热点关注之外和之下，还有一个被遮蔽的美国 50 年的历史，这个历史是由各种潜在事件引发的涟漪所构成的。可以说，唐·德里罗雄心勃勃地描绘了一个无比丰富和复杂的全景图，有人因此称他是"另一种类型的巴尔扎克"。

进入 21 世纪，老当益壮的唐·德里罗出版了《身体艺术家》《大都会》《坠落的人》《零 K》《寂静》等多部长篇小说。

英国著名作家马丁·艾米斯读完唐·德里罗的《地下世界》后说：

"它也许是，也许不是一部伟大的小说，然而毫无疑问，它已使唐·德里罗变成一位伟大的小说家。"

　　的确，他的17部长篇小说以令人眼花缭乱的笔触呈现文化冲突和政治事件，以大量的文字、信息、图像将整个美国后现代社会的全息图像"复印"了出来。他的启示在于，即使大众化、商业化、视像化、网络化在侵蚀小说的地盘，小说仍有着特殊的优势去批判社会弊病，去描绘时代的全息图景。

《万有引力之虹》

托马斯·品钦 1937 年生于纽约长岛，1953 年中学毕业后就读于康奈尔大学，主修工程学，后来转到英语文学专业，其间在美国海军服役两年。大学毕业后，托马斯·品钦在艺术家聚集的纽约格林尼治村居住，接触了不少活跃的先锋艺术家。然后，他去西雅图波音飞机公司工作，被波音公司雇为技术作家，撰写宣传材料。这些早年的就学、从军和工作经历影响了他的写作。他一开始就对自己的身世和生平讳莫如深，不像其他作家那样在作品封套上刊登照片。据说，他的大学新生登记表上也没有照片，他很少接受报刊采访，在媒体上也看不到他的照片。自从他开始发表作品以来，他始终为读者和文坛所关注，却特立独行，天马行空，喜欢游离于大众关注之外。

托马斯·品钦大学毕业后发表的短篇小说《熵》，隐含着他后来小说的主题。这篇小说将热力学第二定律运用到对人类社会的描述上，其敏感性令人吃惊。热力学第二定律也就是能量转化和守恒定律。熵，指的是物质系统的热力学函数，在整个宇宙当中，当一种物质转化成另一种物质之后，不仅不可逆转物质形态，而且会有越来越多的能量不能转化成功。也就是说，人类大量制造的化工产品、能源产品一经使用，就不可能再变成有用的东西，宇宙本身也在物质的增殖中走向缓慢的"热寂"，也就是走向熵值不断增加的死亡。托马斯·品钦后来的小说多次阐释熵的世界观，这是理解他的小说的一把钥匙。

托马斯·品钦的第一部长篇小说《V》在 1963 年出版后，获得了威廉·福克纳小说处女作奖。《V》是一部非常复杂的作品，小说并不好懂，因为阅读它和人们对传统小说的阅读经验大相径庭。

这部一共有 16 章的小说有两个主人公，一个是斯坦希尔，他在翻阅曾担任英国情报局特务的父亲死后留下的日记时，发现父亲经常写到一个代号为"V"的符号，但是这个"V"到底是什么，父亲并没有说明，只是隐约指向了一个控制 20 世纪的小集团。于是，斯坦希尔就开始根据父亲的日记去寻找"V"的蛛丝马迹。斯坦希尔发现，这个"V"可能指的是一个不断乔装打扮的女特务，在各个历史时期出现在国际政治危机的现场。最后，斯坦希尔也在马耳他的大海上，神秘地被海龙卷风所席卷后消失了。小说的另一个主人公叫普鲁费斯，他似乎是一个晃来晃去的流浪汉，和一些女人保持着扯不清的关系。同时，他还和纽约的一群号称"全病帮"的前卫艺术家们混在一起，这些艺术家有画家、音乐家、演员、舞蹈家等等，他们每天忙活的事情主要是喝酒和聚会，个个都很活跃，都很有个性，但他们的生活似乎没有什么意义，以嬉皮士的方式和社会对抗，躲避着时代的平庸和麻木。

托马斯·品钦在描述这个群体时，就是以熵的世界观来打量这群人的。他的小说没有什么意识流、时空倒错、内心独白，但他很善于描绘混乱不堪的状态，来呈现美国人生活在后现代状态下的混乱和无意义。《V》可以说是一部黑色噩梦般的热力学第二定律小说：人类社会的未来正在缓慢走向死亡和热寂。

此后，托马斯·品钦出版了小说《拍卖第四十九批》（1966），并未引起反响。1973年，他的第三部小说《万有引力之虹》出版，这是一部巨著。由于托马斯·品钦具备工程学方面的专业素养，还有他在波音公司担任编辑的知识积累，给他写《万有引力之虹》提供了许多灵感和背景知识。人们常说，在20世纪有两部奇书，一部天书。两部奇书是詹姆斯·乔伊斯的《尤利西斯》和《万有引力之虹》。而另一部难以解读的天书，是詹姆斯·乔伊斯的《芬尼根守灵夜》。这样的说法很有道理，奇书还可以进行解读，天书则完全无法卒读。

《万有引力之虹》的主要情节发生在二战最后几个月及胜利日接下来的几个星期，伦敦和欧洲其他地方发生一连串事件。这部小说视野极为开阔，使用颇具幽默的夸张手法，从物理、化学、数学、历史、宗教、音乐、文学和电影各领域中汲取大量信息和素材，显示出一种令人印象深刻的博学。《万有引力之虹》的叙述也是拉拉杂杂的，但情节主干还算清晰，说的是1944年12月到1945年9月，第二次世界大战的最后时期的故事。一些研究者认为，"万有引力之虹"说的是炮弹和导弹在空中划过的痕迹，是死亡的象征。因此，这部小说的主要着眼点，也在战争和死亡带给人类的一切后果的分析上。

小说的情节叙述是从二战中德国向英国进行疯狂的 V–2 导弹射击开始，英国的情报部门希望发现这种导弹的秘密，他们发现导弹的落点恰恰和美国士兵普罗斯洛普与一个个女人做爱的地点重合。只要这个上尉在某个地点和一个女人做爱了，那么几天之后，那个地方肯定要遭到火箭的袭击。于是，英国军事情报机构就开始着手调查，上尉本人也被派到法国去寻找这种给英国和同盟军带来巨大威胁的火箭。情报机构又派遣了一些特务监视普罗斯洛普上尉，尤其是要监视他的性生活，随时向情报机关报告。普罗斯洛普后来发现，还有自己人在跟踪监视他，他感到不满和恐惧，这些跟踪和监视他的自己人在暴露身份之后很快就失踪或者死亡，上尉就更加害怕，他跑到中立国瑞士。最终，他发现，他父亲将他的特异功能卖给了德国一个火箭专家，现在，德国纳粹就在利用他的性生活的频率发射火箭，袭击英国联盟军。上尉本人就更加感到困惑，他在欧洲大陆上继续寻找着神秘的火箭。小说结尾十分离奇：普罗斯洛普上尉感到自己解体了，他在追寻中逐渐变成不存在的东西，等于说，他实际上不存在了，托马斯·品钦最终把他给写没了。

托马斯·品钦正是以这种开放式的结尾，宣布了自己要强调的东西：世界一片混乱，本来就没有逻辑，因此，小说没有有逻辑的结尾存在。熵的世界观在这部小说中得到了体现。小说第一节中有一段，描述主人公普罗斯洛普吸大麻之后上厕所，口琴掉到了马桶里，结果引发了主人公进入马桶之后在脏水里遨游的幻觉和想象，多年之后，这个情节被英国电影《猜火车》所使用；而美国电影《黑客帝国》中的主角尼奥吞吃红色药丸的情节，也是在向《万有引力之虹》致敬，可见这部小说的影响。

《万有引力之虹》是一部十分复杂的、带有神秘色彩和象征符号的小说，结合了他早期作品的一些主题，包括战争、物质的增殖、文化偏执狂、种族主义、殖民主义、情报和特务组织、共时性和熵的增加等等。由于这本书晦涩复杂，很难解读，在问世之后的几十年里，衍生出大量的分析和评论文章，不知道有多少人因为这本书获得了学位，评上了文学教授。它被认为是美国后现代主义文学的典型文本之一。

托马斯·品钦此后出版的长篇小说还有《葡萄园》（1990）、《梅森和迪克逊》（1997）、《抵抗白昼》（2006）、《性本恶》（2009）、《致命尖端》（2013）等，大都是大部头，且内容芜杂。如《拍卖第四十九批》中提到了熵和通信理论，还有一些对微积分学、芝诺悖论和有些当代哲学理论的戏仿和借用。小说也探讨了同性恋、独身以及医学上认可但违反法律的迷幻剂使用问题。《万有引力之虹》描述了许多种类的变态行为，比如虐待、嗜粪癖等极端情形，以及对嗑药的特写，比如可卡因、天然迷幻剂、毒蝇蕈中提炼的毒蝇碱，尤其对吸食大麻的描写有很多。《万有引力之虹》尤其得益于品钦的数学背景：在一个情节中，他将吊袜腰带的几何形状与教堂尖顶作了类比，将之描述为数学奇点。在《梅森和迪克逊》中，他探讨了理性时期的科学、宗教及社会文化庞杂的知识，在错综复杂的叙事中，将真实历史人物和小说人物联系在一起。

再比如，2006 年出版的《抵抗白昼》中，有着对种族主义、帝国主义和宗教这样的宏大主题的强调，品钦还借鉴和使用了很多通俗文化符号，如连环画、卡通片、廉价小说、通俗电影、电视节目、烹调术、都市传奇、阴谋论以及民间艺术等。这种对传统上"高雅"和"低俗"文化之间的界线的模糊处理被认为是一种"解构"，这也是后现代主义的标志性特征。可以说，熵的世界观贯穿着托马斯·品钦的全部创作，他经常借助小说来探讨人类学、心理学、社会学、数学、自然科学和技术领域的问题，他总体上是悲观的，认为人类社会正在走向热寂，走向垃圾越来越多、环境越来越糟糕、社会问题不断出现，人与自然、人与人、人与社会、人与自身的关系越来越对抗的时代。

托马斯·品钦的小说塑造的主人公，很多都是十分古怪的人物，有着狂乱的行为、频繁的离题，以及令人印象深刻的巨大篇幅。这使得评论家詹姆斯·伍德将托马斯·品钦的作品归类为"歇斯底里的现实主义"。其他被伍德贴上"歇斯底里的现实主义"标签的作家，还有萨尔曼·拉什迪、史蒂夫·埃里克森、尼尔·史蒂文森和扎迪·史密斯。而与品钦风格类似的当代美国小说家还有：约翰·霍克斯、库尔特·冯尼古特、约瑟夫·海勒、唐纳德·巴塞尔姆、约翰·巴思、威廉·加迪斯、唐·德里罗。

托马斯·品钦的作品被许多作家和艺术家引为影响和灵感的来源，托马斯·品钦小说百科全书式的特质，也使一些人将他的作品与1990年代短命的超文本小说运动联系起来。他也多次获得诺贝尔文学奖提名。托马斯·品钦的小说相当晦涩、复杂，他的小说包含着当代社会最为丰富的信息，其小说主题广泛涉及美国和人类社会科学与自然科学知识谱系，涉及数学、工程学、军事科学、信息学、现代物理学等不同的领域，以全新的视野和复杂的文本书写，他是一位极其独特的杰出小说家。

保罗·奥斯特：

《纽约三部曲》

保罗·奥斯特多才多艺，首先，他是小说家和诗人，他还是一个相当不错的电影剧本写作者，翻译了一些欧洲大作家的作品，又是一个翻译家。他还亲自执导电影，做过电影导演。

1947年，保罗·奥斯特生于新泽西州的纽瓦克市。后来，他在哥伦比亚大学攻读英语文学和比较文学，获得硕士学位。此后他主要在纽约生活。他喜欢无拘无束的生活，尝试去做各种工作，为今后的写作积累生活素材。由于曾有一个华裔女友喜欢舞蹈，保罗·奥斯特也曾参加过舞蹈剧团的排练。他自己说，"只为了去观看男男女女在空间中移动，这让我充满了陶醉感"。这些生活历练使他萌发了写作的热情。

保罗·奥斯特的文学生涯开始得比较早。他早年的创作是从诗歌开始的，他深受法国超现实主义诗人和欧洲表现主义、存在主义剧作家的影响，写出一些诗歌和剧本。出版了带有超现实主义色彩的诗集《烟灭》、文艺评论集《饥渴的艺术》等。1982年，他出版了带有侦探小说元素的第一部小说《抢分战术》，以笔名保罗·本杰明出版，描绘一个扑朔迷离的案件如何在巧合中被破获。同在 1982年，他还出版了一部回忆录《孤独及其所创造的》，在这部带有小说风格的回忆录中，他穿越时间的迷雾，把对父亲的认证、家族的渊源、自我身份的确立结合起来，着重对自我丧失的揭示和人生所面临的悖谬与困境的深刻描绘。

1987 年，他出版了使他声名鹊起的小说《纽约三部曲》。这个三部曲的篇幅并不大，由三个大中篇构成。三个部分分别是《玻璃城》、《幽灵》和《锁闭的房间》。这三部分的关系是既相互独立，也相互联系。但三部分传达的小说主题，却是一致的。这三部分互相呼应，互相印证，又互相分离，成为一个一体三面的有趣作品，带有镜子般的映照和魔幻感。

第一部《玻璃城》出版于 1985 年。小说的主角奎因，是一个写过侦探小说的家伙——这个名字的确和一对美国著名的侦探小说家兄弟使用的笔名一样，不知道保罗·奥斯特是否在致敬他们。奎因每年以威尔逊的笔名出版一部侦探小说来赚稿费过生活。眼下，有一个叫弗吉尼亚的人，雇用他监视和跟踪刚刚从监狱里出来的皮特。皮特曾经把儿子关在一间黑屋子里长达 7 年之久，因此被判入狱。现在，皮特被放出来了。于是，每天，奎因都要跟踪皮特，在纽约这座迷宫一样的玻璃城里走动，以皮特在城市里走过的路线画出线索地图，并且向弗吉尼亚汇报。奎因慢慢发觉，根据皮特在纽约所走路线画出的地图，竟然是《圣经》里巴别塔的形状。他苦苦地思索着皮特的路线和《圣经》的关系，陷入到无法自拔的境地。最终，奎因发现，他自己的屋子被一个姑娘占据，他也不得不离开那里，消失在纽约这座玻璃城市里。在小说的结尾，出现了叙事者，他自称捡到了奎因的红色笔记本，根据笔记本的记述，叙述了上述的故事。这就是这部小说的大致情节。

谈到写这部小说，保罗·奥斯特说："在我写我的第一本书《孤独及其所创造的》的时候，一天，外面来了一个电话，问我，这儿是不是一个很有名的侦探社。我当然说不是，然后挂了电话。过了一段时间，又打来一个电话，问，是不是那个侦探社。我本能地再次说不是。把电话放下来的一刹那，我想应该说我就是，于是，我就把这次经历写成了小说《玻璃城》。后来，在写完了《纽约三部曲》之后，又接到第三次打错的电话，问我是不是奎因先生，这一细节我也写进了小说。"

第二部《幽灵》出版于 1986 年，小说中的几个主人公的名字都和颜色相关，有一种奇特的视觉效应：怀特（白色）先生雇用布鲁（蓝色）先生去监视布莱克（黑色）先生。于是，每天，透过大厦的玻璃窗户，蓝色先生都能看见他监视的对象黑色先生，正在另外一幢大楼的某个房间里伏案写作。这个监视的过程持续了好几年，蓝色先生渐渐感到有些不对劲了，他发现自己也成了雇用他的白色先生的监视对象——那个被他监视的黑色先生，可能就是白色先生本人，而他每天在那里伏案写作的，就是蓝色先生每天的举动。雇用者和被雇用者实际上处于互相监视的境地，明白了这个处境，蓝色先生几乎要崩溃了，他就加速消失在纽约这座玻璃城里，不见了。

第三部《锁闭的房间》情节更加离奇。主人公范肖是一位作家，但是范肖神秘失踪了。他妻子苏菲去请求丈夫过去的好朋友，也就是小说的叙事者，前来帮助整理范肖的手稿。叙事者整理了范肖的遗作，并且出版了它们，获得了巨大成功，他还和苏菲生活在一起了。但是，就在这个时候，叙事者收到了范肖的来信，在信中，范肖声称自己还活着，正在跟踪和监视他和苏菲的生活。他告诉叙事者，不要将实情告诉苏菲。叙事者在追踪范肖的过程中，感觉到自己变成了小时候和范肖一起玩耍的另外一个范肖，他迷惑于这种角色的互换，这种自我和他者在镜子里互相寻找的人格分裂状态。叙事者最终找到了范肖，范肖把自己锁在一个房间里，交给叙事者一个红色笔记本，里面写的东西谁都看不明白。叙事者在火车上一边看，一边不断撕毁那个笔记本，撕到最后一页的时候，火车到站了。小说到这里就结束了。

《纽约三部曲》要表达的主题、要呈现的意义是模糊不清的。一些研究者从后现代语境、玄学、侦探小说和反侦探小说、后现代思潮的角度来分析它。还有人对小说情节所涉及的自我的寻求和迷失、自我和他者的互换关系等等入手，进行研究。可以说，这些都是进入这部小说，甚至是进入保罗·奥斯特全部小说的路径。但大家都得不到唯一的答案，因为，不存在一个唯一的答案。

保罗·奥斯特说："我喜欢贝克特，因为他的小说让别人看起来就像是在制造迷宫一样。我也喜欢博尔赫斯，我当然受到他的影响，但是我不觉得自己的作品和他相似。博尔赫斯非常具有知识分子的气质，他写的作品都很短小，也很精彩，涉及历史、哲学、人文等许多方面。纳博科夫对博尔赫斯有这样的评论：博尔赫斯远看是一个很壮观的城堡，当你走近，再走近，会发现里面是一个空的舞台，里面没有任何东西。"从他的这段话里，我们也可以得出，尽管有各种各样对保罗·奥斯特小说的论述，但他的小说是如此神秘难解，你也可以把他的小说看成一个空的舞台，走近了看，里面没有什么东西。

此后，他出版了长篇小说《末世之城》《月宫》《机缘乐章》（又译《命运之音》）《巨兽》《昏头先生》《在地图结束的地方》《幻影书》《神谕之夜》《布鲁克林的荒唐事》《密室中的旅行》《黑暗中的人》《4321》等十多部长篇小说，是一位多产而又识别度极高的作家。特别是他在2017年出版的长篇小说《4321》最为厚重，其独特性在于，仿佛是某种强迫症附体，他将小说的人物命运写了四遍，以人生的不同走向，描绘出四种可能的图景，读来令人感叹人生的无比广阔和作家艺术表现力的强大，以及作者想象力的蓬勃葳蕤。

保罗·奥斯特有着自己的文学谱系。他说："我欣赏的作家排在第一位的是塞万提斯，他是所有的小说家中最好的。还有狄更斯，他是个天才。此外，还有托尔斯泰、陀思妥耶夫斯基，美国作家是霍桑、麦尔维尔和梭罗。我很小就开始读书，9岁、10岁时开始写诗，15岁就读到了陀思妥耶夫斯基的《罪与罚》，当时非常震撼，那时候我就立下志向，今后也要写这样的小说。"

他的很多小说构思都很精彩，常常围绕人生的无常和随机性来展开，小说情节总是滑过惯常的经验和逻辑，走向一个几乎不可能的境地。他的小说探讨的都是现代人复杂的精神处境和自我分裂的状况。有些评论家认为，他和卡夫卡也有着继承和亲缘的关系。同时，他能借助侦探小说、人物传记等外壳，创造出反侦探小说和反传记小说。他位列美国一流作家的方阵，从一条狭窄的小道，找到了通向小说开阔地的道路，给未来的小说寻找到了光明的前景。

《所罗门之歌》

美国黑人文学形成了一个独特的传统。那些自 1640 年之后作为奴隶被运到北美洲大陆上的非洲黑人，经历了漫长艰苦的岁月，到 19 世纪才开始逐渐以文学作品中的形象发出了他们的声音，使人们关注到他们的世界。一些黑人作家的作品成为 20 世纪美国经典文学名作，诸如哈里的《根》、理查德·赖特的《土生子》、拉尔夫·埃里森的《看不见的人》、詹姆斯·鲍德温的《另一个国家》、诗人兰斯顿·休斯的自传《大海》、艾丽丝·沃克的《紫色》等。

托尼·莫里森也是美国黑人作家中的佼佼者。她以哥特式的魔幻小说，将美国黑人文学引领到一个更加开阔的地方。1931 年 2 月 18 日，托尼·莫里森生于美国俄亥俄州的钢铁城市洛里恩的一个工人家庭，父亲是蓝领工人，母亲在白人家做女佣。1949 年，托尼·莫里森以优异的成绩考入华盛顿特区专为黑人开设的霍华德大学英文系，获得文学学士学位。后来，她又进入康奈尔大学继续攻读美国文学，获得文学硕士学位。1965 年，她在蓝登书屋担任小说编辑，主编了史实性文献汇编《黑人之书》（1974），被称为美国300年黑人史的百科全书。从1970年代起，她主要在纽约州立大学、耶鲁大学等各个大学讲授美国黑人文学，在《纽约时报书评周刊》上发表大量的书评文章，1987年，她担任美国普林斯顿大学的文学教授，主要讲授文学创作和美国文学。

托妮·莫里森出版了10部长篇小说和多部文论集。她很早就开始对美国黑人文化和文学进行深入思考，深入研究福克纳的小说，还为黑人拳王穆罕默德·阿里的自传和一些青年黑人作家作品的出版费尽心力。

托尼·莫里森的处女作是长篇小说《最蓝的眼睛》，出版于1970年。这部小说篇幅不长，内容复杂，有着多层次的表达，语言和叙述语调十分独特。主人公是一个黑人女孩子，在社会上备受白人歧视，因此，她幻想自己能够有一双像白人姑娘那样美丽的蓝色眼睛。经过祈求，这个黑人女孩佩科拉在幻觉中得到了一双蓝色的眼睛，可她仍旧四下碰壁，找不到出路，被同样生活失意的父亲强奸，生下了一个孩子，坠落到更加悲惨的境地，完全丧失了基本的生存希望。这部小说的独特之处在于，它不单单是在控诉白人社会压制和歧视黑人，她对黑人自身存在的问题也给予了很大的揭示。她不是那种控诉型的、惯于描述黑人苦难却只将账算在白人头上的黑人作家。黑人在美国长期受到压迫和歧视，当然是白人种族主义在作祟，后来美国社会制度有所健全，也给美国各个民族成员提供了基本相等的发展机会。而黑人文化中的劣根性文化，却依旧在影响着黑人自身的发展，特别是男权对女性的威压，这是很多黑人男作家所不注意也不愿意承认的。托尼·莫里森一开始就注意到了事物的两面性和复杂性，能够描绘出黑人文化的历史渊源、真实处境和自身的局限性。这部小说带有童话、寓言特点，还有一些哥特小说的气质，混杂了女性主义、政治文化批判的元素，显示了托尼·莫里森的卓越才能。

她后来出版的长篇小说还有《秀拉》《所罗门之歌》《柏油孩子》《宠儿》《爵士乐》《天堂》《慈爱》等。

1977年，托尼·莫里森出版了长篇小说《所罗门之歌》，这部小说是她攀上文学顶峰的标志性作品。小说出版之后大获好评，获得当年的全国图书奖。这部小说所描绘的美国黑人历史和现实更加深广，小说中的人物不再是黑人女性，而是更加复杂，塑造了有代表性的黑人群像。

《所罗门之歌》的情节分为两个部分，主线和副线互相交织在一起。第一部分讲述马孔·戴德在北方某个城市的黑人聚集区的生活，他的家庭环境、自我困境、社会环境等。托尼·莫里森还描绘了黑人聚集区的文化，一些思想激进的黑人组织秘密社团的活动，故事情节带有魔幻色彩，描述马孔·戴德和皮拉特里兄妹两家之间的故事。小说的第二部分，马孔·戴德去寻找黄金。马孔·戴德的自我认识和发展成为一条重要的线索。他离开自己的家庭，去美国南方寻找父亲和姑姑过去曾发现但又遗失了的黄金，在寻金的过程中，马孔·戴德不断挖掘到他作为黑人的根，还有他的祖先从非洲来到美洲的传奇经历。小说中很多情节带有黑人民间文学、神话传说的魔幻色彩，阅读这部小说的感受很奇特。

《所罗门之歌》开拓了托尼·莫里森自身创作的疆域，使她的视野扩大到对整个黑人历史文化的探询、总结和发现中。小说中，还有一个神话原型传说贯穿其间：当年，凡是不甘心在美国做奴隶的黑人，其灵魂可以独自飞回非洲去重新投胎做人。这个神话传说是美国黑人想要挣脱被贩卖为奴隶的沉重枷锁的心理暗示和安慰。不过，也是一个麻醉自我的方法。《所罗门之歌》中，戏剧性的场面首先出现在小说的开头，一个黑人保险公司职员，因为工作压力从医院的楼顶跳下来想要飞回非洲，结果一下子就摔死了。在这里，托尼·莫里森以黑色幽默的方式暗示黑人那个神话原型不过是精神自慰。不过，在小说的结尾，马孔·戴德虽然没有在南方找到黄金，但他找到了比黄金更加宝贵的族群文化的根，黑人族群文化的过去、祖先作为血液里的力量，重新在他的身体里聚集和沸腾，使他获得了继续生活的勇气。他也开始确信自己作为一个黑人的生命价值，他相信，曾祖父当年就是因为不愿意在美国当奴隶而真的飞回了非洲。小说在最后部分点题，"所罗门之歌"既是关于曾祖父这样的祖先的歌曲，也是对《圣经》传说的一次呼应。

托尼·莫里森在这部小说中跳出了对黑人女性的狭隘关注，完美地表现了黑人文化的巨大魅力。小说在写作技巧和思想所达到的深度、涉及社会和文化问题的广度上，都是很令人惊叹的。托尼·莫里森在小说中采取的叙述语调很特别，娓娓道来，将黑人文化历史和传说的古老久远与神秘性徐徐呈现。

托尼·莫里森的另一部杰作是长篇小说《宠儿》，出版于1987年，第二年，该小说获得美国普利策奖。《宠儿》根据一个真实历史事件以文学加工的形式再创造完成。那个真实的历史事件是托尼·莫里森编辑《黑人之书》时获取的：有一个叫玛格丽特·加纳的黑人女奴向自由的北方逃跑时，为了免遭白人种植园主的追捕，亲手割断了她的孩子的喉咙。

托尼·莫里森把这个事件设置在美国南北战争期间，讲述一个和鬼魂生活并纠缠于内心灵魂的人的故事。女黑奴塞丝向北方逃亡时，途中遭到追捕，她不愿看到孩子重新沦为奴隶，就扼杀了自己的幼女。18 年后，奴隶制早已废除，被她杀死的女婴灵魂归来，和她在一个屋子里生活，飘浮在天花板上，日夜谴责母亲当年的行为。《纽约时报》评论这部小说"神奇而辉煌，具有神话的气势和韵律"。

她的晚近小说作品《慈爱》是一部描写 17 世纪种植园里黑人命运的小说。在小说中，托尼·莫里森继续她对黑人文化和命运的思考，对黑人在历史中的身影的追寻，带有宽怀的、浓厚的爱的色彩。她认为，唯有爱和善才可以逐步化解种族文化的冲突。

1993 年，托尼·莫里森获得了诺贝尔文学奖，获奖的理由是："在她的以具有丰富想象力和充满诗意为特征的小说中生动再现了美国现实的一个极为重要的方面。"

托尼·莫里森把一种混合了黑人文化传统、美国南方种植园文化、圣经文学以及童话和寓言元素的新小说带给我们，使她的小说具有独特的文学气质和锐利的思想力量。她深受《圣经》和福克纳的影响，作品都是以美国黑人生活为表现内容，笔触细腻，语言带有说故事人的生动和跳跃性，人物性格突出，故事情节有着强烈的戏剧冲突，想象力十分丰富。她熟练运用各种叙事技巧，矢志不渝地表现黑人的命运和历史文化，将哲理与诗情熔于一炉，作品呈现出神话的恢宏与史诗的气魄。

菲利普·罗斯：

《我作为男人的一生》

菲利普·罗斯 1933 年出生于美国新泽西州纽瓦克市，这座城市有一片著名的犹太人聚集区。他的祖先是来自东欧的犹太移民，父亲是保险公司职员。1954 年，菲利普·罗斯毕业于宾夕法尼亚州巴克内尔大学，1955 年获得芝加哥大学文学硕士学位后留校任教，继续攻读博士学位，但在 1957 年放弃攻读，专门从事写作。1959 年，他出版小说集《再见，哥伦布》，该书次年获得美国全国图书奖，26 岁的菲利普·罗斯一举成名。1962 年，菲利普·罗斯成为普林斯顿大学驻校作家，他后来还在宾夕法尼亚大学担任比较文学教授，于 1992 年退休。

菲利普·罗斯的处女作小说集《再见，哥伦布》收录了 5 篇小说：《信仰的卫士》《爱泼斯坦》《犹太人的改宗》《世事难料》《再见，哥伦布》。其中，《再见，哥伦布》是一个小长篇，其余几篇都是短篇小说。这几篇小说围绕犹太人的传统生活，描绘了新老犹太人在宗教伦理、生活方式、情感表达方面的冲突。《再见，哥伦布》

中的主人公、犹太青年尼尔·克莱门，可以看作菲利普·罗斯的化身，他爱上一个富人家的女孩，最终他们的爱情在贫富悬殊的情况下结束，犹如做了一场春梦，无情地讽刺了犹太人的世界观、金钱观和道德观。

菲利普·罗斯一生创作的长篇作品有 31 部之多，令人叹为观止。这些小说大致分为几个系列。以主人公、作家祖克曼为主角的长篇小说，一共有 9 部，分别是《鬼作家》《被释放的祖克曼》《解剖课》《布拉格狂欢》《反生活》《美国牧歌》《背叛》《人性的污秽》《退场的鬼魂》；以主人公罗斯（作者本人）为主角的作品有 5 部：《事实》《欺骗》《遗产》《夏洛克行动》《反美阴谋》；以凯普什教授为主角的小说有 3 部：《乳房》《欲望教授》《垂死的肉身》；还有一个"报应"系列，包括了《凡人》《愤怒》《低入尘埃》《报应》等 4 部。另外，他还出版有《放手》《当她是好女人的时候》《波特诺伊的怨诉》《我们这一帮》《我作为男人的一生》《萨巴斯剧院》等 6 部无法归类的长篇小说，这么看，菲利普·罗斯的作品实在是蔚为大观。

那么，如何来描述菲利普·罗斯的整体创作，如何在他的很多杰作中挑选出一部代表性作品？这一点相当困难，因为他的作品互相有联系，且每一部单独来看都很突出。也许可以挑选长篇小说《波特诺伊的怨诉》（1969）这部作品，它标志着菲利普·罗斯无可争议地写出了犹太人的成长和特性，但又显得单薄了。很多美国作家都想写出一部"伟大的美国小说"，这被看成美国作家的一个集体野心。什么是"伟大的美国小说"？早在 1868 年，美国评论家德佛瑞斯特就给"伟大的小说"下了一个定义——"一部描述美国生活的长篇小说，它的描绘如此广阔真实并富有同情心，使得每一个有感情有文化的美国人都不得不承认它似乎再现了自己所知道的某种东西。"

这个定义比较宽阔，也比较模糊，谁也说不清楚究竟什么样的小说算是"伟大的美国小说"，但是，霍桑的《红字》、麦尔维尔的《白鲸》、福克纳的《喧哗与骚动》被公认为"伟大的美国小说"。作为美国作家，菲利普·罗斯也一直是有这样的雄心的。比如，在他的长篇小说《美国牧歌》中，他就直接用这一书名来和德佛瑞斯特相呼应。这部小说还戏仿了流浪汉小说，不同的是，那些流浪汉变成了棒球运动员。小说描绘了美国人喜欢的棒球运动，刻画出一群年轻的美国人，他们在美国的浪游贯穿全书，在如何打棒球运动的过程中，显现了当代美国生活的凌乱和物质主义甚嚣尘上，带有浓厚的喜剧色彩，是菲利普·罗斯的小说中最具讽刺力量的小说。

纵观他的 31 部长篇小说，大都是以男人的生活作为表现内容。他有着强烈的男人中心主义的气质。在他的几次婚姻中，也显露了这一点。因此，仔细观察，"我作为男人的一生"其实是他大部分长篇小说的主题。他一直在不厌其烦地反复书写这个主题，"直男"的色彩相当浓厚。1974 年，菲利普·罗斯出版长篇小说《我作为男人的一生》，那么这部小说的书名就是他的很多作品的代称。

这是一部带有浓厚的心理分析色彩的作品。小说分成两个部分，第一部分是作者写下的一部分小说内容，第二部分是以自传材料作为第一部分的补充。这部小说取材于菲利普·罗斯本人的一些真实经历：他于 1959 年结婚，1962 年离婚，前妻于 1968 年死于车祸。可能是前妻的死触发了他写了这部小说，也可能是别的原因，比如

他对人生的体验到了一个新境界。小说描绘一个 27 岁的大学生逐步
走向自己的辉煌历程：当上了大学教授，成为一个前途无量的作家。
不过，这个成功的男人却在与女人的恋爱和婚姻中败北，几乎把自
己彻底毁灭。小说结构采取类似中国套盒的写法，人物的大故事套
着小故事，以此衬托生活本身的复杂性。有趣的是，男人作为婚姻
的牺牲品，在这部小说里第一次被提出来，过去很多小说中，大都
描绘女人是婚姻的牺牲品，现在，倒过来了，主人公和妻子陷入到
互相折磨的战斗当中，被彼此折磨得遍体鳞伤。最后，以主人公妻
子的意外车祸来收场。这个时候，小说主人公已经没有胆量做出决
断去和情人结婚了。

这部小说展现了男人和女人在具体的婚姻生活中惊心动魄的控
制和反控制、折磨和被折磨的复杂过程。让人情不自禁惊呼，婚姻
中的男女关系竟然是这么的狂暴和激烈。研究菲利普·罗斯生平的
人十分注意研究这本小说，它里面隐藏了大量菲利普·罗斯本人的
婚姻生活的信息。

在以 9 部相互关联的长篇小说不断对自我进行挖掘、批判、审
视之后，菲利普·罗斯进入到创作生涯的新阶段。这个阶段以小说
《反生活》(1986) 开始，以《美国三部曲》作为结束，逐渐由对自
我的喜剧性讽刺挖掘，到全面描绘美国的社会现实。长篇小说《反
生活》中的主人公依旧是作家祖克曼，现在的祖克曼已经开始走向
国际，他的足迹遍布以色列、瑞士、英国和拉美国家。小说在生活
和艺术之间，在现实和虚构之间，在理想和欲望之间，进行深入探
讨，描述一个中年男人的身体感受和精神困境。

1988 年，菲利普·罗斯出版《真相：一个小说家的自传》一
书。这本书在文体上很有特点，是以一篇论述文学的论文与一个小

说家的自传结合起来，构成全书，是一本探讨小说怎么写的元小说。在小说里，他最喜欢的人物祖克曼复活了，继续和作者菲利普·罗斯进行对话，对文学、生活、历史和现实进行审视。

他晚近的作品呈现出非虚构与小说混合的特征，既带有非虚构的元素，又以小说笔法写成。《遗产》（1991）就是这样的一部作品，讲述菲利普·罗斯的父亲在去世前和去世后的那段时间里，和他这个儿子之间发生的一切，探索了两代人之间的血肉联系，是一部感人至深的作品。

他的长篇小说《夏洛克行动》（1993）以菲利普·罗斯分为两个菲利普·罗斯作为小说的支点，描述一个广告商人在以色列以菲利普·罗斯的名义号召其他犹太人离开以色列，因为阿拉伯人可能对犹太人进行袭击。小说中，两个菲利普·罗斯对于犹太人的归属和现实处境不断辩论，意见相反，展现出他从外部观察巴以问题的复杂性。

1995 年，他出版长篇小说《萨巴斯剧院》，获得了美国全国图书奖。随后，他的重要作品《美国三部曲》问世：《美国牧歌》（1997）（获次年的普利策小说奖）、《我嫁给了一个共产党人》（1998）、《人性的污秽》（2000），作为对美国 20 世纪的全景呈现。可以说，菲利普·罗斯是依靠《萨巴斯剧院》和《美国三部曲》而成为 20 世纪后半叶公认的美国文坛最重要作家之一的。

在《萨巴斯剧院》中，菲利普·罗斯一反过去喜欢描绘犹太知识分子的习惯，小说里描绘了一个木偶戏艺人萨巴斯的狼狈生活。萨巴斯来自社会底层，举止粗鲁，出言不逊，精力旺盛，如同一个被情欲所驱使的魔鬼，他撒谎、偷窃、通奸、离经叛道，在犯罪的边缘游走，最终却没有滑入犯罪的深渊。他拥有的是一个疯狂的黑色喜剧的世界，在人生中得到了许多，爱情的缠绵以及情欲的满足，亲情的缠绕和友情的关怀，最终也全都失去了。小说以萨巴斯的离奇经历作为主线索，将美国社会的众生相以悲喜剧的形式表现出来，叙述语调有着巴赫金所说的狂欢化的效果，以一个在人间混不吝的木偶剧艺人的生平，展示美国现代都市生活的混乱和无秩序。小说的戏剧结构使小说的故事情节变得戏内有戏，将萨巴斯本人的生活变成了一出戏剧。

《美国三部曲》在菲利普·罗斯的创作中占据着重要的地位。其中，《美国牧歌》将小说背景放到了 20 世纪 60 年代肯尼迪总统遇刺后，约翰逊总统执政时期的越南战争和尼克松总统时期的水门事件上。小说分为三个部分："追忆乐园"、"堕落"和"失乐园"。小说的主人公西摩是一个犹太商人，恪守犹太人的传统文化，努力经营商业，他的女儿梅丽则是一个在 1960 年代自由的社会气氛里长大的激进分子，她用炸弹炸毁了一家邮局，因为她反对美国政府的越南战争政策，被关进了监狱。西摩的生活因此遭受了打击，他的美国梦破灭。

《我嫁给了一个共产党人》则将小说的时代背景放到了 20 世纪 50 年代的麦卡锡主义横行时期。一个女子嫁给了一个共产党人，结果，她的生活遭到了毁灭性打击。小说从个人生活细节入手，探讨 1950 年代美国麦卡锡主义对美国人民的伤害。

《人性的污点》中主人公所处的时代是克林顿总统执政时期的 20 世纪末，克林顿和莱文斯基的性丑闻成为一时的新闻焦点。在一所大学中，犹太老教授和一个中年女清洁工通奸偷情，这导致老教授被学校开除，他的家庭崩解，一生的事业也毁掉了。小说中，他向作家祖克曼讲述了自己的上述经历。结尾是这个老教授在一场车祸中和情人一起离奇地死去，毁灭于人性的弱点，死于自己的污点。

2004 年，他出版了长篇小说《反美阴谋》。这是一部虚构的政治幻想小说。菲利普·罗斯假想在 1940 年美国的大选中，一个美国右翼政客赢得大选而成为美国总统，他和希特勒达成和平协议，对美国进行法西斯主义统治，将少数族裔强行归化。小说中，菲利普·罗斯本人也出现了，他刚刚 7 岁，经历了那个黑暗的时代，整个家庭在右翼集权统治下连呼吸都是沉重的。菲利普·罗斯写这部小说，是想提醒美国人，右翼政客上台的可怕结果。

《反美阴谋》掀起的热浪还没有平息，2006 年，他又出版了小说《平常人》。2007 年，又出版小说《退场的鬼魂》，创作力十分旺盛。《退场的鬼魂》依旧是菲利普·罗斯的"祖克曼系列"之一部，描绘作家祖克曼进入老年状态，做了前列腺手术后失去了性能力，连大小便都无法控制。他隐居起来写作，后来，偶然结识了一对作家夫妇，他为作家美貌的妻子所吸引，身体里的性本能慢慢被唤醒。

在菲利普·罗斯一生的小说写作中，对自我的审视、与自我的纠缠，大部分以祖克曼这个菲利普·罗斯的分身和"他我"（alterego）来书写。祖克曼系列清晰地呈现了菲利普·罗斯的自我和美国社会与历史纠缠的全部过程，他的作品也就是他的"我作为男人的一生"的表达。

菲利普·罗斯 50 年创作出 31 部小说，赢得了大量读者，他也被认定为美国一流作家。他获奖无数，获得过美国犹太人书籍委员会达洛夫奖、古根海姆奖、欧·亨利小说奖、美国文学艺术院奖、全国图书奖、全国书评家协会奖、普利策小说奖等，还三次获得美国笔会福克纳小说奖。1970 年，他被选为美国文学艺术院院士。

　　菲利普·罗斯的小说创作风格多变、主题广泛，对自我的发现和审视是他最惊心动魄和令人叹为观止的贡献。他不仅擅长表现中产阶级犹太人的生活和生存境遇，而且对 20 世纪后半叶的美国历史也做了深入的透视。也有批评说，他的作品"犹太味太重"、"性描写太多"、"笔调过分插科打诨"，但菲利普·罗斯确立了挑战性的、大无畏的作家形象。2018 年 5 月 22 日，他因病去世。

杰克·凯鲁亚克：

《在路上》

杰克·凯鲁亚克 1922 年生于美国马萨诸塞州一个天主教家庭，父母亲是从加拿大大湖法语区来到美国的移民。家中严格遵守天主教的清规戒律。父亲一生辛劳，抚养了好几个孩子，是个勤勉的人。杰克·凯鲁亚克从小就想远离小镇和家庭，他就来到纽约读中学。当时，他还一点都没有显露出要当作家的迹象。

1940 年，18 岁的杰克·凯鲁亚克进入哥伦比亚大学求学。上大学期间，他结识了艾伦·金斯伯格、威廉·巴勒斯等人，是他们将他引向了文学之路。这些人后来都成了"垮掉的一代"的核心人物。这些年轻人热衷的事与美国主流社会的清教传统不一样，他们喜欢离经叛道。很快，美国卷入了二战，杰克·凯鲁亚克辍学参军，在美国海军某部从事文职工作。没多久，他就以"精神异常和分裂倾向"为由被送了回来。他回到家乡马萨诸塞州的洛威尔镇，担任《洛威尔太阳报》的体育记者。这是他文字生涯的开始。由写新闻报道开始，他体会到了文字和文学的魅力。父亲的去世也触发了他写一本小说的冲动，他开始动笔写作。

1950 年，他出版了长篇小说《镇与城》，这是一部现实主义小说，开头是这样的：

"小镇叫作加洛韦。梅里马克河宽广宁静，从新罕布什尔山流向小镇，断于瀑布处，在岩石上制造出泡沫浩劫，在古老的石头上吐出白沫，奔向前方，在广阔安静的盆地上陡然转弯，绕小镇侧翼继续前行，去向劳伦斯与黑弗里尔，穿越草木茂盛的谷地，在李子岛流向大海，汇于无限大水。加洛韦以北遥远某地，靠近加拿大的上游，河流被无数来源与神秘泉水持续供养、充满。"（《镇与城》第 3 页，莫柒译，人民文学出版社 2013 年 4 月版）

我们可以体会到杰克·凯鲁亚克的语言和文风，是一种开阔和明朗感。这是一部自传体小说，以精确的现实主义风格，详细描述了以他父亲为原型所塑造的乔治·马丁的一生。杰克·凯鲁亚克在洛威尔镇度过的美好的少年时光也在这部小说里得到了清晰的展现，小说中他化身为主人公"彼得"。这部处女作没有引起太大的反响，这使杰克·凯鲁亚克十分郁闷。为了养活自己，他需要工作。那些年他干过很多工作：轮船厨工、加油站服务员、记者、信差、汽水供应员、摘棉花工、建筑工人、搬家工、五角大楼金属薄板技工学徒、看林人、水手、火车司闸员等等，还为 20 世纪福克斯公司撰写过电影梗概。这些工作都是临时性的。1940 年代后期，他和几个朋友多次穿越美国大陆，最远到达了墨西哥。这些路途中的见闻，使他摆脱了第一部小说出版后遭到冷遇的挫折感，在路上看到的美国的阔大和繁荣、人性的丰富与风景的壮美，让他灵感顿生。

1951 年 4 月初的某一天，他开始写作《在路上》。他日夜不停，连续在一卷 30 米长的卷筒打字纸上打字，用了三个星期，以自动写作来捕捉意识流动的方式完成了小说《在路上》。其后几年，他又完成了其他多部小说的写作，但都没有能够出版。1957 年，在著名评论家马尔科姆·考利的帮助下，《在路上》由维京出版社出版，一下子引起了轰动，发行量很快超过 350 万册，他不仅获得了丰厚的版税，还获得了巨大的影响。到如今，《在路上》每年都会发行 10 万册以上，它已经成了美国文学的一部经典作品。2001 年 5 月 22 日，长达 30 米的《在路上》手稿在纽约的一场拍卖会上，以 243 万美元的价格成交，超过了卡夫卡的长篇未竟之作《审判》的手稿拍卖价为 190 万美元的记录。

回到 1950 年 12 月的某一天，他的好朋友、多次一同"在路上"旅行、和他长得非常相像的尼尔·卡萨迪，给他写来一封没有标点的长信，详细描述了卡萨迪和一个叫玛丽的女人的爱情经历。就是这封没有标点的长信，点燃了杰克·凯鲁亚克写作《在路上》的热情，他感觉找到了写小说的语感。在文学发生学上，这样的时刻叫作"打开"状态。可以想象，杰克·凯鲁亚克一下子就打开了，他见到的很多人很多事洪水般地涌到了跟前，剩下的事情就是打字了。于是，他用了三个星期，在 30 米长的卷筒打字纸上一口气完成了这部小说。

《在路上》讲述 1940 年代某年的某一天，萨尔、迪安和几个朋友决定从东部繁华的大城市出发，驱车前往美国西部。一路上，那广袤的美国大陆上的风景、人物、奇遇在他们狂放不羁的旅程中次第出现，带给了这几个漫游者以惊喜，使他们欣喜若狂地重新领悟了生命。杰克·凯鲁亚克写这本书是自发写作的方式，他让所有的东西在写作瞬间以语言喷泻的方式形成，追求一种自动、自发和自由的状态，让脑袋去捕捉句子，让思维跟着打字的手在游走。《在路上》获得了自由联想、奔腾万里和一气呵成的风格。翻开《在路上》的中译本，扑入眼帘的是小说的第一段：

"我第一次遇见迪安是在我同妻子分手不久之后。我害了一场大病刚刚恢复，关于那场病我懒得多谈，无非是同那烦得要死的离婚和我万念俱灰的心情多少有点关系。随着迪安·莫里亚蒂的到来，开始了可以称之为我的在路上的生活阶段。在那以前，我常常幻想去西部看看，老是做一些空泛的计划，从来没有付诸实施。迪安是旅伴的最佳人选，因为他确确实实是在路上出生的，那是 1926 年，他父母开了一辆破汽车途经盐湖区洛杉矶的时候。"（《在路上》第 3 页，王永年译，上海译文出版社 2006 年 10 月版）

《在路上》分为五个部分，前面的四个部分详细描写了主人公穿越美国大陆的几次经历。第一部分讲述了 1947 年，小说主人公萨尔和迪安穿越美国大陆的故事，以萨尔和一个墨西哥姑娘特丽的相遇、相爱到分手而告终。其间穿插了很多迪安和萨尔的谈话，透露了迪安过去的生活。小说的第二部分讲述 1948 年萨尔回到了纽约，在自己的姑妈家。这一年的圣诞节，迪安开着汽车带着女朋友突然造访了萨尔，然后他们再次向西部进发，最后又返回了纽约的情况。第三部分则讲述了 1949 年，萨尔再次出发到达了丹佛，他和迪安的友情也达到了一个高点，而迪安与一些女人的来往构成了这部分的主要情节，投射出美国年轻人在当时的那种渴望解放的心态。第四部分则讲述萨尔和迪安往美国的南部走，最后到达墨西哥的壮举，他们自己称这次旅行为一次"伟大的旅程"。

小说的最后一个部分只有几页，非常短，算是小说的尾声。萨尔回到了纽约，回忆与迪安的最后一次见面，并表达了对"在路上"的无限怀念：

"于是，在美国太阳下了山，我坐在河边破旧的码头上，望着新泽西上空的长天，心里琢磨那片一直绵延到西海岸的广袤的原始土地，那条没完没了的路，一切怀有梦想的人们，我知道这时候的衣阿华州允许孩子哭喊的地方，一定有孩子在哭喊，我知道今夜可以看到许多星星，你知不知道熊星座就是上帝？今夜金星一定低垂，在祝福大地的黑夜完全降临之前，把它的闪闪光点撒落在草原上，使所有的河流变得暗淡，笼罩了山峰，掩盖了海岸，除了衰老以外，谁都不知道谁的遭遇，这时候我想起了迪安·莫里亚蒂，我甚至想起了我们永远也没有找到的老迪安·莫里亚蒂，我真想迪安·莫里亚蒂。"（《在路上》第 394 页，王永年译，上海译文出版社 2006 年10 月版）

《在路上》的叙述时间跨度有好几年，主人公穿越美国"在路上"也进行了很多次，人员也是多次组合的。每个部分都讲述了不同的经历，最重要的，是他们不断从东部到西部，还远抵墨西哥，一路上，几个人吸大麻、找女人、谈禅宗、喝大酒、拦火车、宿野地、看月亮、数星星，最后在美国西海岸作鸟兽散。实际上，杰克·凯鲁亚克写的就是美国的大地风景、风土人情和他们崇尚的自由的灵魂。《在路上》于 1957 年的问世是石破天惊的。小说的那种自由喷发的形式和主人公自由漫游的内容，动摇了美国1950 年代保守、僵化、令人窒息的物质化的社会气氛，给人以极大的震撼。美国的资产阶级和中产阶级的价值观以及清教徒精神全都产生动摇，从而使全社会走向 1960 年代的多元、动荡、冲突和繁荣。

杰克·凯鲁亚克以很高的价格卖掉了《在路上》的电影改编权，由著名导演拍摄成了电影，他的生活有了很大的改观，可以专心投身于写作。他在纽约长岛上买了几处房子，带着母亲四处旅行。他对于过去的作品不断进行修改和重写。他写于1950年代的那些小说，如《萨克斯博士》（1952）、《梦之书》（1952—1960）、《玛吉·卡迪西》（1953）、《地下人》（1953）、《墨西哥城蓝调》（1955）、《特丽丝苔莎》（1956）、《吉拉德的幻想》（1956）、《金色永恒的经书》（1956）、《荒凉天使》（1956—1964），也都纷纷出版。这些早期的作品从各个侧面让我们看到了《在路上》里的丰富元素。其中，比较厚重的是《荒凉天使》，这部长篇小说他一直写到1964年才完成。小说讲述了杰克·凯鲁亚克在华盛顿州的某个国家公园的一座山峰——荒凉峰上，当了63天的山火观察员的经历。这段经历被杰克·凯鲁亚克铺陈成一部十分饱满的、长达38万字的作品。在那个十分孤寂荒凉的山峰上，他试图像一个禅者那样，参悟生命的真谛，但下山之后看到的又是美国的俗世生活和物质世界的滚滚红尘。于是，主人公选择了再度出发，向西部的荒野而去。

后来，他又接连出版长篇小说《达摩流浪者》（1958）、《大南方》（1960）、《孤独旅者》（1960）、《沙陀里在巴黎》（1965）、《杜洛兹的虚荣》（1968）等。

杰克·凯鲁亚克的确是一个多产作家，中长篇小说累计起来有18部之多。但他后来出版的这些作品都没有《在路上》的影响大。可见，一本书主义在杰克·凯鲁亚克这里是很有效的。人们最终记住的，是他的《在路上》。

杰克·凯鲁亚克对写作方法有自己独到的见解。他反对像传统作家那样反复琢磨、精心润色，他反对修改，追求作品的一次性、即时性完成，写作时要"面对脑海里涌现的一切东西"，这种崇尚自发、自由、自觉写作的观点，似乎比较极端，因为百分之九十的作家都是要不断修改的。这使人联想到法国达达主义和超现实主义作家们的一些文学实验。

杰克·凯鲁亚克于 1969 年去世，年仅 47 岁，死的时候他还很年轻，给我们留下了一个永远在路上的形象。

杜鲁门·卡波蒂:

《冷血》

1924 年 9 月，杜鲁门·卡波蒂出生于美国南方的新奥尔良。恰逢一战结束，他的幼年、童年是在美国南方乡村的凋敝中度过的。4 岁时，他的律师父亲因诈骗罪被关进监狱，父母亲离婚了。母亲前往纽约，嫁给了一个古巴裔商人，将他放到亚拉巴马州娘家的门罗威尔市。一些远亲近邻将杜鲁门照顾到了 10 岁，母亲才把他接到了纽约，让他改姓第二任丈夫的姓：卡波蒂。这段经历在他的内心里留下了阴影，使他的作品蒙着一种淡淡的感伤，一种孤独感。后来，他又随母亲迁往康涅狄格州，在那里上了中学。他不喜欢和同学们交流与来往，而是专注于小说的想象世界。他最开始阅读的都是一些美国南方作家的作品。17 岁，高中没毕业，他迫不及待地离开康涅狄格州的中学，只身前往纽约谋生。

在纽约，他吃了不少苦头，干过各种零工。可杜鲁门·卡波蒂脑子里想的都是文学。他闯到《纽约客》杂志谋职，因他的文笔好，被聘用为编务。不知道为何，他得罪了诗人罗伯特·弗罗斯特，被杂志社辞退了。这让他愤愤不平，觉得纽约文坛十分势利。他也感觉到纽约文化圈的水很深，自己初来乍到，真的是不知深浅。他不管别的，只管写自己的。19 岁时他发表了短篇小说《米利亚姆》，获得了"欧·亨利优秀短篇小说纪念奖"，引起了一些纽约文化人的注意，他们给他争取了一些基金的资助，他就到亚拉巴马州专心写作了。

杜鲁门·卡波蒂在 1948 年他 24 岁时出版的长篇小说《别的声音，别的房间》与一系列短篇小说，都是描绘美国南方生活的哥特式小说。"哥特式小说"就是带有怪诞、惊悚、幽暗、奇诡的气质的小说。长篇小说《别的声音，别的房间》中的故事发生在美国南方的乡村，书中他动用了自己的童年经验，小说的语言轻快、美丽、幽暗，小说里出现的人物有点怪里怪气，人物也都是独臂、侏儒、白化病、长疣的人等，他们活动在带有象征性的天国教堂镇、颅骨庄园、云中酒店、溺水池塘等这些地方，互相防备、窥探、靠近和远离。小说中的主人公是 13 岁的哈里森·诺克斯，他到那里去寻找自己的父亲，后来，他终于找到了父亲，而父亲已经病入膏肓，卧床不起。

杜鲁门·卡波蒂将童年的那种孤独、恐惧和孤僻感，以变形和夸张的手法写成自传体小说，对于他来说，这是一部"驱魔小说"。小说还没有出版，20 世纪福克斯公司就买下了电影版权，当时他在《时尚芭莎》杂志上发表的一些短篇小说也给他带来"文学天才"的名声。

杜鲁门·卡波蒂的小说创作主要以短篇小说和小长篇为主。他似乎特别喜欢写小长篇，就是那种 8 万字到 10 万字的作品。比如《别的声音，别的房间》《草竖琴》《蒂芬尼的早餐》《夏日十字路口》

等等，都是这一长度的作品。

在他 1951 年出版的小说《草竖琴》中，杜鲁门·卡波蒂再次动用了童年经验，将自己在亚拉巴马州母亲的娘家长大的那些记忆铺陈成了一个小长篇。小说中的多莉老太太，其人物原型是他的姨婆苏克。苏克是一个性情特别温存的女人，当年对小杜鲁门·卡波蒂的照顾很用心。她擅长做蛋糕，配草药，有各种秘方，在杜鲁门·卡波蒂的眼睛里，她是一个类似巫婆的具有神奇能力的老太太。小说以两个老太太为一个草药配方的知识产权的售卖发生争议而展开情节叙述，最后，因一场意外的枪击发生而和解，表达了杜鲁门·卡波蒂心目中的姨婆给他带来的温暖记忆。

杜鲁门·卡波蒂一共出版了 13 本书。可以说并不多产，但其影响却是深远和复杂的。从虚构到非虚构，从纯文学写作到大众媒介的宠儿，从舞台剧到上流社会人物特写，他的跨度很大。在杜鲁门·卡波蒂的写作中，呈现了变色龙般的风格和文体上的变化。从哥特式的怪诞小说《夜树》《别的声音，别的房间》到温馨舒缓的《草竖琴》，再到 1950 年出版的游记和散文特写《地方特色》，都有这一特点。接着，他开始涉足舞台和影视创作，将《草竖琴》改编成舞台剧本，1954 年创作了音乐剧《花房》，同一年，他还为导演约翰·休斯顿写了电影《战胜恶魔》的剧本。1956 年杜鲁门·卡波蒂出版了游记随笔《缪斯入耳》，这是他跟随美国"人人剧团"前往苏联演出歌剧《波姬和贝斯》的记叙。他还在日本采访著名影星马龙·白兰度，写了一篇长篇采访记《公爵在自己的领地里》，文章发表后，因为真实、辛辣、生动的不加掩饰的谈话，让马龙·白兰度大怒，扬言要宰了杜鲁门·卡波蒂。可见，杜鲁门·卡波蒂很早就显露出非虚构写作的才华。

1958 年，他出版了中篇小说《蒂芬尼的早餐》。小说讲述了一个叫赫莉的女子在纽约奋斗的经历，以男主人公"我"从旁观者的角度来叙述。在电影《蒂芬尼的早餐》里，奥黛丽·赫本扮演的女主角赫莉纯美华贵的外表下，隐藏着贫贱和辛酸。也许奥黛丽·赫本过于甜美了，升华了小说中的赫莉。实际上，杜鲁门·卡波蒂暗示赫莉是一个在纽约名利场奋斗的高级交际花。

1959 年 11 月 15 日凌晨，在美国堪萨斯州加登城的霍尔库姆村发生了一个轰动美国的凶杀案。当地富裕的农场主叫克拉特，全家四口人——他、妻子、儿子、小女儿被枪杀了。两天以后，在监狱里听到广播报道的服刑犯人威尔斯——他曾经给克拉特家打过短工，提供了一个重要线索。接着，两名凶手希科克与佩里被捕，承认了杀人的犯罪事实。原来，他们听到监狱里的威尔斯给他们描述过农场主克拉特的家很富有之后，就策划了这起案子，打算抢点钱前往墨西哥，最终只抢了四十美元现金，一怒之下，他们就杀了克拉特全家。这个案子在美国一时沸沸扬扬，是因为克拉特一家是有口皆碑的好人家，但却遭此厄运。这个时候，处于创作瓶颈的杜鲁门·卡波蒂偶然在报纸上看到这条新闻，眼前一亮。他对童年和少年记忆已经挖掘得差不多了，正苦于无法突破自己，这个时候，机会来了。

他立即飞往堪萨斯州的案发地，开始对案件进行调查。随后 6 年的时间里，他把时间都花在案件的调查上。他查阅了大量法庭卷宗和审讯记录，做了很多笔记。他甚至做到了"比克拉特一家对自己的了解还要更深入"。他采访警察以及被害人的邻居、亲友、法官、律师、医生，还到监狱里采访两个罪犯，竟然获得了两个罪犯的高度信任。其中一个罪犯希科克，对他产生了一定的心理依赖，很长时间里都主动要求杜鲁门·卡波蒂前来探监。也许在这个杀人犯看来，杜鲁门·卡波蒂这个名作家对他的采访，会让他们有免除死刑的机会。

在电影《杜鲁门·卡波蒂》中，两个杀人犯，尤其是首犯希科克与杜鲁门·卡波蒂之间的对话交流，是很精彩的部分。后来，当希科克发现杜鲁门·卡波蒂只是为了写一部描绘他们的暴行、揭示人性丑恶的小说时，情绪爆发了。而杜鲁门·卡波蒂也很担心要写的这部作品拿捏不好分寸，影响案件的走向和他的声誉，就一直没有动笔。

1965 年 7 月 21 日，两个杀人犯希科克与佩里，最终被施以绞刑。行刑之前，两个罪犯要求杜鲁门·卡波蒂也在场。到这时，这个轰动一时的案子才宣告结束。

案子结束了，杜鲁门·卡波蒂立即加紧了他的写作。1966 年，《冷血》这部作品先在《纽约客》连载了四期，然后，在纽约举行的新书发布记者招待会上，杜鲁门·卡波蒂推出了这部重磅作品《冷血》，并给了《冷血》一个新的定位："非虚构小说"。

不少美国作家纷纷投入到"非虚构小说"的写作中。比如，诺曼·梅勒就写了《夜幕下的大军》、《白种黑人》和《刽子手之歌》，其中，《刽子手之歌》也采访了一个杀人犯加里，这部分为上下册的"非虚构小说"长达 80 万字。同时，汤姆·伍尔夫出版了《名利场大火》，1973 年，汤姆·伍尔夫为了推动非虚构文学写作，编辑出版了一本《新新闻主义文学写作》，将诺曼·梅勒、琼·狄迪恩、加·泰勒斯等人的作品收在书里。

杜鲁门·卡波蒂的"非虚构小说"理念，结合了新闻报道的真实准确性与小说虚构的艺术创造。他说过："我就是要创造一种新闻体的小说形式，能容纳真实事件的真实性、电影场景的直接性、散文的随意性和深度，以及诗歌语言的精确。"杜鲁门·卡波蒂是一个具有创造性的天才作家，他敢于冒险，敢于开创一代文风，他的"非虚构小说"理念提醒了作家，不要拘泥于书斋之中的想象力写作，也不要仅仅以准确描写了现实生活而沾沾自喜，应该把这两点结合起来。

我们来看《冷血》中的几个写作特点。第一个是场景的精确和迅速转换。《冷血》中，各类场景出现得非常多，大场景里还套着小场景，整部作品中，场景的出现就像是一部电影那样，构成了一幅幅画面。对场景的准确描绘，是"非虚构小说"的非虚构部分的要点。在这个方面，《冷血》也借鉴了电影的一些镜头感，电影的场景切换使这部作品获得了生动的感觉。第二点，就是冷静地刻画人物的心理活动，追求客观效果。他采访到的对象，这些人物的心理活动都在他的看似不经意的笔触之下有大量的揭示。这也就告诉我们，"非虚构小说"的"小说"部分，是需要心理活动和艺术虚构来支撑的。也就是说，表面的"客观"书写之下，一定有着"主观"的潜流在涌动。第三点，杜鲁门·卡波蒂在《冷血》中的语言是那种非常精辟的语言。让我们来看这部小说的开头：

"霍尔库姆镇位于堪萨斯州西部盛产小麦的平原地带。它地处偏僻，幽静美丽，素有'世外桃源'之称。在它的西面七十多英里处，是科罗拉多州的边界。这里的空气干燥、洁净，像在大沙漠一样，通常总是万里无云的艳阳天；美国中西部以西的许多地方气候差不多都是这样。这里的居民说话很怪，总是带着一种长期生活在大草原上的农民们所特有的鼻音。另外，霍尔库姆镇上的男人们大都爱穿瘦腿裤子，高跟尖头皮鞋，看上去非常利索。村镇外是一片平坦的土地，视野开阔，牛羊成群。前不久，假如您有幸来这里观光，还能看见围绕着村镇的一个个乳白色的谷仓。这些谷仓式样讲究，优雅别致，简直可以和希腊的神庙相媲美。"（《残杀》第1页，张憎武译，陕西人民出版社1987年版）

　　这个开头多么像一部杰出的长篇小说的开头，哪里有一点新闻报道的影子。杜鲁门·卡波蒂使这部作品具有一部杰出长篇小说的元素，通过和两个罪犯的对话，他分析出造成这一案件的原因，那就是：人性的沦丧、精神的异常、贪婪的欲望和社会的腐朽。

　　第四点，采访者和被采访者的角度的转换。在《冷血》中，杜鲁门·卡波蒂采访了大量的人，而这些人在他笔下几乎都栩栩如生，像小说里的人物一样。这就是作者的非凡文学功底所造就的。作者秉持的是采访者的角度，这个角度是冷静的、调查的、客观的、不动声色的。杜鲁门·卡波蒂以条分缕析的方式，一点点地将所有相关人士的采访都做扎实、做全面了之后，客观呈现了一个美国图景：罪犯犯罪的动机，克拉特一家的生活状况，美国的贫富分化，街坊邻里的态度和警察办案的方法，法庭、律师、监狱构成的美国体制，新闻媒体对此事件的消费，等等，将一个活生生的美国端给了我们。杜鲁门·卡波蒂写作的意义正在于此：准确地捕捉美国人的精神境况和社会氛围。

　　《冷血》出版之后获得的巨大成功彻底改变了杜鲁门·卡波蒂的生活。他成了一个富人，投身于纽约的上层社会，成了社交界广受欢迎的名流。他热衷于参加社交圈的酒会、聚会，喜欢谈论各种八卦消息，喜欢上电视，去做滚石乐队的代言人，举办假面舞会，还在一部电影里扮演了角色。他很受欢迎，因为他谈话有趣，性格温和，很讨女士的欢喜。他的名气太大了。他的照片经常被刊登在报纸的社交新闻版上，这些生活让他每天生活在酒精、光彩和流言蜚语之中，表面上看十分风光热闹，实际上，掩饰不了巨大的空虚。

1973 年，他出版了一本小说和随笔的合集《犬吠》，没有任何影响，原先那个才华横溢的杜鲁门·卡波蒂不见了。1980 年，他出版了散文特写集《给变色龙听的音乐》，里面有些人物特写，如《我爱你，梦露》、《你好，陌生人》以及《玛丽·桑切斯》等都脍炙人口。1984 年 8 月 25 日，距离他 60 岁生日还有一个月，他因为多脏器衰竭，死在纽约一个朋友的家里。这条善于在风格和文体上变化的"文学变色龙"，停止了呼吸，却留下了一个传说。

科马克·麦卡锡：

《边境三部曲》

1933 年，科马克·麦卡锡出生在美国罗德岛，父母亲笃信天主教。18 岁他进入美国田纳西大学读书，1953 年他退学参加了美国空军，在阿拉斯加空军基地服务，担任基地的电台主持人，空余时间就阅读大量文学作品，1957 年退役。退役后，他继续到大学里读书，开始创作短篇小说，在校刊上发表了几个短篇小说，获得过学校颁发的奖励。

1960 年，他来到美国的大城市芝加哥，在一家汽车厂工作，与一个女诗人有一段短暂的婚姻。他开始创作长篇小说，第一部小说《看果园的人》出版于 1965 年。小说取材于他少年和青年时期在家乡的见闻，获得了福克纳基金会的"最佳新人奖"。这给了他很大的鼓励。在这部小说中，他的文学风格已初步显现，那种冷峻和严肃的格调以及叙述语言的干净利落令人印象深刻。

1968 年，科马克·麦卡锡出版长篇小说《外面的黑暗》。小说的题目来自《圣经》，小说中的人物和故事与《圣经》遥相呼应，是一部"神话原型小说"，像是一部道德寓言，讲述一个男人在美国社会的成长中，那种无家可归十分孤寂的精神荒芜感。男主人公在自我流放，不知道脚下的路延伸到了哪里，也不知道自己将去向何方。

科马克·麦卡锡的写作一直保持着匀速前进。1973 年，他出版长篇小说《上帝之子》。这部小说集中展现了美国人生活中的暴力。连环杀手莱斯特·巴拉德住在洞穴里，离群索居，冷对世界，残酷地杀人。小说中的男人、女人和匪徒，他们在日常生活中也碰撞出暴力的血腥，使人目不忍睹。这部小说招致了不少批评，认为他在这部小说中渲染了暴力，这使科马克·麦卡锡多少有些警醒。他停下了写小说的笔，写了一部电影剧本《园丁之子》，探讨人与人之间爱的可能性。电影于 1977 年首映，获得了佳评。

1979 年，他的第四部小说《苏特里》出版。这部小说有自传痕迹，讲述一个男人在美国偏远之地和底层环境中的艰难成长。主人公苏特里在成长中发现，制约他个性发展的，除了自身的缺陷之外，社会环境是非常重要的因素。苏特里是一个在风雨中、旷野中孤独成长的男人，他最终认识到，和社会环境对抗，自己将一败涂地。最终，萨特里放弃了中产阶层的生活，跑到了田纳西河的河边，与流浪汉在一起，过上了捕鱼的边缘生活。

1981 年，科马克·麦卡锡获得美国麦克阿瑟天才艺术奖，数十万美元足够他埋头写作好几年，不用为生活发愁。1985 年，他的长篇小说《血色子午线》出版，跃身为美国重要作家行列，这一年他 42 岁。

《血色子午线》是一部历史小说，科马克·麦卡锡以很大的勇气和对真相的努力探寻，对美国当年的"西进运动"屠杀和驱赶印第安人的历史进行了一次逼真呈现。为了写这部小说，他沿着当年美国西进的路径，在小说中涉及的地方都进行了实地的勘察，使小说的写作充满了细节的真实。他还自学了西班牙语。小说大部分情节都发生在 1849 年到 1850 年前后的美国和墨西哥的边境地带。

　　小说的主人公是一个十几岁的孩子，他离家出走，参加怀特上尉的队伍，前往墨西哥边境征伐印第安人。结果，怀特上尉的队伍很快被印第安人击溃，怀特上尉也死于非命。队伍瓦解了。接着，这个孩子又加入了一个老兵格兰顿所率领的由罪犯、老兵和各色边缘人组成的队伍，前往美国和墨西哥边境，不加区别地猎杀印第安人，猎取他们的头皮，然后到美国地方州政府那里换取赏金。整部小说的故事都在荒野、山林、村镇和沙漠中进行，几乎每个章节都有血腥场面，暴力比比皆是，白人、黑人、墨西哥人、印第安人似乎都卷入了暴力的旋涡里，在血色的黎明和黄昏里，在正午的太阳下，生命的死亡和惨烈都是瞬间发生的，甚至都是无声无息的。而没有名字的少年，却在血色中顽强地成长着。格兰顿的队伍在屠杀印第安人的过程中不断衰减，少年却躲过了几次劫难，幸存下来。最后一次是在尤马渡口，他们被印第安尤马人部落伏击，除了少年逃脱以外，其余人全军覆没。之后，少年逃脱了队伍，前往更为辽阔的世界。小说的结尾，少年已成长为一个成年人，28 年之后，在一个叫蜂巢的酒吧里，他遇到了霍顿法官，被霍顿法官所杀。至此，格兰顿帮所有的人全部覆灭。

　　他这部作品和梅尔维尔的《白鲸》遥相呼应。小说中那个不死的、嗜血的霍顿法官，就像是《白鲸》里面的莫比迪克，那头凶狠的大鲸。有人说，《血色子午线》是"文学史上所能发现的所有野蛮行径的集大成者，对暴力、屠杀、折磨、掠夺、谋杀的描写，都很精彩"。因为这部小说，科马克·麦卡锡成为麦尔维尔、霍桑、福克纳和海明威建立的文学传统的继承者和发展者。

《血色子午线》获得的成功使科马克·麦卡锡发现了他的写作资源与优势。此后，他写出了《边境》三部曲：《骏马》(1992)、《穿越》(1994)和《平原上的城市》(1998)，这三部互相联系的小说是美国当代重要的西部小说。

《骏马》讲述美国西部牛仔的成长史。小说的故事背景在20世纪中期，一个叫约翰·格雷迪的16岁少年，在父亲去世后，离开了家乡得克萨斯州，与伙伴罗林斯一起前往墨西哥谋生，在他乡历经各种磨难，也经历了美好的爱情，然后重返家乡，成长为英俊成熟的青年。这部小说是一部美国西南部家族的史诗传奇，小说也叙述了格雷迪的曾祖父、祖父到父亲三代人的经历，再到格雷迪，四代人的经历共同构成了一幅壮阔的家族史。作者没有将笔墨放在描绘人性的黑暗面和杀戮的血腥场面上，而是将成长的欢欣和大自然的魅力、生命向上向远方的那种进取状态表现了出来。小说既有冷硬的叙述，也有着万般柔情和纯洁的心灵渴望。小说中还塑造了一个和约翰·格雷迪几乎相对的角色——流浪儿阿莱文斯。阿莱文斯是个弃儿，他不像约翰·格雷迪那样顽强寻找生活的意义和价值，而是变成了盗贼和流浪汉，最后死于枪杀。大自然与人性的壮美、人生的顽强掘进，乐观向上与天地开阔，人性旷达与悲天悯人是《骏马》的普遍阅读感受。

马自从驯服为人类生活的工具之后，一直都是人类的好朋友。这部别开生面的成长小说，与马有关的独特画卷跃然纸上。在小说的结尾，一幅大自然瑰丽的奇特画面衬托着主人公的前行：

"傍晚时分，残阳如血，微风徐来，红霞满天，映得沙漠里红彤彤一片。他骑马飞奔扬起了红色的烟尘……约翰·格雷迪用脚后跟猛夹一下马的肋部，催马向前，西天的红霞给他的面颊涂上了一层古铜色。从西面刮过来的风掠过暮色笼罩的大地，栖息在荒漠中的小鸟，叽叽喳喳地在干枯的蕨枝之间飞来飞去。约翰·格雷迪骑在马上继续前行，他和马在身后投下了长长的影子前后相连，穿行在这片荒漠中，仿佛是一具有生命的幽灵，与远方朦胧的大地融汇在一起。他和马奔驰而过，径直朝着那不可知的未来世界奔去。"（《骏马》第 303 页，尚玉明等译，上海译文出版社 2001 年 12 月版）

《骏马》出版半年，精装版发行 20 万册，获得了 1992 年全国图书奖、美国评论界图书奖，并被改编成电影，2000 年作为美国圣诞节大片上映，获得了成功。

《边境》三部曲的第二部《穿越》没有再讲述牛仔约翰·格雷迪和罗林斯的故事，而是另起炉灶，讲述了牛仔比利·帕勒姆的故事。小说的时间背景是在"二战"爆发之前，讲述比利·帕勒姆三次穿越美国和墨西哥的故事。小说中，他是一个 16 岁的少年，居住在新墨西哥州的边境地区。有一次，他逮住了一匹咬死了他家牲口的母狼，在返回家里的路上，他害怕父亲打死母狼，就改变了主意，将母狼带到了美墨边境，将母狼放生。那匹母狼被墨西哥治安官抓起来当作娱乐的工具，被折磨得奄奄一息。比利·帕勒姆为了让母狼不再痛苦，而越境到墨西哥，开枪打死了母狼，然后返回美国。等他回到了家里，比利·帕勒姆发现，父母亲都已经死于流窜越境的印第安人匪徒的枪下，房屋被烧毁，家中财物都被抢走。幸运的是，他找到了弟弟博伊德，于是，他带着弟弟再度出发，前往墨西哥，寻找那帮印第安匪徒的踪迹，谋求复仇。后来，他找到了那伙人，在战斗中，弟弟受了重伤，杀害他父母的匪徒首领落马而死，他复仇成功了。于是，他们兄弟俩在当地成了一个传奇。他弟弟后来邂逅了一个过去他们曾经营救过的女孩，有一天，博伊德瞒着哥哥，带着那个女孩走了。比利·帕勒姆只好一个人返回了美国家乡。此时，美国已经向德国宣战，他想参军，因身体原因而未成，就在新墨西哥州、得克萨斯州一代流浪。最终他找到了弟弟，但弟弟已经变成了尸骸。他把弟弟的遗骨带回了家乡，安葬在了美国新墨西哥州。自此，这部小说才结束。

在《穿越》中，我们看到了一个少年不畏艰险和磨难，顽强地和生存做斗争的景象。他反复穿越美国和墨西哥，犹如穿越人生的一个个隧洞和一道道沟坎。比利·帕勒姆在穿越生死考验的关口和成长的艰难旅途中，见识了壮丽、广阔、永恒的大自然，也见到了各色人等的生死。人生像一个巨大的戏台一样在他面前展开，而所有的人都在上演着生生死死的戏剧。人与人、人与动物、人与大自然、人与社会、人与历史、人与时间的种种关系、种种可能，都在这部小说中得到了最佳阐释。

《边境》三部曲的第三部《平原上的城市》是这个三部曲的汇合与终结。在这部小说中，《骏马》中的约翰·格雷迪和《穿越》中的比利·帕勒姆两个人相识了，他们生活在新墨西哥州的一个边境牧场里。牧场边上，有一条流经美墨边境的河流——格兰德河。在河的那一边，就是墨西哥著名的犯罪城市华雷斯，每天，华雷斯都上演暴力和死亡故事。河的这一边是美国小城艾尔帕索。这部小说的题目"平原上的城市"，说的就是这两个城市。小说中的人物故事，也在这两个城市之间展开：牛仔约翰·格雷迪此时已经长大，他到华雷斯后，认识了一个穷苦的墨西哥妓女玛格达琳娜。后来，回到美国他也无法忘却玛格达琳娜，最终，不顾其他人的反对，他决定到华雷斯去寻找她，娶她为妻。约翰·格雷迪在一家妓院里找到了她，打算替她赎身，却遭到了妓院老板爱德华多的羞辱和阻挠。于是约翰·格雷迪策划了一次越境，打算把玛格达琳娜偷渡到美国。但计划被爱德华多知悉，他暗中通风报信，玛格达琳娜在边境被边防军打死。约翰·格雷迪再度返回华雷斯，他和妓院老板爱德华多展开了决斗，杀死了对方，自己也重伤而死，一场人生的悲剧由此落幕。

在小说中，另外一个牛仔比利·帕勒姆则是配角兼见证人的角色，他见证了约翰·格雷迪生命的陨落。约翰·格雷迪死后，比利一个人离开了边境牧场，继续浪游。比利甚至一直活到了 2002 年，变成了一个 78 岁的老人。这一年，他在路边认识了一个流浪汉，那个流浪汉给比利讲述了自己的梦，和其他人的梦。这个结尾是《边境》三部曲的点睛之处。《边境》三部曲给科马克·麦卡锡带来了很多荣誉。人们从他的笔下看到了壮阔的大自然是如何形成了美国人进取和拓展荒野的力量。美国西部小说也在科马克·麦卡锡笔下得到重生。

科马克·麦卡锡属于老当益壮的作家。进入 21 世纪之后，他接连出版长篇小说《老无所依》（2005）和科幻小说《路》（2006）。

《老无所依》的故事发生在美墨边境地区，警长贝尔、牛仔摩斯和杀手齐格形成了异常紧密的关系：摩斯捡到了一笔贩毒分子匪帮火拼后留下的 200 万美元。齐格知道之后，就追杀摩斯，想要得到这笔钱。而警长贝尔要抓捕罪行累累的齐格。于是，他们一个追一个，就像螳螂捕蝉黄雀在后。最后，偶然得到重金的牛仔摩斯被齐格打死了，齐格逍遥法外，警长贝尔没有找到线索，他无力解救这个被暴力、金钱、毒品所控制的世界，只好辞职回家了。

科恩兄弟将小说改编为电影，无论叙事的节奏还是冷硬的风格，都十分忠实于小说原作，获得美国第80届奥斯卡电影节"最佳影片"等四项大奖。有趣的是，科马克·麦卡锡写作《老无所依》使用的打字机，是他在1963年花了50美元买的，2009年以25万美元的天价被成功拍卖。

时隔一年，即2006年，科马克·麦卡锡就推出了他的第十部长篇小说《路》。这是一部科幻色彩和寓言性浓厚的小说，描绘人类的未来。小说的故事发生在未来的某一天，核爆炸之后的一个冬天，地球被核烟尘所笼罩，看不到太阳和月亮，也没有了星星。人们失去了政府和组织，河水是黑的，气温迅速降低，公路上到处都是汽车残骸，动植物也都死了。大浩劫过后，只有一家人活了下来。但他们只有一支手枪和一发子弹。父亲告诫儿子，如果遇到危险，就用仅剩的子弹自杀。可是不久，孩子的母亲却因为绝望而拔枪自杀。于是，孤独的父亲带着儿子去寻找希望。在烧成灰烬的荒原上，父子俩上路了，他们要前往南方海岸，去寻找生存的可能性。父子俩南行的一路上非常艰险，虽然绝大多数人都死了，但少数坏人却靠吃人活了下来。父子俩不但要寻找食物，还要躲避那些吃人的坏人。在路上，他们面对的是生与死的选择和善与恶的较量。他们唯一拥有的，是父子之间的关怀和对生存的渴望。就这样，善良和丑恶，人性的美和复杂，绝望和希望，都在父子之间产生了激荡。实际上，父子是无路可走的，但父亲要带给儿子勇气，让儿子看到活下去的希望。 小说基本上由片段式对话和零散的情节组成，需要读者通过阅读把小说拼接起来。《路》是一本气氛悲凉的末日小说和寓言小说，寓意深刻，逼迫我们思考人类在核时代所面临的未来。

科马克·麦卡锡一贯离群索居，极少接受采访，不喜欢面对公众谈论自己的作品。2007年，小说《路》获得了英国"纪念詹姆斯·泰·布莱克"纪念奖和美国普利策文学奖。 2009年，《路》被好莱坞改编为科幻大片《末日危途》，由影星维果·莫特森、柯蒂·斯密特·麦菲、查理兹·塞隆等领衔主演，上映后引起了轰动。科马克·麦卡锡也获得了当年美国笔会颁发的终身成就奖——"第二届索尔·贝娄小说奖"。

　　2022年底，89岁的科马克·麦卡锡出版了两部有关联的长篇小说《乘客》和《海星》，"关注数学和物理学的历史、现实和意识的本质，思考宗教和科学能否共存，揣摩天才和疯狂的关系"（《纽约时报》评论），继续小说《路》中对人类未来命运的探索。

　　生活中的科马克·麦卡锡被称为"塞林格以来美国文学界最著名的隐者"。他一生中的大部分时间都比较贫困，或者住在破房子里，或者住在汽车旅馆里。据说，科马克·麦卡锡身高不足6英尺，蓝眼睛，从不参加投票选举。他拒绝参加书商组织的任何签售和巡回书展活动，也不做演讲。他最钟情的是野外生活，喜欢到处游历，自然，美国的西部和南部是他钟情的地方，比如得克萨斯州、新墨西哥州、亚利桑那州等等。即使他喜欢隐逸状态，他的崇拜者却对他的一切更感兴趣了。有人甚至盯梢跟踪他，拍摄了一部名为《科马克的垃圾》的纪录片。画面中，一个人对着镜头说，她收集了好多袋麦卡锡的垃圾。她说，从垃圾上可以看出，科马克·麦卡锡最喜欢把纸撕成碎片，吃某个牌子的冰淇淋。

　　赞许他的人认为，科马克·麦卡锡是威廉·福克纳以来美国最伟大的小说家。他的小说有欧洲存在主义和《圣经》启示文学的冷峻和庄重。在他的笔下，小说角色不是孤独落魄的失败者，就是罪犯和流浪者，在茫茫人世中寻找出路。他总是以寓言的方式带给我们更深的思考，希望能找到答案。他的简洁有力的语言，并不复杂的结构，寓言和象征，升华了他的小说的意境，扩大了他作品的内涵。让我们来看看《路》的结尾：

"当斑点鲑出现在山间小溪的时候，你能看见它们在琥珀色的水流中用白色的鳍悠闲地游动。把它们放在手上，你能闻到一股苔藓的味道，光滑，强健，有力。它们背上有一些迂回的图案，那里记录了世界即将变成的样子。地图和迷宫。关于一件不能挽回的事情，一件不能重新做好的事情。在它们生活的有神的峡谷里，一切东西都比人类更古老。它们神秘的呢喃。"（《路》第 264 页，杨博译，重庆出版社 2009 年版）

这一段是什么意思？鲑鱼背上那些迂回的图案是什么？为什么说那是地图和迷宫？我想，没有人能确切地知道答案。

《你在圣·弗兰西斯科做什么？》

1938 年，雷蒙德·卡佛出生在美国俄勒冈州一个风景优美的村镇，附近是一条蜿蜒流过的哥伦比亚河。父亲是工人，母亲是餐馆服务员，也做过商店店员。雷蒙德·卡佛小时候是一个胖子，体态臃肿，经常遭到同学们的嘲笑，这让他很受伤。几年之后，他们全家搬到华盛顿州亚基马镇的东边，那里也是一派乡村风光。他最喜欢去附近的小溪和水库里钓鱼。16 岁时，他个子长高了，迷上了打猎，经常把他打到的野鸭拿回家给母亲，母亲会把野鸭仔细拾掇好，放到家里最贵重的财产——一个大冰柜里。

高中毕业后，他不想上大学，想离家去赚钱，去追求写作的理想。但他发现父母的关系有了危机，父亲的精神状态很不稳定，甚至可能精神失常，已无力养家。雷蒙德·卡佛的前半生都是非常艰辛的。19 岁时他和 17 岁的玛丽安·伯克结婚，此时玛丽安·伯克已经怀孕了。于是，他陷入到家庭生活的沉重负担中。他首先要考虑的就是养家糊口，先后干过送货员、医院清洁工、锯木厂工人、加油站服务员等等，只要能赚点钱的活他都干，因家里有着可爱的妻子和嗷嗷待哺的孩子。

1958 年，雷蒙德·卡佛 20 岁，他决定远离华盛顿州，带着玛丽安和襁褓中的女儿，迁往美国西部加利福尼亚州天堂镇。他到奇科州立学院学习写作，很快，他的第二个孩子出生了。他师从约翰·加德纳学习写作技巧，并努力维持家庭运转。在加利福尼亚的日子也好过不到哪里。后来，他到洪堡州立学院学习，并在家里写作。20 出头的雷蒙德·卡佛内心暗藏写作的雄心，可他每天要应付的都是生活的琐碎。妻子玛丽安白天上班，晚上要做电话接线员，还要照顾孩子。两个人都在生存线上忙碌和挣扎，两个孩子的抚养无比繁杂，这让雷蒙德·卡佛饱受日常生活的折磨，也为他后来的写作积累了大量的生活细节。

我们说作家都是从生活里走出来的。雷蒙德·卡佛显然是一个明证。现在来看，雷蒙德·卡佛属于那种以少胜多的短篇小说大家。他在短短的创作生涯中留下了 71 篇短篇小说和 300 多首诗歌，还有部分散文和随笔，50 岁就因肺癌离开了人世。高度风格化的雷蒙德·卡佛，成为 20 世纪下半叶美国最重要的小说家之一，被称为"美国的契诃夫"。他的短篇小说高度简约的风格形成了一种典范，被称为"简约派"大师，出现了大批拥趸和模仿者。

雷蒙德·卡佛喜欢写作，来源于小时候父亲给他讲的故事。那些故事启迪了小雷蒙德·卡佛好奇的、喜欢探寻人世的心灵。1963 年，为了继续锤炼写作技巧，他把所有的家当放到一辆破旧的雪佛兰汽车里，带着老婆和两个孩子，前往爱荷华城。爱荷华大学有一个著名的作家讲习班，专门培养作家，创办人是诗人保罗·安格尔，他后来和华裔女作家聂华苓结婚了，这个爱荷华写作班是美国具有盛名的写作训练班。在爱荷华写作班里，雷蒙德·卡佛遇到很多同道，大家一起探讨写作技艺，这使他进步很快。在《十二月》的编辑柯特·约翰逊的帮助下，他发表了一些作品，引起了注意。

约翰逊还介绍他认识了《绅士》的小说编辑戈登·利什。后来，戈登·利什发表和修改雷蒙德·卡佛的小说花费了很多心血。戈登·利什对雷蒙德·卡佛的小说《请你安静些，好吗？》《当我们谈论爱情时我们在谈论什么》进行了十分精心的删改和润色，突出了雷蒙德·卡佛的简约风格，直接促成了雷蒙德·卡佛的短篇小说风格的形成。但直到现在，戈登·利什对雷蒙德·卡佛小说的修改还存在着争议。雷蒙德·卡佛去世多年后，美国出版了他未经修改的早期稿本、小说集《新手》。无论如何，戈登·利什是个慧眼识才的人，他敏感地发觉了雷蒙德·卡佛小说的独特性，经过他的删改润色，强化了雷蒙德·卡佛的简约风格，他功不可没。

1968年，雷蒙德·卡佛带着妻子玛丽安和两个孩子前往以色列，进行为期一年的考察，玛丽安在那里学习历史和哲学。回到美国后，玛丽安大学毕业，成为一名高中英语教师，这使雷蒙德·卡佛得到了解放，他能够摆脱一部分的家庭压力，集中精力写作短篇小说。

1971年，他的短篇小说《邻居》发表在《绅士》杂志上，这是一个标志性的事件。随后，他的短篇小说遍地开花。此时，雷蒙德·卡佛也遭遇了一次精神危机，他染上了酗酒的毛病。往后的几年，夫妻关系也逐渐产生了危机，他们开始分居。1982年10月18

日，他们在法院正式离婚。几年之后，在他快要离世的时候，他承认他对玛丽安感到愧悔，因为他"留下了所有的成功，而让她不得不站在雨中"。

不过，他的生活和写作向前持续地发展。他来到斯坦福大学作为奖学金研究生进修，又认识了更多的朋友。他认识了黛安娜·塞西利，她成为他的情人。由于和妻子有了罅隙，他更多地依赖酒精，几乎天天喝醉。这个阶段，他的多部小说集出版，成为广受瞩目的小说家。此后的一些年，雷蒙德·卡佛在美国文坛的影响力与日俱增，他的小说集由书商加里·菲斯克乔恩推出了平装本，相当畅销，拥有了更广大的读者群。经过多年的锤炼，雷蒙德·卡佛成了一个短篇小说的绝佳圣手，一个炉火纯青的卓越的文学手艺人，一个创造了"简约派"风格和流派的掌门人。他的作品从题材上看，大都描绘了美国普通人生活中的失意、挫折、困顿和希望。他很擅长婚姻和家庭题材，将在家庭和婚姻中男女的挣扎与寻求出路描绘得栩栩如生，对人生的两难处境，对人性的幽暗地带，都有十分精妙的体察。这与他早年的生活潦倒、困顿、贫穷有关。可以说，正是生活这本伟大的教科书，教会了他以文学手段看待生活的角度和方法。

有时，雷蒙德·卡佛会选择第一人称叙述，比如《你在圣·弗兰西斯科做什么？》就是以第一人称叙事。这个叙事者是个邮递员，他不过是一个观察者，他以所见即所得的方式，将小说的主人公马斯顿一家搬来之后发生的事情讲述了一遍。马斯顿一家生活中的各种不如意，被叙述者不经意地以一些细节呈现了出来。同时，暗示马斯顿一家是受到了"垮掉的一代"的影响的嬉皮士家庭，也将美国1960年代的社会背景巧妙地呈现出来了。

雷蒙德·卡佛还是一个绝佳的对话写手。《阿拉斯加有什么？》通篇都是对话。两对夫妇在其中一家做客，吃吃喝喝，品尝大麻，喷云吐雾的时候，其中一对夫妇说他们马上要搬到阿拉斯加去了。于是，一场关于阿拉斯加的谈话就这么展开了。后来，两对夫妇生活里的某些东西发生了一些变化。他在写这样的小说时，非常善于通过很小很小的细节，来呈现美国人的希望和失落感。

　　《他们不是你的丈夫》的故事主要发生在咖啡店和家里。多琳是一个女招待，她丈夫厄尔是一个推销员。有一天，他跑到妻子打工的咖啡店看妻子，结果，邻座两个来就餐的男人对他妻子的肥胖身材的评论和调笑，让他非常恼火。他跑了，后来他买回来一个体重秤，让多琳经常称一称，让她减肥。最后，多琳果然减肥了，厄尔又跑到咖啡店，冒充顾客，去让别的男人评价她老婆现在的身材到底怎么样。小说以不断出现的生活小波澜来推动，将一对非常平常的美国夫妇的烦恼和生活，以淡然的感伤和幽默感表现出来。

　　《小东西》很短，可能是他最短的小说，翻译成中文只有几百字，描述了一对夫妻在吵架，他们在吵架的同时，拉扯着一个婴儿，小说的结尾暗示他们把婴儿给拉扯死了：

　　"她要这孩子啊。她使劲抓住婴儿的另一只胳膊。她抱住了婴儿的腰，往后拽着。

　　"但他也死不放手。他感到那孩子正从他手上滑脱出去，他用力往回拽着。

　　"就在这一刻，事情终于有了了结。"(《小东西》，于晓丹译，《你在圣·弗兰西斯科做什么？》第49页，花城出版社)

　　雷蒙德·卡佛给自己小说所起的名字，其中一部分带有诗歌的意象和提问方式，比如这些：《真跑了这么多英里吗？》《当我们谈论爱情时我们在谈论什么》《离家这么近有这么多水泊》《我打电话的地方》《没人说一句话》《把你的脚放在我鞋里试试》《亲爱的，这是为什么？》《你们为什么不跳个舞？》《毁了我父亲的第三件事》《人都去哪儿了？》《不管谁睡了这张床》《请你安静些，好吗？》《我可以看见最细小的东西》《告诉女人们我们出去一趟》《所有东西都粘在了他身上》《还有一件事》《怎么了？》《你们想看什么》《需要时，就给我电话》。

　　一般情况下，小说的题目是进入小说的一把钥匙，同时也显示作家本人的叙述风格。上述这些题目都很抓人眼球，提问句式的篇名在小说史上并不少见，但像雷蒙德·卡佛这样如此集中地使用提问式作为篇名还比较少见，由此形成了雷蒙德·卡佛很重要的一种风格。

　　在看到上述题目时，读者总是暗自叫绝，真棒！一个作家真有才华，从小说题目就可以看出来。读者一边看一边想：真跑了这么多英里，是为什么呢？发生了什么事有人会这么问？人在谈论爱情的时候到底在谈论什么呢？为什么离家这么近有这么多水泊？会不会淹死人或者房屋进水？我打电话的地方在哪里？难道是高速公路上的求救电话吗？没有说一句话的原因是什么？他们是在什么场合不说一句话的？把你的脚放到我的鞋里试试，是男人说的还是女人说的？他们是什么关系？亲爱的，这是为什么？为什么要问这一句话？你们为什么要去跳个舞？我父亲是怎么被第三件事毁了的？那第一件、第二件又是什么？人都去哪儿了？他们去干什么了？不管谁睡了这张床，这张床和睡它的人之间有什么关系？假如我不想安静呢？看见了细小的东西要干什么？你出去就出去呗，为什么要告诉女人们？所有的东西都粘在了他身上，那是什么东西能粘在一个人身上不下来？肯定不是所有的东西，对不对？桌子椅子能粘在人身上吗？电视机可以粘在人身上吗？还有一件事，还有一件什么事？怎么了？到底怎么了？你们想看什么？——是谁在发问？需要时，就给我电话——可假如我不需要我就不打电话呢？

你看，这就是读者在看到这些题目时直接的反问式反应。雷蒙德·卡佛还有一些小说题目，起的也非常简约，带有符号性和象征性，比如下列的题目：

《凉亭》《大教堂》《野鸡》《大象》《山雀饼》《自行车、肌肉和香烟》《肥胖》《邻居》《收藏家》《小事》《距离》《严肃的谈话》《平静》《维他命》《小心》《大厨的房子》《发烧》《羽毛》《箱子》《亲密》《牛肚汤》《差事》《柴禾》《梦》《汪达尔人》《谎话》《小木屋》《哈里之死》《主意》《父亲》《夜校》《学生的妻子》《鸭子》《信号》《杰瑞、莫莉和山姆》《六十英亩》《取景框》《纸袋》《洗澡》《大众力学》《粗斜棉布》《咖啡先生和修理先生》《软座包厢》《保鲜》《火车》《马笼头》等等。

这些题目，有的是食物、药物和动物，比如山雀饼、牛肚汤、维他命、野鸡、大象、鸭子，有的是物品，比如自行车、香烟、箱子、羽毛、柴禾、纸袋、马笼头，有的是地点，比如凉亭、大教堂、大厨的房子、六十英亩、夜校、软座包厢等等，有的是人物，比如邻居、父亲、学生的妻子、收藏家、杰瑞、莫莉和山姆、咖啡先生、汪达尔人、哈里、修理先生，有的是题目状态，比如距离、亲密、洗澡、保鲜、信号、主意、发烧、差事、肥胖、梦等等。

这么一看，我们就会发现，雷蒙德·卡佛的确是观察生活的大师，就是这些再平常不过的东西，给他带来了无穷的写作灵感，给他带来了多角度的视角，给他带来了由此演绎出的人物和他们的生活故事。这么多题目，里面的象征、隐喻、符号、指代、借用等等，都能找到一条通向小说的路，同时，也是通向人类生活秘密的谜底。一句话，万物有灵，万物的秘密都藏在眼前你看到的每一样东西里。

雷蒙德·卡佛足够生动和简朴，他是不设阅读门槛的，欢迎每一个试图靠近他的人，他是那么的亲切，就像他的小说的题目那样在呼唤你，让你觉得他一点都不陌生，就像是你熟悉多年的一个邻居。

雷蒙德·卡佛的诗歌篇幅短小，善于捕捉瞬间情绪，营造精巧的意象和象征。雷蒙德·卡佛的300多首诗歌都收入了诗集《我们所有人》中。阅读雷蒙德·卡佛的诗歌，有两点是需要注意的。一是他的部分诗篇带有叙事性。再有一点，就是他的诗歌风格和他的小说一样，同样十分简约。我们来看看这一首《忍痛大甩卖》：

"星期天大清早所有东西都搬到了外面——

儿童顶篷床和梳妆台

沙发，茶几和台灯，一箱箱

各色各样的书和唱片。我们搬出

厨房用具，带闹钟的收音机，挂着的

衣服，和一把一直陪着他们

被他们叫作'舅舅'的

大安乐椅。

最后，把餐桌也抬出来了

他们在桌上摆好东西就准备开张。"

（见《我们所有人》第一册第33页，舒丹丹译，译林出版社 2013年版）

假如我把这些诗句按照记叙文来进行不分行排列，就是这样的：

"星期天大清早，所有东西都搬到了外面——儿童顶篷床和梳妆台、沙发、茶几和台灯，一箱箱各色各样的书和唱片。我们搬出厨房用具，带闹钟的收音机，挂着的衣服，和一把一直陪着他们、被他们叫作'舅舅'的大安乐椅。最后，把餐桌也抬出来了。他们在桌上摆好东西，就准备开张。"

你看，是不是和他的小说的片段简直难以区分？所以，一个小说家假如写的诗歌具有叙事性的话，那么就可以作为小说片段来欣赏了。

我更喜欢他另外一首特别具有雷蒙德·卡佛的风格和味道的诗——《我的乌鸦》：

"一只乌鸦飞进我窗外的树里。

它不是泰德·休斯的乌鸦，也不是加尔威的乌鸦。

不是弗罗斯特、帕斯捷尔纳克的，或洛尔迦的乌鸦。

也不是荷马的乌鸦中的一只，饱食血污，

在那场战争之后。这只是一只乌鸦。

它永远不适于生命中的任何地方，

也没做任何值得一提的事。

它在枝丫上栖息了片刻。

然后展翅从我生命里

美丽地飞走了。"

（见《我们所有人》第一册第208页，舒丹丹译，译林出版社

2013 年版）

　　雷蒙德·卡佛的诗歌，在叙事性的部分表现得很有幽默感，场景逼真、具体，很生活化，在表面单纯、简约的意象背后则隐藏了丰富的含义。比如，上面的这只"乌鸦"，实在象征了太多东西。但你也可以说，它什么都不象征，它真的不过就是一只乌鸦。

　　雷蒙德·卡佛很容易就能学习的。这是因为雷蒙德·卡佛给自己设定的出发点就低："我开始写东西的时候，期望值很低。在这个国家里，选择当一个短篇小说家或一个诗人，基本就等于让自己生活在阴影里，不会有人注意。"

　　他容易学习，但并不是你很容易就能学得好。你可以拿他的小说来作为起步的训练。不过，这里面有一个陷阱，因为雷蒙德·卡佛的小说表面上看似非常"简约"，可是实际上他又是非常复杂的。所以，学习雷蒙德·卡佛，可以先把小说写满，然后再做减法。这个时候不要以为你做完一次减法就和他一样了。你再加上去，再写满，然后，再做减法。来这么两三遍，你才可能真正达到简约。这个多和少、繁复和简约之间的关系，是要反复训练的。因此，雷蒙德·卡佛还是不容易学习的。要达到他的高度是很难的，这里面隐藏着多和少、复杂和简单、明亮和阴影的关系。

　　进入到 1980 年代，雷蒙德·卡佛的声誉上升到了一个巅峰。他两次获得国家艺术基金奖金，三次获得欧·亨利小说奖，还获得了布兰德斯小说奖、莱文森诗歌奖等，1988 年入选美国艺术文学院院士。

　　1987 年 9 月，雷蒙德·卡佛被查出罹患肺癌。10 月 1 日，做了第一次切除手术。手术比较成功，雷蒙德·卡佛认为他躲过了一劫。在他的一生中，他都相信好运气不断降临到他身上，比如，遇见了妻子玛丽安和写作最初的导师约翰·加德纳，在《绅士》杂志上发表作品并结识了编辑家戈登·利什，酗酒多年但最终成功戒酒，后来还与女诗人特斯·加拉格尔相爱，一起生活并获得了斯坦福大学重要的斯特劳斯奖学金，这些都是他认为发生在他生命中的奇迹。现在，即使他抽了 20 年大麻和 40 年的烟，他认为自己最终会逃离肺癌。

1988 年 6 月，雷蒙德·卡佛与特斯·加拉格尔结婚。奇迹没有发生，这一年的 8 月 2 日，在这一天太阳刚刚升起的凌晨，雷蒙德·卡佛就离开了人世。

安妮·普鲁克斯：

《树民》

　　安妮·普鲁克斯 1935 年 8 月 22 日出生于美国康涅狄格州诺维奇市，位于纽约和波士顿之间，人口只有几万人。她父亲是法裔加籍移民，后来成为一家纺织厂的高管，母亲是英裔美籍移民，是一位业余的博物学家和画家，喜欢给孩子们讲故事。安妮·普鲁克斯在五个姐妹中排行老大。1969 年，安妮·普鲁克斯获得佛蒙特大学历史学学士学位 。1973 年，获得蒙特利尔乔治威廉斯爵士大学的文化史硕士学位，并留校继续攻读博士学位。后来，迫于生计，她放弃了学业，举家迁居到美国西部怀俄明州的一个偏僻乡村。

　　安妮·普鲁克斯很早就开始写作，但她一开始写的不是文学作品，而是给户外旅行杂志撰写有关野营的文章，写了一些实用型的工具书，这在作家中比较少见。比如，她写过如何建造栅栏、种植蔬菜、制作苹果酒、划独木舟和捕鱼的书。因此，1988 年，53 岁的安妮·普鲁克斯才出版了第一部短篇小说集《心灵之歌及其他小说》，的确属于大器晚成。

此后，安妮·普鲁克斯一发不可收，她出版了五部长篇小说：《明信片》（1992）、《船讯》（1993）、《手风琴罪案》（1996）、《老谋深算》（2002）、《树民》（2016）；四部短篇小说集：《心灵之歌及其他小说》（1988）、《近距离：怀俄明故事集》（1999）、《恶土：怀俄明故事集2》（2004）、《随遇而安：怀俄明故事集3》（2008）；两部随笔集和回忆录：《红色沙漠：一个地方的历史》（2008）、《云雀：地域回忆录》（2011）。此外，她还担任了李安导演的电影《断背山》的编剧，编写过《真情快递》等多部电影剧本和电视剧剧本。

安妮·普鲁克斯虽然在文学之路上出道很晚，但她获得的奖项却很多。1992年，她的第一部长篇小说《明信片》获得美国笔会福克纳小说奖。1993年，小说《船讯》获得全国图书奖和普利策小说奖，这使她跻身于美国重要作家行列。1998年，她凭借短篇小说《断背山》获得欧·亨利短篇小说奖和全美杂志奖，小说改编成的电影在一些电影节上斩获多项大奖，进一步扩大了安妮·普鲁克斯的影响。她的短篇小说《半剥皮的阉牛》被选入《二十世纪最佳美国短篇小说集》。2002年，她的长篇小说《老谋深算》的中译本获得人民文学出版社"21世纪年度最佳小说"奖。2017年，她获得了全国图书奖终身成就奖。

安妮·普鲁克斯的小说高度风格化，文风强劲而硬朗。她的短篇小说带有浓厚的美国西部地域文化特点，风格简洁、有力。她的五部长篇小说在结构上都颇具匠心，每一部都很精彩。她的第一部小说《明信片》描写了北美城市化高速发展的时期，新英格乡村小镇农场乳品业衰败的过程。小说情节起始于二战即将结束之际，青年劳尔对农庄的振兴雄心勃勃。可是，在随后的44年时间里，劳尔和家人厄运连连，他的农场最终也面临倒闭，很多农场主携家带口涌入了城市。劳尔的父亲杀掉很多奶牛后失意自杀，劳尔也在贫病交加中暴尸荒野，令人叹息。小说的形式感很强，以明信片的形式进行碎片连缀来结构全书，写出的却是跨度达半个世纪的史诗气象的作品。

她的长篇小说《船讯》的结构也颇具特色。由于她自小在纺织厂长大，所以对绳结十分熟悉。这部小说的章节设置，就是以各种绳结的方式来结构，令人耳目一新，每一章都介绍了一种和航海有关的绳结作为这一章的引子。小说描绘了纽芬兰捕鱼业遭受过度捕捞的情况，以及渔民们与政府的紧张关系。《船讯》的主角是奎尔，他的祖先来自纽芬兰岛，一开始他住在纽约，但他内向懦弱的性格让他很不适应大都市的生活节奏与变化多端，他产生了对纽约的强烈疏离感。父母和妻子意外离世后，奎尔带着两个女儿和他姑妈阿格尼斯来到了加拿大的纽芬兰岛，那里正是他的祖先生活过的地方。纽芬兰岛的原始风貌和自然古朴让奎尔倍感亲切，纽芬兰岛上的很多边缘小人物在奎尔的周围出现，渐渐变得生动和充满了魅力。小说语言依旧简洁粗犷，具有张力。

安妮·普鲁克斯在 1996 年出版的长篇小说《手风琴罪案》也别具特色。这部小说的神奇之处在于，它是一部手风琴的见证录，借助一台手风琴，书写了一百多年北美的移民史。安妮·普鲁克斯的父母亲都是来自欧洲的移民，因此，自小她就对北美移民史颇感兴趣。这部小说的真正主角可以说就是一台绿色键钮的手风琴，这台手风琴从 19 世纪末到 20 世纪末的 100 多年时间里，经历了八个移民家庭，见证了这些移民北美的家庭在不同历史时期的各种遭遇。书名《手风琴罪案》显然昭示了这部小说的情节，是围绕着一桩桩犯罪案件来展开的。比如，百年间，这台手风琴的好几个主人全都死于非命，构成了一桩桩刑事"罪案"。于是，小说的真正主角、这台手风琴把来自欧洲的意大利人、德国人、法国人、波兰人、爱尔兰人、挪威人以及北美的加拿大人、美国人、墨西哥人全都联系起来，展现出时间跨度长达百年，人物众多到令人惊异的美国多民族融合的波澜壮阔的画面。小说情节惊悚离奇，语言风格强劲有力，书写死亡的那种直视感和描绘生命蓬勃的力量感贯穿全书，是一部非常好读耐看的作品。

2002 年，安妮·普鲁克斯出版了小说《老谋深算》。小说描绘了美国得克萨斯州的牧场面临的危机以及生机，是一个城市的外来者逐渐融入某个偏僻乡村的故事。小说主人公、25 岁的鲍勃·道乐开车从丹佛出发，一边听着乡村音乐，一边一路奔向美国西部大草原。他自小被父母遗弃，由开杂货店的单身舅舅养大。这一次，鲍勃作为环球猪肉皮公司的调查员，前往得克萨斯——俄克拉何马州相邻的长条地带探访。那是一片干旱炎热、有着浓郁的西部风情之地。鲍勃抵达那里之后，很多有趣的人不断出现在他的身边，让他感到惊讶。小说的最后一章，以一场当地独具特色的铁网丝节的欢乐场景收尾，外来者鲍勃与西部人在这一民俗节日中载歌载舞，他也找到了心灵归属之地。

与安妮·普鲁克斯的长篇小说相比，她的短篇小说也极具特色，辨识度极高。叙述风格硬朗粗犷，语言简洁明快，主要体现在她的短篇小说集"怀俄明三部曲"中。怀俄明州位于美国西部落基山脉一带，境内有著名的黄石国家公园。1990 年代开始，安妮·普鲁克斯写下了一系列发生在怀俄明的故事。

安妮·普鲁克斯认为，一个人只需要读读诸如《一千零一夜》《十日谈》《格林童话》这样的书，看看人类不断重复的故事原型就够了。在她的几本怀俄明故事集中，就有着人类故事的原型元素。最有代表性的是《半剥皮的阉牛》与《断背山》。在《半剥皮的阉牛》中，一个回家的男人突然遭遇一场暴风雪，他在这场风雪中面临绝境，死亡的阴影扑面而来，可在他的意识中不断出现的，是剥取一头公牛的皮的血腥场景。最终，这个回家的男人死在风雪中，而剥去皮的阉牛也留在了他脑海里，那种强悍和粗粝的叙述令人惊叹。《断背山》发表在《纽约客》上，讲述两个西部牛仔之间的恋情，2005 年由李安拍成电影之后，影响很大。

2016 年，年届 81 岁的安妮·普鲁克斯令人惊异地出版了她的长篇巨著《树民》，使她的创作达到了顶峰。这部小说篇幅较大，小说中的故事情节横跨 320 年，史诗般地讲述从欧洲移民到北美的两个家族、七代人与森林的关系，是当代英语文学中一部无法回避的力作。在《树民》的题记中，她写道：

"谨以此书献给我的高中老师伊丽莎白·林，缅因的历史学家、学者和教育家，她激发了我对历史变迁以及对'过去与现代'的不断变化、迥然不同的众多观点的终身兴趣。也谨献给各种形式的'树民'——伐木工、生态学家、锯木工、雕刻家、森林消防员，植树者、学生、科学家、素食者、摄影师，森林浴的践行者、地球资源卫星的解说员，气候学家、刨木工、郊游者、护林人，数年轮者，以及我们其余的人。"

《树民》气势宏大，全书共分为 10 部。每一部都有年代提示，比如第一部"森林、斧子、家族"的叙述年代是 1693 年至 1716 年，第七部"断掉的树枝"的叙述年代是 1825 年至 1840 年，第十部"滑入黑暗"的叙述年代是 1886 年至 2013 年。

小说的一开始，两名未受过教育的、来自法国的年轻人，一个叫勒内·塞尔，另一个叫夏尔·迪凯，他们来到北美大陆的原始森林中，满怀着新希望。于是，通过他们的视线，小说描绘了那高耸入云的北美云杉和铁杉，以及无边的、巨大的落叶乔木构成的森林是如何遮蔽了天空，也使他们的命运笼罩了一层暧昧不明的阴翳。北美原始森林成为具有生命的小说中的潜在主角，成为这部小说的庞然大物。来到新大陆的第二天，两个年轻人就开始伐木了。他们想要创建自己的新生活，征服这片森林。塞尔想过安稳日子，迪凯却有着野心，想实现自己在旧大陆无法实现的梦想。

在这部小说中，安妮·普鲁克斯事无巨细地描绘了大量有关北美森林的细节和信息。据说，安妮·普鲁克斯每到一个地方，都要做大量的调查和地方志阅读。她像一位深度调查记者一样，收集着一个地区的全部信息：当地俚语、电话号码簿、天气记录、植物种类、当地报纸新闻、街道公告牌等她都要搜集整理；当地酒店、杂货商店、面包房、洗衣房和墓地，她也要亲自实地探访。于是，自然而然，她笔下的世界真实有据又生机盎然。《树民》中随即展开的英国人、法国人、爱尔兰人、北欧人移民的一个个生活场景，在她笔下栩栩如生，十分鲜活。北美大陆的河流、湖泊、水貂、白鼬、水獭和原住民印第安人，也在书中一一呈现出独有风貌。有关森林树木的知识，在这本书中蔚为大观。特别是对伐木场景的描绘，有着洪荒时代的那种气势撼人的力量。人在伐木，木也伐人。生命和死亡在这本书中比比皆是，灭顶之灾和希望重生在这本书中波澜起伏。

在小说《树民》中，勒内·塞尔和夏尔·迪凯后来绵延诞生的后人，一共七代人，在这本书中以血缘为纽带，演绎出互相缠结的传奇经历。这是对北美大陆的整体性书写，是全新的自然观理念影响下的历史呈现。在小说结尾，塞尔家族的两个年轻人拿到了研究植物项目的奖学金，这个项目的前身正是迪凯的种植计划。由此，两个绵延 320 年的移民家族继续紧密地联系起来，成为殊途同归的北美新人，一种 21 世纪重新观照大自然的宽阔风景在这部小说中生成。

从安妮·普鲁克斯的照片，可以看到她颧骨很高，面貌十分硬朗，性格明快。她衣着朴素，目光明澈，仿佛一眼就能看穿历史和现实之间的诸多联系，以及生活中潜在的蛛丝马迹。这是她作为小说家的独特本领。2021 年，《独立报》如此形容她：

"在 86 岁的年纪，她的皮肤像弹簧沙发上的沙发罩，但是她肌肉饱满的手臂和强健的手指表明她还能攀爬光滑的岩壁。"

《回声制造者》

　　理查德·鲍尔斯 1957 年出生于美国伊利诺伊州的埃文斯顿市，小时候曾随父亲前往泰国曼谷，在那里完成了小学和初中学业。高中毕业之后，进入伊利诺伊大学厄巴纳-香槟分校物理系学习。由于受到一位文学老师的影响，他把物理学专业改为主修文学，后来获得了文学硕士学位。他的兴趣极其广泛，大量阅读社会学、政治学、美学、医学、音乐、考古学、海洋学、历史类著作，还密切关注 20 世纪到 21 世纪以来最前沿的科学技术的发展，并对物理学、分子生物学、神经科学、博弈理论、基因工程、肿瘤学、生态学、电脑程序设计等都产生了浓厚兴趣，从而形成了他广博的知识谱系、深邃的科技与人文的思考以及百科全书风格的小说写作。

　　从文学的角度观察，理查德·鲍尔斯自出道之日起，就受到了美国后现代小说家诸如托马斯·品钦、唐·德里罗等人的影响，并逐渐形成了自己独特的风格，可以把他归入广义的后现代小说家的阵营中。不同的是，跨界到与科学技术的思考相融合、对大自然和生态环境的关注，使他显得开阔和前卫，早就跨越了后现代小说家在文本的窠臼里打转，也跨越了比如元小说、零度写作、滑稽模仿和反讽、黑色幽默与文本间性等技巧范围，他的小说呈现出极其丰富特异的面貌。

理查德·鲍尔斯的作品最显著的特点，是涉及大量科学知识并直接探讨最前沿的科学问题，以小说形式来探讨科学与人类的关系。其小说主要探索现代科技对人类生存和社会的影响，寻求科学和艺术相互融通的途径。因而，他的小说成为一种连接物，他借此创造出一类独特的科技人文小说，这种特立独行、面目清晰的小说使他被誉为美国当代文坛最重要、最令人钦佩的作家之一。

理查德·鲍尔斯的写作十分勤奋，近 40 年的写作生涯，已经有 10 多部长篇小说出版。而且，晚近的作品越写越好。他获得的文学奖项有：美国麦克阿瑟天才艺术家奖、美国文艺学会奖、兰南文学奖、詹姆斯·库柏历史小说奖、全国图书奖、普利策奖等等，作品也多次进入英语布克奖的决选名单，并于 1998 年当选为美国艺术与科学院院士。他曾任伊利诺伊大学厄巴纳-香槟分校英语系教授兼贝克曼高级研究院研究员，现在斯坦福大学比较文学系任教。

1985 年，他出版了第一部小说《三个农民去舞会》，这部小说用三条平行的情节线索，讲述了几个人与一战前的一张老照片相关的故事。几个平行故事中，有一条线索讲述一家科技杂志的编辑麦德·梅斯的故事，凸显出技术时代对人的生活的深刻影响。在这部小说中，就已显示出理查德·鲍尔斯今后的创作方向：把科学和人文思考交织起来，用以呈现更为复杂的人类生活。在他的第二部小说《囚徒困境》（1988）中，他将战争威胁与迪士尼乐园并置呈现，借用博弈理论探讨了现代科技给人类带来的危险，从科技发展的角度深入思考个人命运与国家之间的关系。

理查德·鲍尔斯很擅长小说的结构，熟练运用多线索平行的叙事技巧，这也是他的百科全书式的风格之所以能够建立起来的文本支撑。他的第三部小说《金壳虫变奏曲》（1991）更进一步地将音乐学、历史、基因工程、电脑编程、信息工程等现代科学谱系，编织成一种文学的叙事结构。在这一科技背景之下，人的活动显得更加生动复杂，小说探讨了如何把科技置于人类的掌控之中。

他的第四部小说《游魂在行动》（1993）曾入围全国图书奖；长篇小说《加拉蒂 2·2》（1995）则重构了 IT 时代的皮格玛利翁神话，以网络技术和神经科学体系为依托，呈现出百科全书的叙事风貌，以及现代科技与传统神话之间的联系，通过小说主人公和电脑机器人 Helen 建立的人与机器和神经与网络技术的关系，强调了在科技的疯狂进展之下，人文关怀的更高价值。第六部小说《营利》（1998）获得了美国库柏历史小说奖，这是一部从生态学、环境学、肿瘤医学的角度，探讨美国社会的后工业化时代，对人的健康影响和对大自然的破坏性作用，是美国作家德莱塞的《美国的悲剧》的新类型。

此外，他的长篇小说《冲破黑暗》（2000）用平行结构的叙述方法，讲述了西雅图计算机程序实验室的虚拟女性与在贝鲁特被困的美国人质之间的悲欢离合，带有科幻小说的特质，深入探索了网络技术和人类的关系。第八部长篇小说《我们歌唱的时代》（2003）则运用物理学的量子理论、增熵和音乐理论，分析了美国社会面临的种族问题。

从以上理查德·鲍尔斯的八部长篇小说就可以看出，在小说的题材上，他极其善于将科技前沿的发展与人文思考结合起来，写出了一种带有科幻小说特点的科技人文小说。此外，在小说的结构上，他善于运用平行叙事的双线和多线的结构，使小说的内容更加丰富博大，带有新结构科学现实主义小说的趋向。理查德·鲍尔斯用 IT 时代的科学技术思维改写了文学叙述的历史，将玄奥的科学概念融入小说，架起了人文软学科与"硬"科学之间的桥梁，拆解了科学文化和艺术文化之间的厚墙。而他是那个穿墙而过的先行者。

最近 10 年以来，他出版了《回声制造者》（2006）等多部引人注目的杰作。《快乐基因》（2009）从心理学和神经学角度探索了人的身份的构建这一复杂的生理和社会问题，是一部有趣的、讲述关于"快乐基因"的小说。小说的主人公罗素·斯通在芝加哥教写作课时，认识了一个年轻的阿尔及利亚姑娘萨莎迪特。她活力四射，像个发光体一样吸引着性情忧郁的罗素。他不明白这个饱经苦难的姑娘怎么能这么快乐。在找寻答案的过程中，罗素研究之后，发布了快乐的基因型。如果科学证实快乐由基因决定，那么，我们的生活会发生怎样的变化？谁将获得这个专利？这部小说展现了科学和文学结合的有趣而充满了想象的文学魅力。

把科技与艺术结合，在情节上进行互相映衬，是他惯用的手法。他的长篇小说《奥菲奥》（2014）讲述了一个引人入胜的科学家因梦想而逃亡的故事。一位学化学出身的音乐家在家里建了个小型的 DNA 实验室，培养从网上买来的细菌，想通过实验把生物的活细胞变成一个类似于音乐盒或 CD 的东西。后来，由于"9·11"事件发生后，美国警察十分警觉，闯入了他的实验室，并将他列为"音乐炸弹客"嫌疑人。这个化学家和音乐家只好逃亡，开着车走上了奔逃之路。在路上，他的思绪和美国当代音乐艺术史不断纠缠，他也展开了与前妻、女儿、好友的重逢之旅。小说中，音乐的旋律和化学的成分，人的记忆与生活在当代社会中的碰撞，使这部小说散发着独特的光芒。

2019 年，理查德·鲍尔斯第 12 部小说《树语》（又译《上层林冠》）以其宏大的构思和独特深入的思考、前沿性的科技与人文的呈现，让读者折服，并荣获美国普利策奖。其实，把他的这部《树语》和安妮·普鲁克斯的《树民》放在一起看，会有奇异的阅读感受。他的最新的长篇小说《迷惑》出版于 2021 年，这部小说讲述妻子去世之后，天体生物学家西奥·伯恩单独抚养 9 岁的儿子，并寻找宇宙中的生命的故事，以科幻的眼光呈现出未来生活的可能，让人惊异，并进入当年的英语布克奖决选名单。

理查德·鲍尔斯的小说代表作是《回声制造者》（2006），这部作品可以看成他的科技人文小说风格的集大成之作。作品自出版之后，被评论界誉为"我们这个时代最伟大的小说家的杰作，是会改变读者一生的书"，不仅获得了全国图书奖，而且使他跻身于当代世界一流小说家的阵列。

《回声制造者》运用神经科学和认知心理学构成了双重的叙事结构，将沙丘鹤的生活栖息习惯和人的神经结构并置起来。平行的叙事结构一直是理查德·鲍尔斯结构小说的拿手好戏，这部小说也不例外。

《回声制造者》讲述二十七岁的马可在遭遇车祸后，脑部严重受创而陷入重度昏迷，醒来后，面对他唯一的亲人、姐姐卡琳，却认不出她，认为她是个冒名顶替者。于是，著名神经学专家韦博专程从纽约来到加州小镇卡尼的医院，对马可的病情进行研究，确诊马可患的是一种罕见的"双重错觉综合征"。理查德·鲍尔斯从生态学、神经学和人对自我的认知方面，编织出了一部充满悬念和柔情的科技人文小说。他曾说，《回声制造者》要实现两个目的，其一是讲述一个关于现实世界的故事；其二是要揭开表面，让人看到处于叙事下面的没有定型、临时改变、非常混乱、遍是裂缝、使人目瞪口呆的隐藏起来的东西。

《回声制造者》第一部为"我微贱无名"，这一章一开始，就对沙丘鹤有着精彩的描述，成为这部的文眼。沙丘鹤被印第安人称呼为"回声制造者"，因而成为小说中的总体象征：

"夜幕来临，沙丘鹤纷纷降落。它们在空中减速，然后飘然落下。它们从四面八方飞来，十来只结为一群，与暮色一起垂下。几十只沙丘鹤停留在冰雪融化的河面上。它们聚集在小岛上低洼的沼泽地里，有的觅食，有的扇动翅膀，有的大声鸣叫。它们是大批迁徙鹤群的领头浪潮。更多的鸟儿随即降落，空中叫声回荡。

"一只沙丘鹤伸长脖子，两腿悬挂在身下，翅膀向前卷曲，身体与人的一样长。它的爪子像人的手指一样张开，初级飞羽显露在两只翅膀上，血红色的脑袋不停地向下摆动，扇动的翅膀靠在一起时，就像身穿披风、正在祈祷的神父。地面上一阵骚动，吓得它翘起尾巴，收缩腹部。它们的长腿向前伸出，膝部向后摆动，像断裂的飞机起落架。又有一只鸟骤然降落，向前扑腾几步，努力在鹤群中找到一块栖身的地方。数英里的水面依然清澈、宽敞，还算是安全的落脚之处。

"黄昏提早来临，这种情况在今后几周之内都会如此。冰蓝色的天空突然发出光亮，照在新芽初露的柳树和棉白杨上，就像一朵短暂绽放的玫瑰，然后慢慢变为靛蓝。2月末的普拉特河，夜晚的寒雾笼罩在河面上，给去年秋天留在附近田边的残梗抹上一层白霜。

紧张不安的沙丘鹤像儿童一样高，翅膀挨着翅膀，拥挤在这一河段上，这样的做法它们是通过记忆学会的。

"千万年来，它们冬季末聚集在这条河上，整片湿地上到处都是它们的身影。由此看来，它们依然带着某种蜥蜴目爬行动物的特征；它们是世界上最古老的飞鸟，直接从翼指龙进化而来。黑夜真的降临了，这里再次成为初学飞行的幼鹤的世界，与六千万年以前开始出现这种迁徙时那天傍晚的情形一模一样。

"五十万只沙丘鹤——约占全世界总数的五分之四——在这条河上安顿下来。它们追寻大陆中部线路而来，是一个贯穿大陆的巨大计时器。它们从新墨西哥州、得克萨斯州和墨西哥飞来，每天要赶数百英里的路程，还要飞行数千英里，才能到达它们记忆之中的鸟巢。在数周时间里，这一段河流为绵延数英里的沙丘鹤群提供庇护。然后，当春天到来时，它们会起程，一路向前飞行，飞往加拿大的萨斯喀彻温省，飞往阿拉斯加，飞往更远的地方。

"鹤群今年的迁徙和以往一样。这些鸟儿具有某种特殊的功能，在父母带领它们迁徙之前，就有能力找到数百年前确定的飞行路线。每一只鹤都记得未来的飞行路线。"

理查德·鲍尔斯的第12部长篇小说《树语》（2018）是他的集大成的力作。这部小说气魄宏大，小说以树的生长形态来设计章节结构，从树根到树干、树冠和树的种子，这样的结构令人耳目一新。可以说，他将人类文明依托在树的文明之上进行思考，从树的角度来描摹世界、描摹大地上人类的活动所造成的影响。

在这部小说中，树是第一主角。除了树，小说还塑造了九个来自美国不同领域的人物形象，他们因为种种原因，全都聚集到树的周围。小说的主要情节，讲述了护林者与砍伐者之间的激烈斗争，以及在美国的法律制度下导致的两败俱伤的结果。全书最主要的人物是一个能够聆听树的声音的女学者帕特丽夏，她用她的全部生命来研究和传达树所具有的生命意识、声音和思想，甚至她的死亡也成为人和树之间沟通的一种形态。在小说结尾，帕特丽夏虽然死去，但在她的影响之下游戏设计者尼磊在电子游戏世界里创造了一个超越人类认知能力的"树的王国"，在这里，加入到电子游戏里的亿万玩家，能够将头脑与树结合为一体，实现了某种在"后人类"世界里的树和人的共同的"进化"。这有点像是科幻电影《超级玩家》里面的情节构造，只不过，在这部小说中，树这一地球上的古老植物，成了理查德·鲍尔斯最为倚重的主角。他显然认为，将科技与自然结合之后为人的大脑重新编码，是复活树的意识，是使人与大自然获得对话与和解的正确途径。

小说中的九个主人公就像是从别处向树汇聚而来的九股力量。他们从各自的角度感受树在他们的生命中的价值与意义，他们逐渐变成了树的代言人。这九个人仿佛响应了树的召唤，被大自然所感召，全力去保护树，与砍伐树的人进行斗争。通过这九个人的行动，理查德·鲍尔斯告诉我们，树不是一种无法发言的植物，树叶不只是一种仅仅被人利用的木材资源，树是与人类一样有智慧，甚至比人类更智慧的生命。所以，理查德·鲍尔斯才设计出小说中的电子游戏，将人与树的意识在人脑中脑机联合，进行了重新编码，人与树的文明才达到了和谐的境地。因此，这部厚厚的小说，是理查德·鲍尔斯写出的一部美国新神话，有着当年麦尔维尔创作的《白鲸》般的力量，引领我们去认识、去聆听那亘古以来就一直存在、从高高的天空俯瞰人类的大树，特别是那直入云霄的"上层林冠"。

小说书名的直译是"上层林冠"。"上层林冠"指的是森林中的顶盖部分。我们从任何一部讲述森林的纪录片中都能看到徐徐扫过上层林冠的镜头。可以说，理查德·鲍尔斯的这部小说先声夺人，第一次以树为主角，为树发声，从而建立起人和大自然的新的关系。这在当代文学中是振聋发聩、凤毛麟角的，视角极其独特，想象力非凡。

理查德·鲍尔斯说："在某种程度上，我的小说都试图消除艺术和科学间的界限，试图将思维和情感联系起来。"他对科技日新月异的发展耳熟能详，感同身受。他的小说致力于探索现代科学技术对人的影响，善于采用多角度和平行叙事的表现手法，将科技知识巧妙融入小说，形成了一种独特的科技人文小说。在他看来，科学技术尤其是网络技术，并不会对传统小说构成威胁，反而为传统小说提供了新的表现手法。

进入 21 世纪，我们更能感觉到，当代世界科学技术的迅猛发展使人文学科面临诸多挑战。比如，生物技术、基因科学使人们探索生命的脚步大大加快，电脑的普及使生活网络化、便捷化，同时也信息化、碎片化，太空技术使人们走向更深远的宇宙。因此，探索人类精神世界的文学艺术面临着更复杂的挑战。可就像 1967 年约翰·巴斯写了《枯竭的文学》那样，不断有人在宣布书籍的死亡、纸媒的灭亡与文学的式微。然而，理查德·鲍尔斯以他的文学创作证明，网络技术再发达也不会消灭人的本性，书写和表现人性丰富性的小说更不会退出历史舞台，以纸质为媒介的文学文本依然是人们探索现实世界和未知世界的载体。纵观理查德·鲍尔斯创作的 13 部长篇小说，可以看到，他的作品题材新颖，构思宏阔，叙事紧密，视角独特，写出了一种 21 世纪的科技新小说。

《自由》

　　乔纳森·弗兰岑 1959 年出生于美国伊利诺伊州，1981 年毕业于斯沃思莫学院。1996 年，在《哈泼斯》杂志上发表长篇随笔《偶尔做做梦》，从此跃上美国文坛。目前为止，他出版有六部长篇小说：《第二十七座城市》（1988）、《强震》（1992）、《纠正》（2001）、《自由》（2010）、《纯洁》（2015）、《十字路口》（2021），随笔集《如何独处》（2002）、《地球尽头的尽头》（2018），以及回忆录《不安地带：个人史》（2006）等。

　　与其他美国作家相比，乔纳森·弗兰岑的作品量并不是很大，他创作的每一部长篇小说的篇幅都差不多，厚度和展现生活的宽度都令人惊叹。令人惊讶的是，乔纳森·弗兰岑走的文学之路是一条向现实主义文学回归的道路，他的创作风格与自威廉·福克纳以来的美国现代主义、后现代主义文学没有关系，而是与 19 世纪以来的欧洲现实主义文学，特别是俄罗斯文学黄金时代里的作家如托尔斯泰等人产生了跨越时间和地理的呼应，因而在新潮小说家辈出的美国文坛显得十分突出。

2001 年，他的小说《纠正》获得全国图书奖。2010 年，他的第四部小说《自由》出版之后十分热销，迅速登上各大畅销书榜，被评论界誉为"世纪小说"，此后出版的长篇小说《纯洁》和《十字路口》继续深化他所建立的超级现实主义小说风格，获得持续的关注，甚至被称为"当代美国最伟大的小说家"。

我们来看看乔纳森·弗兰岑的创作历程。他的第一部长篇小说《第二十七座城市》出版于 30 多年前的 1988 年，这部小说描绘了一个来自印度孟买的女警官，在美国的圣路易斯卷入了一场政治阴谋。从小说中能看到乔纳森·弗兰岑擅长对人物所处的场景的精雕细刻，他不厌其烦地书写一些十分微小的细节，强调生活中那些不被人察觉的细节才是决定一个人命运的蛛丝马迹。几年之后，他出版的小说《强震》，描绘了一对年轻的夫妇经营商业企业，因经营不善，在波士顿的一次地震中企业遭到挫折，导致的生活坍塌与人心的变异。

这两部小说似乎与乔纳森·弗兰岑的某种生活经历或者观察所得有关，是他初试啼声之作，有稚嫩和雕凿之处，他自己也说，这两部小说是某种反自传小说。

而他真正成熟的作品，是第三部小说《纠正》。从文学风格和脉络上来说，《纠正》建立了与伟大的 19 世纪现实主义小说家如狄更斯、托尔斯泰的联系。这是乔纳森·弗兰岑刻意追求的，也是他的梦想：像 19 世纪的文学那样，小说应该建立个人和社会之间的紧密联系。《纠正》的出版的确让人耳目一新。小说描绘了美国中西部城镇圣裘德的兰伯特一家的生活。女主人公是伊妮德，她打算在丈夫艾尔弗雷德身患帕金森综合征可能离世之前，举办一次家庭圣诞节欢聚。由此，小说细致而宏阔地展开了这对老夫妻的三个早已成年的孩子的生活，描绘他们如何面对各自的生活中需要不断纠正的事情。他们的大儿子叫加里，他是费城一家银行的投资部经理，有三个孩子。他的生活似乎一切如意，但患上了抑郁症，可他不承认这一事实，竭力否认自己有抑郁症。二儿子奇普，原本是大学教师，与未成年的女学生发生了性关系丢掉了教职。他来到纽约，想靠写剧本谋生，又失败了，后来与一个情人的丈夫去了立陶宛，在那里依靠网络行骗谋生。小女儿丹妮丝学业优秀，后来却突然辍学，在一家饭店当了主厨。她的性取向有些问题，不仅与餐厅老板发生了性关系，老板娘也爱上了她，陷入到一种复杂的情感旋涡之中无法自拔。

伊妮德想把这三个孩子都请到家里，过一个团圆的圣诞节，最终却发现，她失算了，所有人的生活都是支离破碎的，处于分崩离析之中。这是这部小说故事情节的简单描述。小说的时间跨度相当大，跨越了半个世纪，通过主人公的回忆和陈述，展现了从美国中西部到东部波士顿又到中东欧的立陶宛，地理空间也横跨北美和欧洲，涉及政治、经济、日常生活和社会伦理的方方面面，展现了当代美国人所面临的深刻的道德危机。

乔纳森·弗兰岑在小说叙事方面十分从容，小说中比比皆是的，都是生动而具体的现实主义风格的细节，他摒弃了现代主义和后现代小说的那种虚浮的花招，老老实实地讲人的故事，写人的生活，不仅畅销300万册，还做到了"不仅向我们展示了一个美国家庭里的两代人如何竭力赋予生活意义，也敲开了一条裂缝，让我们看到一个蹒跚走向新千年的忧郁的国家"（《纽约时报》首席书评家角谷美智子语）。

2010年8月，乔纳森·弗兰岑的第四部长篇小说《自由》出版，依旧聚焦于当代美国的家庭生活，描绘美国一户中产阶级家庭，在进入 21 世纪之后的十年时间里林林总总的生活面貌。凭借这部小说，乔纳森·弗兰岑的半身像登上了这一年《时代》杂志的封面，杂志封面写着"伟大的美国小说家"，可以看到乔纳森·弗兰岑和他的《自由》所受到的瞩目。《自由》分为五个部分，这五个部分长短不一，分别是"友好的邻居"、"错误已经铸成"、"二〇〇四"、"错误已经铸成（结局）"和"坎特桥小区湖"。在"友好的邻居"这一部分的开头，我们能体验到乔纳森·弗兰岑的语言风格和叙事魅力：

"有关沃尔特·伯格伦德的新闻并未引起当地媒体的关注，他和帕蒂早在两年前就搬去了华盛顿，对圣保罗而言已经没有了任何意义——不过，拉姆齐山地区的这些上流都市人对自己城市的忠诚度还没有高到不读《纽约时报》的地步。据《纽约时报》一篇相当不友好的长文报道称，沃尔特在首都将他的职业生涯搞得一塌糊涂。他的老邻居不怎么能把报道中的用词（"傲慢""专横""缺乏道德原则"）和他们记忆中的沃尔特对上号：那个慷慨、害羞、总是微笑着的明尼苏达矿务及制造业公司的员工，踩着他那辆用作交通工具的单车在二月的风雪中穿过萨米特大街；奇怪的是，比绿色和平组织还要绿上三分、原本也来自小地方的沃尔特，怎么可能因为和煤炭公司合谋、亏待乡下人而惹上麻烦呢？不过，话又说回来，伦德伯格一家人一直有些不那么对头的地方。"

如此紧密的叙事，在 19 世纪那些作家的笔下我们经常看到，可在 21 世纪的乔纳森·弗兰岑的笔下出现，还是让人有些震动。《自由》之中，一个美国中产阶级核心家庭的生活里出现了太多让人迷惑的麻烦事。《自由》里的这个家庭，夫妻俩结婚超过二十年，沃尔特离开律师事务所，去从事保护濒危鸟类栖息地的事业。于是，帕蒂面对丈夫离去的生活，开始酗酒，陷入婚外情之后又有罪恶感。他们的儿子想要逃离家庭束缚，却没有能力真正离开家庭。一家三口似乎都戴着面具生活，他们又都拥有自己的隐秘生活，而这正是"自由"两个字掩盖之下的真实生活。乔纳森·弗兰岑写下这些人物在美国当代商业社会和娱乐至死的环境中，如何面对生存、找寻意义，体会欲望的升腾与失望的诸多痛苦。

乔纳森·弗兰岑在《自由》中聚焦于家庭的写作手法，也延续到了他于2015年出版的长篇小说《纯洁》之中。《纯洁》依旧是一部叙述跨越了几代人的史诗，地理背景有当代美国、南美洲的玻利维亚和柏林墙倒塌前的德国西柏林。小说主人公是汤姆·阿兰贝特，他有一个精神失常的前妻安娜贝尔·莱尔德，还有一个结婚十四年的现任太太瓦莱丽。人物虽然不多，但他们的生活轨迹却在几个大洲之间穿梭，小说叙述的时间跨度也长达几十年，展现了从个人到社会与宏阔的历史之间紧密的联系。在家庭的纽带中，展开的却是社会的广阔场景的延伸。可以说，从《纠正》到《自由》再到《纯洁》，乔纳森·弗兰岑用现实主义的手法，强力书写了当代人所面临的需要纠正的生活、背负自由的痛苦与并不纯洁的人生的困境，并探索了可能的未来。

2021年10月，乔纳森·弗兰岑出版了第六部小说《十字路口》。他曾认为这可能是他的最后一部小说，但他完成《十字路口》时却发现，这是他的一个新的三部曲的开端，后面还有两部小说等待着他去写。

《十字路口》仍旧围绕着一个家庭展开。在这部小说中，乔纳森·弗兰岑对于家庭和道德问题进行了不懈的追问。对于弗兰岑自己而言，他实现了某些程度的突破，"我终于写出了一本关于一个家庭 50 年来的动态的小说，而不是把家庭关系作为一个方便的组织写作的原则"。不过，小说的时代背景向前移动了 20 年，这一次，乔纳森·弗兰岑将目光投向了 1970 年代到 1990 年代之间。而在那个年代，生于 1959 年的乔纳森·弗兰岑正值青年时期。小说描绘了芝加哥郊区的新景镇，当地教会的牧师拉斯·希尔德布兰特忽然陷入了职业危机中。他曾在亚利桑那沙漠中帮助过纳瓦霍人，也曾与斯托克利·卡迈克尔一起为反对种族隔离而游行。于是，希尔德布兰特家族从 1970 年代到 2020 年 50 年间的命运就与 50 年间美国的文化、政治、社会的巨大变化相互映衬，像一面花毯一样被乔纳森·弗兰岑耐心地编织与铺陈。

与乔纳森·弗兰岑的小说相比，他的几本散文集同样值得重视。特别是他出版于 2018 年的《地球尽头的尽头》，收录了乔纳森·弗兰岑过去五年里的随笔和演讲，不少篇章触及了人类面临的生态危机和环境危机等重大主题。身为鸟类爱好者，乔纳森·弗兰岑在一些文章中，写下了他对于全球海鸟危机的观察，令人动容。

如果我们需要一把进入他的小说世界的钥匙，他自己已经提供了。乔纳森·弗兰岑说：

"我的野心来自 19 世纪，那时像托尔斯泰、陀思妥耶夫斯基、狄更斯和巴尔扎克之类的作家虽然走严肃写作路线，却也能吸引广大读者。"

他的小说正是以这样的面貌拥有了广大的读者。

大卫·福斯特·华莱士：

《无尽的玩笑》

大卫·福斯特·华莱士 1962 年 2 月 21 日生于美国纽约州伊萨卡，父母亲都是伊利诺伊州立大学的教授。他曾就读于亚利桑那大学，获得了艺术学硕士学位。他属于早慧的天才作家，1987 年他年仅 25 岁就出版了长篇小说《系统的扫帚》而一鸣惊人。1992 年，华莱士到伊利诺伊州立大学英文系教书，1996 年出版厚达千页的长篇小说《无尽的玩笑》，引起了轰动，成为美国新一代后现代作家的代表。他的其他虚构和非虚构作品还有：《穿过一条街道的方法：无穷大简史》《头发奇特的女孩》《弦理论》《遗忘》《生命中最简单又最困难的事》《所谓好玩的事，我再也不做了》《最后的访谈》《苍白的国王》（未完成）等。2008 年 9 月 12 日，患有严重抑郁症的大卫·福斯特·华莱士在加利福尼亚州的家中自杀身亡，年仅 46 岁。

大卫·福斯特·华莱士是继唐·德里罗、托马斯·品钦、约翰·巴斯、唐·巴塞尔姆、约翰·霍克斯、威廉·加迪斯等第一代后现代派作家之后的第二代后现代小说家，他与理查德·鲍尔斯、福尔曼并称为美国当代作家三剑客。大卫·福斯特·华莱士的作品辨识度极高，早年，他在大学钻研哲学，深受维特根斯坦哲学思想的影响，其作品通过对光怪陆离的美国后现代社会的挖掘呈现，带有逻辑哲学论的深刻追问。在小说写作上，他擅长运用繁复的长句子，借助十分绵长的长句来表达他对复杂生活的理解。

在大卫·福斯特·华莱士的作品中，大众传播、电影电视、数字网络和电子媒介以及数学原理和语言哲学混合在一起，物质世界的方方面面的细节呈现，与语言的雅俗共赏、俚语的普遍运用，构成了他作品的实验和另类特性。他曾经还是一位颇有名气的网球运动员，但运动员的体魄也没能使他抵挡住抑郁症的侵扰，最终自杀身亡，令人十分惋惜这个天才作家的陨落。

大卫·福斯特·华莱士的小说代表作当推《系统的扫帚》与《无尽的玩笑》。《无尽的玩笑》出版时，华莱士年仅 34 岁，这使人们对他充满了期待。2005 年，《无尽的玩笑》被《时代杂志》评选为"1923 年以来世界百部最佳英语长篇小说之一"，与詹姆斯·乔伊斯的《尤利西斯》、威廉·加迪斯的《识别》、托马斯·品钦的《万有引力之虹》等现代小说杰作相提并论，长篇小说《苍白的国王》则是他的一部未完成的遗作。

《系统的扫帚》是进入大卫·福斯特·华莱士的作品的一扇大门。这部小说有着他后来的杰作《无尽的玩笑》的很多元素，只不过前者显得朝气蓬勃而略带生涩，后者是汪洋恣肆、芜杂厚重、意蕴丰富。《系统的扫帚》开头第一部第一章的第一节是"1981"：

"丽诺尔突然意识到，大多数漂亮女孩儿的脚都长得很难看，明迪·米托曼也不例外。她的脚又长又瘦，脚趾张得很开，小趾上有黄色的老茧，脚后跟也满是层层皱纹，脚背上还长出几根长长的黑毛，而且脚上涂的红指甲油已裂开，部分脱落。丽诺尔注意到了这些，只不过是因为明迪坐在冰箱旁的椅子上，正弯腰用手弄掉脚指甲上的红指甲油，而她身上的浴袍遮得不严，于是身上的一些缺陷，以及丽诺尔以前没注意到的一切，就都近在眼前了。明迪刚洗过头，湿漉漉的头发用厚厚的白毛巾松散地裹住，一缕闪闪发光的深色头发从毛巾的折缝里溜出来，挂在她的脸旁，直到下巴下面。屋里充满了弗莱克斯洗发水的味道，还有一种怪味，因为克拉丽斯和苏·肖正在吸着一大支味道浓厚的玩意儿，是丽诺尔从谢克中学后面的爱德奶油店搞到的，并同克拉丽斯的其他东西一起带到了这所学校。"

从《系统的扫帚》的开头来看，我们似乎还并不清楚，小说要写到的是一个什么样的系统，而这个系统又将被什么样的扫帚所打扫。开头的现实主义描绘充满了人物刻画与细节描绘，小说的情节线索似乎与这几个女性主人公的命运有关。可接下来，在整部小说中，在第一部第1章的开头段落出现的四个女性的命运，并未如你所愿地都有所交代。紧接着，小说的第2章就是"1990"年了。《系统的扫帚》分为两部，第一部有11章，时间的跨度从1972年到1990年，大部分叙述的都是1990年的事情，每一节的标题都是一个年份。第二部有10章，全书一共有21章，每一章分为a、b、c、d等长短不一的小节。这使得小说的叙事十分地跳跃而清晰。小说的故事背景地在俄亥俄州的克利夫兰，在小说中，华莱士虚构了俄亥俄州的州长在克利夫兰边上建造出规模宏大的人工沙漠，这片人工沙漠竟然由黑色的沙子构成，就像是令人恐怖的甲虫的聚集地。

《系统的扫帚》的男主人公里克一边编发收到的文学稿件，一边会把这些稿件的内容讲给女主人公听。在小说中，这部分的呈现方式，一是通过男女主人公的对话来进行，也就是一个人说，一个人提问和呼应。二是与此同时，小说还插入了主人公的心理治疗谈话记录、政府文件和男主人公的一篇小说文本，因此，文本的嵌入使得小说显得线索众多，旁逸斜出，意义暧昧不明。

小说的女主人公是 24 岁的丽诺尔。她家境很好，在一家出版社担任秘书，并成为出版社主编的女友。小说中，她去养老院看望她的曾祖母，这个老太太喜欢维特根斯坦的哲学理论，每次见面都要和丽诺尔谈论哲学。有一天，这个老太太和养老院的其他 20 多位老人突然全体失踪。正如很多美国的后现代小说那样，这样的悬念不是用来告诉你一个结果的，而是这个悬念本身就会悬置起来，成为无解的悬念本身。显然，这部小说的情节是松散的，不成连贯的线索的，可以说，在这部小说中，大卫·福斯特·华莱士描绘了美国现代社会中各种人所处的精神境况。

大卫·福斯特·华莱士在这部小说中，借鉴了詹姆斯·乔伊斯进行语言和文本实验的手法，对美国当代语言、科学语言和哲学语言都进行了尝试，语言风趣幽默，颇具才情，很多故事情节荒诞夸张，想象力汪洋恣肆，带有一种反叛的精神。只要想到这是作者二十四五岁时的作品，我们还是会惊讶于作者的过人才华。很多插在小说中的与主干情节无关的故事，其实就是现代社会碎片化的呈现。这本书出版后，大卫·福斯特·华莱士曾说，《系统的扫帚》是他"用代码编写的一部自传"。显然，小说也是华莱士进行的一部元小说写作的尝试。

相比较而言，大卫·福斯特·华莱士的长篇小说《无尽的玩笑》更加成熟而有无可比拟的文学创造力。这部小说很难被翻译成其他语言。中文版由俞冰夏翻译完成，曾在《外国文艺》杂志刊登了一个片段，全书 2023 年由上海世纪文景出版。

这部小说的后现代特质十分鲜明，就是对人类进入到更为复杂的后现代生活形态的精神境况的全面把握，读来令人颇感陌生，也会无比惊叹。这部小说的篇幅宏大，厚达 1000 页，最后的 100 页是 388 个脚注，这些脚注是小说的有机组成部分，细节生动，十分有趣。

小说的故事发生在未来的美国，带有浓厚的未来小说的质地，却又并不是一部科幻小说。小说中，美国政府把每年的命名权卖给了各大公司，这实际上是对高度商业化的美国的讽刺。比如，2026 年被一家公司命名为"格拉德食品袋之年"，这就有些反面乌托邦小说的气息了。小说中的美国，从地理管辖和政区范围来说，已经与加拿大和墨西哥构成了一个北美政权大联盟，人口达到 5 亿多，是一个全新的政治实体，但美国、加拿大和墨西哥的边境地区还是充满了紧张气氛。

任何小说都有故事的发生地。这部小说的故事发生地，第一个是在纽约波士顿的一所以网球而闻名的高中，这所高中学校的校长，是先锋派独立导演詹姆斯·因坎登扎，他酗酒如命，而《无尽的玩笑》是他所拍摄的一部电影。这所中学由他的夫人艾薇儿·因坎登扎和他的小舅子一起管理。

小说中的第二个故事发生地，是这所网球高中附近的一家戒毒所，又叫恩内特会馆。小说中的第三个故事发生地，则是加拿大的魁北克，在那里有一个政治组织，正在寻求摆脱美国的政治版图。简单描述这部小说的故事情节是十分困难的，因为它不是一部线性叙事的作品，甚至也不是倒叙的小说，有着太多的平行的毫无交叉的线索，以及碎片的拼贴和嵌入式的情节。因而，这部小说从景观上来说，是前所未有地新鲜而具有令人惊异的特质，幽默风趣，滑稽可笑的细节比比皆是，描绘了靠近我们的未来的那种不确定性。

在大卫·福斯特·华莱士的笔下，这个未来的北美世界，人们沉溺于娱乐和物质世界，被毒品所裹挟，发达的资本主义社会的病象深入骨髓。娱乐至死的状态下，人人在追求快乐的过程中迷失了自我。因此，《无尽的玩笑》对美国社会的批判十分深入。书名"无尽的玩笑"带给我们的，是一种啼笑皆非的、对追求现代性社会行到半途的尴尬和缭乱感。尽管这本书多少有些芜杂，但阅读它的感受是令人惊艳的。这部小说和它的作者都属于那种横空出世的、难以逆料的作品与人，人们在读过之后，不仅会被小说中反面乌托邦的情节所吸引，也会被作者幽默而犀利的批判所警醒。如同人会做噩梦，就像我们进入他所营造的小说世界，可当人们再走出来，就会获得一种崭新的、朝向未来的世界观。

加西亚·马尔克斯：

《百年孤独》

加夫列尔·加西亚·马尔克斯 1927 年生于哥伦比亚马格达莱纳省的一个小镇上。他的父亲做过报务员，还在大学的医学系学习过，后来，加西亚·马尔克斯以父母亲的爱情为素材，写出长篇小说《霍乱时期的爱情》。影响加西亚·马尔克斯最终走上文学道路的人是他的外祖母，这是一个相信万物有灵和鬼怪世界的女人。加西亚·马尔克斯的童年是在外祖母家度过的，他从小就在外祖母的膝盖旁，听她讲故事，这给他的想象力增添了动力。他的外祖父曾是一名上校，多年之后，加西亚·马尔克斯根据外祖父的遭遇写了一部很有名的中篇小说《没有人给他写信的上校》。他最著名的长篇小说《百年孤独》中也有他们两位老人作为原型的形象。

1947 年，20 岁的加西亚·马尔克斯进入首都波哥大大学法学系，但没多久，由于保守党和自由党的全国内战导致政局动荡，加西亚·马尔克斯辍学了，他在波哥大的新闻界工作，作为《观察家报》派驻欧洲的记者来到欧洲，在巴黎、巴塞罗那、罗马、纽约、哈瓦那四处漂泊，作为记者观察、记录、报道和了解世界，并开始了文学写作。

早在 1948 年，他就想写一部家族史小说《家》，这是《百年孤独》的早期雏形，但书写一部把握一个大家族和一块大陆的命运的小说，他当时还有些力所不逮。于是他写了一部中篇小说《枯枝败叶》，五易其稿之后，于 1955 年正式出版，同一年中，还出版了短篇小说集《蓝宝石般的眼睛》，但是这两部书都没有获得读者和评论家的注意。

《枯枝败叶》很像是《百年孤独》的一个习作，小说采取多个人物内心独白的方式，描绘了一个叫马孔多的小镇上的生活。小镇被跨国资本主义企业所席卷，人们的生活陷入精神和物质的双重困境。小说的形式实验也为他写《百年孤独》积累了经验。

加西亚·马尔克斯的短篇小说集《蓝宝石般的眼睛》和《格兰特大妈的葬礼》中收录的小说，故事带有变形、夸张和魔幻色彩，从小说的题目上就可以看出来：《死亡三叹》《死亡联想曲》《在猫身上转世的爱娃》《三个梦游症患者的痛苦》《与镜子的对话》《有人弄乱了玫瑰花》《超越爱情的永恒之死》《伊莎贝拉在马孔多观雨时的独白》等等，死亡、镜子、转世、梦游、联想等充斥其间。其中，写于 1962 年的《格兰特大妈的葬礼》最有代表性。小说中的格兰特大妈，是拉丁美洲的化身，他以细致的笔法描绘了一个大妈的葬礼，间接表达了他对拉丁美洲社会现实政治经济文化在美国影响下的忧虑。

在墨西哥居住期间，加西亚·马尔克斯读了墨西哥作家胡安·鲁尔福的作品，对他的触动很大，仿佛开了一扇天窗。胡安·鲁尔福的中篇小说《佩德罗·巴拉莫》中对时间的掌握、叙述空间的结构和人鬼之间的界限全无，完全和过去的小说不同，这给他带来了巨大启发。1965 年，他茅塞顿开地找到了自己的叙述方式，开始写作《百年孤独》。1967 年 5 月《百年孤独》出版，很快引起轰动，在拉美世界一鸣惊人。几十年来，这本小说的各种译本在全世界的发行量超过了一亿册。

《百年孤独》的写作和出版经历了一个十分艰难的过程。加西亚·马尔克斯对此有详细的描绘：

"从弱冠之年到 38 岁，我已经出版了 4 部作品，于是，我坐在打字机前，开始写道：'多年以后，奥雷良诺·布恩蒂亚上校面对行刑队，准会想起父亲带他去参观冰块的那个遥远的下午……'当时，我一文不名，真不知道我妻子梅赛德斯是怎么让我们活下来的。她一天也没有让我们的肚子挨饿。我们坚持不贷高利贷，只能硬着头皮跑了几趟慈善机构。起初当然是变卖所有以应特急，但那些东西并不值钱；然后是首饰，那可是她多年来所得的全部馈赠。当铺老板用外科医生般神奇的目光逐件检查了那些钻石耳环、绿宝石项链、红宝石戒指，最后牛仔赶车似的回过头来说：'全都是些玻璃玩意儿。'1966 年 8 月初的一天，梅赛德斯和我终于可以到墨西哥城的邮局寄书稿了。《百年孤独》用正常打印纸誊清，共 590 页，好大一包，而收件人是布宜诺斯艾利斯南美出版社文学部主任弗朗西斯科·波鲁阿。邮局的工作人员给包裹过秤后说：'82 比索。'梅赛德斯数了数钱包里的钞票并拨弄完手中的硬币，回到现实中：'我们只有 53 比索。'于是，我们只好打开包裹，将稿子一分为二，并把其中一部分寄往布宜诺斯艾利斯。我们甚至不知道余下的部分该如何发落。我们很快发现，寄出的并非是小说的上半部而是结尾。没等我们想出法子，南美出版社的那个波鲁阿因为急于看到全书而预付了稿酬，因此也为我们解决了邮资问题。就这样，我们总算获得了新生，并到今天。"（见加西亚·马尔克斯在2007年《百年孤独》出版四十周年100万册纪念版发行仪式上的发言）

很长时间以来，伴随电影的诞生和电视的普及，人们以为在20世纪这个多媒介发达的时代，很难再看到那种动人心魄的描绘历史的广阔场面、内部空间无比巨大的宏大叙事了。但《百年孤独》完全改变了一些人的看法。《百年孤独》是20世纪最重要的长篇小说之一。它的出现，使"拉丁美洲文学爆炸"成为世界瞩目的事件，反过来影响了欧洲和更多地区的文学写作。加西亚·马尔克斯凭借这部作品，将一个神奇美丽而又动荡不安和光怪陆离的拉丁美洲大陆带给了全世界。

《百年孤独》篇幅不算很长，但它内部的容量却很大，描绘了200年拉丁美洲的历史，以布恩蒂亚家族六代人的经历和一代代的独特命运为情节主线，描绘了象征拉丁美洲的马孔多小镇的兴衰。马孔多，由一片沼泽地渐渐变成繁华市镇，又在帝国主义资本侵袭下遭到毁灭，飓风也袭击了它。小说场面宏大，人物众多，不断重复的姓名几乎分辨不清，象征历史的循环。这个家族的最后一代人是个怪胎，他被蚂蚁吃掉了。小说中有大量神奇和带有魔幻色彩的故事情节：血会流好几公里，一个姑娘会坐毯子飞上天空，有人死去几度复活，有人却阴魂不散，死亡和生命、时间和历史混沌一片，从洪荒到现代社会，小说带给了我们魔术般的景象。小说内容庞杂、结构复杂，在最后，持续了4年11个月零2天的暴风雨将小镇马孔多化为了洪荒和虚无，暗示人类将在不断的循环和轮回中永劫往返。小说因此具有了神话原型的力量。

《百年孤独》分为20章，它的开头十分著名："多年以后，奥雷良诺·布恩蒂亚上校面对行刑队，准会想起父亲带他去参观冰块的那个遥远的下午。"

在这句话中，过去、现在和未来同时涌现，所有的时间都包括在里面。因此，《百年孤独》中，时间的运用是进入它的核心。《百年孤独》写出了拉丁美洲的山川河流、动物、植物和拉美人的命运与面孔。光是涉及的动物就有四百多种。同时，他虚构了一个家族的命运来象征一个大陆的命运，由此，拉美文学"魔幻现实主义"也诞生了。

查阅《中国大百科全书·外国文学卷》，对"魔幻现实主义"是这么解释的："20世纪60年代拉丁美洲小说创作中出现的一个流派。其特点是在反映现实的叙事和描写中，使用或者插入神奇而怪诞的人物和情节，以及各种超自然的现象。"早在1943年，古巴作家卡彭铁尔就提出了"神奇的现实"的观点，和"魔幻现实主义"有着异曲同工之妙。但在加西亚·马尔克斯看来，根本就没有什么"魔幻现实主义"，马尔克斯把他外祖母给他讲的各种故事传说和哥伦比亚的日常生活、民间故事和历史事件综合在一起，就有了这么一个"魔幻现实主义"作品。所以，马尔克斯认为，他写的是真正的现实主义小说："在拉丁美洲的河流上，可以看到像人一样吃奶的海牛，雨有时候一下就是一个月，在热带雨林中，几天之后，草木就将所有大地上的痕迹覆盖成原始洪荒的状态……"拉丁美洲到处都是这样的神奇的现实。

1975年，加西亚·马尔克斯出版长篇小说《族长的没落》。这是一部反对拉丁美洲独裁者的小说。《族长的没落》全书分为6个段落，综合了拉美历史上出现的独裁者的故事传说，把他们融合成了一个文学形象。这个独裁者孤独地和成群的奶牛以及老鹰生活在深宫大院里，对一切人都不信任，要消灭所有的敌人和敌人的朋友。他生活在一种孤独中，就像是拉丁美洲本身的孤独。

小说的开头动人心魄："到周末时，一些兀鹰会抓破金属窗栅，从窗户和阳台飞进总统府，拍击着翅膀，使总统府的内室里'停滞时期'的窒闷空气震荡起来了……"，这个独裁者多少有些漫画色彩，却是黑色的漫画。他害怕被暗杀，因此采取残酷的手段清除政敌，砍掉了918个官员的脑袋，连全国黑色的狗都不放过；他有5000多个儿子，有数不清楚的情妇，可他永远都一个人睡觉；他母亲去世了要全国举哀100天；他的儿子刚刚出生就被封为少将军衔；最终，他死了，被兀鹫给啄死了，他的儿子也被猎狗吃掉了，人们终于迎来了独裁者倒台的那一天。小说的叙述风格气势如虹，波涛汹涌，泥沙俱下，在一种荒诞、离奇、魔幻的叙述中，塑造了一个令人难忘的独裁者形象。

加西亚·马尔克斯是一个在艺术上精益求精的作家，他总是反复地雕琢自己的作品。1982年，他获得了诺贝尔文学奖。

1985年，他的长篇小说《霍乱时期的爱情》出版，首次印刷120万册。《霍乱时期的爱情》是一部爱情小说杰作，这部小说包罗万象地描绘了各种各样的爱情：忠贞的、淫荡的、花心的、同性的、转瞬即逝的和生死相依的。各种形态的爱情模式和花样都被这部小说一网打尽了。这部小说关于一场爱情的叙述，是以一对恋人的一生来结构的。主角有三个，他们互相之间的关系持续了大半生。加西亚·马尔克斯把一场情欲故事描绘成波澜壮阔的爱情史诗，而这个爱情史诗是由哥伦比亚的普通男人和女人完成的，不是埃及女王和恺撒以及安东尼那样的帝王传奇。在小说的最后，男主人公终于和他爱了几十年的女人在一条船上相聚，这艘船挂着有霍乱的黄旗，回避开所有的骚扰，在大河上下永无休止地航行，只是为了守护主人公最后到来的爱情。这样的结尾十分动人，令人感到荡气回肠的同时又潸然泪下。

纪实文学一直是他创作中的重要品种，1986年，他出版了反映智利独裁政权迫害一些持不同政见知识分子的报告文学《米格尔·利丁历险记》。

加西亚·马尔克斯的其他作品还有长篇小说《迷宫中的将军》（1989）。这部小说以拉丁美洲解放者玻利瓦尔为主人公，叙述了玻利瓦尔半年多的活动，描绘了这个拉丁美洲解放者的内心世界。长篇小说《绑架新闻》出版于1996年，是一部描绘哥伦比亚贩毒集团绑架记者的纪实小说。

除了上述作品，加西亚·马尔克斯还出版了和巴尔加斯·略萨的对话《拉丁美洲小说两人谈》（1968）、和作家门多萨的对话集《番石榴飘香》（1982）、随笔集《纪事与报道》（1976）、《海边文集》（1981）、《在朋友们中间》（1982）。2002年，他出版了自传的第一卷《回首话沧桑》，讲述了一直到1967年他出版《百年孤独》之前的那段人生。

2004年，他出版长篇小说《我那悲哀的妓女》，小说篇幅不长，这是一部向日本作家川端康成的《睡美人》致敬的作品。小说出版之后大受欢迎，加西亚·马尔克斯宝刀未老，这可以看成加西亚·马尔克斯对生命的留恋，对爱情的欢愉的回想。

晚年，加西亚·马尔克斯患了老年痴呆症，他曾看着在屋子里走来走去的妻子梅赛德斯，问：这个在我们家进进出出的老女人是谁？加西亚·马尔克斯于2014年4月18日凌晨在墨西哥城去世。

卡洛斯·富恩特斯:

《最明净的地区》

卡洛斯·富恩特斯，20世纪墨西哥最杰出的文学家，他创作了20多部长篇小说、10多部短篇小说集和10多部文学评论随笔集，创造出了一个恢宏的小说世界，这个世界被他命名为"时间的年龄"。卡洛斯·富恩特斯的作品气势宏大、结构复杂、形式新颖、语言神奇，为走向未来的小说提供了创造性可能。他曾经说：

"时间是把我的文学作品连接起来的关键因素。我想象了它，我用一个总题目《时间的年龄》把它们连接在一起，共包括了21个题目，其中14个我已写完。这是一部《人间喜剧》，这个计划在文学上已有先例（巴尔扎克），毫不新鲜：在我的《人间喜剧》里通行着自由的道路。我考虑的轴心就是时间：我认为，时间是小说主要关心的问题，通过这种关心可以传达它。我想传达我的时间观，这种时间观不是年代学上的概念，而是对时间的连续性结构的反叛。关于这种反叛，有人谈到过，比如捷克斯洛伐克的作家米兰·昆德拉。"

这段话是卡洛斯·富恩特斯在 1994 年接受记者的访问时谈到的。卡洛斯·富恩特斯在他的小说中将许多历史时间互相渗透，形成了独特的小说时间观。

卡洛斯·富恩特斯 1928 年 11 月出生在巴拿马城。他父亲是一位出类拔萃的外交官，当时正在巴拿马担任外交官。卡洛斯·富恩特斯后来之所以成为视野开阔、成就卓著的小说家，和他的家庭出身与成长环境有着密切关系。作为高级外交官的儿子，卡洛斯·富恩特斯得以受到很好的家庭熏陶，他跟随父亲在欧美各地周游。

1944 年，16 岁的卡洛斯·富恩特斯回到墨西哥，进入到墨西哥国立自治大学学习法律，获得法律学士学位。但法律不是他的兴趣所在，他的兴趣在文学上。大学毕业之后，他继承父业，开始外交官生涯，同时利用业余时间写作。1954 年，卡洛斯·富恩特斯出版了短篇小说集《戴假面具的日子》，从此走上文坛。

《戴假面具的日子》收录 6 篇短篇小说，他将墨西哥神话传说和当代墨西哥生活联系起来，以幻想的方式将时间打通，时间的运用在他的笔下是一个核心词汇，他将时间并置、连通、重叠，创造出叠加的斑驳历史感，这为小说扩大内部空间提供了可能性。

1958 年，年仅 30 岁的卡洛斯·富恩特斯出版长篇小说《最明净的地区》，从此一炮走红。在这部小说中，卡洛斯·富恩特斯展现了他的文学雄心，就是去描写全部的、整体的墨西哥，如此宏伟的抱负在他后来的每一部长篇小说中都有所体现。

《最明净的地区》可以说是一部关于墨西哥城的传记，也是一部20 世纪现代墨西哥的总结。小说的情节主线设定在 1951 年，却又不断地回溯到 1910 年的墨西哥资产阶级革命。小说是全景观的，结构和层次复杂，气势恢宏。小说的主要人物叫罗布莱斯，他原来是一个穷困的佃农，在 1910 年的墨西哥资产阶级革命中加入到起义部队里，经历了可怕的战争和流血岁月，见识了革命的残酷和历史的变幻。进入墨西哥城以后，他迅速将那些被革命的破落资产阶级家族的地皮转卖，发财之后，开始投身于工业和金融业，成为一个掌握国家经济命脉的大银行家。但在 1950 年代的股市上他最终破产，他绝望地将自己的住宅点燃，把与外人偷情的妻子也烧死了，然后一个人躲到某个双目失明的女人家里隐藏起来，依靠回忆生活，了此残生。这是小说的情节主干。

穿插在小说中的还有一个幽灵般的不死的人，他叫西恩夫富戈斯，是墨西哥 20 世纪上半叶的见证人，又仿佛是古老的墨西哥文化传说中的半人半神式的人物，他来往于墨西哥的神话传说时代和 20 世纪，不断现身于墨西哥的各个社会场景中，对各色人物发议论，展示了非常复杂的墨西哥的历史和现实。小说还塑造了一个诗人萨马科纳作为知识分子的代表，他带着精神苦闷，由于理想追求受到挫折，内心矛盾，找不到出路。三个人物构成了小说的人物骨架，然后是无数次要人物的登场，演绎了一出跨度半个世纪的、多声部的墨西哥全景戏剧。

这部小说的写作技法深受乔伊斯的《尤利西斯》和福克纳的小说的影响，还有美国作家多斯·帕索斯的《美国三部曲》的启发，运用了大量碎片式场景描写、内心独白、意识流手法，还将报纸拼贴、引文囊括进来，并且运用了类似摄影机不断转移的电影手法，通过摄影镜头的放大、闪回、切换、全景、长镜头等手段，将一个声音和形象都繁复多样的墨西哥全盘端给了我们。读完这本小说，我们会觉得小说的真正主人公不是小说中的一些人物，而是整个墨西哥城，这座城市在三面环山的环境里被历史和时间的烟云覆盖，永恒地存在在那里，在白昼中喧嚣，在黑暗的夜晚飘浮。

卡洛斯·富恩特斯30岁就写出了如此意蕴丰富、结构复杂、人物众多的小说，成为最受人瞩目和令人期待的小说家。

卡洛斯·富恩特斯在1959年出版第二部长篇小说《好良心》，这部小说的题材仍旧是关于墨西哥的。卡洛斯·富恩特斯说："过去的墨西哥小说——革命小说、土著主义小说和形形色色的写实小说，犹如中世纪的城垣一样包围着我，但是我的故乡墨西哥城却像突然夷平了城垣和带吊桥的中世纪古堡在向四周扩张……它建立在姗姗来迟的巴洛克艺术的基础上，本来就缺乏节制。"因此，要描绘复杂的、斑驳陆离的墨西哥城和墨西哥社会，传统的小说形式已经完全不合适，必须要用新的形式来呈现。《阿尔特米奥·克鲁斯之死》（1962）标志着卡洛斯·富恩特斯的创作达到了一个高峰。他另外两部最重要的小说是鸿篇巨制《我们的土地》（1975）和《与劳拉·迪亚斯共度的岁月》（1999），这几部小说构成了他写作生涯中的几座山峰。

《阿尔特米奥·克鲁斯之死》是一部雄心勃勃的小说，从主题上看，这部小说延续了《最明净的地区》中对墨西哥特性的探讨，对墨西哥20世纪历史的批判和挖掘。表现形式和写作技巧也出神入化。《阿尔特米奥·克鲁斯之死》是卡洛斯·富恩特斯1960年侨居古巴时所写下的，是一部意识流小说，充塞了大量政治、社会和历史信息。和《最明净的地区》相反，卡洛斯·富恩特斯把摄影机转向了人物的内心，进入到人物复杂、多变、微妙和如同洪水流动的意识世界。小说一开始，就是阿尔特米奥·克鲁斯的弥留之际，然后阿尔特米奥·克鲁斯展开了自己的回忆与回溯。阿尔特米奥·克鲁斯本来是一个大资本家，控制着新闻传媒业，在病床上，他开始回忆一生。他本来是个没有父母的孤儿，参加革命军队之后成为军官，后来拥有了土地，开始投身政治领域，成为影响巨大的政客和社会活动家。小说描绘了广阔的墨西哥历史图景和变革历程。

小说中时间的运用是跳动的，一共分 12 个大段落，这 12 个段落的时间顺序完全打乱，小说的开始是 1955 年，紧接着就是 1941 年阿尔特米奥·克鲁斯和美国人勾结、做生意的事情，然后是 1919 年主人公继承了一个富家女的财产的情况。接着，跳到了 1913 年，他在部队里参加战斗，以及与一个女人的性爱回忆。然后，突然跳到了 1924 年，这一年阿尔特米奥·克鲁斯当上了议员。就这样，卡洛斯·富恩特斯技巧娴熟地将主人公的回忆打乱，模拟病人的思维，小说的最后却是 1889 年，阿尔特米奥·克鲁斯刚刚出生的情况。小说是从死亡到出生的一次回溯，中间却是跳跃叙述，12 个大段落展现出阿尔特米奥·克鲁斯一生中最重要的 12 个阶段，场景和时间不断变化。卡洛斯·富恩特斯运用了内心独白、意识流、电影蒙太奇等手法，语言如同奔流的河水，以病人的杂乱记忆带领我们跟随他内心情绪的流动，经历他一生的纷乱岁月，从而将墨西哥 20 世纪前半叶的历史呈现出来。

阿尔特米奥·克鲁斯这个人物的塑造充满了立体感和复杂性，他是一个残暴又温柔、冷酷又多情、忠诚又圆滑、令人尊敬又让人唾骂、既伟大又有些卑鄙的人物。小说的叙述交叉运用第一、第二、第三人称，顺时针和倒时叙不断交叉，三种时态，过去、现在、未来混杂在一起而又不显得凌乱，让你在眼花缭乱的同时，感受到一个人和一个时代并进的斑驳全景图。在这部小说中，卡洛斯·富恩特斯创造性地使用了现代主义小说技巧，将墨西哥的独特历史囊括其中。

《阿尔特米奥·克鲁斯之死》的出版使卡洛斯·富恩特斯获得了国际声誉，一个墨西哥作家这样称赞这部作品："它写出了墨西哥的伟大，墨西哥的戏剧，以及它的贪婪吝啬，它的纯洁和温柔。"

　　1960 年代是"拉丁美洲文学爆炸"的关键年代，正是在这 10 年里，卡洛斯·富恩特斯的《阿尔特米奥·克鲁斯之死》、科塔萨尔的《跳房子》、加西亚·马尔克斯的《百年孤独》、巴尔加斯·略萨的《绿房子》和《酒吧长谈》纷纷出版，世界文学版图发生了变化。

　　长篇小说《我们的土地》（1975）是他的一部巨著。这部作品深入到墨西哥遥远的历史中，还将笔触扩大到欧洲的西班牙。小说由三个互相联系的部分组成：古代罗马和墨西哥的比较、基督和墨西哥古代神话中的羽蛇、西班牙帝国和美洲大陆，通过三个私生子的命运来描述，作者似乎想把西班牙历史囊括到这部小说里，围绕着西班牙君主费利佩二世建造巨大陵墓来展开叙述，这幢建筑是 16、17 世纪西班牙的象征。国王是秩序和威权的象征，他的统治残酷而严密，但是有三个私生子以民主、自由和爱情的名义领导了持续的反抗。最终，一个古老的世界逐渐崩溃，一个新的世界秩序建立起来，这个世界就是资本主义世界的诞生。小说的内部空间巨大，时间混杂，有的人被国王处死了，但几百年之后这个人又重新复活，死亡和生存不是对立的，而是并存的，生死之间是没有界限的。

　　对历史的重现和复原是卡洛斯·富恩特斯着力要做的。他说："每一部小说必须是历史的产物，都必须建立在历史的基础之上，同时又高于历史。"

　　《我们的土地》是他将时间和历史扭结成一个链条和圆环的尝试，小说将欧洲的西班牙、美洲的墨西哥和作者想象的一个世界并行放在一起，有着宏阔的视野。小说鲜明地呈现了巴洛克艺术的特征。卡洛斯·富恩特斯说："巴洛克就是一朵刚刚盛开的鲜花，其茂盛的程度使人感到盛开之时就是成熟之日，美丽至极就是病变之开始。艺术与大自然相似，它们都憎恶空白，因此就填满一切空白。巴洛克拒绝延长空间。对于巴洛克艺术来说，生就是死，它的出现就是它的固定。因为它整个包括了选中的现实层面，完全填满这一层面，无法延伸或发展。"

《我们的土地》以巴洛克艺术的驳杂和并置，展现了一个人类总体时间：古代希腊神话、《圣经》传说、墨西哥阿兹特克文化关于宇宙和人类的神话，作为解释今天人类走向的基础和根源。小说是百科全书式的结构，以"旧世界"、"新世界"和"另外一个世界"分成三部分，用 1492 年哥伦布发现新大陆、1521 年西班牙公社社员起义、1598 年西班牙国王费利佩二世去世、1968 年墨西哥镇压广场学生示威游行、2000 年新世纪之交的巴黎塞纳河畔怪象不断的一天这些时间的点将时间的圆环连接起来，带给我们关于历史和宗教、神话和传说、时间和人物命运的宏大世界。在小说的结尾部分，2000 年的最后一天，巴黎忽然出现末世景象：浓烟滚滚，四处都有烤焦的人肉气味，小说开头出现的男女主人公又出现了，世界上就剩下了他们两个人，他们生下来一个雌雄同体的怪胎，象征着一个新世界的诞生。

《我们的土地》在讲述以西方文明为基础的人类故事，卡洛斯·富恩特斯把欧洲、拉丁美洲和未来的时空混杂在一起，把古代美洲印第安人的神话交混起来，把现实和历史连通起来，在人类文明中自由地穿梭，告诉我们历史是循环的和永恒的。

卡洛斯·富恩特斯还出版有长篇小说《海蛇头》（1978）、《遥远的家族》（1980）、《美国老人》（1985）、《克里斯托瓦·诺纳托》

（1987）、《战役》（1990）、《戴安娜：孤独的猎手》（1994）、《伊内斯的本能》（2001）。长篇小说《与劳拉·迪亚斯共度的岁月》（1999）是卡洛斯·富恩特斯在世纪之交所写出的又一部内容复杂的力作。

劳拉·迪亚斯是一位德国裔妇女，来到了墨西哥，卡洛斯·富恩特斯将这个特定的人物经历与墨西哥的百年历史相结合，以一个个体生命，见证历史和政治的风云变幻。这是他的一部史诗性作品，将个人命运与政治、宗教、历史、艺术、哲学结合起来，叙述的起点是 1905 年，以 2000 年新千年的到来作为结尾，26 个章节覆盖了整个 20 世纪，小说的地理背景不断变化，从德国到墨西哥、美国、法国，在欧洲和美洲之间变换场景，人物的命运和遭遇也随之变化。劳拉·迪亚斯的亲人和朋友不断出现又消失，他们的生命和死亡成为世纪的见证和脚注。

2003 年，卡洛斯·富恩特斯推出新的长篇小说《鹰之椅》，这是一部带有推想色彩的书信体小说。它讲述的是 2020 年的墨西哥，社会动荡和政治腐败在墨西哥继续，一些政坛人物通过书信来表达他们对当下的看法，小说主人公都是政客。

卡洛斯·富恩特斯还出版有短篇小说集《烧焦的水》（1981）、《康斯坦西亚和其他几篇处女小说》（1990）、《甜橙树或时间怪圈》（1993）、《水晶边境》（2000）、《一切幸福的家庭》（2006）。2006 年，他出版了回忆录《68 年一代》，回忆了拉丁美洲文学爆炸和拉丁美洲作家互相之间的友谊。

卡洛斯·富恩特斯对拉丁美洲文学爆炸的成因和成果做了论述，他说：

"哪些东西是只能通过小说而不可以通过别的任何方式来表达的

呢？这是赫尔曼·布罗赫的深刻发问。可以具体地通过一长串如此众多和分布广泛的小说家的列举，来给歌德的'世界文学'的设想赋予新的、更宽泛的，乃至于更文学意义上的答复。如果说根据罗杰·盖瓦洛的看法，小说在 19 世纪上半叶属于欧洲，下半叶属于俄国，20 世纪前 50 年在欧洲和美国，后 50 年在拉丁美洲的话，那么，21 世纪开始，我们就可以谈论世界小说了。"

卡洛斯·富恩特斯获得了西班牙简明丛书文学奖（1967）、委内瑞拉加列戈斯奖、"罗慕洛·加列戈斯"文学奖、墨西哥国家文学奖、西班牙塞万提斯文学奖、阿斯图里亚斯王子奖等重要奖项。2008 年，他获得西班牙首届堂吉诃德奖，这年他 80 岁，墨西哥举办了一系列活动来庆祝。同时，他的一部歌剧上演，最新的大部头长篇小说《意志与财富》出版。这仍旧是一部雄心勃勃的小说，显示他在继续绘制他的《时间的年龄》文学大壁画。2012 年 5 月 15 日因病去世。

卡洛斯·富恩特斯对小说的未来抱有信心，他说：

"小说将人类重新带进历史。在一部伟大的小说中，主角的命运被重新展示，而他的命运是其经历的总和。小说也是各种文化的一种介绍信，它们没有被全球化的浪潮窒息，现在敢于以前所未有的活力自我肯定……小说给我们提出了一种文字记载的想象空间的可能性，而它与真实世界的关联一点也不比故事本身要少。小说总是在不断地预示着一个新的世界，一幅即将到来的景象。因为小说家们知道在 20 世纪可怕的教条主义暴力之后，故事已经变成了一种可能性，而永远不再是一种标准。我们认为已经了解了这个世界。而现在，我们应该去展开想象了。"

豪尔赫·路易斯·博尔赫斯：

《小径分岔的花园》

豪·博尔赫斯是 20 世纪最重要的小说家之一，也是"拉丁美洲文学爆炸"的先驱。他说："我认为我不是一个现代作家，我是一个 19 世纪的作家。我并不觉得自己与超现实主义或达达主义，或者意象主义，或文学上什么别的受人尊敬的蠢论浅说处于同一个时代，不是吗？我按照 19 世纪和 20 世纪初的原则来看待文学。"

这段自白很容易使人觉得他是一个保守的、笃信 19 世纪文学创作理念的作家。可实际上，他恰恰是 20 世纪最有创造精神、将小说带到了一个新境地的作家。

秘鲁－西班牙作家巴尔加斯·略萨说：

"博尔赫斯不仅是当今世界最伟大的文学巨匠，而且还是一位无与伦比的创造大师。正是因为博尔赫斯，我们拉丁美洲文学才赢得了国际声誉。他打破了传统的束缚，把小说和散文推向了一个极为崇高的境界。"美国作家苏珊·桑塔格说："如果有哪一位同时代人在文学上称得起不朽，那个人必定是博尔赫斯。他是他那个时代和文化的产物，但是他却以一种神奇的方式知道如何超越他的时代和文化。他是最透明的也是最有艺术性的作家。对于其他作家来说，他一直是一种很好的资源。"

苏珊·桑塔格说得很对，博尔赫斯是"作家中的作家"，是可以带给很多作家创作灵感、帮助他们发现自己的作家。博尔赫斯自己也说得很明白："时间是一个根本之谜，空间并不重要，你可以想象一个没有空间的宇宙，比如，一个音乐的宇宙。时间问题是一个真正的问题，时间问题把自我问题包含在其中，因为说到底，何谓自我？自我即过去、现在，还有对于即将来临的时间、对于未来的预期。"在这段话中，他明确地说明了他的小说是关于时间的小说，而不是那些符号化的人。

1899 年 8 月 24 日，博尔赫斯生于阿根廷首都布宜诺斯艾利斯一个中产阶级家庭，他的父亲是律师，还是一个语言学家和翻译家，通晓心理学，有一个规模不小的家庭图书馆，收藏大量英文、法文、德文等欧洲语言的人文著作。母亲有英国血统。博尔赫斯从小在家庭教师丁克小姐和父母的熏陶下成长，接受的是英式教育。他的英语比西班牙语都要好。一战爆发后，父母亲带着他来到瑞士，在那里，博尔赫斯努力学习法语和德语，一直到战争结束。高中毕业后在英国剑桥大学学习英国文学。

1921 年他回到了阿根廷，与一些阿根廷先锋派作家、诗人团体接触紧密，创办文学杂志《多棱镜》和《船头》，推动阿根廷现代主义文学发展。这个时期，他的写作主要是诗歌和随笔，出版有诗集《布宜诺斯艾利斯的热情》(1923)、《面前的月亮》(1925)，随笔集《探讨集》(1925)、《希望的领域》(1926)、《埃列瓦斯托·卡列戈》(1930)、《探讨别集》(1932)、《论永恒》(1936)等。

1935 年，博尔赫斯出版第一部小说集《恶棍列传》，收录 9 篇
短篇小说。这些小说曾发表在报纸副刊上，是一些关于强盗和恶棍
的传记和传奇性小说，故事性强，简洁地将一些鲜为人知的匪徒生
活以片段叙述的方式展现给读者。其中一篇取材于中国，篇名为
《女海盗金寡妇》，说的是一个女海盗头子金寡妇在中国东南沿海
做海盗，和官军对抗，最终因前来剿灭她的官军放出了画有龙的风
筝，她感到天网恢恢十分迷惑后投降的故事。小说集中还有一篇是
他的代表作，叫作《玫瑰街角的汉子》，讲述一桩扑朔迷离的凶杀
和斗狠的案件，小说中的人物在房间外面的打斗最终造成了挑衅者
的死亡，可是到底是谁杀死了那个人，没有交代。小说最后暗示，
整个故事的讲述人，也就是对博尔赫斯讲述这件事情的人，有重大
的嫌疑。不过，这篇精彩的、情节扑朔迷离的短篇小说，博尔赫斯
本人不很看重。他在 1970 年出版的《随笔》中谈到这篇小说："我
如今觉得它不真实、矫揉造作、人物虚假。我从来不把它看成一个
起点。"

1941 年，他出版了广受赞扬的小说集《小径分岔的花园》。这
个集子收录了《堂吉诃德的作者彼埃尔·梅纳德》《圆形废墟》《巴
比伦彩票》《赫尔伯特·奎因作品分析》《巴别图书馆》《小径分岔
的花园》等 7 篇小说。这些小说带有浓厚的玄学色彩，探讨了时间
和现实、知识和心灵的关系以及镜子能否显示真相等。他的短篇小
说风格独异，在哲学探讨的面具之下有着虚构的情节、虚构的书籍、
虚构的人物，组成了一个看似真实，实际上十分虚无的世界。比如，
《圆形废墟》中讲的是一位魔法师来到一个圆形的废墟，在废墟中，
他发现这里原来是火神神庙，他要来这里完成一个任务，梦见或者
用梦来创造一个原先不曾有过的人。于是他一点点地梦见了这个人

的成形，这个人成了新的魔法师，这个魔法师却发现自己是别人梦中的一个影子。

《小径分岔的花园》是他的短篇代表作。这是一篇带有中国元素的短篇小说，从小说的故事层面上来看，它讲了一个在一战期间的间谍战的故事。以一个叫俞聪的青岛高等学校的英语教授——他实际上是一个间谍——的口述记录构成。在一座俞聪的祖先建造的中国迷宫式样花园建筑中，间谍们展开了追逐和反追逐。最后，俞教授不得不杀掉一个无辜的、名字叫艾伯特的人，来通知柏林情报部门，他们应该轰炸一座叫艾伯特的英国城市，摧毁那里的英国炮兵阵地，从而完成了他的情报工作。俞教授也因此怀着无限的悔恨，并对这个间谍游戏无比地厌倦。

小说探讨了历史的另一面，将对中国迷宫式花园的探讨、欧洲第一次世界大战和死亡、时间的探讨组合成一个奇妙的故事。小说中，俞教授和追捕他的马登上尉关于中国的迷宫式花园的对话是其中最精彩的部分，也是理解小说的真正钥匙所在。

短篇小说集《杜撰集》出版于1944年，收录了他的9篇新的短篇小说，题材大相径庭，主题都是和时间、记忆、命运、永恒有关，带有浓厚的幻想色彩。《博闻强记的富内斯》讲述一个有着无比奇异的记忆能力的人的故事，他不仅记着任何一条书籍上的知识，还记得关于这种知识的感觉、思维的纹理等。《刀疤》讲述一个叛徒出卖自己同伴的故事，而讲述者采取的是以讲述别人的故事来呈现自己的卑鄙行为的方法。在《关于死亡和指南针》中，一个侦探故作聪明，结果自己陷身于匪徒给他设下的圈套。

《秘密的奇迹》讲述一个被判处死刑的人运用记忆和想象，延长了一年生命，实际上，他依旧是在规定的时间里被枪决了。《南方》

讲述一个阿根廷青年受到了奇特的启示前往南方，迎接一场命中注定的决斗。小说集中题材的跨度之大令人难以想象，幻想性和对不可捉摸的命运的摹写，是这些小说的特点。

博尔赫斯非常钟情于短篇小说写作，他说："所有的长篇小说都有铺张之嫌，而一个短篇小说却可以通篇精练。"

他的后期作品还有短篇小说集《阿莱夫》（1949）、《布隆迪的报告》（1970）、《沙之书》（1975）、《莎士比亚的记忆》（1983）。博尔赫斯一生创作的短篇小说统共有80篇左右，其中一些在随笔和小说之间，难以分清文体。凭借这些短篇小说，博尔赫斯确立了他在20世纪小说史中不可动摇的地位。

博尔赫斯还说："一切伟大的文学最终都将变成儿童文学。比如爱伦·坡的作品，比如《一千零一夜》，孩子们单纯地沉迷于手中的书中。"1986年6月14日，他在瑞士日内瓦去世。

米格尔·安赫尔·阿斯图里亚斯:

《玉米人》

米格尔·安赫尔·阿斯图里亚斯（以下简称阿斯图里亚斯）是"拉丁美洲文学爆炸"的开创者，其他开创者还有博尔赫斯、卡彭铁尔、胡安·鲁尔福等，正是有上述作家的努力，拉丁美洲文学才能成为反过来影响欧美作家的文学，进而影响了全世界的文学。

阿斯图里亚斯1899年出生于危地马拉城，父亲是一位有声望的法律工作人员，母亲是一位教师。他父亲曾带着一家人在危地马拉的内地工作，那里的农村山区有很多印第安人。阿斯图里亚斯从小就和这些印第安人来往，对他们的口头传说、宗教信仰、感情世界和日常生活十分熟悉。阿斯图里亚斯在大学攻读法律期间，曾到人口数占危地马拉一半的印第安人居住区进行调查，写出学士论文《印第安人的社会问题》。1923年，他到英国留学，后来又到法国，在一位考古学家的指导下研读古印第安文化，根据法文译本，用西班牙文重新翻译了拉丁美洲的神话著作《波波尔·乌》。这是拉丁美洲印第安基切族人流传下来的神话经典，它讲述的是拉丁美洲人的起源、发展和民族来源。这使阿斯图里亚斯重新审视了拉美本土文化。

1930年，阿斯图里亚斯的第一部作品《危地马拉的传说》在马德里出版。这是一部带有人类学和民间文学特征的故事集，收录了危地马拉人关于火山、财宝、世界的神话故事，展现出神奇、魔幻、原始的拉丁美洲。

1933年，阿斯图里亚斯回到祖国，从事新闻工作，写作诗歌和长篇小说，1937年出版诗集《十四行诗集》。后来，他又从事外交工作，出使阿根廷和墨西哥。1946年，他在墨西哥出版了长篇小说《总统先生》，阿斯图里亚斯以危地马拉独裁者卡布雷拉为原型，创作了这部小说。卡布雷拉统治危地马拉长达22年，1920年倒台。阿斯图里亚斯的少年和青年时代，都被独裁者所制造出的沉闷、恐惧、压抑的社会气氛所笼罩。

这部小说的风格带有漫画色彩，人物多少有些扁平，小说的情节是虚构的，小说中的国家也是模糊的，大致是中美洲一个国家。小说中，总统的亲信、陆军上校被一个乞丐杀死，为了调查这个案件，总统捏造了一些东西，说是自己的政敌干的，并且布置了消灭政敌的计谋，最后导致政敌的死亡，以及手下人的糟糕命运。总统先生在这部小说里的形象是残忍狡诈、诡计多端，也没有受到惩罚，他像一个黑暗的影子一样笼罩在人们头顶，在人的心里投射出恐怖的阴影。这么一个暴君和两面派，生活在一个荒诞的世界里，他和自己的手下一起营造着恐怖加荒诞的社会生活。小说分为三部分，以时间作为每个部分的题目，比如，第一部分的题目是"四月二十一日，二十二日和二十三日"，第二部分的题目是"四月二十四日，二十五日，二十六日，二十七日"，第三部分的题目是"几星期，几个月，几年"。前两个部分按照每一天来讲述，第三部分的叙述突然拉长。从这部小说可以看出，阿斯图里亚斯针对拉美特殊的社会现实，认为文学要有批判和介入现实的能力。

《总统先生》的出版获得了很高评价。小说中的叙述语调有很多是口语和对话。不过，阿斯图里亚斯采取的不完全是现实中的对话，他运用了大量内心独白和意识流，将一个人的语言和言语、内心的声音和外部的话语都呈现出来，将主观的感觉和客观存在、梦幻情境和社会现实的摹写结合起来，创造出不同于传统现实主义的一种新现实主义作品。

长篇小说《玉米人》（1949）是米·安·阿斯图里亚斯的代表作。他利用自己对古代美洲印第安人文化和信仰体系、日常生活和现实生存的了解，创作出了这部非凡的杰作。

这部小说像是一部拼贴起来的故事集，以不同的侧面映射整个拉丁美洲，分别讲述6个人的故事。故事本身是独立的，在小说主题上，则有两个，一个是描绘出拉美印第安土著的世界观、生死观和信仰体系，另外一个是描绘这些印第安人的现实生存景象。20世纪拉丁美洲印第安人在殖民主义和本土独裁者残酷的统治下，过着非人的生活。《玉米人》深受神话经典《波波尔·乌》的影响，将印第安人的创世传说纳入其中。在古代玛雅人看来，人是不分生死的，万物是有灵魂的，人和动物、植物是可以互相转世，不断存在下去的。印第安人认为，人是玉米做的，人死了也会变成玉米。小说的6个片段拼合在一起形成了一幅壁画长卷，让我们读到了危地马拉广阔的社会现实和神奇魔幻的拉丁美洲印第安人世界。在印第安土著们复杂深厚的信仰体系背后，是米·安·阿斯图里亚斯对这些土著的现实生存的强烈关注。

在 20 世纪 40 年代的危地马拉社会中，虽然军政府对印第安土著采取掠夺统治持有不信任的态度，但印第安土著在这样的社会环境里，仍旧找到了安放灵魂的方法。

《玉米人》中最让人惊奇的，就是阿斯图里亚斯对印第安人在文化习俗、宗教信仰和现实生存几个方面的书写。他以结构现实主义加魔幻现实主义的手法，构思了整部小说，作品就像七巧板，互相连接、互相映衬、彼此参照，形成了一个整体，将拉丁美洲独特的社会现实和历史文化展现出来。小说中出现了危地马拉的各种社会场景，地理背景也在转换，几十个人物活动其间，他们在自己特殊的信仰体系下生存，梦幻和现实互相连通，现实的物质世界和精神世界互相重叠。

在这部小说中，阿斯图里亚斯提出了一个非常重要的问题，那就是拉丁美洲的印第安人问题。自从欧洲殖民主义者"发现"美洲之后，拉丁美洲的土著印第安人遭到了灭顶之灾，文化被毁灭，生命被消灭，生存被压制。他们过去是土地的主人，后来则成了欧洲入侵者的奴隶，他们的现实生存最值得关注。小说的表现手法非常具有感染力，阿斯图里亚斯以他生花的妙笔描绘出一般人不熟悉，甚至是无视它的存在的印第安人的精神世界。

米格尔·安赫尔·阿斯图里亚斯后期作品还有长篇小说"香蕉三部曲"：《强风》《绿色教皇》《被埋葬者的眼睛》，三部小说在主题上十分鲜明，都是反对美国资本主义对拉丁美洲的掠夺性开发，写作手法则基本是现实主义风格；小说集《里达·莎尔的镜子》（1967）中随处可见他对危地马拉的风景和人物的充满感情的描绘。他还写有长篇小说《马拉德龙》（1969）和《多洛雷斯的星期五》（1972）。

阿斯图里亚斯说："对于我来说，作家就是代沉默者疾呼的人。危地马拉的土著玛雅-基切人部落中间，有一种被称为'伟大喉舌'的人，他的地位在部落里非常重要，因为他是负责表达本村或者本乡全体居民的愿望、不满和合法要求的人。'喉舌'是部落的代言人，从某种程度上讲，我也是这样的人：是我部落的代言人。因此，我以为真正的美洲小说就是为他们争取权利发出的呐喊，就是散布在成千上万张纸页上的、发自世纪深处的呼声。地地道道的美洲小说屹立在纸页上，忠实地表达这种精神，忠实地描写工人的拳头、农民的汗水，忠实地反映人们为营养不良的儿童表露出来的沉痛心情。"

阿斯图里亚斯还是一位诗人和剧作家。除了《十四行诗集》外，他还出版了诗集《云雀的鬓角》（1949）、《贺拉斯主题的习作》（1951）、《玻利瓦尔》（1955）等，他的诗歌将超现实主义和危地马拉印第安文化结合，描绘了拉丁美洲的美丽风光、温情美好的家庭生活、古代神话的再生等，带有浓厚的抒情特征。

1967年，阿斯图里亚斯由于"作品深深植根于拉丁美洲的气质和印第安人的传统之中"而获得了诺贝尔文学奖。1974年病逝于西班牙首都马德里。

《光明世纪》

和博尔赫斯、胡安·鲁尔福、阿斯图里亚斯一样，阿莱霍·卡彭铁尔也是"拉丁美洲文学爆炸"的奠基人和开拓者。阿莱霍·卡彭铁尔1904年出生于古巴哈瓦那，父亲是法国建筑师，母亲曾经在瑞士攻读医学，有俄罗斯血统。因此，阿莱霍·卡彭铁尔是一个混血儿，他又出生在欧洲西班牙文化和古印第安文化交融的拉丁美洲，历史的机缘巧合使他扮演了一个具有混血风格的神奇的写作者。

在父母亲的熏陶下，他从小就对文学、建筑和音乐感兴趣。8岁时，父母带着他在欧洲旅行，并定居巴黎。中学毕业后才回到了哈瓦那。他17岁进入哈瓦那大学建筑系学习，1924年大学毕业后从事新闻工作，广泛了解了古巴现实社会的各个层面。1928年因起草反对当政者马查多的宣言而被逮捕入狱。在监狱的牢房里，他开始写第一部长篇小说《埃古-扬巴-奥》，出狱之后，阿莱霍·卡彭铁尔流亡到法国。

1933年，这部小说在西班牙马德里出版，获得很高的评价。小说的题目是古巴黑人土语，意思是"耶稣，救救我们！"《埃古-扬巴-奥》有着先声夺人的气质，小说讲述了一个带有白人血统的黑人姆拉托梅内希尔多·埃古的生活和遭遇，小说将加勒比海地区的黑人群落的生活和现实状态做了深刻描述，大量地使用了当地黑人民间传说和黑人的神秘宗教信仰体系，创造出独特而神奇的小说氛围。

阿莱霍·卡彭铁尔一开始就把眼光投到神奇的拉美大陆。他认为，整个拉丁美洲从地域文化特性上可以分成三块：大陆最南端的阿根廷、乌拉圭深受欧洲文化影响，布宜诺斯艾利斯就像是一座欧洲城市；拉丁美洲的中南部包括墨西哥是印第安文化区；加勒比海地区和巴西（讲葡萄牙语）是黑人文化地区。这种划分，从地域特征和文化特质上概括了拉丁美洲的文化特性。

1939 年二战爆发，他从马德里回到哈瓦那，在哈瓦那大学担任音乐系教授，教授音乐史。1953 年，他出版了长篇小说《消逝的足迹》。这部小说描绘了一个音乐教授，因厌倦城市文明，带着情妇深入到委内瑞拉的原始森林里，去寻找一套原始的乐器的旅程。小说描绘出波涛翻滚的大河、逶迤连绵的群山、苍莽神秘的森林以及森林中的原始土著人的生活。在寻找这件原始乐器的过程中，这个音乐教授还爱上了当地一个印第安姑娘，她的淳朴和没有受到城市文明污染的美丽，使音乐教授坠入情网。于是，教授轻浮肤浅的情妇和这个印第安姑娘产生了有趣的对比。

音乐教授在不断深入原始森林和波涛汹涌的大河深处，在感受原始粗犷的风景时，也在内心重新审视西方工业文明带来的破坏，对人性的异化和扭曲。最后，音乐教授到达大河和森林的源头，那里是一片洪荒的世界，是"创世纪"开始之后不久的世界，那里有印第安人建立的伊甸园。印第安人相信万物有灵，相信鬼魂的世界，他们崇拜祖先，满足于最简单质朴的生活和独特的信仰体系，这使音乐教授非常震动。不过，小说在这两种文明的对比中，也表现出音乐教授的矛盾心态，这无疑是真实的。毕竟，我们再痛恨城市，也不得不生活在繁华的城市文明当中。

阿莱霍·卡彭铁尔有着深厚的建筑学和音乐修养，在他的一生中，这两大艺术门类对他的小说写作有巨大的影响。1946 年，他出版了《古巴音乐史》就是证明。他的小说带有巴洛克风格的繁复和丰富，螺旋状的叙述和层次多样的结构，使小说有着建筑的美观。音乐的影响则体现在小说的语言、叙述语调和文字描绘出的感觉、听觉和肌理上的细微之处。比如，他的中篇小说《追击》（1956）在结构上采取的就是与贝多芬的《英雄交响曲》的结构相对位，语速语调和贝多芬的著名交响乐在节奏上合拍。小说讲述一个古巴哈瓦那的大学生叛变革命后，在一家剧院里被追杀者杀死的故事。小说的空间是封闭的，是在一座剧院里，分为三个部分 18 个小节，贝多芬的音乐引发了主人公的联想，剧场的演出和主人公与追击者之间的紧张互动，46 分钟的音乐演奏时间是主人公最终被暗杀的过程，也是主人公的心理流动和内心独白的时间，也是读者大致阅读完这部中篇小说所需要的时间。

1959 年，卡斯特罗领导的古巴革命胜利。阿莱霍·卡彭铁尔先后出任古巴全国文化委员会副主席、古巴作家艺术家协会副主席、国家出版局局长、驻法大使等职。

长篇小说《光明世纪》出版于 1962 年，小说波澜壮阔，气势宏大，叙述语言十分密集，讲述 1789 年法国大革命之后，一个叫维克多·雨格的人来到了西印度群岛后的一些活动，并将法国大革命对拉丁美洲的影响做了深刻描绘。小说主人公维克多·雨格是一个投机商人，他善于伪装，投身革命，像变色龙一样，迎合各个时期的政治派别，只要这个政治派别在当权。最后，维克多·雨格跑到法属西印度群岛的一个国家，爬上了总督的宝座。小说还塑造了和维克多·雨格迥然不同的一对恋人埃斯特万和索菲亚，他们后来死于一次街头的武装冲突。从《光明世纪》的开头，可以看出阿莱霍·卡彭铁尔小说的叙述风格：

"今晚我看到断头机重新架起来了。那是在船头上，断头机像向辽阔天空敞开的大门。在如此平静而有节奏地晃动着的洋面上，风给我们送来了泥土的气息；船载着我们，朝着它的方向缓缓前进，宛如陷入了昏睡，不知有昨日和明日。时间停滞在北极星、大熊星座和南十字星座之间，我不知道是否有这些星座，因为这不是我的本行……"

小说开宗明义，描述出主人公所处的环境、位置和方向，小说的情节还将从欧洲迈向远方的拉美大陆。一部长篇小说的长度、难度和密度，是衡量一个作家重量级的指标，《光明世纪》气势恢宏，场面开阔，在很多情节和细节描写上显示了他的纯熟的艺术手法，巴洛克式螺旋上升的繁复、斑驳陆离令人惊叹，信息量巨大。

他还出版了长篇小说《方法的根源》（1974）、《巴洛克音乐会》（1974）、《春天的献祭》（1978）、《竖琴与影子》（1979）等。除了著有《古巴音乐史》，他还写有建筑学著作《柱子之城》，文学评论集《探索与差别》（1964）、《作家的理由》（1976）、《新世纪前的拉丁美洲小说》（1981）等。在这些著作中，阿莱霍·卡彭铁尔提出了自己的文学观，就是要写拉丁美洲的"神奇现实主义"文学。他说：

"一种活生生地存在着的神奇现实是整个美洲的财富，这是因为美洲神话的源头远未枯竭，而这是由美洲的原始风光、它的构成和本源，恰似浮士德世界中的印第安人和黑人在这块大陆上的存在，新大陆给人的启示以及各个人种在这块土地上的大量混杂所决定的。"

因此，为了捕捉这种美洲大陆的特性，为了探索拉丁美洲的独特文化和人的情感世界，他不断探索写作手法，寻找到一种和神奇的美洲现实相符合的表现技巧。音乐和建筑的结构影响了他的小说结构，黑人和印第安人的神话传说成了他小说的背景，现实批判和人文关怀是他的小说的特征。

他还说："当小说不再像小说的时候，它就可能成为伟大的作品了——如同普鲁斯特、乔伊斯、卡夫卡的作品，我们时代任何一部伟大的小说都是以让读者惊诧'这不是小说！'作为开始的。"

阿莱霍·卡彭铁尔曾获得墨西哥阿方斯·雷耶斯国际文学奖、西班牙语最高文学奖塞万提斯文学奖、法国梅迪西文学奖等。

1980 年 4 月 24 日，阿莱霍·卡彭铁尔病逝于巴黎。

《佩德罗·巴拉莫》

胡安·鲁尔福 1917 年 5 月 16 日生于墨西哥的圣卡布列尔市，6 岁时父亲去世，接着就是母亲去世，他是在孤儿院长大的，后来由叔叔抚养成人。15 岁到墨西哥城攻法律系，毕业后考取了墨西哥内政部移民局公务员，业余时间勤奋创作，陆续发表了一系列反映家乡社会状况的短篇小说，1953 年以《平原烈火》为名出版，引起了墨西哥文坛的关注。

《平原烈火》中的 17 篇短篇小说有一个共同主题：描绘墨西哥农村的历史和现实，特别是 1910 年至 1920 年的墨西哥农民起义失败后所造成的社会影响，写作手法技艺高超。比如，《我们分到了土地》讲述的是一群农民清晨去查看政府分给他们的土地，他们走了一天，才在荒无人烟的地方找到了属于自己的土地，但这些土地都是寸草不生的石头地。大部分人灰心丧气地回去了，剩下的四个人继续走："我们继续前进，向村子走去。然而他们分给我们的土地却是在悬崖的上面。"

《平原烈火》描述了一支越来越少的起义军的战斗旅程，他们不断被剿灭，最终失败了。《剩下他孤独一人的夜晚》描绘三个掉队的士兵在追赶部队的过程中，两人被抓，一个人在听到埋伏的士兵的对话之后设法逃脱。

《你没有听到狗叫吗？》讲述一个年老的父亲背着生命垂危的儿子返回村庄的故事。在路上，父子间进行了对话，儿子最终死在父亲的背上。《那个人》讲述的是一场追击，后面的追击者根据逃亡者留下来的踪迹跟踪，自言自语，最终把逃亡者击毙。

《马卡里奥》以一个白痴男孩的自述构成，讲述白痴马卡里奥眼睛中混乱的世界。女人、性欲、食欲是他内心真正有感觉的东西。《教母坡》以杀死了一对兄弟的人的自述结构小说。农村的贫瘠导致的人性恶的爆发，使生命如此脆弱。

《你对他们说，不要杀我》讲述一场延续了 30 年的仇杀。一个贫穷的牧民，因牧场主当年不让他的牲口吃牧场的青草，牧民失手打死了牧场主。30 年后，牧场主的儿子已经是上校，他派人来抓捕牧民并处死了他，尽管这个失手杀人的牧民早就垂垂老矣。

《你该记得吧》以"你该记得吧"开头，讲述叙述者眼中封闭的农村另一个家庭发生的暴力事件，最终导致了一场凶杀。愚昧、封闭和野蛮所构成的墨西哥农村生活景象，令人触目惊心。

《玛蒂尔德·阿尔康赫尔的遗产》中一对父子结下仇怨，他们分别参加了不同的武装组织，结果，父亲被儿子杀死了，呈现出令人心碎的效果。《清晨》讲述的是一个和外甥女乱伦的庄园主，在清晨发现他的长工知道了这个丑闻，就殴打长工，最终莫名其妙地死去。长工被警察抓获，成为替罪羊。

《都是因为我们穷》以一个少年的视线讲述他整个家庭的贫穷、

遭受自然灾害时的无助、家庭的分崩离析。《地震的一天》讲述当地政府州长在面对大地震所造成的破坏时的丑陋嘴脸。

《塔尔巴》讲述一个身患严重皮肤病的人，听说塔尔巴的圣母能够显灵，包治百病，千辛万苦抵达那里，结果神迹并没有显现，他客死他乡，尸骨无还。《北方行》和《安纳克莱托·蒙罗纳斯》基本上由对话构成，呈现出滑稽和残忍交织的画面。安纳克莱托·蒙罗纳斯被一群中老年修女所疯狂拥戴，请求册封他为圣徒，实际上安纳克莱托·蒙罗纳斯是一个匪徒、无赖和奸淫妇女的坏蛋，最后那些修女为他的恶所震撼，一个个离开他。小说表现了一些宗教徒的愚昧无知。

《卢维那》讲述在一片不毛之地卢维那，只有老人不愿意离开，因为他所有死去的亲人都埋葬在那里。对死人的眷恋使老人决定不离开那里。

以上就是收录在《平原烈火》中的 17 篇小说的大致内容。这些小说短小精悍，呈现的墨西哥历史和现实的容量巨大。胡安·鲁尔福不断转换视角，在行文之间留下了大量空白，描述了一个被贫穷、残暴和原始欲望所俘获的、和现代文明相隔绝的世界。

1955 年，胡安·鲁尔福的中篇小说《佩德罗·巴拉莫》出版。这部小说被认为是 20 世纪拉丁美洲小说的一部巅峰之作。简单地说，它写的是人鬼之间的故事，描绘的是一个人鬼不分的世界。佩德罗·巴拉莫是小说中的一个中心人物，但一开始，他并没有出场，出场的叙述人是他的一个私生子，前往科马拉地区去寻找父亲。"我到科马拉来，是因为有人告诉我，说我父亲住在这里。他是个名叫佩德罗·巴拉莫的人。这还是我母亲对我说的呢。我答应她，待她百年之后，我立即来看他……"于是，伴随着叙述者来到科马拉，面对的却是一个荒凉的世界。

　　小说第一个部分是佩德罗·巴拉莫的私生子胡安·普雷西亚多的讲述。在叙述者的意识流里，母亲给他描绘的情景和他看到的情景形成了强烈反差。叙述者开始碰到一个赶驴人，就向那个人打听佩德罗·巴拉莫，赶驴人给他指路，告诉他，佩德罗·巴拉莫早就死了。他继续前行，进入到半月庄，在那里碰到了母亲过去的熟人、一个老太太，她开始给他讲述他母亲的故事，以及佩德罗·巴拉莫的故事。在众人的回忆和讲述中，佩德罗·巴拉莫的形象渐渐浮现在我们的面前。这个时候，佩德罗·巴拉莫的内心独白也开始涌现在小说的片段里，胡安·普雷西亚多还和自己的母亲多洛雷斯对话，要是不注意的话，会混淆小说内部的时间。到了小说的中间，会发现小说开头的讲述者、佩德罗·巴拉莫的私生子胡安·普雷西亚多原来已经死了，是他的鬼魂在坟墓里和一个老乞丐的鬼魂在说话。这是小说的第一部分。胡安·普雷西亚多作为一个向导，带领我们来到科马拉半月庄，看到了一幅衰败的场景，那里已经没有活人，到处都是坟墓和鬼魂在低语。

　　第二个部分，讲述佩德罗·巴拉莫在贫瘠的山村里凶狠残暴，巧取豪夺的故事。其中穿插了他和苏珊娜的爱情故事。最终，佩德罗·巴拉莫被另外一个私生子，也就是小说开始时胡安·普雷西亚多碰见的那个赶驴人阿文迪奥用刀砍死了。这个部分的描述非常清晰，讲述佩德罗·巴拉莫崛起于草莽之间，但却落得一个悲剧下场的过程，通过大量的片段独白、回忆、对话和倒叙所构成。第二部分的叙述改变了原来由第一人称"我"讲述的视角，改为第三人称叙述，场景不断地转换，一直到佩德罗·巴拉莫的死亡。小说的主角是佩德罗·巴拉莫，他是一个庄园主，一开始他很穷，做过学徒、小工，后来依靠聪明和霸气成为整个科马拉地区的庄园主。他有无数的女人，生了很多私生子，但他残酷无情，对所有的女人和私生子都不好，他关心的只是自己的财富增长和性欲的满足。他的爱情只迸发了一次，那就是对青梅竹马长大的苏珊娜，但苏珊娜后来嫁到了外地，丈夫死了之后，她回到半月庄，嫁给佩德罗·巴拉莫后却变成了一个精神病人。他们的爱情完全不对称，苏珊娜爱的是自己的前夫，从来都没有爱过佩德罗·巴拉莫，她去世了，他们的关系以悲剧结束。读完小说，我们会惊奇地发现，书中所有的人物都已经死了，他们的对话、动作和叹息声，都是一片荒芜贫瘠的土地上的影子。

《佩德罗·巴拉莫》篇幅不长，是一部奇书，它完全打破时间和空间的界限，将发生在不同时空的情节都放到一个平面上讲述，现实和梦幻、死亡和生命、过去和现在混淆起来。好像有一个不断移动镜头的摄像机在将这些以蒙太奇手法拼贴起来。因此，小说读者的参与是很重要的。从小说叙事艺术上讲，过去小说的全知全能的叙事者不见了，代之出现的是有限的视角，而且，有限的视角还在不断转换，小说以片段描写、对话、回忆和内心独白构成，这些片段构成整部小说的零件，需要聪明的读者自己去组装。在人鬼不分、现实和虚幻世界不分，过去、现在和未来不分，这里和那里不分的叙述中，带给我们斑驳陆离的感受，抵达了艺术的神奇境界。最后，当苏珊娜死去，科马拉的人却欢庆这个时刻，导致佩德罗·巴拉莫内心的怨恨，他发誓这个地方要完全衰败，直到荒草掩埋所有人的尸骨和鬼魂。阅读完这部小说，浮现在眼前的，就是这样一个荒芜的世界。

《佩德罗·巴拉莫》对拉丁美洲小说的发展影响巨大，很多作家都从中吸取了营养。《百年孤独》明显地受到这部小说的启发。加夫列尔·加西亚·马尔克斯写道：

"发现胡安·鲁尔福，就像发现卡夫卡一样，无疑是我记忆中的重要一章……我当时 32 岁，是一个已经写了 5 本不甚出名的书的作家，我觉得我还有许多书未写，但是我找不到既有说服力又有诗意的写作方式，就在这时，阿尔瓦罗·穆蒂斯带着一包书大步登上七楼到我家，从一堆书里抽出最小最薄的一本，大笑着对我说：'读读这玩意儿，妈的，学学吧！' 那就是《佩德罗·巴拉莫》。那天晚上，我把书读了两遍才睡下。自从十年前那个奇妙的夜晚我在学生公寓里第一次读到卡夫卡的《变形记》之后，我再没有这么激动过。第二天，我读了《烈火平原》，它同样令我震撼。那一年余下的时间，我再也没法读其他作家的作品，因为我觉得他们都不够分量。"

后来，马尔克斯和富恩特斯合作，把《佩德罗·巴拉莫》改编成电影剧本。

在《平原烈火》和《佩德罗·巴拉莫》中，胡安·鲁尔福巧妙地采用了古印第安阿兹特克人的神话传说和信仰体系，比如对死亡和生命的看法。墨西哥有一个"死人节"，这一天，在大地上游荡的死人会回到家里来。因此，《佩德罗·巴拉莫》不是无本之木，它深深地根植于拉丁美洲奇特的文化土壤中，并且成为墨西哥的现代神话。

胡安·鲁尔福一生公开发表的只有以上两部小说，外加一个电影剧本《金鸡》。读者在后来十分期待他的新作，他也曾说他一直在写一部叫《山脉》的小说，但直到他 1986 年 1 月逝世，这本小说也没有出现。尽管如此，他是以少胜多而傲立群雄的作家典范。

胡里奥·科塔萨尔:

《跳房子》

阿根廷作家胡里奥·科塔萨尔很早就离开阿根廷，长年在法国居住，最后在巴黎去世。他用西班牙语写作，所写作品也大都和阿根廷的社会现实有关。

胡里奥·科塔萨尔 1914 年出生在比利时的布鲁塞尔，父亲是阿根廷驻比利时的外交官，有双重国籍，母亲精通法语。刚刚 4 岁时，他就跟随父母亲回到了阿根廷。他很早就开始阅读和写作了。1932 年，胡里奥·科塔萨尔在一所师范学校担任教师，不久就到布宜诺斯艾利斯大学学习。1944 年，胡里奥·科塔萨尔在门多萨省一所大学任教，讲授法国文学。1951 年前往法国，从此侨居巴黎，曾担任过联合国教科文组织的翻译，1984 年在巴黎去世。

胡里奥·科塔萨尔的文学成就在长篇小说和短篇小说，1951 年出版小说集《兽笼》，包含 8 篇小说。短篇小说集《游戏的尾声》出版于 1956 年，收录了 9 篇小说，小说带有浓厚的惊悚和幻想色彩。不过，胡里奥·科塔萨尔的小说和"魔幻现实主义"作品不一样。在一些文学评论家看来，博尔赫斯、比奥伊·卡萨雷斯和胡里奥·科塔萨尔的作品，可以归为"幻想派"小说。"魔幻现实主义"小说大都有着强烈的社会、历史批判意识，情节和人物命运带有强烈的魔幻色彩，却是现实社会、政治和历史的反映。"幻想派"则天马行空地沉浸到幻想之中，小说的情节非逻辑，也很晦涩，带有暗示、隐喻、夸张和离奇的色彩，并不直接对现实社会发声。从美学上来说，"幻想派"小说实际上打开了一扇天窗，让我们看到了小说发展的更多可能性。

胡里奥·科塔萨尔的长篇小说《中奖彩票》出版于1960年。小说讲述一群彩票中奖者，乘坐马尔科姆号轮船出海旅行的故事。这些彩票中奖者大都是阿根廷的中产阶层，有商人、教师、大学生、公司职员、老贵族等等。古怪的是，这艘船的航向是不明的，时间竟然长达几个月，轮船似乎航行了整整一个晚上，第二天，大家发现轮船还停靠在布宜诺斯艾利斯附近的海岸边上。而且，古怪的禁令出现了，"所有的人不许到船尾"，大家觉得自己上了一条可怕的船，于是，一些人组织起来发动反抗，还死了人，最终他们到达了船尾，却发现那里什么也没有，他们付出的生命代价因此很昂贵。此时，政府文化部门派来了水上飞机，要求大家离开游船，因为船上发生了瘟疫——实际上是托词，大家最终陆续离开了这艘古怪的游船，中奖彩票被证明是一场捉弄人的游戏。

胡里奥·科塔萨尔的代表作是长篇小说《跳房子》（1963）。"跳房子"的游戏，是在地上画好方格子，然后根据游戏规则在这些方格子中间来回跳跃。这是一部以"跳房子"游戏为小说结构的作品。使小说具有游戏性质，使阅读变得像玩游戏一样轻松，科塔萨尔勇敢地做了尝试，《跳房子》实现了将游戏性和作品本身承载的社会批判完美结合的目标，成为 20 世纪的一部奇书。仅仅从阅读方法来说，它就有很多读法。可以沿着固定的章节顺序阅读，也可以按照作者给定的一个阅读线索跳跃性地阅读，就是一种"跳房子"游戏式的读法。

《跳房子》的故事情节并不复杂，书的前面有一张导读表，说明这本书包括了很多部，但主要包括了 2 部，一部是顺势阅读，从第 1 章到第 56 章。另外一部是从第 73 章开始，在各个章节中来回地跳跃式阅读。

小说分为三大部分，第一部分从第 1 章到第 36 章，这个部分有一个题目"在那边"，讲述阿根廷人奥利维拉离开阿根廷，来到巴黎寻求精神家园。奥利维拉试图在巴黎寻找到自己的新生活，他碰巧遇到了一个从拉丁美洲乌拉圭来到巴黎的单亲妈妈玛雅，两个人相爱、同居了。他们还和其他一些从各国来的人在一起成立了一个文艺沙龙性质的"蛇社"，一群无家可归的人整天聚在一起，谈论文学、佛学、美术、音乐、哲学和巴黎的生活，以及他们自己的经历。后来"蛇社"因大家目标不一而解散，奥利维拉和玛雅也因志趣不同而分手，她的孩子忽然病死了，她也不知去向。在小说的结尾，奥利维拉在巴黎塞纳河边勾搭了一个流浪女，正在亲热的时候被警察抓获，然后他被推进囚车。这个部分就结束了。

小说的第二部分是从第 37 章到第 56 章，题目叫作"在这边"。此部分叙述主人公奥利维拉被警察释放，从巴黎回到了阿根廷，在布宜诺斯艾利斯见到过去的一些好友，并和他们交往。他成了一个布料推销员。后来，朋友介绍他到马戏团工作，还介绍他去精神病院工作。奥利维拉在沉闷的社会气氛里感到窒息，他渐渐地从朋友的妻子身上看到了玛雅的影子，在一次精神状态不稳定的情况下，

　　　　　　　　　　现代小说佳作 100 部

亲吻了朋友的妻子，又觉得自己犯了错误，害怕被好朋友知道会报复，奥利维拉就坐在房间的窗户上，一旦朋友破门而入，他就跳下去。小说的这个部分到这里戛然而止，并没有告诉我们奥利维拉到底跳下去没有。

小说的第 57 章到第 155 章是第三部分，题目叫作"在其他地方"。这部分的内容相当杂乱，可以看作前 56 章的补充，五花八门的材料来自报刊文摘、文学作品摘引片段、哲学家思考断片、主人公奥利维拉的日记和对自我的分析，还有一个虚构的人物莫莱里的一些对文学创作和人类前景的思考，全部混杂在一起，成为前两个部分的补充，也是实施第二种阅读方法，也就是"跳房子"式的阅读的路径。

由此，《跳房子》颠覆了过去人们对小说的基本理解，使小说阅读成了开放的事情，也使小说的结构开放。同时，读者上升到前所未有的位置，读者的能动性和创造性成为理解这部小说的关键，读者变成了作者的同谋，甚至大于作者，读者和作者一起经历文学作品创作的艰辛和复杂、有趣和生动。因此，《跳房子》也是"接受美学"理论喜欢分析的典型小说之一。在小说语言上，胡里奥·科塔萨尔挑战性地进行多种尝试，他让笔下的人物说出英语、法语、德语、西班牙语和阿根廷地方俚语等，一些引文使用了瑞典语、日语、缅甸语、芬兰语，甚至是藏语。一方面是胡里奥·科塔萨尔在炫耀对语言掌握的才能，另外以混杂的语言来完成对语言本身的思考和探索。

《跳房子》结构奇特、读法另类、形式新颖，带有明显的幻想性质，在描绘巴黎和布宜诺斯艾利斯的章节里，都没有直接对社会生活进行判断，只通过书中主人公的一些哲学思考和借一个虚构人物对文学创作所发的议论来呈现。胡里奥·科塔萨尔说：

"《跳房子》差不多是我在巴黎的那十年生活的总结和在那以前岁月的总结。在书中，我做了当时我所能做的最深入的尝试，就是用小说的形式讲出哲学家用形而上的方法提出的问题，也就是说，是那些重大的质询，重大的疑问，就是人和现实的真实性的关系。"

胡里奥·科塔萨尔认为，存在两种真实，一种是日常的每天发生在我们身边的真实，另外一种是被日常生活所遮蔽的真实。小说家的任务就在于去发现被遮蔽的第二真实。

《跳房子》的出版，引起了热烈好评和轰动效应，它也是拉丁美洲文学爆炸潮流中的代表作。胡里奥·科塔萨尔后期作品还有长篇小说《装备用的 62 型》（1968）、《曼努埃尔之书》（1973），散文随笔集《八十个世界一日游》（1967）、《最后一回合》（1969）等。

胡里奥·科塔萨尔一共创作了近百篇短篇小说，内容相当丰富，大都带有幻想性，题材和情节围绕法国、西班牙、阿根廷的历史文化和社会生活来展开，辨识度很高。1984 年，他完成散文集《如此暴烈而可爱的尼加拉瓜》和诗集《也许是黄昏》，因罹患白血病在巴黎病逝。

《酒吧长谈》

马里奥·巴尔加斯·略萨 1936 年出生于秘鲁，父亲离家出走，到他 11 岁时才回来，巴尔加斯·略萨是在母系家族的呵护下成长起来的，他对父权很排斥。1953 年，他到圣马科斯大学攻读文学和法律，出版了短篇小说集《首领们》，描绘一群街头混混进行暴力斗殴、争夺街区霸主的故事。很快，他获得西班牙马德里大学的奖学金，前往西班牙继续读书，获得文学博士学位。

1959 年，他前往巴黎，一边在新闻机构工作，一边阅读写作。这个时期，他结识了拉丁美洲文学爆炸的主将阿斯图里亚斯、卡彭铁尔、博尔赫斯、科塔萨尔、富恩特斯、马尔克斯等人，互相激励着雄心勃勃地想要创造一种新的西班牙语美洲文学。

马里奥·巴尔加斯·略萨认为，小说就是谎言中的真实："缩短小说和现实之间的距离，在抹去二者界线的同时，努力让读者体验那些谎言，仿佛那些谎言就是永恒的真理，那些谎言就是对现实最坚实、可靠的描写。这就是伟大小说所犯下的最大的欺骗行为：让我们相信世界就如同作品中讲述的那样，仿佛虚构并非虚构。"

巴尔加斯·略萨相当多产，主要作品有长篇小说《城市与狗》《绿房子》《酒吧长谈》《世界末日之战》等近 20 部，此外还有短篇小说集、文论集、戏剧、自传等作品 20 多部。他文笔犀利，以文学为武器，不断对拉美社会现实进行毫不留情的讽刺批判，在小说艺术上精益求精，创造出独树一帜的拉丁美洲"结构现实主义"文学风格。

1966 年，30 岁的巴尔加斯·略萨出版了长篇小说《绿房子》。这是一部才华横溢的小说，分五条线索讲述秘鲁北部的城市皮乌拉40 年来的发展变化。皮乌拉是一个具有原始气息的小镇，最终发展成一座现代城市，在这个过程中，欧洲老殖民主义者和冒险家继续在那里活动，并对当地土著进行掠夺性残杀。小说的时间跨度和容量都不小，五条线索被巴尔加斯·略萨切成了细碎的小块，然后按照一定的时间性分别镶嵌和编织到小说的叙述经纬中。

这五条线索分别是：1. 孤儿鲍尼法西亚的故事，她和一个叫利杜马的男人的婚姻以及她后来被迫当妓女的情况；2. 妓院绿房子的创始人安塞尔莫的一生和绿房子的兴衰史；3. 巴西籍逃犯、冒险家伏屋的一生；4. 四个流氓的故事；5. 当地琼丘族印第安人首领胡姆的反抗与失败。这五条线索互相交织，共同营造出一个由时间的流逝、地点的转换、人物命运的起伏、社会的巨大变迁组成的拉丁美洲历史和现实画卷。小说结构以平行手段铺展开来，以绿房子的兴衰象征秘鲁社会的兴衰，多角度、多侧面、万花筒般的叙述方式，充满了悬念的情节设置，精彩的细节和互相映衬的场景与对话，使读者能够很清晰地了解故事的发生发展和人物命运的不断变化，从而获得难得的艺术享受。

巴尔加斯·略萨这部小说广阔描绘了秘鲁北部地区几十年的历史和现实生活，将秘鲁社会的矛盾、人性的冲突反映了出来，这部小说受到了读者的欢迎，获得秘鲁全国长篇小说奖、西班牙批评文学奖、委内瑞拉罗慕洛·加列戈斯国际小说奖。

1966年，巴尔加斯·略萨到伦敦大学担任教职，1969年，巴尔加斯·略萨出版长篇小说《酒吧长谈》。这是巴尔加斯·略萨的代表作，在叙述技巧上可谓炉火纯青。可以看出，巴尔加斯·略萨雄心勃勃地描绘了秘鲁的全景式社会生活。他选择1948年到1956年奥德里亚将军统治时期作为故事发生的时代背景，小说中有两个主要人物，一个是绰号"小萨特"的记者，另一个是给政府要员当过司机的安部罗修。他们两人在一个名叫"大教堂"的酒吧里的谈话构成贯穿全书的主要线索，而在他们之间的谈话中，其他被他们谈到的场景、人物、矛盾纠葛纷纷登场，以同步的形式展现出来。

在这部小说中，巴尔加斯·略萨把他对结构现实主义的艺术手法运用得令人眼花缭乱，创造出人物对话"通管法"，即可以实现5个场景的对话一起进行，而不加以解释，也不会使读者混淆对话者所在的时间和地点，获得了共时性并置的画面感，空间展开了，场面宏大、复杂和广阔。小说塑造了近百个秘鲁现实中存在的人物，代表了秘鲁特定历史阶段的各个社会阶层的人，大到最高统治者、军事当局的头子，小到贩夫走卒和鸡鸣狗盗之徒，以及普通的民众等等，描绘出如同古代罗马帝国的斗兽场一样的社会。这个由社会达尔文法则统摄下的秘鲁社会残酷而充满了激情，暴力而充满了欲望的生机，野蛮却呈现了五光十色的人性表现，构成了小说本身的复杂、多层次，也构造了拉丁美洲奇特的社会现实。

1971 年，巴尔加斯·略萨出版长篇文学评论《加西亚·马尔克斯：一个弑神者的历史》，对同辈作家加西亚·马尔克斯的作品，特别是《百年孤独》进行深入探讨和分析，虽然两人后来闹翻了，关系也一直没有弥合，可这部书却是拉美作家之间友情的绝佳见证。从中可以看出他对美洲西班牙语新小说的热切期待，而这一创造性的使命也是他们一起最终完成的，从而被传为文坛佳话。

1973 年，巴尔加斯·略萨出版长篇小说《潘达雷昂上尉与劳军女郎》，这是一部带有幽默和滑稽色彩的小说，讲述一个叫潘达雷昂的秘鲁陆军中尉，因忠于职守而获得提拔。上司交给他一个机密任务，要他带领一个劳军女郎团，前往一个强奸案不断发生的秘鲁军队驻扎地去进行慰劳。当潘达雷昂上尉率领的劳军女郎队前往那个强奸案件多发之地，恪尽职守并圆满完成任务后，事情忽然败露，一时间社会舆论大哗，新闻媒体也热烈鼓噪，社会舆论将矛头指向军方，连潘达雷昂上尉的妻子也很生气，一怒之下离家出走。最后，是让人同情的潘达雷昂上尉承担了全部责任，他被发配到更加遥远的高原地区服役。劳军女郎中的几个女人被将军和随军神甫据为己有。

小说还安排了一条副线，讲述一个极端宗教组织"方舟兄弟会"，认为世界末日即将来临，号召信徒把自己送上十字架，就可以赎罪并获得拯救，结果导致了骚乱。这是小说的两条主干线，在每条线索中的每一个章节中，巴尔加斯·略萨都使用了他拿手的结构方法，营造出立体的效果，运用电影蒙太奇手法、摄影机眼手法、对话通管法，将多个场合发生的事情平行进行，画面感非常强。这部小说带有漫画色彩，读起来令人忍俊不禁。

巴尔加斯·略萨还出版了长篇小说《胡利娅姨妈与作家》

（1977）、《世界末日之战》（1981）、《狂人玛伊塔》（1984）、《谁是杀人犯？》（1986）、《叙事人》（1987）、《继母的赞扬》（1989），基本上是以两三年一部的节奏出版的。

1987年到1990年，巴尔加斯·略萨参加了秘鲁总统的决选，日裔秘鲁人藤森当选总统。这场持续三年的政治选战耗费了他大量的时间和心力。竞选总统失败后，他认为自己还是适合当作家，重新回到文学写作当中，此后接连出版了长篇小说《利杜马在安第斯山》（1993）、《堂里戈维托的笔记本》（1997）、《小山羊的节日》（2000）、《天堂在另外一个街角》（2002）、《坏女孩的恶作剧》（2005）、《凯尔特之梦》（2010）、《卑微的英雄》（2013）、《五角地》（2016）、《艰辛时刻》（2019）等。

巴尔加斯·略萨还创作了剧本《达克纳的小姐》（1981）、《凯蒂与河马》（1983）、《琼加》（1986）、《阳台上的疯子》（1993）等，1997年，他出版一部很受欢迎的著作《中国套盒——给一位青年小说家的信》，从小说的形式、语言、结构等各个方面，探讨小说技巧的方方面面和未来的可能性。

他的回忆录《水中鱼》（1993）回忆他从少年时代再次看到父亲开始，一直到1990年竞选秘鲁总统失败的人生经历，回忆了他的家人、写作和社会活动等各个方面的生活。2008年，他出版了《走向虚幻之旅：胡安·卡洛斯·奥内蒂》，对作家奥内蒂进行了十分详细生动的研究刻画。

2010年，巴尔加斯·略萨众望所归地获得了迟来的诺贝尔文学奖，获奖理由是："他精确地绘制出权力结构，对个人抵抗、反叛和挫折给予了犀利的描述。"

巴尔加斯·略萨的生活丰富多彩，浪漫而多情。他曾和比自己大 12 岁的胡里奥姨妈结婚并离家出走，10 年之后分手；后来他又迎娶了小自己 9 岁的表妹帕特丽西娅为妻，生下好几个孩子。晚年，他和帕特丽西娅分手，2016 年，80 岁的巴尔加斯·略萨向 65 岁的菲律宾裔西班牙名媛伊莎贝尔·普瑞斯勒求婚，她是一个船王的遗孀。2022 年底又传出了他们分手的消息。可见，巴尔加斯·略萨的生活在继续，写作也绝不会停顿。

《三只忧伤的老虎》

吉列尔莫·卡夫雷拉·因凡特，1929 年生于古巴东部的希巴拉。希巴拉是一个人口稀少、经济落后的村庄。据他本人回忆，长到 10 多岁之后，由父母亲带着他举家搬迁到了哈瓦那。成年之后，他开始为报刊撰写电影评论，30 岁时开始进行文学创作。1962 年，在官员朋友的推荐下，因凡特远赴比利时布鲁塞尔，担任古巴领馆的文化专员，任期为三年。在那里，他开始了小说写作。1964 年，他的小说《热带的黎明景象》获得了西班牙巴塞罗那赛伊斯–巴拉尔出版社颁发的"简明丛书奖"。

转眼到了 1965 年，时任古巴驻比利时大使馆文化专员的因凡特得知，他的母亲突然死于耳朵感染引发的脑膜炎，仓促间他从比利时布鲁塞尔立即返回古巴哈瓦那。办完葬礼之后，他想返回比利时，却意外地在机场被外交部的官员拦下来。最后，他决定自我流放到欧洲。离开古巴后，他一开始住在西班牙，但佛朗哥政府不愿意收留他，此时英国又伸出了橄榄枝，他就来到伦敦，定居在那里，后来加入了英国国籍，一直到 2005 年去世时都在伦敦生活，再未回到过古巴哈瓦那。

吉列尔莫·卡夫雷拉·因凡特的主要作品有长篇小说《三只忧伤的老虎》《因凡特的哈瓦那》《神圣的烟草》等。当初，《热带的黎明景象》获奖之后，由于受到西班牙佛朗哥独裁政府的审查，出版十分困难，一拖再拖，卡夫雷拉·因凡特就花了好几年的时间，继续修改这本小说，增加了许多新章节，还把原来的书名改为《三只忧伤的老虎》，最终，这本书于 1967 年出版，成为西班牙语美洲文学中的一朵奇葩。1997 年，他获得了西班牙语最重要的文学奖塞万提斯奖。他去世之后，留下了大量未发表出版的遗作，一直在整理出版中，比如自传《间谍绘制的地图》等。

20 世纪最重要的文学现象之一，是出现在 1960 年代的"拉丁美洲文学爆炸"现象，仿佛他们全都约好了一样，加西亚·马尔克斯、卡洛斯·富恩特斯、马里奥·巴尔加斯·略萨、胡里奥·科塔萨尔等一批作家，都在同一时段出版了他们震惊世界的小说代表作，如《百年孤独》《阿尔特米奥·克鲁斯之死》《城市与狗》《跳房子》等作品，每一部都像炸弹一样震惊了读者。与《百年孤独》同在 1967 年出版的《三只忧伤的老虎》也算是"拉美文学爆炸"中出现的一部作品，只不过这部作品是在西班牙巴塞罗那出版的，当时并未在拉丁美洲本土获得应有的关注，一般很少有人把这部作品也算作在文学爆炸潮流中出现的作品。虽然吉列尔莫在多年之后获得了西班牙语最重要的文学奖塞万提斯文学奖，使他获得了经典化的文学地位，但实际上，他却一直处于拉美文学爆炸潮流的边缘，人们很容易忘记他。无论如何，他的《三只忧伤的老虎》以其无可替代的独特性，昂然屹立于美洲西班牙语文学的群星灿烂的杰作中而毫不逊色，经得起历史和时间的检验。

今天看来，《三只忧伤的老虎》依旧具有文学的先锋性、实验性和独创性，它的出现令人惊异。小说的题目来自一句西班牙语的绕口令：Tres tristes tigres，这句绕口令在西班牙语中几乎家喻户晓，类似汉语中的"吃葡萄不吐葡萄皮不吃葡萄倒吐葡萄皮"，谁都能张口来上这么一串。书名中有三只老虎，可你读完全书，发现小说中一只老虎都没有，只有各种艺术家在某个特定的年代里游走在哈瓦那的璀璨夜晚，在一场场奇特的晚会、欢宴、邂逅和奇遇中发生的乱七八糟的事情。这些哈瓦那的夜晚和白昼里的浪游者，有作家、诗人、舞女、歌手、演员、鼓手、摄影家、打手和匪徒，他们都是哈瓦那夜晚的寄生虫和白昼里的梦游者。在小说的开篇，吉列尔莫写了一个说明：

"书中人物虽基于真实原型，仍以虚构出现。全书中提及的人名都应视为化名。事件部分取材于现实，但最终成为想象的产物。文学与历史之间的任何雷同，均属巧合。"

看来吉列尔莫很担心有人对号入座。接着，对如何阅读这本书，他又写了一个提示：

"本书用古巴语写作。也就是说，用古巴的各样西班牙语方言来写，而写作不过是捕捉人声飞舞的尝试。古巴语的不同形式融为（或我自认为如此）一种文学语言。但其中占主导的还是哈瓦那人的说话方式，尤其是夜生活的俚语，就像在所有的大城市一样，往往会成为一种秘密语言。"

显然，在写这部小说的时候，吉列尔莫身在欧洲，他实在太想念哈瓦那了，就不断地通过回忆来捕捉已经逝去的哈瓦那的那些夜晚和白天，他也身在其中的边缘人以及他们的生活。以回忆的方式捕捉生活的全息景象，并绘制出一座城市的地图，早就有一个作家成功的先例，那就是詹姆斯·乔伊斯与他的《尤利西斯》。当年，他和诺拉私奔到欧洲大陆之后，不能再回到都柏林，就只能通过回忆和地图来书写他心里的脑子里的记忆与想象里的都柏林，在一部小说中硬是复原了都柏林那座城市。

少年吉列尔莫·卡夫雷拉·因凡特跟着父母亲来到哈瓦那的时候，正是哈瓦那人口激增、大兴土木的时期，因此，他的整个青春期都处于哈瓦那最为热闹和繁荣的时期。《三只忧伤的老虎》中的故事发生在 1958 年，那时，古巴的国土面积 10 万多平方公里，人口达到了 650 万，哈瓦那已经是 130 万人口的大城市。

可以想象，青少年时期的因凡特与各色人等游走在繁华热闹的哈瓦那的夜晚，那些记忆是他一生中最为看重的时光。显然，身在欧洲担任外交官的吉列尔莫，在 1964 年之前就开始动笔写这部小说，是由于他思念哈瓦那。他想不到的是，1965 年之后，他终将无缘再见哈瓦那，而哈瓦那却是他一生都要维系的记忆之地，是他的青春生命最为闪光的地区。于是，他决心在这部小说中，在追忆的状态里，一章一节、一人一物、一词一句、一砖一石地重建哈瓦那。哈瓦那显然是他的故乡，精神的故乡。他拥有的能力就是用一种古巴的西班牙语，在纸上造就一个属于他自己的哈瓦那，也就是这一部《三只忧伤的老虎》。最终，可以说他成功了。

每一部小说都有诞生它的理由和机缘。《三只忧伤的老虎》也是如此。吉列尔莫与电影的缘分从他还在襁褓中就开始了。不满一个月的吉列尔莫被母亲抱着进了电影院看过一场电影。当然，这个事情他是无法有准确记忆的，一定是他的母亲后来告诉他的。

成年之后，吉列尔莫写下了大量的影评，还写过电影剧本。他的弟弟阿尔贝托·卡夫雷拉·因凡特曾和朋友一起拍摄过一部纪录片，表现一群哈瓦那的工人夜晚来到哈瓦那老城区码头，在那里彻夜狂欢的场景。这部关于哈瓦那夜生活的影片震动了因凡特，他动了念头，想用文学的写作，将弟弟拍摄的电影里哈瓦那的夜色中流动的人物与景象记录下来，成为另一种艺术表现形式的作品。

　　可以说，阅读这部小说，我们都能感觉到，《三只忧伤的老虎》就是一部纸上的电影。这部小说处处都是声音和画面，镜头的拉伸和切换，没有明确的故事主线，除了序幕和尾声之外，主题部分是七个章节，分别是："首秀""塞塞力郭""镜屋""游客""想破头""不同古巴作家笔下的托洛茨基之死，事发前或事发后""巴恰塔"。开篇的序幕就是1950年代哈瓦那一家著名夜店的主持人在主持，各色人物纷纷登场。这些活跃在古巴文化圈的演员、歌手、作家、摄影师，各自展开独白、对话、游戏，在哈瓦那的夜色中穿梭。最终，《三只忧伤的老虎》虽然写了那么多在哈瓦那的夜晚游走的艺术家，可这部小说的真正主角只有一个，那就是哈瓦那。

　　《三只忧伤的老虎》中最突出的特点就是语言游戏和戏仿，小说中，几乎每一个章节，无论是人名地名，艺术作品，名言警句，方言俗语，在小说中，因凡特动用了大量西班牙语的双关和衍生性，把语言游戏、文体实验、新颖排版和一些其他文本都囊括在小说中，甚至书中出现了戏仿英国作家劳伦斯·斯特恩的《项狄传》中曾有过的好几页的空白，以及黑框、颠倒印刷的文字、谐音、多声道叙述等等，使得这本书显得喧哗而又生动，鲜活而又新颖。不过，这并不是一部好读的书，有着相当超前的实验性，读者读下去需要耐心，因它的碎片叙述需要你去拼接起来。因凡特无时无刻都在进行着语言游戏和戏仿，在他笔下，一切都是可以被调侃、篡改和模仿的对象。

比如，小说主体部分的第六章"不同古巴作家笔下的托洛茨基之死，事发前或事发后"，就是在戏仿古巴的一些著名作家的文风，反复描绘托洛茨基之死，以十分顽皮的方式炫技。他戏仿的古巴作家有：何塞·马蒂、莱萨玛·利马、比尔希略·皮涅拉、莉迪亚·卡夫雷拉、李诺·诺瓦斯、阿莱霍·卡彭铁尔、尼古拉斯·纪廉等。据说，此举引起了古巴大作家卡彭铁尔的不满。

托洛茨基之死发生在1940年8月20日，这位流亡墨西哥的政治家被苏联特工拉蒙·梅卡德用冰镐刺杀身亡。因凡特曾经仔细了解过凶手的身世，其母亲是古巴驻巴黎大使馆的接待员，与苏联秘密警察部门合作，招募了梅卡德。刺杀托洛茨基之后，梅卡德被判刑入狱，在墨西哥的监狱里服刑20年之后才获得释放，持捷克斯洛伐克护照前往苏联。途中，梅卡德在哈瓦那待了一个星期。

《三只忧伤的老虎》这部小说的出现，是美洲西班牙语小说从现代主义向后现代主义发展的鲜明成果，有着"元小说"的鲜明特点，里面有很多关于小说的元素。其智力游戏成分超过了其他因素。因凡特说："对我来说，文学是一种复杂的游戏，既有精神上的，也有具体的，它在页面上以物理方式表现出来。"

2005年，吉列尔莫·卡夫雷拉·因凡特在伦敦去世，享年75岁。

《荒野侦探》

罗贝托·波拉尼奥1953年出生于智利，父亲是个卡车司机与业余拳击手，母亲则在学校教授数学和统计学。1968年，他们全家移居墨西哥。1973年，罗贝托·波拉尼奥再次回到智利，投身社会主义革命却遭到逮捕入狱。经友人解救，他返回墨西哥后，和好友桑迪耶戈发起了超现实主义、达达主义以及街头剧场的"现实以下主义"文学运动，激发拉丁美洲年轻人对生活与文学的热爱。1977年，他前往欧洲浪游，后来在西班牙结婚后定居波拉瓦海岸。2003年，50岁的波拉尼奥因为肝脏功能衰竭，在巴塞罗那去世。

罗贝托·波拉尼奥开始写作的时间较晚，1993年他40岁时才开始写小说，到他去世之前的10年时间里，他夜以继日地写作，留下了数量惊人的作品，有10部长篇小说、4部短篇小说集以及3部诗集，还有一些书信、日记和文论等。1998年，他出版了长篇《荒野侦探》，在拉美文坛引起轰动，人们将他的出现比拟为当年马尔克斯出版《百年孤独》时的盛况。他的其他小说还有《地球上最后的夜晚》《科幻精神》《重返暗夜》《帝国游戏》《护身符》《遥远的星辰》《美洲纳粹文学》《佩恩先生》《智利之夜》，以及长篇小说《2666》、诗集《未知大学》等。直到他过世后，作品才开始被欧美国家发掘出版，被一些作家和出版方赞誉为"那一代西班牙语世界中最值得钦佩的小说家""当代西班牙语文学中最大胆的作家"等。

罗贝托·波拉尼奥的作品是一种独特的拉美文学，他是继拉美文学爆炸中出现的文学群星之后又一颗拉美文坛超新星，不经意间，猛然爆发了。由于他英年早逝，其遗作的不断发掘出版，也在不断掀起一阵阵的巨浪。尤其是，他的规模宏大的长篇小说《2666》出版后，更是成为现象级的西班牙语文学巨著，有关这本书的话题经久不衰，研究这本书的论文不断涌现。

算下来，罗贝托·波拉尼奥的《荒野侦探》和《2666》这两部长篇小说最能代表他的文学追求，也最能体现出他的独特性和对当代小说的贡献。从小说史的角度来看，这两部小说令人炫目地达到了某种艺术的高度和强度，令人惊叹。

我们来看看《荒野侦探》这部小说。从书名上来看，似乎是一部侦探小说，可这部小说里面既没有荒野，也没有侦探。小说出版于1998年，随即获得拉丁美洲最高文学奖罗慕洛·加列戈斯奖。

《荒野侦探》这本书乍一听，都以为是一部通俗侦探小说，实际上，小说讲述了几个文学青年满怀热情，像侦探那样去寻找一个他们喜欢的老牌女诗人的故事。小说夹杂着类似美国作家凯鲁亚克的《在路上》的浪游激情，充斥着墨西哥大地带来的荒野气息，而这种气息又和文学梦想之路上的追寻密切相关。《荒野侦探》写得汪洋恣肆，小说的主人公没有警察和侦探，只有几位诗人和作家。他们混迹江湖去寻找文学教母蒂纳赫罗的过程，带有某种波希米亚和美洲大陆的浪漫气息。这几个人物为追寻自己的文学理想，在二十年的时间里，足迹遍布拉丁美洲，其目标遥远而清晰，那就是去寻找文学理想的存身之处，即使这理想宛如遥远的星辰一样遥不可及，也要在大地上去不断追寻。如果用一句恰当的比喻来形容这部作品的话，那就是《荒野侦探》是一部文学青年追寻文学梦想的"圣经"。再也没有比这本书里写到的文学青年更生动的文学青年了。

虽然这部小说在叙述语调上泥沙俱下汪洋恣肆，但罗贝托·波拉尼奥在设计《荒野侦探》的结构时也是别具匠心。小说共分为三个部分，每一部分都有标题。第一部分是"迷失在墨西哥的墨西哥人"，第二部分为"荒野侦探"，第三部分为"索诺拉沙漠"。第一部分由 17 岁的少年诗人胡安·加西亚·马德罗的日记构成，时间从1975 年 11 月 2 日到 12 月 31 日。他的日记记叙了他自己与全书的两位核心人物，也就是诗人贝拉诺和利马的文学活动。这几个人发起了本能现实主义诗歌运动，并且和很多文学青年进行了交流和往来，过着放荡不羁的生活。最后，以两个诗人从墨西哥城出发，前往墨西哥北方沙漠地带，去寻找上个世纪初活跃的一个先锋派女诗人而结束。

《荒野侦探》的第二部分是全书的核心，某个身份不明也许是研究利马和贝拉诺发起的诗歌运动的人，采访了跟这两个诗人相识甚至只有一面之交乃至于仇敌等等的形形色色的人物，他们以第一人称的口吻叙述了各自目击或者耳闻的两个诗人的生活片段。这是众声喧哗、百口莫辩的部分。在这些人的讲述中，真真假假，虚虚实实，话里有话，或者有很多掩饰，让人很难判断其真实与虚构的部分。在他们的叙述中，两个诗人的面目时而清晰，时而模糊，时而简单，时而复杂。

在多声部的叙述中，时间跨度从 1976 年到 1996 年，整整 20年的时间里，我们会发现，这两个诗人发起的文学活动在地理范围上来说十分广大，在影响力方面也很深远，能看到拉丁美洲独特的社会变迁和当代历史的波澜壮阔的画卷。被采访的这些人有着各种职业，身处不同的社会阶层，就像是被风吹散的植物种子那样，遍布欧洲和拉美各个角落，甚至到了以色列，他们的叙述带给我们广阔的时间和空间构成的某种世界文学在当下发生的即时感，一点都不违和。

小说的第三部分，继续延续少年诗人马德罗的日记。这部分的日记从 1976 年 1 月 1 日开始，到 2 月 15 日结束，主要情节是马德罗与两个比他年长的诗人外加一个小妓女鲁佩到墨西哥北方的索诺拉沙漠，去寻找先锋派女诗人蒂纳赫罗的经过。历经千辛万苦，他们终于找到了女诗人蒂纳赫罗，可这几个诗人却与寻找小妓女鲁佩的皮条客遭遇，皮条客被诗人合力杀死，一番惊险的搏斗之后，年迈的先锋派女诗人也意外死去。

由此看来，《荒野侦探》和侦探小说没有关系，这是罗贝托·波拉尼奥玩的一个花招，就是用书名来迷惑读者。充斥在书中的，是大量关于诗人、诗歌、作家和文学的内容，这可能会令一些读者昏昏欲睡，但某种生猛的语言流和情节忽然又会让读者的眼睛亮起来。《荒野侦探》展现了现代社会里一个特殊群落——压在文学金字塔最底端的无名文学青年，以及他们那追求文学理想的生活。在 20 世纪，无论是在欧洲还是美洲，或者在亚洲，到处都有文学青年所构成的文学现象生动地成为了文学史的边角料，这甚至是一个横跨百年的全球性的文学现象。从巴黎到伦敦再到罗马，从横扫美利坚的"垮掉一代"到 20 世纪 80 年代在中国大地上出现的第三代诗人群体，很多文学青年就是时代最敏感的一群人，他们中间最终总有几个会成长为真正的作家与诗人。

可以说，罗贝托·波拉尼奥的《荒野侦探》与《2666》的出版掀起了拉丁美洲文学的新高潮。紧接着，他那80万字的长篇小说《2666》又出版了，更是被认为是21世纪头20年里最亮眼的长篇小说。

2011年12月，篇幅浩大的《2666》中文版出版，使中国读者对这个作家了解得更加全面。常常有人说，小说不要写那么厚，否则读者不会多，谁有闲心看那么长的东西呢？可实际上，在当代世界各大语种的文学中，几乎每隔几年就会有一部长达一千页以上的大部头小说出现，比如像挪威作家克瑙斯高的《我的奋斗》六卷本，全书厚达5000页，照样获得了读者的热捧，不仅畅销而且长销。因为，长篇小说的光荣恰恰是其长度、厚度和难度带来的。一部篇幅巨大的小说，因其体量巨大，就像是一幢高楼大厦那样，依旧会吸引很多人仰望的目光。而一部小说的长度、厚度和难度也表明了一个作家的创造力和驾驭能力。

《2666》就是一部显示了文学新气象的巨型小说。这部小说像是由彼此联系的五个文件夹构成的，又像是能够连接起来又彼此独立的五幅巨大的壁画。中文版有80万字，读起来的确需要耐心。就连罗贝托·波拉尼奥生前也曾想将这本书分成五本来出版，他也是考虑到了读者的接受程度。最终，这本书直接以一个大厚本的形态问世，而作者已经看不到它的样貌了。

《2666》的五个部分相互独立，又互相牵引。小说的第一部分讲述四个欧洲的学者来到墨西哥，研究探讨一个德国犹太作家的生平经历的故事。第二部分讲述一个智利教授来到墨西哥的艰难生存。

第三部分讲述一个美国记者来到墨西哥，对边境城市贩毒集团残杀女性案件进行调查的故事。第四部分则直接罗列了近二百个女性在类似华雷斯那样的墨西哥边境城市中被杀的案例。这一部分是最耸人听闻而又毫无情感色彩的，读来有一种翻看验尸报告般的窒息感与末世感。

小说的第五部分，回到了对那个二战期间的德国犹太作家的生平描述。这五个部分构成了一幅巨大的时代画卷，将20世纪到21世纪重大的历史事件串连起来，场面宏大，细节生动。尤其是小说的第三部分和第四部分，对当代拉美特别是墨西哥因贩毒集团火拼导致的暴力犯罪事件的描述惊心动魄，让我们看到了人类的残暴和血腥的图景。小说像五幅巨大的壁画那样拼贴起来，展现给我们一个被暴力笼罩的、从纳粹大屠杀到墨西哥华雷斯市贩毒集团屠杀的末世景象。

在《2666》中我们能够看到罗贝托·波拉尼奥所具有的巨大文学雄心，他让我们看到了世界最为真实而惊悚的景象，也展现出一个拉丁美洲作家的巨大创造力。很多人都认为，是罗贝托·波拉尼奥以一人之力，将拉美文学爆炸的冲击波延续到了21世纪。

《盲刺客》

玛格丽特·阿特伍德1939年出生于加拿大渥太华，父亲是一位生物学家，主要研究昆虫，母亲是一个营养学家。玛格丽特·阿特伍德从小就喜欢阅读，5岁时已经读了格林兄弟的童话集。1946年，她跟随父母亲迁居到多伦多，开始在约克学校杜克分校上学，1957年，18岁的玛格丽特·阿特伍德到多伦多大学维多利亚学院学习，1967年获得哈佛大学博士学位，后来就一直在加拿大和美国的多所大学担任教师和驻校作家。

1966年，玛格丽特·阿特伍德出版了诗集《圆圈游戏》，次年获得加拿大最高文学奖总督文学奖。1969年，玛格丽特·阿特伍德出版第一部长篇小说《可以吃的女人》，获得了非常好的评价。小说的主角是一个受过良好教育的年轻女人，表面上看她一切顺利，事业和爱情都波澜不惊，但她的内心却很焦虑，尤其是她对婚姻感到恐惧，进食都变得困难。在婚期来临时，她烤了一个形状像女人的大蛋糕，把它献给丈夫，表示自己要和过去断裂开来。小说带有浓厚的女权主义意味，今天看来意义仍在。小说的写法上有新颖之处，共分三个部分，第一部分是第一人称叙事，到第二部分则变成了第三人称，隐藏起来的作者出面进行全知全能的讲述，到了第三部分又变成第一人称，叙述者重新变成女主角，叙述角度不断变化，显示了她在小说技巧上勇于创新的能力。

玛格丽特·阿特伍德创作力相当旺盛，涉及文体非常多样，是一位多产作家。此后，她的长篇小说有《浮现》（1972）、《预言夫人》（1976），短篇小说集《跳舞的女孩们》（1976），长篇小说《有男人以前的生活》（1979），儿童读物《反叛者的日子，1815—1840》（1977），儿童故事《在树上》（1978），以及长篇小说《肉体伤害》（1981）、短篇小说集《黑暗中的谋杀》（1982）和《蓝胡子的蛋》（1983）。

她的长篇小说《使女的故事》（1985）带有科幻小说色彩，又具有现实批判性。她曾经在一次演讲中说：

"小说创作是社会道德伦理观念的一种监护，尤其是在今天，各种有组织的宗教活动肆虐横行，政客们已经失信于民。在这样一个社会，我们所借以审视社会一些典型问题、审视我们自己以及我们相互之间的行为方式、审视和评判别人和我们自身的形式已经所剩无几了，而小说则是仅剩下的少数形式之一。"

可以看出，玛格丽特·阿特伍德相信小说的社会功能和介入现实问题的能力，她更加关心由女性角度表达对政治与现实问题的思考。在《使女的故事》中，玛格丽特·阿特伍德虚构了一个被极端宗教分子控制的基列共和国，在这个国家里，对《圣经》的崇拜到了亦步亦趋的地步。外部的威胁，像环境污染、核散布、社会动荡与道德堕落步步逼来，女性退守到只能在家里活动，成为男人的生育和泄欲工具。"使女"这个特殊的女性群体的存在意义，是给基列共和国的上层人物繁衍后代，她们存在的意义就是生育。

小说的结尾是开放性的，一个企图反叛的使女也许遭到了即将到来的惩罚，也许逃跑了。小说带有未来社会令人窒息的黑暗性质，整个小说的叙述非常有特色，是以现在进行时的状态描述未来发生的故事，第一人称的叙述使读者有一种故事发生在当下的感觉，可以和书中的人物一起经历未来。小说涉及的当代问题也很尖锐，社会环境和生态环境双重恶化，极端宗教组织和原教旨主义肆虐，恐怖主义崛起，邪教盛行，环境保护问题越来越严重，人类面临着前所未有的挑战。小说回答了如何面对这些问题，可以说，《使女的故事》延续了《一九八四》、《我们》和《美丽新世界》的反乌托邦小说传统，可以说是一部忧患之书。这部小说所涉及的各个学科的知识也非常庞杂，有人统计这部小说涉及了文学、艺术、圣经、生物学、电子技术、遗传学、心理学、互联网络、经济、历史学、音乐、医学等各个领域，显示了玛格丽特·阿特伍德渊博的学识。

玛格丽特·阿特伍德第10部长篇小说《盲刺客》(2000)，获得了英语文学布克奖。小说内部结构复杂，采取俄罗斯套娃式的结构，大故事套着小故事，小故事里又套着更小的故事，进行层层的叙述，抽丝剥茧，以姐妹俩的人生命运为主线，描绘出连绵不断的加拿大人的生活景观。小说叙述时间跨度数十年，女主人公——姐姐艾丽丝已经是80多岁的老人，她回忆起和自己的性格完全不同的妹妹劳拉的叛逆生活，这是小说的第一线索。劳拉最终自杀身亡，引起了艾丽丝无尽的思念。在回忆中，不断重现当年的很多场景。

在《盲刺客》这部小说中，四条情节线索往来穿梭，在现在和过去的时态之间转换自如。比如第一条情节线索讲的是82岁的老太太爱丽丝当年的日常生活。第二条情节线索就是在回忆爱丽丝和劳拉姐妹俩从小时候一直到第二次世界大战结束时的生活。第三条线索则是以劳拉之名发表的题为《盲刺客》的中篇小说。那么在小说里男主角是被通缉的左派分子，女主角是上流社会的少妇，他们俩幽会时，左派分子还在讲述他正在构思的科幻小说，谈到了在萨基诺城内的盲杀手。第四条线索就是小说中的"故事中的故事"，就是关于盲刺客的故事。于是，《盲刺客》就把爱情、嫉妒、牺牲这些元素和真实世界里，也就是二战前后，在加拿大这样一个家庭里的姐妹俩爱丽丝和劳拉，以及爱丽丝的丈夫理查德，还有劳拉喜欢的叛逆青年阿里克斯等等，这些人物的故事和家庭悲剧，还有隐含的一个战争背景相互交织起来，增强了这部小说的真实性和可信性。

整部小说就这样将多重的讲述、多个层面叠加在一起，创造出非凡的叙述空间，玛格丽特·阿特伍德采用报纸拼贴、时空倒错、意识流、对话与潜在对话的表现方式，多层次挖掘人物复杂的内心，在悲剧性的人生故事之外，还将语言的美、结构和形式的美、女性细腻感觉的美带给我们。这是玛格丽特·阿特伍德的作品中最厚重的一本书。

玛格丽特·阿特伍德还将英国小说中一种独特的叫"哥特式小说"的元素，也糅合在了作品里。"哥特式小说"一般都比较惊悚，带有恐惧色彩，最大的特点就是小说一开始一定会出现一具尸体，没有尸体就不是"哥特式小说"。

在回答为什么写作这个问题的时候，玛格丽特·阿特伍德给出了一个丰富而有趣的答案，她说：

"为什么写作？为了记录现实世界。为了在过去被完全遗忘之前将它留住。为了挖掘已经被遗忘的过去。为了满足报复的欲望。因为我知道要是不一直写我就会死。因为写作就是冒险，而唯有借由冒险我们才能知道自己活着。为了在混乱中建立秩序。为了寓教于乐（这种说法在 20 世纪初之后就不多见了，就算有形式也不同）。为了让自己高兴。为了美好地表达自我。为了创造出完美的艺术品。为了惩恶扬善，或者正好相反。为了反映自然。为了描绘社会及其恶。为了表达大众未获表达的生活。为了替至今未有名字的事物命名。为了护卫人性精神、正直与荣誉。为了对死亡做鬼脸。为了赚钱，让我的小孩有鞋穿。为了赚钱，让我能看不起那些曾经看不起我的人。为了给那些混蛋好看。因为创作是人性的。因为创作是神一般的举动。因为我讨厌有一份差事。为了说出一个新字。为了创造出国家意识，或者国家良心。为了替我学生时代的差劲成绩辩护。为了替我跟自我及生命的观点辩护，因为若不真的写些东西就不能成为'作家'。为了让我这人显得比实际有趣。为了赢得美女的心。为了赢得俊男的心。为了改正我悲惨童年中那些不完美之处。为了跟我父母作对。为了编织一个引人入胜的故事。为了娱乐并取悦读者。为了消磨时间。尽管就算不写作时间也照样过去。对文字痴迷。强迫性多语症。因为我被一股不受自己控制的力量驱使。因为缪斯使我怀孕，我必须生下一本书（很有趣的装扮心态，17 世纪的男作家最喜欢这么说）。因为我孕育书本代替小孩（出自好几个 20 世纪女性之口）。为了服侍历史。为了发泄反社会的举动，要是在现实生活中这么做会受到惩罚。为了精通一门技艺，好衍生出文本（这是近期的说法）。为了颠覆已有建制。为了显示存有的一切皆为正确的。为了实验新的感知模式。为了创出一处休闲的起居室，让

玛格丽特·阿特伍德：《盲刺客》

读者进去享受（这是从捷克报纸上的文字翻译而来的）。因为这故事控制我，不肯放我走。为了应付我的抑郁。为了我的孩子。为了死后留名。为了护卫弱势团体或受压迫的阶级。为了替那些无法自己说话的人说话。为了揭露骇人听闻的罪行或者暴行。为了记录我生存于其中的时代。为了见证我幸存的那些恐怖事件。为了替死者发言。为了赞扬繁复无比的生命。为了赞颂宇宙。为了带来希望和救赎的可能。为了回报一些别人曾给予我的事物——显然，要寻找一批共通的动机是徒劳的：在这里找不到所谓的必要条件，也就是'如果没有它，写作便不成其写作'的核心。"（见《与死者协商》导言《进入迷宫》）

玛格丽特·阿特伍德精彩地概括和归纳了历史上各种"为什么写作"的答案，告诉我们，写作的理由千千万万，不会有一个确定的答案。

玛格丽特·阿特伍德的创作力旺盛，进入 21 世纪，她又出版多部作品，题材相当广泛，女性主义视野是她重要的向度。她的科幻小说以及反乌托邦小说近年很受瞩目。2017 年，玛格丽特·阿特伍德获得卡夫卡文学奖和德国书业和平奖，她也是近年诺贝尔文学奖的热门人选之一。

1985 年她出版长篇小说《使女的故事》，广受赞誉，成为 20 世纪科幻反乌托邦小说。《使女的故事》探讨了女性生育自由、代孕、人口衰退、环境恶化等问题，在读者中引发热议。2017 年 4 月，根据《使女的故事》改编的同名剧集在电视台播出，成为全球热门话题，斩获艾美奖五项大奖。《使女的故事》第二季已播出，获评 BAFTA 电视奖最佳国际剧集，剧中演员萨米拉·威利获得 2018 年第 70 届艾美奖剧情类最佳客串女演员奖。玛格丽特·阿特伍德借势又写了《使女的故事》的续篇、长篇小说《遗嘱》，在 2019 年入围了英语布克奖短名单。《遗嘱》的情节设定在《使女的故事》结束后的 15 年，书中的女主角奥芙瑞德逃离了未来神权统治的美国，引发了一系列的延伸故事。布克奖评审委员会主席彼得·弗洛伦斯说："这是一部野蛮而美丽的小说，它以独特的信念和力量在向人们诉说未来世界的多种可能性。"

《人树》

　　帕特里克·怀特 1912 年生于英国。整个童年时代，他是在悉尼的郊区度过的，他的个子要高于同龄人，但是他的身体却孱弱多病，他就将很多时间用在了读书上。1925 年，他到英国读书，4 年之后回到了澳大利亚，并且尝试着写小说。1939 年，他的长篇小说《幸福谷》出版。小说讲述在澳大利亚一个"幸福谷"小镇上，生活不少有着欧洲血统和文化传承的移民，他们觉得自己不是欧洲人，在地广人稀的澳大利亚也找不到扎根的感觉，他们的生活恰恰和"幸福谷"这个地名形成了反差，是一群生活不幸福的人。

　　1941 年，他出版长篇小说《生者与死者》，小说叙述 1930 年代英国某个小城市里，斯坦迪什一家的生活。他的第三部长篇小说《姨妈的故事》出版于 1948 年，小说通过侄子的视线，描绘了一个渴望摆脱生活局限的女性进取的大半生。

　　1955 年，他出版长篇小说《人树》，这是一部篇幅较长的巨著，气势恢宏地描绘了一个家族和一个澳大利亚男人斯坦·帕克的一生：他如何开拓垦荒，如何在与大自然的搏斗中获得生存的勇气，如何恋爱、结婚、生儿育女，如何经历各种自然灾害和生活变故。孩子们不断出生和长大，他们也面临着自己的问题，并获得了不同的命运。小说一直写到了斯坦·帕克的死，写到了悉尼由一片荒地渐渐地变成一座大城市。他的整个生命血缘之树向上和向下延伸，三代人共同创造出一个家谱，在这个家谱中，像树一样枝繁叶茂的家族命运伸展着，一棵人之树在小说中枝枝蔓蔓，不断延伸，一代代人在生长和繁衍，都有着各自无可抗拒但却在努力去改变的命运，人树象征着人类顽强的生存、诞生和奋斗，是人类生活的象征性体现。

《人树》的出版获得了成功，特别是在英语世界，人们对这部表现澳大利亚人坚忍不拔地寻求新生活的小说赞誉有加，认为澳大利亚诞生了真正的现代文学，就是从怀特开始的。帕特里克·怀特在写这部小说时广泛采用现代主义小说技法，摆脱了澳大利亚长期以来的传统现实主义桎梏，将现实主义的人物刻画和现代主义的结构繁复、语言实验、内心描写、意识流结合起来，写出一部带有史诗气魄的小说，塑造出一系列性格复杂生动的澳大利亚人的形象，以创造文学新大陆的勇气，将一种澳洲新小说带到人们的面前。

《人树》的出版，标志着帕特里克·怀特进入到创作的全盛期。1957 年，他出版长篇小说《探险家沃斯》，这同样是一部杰作。小说以历史上真实地存在的探险家在澳大利亚的探险经历为素材，塑造出探险家沃斯的形象，描绘沃斯组织探险队从欧洲出发，前往澳大利亚中部荒无人烟的广漠地区探险的经历。

沃斯虽然是一个探险家，但在他的身上凝聚了现代人不屈的创新精神，他带领一队人马进入荒野去探询新的乐土，去认识和发现一块新的美好的土地，带有浓厚的象征性意蕴。在茫茫的荒野和戈壁上，他们渺小的足迹不断地被各种威胁掩盖，探险家沃斯遇到重重困难，最后死在土著人的手里。尽管沃斯死了，但他带领的白人探险队对澳大利亚的发现，呈现出顽强的探索精神，激励了更多人对澳大利亚的探索。这部小说以它对澳大利亚奇特风光的描绘和人物命运的悲剧性，强烈震撼了读者。

帕特里克·怀特的长篇小说还有《乘战车的人》（1961）、《坚固的曼陀罗》（1966）、《活体解剖者》（1970）。

1973年，帕特里克·怀特获得诺贝尔文学奖，获奖理由是："他的作品以史诗般的气魄和刻画人物心理的叙事艺术，把一个新大陆引入到世界文学之林。"可以说，他的获奖与《人树》《探险家沃斯》《乘战车的人》《坚固的曼陀罗》《风暴眼》等杰作有关。这几部作品使帕特里克·怀特达到了创作巅峰，也使他摘取了世界文学皇冠上的明珠。

同一年，他出版长篇小说《风暴眼》，这是一部十分厚实的作品，小说以回溯和现实交织的手法，描绘处于风烛残年、弥留之际的亨利老太太一生的经历。她在病倒之后，感到可能不久于人世，就将在国外的儿子和女儿招回来，商量遗产处置的事情。但儿女们内心真实的想法，却是如何争取母亲亨利太太更多的遗产。他们甚至希望弥留之际的母亲快点死掉才好，陷入争斗和较劲，律师也在其中搅和，带着想要捞更多钱的目的，利用这对兄妹的心理，左右逢源，骗取钱财。在这样的情况下，亨利太太开始追忆自己的一生，她年轻时如何年轻漂亮，凭借美貌嫁入富人家庭，享受财富带来的荣耀和舒适。后来，她忍受不了丈夫的庸俗和无能，开始有了情人，享受了偷情的快感，却又觉得人生空虚。15年前，她和女儿在一次郊游中遇到一场风暴，风暴过去之后，一切被涤荡，她却仿佛处于风暴的中心——风暴眼中，周围的一切在迅速地旋转和变化，都变成了新的，她安然无恙，感受到风暴眼造就的世界的美好。但眼前的现实击碎了她全部美好的感受，最终，亨利太太死了，她的死也改变了两个孩子的人生轨迹。

这部小说深刻探讨了金钱和物质欲望给人们的生活带来的危害，物质丰裕无法解决人生根本问题的境况。小说以回忆和梦幻的方式展示澳大利亚特殊阶层的生活，大量使用意识流和心理描写，现代小说技法运用十分精当。

1976年，他出版长篇小说《树叶裙》。小说取材于一个真实的历史事件，描绘一个白人女性埃伦，和丈夫一起到澳大利亚探望亲戚，途中遭遇到海难，落到澳大利亚土著人的手中，丈夫被杀，她成为土著人的奴隶，受尽折磨和侮辱，吃树皮、裸身体，像土著人一样，最后饥饿到吃人肉的地步，从文明的世界坠落到野蛮种族中，被迫适应新的环境。但顽强的生存意识使她没有放弃自己。一次偶然，她认识了一个躲避到土著人地盘的白人流放犯，两人之间萌生了爱情，过着亚当和夏娃般的遗世生活。后来，她被白人社会发现，他们把她重新带到了现代社会，带到了大城市中，回到了现代文明里。

帕特里克·怀特深入思考和表现澳大利亚的文化特性，以细腻生动的笔触，描绘白人文化和澳大利亚土著文化所迸发的冲突。小说主人公的离奇经历正是澳大利亚自身的奇特魅力，以强烈的戏剧性情节呈现出澳大利亚的多彩、神奇、五光十色。现代主义和现实主义手法的交织、语言上精益求精的锤炼，都使这部小说成为上乘之作。

1979 年，帕特里克·怀特出版长篇小说《特莱庞的爱情》。这部小说的题材在怀特的小说中十分罕见，是关于两性人的。小说的主人公有男性的躯体和女性的意识，变性后与现实社会相抵触，不适应现代社会。

帕特里克·怀特的大多数小说都很厚重，厚度如同一块砖头，内容也都带有史诗特征，长度、密度和厚度令人惊叹。1987 年，怀特出版了最后一部长篇小说《百感交集》，借助一个希腊老妇人的口吻叙述，由怀特作为作家在书中亲自出场，记述老妇人的家庭生活在 20 世纪的变迁，阐述自己对于文学、生活和外界对作家怀特本人的批评与看法，自传性很强。他还出版了自传《镜中瑕疵》、短篇小说集 3 部、7 个话剧剧本和 1 部电影剧本。《镜中瑕疵》大胆披露自己的情感生活，真切生动地描绘了一个人成长为一个作家的艰辛历程。

帕特里克·怀特将宗教关怀、历史事件和人生命运结合起来，书写了澳洲新大陆的传奇。他将人物心理描绘、内心独白、时间和空间倒错交叉、意识流等技法运用自如，改变了澳大利亚的小说原先"阴郁、沉闷的新闻体现实主义"的面貌，努力用小说去发现澳大利亚的文化特性，描绘奇异的澳大利亚自然风景与人心的风景，并摆脱时代的喧嚣和浮躁，使澳大利亚新小说像艾尔斯巨岩那样，神奇地凸显在世界文学的版图上。

《河流引路人之死》

理查德·弗兰纳根 1961 年出生于澳大利亚塔斯马尼亚岛，可以说是一个土生土长的澳大利亚塔斯马尼亚人。塔斯马尼亚岛是一座距离澳大利亚墨尔本市约 240 公里的大岛，位于澳大利亚南面，中间隔着巴斯海峡与澳洲大陆相望，面积有 64519 平方公里，南北长约 280 公里，东西宽约 233 公里。这座大岛上至今留有十分原始的地理风貌和自然景观，生活着近 50 万人。他们自认为与其他澳大利亚人不一样，在他们嘴里，一般称呼澳大利亚大陆为"另一个岛"。岛上原先还居住有土著人，后来都被先后到来的荷兰人和英国殖民者杀死。据称，最后一个塔斯马尼亚土著人死于 1876 年。

19 世纪后，塔斯马尼亚岛是英国人流放罪犯的目的地，岛上至今还留着当年英国人修建的石头监狱的建筑遗存，远看是一片城堡，近看是一堆坚固的石头般的建筑。

理查德·弗兰纳根的童年在塔斯马尼亚西海岸的罗斯伯里度过，这里出产金、银、铜、锌、铅等矿藏。他的祖先是从爱尔兰来到塔斯马尼亚的流放犯，父亲在二战期间曾被日军俘虏，这一事件成为他后来的获奖小说的创作素材。正如所有的作家都是从生活中来的，理查德·弗兰纳根高中辍学后，干过各种杂活儿，在社会上飘荡了6年时间，积累了大量社会经验和观察体验。之后，他到塔斯马尼亚大学学习，取得学士学位，申请到罗德奖学金后，又到英国牛津大学伍斯特学院深造，获得硕士学位。毕业后，他回到了塔斯马尼亚，立志从事文学创作。

1994年，理查德·弗兰纳根出版第一部长篇小说《河流引路人之死》之后，至今已出版了长篇小说和非虚构作品10多部，是澳大利亚新世纪以来最受瞩目的作家。在世界上具有影响力的澳大利亚作家有：1973年获得诺贝尔文学奖的帕特里克·怀特、2006年移民澳大利亚的库切、两度获得布克奖的彼得·凯里等。2014年，理查德·弗兰纳根凭借小说《深入北方的小路》获得布克奖，成为这一耀眼名单的最新加入者。

理查德·弗兰纳根曾写过四部非虚构作品，他称这一段经历为自己的写作见习期。其中一部非虚构作品，是有关澳大利亚最著名的骗子之一约翰·弗里德里希生平的传记作品。他在一个半月之内就完成了这部作品，之后，觉得再写非虚构作品是浪费时间，就把全部精力投入到小说创作中。

目前看来，理查德·弗兰纳根的创作成就主要在长篇小说，至今他已出版了7部小说。由于塔斯马尼亚岛曾作为欧洲白人流放犯的流放地，因此，当理查德·弗兰纳根有一天读到卡夫卡的小说《在流放地》之后，立即想到了他所生活的塔斯马尼亚岛。塔斯马尼亚岛上的居民大都是流放犯的后代以及自我放逐的边缘人。在此之前，从未有表现塔斯马尼亚人生活的文学作品获得过关注，于是，弗兰纳根决定书写塔斯马尼亚，以文学的方式为这座孤寂的大岛发出强音。他的第一部小说《河流引路人之死》出版之后广受瞩目，就因为这部小说和塔斯马尼亚岛的地理风貌与传奇有关。小说取材于他的少年经验，以对塔斯马尼亚岛的风景和人物内心的深入刻画而令人耳目一新。

1997 年，他出版了第二部长篇小说《只手之声》，或者也可以翻译为"孤掌难鸣"以及"一个巴掌拍不响"。这部小说讲述了他的母系家族是如何从欧洲斯洛文尼亚移民到澳大利亚塔斯马尼亚岛上的。这本书出版之后，很快销售 15 万册，这在只有 2000 万人口的澳大利亚是十分罕见的。

2001 年，他出版长篇小说《古尔德的鱼书》，这是他的第三部长篇小说，旋即获得了 2002 年英联邦作家奖。这部小说仍旧是关于塔斯马尼亚的叙事作品，小说形式独特，小说的出版形态十分新颖，是多色印刷版，分为红、蓝、绿、赭几种颜色来结构不同的章节，每一章都绘制了一条独特的鱼，和本章内容相关。小说讲述第 873645 号流放犯、一个叫威廉·布埃鲁·古尔德的家伙，从欧洲流放到范迪门地萨拉岛，也就是如今的塔斯马尼亚岛上之后所发生的故事。这个叫古尔德的流放犯有一本鱼书，既是他自己的记事本，也是塔斯马尼亚的别样的历史叙录。

他的第四部小说是《无名的恐怖分子》（2006）。这部小说是他对澳大利亚发生的针对社会的恐怖分子袭击未遂事件的书写，被称为是对"9·11"事件后的不安世界的即时性反思，讲述了一个恐怖分子在澳大利亚企图制造炸弹，搞恐怖爆炸。如果我们去搜索新闻，会了解到，在澳大利亚的某个时段，的确有类似的恐怖事件发生。小说中，五天里三枚炸弹都被排解了，这一过程十分惊险，探讨了一向被视为世外桃源之地的澳大利亚多元文化中存在的极端势力，这也表达了作者的隐忧。

他的第五部小说《热望》出版于 2008 年，描绘了两个 19 世纪的英国探险者与澳大利亚土著人之间所产生的历史性的碰撞，是对所谓的文明世界和野蛮社会之间对话的描绘。小说出版之后，获得了昆士兰州奖、塔斯马尼亚图书奖。

令理查德·弗兰纳根名声大噪的，是他的第六部小说《通往北方的小路》（2013）。这部小说描绘了二战期间当过日军俘虏的他的父亲的惨痛经历，让我们回到了二战时亚洲和大洋洲的历史现场，以对历史的凝视、对生命的眷恋和对死亡的拒绝的力量而广受赞誉。作者父亲的真实经历十分感人，理查德·弗兰纳根每每想起来就潸然泪下。这部小说仔细呈现了被日军俘虏的澳洲战俘修建泰缅铁路那段黑色的历史。为了写这部小说，理查德·弗兰纳根做了很多功课，前后花了 12 年才创作完成，在父亲去世之前，让他看到了这部小说的诞生，令父亲大感欣慰。这是一部战争题材的小说，也深入探讨了人性，获得 2014 年度的布克奖，为澳大利亚文学增添了荣光。

他的最新小说是《醒着做梦的现实之海》（2020）。这部小说探讨了家庭内部以及外部环境恶化的问题，是对当代澳大利亚社会存在问题的深层次的打量。他说，这部小说的灵感首先来自中年女性面临的家庭问题与危机，然后是对澳大利亚面临的自然灾害、森林火灾的忧虑。他说：

"我所知道的一切都在消亡：植物、动物、鸟类、鱼类。我生活在塔斯马尼亚州，在这里人们能认识许多特有的动植物。世界上最后 500 只雨燕鹦鹉中的一部分，就生活在距离我大概 100 码的地方；世界上最后的红合鳍鳖鱼群——现代首批被宣告已灭绝的鱼类——就在距离我几个海湾的地方。你会突然清醒地意识到，你曾经以为会生生不息的生灵现在已趋近消亡。一切都结束了。这本小说是在去年夏天完成的，当时，澳洲大陆正被滚滚的森林大火和浓烟所笼罩，这是 2020 年来临前的第一个末日前兆。我花了好几年时间才弄清楚应该如何描写自然界的崩溃。"

让我们回到理查德·弗兰纳根的起点，看看他的长篇小说处女作《河流引路人之死》是如何书写塔斯马尼亚的。

当年，16 岁的理查德·弗兰纳根辍学后，曾在塔斯马尼亚岛上的弗兰克林河上当过河道领航员，这段经历成为他写这部小说的发端。当时，少年理查德·弗兰纳根曾出过一次事故，他不慎掉入河流之中，被救上来时几乎没有了生命体征，被认为已经死了。可随后奇迹般的事情发生了，理查德·弗兰纳根经过救护，最终苏醒。他后来被这次濒临死亡的落水事件所深深震动，多年之后，他仔细回忆当时在脑子里发生的濒死幻觉，最终，这个事件成为他书写塔斯马尼亚的起点，引领他走向一条文学之路。

这部小说的最独特之处，就是小说的叙述者是一个亡灵。叙述者作为河流引路人，带着游客游览弗兰克林河。溺水之后，叙述者的大脑随着湍急的水流旋转，在无数的水泡和波纹中，他看到了这片土地上所有人的命运。

在《河流引路人之死》这部小说中，塔斯马尼亚岛的存在是一幅"世界尽头"的景象。苍莽的雨林、滔滔的大河、连绵的群山里，隐藏着很多危险和秘密。在塔斯马尼亚的一条河流汇聚的瀑布之下，河流导航员"我"不慎溺水身亡。于是，在一种濒临死亡的状态之下，叙述者"我"的记忆在一种幻觉中连绵生成，就像是在冥界不愿意沉入深渊的游魂在讲述，"我"和"我"的家人以及来到这座蛮荒大岛上的祖先的经历纷至沓来，他们一代代在这里流放、生存，并与土著人战斗，这些场景历历在目，栩栩如生。小说中的叙述者处于濒死状态，可他讲述的却是家庭、家族和澳大利亚这个国家的历史纠缠。叙述者不仅漂浮在河道之上，他的灵魂还飘浮在塔斯马尼亚的上空，获得了一个全新的视角，看到了这座大岛之上从未被讲出来的景观和无数人的命运。

可以说，理查德·弗兰纳根备受瞩目的原因，是由于他拥有了一片独特的大岛——塔斯马尼亚。在他的一部部小说中，六万多平方公里的塔斯马尼亚不再是地球上一座沉默无声的大岛，而是变成了泥土芳香、气味多样、传奇非凡、故事众多、人物鲜活之地，无数在岛上生活的动物和植物、人和景物都出现在他笔下，无数无名的人以自己的生命写就的传奇被他所挖掘并深情叙述。可以说，理查德·弗兰纳根召唤出了塔斯马尼亚的灵魂，并代替这座大岛发出了独特的文学之声。他就是这块土地的引路人。

第三卷

神圣的夜晚

LA NUIT SACRÉE
TAHAR BEN JELLOUN

战争哀歌

三岛由纪

雪国

细雪

红

鸽子项圈

ORHAN
PAMUK
Winner of the Nobel Prize in Literature

My Name
is Red
A Novel

檀香刑

SANDALWOOD DEATH

细雪

谷崎润一郎

到大地
尽头
尽头

[日本]大

房间里的阿尔及尔女人

FEMMES D'ALGER DANS LEUR APPARTEMENT

砂女
安部公房

天工開物

血腥童子军

Allah n'est pas obligé

村上春树 著

奇鸟行状录

神圣的夜晚

一部墨西哥式的
非洲魔幻现实主义经典

爱与黑暗的故事

《开罗三部曲》

1911 年 12 月 11 日，纳吉布·马哈福兹出生于埃及开罗。由于父亲经商，他的家境宽裕。纳吉布·马哈福兹从小就喜好读书，对文学有着浓厚的兴趣。18 岁时开始尝试写短篇小说。1930 年，纳吉布·马哈福兹进入埃及开罗大学哲学系学习，后来获得硕士学位。1939 年他出版了第一部小说，讲述了古代埃及法老时期的故事，以辉煌的古埃及历史体现民族文化自豪感。1955 年，他到埃及文化部艺术局工作，直至 1971 年退休。退休后，他担任埃及《金字塔报》专栏作家和编委会委员。长期以来，他的所有作品都是在业余时间完成的。纳吉布·马哈福兹十分多产，一生创作出版了长篇小说 40 多部，短篇小说集 20 多部。代表性长篇小说有《梅达格胡同》《平民史诗》《我们街区的孩子》《命运的嘲弄》和《开罗三部曲》之《宫间街》《思宫街》《怡心园》等。他曾两次获得埃及国家文学奖和国家一级勋章，1988 年获得诺贝尔文学奖，获奖理由是：

"他以大量刻画细致入微的作品，显示了洞察一切的现实主义，唤起人们树立对生活的信念——由此形成了为全世界赞赏的阿拉伯叙事语言艺术。"

纳吉布·马哈福兹的小说大都取材于埃及古代历史和当代社会现实生活，他从古老的历史资源中挖掘素材，使埃及法老和金字塔的传说在他笔下获得了新的生命，创造出一系列脍炙人口的历史小说，《命运的嘲弄》《拉杜比斯》《埃伊拜之战》等作品是这类题材的代表。他还以饱满的批判现实主义的眼光，写下了《新开罗》《赫利市场》《梅达格胡同》《始与末》《平民史诗》《开罗三部曲》等反映埃及当代社会困境、批判埃及现实社会的长篇小说，创造出一种新的阿拉伯叙事文学。

从世界地图上看，埃及横跨亚洲和非洲两个大陆，紧靠地中海东南部，苏伊士运河以东的西奈半岛属于亚洲大陆的西南角，东侧以红海为界，与西亚的沙特阿拉伯接壤。地理位置决定了埃及必然会受到来自地中海的希腊罗马文化的影响，还有来自两河流域的阿拉伯文明的影响，以及非洲大陆本土文明的滋润。在六千年的时间里，这几种文明形态在埃及交汇形成了独特的历史与文化。埃及文明和中华文明一样，是延续数千年至今不衰的古老文明之一，其文化传承和历史资源无比丰厚，其文学理应受到关注。

埃及的官方语言是阿拉伯语，埃及作家大都用阿拉伯语写作，纳吉布·马哈福兹 1988 年获得诺贝尔文学奖，显示了现代埃及文学得到了高度评价。给他的颁奖词中说："马哈福兹最关注的问题之一是对时代本质的认识……在《开罗三部曲》中展现的现实生活宏伟画卷，为马哈福兹赢得了大量的读者，然而《我们街区的孩子》更令人产生惊讶的感觉。它多达 114 章，数字恰与《古兰经》相同，是一部真正意义上的人类精神史；它将呼之欲出的犹太教、基督教和伊斯兰教的先知们伪装成凡夫俗子，以对付现实社会的紧张局面。"

纳吉布·马哈福兹的小说创作可分为三个阶段。第一阶段从1930 年代初到 1940 年代中期，这个时期的十多年时间里，他主要写历史小说，代表作有《命运的嘲弄》《拉杜比丝》《底比斯之战》等。古代埃及是人类文明早期历史中最具传奇性的时代，纳吉布·马哈福兹取材于埃及历史，创作了多部脍炙人口的长篇历史小说。比如，《命运的嘲弄》描绘埃及法老胡夫听信他的大祭司的一个神谕，说他的王位将被一个平民出身的人所取代。法老胡夫十分恐惧，按照祭司的喻示，下令追杀一个刚出生的婴儿。但命运之神却让这个婴儿达达夫躲过了几次杀身之祸，长大成人并成为一个相貌英俊的军人，在竞技场上取得胜利，在战场上平定叛乱时立下赫赫战功，最终迎娶了公主，成功继承了王位。马哈福兹创作的历史小说，将埃及历史的古老画卷以新鲜活泼、充满传奇的方式再度呈现，增强了埃及人的文化自信心，也让读者一睹历史的风采。

马哈福兹文学创作的第二个阶段，是从 1940 年代中到 1950年代末。在这十多年的时间里，他把目光转向埃及的现实生活，以现实主义创作手法来书写广阔生动的当代生活。代表作有长篇小说《新开罗》《梅达格胡同》《赫利市场》《尼罗河上的絮语》等等。小说《新开罗》描述了三个年轻大学生在人生道路上的不同遭遇。《赫利市场》的主人公是小职员阿基夫，他憨直善良，对欺诈与不公十分不满，但又怯懦无能，只能随波逐流。《梅达格胡同》写的是英国占领下的开罗老区一条胡同里发生的故事，以青年阿巴斯、阿米黛的爱情悲剧串接起小人物的群像。《开罗三部曲》之《宫间街》、《思宫街》和《怡心园》是马哈福兹于 1952 年埃及"七月革命"后完成的长篇小说。在杂志上连载时称《宫间街》，到 1957 年正式出版时分为以上三部。如今，"开罗三部曲"已被认定为 20 世纪阿拉伯现实主义文学的高峰之作。

进入 1970 年代后，是马哈福兹文学创作的第三个阶段。在这个阶段里，他的小说创作又有了新的发展，回归了阿拉伯传统叙事文学样式，把阿拉伯文化的大量元素运用到小说创作中。比如，小说《卡尔纳克咖啡馆》《平民史诗》《千夜之夜》《伊本·法图玛游记》《自传的回声》等，都体现了这一转向。

纳吉布·马哈福兹的小说代表作是《开罗三部曲》之《宫间街》、《思宫街》和《怡心园》。这三部小说是他从历史小说转到对埃及社会现实题材的关注时所创作的，出版于 1956 年至 1957 年，是马哈福兹的巅峰之作。当时，马哈福兹被描绘几代人的家族小说这一模式所吸引，他通过阅读《福尔赛世家》《战争与和平》《布登波洛克一家》等欧洲小说，从中寻找灵感，花了近五年的时间完成了这个系列。三部曲浓墨重彩地书写开罗两个家族几代人错综复杂的关系，广阔呈现了开罗中产阶级的生活面貌，细致描绘埃及当代生活的鲜活场景，塑造了很多性格鲜明的人物形象，展现了无数迷人的街景和社会风俗画。三部曲的书名，都是小说中主人公居住和生活的地名，皇皇三卷，就像是三幅埃及社会生活的巨大壁画，以批判现实主义的百科全书般的气魄，将时代与生活全景式地表现出来。

《开罗三部曲》的结构宛如宫殿，又如一条长河，叙事生动，场面宏阔，人物众多。100 多万字的篇幅中，小说的叙述时间跨度为 30 年，将情节聚焦于埃及开罗老区的商人艾哈迈德·阿卜杜·杰瓦德和邵凯特三代人的生活和思想变迁，再现了 1917 年至 1944 年间两次世界大战期间埃及社会的宏阔历史画面，展现了现代埃及的政坛风云、时代变迁以及知识分子的思想历程。

马哈福兹巧妙地在三部曲中的每一部只侧重描写一代人，在每一代人的主像和群像的塑造中有主角又有配角，使得人物形象纷繁众多、主副有别、凹凸有致，十分鲜明。此外，时间也是这三部曲中最重要的线索，每一部都以上一代人死去、下一代的一个小生命诞生而结束。这样的情节叙述陈陈相因、环环相扣，具有很深的象征意味。实际上，人类生活就是由生生死死、不断的新旧交替组成的，在时间的长河里呈现着无比丰富的发展变化。

纳吉布·马哈福兹的小说创作始终紧随时代的变化，对社会重大事件不断做出反映和反思，特别是《开罗三部曲》忠实地书写了埃及20世纪的社会变革。他是一位有强烈责任感的作家，也有着浓厚的忧患意识。在三部曲的写作中，马哈福兹博采众长，广泛借鉴了一些家族小说的写作技巧。同时，马哈福兹擅长心理描写、内心独白和人物分析，使小说人物的内在丰富性得到了充分展现。在小说中，马哈福兹还饶有兴味地大量描绘埃及开罗的社会风俗和民间习俗，无论是家庭起居、伦常关系、婚丧嫁娶、社会运作，还是宗教礼仪、建筑环境、时代沿革、自然风光，在这部小说中都有涉及，使小说包罗万象，人物熙熙攘攘，故事生动，呈现出整个时代的丰富画卷。

马哈福兹说："我是两种文明的儿子，一种是已经拥有7000多年历史的法老文明，另一种是已经拥有1400年历史的伊斯兰文明。"他不断汲取埃及古代文化、阿拉伯伊斯兰文化与欧洲文化的养分，使其小说艺术始终处于变化之中。他在发掘阿拉伯古代文学传统时，还广泛涉及心理现实主义、玄学思想和寓言化探索，形成了独特的新现实主义小说风格。他是一位穆斯林，反对极端宗教主义，支持在埃及建立一个世俗的、政教分离的国家与社会，因而在1994年被极端宗教分子行刺，身受重伤。痊愈后仍继续写作。

纳吉布·马哈福兹有着开阔的人文理念和宽容的文化姿态，被欧洲学者推崇为"埃及的歌德"。在长达60年的写作生涯中，他写下大量作品，复活了古老的埃及文明中的文学因子，将一种阿拉伯文学的新景观带到了世界文学的版图中。他的创作是埃及现代文学发展的印证。因此，谈到非洲文学和阿拉伯文学，纳吉布·马哈福兹是一个绕不过去的人物。

2006年8月30日，纳吉布·马哈福兹逝世于开罗，享年94岁。

普拉姆迪亚·阿南达·杜尔：

《人世间》

在摩洛哥裔作家塔哈尔·本·杰伦的小说《腐败者》（1994）的题记中，他这样写道：

"我谨把这部小说献给印度尼西亚伟大的作家普拉姆迪亚·阿南达·杜尔。我拜读了他于 1954 年在印尼发表的小说《贪污》。为了表达我对他的尊敬和一位作家对另一位作家的支持，我写了这本关于腐败现象的小说《腐败者》。如今，腐败现象已经是肆虐南方国家和北方国家的司空见惯的灾难。故事发生在今日的摩洛哥。我意在向他说明，在相隔数千公里之遥的不同的蓝天之下，人的灵魂一旦被蛀蚀，就会在恶魔面前缴械投降。这个相似而又不同、带有浓郁地方色彩而又具有全球性的故事，把我们跟南方作家的距离拉近了，尽管他的南方国家远在天边。"

在一本书中向另一个作家致敬，在文学史上经常可以见到。普拉姆迪亚·阿南达·杜尔是印度尼西亚具有国际影响力的小说家，1925 年 2 月 6 日，他出生于布洛拉，那是中爪哇的一座小城市，位于沿海区域。很久以来，这里是异国来客的登岸之地，也是面向海外贸易开放的市镇。阿南达·杜尔幼年时家境贫困，父亲是一位教师，1942 年，他的母亲去世。作为长子，他承担起照顾家中弟妹的责任。在青年时代他积极投身于民族解放和独立运动，日本占领爪哇时期，他曾在当地新闻社工作。1945 年 8 月，印度尼西亚宣布独立，普拉姆迪亚加入国家的人民治安队。1947 年，荷兰对印度尼西亚发动殖民战争，他被殖民者逮捕入狱，1949 年底才获得释放，因为这年的 11 月，印尼与荷兰签订了《圆桌会议协定》。同年 12 月 27 日，印度尼西亚成立联邦共和国，并加入了荷兰印尼联邦。就在他第一次入狱的两年多时间里，他开始了文学写作。1950 年，他出版第一部长篇小说《游击队之家》。这是一部现实主义作品，以荷兰发动对印尼的殖民战争为背景，讲述一个游击队员家庭在 1949 年被战争毁灭的故事，具有很强的民族主义精神。

普·阿南达·杜尔曾担任印尼文学协会副理事长、《东星报》文艺副刊主编等。1965 年因当年的"9·30"事件被捕入狱，一直到 1979 年底才获得释放。长期以来，他都是一个具有人道主义精神、追求民族解放和自由的作家。他也是印尼最多产、影响力最大的作家，作品宏富厚重，曾多次获得诺贝尔文学奖提名。

普·阿南达·杜尔在 1950 年代出版的作品有：中篇小说《追捕》《不是夜市》《镶金牙的美女米达》《雅加达的搏斗》《贪污》《南万丹发生的故事》《铁锤大叔》，短篇小说集《革命随笔》《黎明》《布洛拉的故事》《雅加达的故事》，长篇小说《游击队之家》《被摧残的人们》《勿加泗河畔》等。这些小说大都是现实主义风格，呈现出印尼在独立前后纷繁多变的社会现实和人民争取自身权利的过程。

1965 年，发生在印度尼西亚的"9·30"事件使普·阿南达·杜尔再次入狱。这年，总统卫队的翁东裹挟部分军人发动政变，杀害陆军部长等多位将军。此后，少将苏哈托掌控局势后，迫使苏加诺总统下台，并在全国搜捕共产党人。约有 50 万人在随后的镇压中死亡，包括很多华人，30 万人遭到逮捕。具有进步思想的普·阿南达·杜尔也遭逮捕，被关进布鲁岛的监狱中，开始了长达 14 年的牢狱生活。在狱中，普·阿南达·杜尔克服了重重困难，坚持写作，奋笔疾书，通过口述和记述，写下了影响深远的长篇小说《布鲁岛四部曲》:《人世间》《万国之子》《足迹》《玻璃屋》，直至 1979 年底被释放。

《布鲁岛四部曲》的写作过程十分艰难。早在 1961 年，他就开始准备，收集了大量历史资料和素材。1973 年，在狱中时他开始口述小说给狱友听。在监狱里，写作的困难可想而知，他依靠片段书写，口述记忆，不断修正小说情节。狱友知道他是作家，想尽办法给他弄来一台老旧的打字机，使他的写作有了机器的帮助，开始变得顺畅。他知道，在监狱里写的东西一不留神就会被没收，因此每一部作品他都要打出两份，一份藏在自己手中，另外一份偷偷送出去，让岛外的朋友藏起来。1979 年，他被释放后回到印尼首都雅加达。从布鲁岛归来，时间已经过去了 14 年，可不同的是，此时的他已经完成了后来享誉世界的《布鲁岛四部曲》。带出监狱藏起来的稿子有厚厚的一大摞，正等待着最后的修订润色。从 1980 年到 1988 年，这四部长篇小说接连出版，获得了石破天惊的效果，成为他的代表作。

《布鲁岛四部曲》规模宏大，对于普·阿南达·杜尔来说，创作这部系列小说时要回答一个问题：何为印度尼西亚以及印度尼西亚向何处去。1945 年，印度尼西亚独立之后，国家命运十分曲折，而探寻印度尼西亚民族主义的起源和未来，探索印尼的现代性转折，对于他这样一个善于思考的作家来说是最重要的使命。

《布鲁岛四部曲》描绘了印度尼西亚独立前后几十年间的变化，探讨了印度尼西亚人民为了追求民族独立和解放运动的历程，小说以波澜壮阔的场面和人物众多的群像，描绘印度尼西亚在争取民族独立、寻求人民解放过程中的艰难曲折和令人振奋的过程。可以说，这个四部曲不仅是印尼文学的重大成就，也是欧洲批判现实主义小说潮流在第三世界国家开枝散叶，依然具有强大生命力的明证。只要是翻开他的这个四部曲读下去，我们就会立即感受到曾经列夫·托尔斯泰、狄更斯、托马斯·曼等人的小说中所具有的文学力量。从这一点上看，他的《布鲁岛四部曲》在世界文学大潮转换中就有了文学地理学上的意义。他的作品现实批判性比较强，社会意义大。普·阿南达·杜尔自己也强调，他写的是小说，并不是历史，是从现实和历史中提取一些元素、以虚构的方式展现印尼社会的文学作品。

《人世间》是《布鲁岛四部曲》的第一部，展现了印尼遭受殖民压迫和民族觉醒的初期历史。小说的时代背景是 1898 年，当时，印尼正处于荷兰殖民主义者统治之下，成立了荷属东印度政府。为了加强对印尼的经济掠夺，政府创办了很多种植园和公司企业。故事发生地点是泗水城。当时，泗水是印尼最大的商业城市，殖民地社会矛盾十分突出。同时，泗水也是印尼现代新思潮最早的萌发地。

阿南达·杜尔选择一个家庭作为故事展开的中心。这个家庭的男主人公是荷兰白人梅莱玛，他是白人殖民者的代表，女主人公温托索罗是一位印尼土著妇女，14 岁时就被父亲卖给了梅莱玛当"姨娘"。"姨娘"是当地人对给白人当侍妾的土著女人的蔑称。温托索罗性格坚强，不屈服于命运，经过艰苦努力，她从丈夫梅莱玛那里学到了欧洲现代文化和管理知识，逐渐掌握了农场的主导权。她还与梅莱玛生了两个混血孩子，女儿安娜丽丝温柔妩媚，和妈妈关系好，儿子罗伯特放荡不羁，向往白人的生活，后来因观念和利益冲突，他竟然想谋害亲妹妹安娜丽丝，家庭内部矛盾重重。

小说中的另一个主要角色叫明克，通过明克的视角，以第一人称"我"来叙述，将明克与安娜丽丝的爱情作为小说情节发展的主线，并且组织了多条副线穿插进行，交织穿插各种人物的活动、印尼土著的不满、法庭的黑暗等情节，把庞杂的人物关系和情节发展编织成一个竹篮般精巧的小说结构。人物性格鲜明，叙述生动。小说的第一句话就是："人们叫我明克。"这让人想起来《白鲸》里的第一句："叫我以实玛利吧！"由此，展开了史诗般的叙述。明克是印尼土著官吏家庭出身的小知识分子，他是泗水高级中学的土著学生，后来，明克和安娜丽丝相爱，得到温托索罗的赞许，但遭到了罗伯特和梅莱玛的反对。在明克的眼里，姨娘是这样的：

"这世上有许多杰出的女性，但谁都比不上温托索罗姨娘。据冉·马芮讲，到前线去打击荷印政府军，这对亚齐妇女来说已经成了极为普通的事。她们愿意和男人们一同殉身战场。巴厘岛的女性也如是。在我的家乡，女人们也都和男人们并肩在水田或旱田里劳作。然而，所有的这些女性都比不上这位姨娘，她的见识超越了本乡本土。"

有一天，从荷兰来了一个叫毛里茨的年轻人，他向梅莱玛兴师问罪，引起了轩然大波。原来，这个毛里茨竟然是梅莱玛在荷兰的儿子，他是来寻找父亲的。由此又引发了家庭的震荡。普·阿南达·杜尔把荷兰对印尼的殖民统治造成的社会矛盾放在一个家庭中来展现，家庭成员分别代表不同的社会角色，他们之间的关系错综复杂。围绕着阴谋与爱情、庄园与产业展开的冲突，就像是一出剧情紧张的戏剧，展现出当时印尼社会的基本矛盾。比如，农场主梅莱玛属于拥有特权的荷兰殖民者阶层；温托索罗和明克属于受压迫也得到一些利益的印尼土著人阶层。他们之间是以罗伯特和安娜丽丝为代表的混血儿阶层。随着家庭矛盾的激化，他们又不断地、各自朝着截然相反的方向分化，反映了印尼走向现代国家起始阶段的社会变化。

《布鲁岛四部曲》其余几部《万国之子》、《足迹》和《玻璃屋》，无论是小说情节、艺术风格还是主题思想，都延续了普·阿南达·杜尔在《人世间》的面貌，形成了一组连绵起伏的文学山脉。

普·阿南达·杜尔在写作《布鲁岛四部曲》的时候，展现出很高的文学技巧，语言精确，人物对话生动鲜活，象征性的细节增强了作品的寓意和复杂性，是现实主义风格的文学杰作。《布鲁岛四部曲》因此成为印尼和世界文学中不可忽视的作品，犹如东南亚海域的一座高高的灯塔，照耀着印尼人走向未来。

2006 年 4 月 30 日，普·阿南达·杜尔因病在印尼去世。2019年，《人世间》被拍摄成电影，再度成为引发关注的印尼重要的文化事件，此时，距离这本书的出版已经过去了近半个世纪。

《崩溃》

钦努阿·阿契贝 1930 年出生于尼日利亚东部的奥吉迪,在教会学校上了小学和中学,后来进入伊巴丹大学深造。大学毕业之后,他在尼日利亚的国家广播电台工作,其间到英国广播公司短暂工作过。钦努阿·阿契贝总是将笔触放到祖国尼日利亚,描绘尼日利亚近现代以来矛盾重重的历史,是"后殖民文学"潮流的代表作家。1958 年到 1966 年,钦努阿·阿契贝接连出版长篇小说《崩溃》《动荡》《神箭》《人民公仆》,这几部小说奠定了钦努阿·阿契贝的文学地位。除了多部长篇小说,钦努阿·阿契贝还出版了短篇小说集、儿童文学、诗歌、文学评论等著作 10 多种,有《祭祖的蛋》(1962)、《契克与河的故事》(1966)、《战火中的姑娘》(1972)、《蜥蜴为什么有了爪子》(1972)、《创世纪那一天的黎明》(1975)、《笛子》(1977)、《鼓》(1977)、《文学与社会:一个观点》等。1987 年,他出版第五部长篇小说《热带草原蚂蚁山》。

尼日利亚地处中部非洲,和大西洋接壤,是非洲最古老的国家之一。15世纪，葡萄牙殖民者入侵尼日利亚，1914年，英国殖民者占领尼日利亚，1960年10月1日独立。这个国家拥有250多个部族，伊博族和约鲁巴族是其主要的部族，英语为官方语言。

钦努阿·阿契贝认为，非洲作家应该投身于当代社会重大问题的书写当中。所以，他将笔对准20世纪遭受西方殖民主义侵害的非洲独特的社会现实，毫不留情地以文学方式给予揭示和呈现。1966年，他辞去国家广播公司的职务，开始专事写作。1971年，他创办非洲文学杂志《奥基凯》，发表大量非洲作家的作品，并且在尼日利亚大学非洲研究所工作。1981年，钦努阿·阿契贝创办了尼日利亚作家协会，被选为第一任主席。1990年，他遭遇了一场车祸后去美国治疗，客居美国，并担任纽约州巴德学院的教授。

长篇小说《崩溃》是钦努阿·阿契贝的代表作，是他直接用英语写成的，1958年出版后获得英国布克奖，随后被翻译成50多种语言，畅销全球达1100万册，成为20世纪很有影响力的一部小说。

《崩溃》的篇幅不长，翻译成中文有14万字，英文更短，只有148页。这部小说分为25章，每个章节都很短小精练，叙述十分扎实有力。小说的情节也并不复杂。小说的前15章，都是描述在传修士还没有抵达非洲之前，土著人的生活和存在状态。一开始，可以看到在欧洲老牌殖民主义者尚未进入非洲古老的土地之前，尼日利亚人在部落的生活状态。这种生活状态十分古老，他们的日常生活被祖先崇拜、鬼神崇拜和各种原始信仰与传统风俗所左右。有些风俗十分有趣，比如，他们出于对祖先的尊重，在说话和交往的过程中喜欢运用各种比喻，读起来十分有趣。有的风俗则十分野蛮，比如，部落人认为，生下双胞胎是可怕的坏事，要把双胞胎扔到恶林里去。

《崩溃》描绘了一个非洲人悲惨的一生，以他的经历展现殖民者进入非洲前后的独特现实。这个人属于伊博部落，名叫奥孔克沃。他有一个懒惰和懦弱的父亲，在部落里以懒汉和赖皮闻名，经常借钱，很少归还。奥孔克沃从小立下远大的志向，要成为和父亲完全不一样的、受大家尊敬的人。很多年来，经过他自己坚实的努力，比如，通过锻炼自己强健的体魄，18 岁就打败其他人，成为部落摔跤高手而获得广泛的赞誉。然后，他又辛勤地耕作自己的土地，依靠劳动致富，娶了三个妻子，成为部落的富人，因而也成了部落中一位掌握发言权并能在一些宗教仪式上扮演古代神灵的重要人物。在一次部落举行的葬礼上，发生了偶然的枪支走火事件，奥孔克沃失误打死一个部落人的孩子。对于这样的失误，按照部落传统的惩罚方法，肇事者要离开自己的部落，无意杀人者必须在外面躲避 7 年之久，才可以使被害人的灵魂得到安宁。因此，奥孔克沃离开自己的部落，到妻子所在的另一个部落里躲避，7 年之后再返回自己的部落。

于是，他就来到了妻子的部落，渐渐地开始走人生的下坡路。这个时候，欧洲传修士已开始在非洲各地传教，传修士传教和当地文化习俗以及宗教信仰对抗的消息不断传来。有的传修士被杀害了，杀害传修士的村庄也遭到报复性的洗劫。奥孔克沃终于等到了回到部落的这一天，7 年之后，他回来了。但部落生活已经今非昔比，很多过去被部落抛弃和蔑视的懒汉、二流子都加入了教会，他的儿子也加入了教会。他感到最为不解的是，自己所在的部落在急剧衰落，和教会势力的抗争十分软弱，最后，奥孔克沃愤恨于部落的软弱，单枪匹马亲手杀了一个传修士的走狗。然而，他期待的部落反抗没有发生，于是，他悲壮地上吊自杀了。在结尾处，白人传修士准备写的一本书的名字已经想好了，叫作《尼日利亚原始部落平定记》。

这部小说带有强烈的文化批判色彩，读起来也有一种文化陌生感带来的新奇。小说的悲剧性力量相当深沉。《崩溃》通过奥孔克沃悲剧的一生，将19世纪英国殖民主义者侵入尼日利亚后对当地文化、宗教、习俗和社会生活的破坏做了揭示，同时，也将尼日利亚自身存在的文化问题摆在人们的面前。

他后来的长篇小说《动荡》描述了20世纪尼日利亚在独立前夕的社会状况。当时，尼日利亚已由原始部落氏族社会直接进入到殖民地资本主义时期，文化传统瓦解，但英国殖民者所带来的文化却无法在尼日利亚生根，社会充满动荡不安的气息，人们的内心也很惶恐。一个从英国留学归来的当地青年，打算有所作为，但在当地那种如同烂泥地一样的环境中逐渐消沉，直至堕落，和一个族人鄙夷的青年女子相爱，被彻底隔绝，这个有抱负的归国青年被判处监禁，进了监狱。

《神箭》描绘英国传修士在非洲的传教活动是如何系统地破坏了尼日利亚历史悠久的宗教信仰体系和部落社会组织。小说的主角是一个部落的老祭司，他在面对英国人的基督教时，认为需要用灵活的手段去应对。他把儿子送进白人办的教会学校，但他与殖民者发生了冲突，最后，白人利用他的性格弱点，将他和部族大多数人对立起来，使其他人皈依了基督教，而这个部族的原始宗教再也无人相信，老祭司的儿子也死于非命。

在《人民公仆》中，钦努阿·阿契贝将批判的锋芒指向独立后的尼日利亚的社会现实。殖民主义者被赶走了，各种政治势力纷纷登台，政客南加当了部长，自称是"人民公仆"。但南加利用在新政府中的权力巧取豪夺，拼命搜刮钱财，导致革命再度发生，被赶下了台。人民继续为独立自主在奋斗，可上台的人总是陷身于贪污和腐败的丑闻中。

长篇小说《热带草原蚂蚁山》，描绘了尼日利亚当代社会的境况和内部的分裂。小说虚构了非洲的一个国家，主人公有三个，他们是大学同学，后来这三个人中有一个当了总统，另外一个当了报社主编，成为总统的对立面，第三个是政府中的情报部长，相对比较中立。总统利用权力对国家实行严酷统治，主编则组织力量对总统进行揭发和反抗，情报部长在两个人之间摇摆，希望走第三条道路。钦努阿·阿契贝以这三个人的不同道路，喻示尼日利亚当代社会现实的三种选择。

2007 年，钦努阿·阿契贝获得第二届曼-布克国际文学奖。此前，他获得了尼日利亚国家文学奖、第一届英联邦诗歌奖等多项大奖。钦努阿·阿契贝的小说带有战斗性和现实性。他的作品指向非洲的社会现实，这个现实是殖民者退出后千疮百孔的现实，是政客贪污和军事独裁的现实，是穷人穷困、妇女命运悲惨的现实，也是充满了种族偏见和隔离的现实，是传统文化不断瓦解、殖民文化无法落地生根的现实，更是贫困和腐败滋生而没有找到未来之路的现实。面对这样的现实，钦努阿·阿契贝强调作家的社会责任感和使命感，积极地对不义的政治、战争和腐败宣战。他运用的是文学的手段，以文学的审美世界重新构造他理想中的非洲的未来，成为非洲最响亮的声音之一。

钦努阿·阿契贝于 2013 年 3 月 21 日去世。

《诠释者》

渥雷·索因卡是 20 世纪非洲涌现的剧作家、诗人和小说家，是现代非洲文学的代表人物，也是非洲第一个获得诺贝尔文学奖的作家。他和钦努阿·阿契贝作为尼日利亚英语作家的双璧和巨擘，共同出现在 20 世纪的国际文学舞台上，以鲜活、复杂和富有创造力的大量作品，将非洲的面貌带给了世界，也把非洲丰富优美的文化带给了世界。

渥雷·索因卡 1934 年出生在尼日利亚西部地区的阿倍奥库塔市，这个城市名字的意思是"岩石的下面"，整座城市分布在一条古老的奥更河两岸，在岸边悬崖上，耸立着巨大的石头，在古代，这里是约鲁巴族祭祀的圣地，有着丰富的文化传说、文化积累和历史遗迹。渥雷·索因卡的父亲是一所英国圣公会教会小学校长，他自小就受到约鲁巴文化和英国基督教文化的影响，母亲也是一个基督教徒。他后来到西尼日利亚的首府依巴丹上中学，1952 年进入尼日利亚伊巴丹大学学习。1954 年，渥雷·索因卡获得了去英国利兹大学深造的机会，在那里学习文学，参加学生剧团。1958年，24岁的渥雷·索因卡在英国上演了他的第一个戏剧《发明》。这是一出独幕喜剧，讽刺了南非的种族隔离政策。1959年，上演了他创作的戏剧《沼泽地居民》和《狮子与宝石》，奠定了非洲现代戏剧开创者的地位。1960年1月，回到尼日利亚，在拉各斯大学担任文学教授。1967年，尼日利亚内战爆发，他被关进监狱近两年，出狱之后流亡英国、美国多年。渥雷·索因卡目前生活在尼日利亚。

1960年，索因卡组建了尼日利亚现代剧团"一九六零剧社"，渥雷·索因卡的文学成就主要在戏剧创作，他写的戏剧剧本超过了40个，其中，包括大量舞台戏剧和广播剧、活报剧，以及电影剧本。渥雷·索因卡的主要戏剧作品有《裘罗修士的磨难》（1960）、《森林之舞》（1960）、《强种》（1964）、《路》、《孔其的收获》（1967）、《疯子和专家》（1971）、《裘罗变形记》（1971）、《未来学家安魂曲》（1983）、《巨头们》（1984）等，1985年他还写了电影剧本《浪子布鲁斯》。

《狮子和宝石》是渥雷·索因卡最重要的剧作，这是一出喜剧，刻画在1914年英国殖民者入侵尼日利亚后带来的社会变化。农村姑娘希迪聪明又漂亮，很多人喜欢她，她被看作一颗宝石。"狮子"指的是围绕着她、追求她的男人们。这些人包括年轻的小学老师拉孔来和年老的酋长巴罗卡。青年教师满嘴西方名词，他反对尼日利亚农村的各种陋习，反对奢华的婚礼和彩礼，同时，他也很穷困。而老酋长反对英国殖民主义者带来的任何现代的东西，他宁愿保留传统的一切，过着妻妾成群的生活。最后，希迪在老酋长的花言巧语和财力的吸引下，嫁给了老酋长。小说的讽刺气息与喜剧风格都很强烈。

为了庆祝尼日利亚的独立，渥雷·索因卡创作出一出欢闹的戏剧作品《森林之舞》，在这出戏剧中，非洲丛林是背景，现实人物是国王、奴隶贩子、御医、卫兵、宫廷诗人，还有大象精、河神、蚂蚁王、黑暗神、火山神等鬼魂、妖怪、树精灵和其他人神同体的怪物，都一同出现。这些人和鬼怪精灵，揭示了非洲的历史伤痛——贩奴贸易到当代现实的复杂性，融合到一场类似莎士比亚的名剧《仲夏夜之梦》那样的狂欢戏剧中，非洲文化元素和现代戏剧表现完美结合。

他的《强种》是一出带有古希腊悲剧色彩的戏剧。在尼日利亚农村有一个文化传统陋习：每年的新年前夕，村子里的人都要拿一个偶然路过的外乡人作为牺牲品，给他灌麻醉药，在除夕夜将他从全村人面前拖过，大家可以肆意往他身上倒垃圾和各种脏东西，可以辱骂他，可以虐待他，最后将这个受尽侮辱的外乡人赶出村子。他们这么做，是相信这个外乡人可以将过去一年里全村人的罪孽、厄运和倒霉事情都带走。

剧中，一个年轻的教师埃芒和一个白痴孩子都是外乡人，但是埃芒为了保护白痴孩子，主动要求做这个被全村人侮辱的人，埃芒就这样把自己送上了祭台。埃芒作为一个主动要求牺牲的人，和他父亲曾经担当村里象征性地将垃圾顶在头上顺河流流走的献祭者，最后死去的形象叠加起来，因此成为敢于牺牲自我的"强种"，就是强大的种子的意思。在青年老师埃芒的身上，凝聚了渥雷·索因卡自身的理想诉求，他认为，尼日利亚和其他非洲国家独立之后，迫切需要像埃芒这样的敢于牺牲自我的"强种"，才能将人们从愚昧和麻木的环境中唤醒。

除了在戏剧上取得了巨大成就，渥雷·索因卡还是一个出色的小说家，他写了两部长篇小说，分别是《诠释者》和《混乱的岁月》。

《诠释者》是一部描绘 1967 年尼日利亚内战之前社会现实的小说。小说讲述了五个回国的留学生在尼日利亚的遭遇。这五个人的职业分别是工程师、艺术家、新闻记者、外交部职员和大学老师，他们可以说是尼日利亚新一代的中产阶级知识分子。回到祖国尼日利亚之后，他们发现自己处于一个到处都是贪污、贫穷、权力和罪恶所主导的世界中。每两个星期他们都聚会一次，互相倾诉。他们期望以各自的专业在各自的领域对尼日利亚有所贡献，但发现自己的理想很丰满，可是现实很残酷，他们都遇到了挫折，最后陷入迷惘和痛苦的旋涡里。这部小说的写作风格很独特，表面上看是一部现实主义作品，实际上，五个人的经历像编织细密的纺织物一样，交叉、连绵、彼此呼应，五个人物就像是木偶戏中的五个牵线木偶，被无形的丝线所牵引，表现出尼日利亚的全景社会图像。小说还描写了非洲独特的万物有灵论与基督教《圣经故事》的相互映照；以意识流和跳跃式的叙述，构成连缀在一起的片段式结构。小说出版之后，很快被翻译成多种语言，在 1968 年获得了英国《新政治家》杂志颁发的国际文学奖。

小说《混乱的岁月》出版于 1973 年，这是一部带有幻想色彩的寓言小说，也带有希腊神话中俄耳甫斯与欧律狄刻故事的框架，具有象征主义和表现主义美学特征。小说故事情节的主干清晰，讲述主人公奥费伊去寻找被抢走的情人的故事，他必须要穿越一个专制政权所控制的国家。于是，在他的整个穿越和寻找过程中，奥费伊看到这个虚构的非洲国家的混乱、冷漠和腐败，以及这个国家的文化传统带给人的桎梏般的影响。在非洲约鲁巴文化体系中，一个很重要的特点是过去、现在和未来之间是可以自由穿越的，死亡和生命、存在和不存在、祖先和后代，都是无法截然分开的。小说中，主人公自由地穿越在所有的时间和空间里，并为眼下的现实困苦找到了逃避之路。

除了上述戏剧和小说作品，渥雷·索因卡还是一位重要的诗人。他出版了四部短诗集：《伊丹尔》（1967）、《狱中诗抄》（1969）、《地窖里的梭子》（1972）、《曼德拉的大地和其他诗篇》（1988），叙事长诗《奥贡·阿比比曼大神》（1976）等。1975年，他编选了影响很大的诗集《黑非洲诗选》。《伊丹尔》是根据尼日利亚创世神话写成的，描述人类将铁神从山上召下来，但人类的血使奥更神双目失明，奥更发了狂，打死了很多朋友和敌人。

渥雷·索因卡多才多艺，他还出版了纪实作品《狱中笔记》（1972）、自传《阿凯：童年生活》、文学评论集《神话、文学和非洲世界》《艺术、对话与愤怒：文学和文化随笔集》、谈话《恐惧的气氛》等。

1986年，渥雷·索因卡摘取了诺贝尔文学奖的桂冠。他获奖的理由是："由于他的文学天才——他的艺术技巧、语言魅力和独创性——的非凡成就，索因卡的热忱尤其表现在对非洲传统的信奉之中，并成功地综合了其他民族的优秀文化，为人类的自由而献身。"

渥雷·索因卡认为，作为一个非洲作家，他不仅仅是描绘社会风俗和人类经验的编年史家，还应不断地确定自己的非洲作家身份，起到历史的中间人、过去的解释者、警告者、预言家和未来设计者的作用。

哲迈勒·黑托尼：

《落日的呼唤》

哲迈勒·黑托尼 1945 年 5 月出生在上埃及的农村，小时候随父亲迁居到首都开罗，生活在开罗一个古老的城区。少年时代，他勤奋好学，勤于读书，坚持参加纳吉布·马哈福兹举办的文学讲座，可以说，哲迈勒·黑托尼是在纳吉布·马哈福兹的影响下，逐步成长为埃及新一代作家的。后来，他学习工艺美术设计，接触到埃及丰富的民族艺术。半个世纪以来，他出版了长篇小说 20 多部，短篇小说集 10 多部，广阔描绘了 20 世纪下半叶的埃及社会现实，成为埃及当代重要的小说家，也是"60 年代作家群"中的一员。

1967 年 6 月爆发了第三次中东战争，以埃及和阿拉伯国家惨败结束。埃及人尤其感到震惊和痛苦。一批作家开始认真思考埃及和阿拉伯国家的处境，认识到自身存在的文化问题和国家的社会、政治、经济的矛盾。这批作家从埃及民间文学、神话传说、历史故事中寻找素材，创作出一批反映埃及现代社会生活的作品。1969 年，哲迈勒·黑托尼出版短篇小说集《千年前的一个青年的日记》，将埃及古代历史中的一些场景和历史人物与当代埃及的社会现实交错对接起来，起到了文化反思和社会批判的目的。

纵观哲迈勒·黑托尼的小说写作，他在技巧上有不少对于欧美现代主义、后现代主义小说的借鉴，具有鲜明的结构现实主义色彩。他很会利用报告、文献、游记和记述等文体，组成小说的叙述构件，使每部小说在文体上都很新颖。

1974 年，哲迈勒·黑托尼出版长篇小说《扎尼·巴拉卡特》。它以历史小说的外壳巧妙地装进了埃及社会的现实生活。小说的开头章节，直接摘录 16 世纪意大利旅行家琼迪在埃及开罗旅行时的见闻，然后就将叙述的角度转换到 1517 年统治埃及的马木鲁克王朝的一个小人物扎尼·巴拉卡特的身上。这是一个出身埃及底层的小人物，一心想着向上爬，他工于心计，很会钻营，最终利用权贵的弱点，爬到了王朝的高位，成为那个时代发迹的新贵。同时，围绕着扎尼·巴拉卡特，还活动着那个时代的很多贩夫走卒，活动着开罗的劳苦大众，他们过着和王朝的贵族与钻营者完全不同的贫穷生活。小说中引用了一个历史学家的描述，将小说的历史真实性进一步确认，很明显是一部借古讽今的作品。

1975 年，哲迈勒·黑托尼出版长篇小说《宰阿拉法尼区奇案》。这部小说讲述了一个带有传奇色彩的故事，文体也很独到，按照卷宗的形式构成。伊斯兰著名的苏菲派长老制造了一个咒符，他诅咒宰阿拉法尼区的人里，除了一个男人一个女人，所有人都丧失了性功能和性欲望。同时，还有一些约束性的条款附着在这条关于性的离奇咒符上：住在宰阿拉法尼区的人早晨 7 点之前不许出门，晚上 8 点要上床睡觉，居民之间要和睦相处等等。于是，宰阿拉法尼区的人就在新的禁忌中开始了生活。他们首先就感到了不适应，开始去找长老倾诉自己的苦闷。接着，人和人之间的关系也在发生着微妙的变化。因为禁绝性的活动，无论如何在人类社会里都是大事件，会改变一些人的生存状态、生活状态和精神状态。没有了性，宰阿拉法尼区的人该怎么生活呢？宰阿拉法尼区的人由此展现出他们各种各样的生活世相来。

这部小说的文体和结构非常独特，基本上是由卷宗、文献和秘密报告组成的，一共有十一个章节。前几章是卷宗一至三，其中第三节是卷宗二的附录，广泛地将宰阿拉法尼区的人在那个特殊时期里生活的变化记录在案。这几章是从整体上描述宰阿拉法尼区人的生活和精神状态。第五节是"第一号记录：最高委员会旧街区警察署"，以警察局警员的报告来描述变化之后人们的情况。在由不同的报告、汇报材料和卷宗所组成的小说中，整个事件本身就显得非常荒唐。在各个报告和卷宗里出现了一些互相联系和映衬的人物，他们在那个特定时期里的活动也显得古怪和诡异，因此，卷宗对这些形形色色的人都有详细的描述，主要人物的性格和行为在各个卷宗的组织和拼合之后，会在读者的脑子里形成一个整体的时代印象，带有寓言化气息。

在小说的结尾，这个咒符已经扩散到欧洲以及全世界，一些地方壮阳药吃紧，另外一些地方则发生了游行。最后，一个警世者出现了。他说，世界将变成七个部分，每个部分都会有一个像他这样的警世者，是专门来传递信息、提醒大家警惕的。

哲迈勒·黑托尼长期潜心研究埃及古代的宗教文化、习俗传说，以及阿拉伯世界的伊斯兰宗教文化。他认为，以伊斯兰文明为核心的阿拉伯文学，可以提供一些解决当代世界危机的办法。他站在时代的高度，审慎地从伊斯兰苏菲派文化遗产中寻找创作资源。苏菲派是一个强调神秘经验和直觉经验的宗教流派，哲迈勒·黑托尼觉得这个流派的文学和文化与文学艺术强调创造性直觉一样，更加接近作家、诗人和艺术家在创作灵感来临的时候，能够和世界瞬间相遇的感觉。

哲迈勒·黑托尼表现苏菲神秘主义哲学思想的作品是长篇小说《显灵书》。这部三卷本的小说于 1985 年出齐。小说有三个主人公，分别是叙述者的父亲、一个伊斯兰殉道者侯赛因和埃及国家领导人纳赛尔。按照苏菲主义的理念，人生如梦，生和死之间形成了一个从起点到终点的圆环，人的存在和精神状态分为三个阶段，第一阶段是人在世界上自然存在的状态，比如，他要感受世间万物的变化，感受时间流逝，最终逐渐老去。这个阶段是以人的生生死死作为循环的。第二阶段是以人的心灵变化和洗心革面来完成的。而人圆满获得解放和自由的第三阶段，就是成为一个和过去完全不一样的新人。在对人生意义、生死哲学和历史循环的问题上，《显灵书》都做了很好的呈现。

哲迈勒·黑托尼还出版有长篇小说《明眼人看世界》（1986）、《爱情之书》（1987）、《都市之广》（1990）、《金字塔之上》（2002）、《企业传闻》（2003）、《矿藏传闻》（2004）等。

他的代表作、长篇小说《落日的呼唤》出版于 1992 年。小说的主人公艾哈迈德本来生活十分平静，有一天，他似乎听到冥冥中的一声召唤，开始向西旅行，去寻找那落日的呼唤和人生的真谛。他的旅途充满了奇遇。离开大都市开罗，他遇到了沙漠中的骆驼队，和那些长年行走在沙漠中与星星、太阳和月亮做伴的人成为好朋友。他不再感到孤独，感到天地之间行走的人所体会到的世界是那样的广大。他来到沙漠中的一个绿洲居民点，在那里看到了热烈欢迎他的人。在一个泉眼边，艾哈迈德遇到一个姑娘，和她结了婚。当妻子身怀六甲之后，他继续响应那冥冥中的呼唤，向西边那日落的地方旅行。他来到一个以鸟为图腾的原始部落，被推举为部落首领，获得了权杖。在向西的旅行中，他一共听到了五次召唤，每次他听到那落日的呼唤，就会继续出发。他来到了挂杖人的国度，来到了非洲大陆最西边的摩洛哥，在那里听到了伊斯兰大长老的训示，并且向国王的一个书记官讲述自己的所见所闻。小说里出现了各种各样离奇古怪的人，他们以神奇的存在，为艾哈迈德呈现出世界的纷繁复杂。这部小说是主人公对自身的一次发现，对广大世界的发现，是对灵魂的寻找，是听从召唤的启发不断地上路的圣徒传。

在结构和叙述这部作品时，哲迈勒·黑托尼采取了游记记述文体，上部是最后听到艾哈迈德讲述的书记官的记述，来呈现主人公的所有经历。这是现代小说一种间隔效果的叙述方法。每个章节的开头，都以"艾哈迈德说"开始，讲述他的经历。小说的下半部分，艾哈迈德自己主动现身说法，叙述人发生了变化。两个部分的连接、转换和角度的不同，使小说结构非常扎实，富有变化，视角多样，呈现出立体效果。

1993 年之后，哲迈勒·黑托尼长期担任埃及《文学消息报》主编，他曾获得国家鼓励奖、埃及科学艺术勋章、1987 年法国文化艺术骑士勋章等。

《血腥童子军》

阿玛杜·库鲁马1927年出生在非洲中西部的科特迪瓦北部省份布迪亚里。科特迪瓦南临几内亚湾，曾经叫"象牙海岸"，自15世纪之后接连遭到葡萄牙、西班牙和法国的入侵，1893年沦为法国殖民地，1960年8月独立。科特迪瓦有60多个部族，主要有阿肯、克鲁、曼迪等族裔，居民大多信奉伊斯兰教、天主教和拜物教。这个国家为热带森林和热带草原所覆盖，出产咖啡、香蕉、棕榈油和金刚石。

阿玛杜·库鲁马出生之后，按照习俗，被送到了舅舅家，由舅舅作为监护人抚养他。他的舅舅是一个猎人和土著医生，信奉伊斯兰教，还是拜物教的祭司。念完了中学，舅舅把他送到马里的首都巴马科，在一所高等职业技术学校学习。后来，他参加了法国殖民者在非洲组建的非洲军团，被派往印度支那，去那里镇压越南的民族独立运动。这些军旅生涯，给阿玛杜·库鲁马带来了观察世界的机会，使他看到了殖民主义者在全球的瓦解和第三世界国家争取民族解放和独立的汹涌浪潮。

1954 年，阿玛杜·库鲁马前往法国求学。1960 年 8 月科特迪瓦独立，他带着新婚妻子回到祖国，在一家金融保险公司工作。科特迪瓦独立使他看到了希望，但他没有想到，总统博瓦尼发动了一场清除潜在威胁的运动，他丢掉了工作，不得不拿起了笔，开始写作。

1964 年，阿玛杜·库鲁马完成了长篇小说《独立的太阳》。这是一部用法语写成的小说，带有自传性，感情相当饱满，小说犀利地剖析一些非洲国家独立后的糟糕和混乱局面，抨击了科特迪瓦统治者博瓦尼。于是，阿玛杜·库鲁马不得不走上流亡之路。他带着妻子和孩子，前往阿尔及利亚从事金融保险业工作。1970 年，《独立的太阳》由法国瑟伊出版社出版，获得了法语文学界很高的评价，奠定了阿玛杜·库鲁马作为非洲新一代作家的地位。

1990 年，阿玛杜·库鲁马出版长篇小说《侮辱与反抗》。这是一部将目光投向 20 世纪非洲历史的小说。用大历史的跨度来审视百年非洲，阿玛杜·库鲁马呈现出非洲的痛苦，也提出了非洲所面临的挑战。这部小说很有形式感，每个篇章都很短小，有的篇章作为插入的章节，引用了非洲的巫师和乐师的唱词，使小说带有独特的非洲土著文化的仪式感。这时的不少非洲国家，经历了殖民主义者退却之后的战乱、种族冲突和社会骚乱，老一代统治者纷纷退场，新一代统治者上台，但非洲国家的社会问题依旧，人民依旧陷于贫困、疾病、粮食短缺、愚昧和战乱当中。在《侮辱与反抗》中，阿玛杜·库鲁马将非洲的历史以画卷的形式缓慢道来，在小说中他激烈地批判了非洲信仰超自然能力的巫术和拜物教带来的愚昧，因为即使信奉巫术，也有超过 4000 万黑人被卖做奴隶运往北美，巫术是麻醉自我，有利于骗子、独裁者和殖民主义者的工具。同时，他对19世纪以来欧洲殖民者带给非洲的殖民文化与西方文明也进行了批判和反思。殖民主义者在非洲想要的只有利益，他们嘴上谈论的是民主、自由，干的却是种族主义那一套，进行的是掩盖在文明招牌之下的抢劫和掠夺，他们走了之后，留下的是一个个千疮百孔的国家。

1998年，阿玛杜·库鲁马出版长篇小说《等待野兽投票》。小说带有非洲魔幻现实的气质，还有非洲土著马林凯部落文化的特点。阿玛杜·库鲁马属于马林凯部族，他说："当我报出我的名字库鲁马，一个马林凯人马上就知道，我属于武士和猎人的种姓。我回到老家，回到家乡的村庄，巫师兼乐师就来了，这提醒我想起自己遥远的祖先。"

《等待野兽投票》的结构很独特，作者化身为部落乐师葛里奥，以口头吟唱的方式讲述主人公科亚甲的故事。科亚甲是马林凯部族的一名优秀猎人，带有传奇性，最后他一步步走上统治一个国家的高位。马林凯人信奉巫术文化，小说带有马林凯文化的音乐性和叙事长诗的特点，采用马林凯部族在举行祭祀和其他大典仪式时吟唱的洁净文，又叫东索马那。这是一种歌颂武功的赞歌，由索拉念诵，旁边还有一个应答者，叫作科度阿，他要随着索拉的诵唱来应和。这个科度阿必须要扮演小丑、弄臣和滑稽角色，作为对大家的调笑、逗乐的补充，不断回旋往复描述主人公的成长事迹，讲述科亚甲的历史。小说以马林凯人的猎人文化和巫术传统为基点，叙述风格像一首长调史诗，如同奔腾磅礴的大河在咆哮，而河岸两边的森林与猛兽都在诉说一样，喧哗、生动、繁复，充满了时间斑驳的印记。

在小说中，他虚构了一个非洲海湾国家，这个国家的马林凯部族的猎手领袖科亚甲，历经种种磨难终于上台，执政很多年。现在，他面临着自己统治 30 年来最严峻的考验，国家分裂在即。在内战爆发的前夜，马林凯部落为他举行了一场"东索马那"，歌颂他的"猎人领袖"的传奇，一共进行了六个晚上。这六个夜晚的吟唱构成小说的六个章节。

小说中，每一个"东索马那"的段落结尾，索拉都会唱诵马林凯人的谚语，带有警句的风格，我在这里摘录几条："牛犊虽落于暗处，亦不失落其母""死神出手无须烧水""苍蝇死于伤口中，那是死得其所""鸟尸不腐于空中，而腐于地面""蛙鸣阻止不了大象喝水""即使是国王的小胡子，也是国王""欲猎河马者不以鱼钩"等等，作为章节标题。

在吟唱者的唱颂中，科亚甲本人的历史涵括了这个国家一百年的历史，从科亚甲的父亲峭受到殖民者的影响，最后走出山林、穿上衣服开始，描述了科亚甲由一个法国外籍军团的雇佣兵，通过一个个巫术"奇迹"和猎人领袖的血腥奋战，以死亡为法宝征服了其他对手，逐步登上国家统治者的宝座。科亚甲的形象来源于曾经统治多哥长达 38 年的艾亚德玛。在小说的"第四夜"，科亚甲登上总统宝座，往来穿梭于西非各国，学习统治者的经验，浓缩了西非各国的政治历史。可以说，《等待野兽投票》是一部关于非洲人命运的寓言。

在《等待野兽投票》中，阿玛杜·库鲁马还赞美了母亲的崇高地位。他塑造了一位灿烂的"女先知"——科亚甲的母亲娜珠玛：

"娜珠玛，科亚甲的母亲，她不只在年轻时是位伟大的搏击冠军，而且还是位女中斑鸠。她没有一棵圣诞红高，看起来就像棕榈树根一样紧紧连在地上。她的乳房和臀部依然像山上的土石般紧实。她把头发编得像巨蜥的尾巴，不分昼夜在头上缠了一根白丝带。""她还保持着年轻少女的丰腴体态：她的乳房高耸如四月初的生芒果；她的肌肉结实突出，她的臀部就如同一只生铁锅般圆润坚实。"这是因为，在非洲，女性，尤其是母亲的地位很重要。一些大家庭当中，女人必须参与重大的决策。阿玛杜·库鲁马说："一个非洲人认为，他的一切都来自他的母亲。一个大院子里，母亲带着自己的孩子住在自己的屋子里，父亲则住在外面，似乎是某种遥远神秘的东西。男人们把自己的成功归功于母亲。这是马林凯等很多部族的文化。"

2000 年，他出版长篇小说《血腥童子军》，获得了法国勒诺多文学奖和"中学生龚古尔奖"。《血腥童子军》的背景是利比里亚和塞拉利昂的内战。1994 年，阿玛杜·库鲁马受邀来到吉布提。在一次为儿童所作的演讲结束后，一位来自索马里的小难民向他提出了一个要求："作家爷爷，你能不能写一写我们？"阿玛杜·库鲁马接受了这一请求，第二年就写出了《血腥童子军》。

童子军问题已经成为当代非洲暴力的象征。1990 年代，伴随着冷战的结束，非洲国家的部族冲突代替了东西方意识形态的冲突成为热点问题。部族冲突将战争的恐怖和丑恶推到了极端。这其中，以带有种族灭绝性质的大屠杀和童子军现象为代表。非洲部族战争中，率先使用童子军的，发端于 1989 年的利比里亚内战。总统泰勒绑架、要挟、招募少年儿童参与战争，以童子军为主体的战争模式，开始在非洲乃至世界范围内蔓延。西非以及周边国家，如塞拉利昂、刚果、乌干达，广泛地在内战中使用童子军。

阿玛杜·库鲁马把小说的背景设置在利比里亚和塞拉利昂，首先是因为这两个国家在地理上与科特迪瓦紧密接壤，在历史文化上与科特迪瓦同源同宗。其次，这两个国家的战争进程紧密相连，为了掠夺塞拉利昂的钻石以维持战争开销，利比里亚总统泰勒操纵了塞拉利昂内战，童子军的使用在战争中最为普遍。

《血腥童子军》的表现形式，有点类似于西班牙流浪汉小说《小癞子》，讲述一个少年在大地上漫游，经历着各种奇遇。《血腥童子军》的主人公和讲述者比拉伊马，因为法语讲得不好被讥笑为"小黑人"。年仅 12 岁就失去了父母亲，独自一人跟随巫师雅古巴前往利比里亚，去投奔自己的姑姑。表面上看，这是一个寻亲和漫游的故事，然而，在他漫游的路途中并没有善良的童话人物出现，他遇到的除了战争还是战争，比拉伊马在旅途中加入了一个个童子军部队，遇到的都是和自己年龄大致相同的"战友"。在他们死后，比拉伊马按照黑非洲的部落传统——为他们"致悼词"，复述他们短暂而血腥的一生。在比拉伊马的"口语"里，这些童子军的命运有着机械式的单调和重复，似乎没有了文学所讲究的波澜和曲折。在过往的文学创作中，阿玛杜·库鲁马展现了斑斓多姿的讲述技巧，然而，在《血腥童子军》中，每一个童子军的故事，都采用了上面这种漫不经意的语气、通俗简单的用词，故事的结构和人物的命运也是重复的。十余个故事在小说中不断回旋，构成了一种压抑的"复调"，与主人公的"漫游"交叉往复。

但仅仅是一部战争版的"小癞子"，并不足以支撑《血腥童子军》在非洲文学中的重要地位。这部小说还采用了"堂吉诃德"式的结构。比拉伊马是当代"黑暗世纪"的骑士堂吉诃德，他辗转于各个童子军兵营，是一种不甘于屈从战争和命运的抗争。而玛昂姨妈（按照马林凯人的家庭规则，姨妈接替了他死去的母亲）在他的寻找历程中则是一个"超越尘世"的目标。在小说中，比拉伊马给出了质朴的理由："外婆鼓励我，劝我离开继父巴拉，说到了利比里亚那边，天天有米饭，有酱汁肉吃。"

然而，在比拉伊马踏上旅程的时候，战争似乎并不存在。其实，并不是战争不存在，而是他们想象着战争不在"别处"存在。小说中，比拉伊马有一位"桑丘"伴随，成年人雅库巴是一个村子里的能人，依靠招摇撞骗生活，想到利比里亚寻找发财的机会，摇身变为一个制造护身符的人。通过雅库巴，阿玛杜·库鲁马展现了西非战争的非洲地域性：交战双方的首领和战士身上不仅挂着现代的卡拉什尼科夫冲锋枪和子弹袋，还挂满了护身符。在西非，统治着这里的，是新的丛林法则——传统的巫术和部落力量以及现代的杀人武器。

如今，塞拉利昂和利比里亚内战都已结束，然而童子军的悲惨命运并没有结束。塞拉利昂和利比里亚的退役童子军们依旧生活在肉体和心理的创伤之中。而其余地区的冲突，把一批一批的少年儿童不停地扔进战争这头野兽的嘴里。1983 年，统治者博瓦尼去世，科特迪瓦也陷入动荡，政变与战争此起彼伏。科特迪瓦以及周边西非国家的动荡促使阿玛杜·库鲁马关注和思考西非诸国的共同命运。可以说，殖民的历史是西非战乱的根源，冷战则是西非战乱的引线。冷战期间，东西两大阵营纷纷在西非扶植与训练自己的政治集团，拉一派打一派，扶植了众多的统治者，又酿就了各国的部族矛盾。而西非各国的当政者在这种对峙中谋取私利，使国家在国际政治上沦为附庸，在经济上成为"香蕉共和国"。冷战结束，西非各国被抛弃，国内部族矛盾凸现，战争不可避免地降临。

2003 年 12 月，阿玛杜·库鲁马去世。他的遗作《当需要拒绝时，我们说不》出版，描绘《血腥童子军》中的比拉伊马再次拿起枪，参加科特迪瓦爆发于 2002 年的内战，倾听伊斯兰长老的女儿给他讲述科特迪瓦的历史。

阿玛杜·库鲁马喜欢塞利纳和贝克特两位法语作家。他善于用非洲口语、俚语、谚语和短句子，给法语文学带来了活力。他是一个有着强烈社会责任感的作家，作品中有着浓厚的社会历史文化信息和批判的力量以及人道主义情怀。因此，他被称为"非洲的伏尔泰"。

《乌鸦魔法师》

恩古吉·瓦·西昂戈 1938 年生于肯尼亚一个贫穷的家庭。在长达 50 年的创作生涯中，他在长篇小说、剧作、文论、散文创作方面都取得了很高成就。通过他的作品可以清楚地看到，肯尼亚如何摆脱了殖民统治，又如何陷入了内部的文化和族群冲突。

恩古吉·瓦·西昂戈的父亲娶了 4 个老婆，一共生了 28 个孩子，恩古吉·瓦·西昂戈在家里排行老几，连他自己都搞不明白。后来他终于搞清楚了，他是他父亲娶的第 3 个老婆的第 5 个孩子。父亲要支撑这样一个大家庭，非常劳顿。在恩古吉·瓦·西昂戈幼年的记忆里，家里每天只吃一顿饭，一般都是晚上吃，白天全家都忙着去弄食物。恩古吉·瓦·西昂戈幼年在英国传修士办的学校上学，他自小就对文学产生了浓厚的兴趣。上中学之后，他阅读了狄更斯、司各特、史蒂文森等英国经典作家的作品，梦想今后能当一个作家。中学毕业后，他进入乌干达马赫雷雷大学深造，在英文系就读。在这个阶段，他深入学习了英国文学。在大学里，他参加学生组织的戏剧剧社的活动，写剧本，当演员，同时尝试写作短篇小说，发表在校刊上。

1962年，恩古吉·瓦·西昂戈创作了戏剧《黑色隐士》，1968年正式出版了这个剧本。戏剧的主人公雷米是一个走出了肯尼亚部族生活的年轻大学生，雷米大学毕业之后，处于一种两难的选择中，要么回到部族里，去迎娶哥哥的遗孀，成为部落首领，要么留在首都内罗毕成为一个"黑色隐士"。雷米回到了家乡，娶了哥哥的遗孀彤妮为妻。但因为两个人没有感情，彤妮自杀了。这个剧本对肯尼亚落后的部落文化进行了批判。他逐渐成为一个用英语和肯尼亚吉古裕语写作的双语作家。

同是在1962年这一年，他在马赫雷雷大学所召开的一次非洲英语作家研讨会上，结识了与会的当时已经在西方世界获得了名望的作家沃莱·索因卡、阿契贝等人，这给了他很大的鼓舞，使他看到了非洲英语文学的希望。1964年，他到英国利兹大学攻读学位，回国后在内罗毕大学任教，担任非洲语言文学系主任。1977年，他因为反对肯尼亚政府的英语强制教育而被逮捕，获释后在欧美流亡多年，一直到肯尼亚总统莫伊下台后，才回到了肯尼亚。1998年，因为身体原因，他旅居美国，进行治疗和修养，仍旧笔耕不辍，不断有新作品发表和出版。1961年，他开始创作长篇小说《大河两岸》。不过，这部小说却在他的《孩子，你别哭》（1964）出版之后才问世。1967年，他出版了长篇小说《一粒麦种》，这是一个长篇三部曲，构成了他文学生涯第一个阶段的成果。

《大河两岸》是一部小长篇，小说描绘了大河奔涌、水系众多的肯尼亚的自然环境，以及外来的传修士文化与本土部落文化之间的冲突。小说背景是在1920年代，小说中男主人公被送到了教会学校学习，但他对祖先留下来的各种宗教仪式很感兴趣。小说开头是这样的：

"两道山梁静静地相对而卧，一道叫作卡梅奴，一道叫作马库尤。两道山梁之间有一条下场的山谷，人们称它为'生命之谷'。在卡梅奴山和马库尤山背后，还有无数杂乱无章的山坳和小山，它们像一只只沉睡的狮子，在上帝的土地上睡得又甜又香。

"一条河弯曲地流过'生命之谷'；如果没有灌木丛和无数树木遮住河谷，那么你站在卡梅奴或马库尤的山顶上，也许能够一览无余地看到这条河的全貌……霍尼亚河是卡梅奴和马库尤的灵魂。就是这条山溪将这里的人、牛羊、野兽和花草树木紧紧地联结在一起。"（《大河两岸》第1页，蔡临祥译，人民文学出版社1986年版）

在小说中，卡梅奴和马库尤这两座山象征着英国的教会组织和当地的部族文化势力。而在当时，这两种文化之间的冲突就是非洲的现实：外来的殖民者带来的文化，和当地的土著文化之间，有着无法调和的冲突。主人公维亚基是当地部族长老的后代，他还具有部落先知穆戈的血缘，是部落年轻人的代表。父亲把他送到了英国人办的教会学校学习，他发现，英国人带来的基督教文化有好的东西，但与部族传统文化之间很难调和。出于对本民族文化的自信，他办了一所学校，希望寻找到一条基督教文化和本部族文化融合的现代性之路。与此同时，另外一个叫卡波奈的、在政治上有野心的人，也办了一所学校，他办的是民族主义和本土主义的学校。卡波奈有个政敌叫乔舒亚，乔舒亚是倡导西方基督教文化的人，他的女儿纳木波拉是维亚基的女朋友。为了打败政治对手，卡波奈策划了一次部落集会，在集会上，他要求维亚基以撇清和基督教倡导者乔舒亚的女儿纳木波拉的关系，来证明他没有背叛本民族文化。维亚基拒绝了，最后，他和纳木波拉被送往部落长老处，等待被判决死刑。《大河两岸》中，一共呈现了三种势力：乔舒亚代表基督教文明势力，卡波奈代表肯尼亚吉古裕部族传统文化，维亚基代表现代教育。小说就在这三种力量的纠葛中，艰难地探索着非洲走向未来的路。

长篇小说《孩子，你别哭》篇幅不长，故事的背景是1952年"茅茅"运动兴起的肯尼亚，围绕着被白人强占的土地问题展开叙述。小说中的人物主要涉及两家人，一家是穷人恩格索家，另一家是依附白人地主的黑人富商贾克波家。当"茅茅"运动兴起之后，恩格索一家由旁观、同情到最后参与进去，整个过程十分合理。贾克波依附白人主子，站在民族解放运动"茅茅"运动的反面，对黑人的解放运动进行监视，成为告密者，最终被"茅茅"运动战士处决。在这部小说中，作为小说中的张力结构，还有一条副线，就是穷人恩格索的儿子恩约罗格和富人贾克波的女儿木为哈吉的爱情，他们之间的感情纠葛，在以"茅茅"运动为背景的动荡的大时代里带有悲剧的力量。

与图图奥拉、本·奥克利、索因卡等带有非洲文化魔幻色彩的作家不一样，恩古吉·瓦·西昂戈从开始写作起，就将英国文学传统与肯尼亚当代现实接续起来，创作出一种新小说。他的作品不魔幻，不神神鬼鬼，扎扎实实地书写现实，塑造人物，描写场景，刻画细节，精心书写对话。一直到2006年他出版的长篇小说《乌鸦奇才》中，才使用了魔幻和怪诞的手法。

1967年出版的小说《一粒麦种》叙述时间跨度有十多年，讲述从1952年肯尼亚发起的"茅茅"运动，到1963年12月12日肯尼亚独立之间发生在小说人物身上的事情。小说主人公是黑人莫果，他曾经是反对白人殖民者的罢工运动的领袖。在 1963 年肯尼亚即将举行独立庆典的前四天，莫果被选为代表，将在独立庆典上讲话。回忆和意识的流动，内心独白和不断重现的过去的场景，都使这部作品带有贴近人物内心的真实感。小说通过莫果的大量穿插式的回忆，发现原来在莫果的内心深处还埋藏着一个秘密：多年前，他曾经是一个告密者，向英国人告发了"茅茅"运动的领袖、民族英雄基席卡，导致了基席卡的牺牲。这成了压在莫果心中的一块巨石，让他睡不着觉，无法安稳。而即将到来的独立庆典上，现任独立军的将军打算当着大家的面，处死背叛基席卡的另一个告密者卡冉加，这给同为告密者的莫果带来了巨大的压力。眼看着那个庆典日一天天临近，莫果也一天天地接近崩溃。小说的最后，莫果站起来，拿起了话筒：

"你们找犹大，"他开腔了，"你们找把基席卡引到这棵树下来的人。现在，这个人就在你们面前。基席卡那天夜里来找我，他把性命交到了我手里，我却把它卖给了白人。这些年，这件事一直让我生活不安宁。"他每讲一句话都停一停，从头到尾声音都很清楚。

仍然没有人讲什么。他甚至离开了讲坛也没有人开口。没有任何明显动作的人群给他让出了一条路，大家低着头，不敢和他目光相对。（《一粒麦种》第 271—272 页，杨明秋等译，人民文学出版社 1984 年版）

莫果勇敢地承认了他是告密者，把卡冉加等人干的告密事等所有责任都揽到了自己的身上，获得了内心的拯救，而没有受到惩罚。小说最后几节，讲述了莫果后来的命运：他被将军们作为告密者给带走了，很可能被处死了。小说起名《一粒麦种》，其含义是"一粒麦种撒在地里，会长出很多麦子。一个人倒下，千万人会站起来，必定会赢得独立和自由"。

恩古吉·瓦·西昂戈一直是小说、戏剧、文论三驾马车并行的。1970年，他出版了三个独幕剧构成的剧本集《明月此时》，收录了《明月此时》《叛逆者》《心灵的创伤》三部剧作。1977年，恩古吉·瓦·西昂戈出版了自己的长篇小说《血的花瓣》，可以说是这个阶段最为成熟的一部作品。

《血的花瓣》直接指向独立后的肯尼亚的社会现实。这部小说的叙事结构和《一粒麦种》有些相似，塑造了四个人物：学校校长、教师、小店主和妓女。这四个人都与一件谋杀案有关。通过这四个人的回忆，肯尼亚在1963年独立前后的社会现实立体地呈现了出来。1978年，他创作了戏剧《当我想结婚时就结婚》，用吉古裕语写成，嘲讽了肯尼亚当局的愚蠢，结果他于1978年被关进监狱。出狱之后，他在欧美游走，接连出版了多部用吉古裕语写作的长篇小说：《德旦·基马蒂的试验》(1976)、《十字架上的恶魔》(1982)、《纳亚巴的手枪》(1986)、《马逊加里》(1989)等。这些小说后来都翻译成了英文。

1990年代后，恩古吉·瓦·西昂戈短期回到了肯尼亚，1998年移居到美国纽约，在那里休养身体并治疗疾病。他是一个多产作家，创作的长篇小说、短篇小说集、剧作、文论、随笔和自传一共有30多部。他后期的文论集有：《政治中的作家》(1981)、《教育与民族文化》(1981)、《钢笔的吸水管：抵抗新殖民时期对肯尼亚的镇压》(1983)、《非殖民化思想：非洲文学语言中的政治》(1986)、《论新殖民主义》《1986》、《中心移动：为文化的自由而斗争》（1993）等。

2006年，68岁的恩古吉出版了长篇小说《乌鸦魔法师》，英文版有768页，中文版上下册有50万字左右。这是他的小说代表作。在小说中，恩古吉·瓦·西昂戈想象了一个非洲国家，这个国家叫作阿布利里亚，有一个独裁者统治着这个国家。

恩古吉·瓦·西昂戈首次采用了魔幻、荒诞的艺术手法，用夸张、荒谬和讽刺，塑造了一个非洲国家的独裁者。有三个走狗围绕着这个独裁者，为了取悦独裁者，他们三个千方百计地让自己的眼睛、耳朵和舌头变大，这样的话，他们就可以更好地服务独裁者，来观察、聆听和阿谀奉承。前两个走狗眼睛和耳朵的变大过程十分顺利，但是第三个的舌头变大却出现了问题，结果，语言的混乱控制了那个走狗的不听话的大舌头，让独裁者十分生气。有意思的是，独裁者自己也在发生变化，那就是，他的身体在不断地膨胀和扩张，日益变大。这让他十分苦恼，最后，他飘浮在屋角之上的天花板上。

此时，这个国家来了一个类似基督一样的英雄人物卡米蒂。他把钱埋在荒野里，结果长出来一株摇钱树，贫苦的人需要钱，去摇一摇，钱就掉下来了。于是老百姓十分高兴。卡米蒂还是一个医生，他给老百姓看病的时候，拿着一面镜子照着病人，病人很快就会好了。结果，卡米蒂就被传说和神话成一个奇才。有一个叫尼亚薇拉的女人爱上了他，她其实是一个政治组织的领袖，他们俩不仅有了爱情，还一起组织起反抗独裁者的力量，最终，独裁者被推翻了。

这部带有荒诞和魔幻色彩的小说，表达了他对非洲当代现实的忧虑，比如艾滋病的泛滥，比如对世界银行的依赖。不过，作品过于漫画化的、戏谑化的对人物形象的处理，妨碍了作品的深度，他过去擅长的现实主义手法的精确描绘的力度也有所减弱。但趣味性明显增强，是他在 21 世纪奉献出的最重要的作品。

恩古吉·瓦·西昂戈在 2010 年出版回忆录的第一部《战时的梦：童年的回忆》，详细回忆了他的童年时光和"茅茅"运动带给肯尼亚的一切。2012 年，第二部《在阐释者家里》出版。这个多卷本的回忆录，将一直写到他生命的终点。

《房间里的阿尔及尔女人》

　　阿西娅·杰巴尔 1936 年生于阿尔及利亚的海岸小城谢尔谢勒，本名法蒂玛－佐哈·伊玛拉耶。小时候，全家居住在靠近米蒂贾的一个小村庄，父亲是小学的法语老师，后来，她在卜利达的寄宿学校上中学。1955 年，18 岁的她被巴黎的著名高等学府——巴黎高等师范学院录取，成为该校的第一位阿尔及利亚女性。萨特等很多当代法国文学大师和哲学家，都是毕业于这所学校的。

　　她很早就开始写作。她的一首短诗，写于 20 岁，题目是《给太阳的诗》：

　　"从碧玉的牢笼＼我把日子解放＼它像激流的泉水＼滑过我的指尖＼从海的坟墓那里＼我把夜晚解放＼它像雨的外套＼把我笼罩＼从大地的床铺＼我解放天空＼在骄傲的闪电中＼太阳飞向了王座＼在世界的舞台上＼我投掷太阳＼它投下的影子＼如此深厚＼以至于失去了律法的保护"

　　从这首诗可以看出来，阿西娅·杰巴尔的浪漫情怀，和那种渴望自由和解放的心声。而这一点，在深受传统文化、男权压迫和习俗偏见影响的阿拉伯女性的内心里，都埋藏得很深。只有她表达得这么热烈。作为第一位被巴黎高等师范学校录取的阿尔及利亚女子，在巴黎，她并没有得到一张安静的课桌，此时的阿尔及利亚战争正在如火如荼地进行，作为一个阿尔及利亚人，很难不受到影响，阿西娅·杰巴尔也参加了学生的罢课运动。同时，她用了两个月的时间，写出处女作长篇小说《渴》，在自己的手头搁了一段时间，1957年，她不顾父亲的反对，以笔名阿西娅·杰巴尔出版了小说《渴》，她原名叫法蒂玛·佐哈。这时她还不到 22 岁。这部小说的内容很大胆，描写一个姑娘为了使她的男朋友更迷恋自己，就试图勾引别人丈夫，来引起男朋友的嫉妒，并体验一种复杂的感受，就是说，她实际上希望自己主宰自己的情感。于是，在爱情故事的表层之下，阿西娅·杰巴尔对女性的心理分析是深刻而细腻的。小说出版后受到了广泛好评，当时在法国受欢迎的程度，简直可以与萨冈的《你好，忧愁》相提并论。

1958 年，阿西娅·杰巴尔出版长篇小说《急不可耐的人们》。这部小说通过一个家庭内部发生的故事，揭示了阿尔及利亚的社会问题和女性问题：少女戴丽莱从小父母双亡，由长兄和继母莱拉监护和抚养。父亲将家庭财产挥霍殆尽，死后仅仅留下一所大房子。继母莱拉对戴丽莱的监管很严，处处限制她的自由。戴丽莱在家中感到十分压抑。她决心通过上大学走出家庭。她考上了大学。在学校里，她爱上了赛里姆，但又觉得这爱是可怕的，因为这超越了传统习俗——在阿尔及利亚，婚姻都是父母协商和包办的。继母莱拉正是由于恪守妇道，才获得大家的尊重。

有一天，赛里姆无意中对戴丽莱说起，在大学一年级的时候，班上来了个美丽的农村姑娘，大家都喜欢她。可每当她爱上一个人，那个男生的家长就迫使儿子和她断绝关系。她受到了很大的刺激，便和男生滥交，赛里姆也是其中一个。但他怕爱上她，后来也和她断绝来往了。最后，那个女人嫁给了一个刚刚死了妻子的有钱人。不久，丈夫就死了。这个女人的名字叫莱拉。赛里姆根本不知道，莱拉就是戴丽莱的继母。后来，戴丽莱和赛里姆一同来到巴黎求学。临走时，戴丽莱为了发泄莱拉对她多年的压抑，对莱拉讲了赛里姆告诉她的一切，指出莱拉一直生活在假面下。莱拉崩溃了。赛里姆后来知道了这件事，觉得对不起莱拉。他从巴黎回到了阿尔及利亚，这时莱拉已经嫁给了一个商店老板。赛里姆去和莱拉幽会，结果被她的丈夫发现。在他们幽会的时候，那个男人拔出手枪，将赛里姆和莱拉都打死了。这部悲剧性长篇小说颇受好评，让读者记住了阿西娅·杰巴尔。

同一年，阿西娅·杰巴尔嫁给了一位阿尔及利亚民族解放战士，他叫艾哈迈德·乌尔德－鲁伊斯（两人后来离婚），婚后，阿西娅·杰巴尔与丈夫离开法国，来到突尼斯。一年后，她前往摩洛哥的拉巴特大学，研究和教授马格里布国家现代历史，同时，她还写小说和文学评论，也搞翻译，还兼做记者和播音员，导演了几部电影，是一个跨界的、活跃的多面手。早期的动荡的生活并没有使阿西娅·杰巴尔停下笔，她接下来的作品还将波澜壮阔的阿尔及利亚战争纳入了作品的背景中，去呈现阿尔及利亚妇女的生存状况。

1962 年，阿尔及利亚获得独立后，她出版了长篇小说《新世界的儿女》，这部作品奠定了她在文坛的地位。《新世界的儿女》以阿尔及利亚抵抗法国的战争为背景，描写了一个农村小镇上人们的生活。这里的人们一直生活在传统中，各有各的家庭和个人问题，但当民族解放事业需要他们的时候，他们会义无反顾地挺身而出，哪怕牺牲生命。小说塑造了谢丽发、莱拉、萨莉玛等众多鲜明的女性形象，令人难忘。她们是解放战士们的坚强后盾，是阿尔及利亚人民的化身。一句话，她们是未来新世界的真正儿女。这是小说的点题之处。1967年，她的长篇小说《天真的云雀》问世。这部小说依旧以一个阿拉伯女性的觉醒和反抗家长制为主题，展开了主人公的爱情、战争、历史和现实之间的复杂关系。

从1970年代开始，她的兴趣转向了电影，一干就是十年。阿西娅·杰巴尔对这段拍电影的经历是这样解释的："我假期到了阿尔及利亚山区和农村访问，我与那些农民和村妇接触、交谈，我了解了他们的生活需求和面临的问题。我发现也许用电影和纪录片的方式把他们的生活记录下来，会更有表现力，也会让更多的人了解和关心他们。"

经过了10年的文学写作的沉寂和电影生涯的拓展，1980年，她出版了短篇小说集《房间里的阿尔及尔女人》，这部小说得名于法国画家德拉克罗瓦的油画《阿尔及尔女人》，在这部作品中，她尝试了新的风格，以短篇连缀的方式，结构了一部也可以算是长篇小说的作品。在1970年代，她曾经对古代阿拉伯语下过一番苦功夫，在她重新捡起笔时，便把阿拉伯语的声调和节奏融入了法语写作，使她的法语表达别具风味。此外，在这部作品中，她还使用了电影蒙太奇的剪辑手法。这部小说在2002年又出版了修订版，她加写了一些今天的阿尔及利亚女性生存状态的内容，使这部小说获得了经典地位。

《房间里的阿尔及尔女人》显示了她是一位为女权而战的作家。

小说集并不分散，而是一个整体，就像是一串珠玉一样，"开篇"从女子法蒂玛诉说之夜来讲述，以《诱拐》《弟弟》《上学》《送人的孩子》《孩子，再次送人？》讲述北非女人的命运。在"今天"和"昨天"的部分中，收录《房间里的阿尔及尔女人》《哭泣的女人》和《无所谓的放逐》《死人说话》《斋戒日》《思乡》等篇章，扩大对女性命运的思考范围，以"后记"《受禁的目光，戛然而止的声音》作为全书的收尾，是一部有着阿拉伯繁复和对称图案般的结构的小说集，因而备受瞩目。

1985 年，她出版的《爱情，魔幻》结合了她自身的经历，描写了阿尔及利亚受法国殖民统治的历史和独立解放运动的复杂性。

阿西娅说，斗转星移，阿尔及利亚独立后到现在，发生了很大的变化。1990 年代初起，阿尔及利亚频频出现恐怖活动和暴力事件，噬痛着阿西娅的心。许多知识分子，尤其是用法语写作的作家、诗人遭到暗杀，其中就有她的朋友。她再也不能沉默了。她是因为极度沉默才创作的，无论是对阿尔及利亚独立前的社会现实，还是对它今天发生的事情，都是在极度沉默后无法再沉默而写作的，而她的写作不光唤醒了自己的沉默，也唤醒了阿拉伯女性的静默。

这部作品与《土耳其后妃之影》（1987）、《远离麦地那》（1991）、《一个阿尔及利亚的夏天》（1993）、《我的遥远的牢狱》（1994），共同构成了一个系列，从历史和现实的层面反射出一个五彩纷呈的阿拉伯世界。1996 年，她又出版了长篇小说《阿尔及利亚白种人》。小说描写了那些后来被极端宗教分子杀害的阿尔及利亚的知识分子生前的生活，他们的思想、行为和创作。在小说中她还从这些知识分子被杀、坐牢和逃亡入手，追溯阿尔及利亚独立前的历史，以及独立后的遭遇，揭示产生悲剧的真正原因——阿尔及利亚的革命并未完成，阿尔及利亚还是一个未完成的国家。

阿西娅·杰巴尔是一个多产作家，她出版了30多部长篇小说、小说集和文学评论集。近年来，阿西娅·杰巴尔出版有长篇小说《斯特拉斯堡之夜》（1997）、散文集《常驻我心的声音》（1999）。1999年，她还出版了小说《约瑟夫的美丽》，2000年出版自传体作品《伊斯兰的女儿及暴风雨》。进入21世纪以来，阿西娅·杰巴尔的创作依旧十分活跃。她出版长篇小说《Aicha和伊斯兰女孩》（2001）、《没有墓地的女人》（2002），2003年她又出版了论著《法语的消失》，2007年，71岁的阿西娅·杰巴尔出版了小说《父亲在女儿的生活中》。由于"对世界文学所做出的突出贡献"，1996年获得了美国纽斯塔特文学奖，1997年，她获得了阿尔及利亚尤瑟纳尔文学奖。2000年，阿西娅·杰巴尔获得法兰克福书展期间颁发的德国"书业和平奖"。关于得奖，她说："我不代表非洲人，也不代表阿拉伯人，代表他们太沉重，是要承担巨大责任的。作家的基本任务，不是代表一个人民，或一个民族，而是在作家为自己选择的道路上，独自持续前进。"

几年后，法国最负盛名的文化机构——法兰西学院，在2006年6月16日这一天，正式接纳阿西娅·杰巴尔为法兰西学院建院370多年以来第一位阿尔及利亚院士。阿西娅·杰巴尔因此进入了声名永不陨落的"不朽者"圣殿，她是北非三国获此殊荣的第一人。

阿西娅·杰巴尔说，法语是她的文学母语，她的作品常常以妇女为写作背景，涉及了她们的独立人格、性爱以及家庭与男人的关系。她广泛关注女性所面对的所有障碍，具有强烈的女权主义倾向。

她的很多作品都充满对阿拉伯妇女权利的吁求，为她在世界范围内赢得了广泛的赞誉。阿尔及利亚评论家哈·卡塞姆说：

"我们看到，虽然阿西娅·杰巴尔的作品使用的语言是法文，但是精神、感情却是阿尔及利亚的，而且，多数都是反抗法国殖民主义者的。这些作品传播到北非的阿拉伯马格里布各国，传播到法国和其他说法语的国家，甚至传播到欧洲、美洲和亚洲，她的影响是世界性的。"

塔哈尔·本·杰伦：

《神圣的夜晚》

　　摩洛哥位于非洲大陆西北角，跨过直布罗陀海峡就能到达西班牙，有着长达 1700 公里的漫长海岸线，与大西洋和地中海接壤。15世纪末期开始，摩洛哥先后被西班牙和法国入侵，1912 年沦为法国的保护国，西北部两个地区还被划为西班牙的保护地。1956 年，摩洛哥宣布独立。摩洛哥人大多信奉伊斯兰教，阿尔及利亚、突尼斯和摩洛哥这三个国家深受法国文化影响，它们以阿拉伯语为官方语言，法语为通用语言，因此有很多作家投身法语的写作中，给法语文学带来了异样的血液，这其中，塔哈尔·本·杰伦是一个代表。

　　塔哈尔·本·杰伦 1944 年生于摩洛哥北部城市费斯，后来移居到首都拉巴特，这是摩洛哥的历史文化名城。1961 年移居法国，曾获得巴黎第七大学的博士学位。他从事过新闻和教育工作，不断探讨北非、伊比利亚半岛和法国复杂的政治与文化关系，深入了解摩洛哥的社会和民情，以法文写作。1971 年定居法国。他每年都要回到摩洛哥，借机观察摩洛哥社会。他的创作生涯持续了半个多世纪，出版诗歌、小说、随笔、文学文化和政治评论、剧本等各类作品 40 多部。

1971 年，27 岁的塔哈尔·本·杰伦出版第一部诗集《沉默气氛笼罩下的人》，随后出版诗集《太阳的创伤》（1972）、《痣》（1973）、《扁桃树受伤死去》（1976）、《不为记忆所知》（1980），长诗《骆驼的话》（1974）等。他的诗歌带有强烈的抒情性，对青春期、爱情和摩洛哥记忆的吟唱，带有鲜明的北非阿拉伯文化与法语诗歌融合的印记。

1973 年，塔哈尔·本·杰伦出版小说《哈鲁达》，小说讲述一个摩洛哥移民在法国的遭遇和在摩洛哥受到的压迫。此后，他接连出版小说《孤独的遁世者》（1976）、《疯子莫哈，哲人莫哈》（1978）、《大众作家》（1983）、《沙漠的孩子》（1985）等，描绘出二战之后摩洛哥独特的人文景观和系列人物形象。这些小说中的主人公大都是摩洛哥中下层人士，和在法国找不到归属感的移民，题材广泛，视野开阔。这些小说在形式上采用阿拉伯文学中说书人的形式，似乎总有一个说书人在娓娓道来，浓重的忧郁气息和市井生活气息交混，使人能感觉到摩洛哥市镇的黄昏弥漫在人们心头的哀愁，揭示了文化冲突背景下个人命运的多舛。

塔哈尔·本·杰伦于 1987 年出版小说代表作《神圣的夜晚》。这是塔哈尔·本·杰伦被广泛称颂的作品，赢得当年的法国龚古尔奖，使他成为北非马格里布法语区阿拉伯作家中获得这个奖项的第一人。小说的主题指向了摩洛哥社会宗法制度压迫下的普通人的生活。主人公是一个摩洛哥富人的第 8 个女儿，这个倒霉的富商没有儿子继承家产，因此，就把这个最小的女儿扎赫拉从小当作儿子来养，以此来避免家产落入他人之手。一直到她成长到 20 岁，她的父亲去世之后，她才开始恢复女性的面貌。但为了实现父亲的愿望，她要继续扮演男人，可她的七个姐姐无比憎恶她、嫉妒她，甚至叫人割掉了扎赫拉的阴蒂。扎赫拉因此和整个家庭中的女性成了对立面。母亲、姐姐联合起来压制她，她离家出走了，结果遭到了绑架、强奸和欺凌。后来，扎赫拉遇到一个心地善良的盲人搓澡工贡苏尔，他们之间迸发了爱情。再后来，她的叔叔找到了她，强迫她重新回到原有家庭，扎赫拉在愤怒之下开枪打死了她的叔叔，被警察抓获，进了监狱。这部小说的语调平和舒缓，带有叙述者的无奈和宽怀的情感。小说以主人公的自述构成，开头是这样的：

"如今我已年迈，可以坦然度日。我要说话，卸下言辞和岁月的重负。我稍感疲惫。岁月的重压尚能忍受，而负担最重的是埋藏在心底、我长期缄默和掩饰的那些事。我哪里想到充斥我记忆的沉默和探究的目光竟如沉重的沙袋，使我步履维艰……我很高兴终于来到这里。你们是我的解脱，是我眼中的光明。我有许多好看的皱纹。额上的皱纹是真相的磨难留下的印记。它们是时间的谐音。手背上的皱纹是命运纹。你们看，这些纹路纵横交错，标志着命运的历程，描绘出一颗流星坠入湖中的轨迹……"

《神圣的夜晚》这部小说显然带有文化奇观性，讲述一个屈从父命、女扮男装的女孩最终成为封建宗法势力的牺牲品，唤起了人们深切的同情和悲悯。小说在娓娓道来的语调中自然蕴涵了批判精神，最终给人物命运贡献了一抹亮色。一开始是悲剧的气氛，到主人公开枪打死叔叔，达到了悲剧的顶峰，但结尾还是乐观的，主人公安然地度过了所有的危机，存活下来，获得平静的生活，并心平气和地给大家讲述。

1991 年，塔哈尔·本·杰伦出版小说《低垂的眼睛》，这部小说描绘一个性格刚强但颇有些一根筋的摩洛哥女孩子，根据家族传说，去寻找祖父当年埋藏在山里的财宝。最终没有找到财宝，但她却找到了摩洛哥山村更加宝贵的水源，给村民带来喜悦和希望。

1990 年代后，塔哈尔·本·杰伦的写作主要指向北非国家内部的社会问题和腐败现象。他出版了小说《腐败者》（1994），以第一人称的方式讲述掌管建筑项目审批大权的官员穆哈德的故事。他本来是清正廉洁的，家境也很贫寒，虽然手头掌握大权，却不愿谋私利。但在家人的逼迫下、家族实力的蔑视下，他感到前所未有的压力，后来逐渐走上了贪污受贿之路。长篇小说《错误之夜》出版于 1997 年，这是一本探讨摩洛哥女性社会地位和文化地位的小说。小说的背景是北非海港城市丹吉尔，描写了一个错误的夜晚一对男女孕育了私生女紫娜，导致家族蒙受了羞辱，她的外祖父因此而自杀。紫娜长大之后，遭到歧视和侮辱，她开始变得冷酷无情，决心报复，于是纠结了几个同样深受男权迫害的女子，开始报复计划。

塔哈尔·本·杰伦是一个相当勤奋的作家，进入 21 世纪，他的创作力并没有衰退，继续探讨摩洛哥和法国之间的文化联系，出版《为女儿讲解种族主义》一书，获得联合国之友"全球宽容奖"。

2004 年 6 月 17 日，塔哈尔·本·杰伦以他的长篇小说《这眩目致盲的光》获得都柏林文学奖，奖金 10 万欧元。都柏林奖评委会认为，《这眩目致盲的光》是一部小说杰作，有着炽热的朴素和美，以及语言的明澈。这部小说取材于一个真实的历史事件和人物，以细致的笔调，叙述一个男主人公在摩洛哥沙漠地区一座地下集中营内，艰难度过的 20 年骇人听闻的日子。这一类集中营型的监狱是已故的摩洛哥国王哈桑二世所设立。最终，当监狱于 1991 年被打开时，只有为数不多的囚犯得以幸存下来。都柏林奖评委会的一位发言人说："这部关于野蛮之地和幸存者——那些'活尸'的小说，动人地描述了无限的恶，以及人类求生精神的力量。"可见，长期居住在法国、用法语写作的塔哈尔·本·杰伦，善于以欧洲的眼光来打量、审视和批判摩洛哥的历史、现实和文化，传达出一个人道主义作家的呼声，同时，也显示出他自身文化身份的矛盾性。

可以说，塔哈尔·本·杰伦的作品，不断深入探讨摩洛哥文化的特性和传统文化在现代社会中的不适应性，以及北非人来到法国、西班牙等欧洲国家谋生的艰难图景和他们的心灵挣扎。他的作品将法语的优美、精微和复杂，与摩洛哥阿拉伯口头文学、民间传说完美结合，创造出多种文化交汇的文学风格。对塔哈尔·本·杰伦的瞩目，也是对北非马格里布法语文学的关注。

约翰·马克斯韦尔·库切：

《耻》

　　1991 年度和 2003 年度的诺贝尔文学奖，分别颁发给了南非作家纳丁·戈迪默和约翰·马克斯韦尔·库切，使南非文学备受瞩目。约翰·马克斯韦尔·库切的祖先是荷兰人，他 1940 年出生于开普敦，1960 年他到伦敦学习，从事电脑软件的设计工作。1965 年，他前往美国得克萨斯州立大学奥斯丁分校读书，获得文学博士学位后，在纽约州立大学布法罗分校任教。1971 年回到南非，担任开普敦大学英文系教授。2002 年离开南非前往澳大利亚，在大学任教，后来又到美国芝加哥大学担任社会思想委员会成员，并在英文系任教。从他的这些经历来看，可以说库切是一个具有全球视野的作家。他从南非出发，在非洲、欧洲、美洲和澳洲都留下了自己的足迹，也因此有着在文学上的丰富表达。除了十多部风格各异的长篇小说，他还出版有 3 部自传、多部文学评论和随笔集。

　　约翰·马克斯韦尔·库切的第一部小说《幽暗之地》出版于 1974 年。小说分为看似不相干的两个部分：《越南计划》和《雅各·库切的讲述》，将 1970 年代美国的反战浪潮，和荷兰祖先对南非的征服探险史实糅合在一起，形成了一部独特的、带有互文性效果的小说。

1977 年，库切出版小说《内陆深处》。库切是一个非常讲究文本的作家，他在写作每本小说时，对小说结构都有独具匠心的设计。《内陆深处》以一个南非内陆农庄作为小说背景，以白人庄园主的女儿、老处女玛格达的独白作为整部小说的叙述情节。小说故事的构成，都是玛格达支离破碎的笔记，是真的还是假的，是梦境还是现实，是想象还是实际发生的，是虚构的还是玛格达的自供状，库切将判断的权力交给了读者。

库切真正让国际文坛注目的小说，是出版于 1980 年的《等待野蛮人》。这部小说为库切摘取了英国费伯纪念奖和布莱克纪念奖，使他迅速在欧美地区扩大了声誉。小说隐去了时代的背景和具体的年月，带有寓言化的特征，描绘了一个帝国（显然指英国）所控制的某个边远国家（应该暗喻的是南非某个地方）有一个老行政长官，他奉命和当地的野蛮部落进行战斗。他爱好考古、打猎、读书、思考，不愿意用血腥的手段镇压那些"野蛮人"。后来，帝国派来了乔尔上校，加大镇压"野蛮人"的力度，而老行政长官则体现出人性色彩的中立态度。小说以第一人称叙事结构全篇，带有跳跃性意识流小说的特征，有潜在的时间线索和情节主干。谁是"野蛮人"，谁是"文明人"，在库切的笔下看得很分明，当"文明人"用屠杀和血腥的镇压手段去对付那些"野蛮人"时，那么，谁是野蛮人就很清楚了。小说在国家、种族、文明、暴力、人道主义方面，展开了别开生面的深入思索。

库切的第四部长篇小说《迈克尔·K 的生活和时代》出版于

1983 年。这是他的一部代表作。库切的大部分小说叙述语调冷静平缓，他并不将热烈的感情诉诸于文字，文字精练平实、准确具体。但《迈克尔·K 的生活和时代》则是一个例外。小说以南非内战爆发之后的社会为背景，讲述一个中年残疾人迈克尔·K 在战乱年代的可怕命运。

迈克尔·K 的父亲似乎很早就死了，或者从他的生活中消失了。长着豁嘴的他和母亲相依为命。一天，他带着得病的母亲打算离开喧嚣的都市开普敦，前往乡下去过一种平静的生活。就在路途中，母亲去世了，残疾人迈克尔·K 失去了他在世上的最后一个亲人。他被抛入时代风暴的大旋涡里。迈克尔·K 后面所经历的故事，就带有希腊神话的意义了。他在战争的血腥、种族的屠杀和歧视中游走，不断地被伤害、监禁和追赶，他被洗劫，被抓去做苦工，被关进难民营，他接连失去了家园、母亲和故乡，失去了做人的尊严和人格。但迈克尔·K 仍然希望自己能够获得一点人的尊严和生存的权利。迈克尔·K 逃过了多次劫难，大难不死，他的生存空间也越来越小，最后，他逃到了没有人的山林里，像原始人那样生存，才获得了一个在这个世界上保存生命的机会。

在小说的结尾，迈克尔·K 回到了开普敦的海滩，遇到几个流浪的人，获得了一点性的愉悦和安慰。库切在描述迈克尔·K 的遭遇的时候，相当平静，似乎没有带感情，却又带着强烈的感情色彩，将更容易受到侮辱和损害的迈克尔·K 这样一个残疾人，在南非种族隔离政策下的遭遇描绘得栩栩如生。小说风格简洁、平实而有巨大的感染力。该小说获得了 1983 年英国布克小说奖。

库切的第五部小说《福》出版于 1986 年，这是一部篇幅不长的小说，带有鲜明的后现代小说特征。它是对英国作家笛福的小说

《鲁滨逊漂流记》的戏仿，是一个建立在故事之上的故事。笛福的小说《鲁滨逊漂流记》中的鲁滨逊、星期五等人再次出现，而且，笛福本人和另外一个女人苏珊也出现了。苏珊成了这部小说的主人公，她在虚构的人物和历史人物之间来回奔走，打破了虚构和现实的界限，同时，和作者笛福展开了讨论。《福》是库切尝试文本互文性的实验性的作品。

库切视野开阔，他的长篇小说《彼得堡的大师》出版于1994年，题材为之一变。这部小说的主人公是俄罗斯小说家陀思妥耶夫斯基。陀思妥耶夫斯基的生平经历复杂而生动，婚姻生活坎坷，又嗜好赌博，还有癫痫的袭扰。1869年，陀思妥耶夫斯基前往彼得堡调查他继子的死，库切由此描绘了1869年陀思妥耶夫斯基在彼得堡的生活。陀思妥耶夫斯基一边和现实生活缠斗，一边写着小说《群魔》。1984年，库切的儿子死于意外事件，因此，小说中陀思妥耶夫斯基对继子巴维尔的追寻和调查，也寄托了库切自己的哀思。

非洲黑人国民大会取得政权之后，急剧变化的社会状况在约翰·马克斯韦尔·库切的笔下呈现出另一种风貌。南非白人占总人口的13%左右，大部分是英国人和荷兰人的后裔。

长篇小说《耻》（1999）是库切一部力作。这部小说以罕见的批判力度，描绘了南非取消种族隔离政策后的社会现实的新面貌。小说故事紧凑，人物也很鲜明，没有多余的废话和累赘的情节，十分冷静精确。小说的主人公是一个52岁的南非白人教授戴维，他和一个女学生发生了性关系，遭到了学校道德委员会的惩罚。于是，他离开学校，来到女儿露西所经营的偏僻之地的农场，但他与女儿关系紧张，也无法从事农场的活计。

不久，农场遭到了一伙黑人歹徒的袭击和洗劫，他的女儿露西也被黑人强奸。最后，25岁的露西竟然心甘情愿地嫁给这个农场的黑人帮佣佩特鲁斯。而种种迹象表明，农场遭到洗劫和露西遭到强奸，都是这个佩特鲁斯在幕后指使的，是这个老奸巨猾的黑人企图霸占农场，最终，露西屈服于佩特鲁斯的力量，佩特鲁斯如愿以偿地得到了农场和白人女人露西。戴维教授后来又来到一个专门消灭流浪狗的机构，每天去寻找那些已没有主人的流浪狗。在这个情节上，库切说出了他没有明确说出来的话：有那么多的流浪狗需要被打死，是因为这些狗的主人都是白人，他们都已经离开了南非。

这部小说甚至暗示库切本人也会离开南非，果然，他于2022年移居澳大利亚。小说的题目叫作《耻》，有三个层面的含义，一个层面是戴维教授和女学生的性关系导致他本人在道德上蒙受耻辱，第二个层面是戴维的女儿露西被黑人强奸的耻辱，这在过去白人统治的时期是根本不可能发生的。小说的最后一个层面，是白人群体在南非现实中所受到的耻辱，这个耻辱也是历史的报应。这部作品也因为其勇气和犀利，使库切第二次获得布克奖。

库切的长篇小说还有《伊丽莎白·科斯特洛：八堂课》（2003）、《慢人》（2005）、《凶年纪事》（2007），自传《男孩》（1997）和《青春》（2002）。库切还出版有散文评论集《陌生的海岸：文学散文1986—1999》（2000）和《内部运作：散文2000—2005》（2007）。

库切不为历史所羁绊，不和现实苟合，不会去迎合任何流行的东西。他总是以自己独到的写作使小说文本有趣而颇具形式感，创造出值得分析和深受欢迎的小说杰作。

本·奥克利：

《饥饿的路》

尼日利亚文学是非洲文学中强劲的一支，它向世界贡献了图图奥拉、阿契贝、索因卡等享誉全球的作家，而且后继有人，本·奥克利就是一个不可忽视的小说家。1991 年，本·奥克利凭借长篇小说《饥饿的路》获得英语布克奖，年仅 32 岁。

尼日利亚历史悠久，有举世闻名的诺克文化、伊费文化和贝宁文化。这些古代文化在非洲独树一帜。尼日利亚素有"非洲黑人文化诞生地"之称。尼日利亚的诺克文化就是非洲最古老的文化之一。1943 年，在尼日利亚中部乔斯高原边缘的一个名叫诺克的小村庄，人们挖掘出一个赤陶人头像。之后，在尼日利亚中部北抵扎里亚，南至阿布贾，西达卡杜纳河，东接卡齐纳河的大约 8 万多平方公里的范围内，相继发现了 160 多件风格相同的陶器、陶塑、青铜雕塑、象牙雕刻、铁制品、木雕、石器以及人与动物塑像等。诺克文化起源于约公元前 10 世纪，兴盛于公元前 5 世纪到公元 1 世纪之间。诺克文化的产生和兴盛标志着非洲已从石器时代进入铁器时代。

本·奥克利：《饥饿的路》

507

尼日利亚的另一种古老的文化是伊费文化。伊费是尼日利亚西南部的一个城镇，也是全尼日利亚的一个宗教中心。历史上，这里曾是强大的伊费土邦所在地。1938 年后，在伊费出土了大量铜制品和陶器。其中以 8 世纪的手工制品最为生动，再现出人类铜雕艺术发展的一个高峰。伊费出土的工艺品做工精细、形象逼真、栩栩如生，可以说是非洲绝无仅有的艺术佳品。经过考古学家测定，伊费文物已有 1000～2000 年的历史。除了上述两种古老的本土文化，尼日利亚还有活着的约鲁巴文化传统。

本·奥克利 1959 年生于尼日利亚一个乌尔霍伯族家庭，父母亲属于当地殷实的中产阶级。在很小的时候，本·奥克利就受到约鲁巴神话传说和民间口头文学的影响。幼年时，本·奥克利来到伦敦就读小学，18 岁在艾塞克斯大学攻读比较文学。本·奥克利属于早慧的作家，19 岁时就写出了长篇小说《鲜花和阴影》，此书 1980 年出版。1981 年，他出版了长篇小说《内部景观》，描绘尼日利亚内战结束后社会的分裂与动荡局面。

1991 年，本·奥克利出版了长篇小说代表作《饥饿的路》。这是一部相当厚重的作品，小说出版后，获得了广泛的好评，摘取了英国布克小说奖。小说共分三卷 8 个部分 52 章。小说以尼日利亚约鲁巴文化中关于阿库比的传说作为核心意象展开叙述。所谓"阿库比"，指的是尼日利亚因医疗条件差导致婴儿死亡率比较高，于是，这些夭折的孩童就发展成约鲁巴文化中不断转世的幽灵儿童阿库比，他们在幽灵国王的命令下，不断投胎到人间，又在未成年的情况下夭折，成为转世的孩子，这就是阿库比的传说。而且，阿库比们在投胎前都已经在冥界商量好了，一旦投胎到人世间，就要尽快脱离人间苦海，重新回到鬼魂的世界里去。阿库比就这样不断地往返于幽灵世界和现实世界。

《饥饿的路》中的叙事者和最重要的主人公，就是一个阿库比。在小说的一开始，他投胎到一个尼日利亚穷苦人的家里。父亲曾经是英国雇佣军士兵，参加了在缅甸的反对当地民族独立运动的镇压行动，退伍之后在家里当工人。母亲是一个小商贩，平时主要靠卖生活用品过活。一家人虽然贫穷，但生活还是祥和平静的。父母亲也很爱这个孩子，因此，投胎到这家的阿库比就不忍心离开他们而重新回到冥界，和其他阿库比一起欢聚。但是，其他的阿库比就经常来纠缠他，要他尽快离开人世。他终于得了重病，处于死亡状态，被父母亲装进了棺材里。结果，幽灵国王怜悯他的父母亲的仁慈与和善，就让这个阿库比还阳了，他从棺材里复活，引起了大家的惊奇。父母亲就给他起了一个和《圣经》中死亡四天又复活的拉撒路接近的名字，叫拉扎路。母亲则昵称他为阿扎罗。

整部小说就是通过阿扎罗的遭遇和他的视线，来审视和呈现尼日利亚的历史、现实政治和文化的矛盾。就这样，阿扎罗被冥界中其他的阿库比不断催促、诱惑和纠缠，同时，他又参与到尼日利亚的当代政治和社会生活中，形成了两个世界对阿扎罗的拉扯，也形成了这部小说的叙事结构和张力。阿扎罗一方面要不断抵挡化身为功力越来越强的阿库比的引诱，同时，他还经历着尼日利亚动荡不安的现实生活的洗礼。他亲眼看见了尼日利亚穷人党和富人党之间的争斗，看到了帮凶们的嘴脸和普通人生活的悲惨，苦难不断降临到他父母亲和周围的人头上。阿扎罗看到现实世界被巫师所统摄，世界陷入权力所带来的混乱中。

小说中，阿扎罗的父亲是一个孔武有力的搬运工，后来参加拳击比赛，在一场比赛中受伤死去。在小说的最后部分，他的灵魂回到了家中，他说：

"我的妻子和儿子，你们听着。在我沉睡期间，我看见了许多奇妙的东西。我们的祖先教会我许多哲学。我的父亲'道路祭司'在我面前出现，告诫我务必把门打开。我的心必须打开。我的生命必须打开。一条打开的路永远不会饥饿。奇异的时光就要到来。"

小说在这里点题，阿扎罗最后决定，不再返回冥界，而是要在人间那条饥饿的路上奔走，决定在人世间成长，去接受人所面临的各种挑战。

从总体气质和风格上说，《饥饿的路》是一部非洲风格的魔幻现实主义小说。这部小说几乎将现实世界和鬼魂幽灵世界完全混淆起来，在篇幅、气氛和细节上等量齐观，也就是说，人和鬼的世界是平行的，大量的阿库比在两个世界之间自由穿梭，带有强烈的魔幻色彩，令人惊奇和震动。它对尼日利亚的现实，对整个非洲的现实处境都做了深入的挖掘和批判。在小说中，阿库比本身就是一个隐喻，象征在 20 世纪非洲国家纷纷独立后，人民争取人权、民主、自由和富裕梦想的夭折，诞生，再夭折，再诞生，象征着非洲人民为了美好生活不断在现实面前碰壁，又不断地再生，充满了希望的现实。

在小说中，路也是一个巨大的象征。《饥饿的路》这个书名，来自索因卡的一首诗《黎明之歌》：

"可能你永远不会走了／那时饥饿的／道路在等待着。"在小说中，路是一个活的物体。小说的开头写道："起先是一条河。河变成了路。路向四面八方延伸，连通了整个世界。因为曾经是河，路一直没能摆脱饥饿。"

父亲在阿扎罗小的时候就给他讲，大路之王的胃口特别大，人们要给它不断地献祭，才可以满足它的贪婪，因此路上才有那么多车祸。如今，由于大路王吃了带有毒性的祭品，发了狂，开始吃掉树木、石头、房屋和更多的人们。在这里，大路王实际上象征西方殖民主义者带给非洲的那条所谓的"现代文明"之路，这条路是以血腥和贪婪、资本和罪恶为本质修建的。因此，这部寓意丰富的小说还带有对非洲发展方向的观察和警示。

本·奥克利显然借鉴了拉美魔幻现实主义、非洲土著神话传说、《圣经》故事等等，在这几个强有力的文化体系支撑下，本·奥克利写出这样一部意蕴丰富的小说。

《饥饿的路》获得成功之后，本·奥克利接连出版了多部以非洲约鲁巴文化为基础，展现非洲独特历史和现实面貌的小说，如《非洲挽歌》（1992）、《魔幻之歌》（1993）、《神灵为之惊异》（1995）、《危险的爱情》（1996）、《无限的财富》（1998）、《星书》（2007）等。

本·奥克利的创作根基在非洲诺克文化、伊费文化和贝宁文化，以及约鲁巴文化传统，他以非洲民间神话作为创作的出发点，结合尼日利亚的现实和历史，编织出花团锦簇、令人眼花缭乱的小说来。并且，他还吸收借鉴了《圣经》传说，是神话原型文学理论在非洲文学中的一种呼应。他已经出版了10多部长篇小说，和一些短篇小说集、散文随笔集、文学评论集。作为非洲裔英语作家，他一直居留在英国，担任剑桥大学三一学院的文学教授，讲授非洲文学和写作课。

《天堂》

2021 年诺贝尔文学奖得主阿卜杜勒拉扎克·古尔纳对很多人来说似乎是一个陌生的名字。他的获奖理由是："对殖民主义文学的影响，以及对身处不同文化夹缝中的难民处境毫不妥协且富有同情心的洞察"。在这句言简意赅的授奖词里，包含了古尔纳的作品最重要的元素和信息：殖民主义与难民的命运。

阿卜杜勒拉扎克·古尔纳是一位来自桑给巴尔岛、用英语写作的英国作家，1948 年出生于桑给巴尔岛一个老城区。英国曾是桑给巴尔岛的保护国，该岛现在是坦桑尼亚的一部分。从地理上看，桑给巴尔包括两座大岛和一些小岛，自公元 1 世纪起，几百个班图人部落先后从撒哈拉沙漠以南和非洲中东部内陆地区向桑给巴尔移民。而阿拉伯、波斯和印度的商人也随着季风，乘坐大船来到东非海岸，进行香料和象牙贸易。后来，在一战结束、德国战败的背景下，由于巴黎和会通过《凡尔赛条约》对德国殖民地进行了再分配，现在的坦桑尼亚的大陆部分坦噶尼喀就此变成了英国的殖民地。1964

年，桑给巴尔岛和坦噶尼喀组成了坦桑尼亚联邦。

1969 年，古尔纳和他的兄弟一起拿着旅游签证远赴英国。由此看来，古尔纳也算是坦桑尼亚裔作家。1976 年，古尔纳在伦敦大学获得教育学士学位，此后在肯特郡多佛市的阿斯特中学任教。1980 年，古尔纳回到非洲，在尼日利亚拜尔大学任教，同时攻读英国肯特大学的博士学位，1982 年获得博士学位。1985 年，古尔纳受聘于英国肯特大学，担任英语文学教授，重点研究后殖民文学和非洲文学。

古尔纳虽然以英语写作，但他的母语是斯瓦西里语。他的小说中的对话保留了不少斯瓦西里语的词句。桑给巴尔和东非的历史与社会文化，是古尔纳多部小说的底色，《古兰经》《一千零一夜》的影响与元素也依稀可见，这说明了古尔纳的多重文化背景。

迄今为止，古尔纳一共出版了 10 部长篇小说：《离别的记忆》（1987）、《朝圣者之路》（1988）、《多蒂》（1990）、《天堂》（1994）、《赞美沉默》（1996）、《海边》（2001）、《遗弃》（2005）、《最后的礼物》（2011）、《砾心》（2017）、《来世》（2020），三十年写下的 10 部长篇小说显示了他在文学创作上的稳健步伐：不快不慢，不多不少。在这些作品中，古尔纳大都从被殖民者自身的视角和记忆，讲述欧洲殖民主义影响下的个人命运的多舛。此外，作为大学教授和文学学者，他还编辑有《非洲文学论文集》两卷本，广泛且深入地探讨了 20 世纪以来重要的非洲作家的作品，为世人了解非洲文学做出了学术贡献。

2022 年 9 月，古尔纳作品的第一辑中译本面世，包括《天堂》《来世》《赞美沉默》《最后的礼物》《海边》5 部长篇小说，这使古尔纳以最快的速度来到了中国读者的面前。此前，他的作品中只有零星的几个短篇被翻译成了中文。在这首批 5 部中文版古尔纳的长篇小说中，《天堂》和《来世》是两部相互关联的作品，追溯了 20 世纪早期东非人被欧洲殖民者奴役和压迫的故事。

小说《赞美沉默》和《最后的礼物》则聚焦于移民欧洲后第二代人的身份危机，探讨了非洲移民的出路何在。《赞美沉默》描绘小说主人公试图融入英国都市新生活，可一边是回不去的家乡，一边是难以融入的他乡，进退两难之间，主人公活得身心俱疲。《最后的礼物》描绘身在异乡的漂泊者的孤独与挣扎，揭示出原生家庭不可摆脱的深远影响。最终，主人公找到了自我发现之路。

小说《海边》可以看作古尔纳的自传性叙述，最能体现出他对于身在欧洲的难民处境的关注。小说以多视角叙述的叙述手法，揭开主人公奥马尔背井离乡的原因，将小到家族恩怨，大到殖民主义在欧洲的败退联系起来，描绘出宏大历史背景下的个体命运。

在一段视频里，他语调平稳地向中国读者推荐说，要想进入他的文学世界，最好就从《天堂》和《来世》这两部小说入手读起。

他的《天堂》在 1994 年出版后，同时入围布克奖和惠特布莱德奖。对大多数欧洲读者来说，非洲仍旧是一片陌生的大陆，《天堂》让欧洲读者看到了非洲人的历史面貌和当代社会百态。虽然最终没有获得布克奖，也使他获得了广泛的关注。

《天堂》的故事背景设置在 20 世纪初的东非，一个名叫优素福的少年被一个做商人的"叔叔"带到了繁华之地，也就是小说中象征性的"天堂"。但其实他是被父亲卖给商人阿齐兹的。优素福以打理花园来偿还父亲所欠的债务。小说的题目"天堂"最早来源于波斯语，本意是指花园。优素福看到"叔叔"阿齐兹家的花园，认为那是最接近天堂的地方，随后他逐渐发现，人间天堂根本就无处可寻。

在古尔纳的小说叙述中，有着一种难得的狄更斯式的冷静和精确。他的小说语言具有英语文学古典式的严整和现代性的鲜活。他也很善于运用内心的声音和多角度的叙事来呈现复杂的人物心理。《天堂》这部小说最精彩的地方是第三章"内陆之旅"。小说借助优素福前往非洲内陆的旅途，见识了非洲大陆的神奇和光怪陆离。在这一次旅行中，他也遇到了一个喜爱的姑娘，可这个姑娘后来却被迫嫁给了他的商人叔叔阿齐兹。在小说的后半部分，管理花园的花工哈姆达尼与优素福的一番对话，是小说的点睛之处。哈姆达尼的母亲是奴隶，他自出生起也是奴隶身份。阿齐兹的妻子在出嫁时把哈姆达尼带到了阿齐兹家。服务多年之后，女主人想把恢复自由身作为礼物送给哈姆达尼，但哈姆达尼拒绝了。

优素福十分不解，便跑去问他为什么拒绝，哈姆达尼回答：

"他们把自由当礼物送给我。她的确如此。谁跟她说过她有权这样？我知道你所说的自由。我从一出生就拥有那种自由。当这些人说你属于我，我拥有你的时候，就像雨过天晴，或者一天过去太阳落山。第二天早上，不管他们喜不喜欢，太阳都会照样升起。自由也是这样。他们可以把你关起来，给你戴上镣铐，践踏你所有的小愿望，但自由不是他们可以夺走的东西。他们即使毁掉了你，还是远远不能拥有你，就像你出生那天一样。"

哈姆达尼的话，让优素福对自己的命运进行了深入思考。在小说的结尾，遭到不实指控、不知未来何在的优素福，看到一队德国殖民者的士兵经过，就果断地在夜幕下追随而去。小说到这里就结束了。优素福后来的命运，在 2020 年出版的小说《来世》中又有精彩的继续。《来世》的故事发生于一百多年前的非洲，并延伸至欧洲，讲述了几代人的聚散与悲欢。由此，我们能看到古尔纳的小说重新定义了殖民主义与帝国主义对非洲的影响。特别是在后殖民主义语境下，古尔纳对此进行了更深入的思考。

2021年诺贝尔文学奖的聚光灯打到了古尔纳的身上，给我们带来一个新的文学空间与天地。不仅对中国读者而言古尔纳是陌生的，对全世界甚至对英语世界的很多读者而言，古尔纳也是相对冷门的作家。从题材上来讲，他的10部小说作品，一半是写在英国的非洲裔移民的生活，一半是写他的故土与祖先居住地东非人的生活。古尔纳自己说了，我们如果想迅速靠近他，最方便之门就是从他的两本书开始读起：《天堂》和《来世》。

可以说，古尔纳的作品呈现了非洲大陆和欧洲大陆的复杂连接。从更广大的、开阔的图景来看待，他的10本小说呈现了非洲大陆和欧洲大陆间一百年来纠缠在一起的关系。他把重点放在了一战、二战以及当代难民的历史图景，书写非洲大陆和欧洲大陆之间极其深邃的、痛苦的、复杂的关系，通过文学，书写了记忆与现实的纠缠。

文学作品能带给我们很多陌生的经验与见识，这些陌生的东西会唤起我们自身的生命体验。文学作品最神奇的地方就是，不管这本书写的是哪儿，只要写的是人类，他的经验就是我们的经验。古尔纳也是这样的作家。在未来50年也会被继续阅读与评价。他贯通的是20世纪到21世纪非洲大陆与欧洲大陆之间的联系。这种联系不仅过去发生过，在未来还会继续发生。正因为如此，他将是文学史上一处鲜明的路标。

迈克尔·翁达杰：

《英国病人》

迈克尔·翁达杰1943年出生于斯里兰卡。这个国家曾是英国殖民地，1948年获得独立。斯里兰卡是印度洋上的一个岛国，和印度隔海相望，主要民族是泰米尔和僧加罗。僧加罗语和英语是使用最广泛的语言。迈克尔·翁达杰的父亲经营茶园，是个农场主。11岁时他跟随母亲到英国伦敦就读小学和中学，1962年，他从英国来到加拿大，获得文学硕士学位，后来在多伦多的大学教授英语文学，并开始写作。1967年，迈克尔·翁达杰出版诗集《优雅的怪物》，接着他又出版诗集《七个脚趾的人》(1969)、《我学会了用刀的技巧》(1979)，曾获得加拿大最高文学奖总督文学奖。

迈克尔·翁达杰是一个文体家，他的作品中出现了拼贴、杂糅、互文的丰富形式。1970年，他出版了一本跨文体作品《小子比利作品选集》，以美国19世纪出现的草莽英雄小子比利作品集的名义，将诗歌、散文、照片组合在一起，运用后现代的拼贴手法，把历史传说、作家想象、文体杂糅弄在一起，探讨了美国梦的暴力特征，获得当年的总督文学奖。

1976 年，他出版纪实小说《经过斯洛特》，继续在文体上的探索。1981 年，迈克尔·翁达杰出版了自传小说《世代相传》。它带有迈克尔·翁达杰鲜明的个人风格：对历史人物和材料的精确把握，对形式感的痴迷，和对片段叙述的热衷。《世代相传》很像是一部由文字片段所描述出来的老电影，那些在迈克尔·翁达杰的家族树上生长的祖先一个个地宛如生动的水果，停悬在历史的深处，被迈克尔·翁达杰用摄影机拍摄、剪辑成充满了趣味和诗意的纪实片，以爵士乐的节奏呈现出来。

身为加拿大新移民，迈克尔·翁达杰多年后才开始触及加拿大题材。1987 年，他出版小说《身着狮皮》，以加拿大多伦多为背景，将视点聚焦在几个来自芬兰、意大利和马其顿的欧洲移民身上。迈克尔·翁达杰翻阅历史资料时发现，1920 年代，有一个加拿大百万富翁安布罗斯·斯莫尔，曾神秘失踪。这引发了他的文学想象力，在历史书中消失的默默无闻的移民们才是多伦多历史的真正创造者。小说虚构了和失踪的百万富翁多少有些联系的人群，他们有工人、打工者、革命者等等，他们在历史和资本的夹缝里生存，围绕着一座大桥的建设，演绎出一出非官方记载的历史和人生戏剧。

《身着狮皮》这个名字来自古代巴比伦的神话传说史诗《吉尔伽美什》，说的是英雄吉尔伽美什在朋友死去之后，独自披上狮子皮浪迹于荒野之中。一个人身披狮皮，独自面对荒野，加拿大荒野气息带给了迈克尔·翁达杰灵感，这个书名有着诗歌的意象，斑斓、强悍和粗犷的气息扑面而来。

1992 年，他的长篇小说《英国病人》出版，这是他影响最大的作品，因改编成同名电影而享誉世界。《英国病人》的故事背景放在二战后期，地点是意大利佛洛伦萨北部的一个废弃别墅里。在二战期间，那里是一座临时的战地医院。小说中出现了四个人物，他们之间的关系构成了小说最重要的情节，迈克尔·翁达杰紧紧围绕这四个人展开了叙述。这四个人是：一个全身烧伤的神秘人物，被其他三个人称为"英国病人"；印度锡克族工兵辛格；护士汉娜；汉娜父亲的老朋友、英军特工卡拉瓦乔。这四个人因为战争的原因，都聚集在那座废弃的残破别墅里。其他三个人搞不清楚这个全身都是绷带的伤员到底是什么人，对他的底细也不清楚，因此，轮番地和他谈话，试图搞明白他的身份和受伤的原因。

护士汉娜，年方 20 岁，父亲和母亲都在战争中死亡，因此她痛恨战争，悉心地照料这个"英国病人"。后来，她逐渐了解到，"英国病人"是一个著名的地理学家和考古学家，名字叫奥马尔希，他是一个匈牙利贵族，在北非沙漠中考古的时候，爱上了一位有夫之妇凯瑟琳，被发现他们关系的凯瑟琳的丈夫驾驶飞机撞击，结果，凯瑟琳受了重伤，生命垂危。为了营救凯瑟琳，这个考古学家离开营地，前往英军那里寻求帮助，被英军认为是德国间谍。为了能够营救凯瑟琳，他逃脱了英军的控制，又被德国人俘虏。为了营救在山洞中等待他的凯瑟琳，他以地图和地理资料与德国人作了交换，换得一架飞机，他驾驶飞机去接等待他的凯瑟琳，带着她冒险驾驶飞机离开沙漠地区。但在飞行途中遭到盟国军队的攻击，飞机落到沙漠里，起火爆炸了，奥马尔希侥幸生还，凯瑟琳却死了。浑身烧伤的奥马尔希被护士汉娜营救到那座破败的别墅里。这些都是他自己讲出来的。在汉娜获得了他的信任之后，他才开始给她讲述上述的生平和爱情经历。

最后，"英国病人"死了，间谍卡拉瓦乔也死了，工兵辛格和护士汉娜之间却迸发了爱情，他们一起离开了那座废弃的别墅——临时的医院。

《英国病人》出版后，获得了 1992 年英语布克奖，使得迈克尔·翁达杰成为国际瞩目的一线作家。《英国病人》具有典型的迈克尔·翁达杰的叙事方式，就是打乱时间的顺序，将事件作为时间的点来重新编织故事，以片段的形式和人物关系纠结的方式，紧密地结构作品。《英国病人》获得成功，是因为它聚合了多种元素，首先是战争元素，可以说这是一部广义上的反战小说，战争使书中的四个人物和没有直接出场的其他人物的命运都发生了改变，其中很多人面临死亡的威胁与考验；其次，小说对欧洲殖民主义也进行了反思；最后，爱情元素在这部小说中得到突出强化。尤其是对两个主人公的爱情描述，打动了无数人。这场爱情被迈克尔·翁达杰写得壮烈和华美，因此，《英国病人》混合了战争、历史、爱情、背叛和死亡的多重元素，使它成为一部杰作。

迈克尔·翁达杰的作品题材跨度很大，2001 年，他出版长篇小说《阿尼尔的幽灵》，小说故事的背景是斯里兰卡。斯里兰卡是一个多灾多难的国家，1980 年代中后期爆发了全国性的内乱，政府军、南方反政府军和北部分离主义游击队形成了互相厮杀的三股力量。这部小说就是以那个年代血腥的战争为背景，呈现这个岛国所经历的战争创伤。

2007 年，迈克尔·翁达杰出版小说《远眺》，小说的背景是1970 年代的美国。在小说的前半部分，主要人物活动在美国加州和内华达州，他们是一个家庭的成员：安娜姐妹、安娜姐妹的父亲和一个孤儿库柏，这四个人的命运非常复杂地纠结在一起，将家庭内部的纷争、困苦和暴力阴影呈现得相当完备。其中，加州农场的景象和生活，在迈克尔·翁达杰的笔下被描绘得栩栩如生。孤儿库柏后来在内华达州赌场行业成为职业赌徒，其赌博业的专业性描写使人猜测迈克尔·翁达杰本人可能就是一个赌博高手。小说的第二部分则把叙述的地点挪到了法国南部一个偏僻的地方，这个时候的安娜已经成长为一个学者，她在研究法国历史上一个不太有名的作家，她自己的生活也开始和这个作家产生了奇妙的联系，小说在这里继续分岔，那个法国作家的生平开始以虚构的方式进入到小说中，一直到这条线索结束，小说也就结束了。

迈克尔·翁达杰两次获得加拿大总督文学奖，他认为自己既是亚洲作家，也是加拿大作家，但他首先是一个英语作家。作为"后殖民文学"的代表作家，迈克尔·翁达杰带有跨越种族、国家和文化的特征，他也自觉运用这种跨文化身份和跨文化意识，实践着自身"生于此地却居于彼处的国际混血儿，终身都在为回归或者离开故土而奋斗"的命运，为我们写出一部部好作品。

萨尔曼·拉什迪：

《午夜之子》

萨尔曼·拉什迪 1947 年出生于印度孟买，祖父是一位著名的乌尔都语诗人，父亲是一个穆斯林商人，家境殷实，祖父、父母亲带给他的文学修养一直在滋养他。1961 年，萨尔曼·拉什迪被父亲送到英国接受教育，中学毕业后，他进入英国剑桥大学攻读历史学，获得了硕士学位。他和一个英国女子结婚后就在英国定居了，一开始靠撰写广告脚本谋生，但他想当一个作家。1975 年，萨尔曼·拉什迪出版长篇小说《格里森姆》，这是他的初试啼声之作，带有魔幻的色彩，讲述一个长生不老的印第安人寻找生命的意义，迈上了寻找真谛的旅程，遭遇到各种各样非常奇异的人和事物。"格里森姆"这个书名是"森姆里格"倒过来的书写，而"森姆里格"是古代波斯神话史诗中的智慧神鸟，12 世纪一位波斯诗人写过一首描述这只神鸟的诗篇，叫作《百鸟之会》，隐含了多重寓意。

萨尔曼·拉什迪的长篇小说代表作《午夜之子》出版于 1981 年，这是他出手不凡的作品，也是 20 世纪最好的小说之一。小说气势宏大复杂，时间线索和人物线索众多，是一部雄心勃勃的作品，一经出版，立即引起巨大的反响，此后，接连获得英语布克奖、詹姆斯·泰德·布莱克纪念奖、美国英语国家联合会文学奖、1993 年 25 周年布克小说奖纪念奖等多项大奖，萨尔曼·拉什迪成了文学明星。

《午夜之子》分为三个部分。小说的叙述者是一个和萨尔曼·拉什迪年龄相仿的 31 岁的青年萨利姆，他向一个叫帕德玛的女性（后来他们结婚了）讲述自己的身世，由此构成了小说的主干，回忆性与讲述性的另类的《一千零一夜》的原型结构，也是这部小说的主干。叙述时间不断向过去回溯，又不断拉回到眼前。小说波澜壮阔地展现了 20 世纪印度风云变幻的历史，有一种喧哗的、令人眼花缭乱的叙事效果。小说是从 1917 年开始叙述的，讲述萨利姆的祖父从德国归来，在印度北部克什米尔地区行医的经历。他的女儿嫁给了一个穆斯林、皮货商人艾哈迈德，组建了一个小家庭后就搬到了德里。在德里，他们的货栈遭到了反穆斯林的印度极端分子的袭击，被烧毁了，无法再继续做生意，于是，艾哈迈德带着妻子来到孟买，开始做别的生意。在 1947 年 8 月 15 日零点，印度和巴基斯坦同时成为两个独立国家的时刻，艾哈迈德和妻子的结晶萨利姆出生了。萨利姆一出生，就收到了印度总理尼赫鲁的贺信，贺信说，他是和祖国一起诞生的，他的成长将成为独立印度的历史和见证。这是小说的第一个部分。

《午夜之子》的第二部分，把叙述的重点放到了萨利姆的成长上，从他的童年、少年一直到他长到 18 岁的这段岁月。这时我们发现，原来萨利姆实际上是一个印度下层说唱艺人的孩子，出生时在医院的产房里被护士搞错了。于是，萨利姆幸运地进入一个穆斯林中产阶级家庭，而艾哈迈德的亲生儿子，则跟着一个穷苦的卖唱艺人到处卖艺为生。

小说讲述在 1947 年 8 月 15 日这一天的午夜，全印度一共出生了 1001 个孩子，这就是小说的点题之处：午夜出生的孩子的历史和后来不同的命运，构成了印度自 1947 年建国以来的历史。这 1001 个孩子有的具有特异功能，可以穿透镜子，有的可以随意放大和缩小自己，有的可以改变自己的性别。他们生的时候离午夜 12 点这个时刻越近，具备的特异功能就越强大。比如，萨利姆则可以随意进入到很多人的意识世界和内心，进入到他们的睡梦中，有着心灵感应的强大力量。这些在 1947 年午夜出生的印度孩子，在萨利姆的心灵感应的号召之下，可以在午夜 12 点开始，汇聚到他的头脑中开会，由他向他们发布命令和各种信息。萨利姆 11 岁时，他在医院里被掉包的事情由当年的护士、现在他家的保姆玛丽给说出来了，于是，艾哈迈德夫妻之间出现了裂痕，结果萨利姆被母亲带着来到了巴基斯坦。此后，印度现代史上诸多历史事件在这部书中都有所呈现，并在每个人物的命运中打上了烙印。1962 年爆发中印战争期间，分居 4 年的艾哈迈德和妻子和好，萨利姆被父亲带着去做了一次关于鼻子的手术，结果他的心灵感应功能消失，而硕大如黄瓜的鼻子可以嗅闻到人们内心的各种情绪，也就是说，他的心灵感应的功能转移到了鼻子上。随后，萨利姆全家离开了印度，迁居到巴基斯坦的卡拉奇，小说的第二部分结束。

《午夜之子》的第三部分，从萨利姆参军说起，描述他 24 岁时被派往东巴基斯坦执行任务。东巴基斯坦在印度的策划下，独立为孟加拉国。在混乱的情形下，萨利姆被巫女帕瓦蒂藏到柳条筐子里带回印度，萨利姆来到德里的贫民窟，在那里遇到了杂耍艺人，杂耍艺人是一个共产党员，受到他的影响，萨利姆开始投身于政治运动。萨利姆和巫女帕瓦蒂结了婚，但他不愿意和妻子圆房。巫女帕瓦蒂很生气，用魔法招来印度军队的一个上校湿婆，湿婆就是艾哈迈德真正的儿子，当年，正是护士玛丽把湿婆和萨利姆搞错了，掉了包。帕瓦蒂和他做爱，孩子在1975年印度总理英迪拉·甘地夫人宣布进入紧急状态时出生。随后，萨利姆反对政府对贫民窟的改造计划，被捕入狱，1977年出狱之后，到处寻找妻子和儿子的下落，发现妻子、巫女帕瓦蒂已经去世，他就带着儿子回到孟买，在那里找到经营着一家辣酱工厂的前护士、他的奶妈玛丽，在玛丽的工厂里担任管理人员，后来同工厂的女工帕德玛结了婚，构成了小说内部圆形的叙述结构。

《午夜之子》的叙述结构带有向《一千零一夜》致敬的含义，小说中的1001个孩子，也是向《一千零一夜》致敬。小说的叙述时间跨度数十年，囊括了现代印度史上很多重大事件，故事情节发生的地点不断转移，在克什米尔、德里、孟买、卡拉奇、旧德里之间穿梭，将印度和巴基斯坦独立前后几十年的历史贯穿其间，把虚构和想象、历史和现实、文化和宗教完美地结合起来，仿佛是一盘印度酸辣酱，五味杂陈，描绘了印度神奇的历史和现实，以及英国殖民者带给印度和巴基斯坦的后遗症。

1983年，萨尔曼·拉什迪出版长篇小说《羞耻》。这部小说的背景转移到了巴基斯坦，以巴基斯坦两个前总理布托和齐亚·哈克为原型，叙述一个巴基斯坦中产阶级家庭的发展和崩溃，作为巴基斯坦的缩影。小说将政治隐喻、历史、艺术与语言、宗教与文化等巧妙地糅合起来，以"羞耻"这个核心概念作为小说的原点，描绘了巴基斯坦独立后的艰难历程。

萨尔曼·拉什迪曾给自己的儿子写了一本书《哈伦和故事海》，于1990年出版。《哈伦和故事海》是印度著名的民间故事书，萨尔曼·拉什迪的小说带有童话色彩：在一个虚构的国家有一座无名的城市中生活着一家三口，说书人拉希德、妻子索拉亚和他们的儿子哈伦。拉希德因为很会说书，被竞选的政客们拉去为党派和政治势力说书，因一个政客的声名狼藉，结果，拉希德失去了说话的能力。哈伦为了帮助父亲恢复说话的能力，和父亲一起乘坐火焰鸟，来到一座城市。在哈伦的帮助下，他的父亲经历种种磨难，终于喝到了水精灵提供的故事海的水，重新获得说话和讲故事的能力，回到了无名城。而哈伦的母亲也回来了，一家人重新团聚在一起，过上了幸福的生活。《哈伦和故事海》延续了萨尔曼·拉什迪善于取材于印度民间传说和神话的技巧，创造出一个充满了色彩的、匪夷所思的世界。小说中，神话人物、机器人、鬼怪、会说话的鱼、火焰神鸟、黑色歹徒、漂亮的阿拉伯公主等等构成了一个神奇的世界。

萨尔曼·拉什迪后来的作品还有散文随笔集《想象的故国》（1991）、短篇小说集《东方，西方》（1994）、长篇小说《摩尔人的最后叹息》（1996）。

《摩尔人的最后叹息》叙述了一个印度香料商人四代人的家族故事，讲述者就是主人公摩尔，他小时候被母亲逐出家门，开始了自己艰难的追寻和浪游。小说叙述的时间起点是1900年，那一年，摩尔的祖父和祖母结婚，从此，这个家族开始了纷繁复杂的演变。家族成员一个个都有着奇异的经历，有着非常突出的性格，性格导致的命运也异常多样，变成了小说离奇的情节。小说环环相扣，动人心弦，摩尔在对家族的追寻中，逐渐接近了家园、爱与母亲的真实肖像，带有浓厚的感伤气息，是他关于印度的深情回忆。

1999 年，萨尔曼·拉什迪出版了长篇小说《她脚下的土地》。小说主人公是一位歌手，她仿佛是希腊神话中的俄耳甫斯，能够感动天地万物、鸟兽虫鱼。歌手的丈夫奥马是乐队的灵魂，创立了以妻子维娜为主唱的世界最流行的摇滚乐队。小说描绘两个人离奇的爱情经历。在维娜 15 岁时，他们于孟买相识，随后维娜就消失了，10 年之后才出现在奥马眼前，把奥马从重病的昏迷中唤醒。随后，他们就开始在印度孟买、英国伦敦和美国纽约之间穿梭，演绎他们的人生故事。小说的叙述者是维娜的一个情人、摄影家瑞，讲述了维娜一生中和男人的纠葛，特别是和奥马与瑞的三角恋情。萨尔曼·拉什迪对 1940 年代后的世界摇滚乐十分熟悉，大量摇滚乐的历史、人物和乐曲的名称成为小说的信息支撑，孟买、伦敦和纽约的背景也清晰地呈现出来，显示了当代"世界小说"的雏形。

进入到 21 世纪，萨尔曼·拉什迪的作品有长篇小说《愤怒》（2001），随笔集《跨越这道线：非小说文集 1992—2002》、《文集：2012—2020》，长篇小说《小丑撒拉利尔》（2005）、《佛罗伦萨的女巫》（2008），自传《约瑟夫·安东》（2012），长篇小说《两年八个月又二十八夜》（2015）、《金屋》（2017）、《胜利之城》（2023）等。

2022 年 8 月 12 日，萨尔曼·拉什迪在美国纽约州的一个小镇肖托夸演讲时被一位 24 岁的黎巴嫩裔美国新泽西州的居民哈迪·玛塔尔刺杀，身中 10 刀以上。所幸的是经过抢救，萨尔曼·拉什迪脱离了生命危险，继续顽强地在康复的同时写作。

萨尔曼·拉什迪一直在拓展写作题材空间，他就像一个会魔法的说书人，一边说书，一边变戏法。《佛罗伦萨的女巫》讲述了一个历史故事，和印度有关。小说的时间背景是 16 世纪，故事的叙述者是一个从欧洲前往印度莫卧儿王朝的旅行者德拉默尔。他历经千难万险，终于来到印度莫卧儿王朝皇帝阿克巴的宫殿，随身携带着一个他自己写的故事，四下散布。很快，莫卧儿王朝的人们痴迷于他所讲述的这个故事。在这个带自传性的故事中，年轻的欧洲旅行者德拉默尔自称是莫卧儿王朝曾经失踪的一个公主的孩子，而失踪公主正是现在的阿克巴皇帝的小姑奶奶，是一个有着黑色长睫毛、大眼睛的美人。在当年莫卧儿王朝和北部的乌孜别克族打仗时，她被乌孜别克军阀抢掠走了，不知所终。

从这个旅行者的叙述中得知，原来，这个公主后来流落到波斯皇帝的手中，成为佛罗伦萨一个年轻军官的情人。当她和军官从苏丹的军队中回到故乡佛罗伦萨时，她使用巫术使整个佛罗伦萨发生了很多离奇古怪的事情。最终，他们生下了一个孩子，这个孩子来到莫卧儿王朝，来给皇帝阿克巴讲述这个故事。这部小说穿针引线地将 16 世纪的印度和文艺复兴时期的意大利佛罗伦萨连接在一起，将两个国家的主政者面临的处境与问题通过一桩爱情故事呈现出来，神秘的公主那强大的巫术使小说被包裹了一层神秘的面纱。阅读这本小说，不得不佩服萨尔曼·拉什迪强大的想象力，他总是能令读者感受到小说的魔力和神奇，他还将庞杂的历史知识和时间线索囊括到他那结构复杂、叙述生动的小说中。

萨尔曼·拉什迪的小说内容相当复杂，很长时间里，评论家都把萨尔曼·拉什迪归入印度式的魔幻现实主义小说名下。可是实际上，魔幻现实主义文学是拉丁美洲的独特产物，和萨尔曼·拉什迪的小说有着根本的不同。他的小说是基于印度哲学和文化生发出来的一种魔幻现实，是在自身的文化土壤上，以他本人的强大文学天赋和小说创造力所独创出来的，其中体现了印度哲学的摩耶生死观。

在萨尔曼·拉什迪的小说中，虚构和想象、历史和杜撰常常互相混淆，在时间和空间上都处于相同的地位。印度哲学中的摩耶观看待世界有着独特的理解，这种哲学观点认为，世界是现实的，但又不是真实的，现实中的幻觉和现实本身有着相同的地位，真实和虚幻常常在不停地转化，彼此对立、融合和消解。因此，萨尔曼·拉什迪的小说最神奇的地方，就体现在现实和虚幻之间随意转换这个层面上，形成了萨尔曼·拉什迪自己的魔幻现实小说，创造出一个喧嚷、宏阔、神奇的文学世界。

罗欣顿·米斯特里：

《大地之上》

罗欣顿·米斯特里，印度裔加拿大籍作家，1952年出生于印度孟买，1974年毕业于美国芝加哥圣泽维尔大学数学与经济学专业。1975年移居加拿大，在多伦多大学乌兹沃斯学院攻读英语与哲学专业。他的主要作品有长篇小说《长路漫漫》《大地之上》《家事》和短篇小说集《费罗莎·巴格故事集》等，是当代无国界作家群中的代表人物。他获得过加拿大吉勒奖、总督奖等重要文学奖项，并三次入围布克奖短名单。2012年获得美国纽斯塔特国际文学奖。

他的多部长篇小说，都将其视野投射到他的出生之地：印度。比如，他的第二部长篇小说《漫漫长路》就是如此。小说描绘了一个印度孟买的银行小职员古斯塔德的离奇经历。1971年的某一天，古斯塔德收到一封信，这封信来自他的一位好友。信中请求他去一个旧货市场取一件包裹，并要求他按照包裹里的一张纸条上的指示进行下一步的行动。

古斯塔德取到了包裹，打开后看到了纸条上的指令。他就按照纸条上的线索，去寻找一笔财富。可是，古斯塔德在寻求这笔财富的过程中，被卷入到印度的一桩政治阴谋中无法自拔，一步步走向深渊。这期间，无数的危险、背叛和欺骗伴随着他，古斯塔德还要经受自己的良知与道德的考验。某种程度上来说，《漫漫长路》中的古斯塔德的历程，和史诗《伊利亚特》与《奥德赛》中的人物也形成了某种呼应和对应，古斯塔德所经历的一切，与人类史诗中的英雄人物经历的考验是一样的，只不过这一次罗欣顿·米斯特里将人物的背景放到了印度孟买的一个独特的波斯人袄教社区的氛围中来展开的。

罗欣顿·米斯特里具备印度英语作家的那种汪洋恣肆的想象力和书写能力，特别擅长讲故事，在文学上也颇具雄心。他的心里有一个梦想，那就是，写出一部"伟大的印度小说"。1995年，他出版长篇小说《大地之上》（一译《微妙的平衡》），给人带来这种印度题材的小说的宏阔、鲜活的伟大感，是"伟大的印度小说"的一次实践与成果的展现。

《大地之上》中文版有50万字，是一部中型史诗，故事讲述的时代背景是印度总理英迪拉·甘地执政时期，也就是1970年代到1980年代中期这一段时间。小说主人公卑微的命运镌刻在英迪拉·甘地的政治政策之下，四位主人公的命运是情节主线，展现了印度自独立之后几十年的风云变幻，描绘了一段特殊历史背景下印度小人物的苦乐悲欢和他们坚忍的生命力。1975年的印度，民生凋敝，时局动荡，英迪拉·甘地政府宣布进入紧急状态，阴云笼罩了印度大地。从一场灭门惨案中逃生的伯侄伊什瓦与翁普拉卡什，经人介绍，乘火车去往裁缝迪娜的住处，以期获得一份工作。在火车上，他们遇到了一个人：

"被乘客挤得胀鼓鼓的晨间特快减速爬行，突然又猛地一蹿，仿佛想再次全速前进。列车的假动作把车上的乘客晃了个趔趄。挂在车门外面的人群也随之一抖，态势岌岌可危，像被吹到极限的肥皂泡。

"车厢内部，马内克·科拉抓着头顶的扶手栏杆，在人群的推挤中仍然岿然不动，不知什么人的胳膊肘撞落了他手中的几本课本，近旁的座位上，一个干瘦的小伙子被甩进对面乘客的怀里。马内克的课本砸在了他们身上。"

这是小说的开头部分。青年学生马内克的课本砸在了翁普拉卡什的身上。这就是缘分，在火车上，他们结识了。巧的是，马内克恰好是迪娜的新房客，于是，三人结伴而行。他们抵达之后，门铃响起，裁缝迪娜打开房门，迎接这三个男人。背负着各自苦难的四个人，从此在这间小屋里开始新的生活，他们的命运也由此紧紧地联结在了一起。

寡妇迪娜早年丧父，新婚不久就遭到了丧夫的厄运。为了躲开哥哥的逼婚，她选择独自生活，从服装公司接一些裁缝活计维持生计。伊什瓦与翁普拉卡什是印度的低种姓贱民，他们的种姓原本世代以杀牛制革为生。伊什瓦的父亲为了改变孩子的命运，把伊什瓦和翁普拉卡什的父亲纳拉扬送到穆斯林商人那里学习裁缝手艺，让他们掌握一技之长。但这却遭到了高种姓人的打击，高种姓人找了一个机会，放火烧死了他们全家其他人，只有伊什瓦和翁普拉卡什叔侄两人逃过这一劫难。为了谋生，并躲开可能的再度威胁，他们俩结伴去大城市找工作，偶然得知迪娜女士需要裁缝助理，有很多缝纫的活计可以给服装厂提供。

在火车上偶遇这叔侄两人的青年马内克，是一个学生。他虽然出生在山里，但家境不错，在孟买读书，可内心里很不安分，寄宿在迪娜的家里。马内克、伊什瓦、翁普拉卡什和迪娜四个人就此展开了一个屋檐下的人生故事。他们一开始相互提防，后来逐渐互相信任并相互照顾。在当时紧急状态的社会环境中，伊什瓦和翁普拉卡什被当时的计划生育政策所要求而强行结扎，伊什瓦因手术感染导致双腿被截断，叔侄两人沦落街头成为乞丐。迪娜的房子也是租来的，最后被房东赶出来，她只能回到哥哥家里。马内克的命运稍好，他离开了迪娜的屋子，去了新的地方寻找生路，最后却卧轨自杀。四个人物通过迪娜的作坊进行了集聚，然后这几个人在互相的了解中，又沿着各自的回忆将他们的人生从四个方向发散出去。

在这部小说中，罗欣顿·米斯特里把印度社会底层的生活境况展示了出来，他笔下的人物所承受的命运就是印度现代史的命运。他在小说叙述上采取的艺术手法是，以大量精确的对话和简约的场景描写，来呈现主人公复杂的内心活动。

《大地之上》里有进行时，还有过去时和未来时，回溯了1947年的印巴分治以及后来英迪拉·甘地被锡克教徒刺杀事件。1947年，印巴分治的根源是英国殖民者退出了印度次大陆，本土的伊斯兰教徒与印度教徒的激烈冲突爆发了一场血案。当时，印巴分治的腥风血雨成为无数印度人和巴基斯坦人的血腥记忆。这些历史片段也体现在《大地之上》中。在宗教冲突下，无辜的普通人总是牺牲品，他们的死亡甚至是无声和沉默的。

英迪拉·甘地于1971年大选胜利后骄傲自满，印巴战争的胜利巩固了她的政治权威，为打击对手，继续执政，她宣布了紧急状态。在这一特殊法令的要求之下，印度当时立即取缔反对党，禁止罢工、示威和五人以上的集会，实行新闻检查，冻结职工工资和奖金，并逮捕了反对党大小头目和骨干十万多人。一通操作下来，英迪拉·甘地的政权稳定了，但紧急状态却给印度带来了更大的动荡和危机，并增添了一层恐怖气氛。英迪拉·甘地被锡克教卫士刺杀后，印度又掀起了对锡克教教徒的打击，凡是锡克教教徒都被审视和排挤。这些社会动荡都隐约体现在这部小说中。

在小说的结尾，"迪娜摇摇头，关上了门。这叔侄俩每天都能把她逗笑，跟过去的马内克一样。她把两只盘子洗净，放回橱柜上，等努斯万和露比吃晚餐时再用。然后她擦擦手，决定先打个盹儿再开始做晚饭。"

不管外部世界如何腥风血雨，日常生活还在继续，这就是文学的关注点，也是普通人卑微的愿望。文学能够对抗时间的侵蚀，使当下的转瞬即逝变成永恒的画面。

在罗欣顿·米斯特里笔下，从 1975 年到 1984 年，书中的四个主要人物联结起广阔的印度社会形形色色的人物，这些人物和他们的命运纠结为一张大网，将一个特定年代的氛围和社会面貌展现出来，叙事绵密生动，没有夸张和魔幻，只有栩栩如生的描绘，对话十分精彩，内心活动结合着外部的动作使人物生动鲜活，使这本书具有现实主义小说所具有的震撼人心的力量。

《如意郎君》

在印度裔英语作家中，维克拉姆·赛思是非常重要的一位。维克拉姆·赛思复活了狄更斯的叙事传统，嫁接了现代小说的复杂叙事技巧，引领了一条小说新道路。

印度裔英语作家是一个非常独特而创造力旺盛的群体。印度自 1947 年独立之后，英语作为殖民者遗留下来的语言，继续在生长。老一代用英语写作的印度作家如纳拉扬、拉迦·拉奥等都获得了不俗的影响。半个世纪以来，印度裔作家一直在西方世界大放异彩：1971 年，奈保尔的长篇小说《游击队》获得当年的英语布克奖，这是印度裔作家第一次荣获这个英语文学最高奖。1981 年，萨尔曼·拉什迪凭借长篇小说《午夜之子》再度成为该奖得主，备受世界瞩目。1993 年，维克拉姆·赛思的长篇巨著《如意郎君》出版，风行一时，成为整个英语文坛的一件大事，居住在加拿大的罗欣顿·米斯特里以长篇小说《大地之上》（又译《微妙的平衡》）获得 1995 年的加拿大吉勒奖。

1998 年，印度女作家阿鲁德蒂·罗伊凭借长篇小说《卑微者的上帝》获得英语布克奖。8 年之后，35 岁的印度裔女作家基兰·德赛的《失落》获得 2006 年的英语布克奖，2008 年，最新的布克奖得主也是一个印度英语作家：33 岁的阿拉德温·阿迪加凭借长篇小说《白虎》拔得头筹，从而将印度英语文学又推上了一个新境界。有趣的是，《白虎》是以一个当代印度企业家给准备访问印度的中国总理写的几封长信构成的，描绘了印度当代新富阶层在崛起的过程中不择手段，如何经受道德和良心的拷问，忏悔之情在书中铺满纸页。这些印度裔英语作家在几十年间不断聚焦印度的社会现实和文化景观并与现代小说技巧结合，使世界文学的新版图有力地扩展到了亚洲。

　　维克拉姆·赛思 1952 年生于印度加尔各答的一个中产阶级上层家庭，他的家族属于印度种姓中的上层"婆罗门"阶层。母亲是印度高等法院历史上第一个女性大法官，出身于这样一个家境殷实、颇有社会地位的家庭，维克拉姆·赛思受到了很好的教育。很小的时候，他就在多种语言的熏陶下成长。中学毕业后，他远赴英国，在牛津大学学习文学，获得学士学位，接着，他又到美国斯坦福大学攻读经济学硕士学位，后来，他还是决定改行学习文学，这一次是来到了中国，在南京大学中文系攻读中国古典诗词专业，于 1982 年获得南京大学中国古典文学博士学位，对中国的唐诗宋词颇有研究。可以说，维克拉姆·赛思的文化背景相当复杂，既有母国印度文化的滋养，又受到了欧洲和美国文化的影响，还受到了中国古典文化和文学的滋养，这样一个横跨世界几大文明和文化、在三块大陆之间都游走过的作家，十分罕见。

　　1980 年，28 岁的维克拉姆·赛思出版诗集《地图集》，1983

年，他出版游记《从天池归来：穿越新疆和西藏的旅行》，获得了英国托马斯·科克国际旅游图书奖。1985年，维克拉姆·赛思出版第二部诗集《拙政园》，该诗集获得了英联邦国家诗歌奖。1986年，他又出版了叙事体长诗《金门》，第二次获得英联邦国家诗歌奖。

《地图集》和《拙政园》这两部诗集，以清澈的语言和简约的风格，描绘了他在印度、美国和中国之间来回穿梭的奇特感受。在诗集中，几大文明的文化符号和特征，情绪、感觉细节和日常生活的面貌，展现出种族和文化的差异性，并带给了他新奇感，这种对异质文化的惊喜感呈现在他的诗篇里。1980年代后期，他又出版了两部诗集《今夜酣睡的你们》和《各个地方的残暴故事》，无论是题材还是诗歌的风格，都呈现出鲜明的世界主义风格。除了诗歌写作，他还将中国唐宋诗人的作品以《三大中国诗人》为名，翻译成英文在英国出版。

维克拉姆·赛思从1986年开始，埋头写作一部大部头小说。1993年，经历长达7年的写作，他拿出了长篇小说《如意郎君》。这部小说的英文版厚达1474页，篇幅巨大，可以说是一部名副其实的巨著，在这个碎片化的时代里，却受到了读者的热烈欢迎，很长时间里都是书店的畅销书，获得了当年英语布克奖的提名。随着岁月的推移，《如意郎君》的重要性日益显现，很多人都认为这部小说是20世纪最重要的英语长篇小说之一。自问世之后，在英国销售了200万册以上，至今仍旧是书店的常销书。

《如意郎君》翻译成中文约120万字，可以说是18世纪以来最长的单本英语小说之一，事实告诉我们，这本书以独特的魅力吸引了大批读者。《如意郎君》以独特的叙事风格，以连环套一样讲故事的手段，以万花筒般的叙述和对印度社会与人心的细致描绘赢得了瞩目。1947 年，摆脱了英国殖民统治的印度和巴基斯坦同时宣布独立。维克拉姆·赛思将小说的叙述起点放到了他出生前一年的 1951 年，由此展开了对印度社会的描绘。他虚构了一个位于恒河之滨的城市，叫作布拉姆普尔，显然，这个城市是以他的出生地加尔各答作为原型。在这座城市中，有一个中产阶级家庭，女主人叫梅拉，她的丈夫是印度铁路公司的高级管理人员，已经去世，她有两个儿子和两个女儿，大女儿已经结婚了，二女儿拉塔还在当地的大学读书，没有交男朋友。拉塔个性独立、聪明、反叛，让她母亲梅拉非常担心。梅拉决定要给拉塔物色一个无论在社会地位、经济收入，还是宗教信仰、种姓阶层方面，都要和她的家庭相配的女婿。于是，梅拉寻找"如意郎君"的大戏由此拉开了帷幕。小说从这个缘由开始，以穿针引线的方式，将梅拉找女婿的过程作为情节的主干线，牵引出四个家庭的人物出场，由这四个印度家庭又牵引出了很多印度其他社会阶层的人物，场景广阔，情节生动复杂，从而将印度 1950 年代初期的社会风貌以全景观的方式展现了出来。

小说一开始，信奉印度教的寡妇梅拉的大女儿已经和印度普尔瓦普拉迪什邦的税务部长卡普尔的儿子订婚了，订婚之后，梅拉就对二女儿拉塔的婚事格外担心。她开始物色"如意郎君"了。可是，"如意郎君"的寻找注定是艰难的。拉塔很优秀，她自己也很希望能够有一位好丈夫，能够过上幸福的生活。她有三个追求者，他们分别是穆斯林教徒卡比尔、拉塔嫂子的弟弟、她的小叔子阿米特——他是从英国牛津大学毕业归来的带有西方人做派的诗人；第四个追求者是一个依靠自身才能不断地奋斗的青年企业家哈雷西。于是，在这四个追求者之间拉塔颇为踌躇，不知道如何选择，故事不断地向前推进。

在小说的第一章里，梅拉一家在结亲的亲家卡普尔部长家里举行盛大的婚礼，梅拉的大女儿嫁给了卡普尔部长的大儿子。在婚礼上，由于卡普尔部长的小儿子马安钟情于穆斯林艺妓萨依达，他把萨依达请来参加婚礼，成为婚礼的座上宾，结果立即引发了保守的印度教徒梅拉的不满，使她感到这个婚礼受到了亵渎。她的二女儿拉塔也和刚刚认识的穆斯林青年卡比尔一见钟情了，结果，就引发了几个家庭的纠葛。于是，接下来，仿佛一幅巨大的印度社会画卷被缓缓打开，各种人物开始上场了，无数故事纠葛出现了，无数的阴差阳错就开始纷纷上演。我觉得，对《如意郎君》这部小说，不能仅仅理解为它是一部描绘印度婚姻和爱情与家庭的社会风俗小说，要是那样的话，小说在立意上就显得狭窄了。小说不仅描绘了社会风俗画，还批判了印度社会和文化的病态，并且在叙事技巧上扭转了后现代主义小说日益地把读者引向死胡同的大方向，在叙述风格上创造出独树一帜的风格，争取到了读者对严肃小说的热烈兴趣。

小说的语言和叙事风格十分明快，第一章第一节的开头是这样的：

"'你将来的丈夫也要由我来挑。'鲁帕·梅拉太太以毫不通融的口气对她的小女儿拉塔说。

"对母亲的这番训诫，拉塔掉转头去避开了，她望着普莱尼·尼瓦斯那个灯火通明的大花园。草地上全是些参加婚礼的来宾。'嗯。'她答了一声。这更使她的母亲生起气来。

"'小姐，你这么嗯是什么意思我全明白，告诉你，在这桩事情上你跟我嗯是不行的。怎样最好只有我知道。我这样全是为了你们。你爸不在了，四个孩子的事情都要我一个人操心，你以为这容易吗？'一想到她的丈夫，她的鼻子有点发红了，她毫不怀疑，她丈夫也在天堂的某个地方满心慈爱地分享他们现在的欢乐。鲁帕·梅拉太太自然是相信轮回转世的，但在感情特别冲动的时刻，她也仿佛觉得故去的丈夫拉格比尔·梅拉的样子仍同当年他在世时没有两样。他四十二三岁，身体健壮，高高兴兴的，在第二次世界大战最激烈的当口，由于操劳过度，心脏病突发而去世了。八年了，已经八年了，鲁帕·梅拉太太伤心地想。"（《世界文学》，刘凯芳译2001年第1期）

可见，这部小说的叙事语言是现实主义的，是非常清晰和具体的，尤其在场景的转换和刻画上自然生动，小说的核心问题在一开始就和盘托出了。而贯穿小说的语调、语速和开头这几段都一样，大量类似电视连续剧的场景接连出现，使读者觉得饶有趣味。每个章节之间的文体、主题、语感和语调在《如意郎君》整部小说中是一以贯之的。小说中的人物的刻画非常成功，比如，卡普尔部长就是一例。维克拉姆·赛思通过对税务部长卡普尔及其周围人士的描绘，将印度独立之后广阔的社会关系和面貌、社会矛盾和冲突、文化分裂和隔膜都呈现了出来。税务部长卡普尔是一个跟随甘地和尼赫鲁的政治家，他响应尼赫鲁的政策，打算改变印度严重的贫富分化、官员贪污受贿、农村弥漫封建迷信和暴力的社会现实，要推动强力的土地革命，想制定政策，剥夺一些地主和土邦主的土地拥有权。但是，在各种势力的角逐之下，卡普尔部长的平均贫富的理想没有实现；为了让自己的次子马安改变放浪的生活作风，去接受朴素的生活观念，卡普尔把儿子送到了乌尔都语老师那里，马安由此体验到了印度农村的贫困生活，逐渐接受了自己父亲和老师带有社会主义思想色彩的主张。这是小说中一条非常重要的副线。最后，拉塔经过了生活的磨练之后，选择了踏实的企业家哈雷西作为自己的丈夫，也满足了挑剔的母亲希望钓到一个金龟婿的愿望。

维克拉姆·赛思将几条线索交织在一起，编织了一面巨大的叙述的花毯，他又把卷起来的花毯逐渐地打开，绚丽的色彩、曲折的故事、缤纷的场景和个性突出的人物纷纷涌现，成就了一部包罗万象的小说巨作。在小说的结尾，拉塔挑来选去，还是服从了家庭和世俗的标准，和哈雷西这个成功的有钱人在一起了，让人觉得有些说不上来的失望和无趣。也许，这就是婚姻的实质——过日子，物质的保障是非常重要的——东方的那种世俗的观念占了上风。小说的风俗画气息非常浓厚，这也是《如意郎君》最可贵的地方。本来，这部小说想讲的是一个富裕的寡妇为她的二女儿挑选女婿的故事，但由于维克拉姆·赛思在故事的背后藏了深意，结果，小说成了对印度全社会在那个特殊时期的政治、宗教、文化、经济、种姓、城市、农村、革命、暴力、民族等各种矛盾和特征的总写照。小说中人物活动的场景也相当丰富，维克拉姆·赛思以生花的妙笔，将莫卧尔王朝的宫殿建筑、中产阶级的家庭环境、富人的桥牌俱乐部、男人喜欢的妓院、印度贵族上层居住的古堡塔楼、伊斯兰教的清真寺、印度教神庙、恒河边的大众浴场、古城里喧嚷的市民集市、安静的小巷、衰败发臭的皮革厂和穷人居住的贫民窟——呈现，统统作为小说中各色人物活动的场景，以这些场景，将印度各个社会阶层的人物都牵引出来，把他们之间的关系匪夷所思地联系起来，看上去，人物像走马灯一样地你来我往，人物的形象十分丰富和有个性，寥寥几笔就把一个人物的特性给刻画出来了，令人惊异。

这个时候，《如意郎君》的长度发挥出了优势，它可以展开广阔、深入的历史画面，全景展现印度独立后的社会生活，成就了一部少见的小说杰作。这部小说的故事讲得特别好。维克拉姆·赛思似乎没怎么受晦涩的现代、后现代小说的影响，他是直接继承了英国19世纪作家狄更斯的现实主义叙事传统，狄更斯的扎实生动的叙事手法在维克拉姆·赛思的笔下又复活了。狄更斯（1812—1870）在34年的创作时间里，一共写了14部长篇小说和不少中短篇小说，逼真地描绘了19世纪英国广阔的社会面貌，刻画了大量典型的人物，故事也讲得生动曲折。自20世纪来临，现代主义、后现代主义文学思潮一浪高过一浪，将小说的实验和探索不断前推，狄更斯和巴尔扎克似乎过时了。阅读《如意郎君》感觉非常轻松自然，没有玩文学技巧的花活。

《如意郎君》一共有19章，每一章又有大小不等的20节左右的场景片段，以生动、诙谐、幽默的对话，以简约、准确的人物和场景的描绘为主要的写作手法。可以说，从结构上和写法上，《如意郎君》都相当老实，这种老实和扎实的风格，以它巨大的感染力和讲故事的能力，把一些因为现代小说的晦涩而远离小说的读者又拉了回来。阅读《如意郎君》，感觉它每章的二三十个小节，就仿佛是电视连续剧中一个个连续的场景，非常生动有趣。但是，维克拉姆·赛思的这部小说又绝对不等同于一部电视剧的脚本，而是一部不折不扣的小说，它的对话、场景、白描和心理描写等等技法，运用得十分精到。因此，《如意郎君》的成功，可以看作20世纪末小说发展的一个风向标，它意味着小说讲故事的传统依然具有生命力，它是现实主义文学风格的一次有力的回归，加上它罕见的 150 万字的长度和上百个人物群像，小说更加令人刮目相看。

1999 年，时隔 6 年之后，维克拉姆·赛思出版了长篇小说《相等的音乐》。从内容上看，维克拉姆·赛思将小说的背景放到了英格兰，人物也集中在一个演奏四重奏的乐团里的四个乐手身上。小说的主题是音乐和爱情，以这个四重奏乐队的四个人的情感生活为线索，逐一展开叙述。小说中弥漫着一种像伦敦的雾气一样的湿冷和孤独的气氛，对英国社会中人和人之间的疏离与隔膜，可以说描绘得相当精彩，对四个人的内心也做了深入挖掘。

2005 年，维克拉姆·赛思出版长篇小说《二人行》。小说的时间跨度较大，以一对夫妻的一生来呈现 20 世纪的历史，场景主要在欧洲。他写这部作品，以他的大伯和大伯母作为人物原型，描绘了印度青年山迪·赛斯的故事，他出生于印度一个偏僻的山村，勤奋好学。1931 年，他来到德国柏林学习医学。二战前，山迪·赛斯又来到英国爱丁堡，在那里碰到了来自德国的犹太人姑娘汉妮，两个人相爱了。这两个人经历了生离死别，在二战结束后才结为夫妻，共同经历了二战的残酷、印度的独立、东西方冷战、柏林墙倒塌等 20 世纪的重大历史事件。不管外部世界如何变化，他们之间的感情却越来越坚固。小说中还有一条副线，描绘了维克拉姆·赛思在英国留学时和他的大伯与大伯母接触的情况，以及他从英国到美国斯坦福大学留学的生活，他爱上了文学，决定放弃学习经济学。

维克拉姆·赛思和很多用英语写作的印度裔作家一起，从印度文化出发，以世界性的眼光写出了一种跨文化和跨种族的"世界小说"，这种"世界小说"没有简单地迎合西方对东方的猎奇心理，以东方的眼光重新打量西方，从印度文化中汲取有价值的营养，写出了描绘广阔的印度社会的新现实主义小说，这是一个重要的文学现象。当前，全球化时代下的文学景观之一，就是不少作家从非洲、亚洲和拉丁美洲出发，很多非洲和亚洲国家中用英语写作的作家，既丰富了英语文学本身，也表现了第三世界的历史、文化和社会现实面貌，形成了一股强劲的"后殖民文学"潮流，他们的作品丰富了当代世界文学。"后殖民文学"或"无国界作家"的出现，预示着在21世纪里，会有一种新的、融合各个民族文学和文化的"世界小说"出现。

《烟河》

阿米塔夫·高希1956年出生于印度西孟加拉首府加尔各答，它位于恒河三角洲地区，是印度第三大城市，曾经作为英属印度的首都长达140年。阿米塔夫·高希毕业于新德里大学，之后前往英国牛津大学攻读社会人类学博士学位。毕业之后，他曾任职媒体记者，并开始文学写作。1986年，30岁的高希出版长篇小说《理性环》，之后他专事写作，出版了长篇小说《阴影线》《加尔各答染色体》《玻璃宫殿》《饿潮》以及描写鸦片战争的长篇小说《朱鹭号三部曲》（包括《罂粟海》《烟河》《烈火洪流》）等，先后获得法国美第契文学奖、印度摩诃诃德学院奖、意大利格林纳扎·卡佛文学奖、以色列特拉维夫大学"丹·大卫"奖、英国阿瑟·克拉克科幻文学奖和印度总统颁发的"卓越贡献奖"。而且，高希不仅以"鸦片战争三部曲"《罂粟海》《烟河》《烈火洪流》赢得世界性的瞩目，他还创作了多部非虚构作品。2017年，他出版了与气候问题有关的非虚构作品《大紊乱：气候变迁与不可思议》，从文学、经济和政治的角度分析当代世界对地球气候变迁的认知，是一个不断思考前沿问题的作家。

如果按照作家代际划分来看阿米塔夫·高希的话，他属于20世纪出现的第二代印度英语作家。第一代印度英语作家包括泰戈尔、尼拉德·乔杜里、纳拉杨、穆尔克·拉吉·安纳德、拉甲·拉奥、V.S.奈保尔、安妮塔·德赛等等，他们出生于19世纪末到20世纪30年代末这段时间，用英语创作文学作品，成就巨大，获得了世界性瞩目。第二代印度英语作家主要包括萨尔曼·拉什迪、阿米塔夫·高希、阿兰达蒂·罗伊、维克拉姆·赛斯等，是当代最具实力的小说家。第三代印度英语作家包括裘帕·拉希莉、基兰·德赛、阿拉文德·阿迪加、奇坦·巴哈特、阿诺什·艾尼拉、茹帕·巴吉瓦等，是当今世界最为活跃的青年作家。上述作家有的国籍并不是印度，足迹遍布欧美，但都将文学的根扎在印度，因此，将他们看作印度出身的英语作家是合理的。

阿米塔夫·高希的长篇小说有10多部，代表作是《朱鹭号三部曲》。中国和印度两个东方大国，对鸦片战争的历史记忆多有不同，而又有着深刻的联系。因此，阿米塔夫·高希的《朱鹭号》三部曲的书写更加具有文学的眼光和参考价值。对历史的深情打量和书写，在阿米塔夫·高希的笔下，充满了别样的生机和动人的故事。在《烟河》中，讲述了这样一个故事：

19世纪初，十三行有一个来自古吉拉特的穷小子巴拉姆，他是《朱鹭号三部曲》第二部《烟河》的主角。作为入赘女婿，他攀上富亲戚，却在家里处处低人一等。当岳父的生意日渐惨淡之后，他独自扬帆去中国做鸦片生意，想要闯出一片天地。他知道，"鸦片这东西，一般吸上就再也停不下来"，"幸运的是，这生意现在孟买这里还没让英国人垄断"，他想成为种植罂粟的英属印度和有着鸦片的广阔市场的中国之间的一个鸦片商。

小说中，巴拉姆的命运从此和广州联系在了一起。巴拉姆是个本性善良的商人，他对老婆希琳拜满怀柔情，甚至纵容她的迷信；他到达广州，又与广州的情妇池梅热情似火，慷慨赡养池梅，她死后还帮助料理她的后事，对他们的私生子阿发也很好。在小说末尾，林则徐大力禁烟，巴拉姆在当时不得不上缴了自己囤积的全部鸦片，他看着在广州十三行的广场上玩曲棍球的侄子，那是初来乍到、一无所知、充满自信的年轻人查理。查理向叔叔描绘了他见到的林则徐在虎门销烟的场景：

"等时辰一到，他坐在一处凉亭下。他发出开始销毁的信号。所有鸦片箱被撬开，鸦片球被砸碎，混上盐和生石灰，然后扔进添满了水的沟渠里；等鸦片溶化之后，打开水闸，鸦片全都被冲到了河里。"

在虎门的一处小村庄里，堆积的鸦片箱达到了 20381 个。销毁鸦片的时候，500 个人忙活好几个小时，每天只能销毁 300 箱鸦片。在高希的笔下，19 世纪的印度洋贸易世界里，像巴拉姆和查理这样的人，穿梭在历史的夹缝里，目睹了历史在眼前诞生。为何要写《朱鹭号三部曲》，阿米塔夫·高希说：

"《朱鹭号三部曲》描绘的是 19 世纪的印度洋贸易世界，以及其中人们的活动。开头部分讲的是印度人如何在毛里求斯、南非、斐济等地方生活和工作。其中一个核心人物是位印度女性，她失去了她的土地和丈夫，后来奔赴毛里求斯。19 世纪有很多印度人离开印度，在别的地方扎根定居。我开始写的时候发现，19 世纪印度洋最重要的贸易品之一是鸦片。其中大部分都是从印度发往中国的。然后我就对这个故事非常感兴趣了——也许是因为人们对此知之甚少。

我开始对鸦片在哪里种植、由谁种植、在这些种植者身上发生了什么，大感兴趣。这之后就引发出对整个鸦片战争的叙述，而鸦片战争是亚洲历史上具有非常重大意义的事件。"

《朱鹭号三部曲》十分宏阔生动地展示出英属印度和中国在19世纪的地理联结，以及第一次鸦片战争的爆发和中印两大文明古国间特殊的关系。朱鹭号是这个三部曲不会说话的真正主角，一艘装满了物品、人物和故事的大船，航行在时间和历史的巨大海洋上。在第一部《罂粟海》中，这艘大船满载着劳工，驶向东方。结果，大船在孟加拉湾遭到了一场巨大的海上风浪。在生死攸关的时刻，朱鹭号上的人迸发出了求生的欲望。每个人都带着自己的前史，其中有因犯罪而沦为罪犯的没落贵族尼尔，有伪装成水手的法国孤女波莱特，还有以种罂粟为生，而后背井离乡的寡妇迪提和她的情人卡鲁阿。他们在这一时刻表现出希望存活的强烈愿望。风浪同时也袭击了"安娜希塔"号，这是一艘由印度驶往中国广州的满载鸦片的大船。连同一艘运送苗圃的船，几艘船上的人都汇聚在广州的番鬼城，也就是外国人常来常往的区域。而在《烟河》中，对当时的广州有这样的描述：

"可也许在广州，事事皆奇。花和鸦片，鸦片和花！

"有时想想感到奇怪，这个城市吸纳了这世间如此多的恶，作为回报却为世间带来了那么多的美。读到你的来信，知道那些送到外面的花，真让我感到惊奇：菊花、牡丹、卷丹、紫藤、杜鹃花、紫菀、栀子花、秋海棠、山茶、八仙花、报春花、文竹、桧、柏、月季和可以常开不败的玫瑰——很多很多。如果我有能力，一定要让世界上所有的园丁都记得，当他们种下这些花蕾时，他们的花园中所有的美都蒙恩于这座城市——这个拥挤、肮脏、喧闹、性感的地方，我们叫它广州。"

原来，如今的广州被盛赞为花城，其来有自。但在当时，鸦片贸易导致的争端犹如一个火药桶，即将被点爆。最终，鸦片战争爆发。在阿米塔夫·高希的生花妙笔描绘下，《朱鹭号三部曲》各色人物在时间之海中浮现，他们的悲欢离合映衬着那个时代的历史纷纭。这个系列小说对于中国读者来说，可能提供了一种新鲜的视角和经验。小说叙事绵密，人物生动，三部曲具有史诗的气魄。

除了写作长篇小说外，高希还创作了多部脍炙人口的非虚构作品。他攻读牛津大学社会人类学博士期间所作的田野调查，写成了《在古老的土地上：一次抵达12世纪的埃及之旅》（1985），这是一部探询古文明的厚重之作。此外，他还写有《在柬埔寨起舞》（1998）、《大难临头》（1999）、《伊玛目与印度人》（2002）、《纵火环境》（2006）等多部作品。

阿米塔夫·高希十分关注当前世界性的问题。2017年，他出版了《大紊乱：气候变迁与不可思议》，引起广泛关注。那一年，美国明尼苏达州、威斯康星州和伊利诺伊州最低温度降到零下52摄氏度。欧洲高温、亚洲特大洪水，极端天气事件频频出现在世界各地。面对气候变迁这一全人类面临的困境，阿米塔夫·高希发现，气候变迁在当代小说中的存在感远远低于它在公共讨论中的存在感。在文学里，大多数以虚构为己任的小说家对之视若无睹，但我们却生活在一个彼此相关的世界，必须要拿起笔来，去书写更为紧迫的事件。

钦吉斯·艾特玛托夫：

《一日长于百年》

    艾特玛托夫的全名是钦吉斯·托瑞库洛维奇·艾特玛托夫，他于 1928 年 12 月 12 日出生于苏联吉尔吉斯斯坦达拉斯山区舍克尔村。9 岁时，担任州委书记的父亲因苏联"肃反"运动被冤杀。此后，在苏联卫国战争期间，他在故乡山村当过记工员。后来他到吉尔吉斯农学院学习，毕业后在畜牧局担任技术员。

    艾特玛托夫很早就显露出文学天赋，1952 年开始发表文学作品，并有志于文学事业。1958 年，30 岁的艾特玛托夫发表中篇小说《查密莉雅》，这部生动独特的爱情小说当时在苏联出现，令人刮目相看，人们也记住了吉尔吉斯土地上出现的这个作家。1962 年，他出版了小说集《草原和群山的故事》，作品题材的独特和地域性令人惊喜。1968 年，他凭借中篇小说《永别了，古利萨雷》获得苏联国家奖，并获得"吉尔吉斯人民作家"的称号。

    艾特玛托夫早期创作的很多中短篇小说，包括《白轮船》《我的包着红头巾的小白杨》《花狗崖》《大地—母亲》等作品，大都以吉尔吉斯山地草原上人们的社会生活和民族传说作为书写对象与内容，具有浓郁的民族风情，塑造了一系列性格鲜明的人物，具有独特的诗意，在苏联当时的政治环境中，以其优美的文笔、唯美的人物形象和独特的民族生活画面，得到了关注，并且获得了很高的荣誉，直至成为中亚地区具有世界影响力的一位大作家。吉尔吉斯族的民族文化中蕴含丰富的神话和传说，《白轮船》中讲述了吉尔吉斯族将母鹿尊为圣母以期种族繁衍的神话，母鹿是民族的图腾，更是民族团结的象征，母鹿之死意味着失去躲避外族屠杀的庇佑，意味着失去种族兴旺的根基。

此后，他创作有中长篇小说五部：《一日长于百年》（1980）、《断头台》（1986）、《成吉思汗的白云》（1990）、《卡桑德拉印记》（1996）、《崩塌的山岳》（2006），还著有《传说与童话》、论文集《文学与艺术》和文学对话集《悬崖猎人的哀歌》等，保持了长久的创作生命，持续释放着他独特的文学影响。即使在苏联解体、吉尔吉斯共和国独立这样的历史大变动的情况下，艾特玛托夫的文学地位并未动摇，甚至有人说，他是一位名气比国家还大的作家。很长时期以来，艾特玛托夫都是吉尔吉斯斯坦的国家文化名片。

吉尔吉斯位于中亚的费尔干纳盆地，在中国汉唐文献中多有记载，如《史记》《汉书》中称其为鬲昆、坚昆，显然是音译。公元6至13世纪，曾建立吉尔吉斯汗国。1876年被扩张的沙皇俄国吞并，1936年，成立吉尔吉斯苏维埃社会主义共和国并加入了苏联，1991年8月31日宣布独立，改国名为吉尔吉斯共和国，首都比什凯克。吉尔吉斯是一个跨境民族，在中国境内的叫柯尔克孜族。所以，中国读者看待艾特玛托夫的作品，有一种特殊的亲近感。

吉尔吉斯族直到20世纪初还没有文字，民族文化传统通过口口相传的方式得以保留。艾特玛托夫正是在这一古老民族的文化熏陶下成长起来的。吉尔吉斯斯坦河流的奔腾不息，河谷森林的茂密，湖泊水天相连的壮阔，气候的恶劣与瞬息多变，牧场的广袤与苍凉，山地的绵延起伏，以及吉尔吉斯人性格上的隐忍和善良、勇敢和顽强、狂暴和倔强，都在艾特玛托夫笔下化作瑰丽又雄浑、苍莽又壮阔的作品，不断让读者感到新奇。

艾特玛托夫的政治地位也很高。早在 1966 年，他就担任了苏联最高苏维埃代表。1976 年，艾特玛托夫担任苏联作家协会书记处书记，同时也是吉尔吉斯科学院院士。苏联解体后，他被任命为俄罗斯驻卢森堡大使。1993 年，吉尔吉斯共和国总统任命他为吉尔吉斯驻比利时大使，兼驻欧洲共同体和北约的代表；其后一直同时担任吉尔吉斯驻比利时、荷兰和卢森堡三国大使兼驻北约和欧共体的代表。像他这样在文坛、政坛和外交领域都有很大影响力的作家，在世界上都是不多见的。

2008 年 6 月 10 日，钦吉斯·艾特玛托夫在德国纽伦堡病逝，享年 79 岁。一代中亚文坛和政坛的重要人物从此谢幕，而他的作品还在世界上继续流传，据联合国教科文组织 1997 年的统计，他的作品已被译成 50 多种语言，在很多国家都广受欢迎。

由于他笔下的草原和群山的故事，吉尔吉斯山地和游牧民的生活，与中国新疆的柯尔克孜族人民的生活相似，艾特玛托夫与中国有着一种不解之缘。1965 年，黄色纸封面的《艾特玛托夫小说集》在中国内部发行。这是一套黄色纸封面的外国文学丛书，当时被称为"黄皮书"系列，那时艾特玛托夫的作品就进入了中国。1980 年，《艾特玛托夫小说集》上下册由外国文学出版社增订出版，继续获得中国读者的关注和喜爱。1980 年，他的第一部长篇小说《一日长于百年》发表于苏联《新世界》文学杂志，1982 年，《一日长于百年》翻译成中文并由新华出版社出版。1986 年，湖南人民出版社以《布兰雷小站》为名再度将这本书翻译出版。因此，艾特玛托夫的代表作是长篇小说《一日长于百年》（1980）。这部小说也为他赢得了 1983 年的苏联国家奖。

《一日长于百年》以吉尔吉斯草原上一个叫布兰雷的偏僻的小火车站为背景，以这个小站上一位铁路工人的送葬过程为故事主线，同时展开了三条故事线索，将过去、现在和未来的时空浓缩在一个白天和一个夜晚来呈现。小说结构独特，立意高远，将社会现实、自然风貌、历史传说与未来幻想进行了同构化呈现，在一种思接千载、心游万仞的宏大视野中，把艾特玛托夫对人类处境的思考呈现在笔端。可以说，《一日长于百年》是一部独特的现实主义小说，在现实、传说和科幻三个层面展开叙述。

小说的第一条线索，书写了三个主要人物：叶吉盖、卡赞加普和阿布塔利普。叶吉盖和卡赞加普都是在布兰雷小站上工作的普通铁路工人。小说开始不久，卡赞加普去世，叶吉盖为他送葬。由此展开了叶吉盖对这位同事的回忆，并和眼前的现实进行交叉描写。另一个铁路工人阿布塔利普的命运十分坎坷，他曾参加过苏联卫国战争，当过德军战俘，从纳粹战俘营中逃脱后又参加了南斯拉夫游击队，继续与德国纳粹战斗。二战结束之后，他回到苏联当了一名教师，因曾经被德军俘虏的经历，使他在苏联时期备受折磨，一再被审问。正是铁路职工卡赞加普的儿子萨比特让力图剥夺阿布塔利普的权利，对他进行迫害，他最后被逮捕并死在狱中。

《一日长于百年》的第二条线索是历史传说，在这条线索中，艾特玛托夫动用了吉尔吉斯民族文化历史传说中的丰厚资源。其中第一个传说，是关于曼库特的传说。古代柔然人对被征服民族的俘虏会施加一种刑罚，这种刑罚叫作"戴希利"：用生骆驼皮裹在俘虏被刮净的头顶上，最终，向颅内生长的头发侵害了大脑，使俘虏丧失记忆，成为被柔然主子任意摆布的白痴奴隶——"曼库特"。小说讲述一位吉尔吉斯母亲经过千难万险终于找到了被俘的儿子，可儿子已变成白痴"曼库特"。在柔然人的唆使下，他用箭射死了前来寻找自己的母亲。这一悲剧传说在草原上流传很久。多年之后，埋葬这位母亲的墓地阿纳贝特已经成了吉尔吉斯大草原上受人景仰的地方。作者写这一历史传说，意思是提醒后人不要忘记对祖先母亲的崇敬，对母亲的崇敬护持能使本民族生生不息。在吉尔吉斯斯坦人民心中，一个民族如果失去记忆，便会成为任人摆布的奴隶，独立的判断和思考永远是奠定民族精神的基石，这是艾特玛托夫的忠告。

《一日长于百年》中的第三条情节线是一条科幻线索。这条线索历来有些争议。设计这一条情节线，与当时美苏两国正在展开全面竞争的冷战局面有关。小说中，在"均等号"空间站工作的两名宇航员，与宇宙中具有高度文明的林海星人有了接触，美苏两国政府害怕林海星人会对人类生存产生巨大冲击，为了维护自身的利益，他们决定阻断两名宇航员返归地球之路，发射导弹群阻止林海星人靠近地球。为了防止林海星人来到地球，阿纳贝特基地被当作导弹发射场。叶吉盖等人的送葬队伍被阻隔在铁丝网之外，可以看到导弹的发射。具有高度文明的林海星人被地球人拒绝，是美、苏政府联手所做的事情，艾特玛托夫以这一情节构思，表达了强烈的忧患意识，揭示人类面临的生存危机。

在《一日长于百年》中，艾特玛托夫就是通过这三条情节线索，将过去、现在和未来联结在一起的，对人类命运进行了深入思考。同样，在他的长篇小说《断头台》《成吉思汗的白云》《卡桑德拉印记》《崩塌的山岳》中，对人与大自然的关系、人与历史的关系、人在未来的可能性，都有多个角度的精彩书写，值得将这几部书联系起来阅读。

艾特玛托夫在一些访谈和对话中说道，吉尔吉斯斯坦人将中国看作一个抬腿便可走动的邻居，是一个值得学习和信赖的朋友，是一个富足和充满活力的国度，是一个能够实现梦想的理想之地。

艾特玛托夫的作品对民族传统的探寻、对生态伦理的关切、对人性善恶的思索、对人类未来的忧思与畅想，都是可以再度出发的文学新起点。

阿摩斯·奥兹：

《爱与黑暗的故事》

1939 年，阿摩斯·奥兹出生于以色列耶路撒冷，父母亲是1930 年代受到犹太复国主义思想影响，从俄罗斯回到耶路撒冷的犹太人。阿摩斯·奥兹从小在充满文艺气息的家庭里长大，阅读了大量经典文学作品。他 12 岁那年，多愁善感的母亲自杀身亡，他和父亲的隔阂加深，14 岁离开家庭，到以色列的集体公社"基布兹"去生活，并把自己的父姓改成了"奥兹"，这个词在希伯来文中是力量的意思。此后，阿摩斯·奥兹被送入大学学习文学和哲学，毕业后在基布兹教书达 25 年，一边还继续写作。他还获得了牛津大学硕士学位和以色列特拉维夫大学的荣誉博士学位，后来在本-古里安大学任教，教授文学史和文学写作。

阿摩斯·奥兹属于早慧型作家，1965 年，阿摩斯·奥兹出版短篇小说集《胡狼嗥叫的地方》，描绘了耶路撒冷地区和"基布兹"的犹太人的情感与生活方式，主题是爱和恨、理想和现实之间的距离。

1966 年，阿摩斯·奥兹出版长篇小说《何去何从》。小说题献给了他的母亲，取材于阿摩斯·奥兹在"基布兹"生活的体验。"基布兹"是以色列一个非常特殊的制度安排和社群组织，由 20 世纪初期回到以色列的犹太人移民所组建，在"基布兹"，大家要一起劳动，劳动获得的东西要共同分享，大家地位平等，互相帮助，财产属于所有的人，条件却很艰苦。在分享一切的"基布兹"里，大家把自己的事情告诉他，与他一同分享。这成了他早期写作的灵感来源。

1968 年，阿摩斯·奥兹出版长篇小说《我的米海尔》。这是一部爱情悲剧小说，故事背景在以色列耶路撒冷，叙述者是女主人公汉娜，她充满了自主意识，幻想有美好的婚姻和爱情，很想嫁给一名学富五车的学者。她遇到地质系学生米海尔，两人坠入爱河，结了婚。婚后，米海尔忙于事业，疏忽于和妻子的感情交流，汉娜渐渐感到了不满足。汉娜的内心充满了挣扎和不满、焦虑和愁闷，她本人也出现心理问题，最后，汉娜无力摆脱外表看来没有问题的婚姻，精神却逐渐濒临崩溃，出现了自杀倾向。据说，汉娜的形象取材于阿摩斯·奥兹的母亲，显示了他能够把握女性的心理世界，对现代家庭进行了精妙分析。小说动人的地方还在于对耶路撒冷的精微描绘，对以色列人日常生活的呈现，获得了巨大的成功，被翻译成了 20 多种语言，是阿摩斯·奥兹最受读者欢迎的小说之一。犹太人文化和自我意识是他小说的核心，而人性的复杂和幽暗是他作品着力呈现的重点。他的小说并不具有现代主义或后现代主义特征，但总是洋溢着一种犹太文化的特殊情调和氛围。

阿摩斯·奥兹创作丰富，后来出版的长篇小说还有《触摸水，触摸风》（1973）、《死水微澜》（1982）、《黑匣子》（1987）、《费玛》

（1991）、《莫称之为夜晚》（1994）、《地下室中的黑豹》（1995）、《一样的海》（1998）等，小说集《一直到死》（1971）、《鬼使山庄》（1976）。

《黑匣子》是一部书信体小说，小到两个主人公过去的生活、现在的处境，大到以色列和犹太人在中东的处境和社会问题、与阿拉伯世界的冲突，小说在爱情、性、婚姻、代沟、种族、国家、政治等各主题上都有探讨，是一部举重若轻的小说，读起来也妙趣横生。

1989年，阿摩斯·奥兹出版长篇小说《了解女人》。小说主人公是一名以色列特工约珥，他是摩萨德组织成员。作为一个特工，约珥有别人所没有的分析和解决问题的能力。但他现在遇到一个难题：在一个暴风雨的早晨，他的妻子不慎触电身亡，一个男邻居前往救助也触电身亡。一个男人和一个女人都触电身亡，这个事件在当地引起了一些议论和谣言。约珥提前退休，开始和母亲、岳母以及女儿一起生活，亲自操持家务，周围都是女人，他也逐渐进入女人的世界，这个世界和他的特工生涯完全不同。小说以精神分析般细致精妙的笔触，描绘一个摩萨德前特工的世界，将约珥寻找自我、发现自我的精神旅程描绘得淋漓尽致。在小说结尾，约珥到一家医院做义工，继续寻找生命的意义，也发现了妻子死亡的真相，那就是，妻子是清白的，所有的谣言都是写在水上的文字。

2002年，阿摩斯·奥兹推出他最厚重的长篇小说《爱与黑暗的故事》。在写这部小说的时候，阿摩斯·奥兹动用了他最重要的写作资源，那就是他的家族历史。

《爱与黑暗的故事》呈现出以色列百年风云在一个家族身上的缤纷投影。小说是雄心勃勃的，也可以看出阿摩斯·奥兹的匠心：将犹太人和阿拉伯人之间的恩怨展示出来，20世纪的很多重大的事件在这部小说中都有回声，并且影响着小说中的人物命运。这本书最终成为他的集大成之作。

小说的叙述者是第一人称"我"，也就是作者的化身，从他自己的出生写起。他的祖父母在1920年代从波兰和乌克兰移民到巴勒斯坦，他们深受犹太复国主义思想的影响。在他们的理念下，第二代，也就是叙述者的父亲被祖父母寄予了很高希望。祖父母希望儿子成长为一名著名的学者，在《圣经》和《塔木德》等典籍的滋润下，成为知识分子和学者，而不是成为被当时新激进思想影响的人。但是到了"我"这一辈，则产生了叛逆思想。当"我"的母亲自杀之后，叙述者离开家庭，毅然来到基布兹，成为老派犹太家庭在文化和思想上的叛逆者。最终，"我"在艰难地求生存的道路上，逐渐成长为一个著名作家，实现了自我的价值。

阿摩斯·奥兹说："我写了一部关于生活在火山口下的以色列人的小说。虽然火山近在咫尺，人们仍旧坠入爱河，感觉嫉妒，梦想升迁，传着闲话。"

在他的这部代表作《爱与黑暗的故事》中，他将自己家族的故事和以色列的历史演变扭结在一起，描绘了以色列人的现实处境。在他的很多部小说中，都提到了人与人之间应该如何互相尊重和爱护，不同的种族如何在文化的差异中寻找共同点，共同生存下去是一大命题。小说被拍摄成电影之后，影响更加巨大。

阿摩斯·奥兹的长篇小说《咏叹生死》出版于2007年，这时的阿摩斯·奥兹已经68岁了。年迈的感觉袭击了他。小说在探讨生命和死亡的意义上有着全新的呈现。阿摩斯·奥兹还出版有文学评论和政论随笔集《在炽热的阳光下》（1979）、《在以色列的国土上》（1983）、《黎巴嫩斜坡》（1987）、《局势报告》（1992）、《天国的沉默》（1993）、《以色列、巴勒斯坦与和平》（1994）、《我祖母的真正死因》（1994）、《故事的开头》（1996）、《我们所有的希望》（1998）等10多部。

在中文的世界里，阿摩斯·奥兹为我们打开了通向以色列人的心灵与现实处境的门和窗户，让我们看到了以色列人民的生存图景和生命体验，他们的悲欢与歌哭，他们心灵的焦躁与安宁，日常生活的烦恼和欢喜，他们的精神和宗教世界里的苦闷与欣悦，他们寻找心灵家园的乡愁。

阿摩斯·奥兹是爱与善的书写者。在他的多部小说里，家庭和爱情生活是他不断书写和探询的主题。他的每部小说都在讲述爱，虽然对爱的追寻常常因为文化的、政治的、经济的、社会的、人种的种种原因而变得艰难和复杂。

阿摩斯·奥兹还有另外一个形象，那就是，他是一个呼唤和平的斗士。他通过小说、政论和散文随笔作品，不断对困扰当代以色列人的社会问题发言，对巴勒斯坦和以色列之间的纷争，呼吁采取和平和解的方式。在炮火和死亡的阴影仍旧笼罩在以色列人民头上的今天，他以文学家的身份，发出了有力的声音。

阿摩斯·奥兹曾获得法国"费米娜文学奖"、德国"歌德文化奖"、西班牙阿斯图里亚斯王子文学奖等等国际大奖。他于2018年12月28日去世。

《到大地尽头》

大卫·格罗斯曼 1954 年 1 月 25 日生于以色列耶路撒冷。他的父亲是波兰移民，母亲是以色列本地人。父亲喜欢读书，后来担任图书管理员。在父亲的影响下，格罗斯曼从 8 岁时就开始阅读文学作品。其中，犹太作家肖洛姆·阿莱汉姆的作品给他留下了深刻印象，使他很早就从文学作品中了解了犹太人的文化特性。他就读于以色列耶路撒冷希伯来大学，学习哲学和戏剧专业，曾在以色列电台做过多年的编辑和新闻评论员。

大卫·格罗斯曼一直用希伯来语创作。自 1980 年代以来，在 40 年的时间里，他出版了《羔羊的微笑》《锯齿形的孩子》《迷狂》《她的身体明白》《证之于：爱》《到大地尽头》等 10 多部长篇小说和中短篇小说集，还出版有《在黑暗中写作：关于文学和政治的随笔》《黄色的风》《在火线上沉睡：和以色列的巴勒斯坦人对话》等 10 多种散文随笔集、非虚构作品、童书和剧作等，著作十分丰富。他的作品已被翻译成包括中文在内的 30 多种语言在全世界出版发行。除了获得过以色列一些重要的文学奖，他还获得了多项国际奖项，包括德国绍尔兄妹文学奖、意大利弗拉亚诺奖、格林扎纳·卡佛奖、蒙特罗奖、伊斯基亚国际新闻奖，2017 年，他的小说《一匹马走进酒吧》获得国际布克奖。

大卫·格罗斯曼和以色列的阿摩斯·奥兹、耶霍舒亚等小说家一样，具有强烈的社会参与意识。他关心当代以色列社会面临的各种问题，像巴以关系这样的敏感政治主题，不断以文学形式出现在他的笔下。

大卫·格罗斯曼的第一部长篇小说《羔羊的微笑》就涉及了约旦河西岸问题，并将巴勒斯坦阿拉伯人作为主人公。而他广受赞誉的长篇小说《证之于：爱》，则深刻描绘了纳粹大屠杀中的犹太幸存者，如何从黑暗的记忆中走出来，重新获得生活勇气。《证之于：爱》描绘一个 9 岁儿童莫米克最终成长为作家的漫长历程，深入挖掘与探索大屠杀和纳粹针对犹太人的暴行的根源。莫米克这个主人公的经历与大卫·格罗斯曼本人十分相似，最后，所有噩梦般的故事汇聚成一个关键词：爱，这个关键词是大卫·格罗斯曼所依赖的并能够去融化仇恨和历史创痛的唯一良药。

他晚近的小说《一匹马走进酒吧》继续探讨了巴以之间复杂的历史和现实关系，将一种可能的前景描绘出来。大卫·格罗斯曼的代表作是长篇小说《到大地尽头》。这部小说是他最为厚重的作品，小说的写作与他的生活息息相关。2006 年，在他创作这部小说的时候，他的 20 岁的小儿子乌里作为以色列国防军的一员，正在以色列与黎巴嫩之间爆发的战斗前线。这场以色列和黎巴嫩的战争被称为"第二次黎巴嫩战争"，黎巴嫩则称之为"七月战争"，发生于 2006年 7 月 12 日，起因是黎巴嫩真主党突然袭击以色列，并俘虏了两名以军士兵，以色列随后展开"正义打击"军事行动，两国交战。一个月之后的 8 月 12 日，在即将停火的几小时之前，大卫·格罗斯曼的小儿子乌里在黎巴嫩南部阵亡，生命永远定格在了 20 岁。

正在写作的大卫·格罗斯曼希望用文学表达爱去保护创伤，但是眼前的现实总是令人窒息。在回忆丧子之痛时，格罗斯曼这样写道：

"那是一个周日的凌晨，差 20 分钟 3 点，我们家的门铃响了。门外的人通过对讲机告诉我，他来自部队……我下楼打开门，告诉自己，一切都结束了，乌里不在了。"

他忍着悲伤，完成了《到大地尽头》："这是同巨大的悲伤对抗的方式。我感觉被扔进了无人的地带，唯一能够让我接受儿子的死亡并继续生活下去的方式，就是把这场灾难写出来。"他还为乌里写了一本诗体小说，名为《摆脱时间》。

生活在被复杂的历史境遇纠缠的当代以色列，面对战争和恐怖事件的阴影，是以色列人多年的生活常态。这在《到大地尽头》中被充分地表现出来了。《到大地尽头》描写一位以色列母亲因害怕收到儿子的阵亡通知书，决定与旧情人一起逃离家门，进行一场心灵安慰之旅。小说的主角奥拉是一个简单的家庭主妇。她心地善良、温柔敏感，总是将家庭安稳视作自己最大的幸福，但世事总不按她设想的发展。她既没有力量阻止暴力和恐怖主义的突袭，也改变不了所爱之人的意愿，唯一能做的，就是让生活发生可掌控的脱节，以此来"阻止"厄运的降临。促使她离家出走的，是奥拉的儿子奥弗被临时通知立即上前线参加军事行动。可实际上，奥弗距离从以色列国防军退役的时间只有几天了。于是，在极度恐惧与愤怒中，奥拉离家出走，前往以色列的北方加利利地区，她是想躲避随时可能降临的、儿子奥弗在战场上死去的消息。与她同行的，是她的昔日好友和恋人阿夫拉姆。小说中以回忆和对话，还有主人公的内心活动，展现了奥拉对家庭和恋爱的回顾，这也是一个母亲对战争和家庭的深刻反思。生活中的奥拉总是让两个儿子不能坐同一辆公交车，因为她很害怕他们会在同一起恐怖的人体炸弹袭击中一起死去。她更害怕半夜三更，儿子的阵亡通知会不期而至。这几乎是很多以色列人的噩梦。在山中，奥拉为儿子奥弗祈祷的情景十分感人。

小说还塑造了几个阿拉伯人的形象。第一个阿拉伯人是奥拉的好朋友，出租车司机沙米。沙米的谋生工具是出租车，载运各种人，包括阿拉伯人和以色列人。他的工作和遇到的事情，在小说中都具有象征性，存在着一种阿拉伯人与以色列人相互谅解的可能。小说中还有一个阿拉伯人，他被怀疑是恐怖分子，遭受了不公正的羁押。

奥弗所在的部队战友恰好是对这个阿拉伯人进行拘禁和盘问的执行者。在对无辜的阿拉伯人两天两夜的拘禁审问之后，奥拉不断追问儿子，这样的拘禁有哪些不对的地方，可能会有什么结果。奥弗感到了尴尬和无以应对。奥拉的深入询问，体现了大卫·格罗斯曼所具有的人道主义精神。

《到大地尽头》2008年出版以来，相继获得法国美第奇外国小说奖、德国君特·格拉斯基金会信天翁文学奖、英国《犹太季刊》温盖特奖。2010年，大卫·格罗斯曼荣获德国书业和平奖。可以说，《到大地尽头》是一段回顾生命之旅，在爱与交流、回忆与叙述中，即使一个人想要到达大地的尽头，可来路之上，无尽的人生风景、家庭的羁绊和亲情的佑护、亲人的召唤和死亡的阴影也如影随形。小说的叙事绵密，回忆和现实缠结在一起。结尾是这样描述的：

现代小说佳作100部

"这时奥拉从他的怀里抽出身子，在她那边的岩架上躺了下来。她把双膝抬到腹部，把脸颊放在伸直的手掌上。她睁着眼睛，却一无所见。阿夫拉姆坐在她身旁，手指悬在她的身体上方，几乎没有碰到她。一阵微风带来了墨角兰、蔷薇的芬芳和忍冬的香甜气息。在她的身子底下，是凉爽的石头和整座山，巨大、坚实、绵亘无尽。她想：大地的外壳是何等单薄啊。"

以色列和阿拉伯的宿怨由来已久，建立一个和平相处的共识是十分困难的，这方面，作家能够发挥独特的作用。大卫·格罗斯曼通过《到大地尽头》这部作品，表达了他对巴以冲突的和平愿望。大卫·格罗斯曼说：

"以色列应该与巴勒斯坦、叙利亚、伊拉克和黎巴嫩保持和平，这才是长远之计。在讨论政治时，我们要记住：我们所面对的另一方是和我们一样的人，我们可能成为他们，他们也可能成为我们。我们应该对他们的境遇给予更多的同情。

"我支持巴以'两国方案'，希望以色列和巴勒斯坦两国并存，有友好的关系、共同的兴趣，两国人一起做生意，建立联合大学，一起研究冲突的起源，一起举办文学节……这个梦想很简单，却很难实现。因为暴力已经让很多人难以摆脱恐惧，恶性循环很难被打破。单方面宣布耶路撒冷为以色列首都，这个决定是无效的。巴以双方的领土问题、定居点问题、耶路撒冷问题、难民问题等等，都需要双方协商解决，需要双方妥协、让步，才能最终实现和平。只有学会让步，我们才能成熟，你成熟了，你的对手才会成熟，你们才有更多机会达成共识。"

谷崎润一郎：

《细雪》

谷崎润一郎 1886 年 7 月 24 日生于东京。幼年时，父亲经商失败，家道中落。在亲友的资助下，谷崎润一郎念完了中学，1908 年进入东京帝国大学国文系学习。大学三年级时，因拖欠学费退学在家，开始文学创作，并与作家小山内薰、岛崎藤村共同创办《新思潮》文学杂志，在杂志上发表短篇小说《刺青》《麒麟》，从此登上日本文坛。 1916 年，30 岁的谷崎润一郎与石川千代结婚。谷崎润一郎曾在秋香塾攻读汉文，能写汉诗。1918 年 ，他前往中国东北、北京、天津、汉口及江浙等地观览，写下《苏州纪行》《秦淮之夜》等游记文章。1934 年到 1941 年，他将日本文学经典《源氏物语》翻译成现代日语，译文广受赞誉。1949 年，他获得日本文化勋章。

谷崎润一郎的写作与日本关西地区密切相关。1923 年日本关东大地震之后，他从东京举家迁往京都。京都和大阪地区的山川风物与人情世态，对他有着巨大的吸引力，也激发了他的创作热情。在关西地区，江户时代的"町人文化"保留得很好，从关西地区的传统日本女性身上，谷崎润一郎发现了一种温柔、典雅的古典美，让他很受震撼。日本发动侵华战争之后，谷崎润一郎厌恶战争，以翻译《源氏物语》和写小说来间接表达对战争的抵触。经过认真细致的准备，从1942年到1948年，他创作了三卷本长篇小说《细雪》，出版之后引起巨大轰动，受到广泛好评，至今也是日本文学的经典之作。之后，《细雪》曾在1950年、1959年、1983年三次被拍成电影，五次被拍成电视连续剧，在日本家喻户晓，有着广泛的影响力。

谷崎润一郎属于日本"唯美派"文学潮流的代表作家，他生平有很多传奇故事，也引发过很大的道德争议。他的作品数量多、质量高，风格独特，涉及各类文体，如长篇小说、中短篇小说、掌小说、散文、游记、诗歌、评论、剧作、翻译等等，他都能驾轻就熟，是一位卓越的文体家。晚年的谷崎润一郎身患多种疾病，1958年突发中风，右手麻痹，改用口述方式继续创作。他曾在1960年代多次获得诺贝尔文学奖提名，1965年7月30日因病去世，葬于京都。

有论者认为，谷崎润一郎有着深厚的"恋母情结"，他的母亲是一位日本传统女性，对母亲和女性的崇拜是谷崎润一郎的写作动力和不竭的源泉。在美学追求上，他不仅有崇拜女性、极端唯美主义的趋向，而且由于他写了一些惊世骇俗的畸变人物，突出了人物施虐与受虐的病态快感，在残忍的情节中展现女性美和畸恋美，还有"恶魔主义者"的称号。日本文艺美学中也一向有"以丑为美"的源流，到了谷崎润一郎笔下，又有了令人惊叹的表达。

在一些作品中，谷崎润一郎极力礼赞官能性之美。他曾受到过王尔德、波德莱尔等欧洲唯美主义作家诗人的深刻影响，这使得他的作品在日本文学中独树一帜，深刻影响着日本文学的走向。到了晚年，谷崎润一郎的小说《卍》《钥匙》《疯癫老人日记》等，令人瞠目结舌地体现了他的美学追求，达到了炉火纯青的地步。

我们来看看他的代表作《细雪》的情况。《细雪》日语版分为三卷，规模较大，中文版译者周逸之在《细雪》的翻译后记中，有这么一段话，能够让我们很好理解这部小说：

"《细雪》是一部规模宏大的小说，反映了第二次世界大战中关西地区中产阶级家庭的婚姻恋爱生活，涉及历史、地理、语言、宗教、民俗、风习、交通、饮食、建筑、服饰、医药、旅游、诗歌、戏剧、舞蹈、音乐、电影、绘画、园艺、工艺美术诸多领域，以及赏樱、赏月、捕萤等四季行乐情趣，还浓墨重彩地描写了阪神大水灾、关东台风等自然灾害……"

如此包罗万象的一部小说，经过几十年的检验，可以说是日本文学中的瑰宝。《细雪》的时代背景是在太平洋战争爆发前夕，地点在日本关西地区，人物是日本世家大族莳冈四姐妹。这四姐妹的故事演绎出绵长悠远的人生故事，就像是一场场春雨和细雪，在一年年的四季中轮回上演。

莳冈四姐妹分别叫鹤子、幸子、雪子和妙子。老大鹤子，嫁给辰雄后生活稳定。她是一家的长女，端庄大方，温良贤惠，肩负家庭的责任要多一些，每天操心的都是家里的各种事情，似乎终日劳作不停。二姑娘幸子婚姻稳定，最操心两个妹妹的婚事，对雪子和妙子关怀备至，却老关心不到点子上。两位待嫁的妹妹是小说的主角。雪子是三姑娘，就像她的名字那样纯真、美丽，洁白无瑕。在门当户对观念的影响下，雪子不断相亲，也没有找到意中人。三十岁过后，不得不嫁给一个富户当了继室。四姑娘妙子性情刚烈，敢于寻求自我解放之路，对门第婚姻大胆说不，勇于私奔，又敢于离开那个不成器的浪荡子。可她和一位地位低下的男子相恋同居之后，就被无情地赶出了家门。虽然如此简单地叙说这部小说的人物和故事大概，我们也能看出，这本书的长处在于细处，其摇曳缤纷的叙说与大量关西地区的风俗和器物描写，是一种别样的东方美学的展现。

《细雪》中，第一主角是雪子。这是和书名相对应的，也是谷崎润一郎精心塑造的女性形象，凝结了作家关于日本关西女性古典美的所有理想。小说中，雪子这个文学形象塑造得非常成功，她具有日本传统女性的品行，也有自己的局限，比如对门当户对的婚姻的坚持，五次相亲，接连失败是小说中最重要的情节主干。因此，她也反对过妹妹妙子的自由恋爱，竟然赞同妙子和一个纨绔子弟结合。

妙子与雪子像是一面镜子的两面，她深受现代女性独立思想的影响，会制作偶人，也擅长缝纫，有一技之长。她不愿意受到传统观念的束缚，20岁时与浪荡子奥畑启恋爱私奔，轰动一时，还上了当地报纸新闻版。后来，她的几次恋爱选择都带有离经叛道的意味，逼迫周围的环境和家人接受她对生活的勇敢选择，妙子也敢于承受她的选择所带来的各种打击，勇于面对生活，是一位十分果敢的女子。由于她是四姐妹中最小的妹妹，按照日本习惯，她也叫"细姑娘"，这就和书名《细雪》相呼应了——这部小说的真正主角，是雪子和妙子。

品读《细雪》，会发现四姐妹的形象塑造十分成功，鹤子、幸子、雪子和妙子因此成为日本文学中的经典人物形象。性格就是命运，四姐妹不同的性格，使她们的人生选择通向了不一样的结果，也殊途同归。同在一片天空下，天空之下无新事，小说中，岁月流逝的感伤，赏樱时节的淡淡忧伤，妈妈离世时带给四姐妹的悲痛，随着四季的流转和人生的轮回，无尽的美感与淡淡哀愁令人叹息，读者感受到一种日本关西地区的自然美与人性美的不断展现和凋零。

在《细雪》中，谷崎润一郎下笔从容细腻，将东方人对四季轮替的感受书写得无以复加，春花秋月，夏收冬藏，各种人物活动在时间的幕布上显得极其生动。他也擅长人物的心理描写，小说中插入不少与四季和情感有关的日本和歌与俳句，以此来衬托人物的精神世界，使得物我相映，构成了一个绝妙的东方古典美的世界。在小说的上卷第 23 节，有一段关于赏月的描述，体现出了这部小说的美学特征：

"过了二十号，就是赏月的中秋之夜了。贞之助提议说：'今天晚上我们集体写一封信寄给雪子吧。'大家一致赞成，晚餐后，贞之助、幸子、悦子、妙子四人，坐在楼下日本式房间的缘廊里，缘廊上已摆好了赏月的供品，他们叫阿春磨墨，随后展开卷筒信纸写起来。贞之助写了一首和歌，幸子和悦子写的类似俳句，妙子对这些都不擅长，就对着月轮悬在松间的景色一挥而就，画了一幅水墨写生画。

庭中松郁郁，静待丛云流逝尽，展枝揽圆月。贞之助
圆月下，唯缺一人影，惹情思。幸子
二姨呀，今夜在东京，看月亮。悦子

"随后就是妙子的水墨画。幸子的'圆月下'那首俳句，最初写作'缺了一人影'，悦子那首原写作'二姨呀，在东京看见，月夜啊'，都由贞之助做了改动。最后贞之助说：'春丫头，你也写一首吧。'阿春立刻拿起笔，出人意料顺利地写了出来：
团团月，开始看得见，出云中。阿春"

从上面这一段可以看出，阅读《细雪》，可能会唤醒我们在阅读《红楼梦》时的那种欣悦感。甚至可以说，《细雪》是一部小型的《红楼梦》。假如《红楼梦》是"金陵十二钗"，那么《细雪》则是"关西四姐妹"。《细雪》中弥漫的东方式唯美，能够让中国人也感同身受。这种美感在东亚人的身上自唐宋以来就是贯通的，这也是谷崎润一郎的《细雪》成为经典的原因之一。

川端康成：

《雪国》

　　川端康成 1899 年 6 月生于日本大阪，父亲川端荣吉是一名医生。1901 年，父亲因患肺结核去世，1902 年母亲也因肺结核去世，3 岁的川端康成孤苦伶仃，只好在祖父母家寄养着长大成人。后来，这几位亲人也接连去世，在川端康成的内心留下了阴影，也使他的性格变得孤独和内向。1917 年，18 岁的川端康成在中学校刊上发表短篇小说《千代》，这是他文学生涯的开始。1920 年，他考入东京帝国大学英文系学习，第二年转到国文系。毕业之后倾心于文学创作，与横光利一等作家创办《文艺时代》杂志，打出了"新感觉派"的大旗，秉持唯美主义与艺术至上的观念。1925 年，川端康成以《伊豆的舞女》登上日本文坛。

　　川端康成一生中喜欢旅行，也曾到过中国。童年的阴影一直跟随着他，使他形成了感伤与孤僻的性格，这种精神状况也反过来成为他创作文学作品的动力，并构成了他的作品的底色。1972 年 4 月 16 日，川端康成以口含煤气管的方式自杀离世，没有留下任何遗言。

川端康成的文学成就主要在小说。他创作长篇小说、中短篇小说和掌小说一百多部，代表作为《雪国》《古都》《千只鹤》《东京人》《睡美人》等。1968年获得诺贝尔文学奖，是第一位获得此奖的日本作家，获奖理由是："由于他高超的叙事艺术，以非凡的敏锐表达了最具民族性的日本人的精神。"

川端康成的获奖演说题为《我与美丽的日本》，其中有一段是这样的：

"一朵花会使人觉得比一百多花更美。利休曾说过这样的话：盛开之花不宜用作插花。这也就是现今日本茶道在茶室的壁龛中只插一朵花的原委，而且是含苞待放的花。每当冬天，就插冬天的花，例如插上取名为'白玉'或'佗助'的山茶花，要在山茶花中选取花朵较小、白色含苞的品种。最高境界是纯洁的白色花朵，它们也最富有色彩；让花朵的蓓蕾沾上露水，以水珠润湿花朵。到了5月间，在青瓷花瓶中要插上一株牡丹花，它是茶道中最豪富的花种。这类牡丹也只有一朵白色蓓蕾，并包含露水，而且插花的瓷瓶要事先用水濡湿。"

给他的诺贝尔文学颁奖词中也说："他对那种纤细的美的热恋之情和充满表情的象征语言，显示了自然的生命与人类的生命的结合。"

《伊豆的舞女》是川端康成的成名作，曾6次被搬上银幕，可见其影视化的元素相当强大。小说的情节并不复杂，却带有鲜明的川端康成所推崇的唯美与感伤。这篇小说的生成，和川端康成20岁时前往伊豆一次旅行中的见闻有关。在小说中，一位从东京来到伊豆、初次旅行的少年，途中遇到一班江湖艺人。在伊豆的山道上，少年被艺人中间一个活泼天真、美丽动人的舞女薰子所吸引。薰子舞姿动人，姿容美丽，少年对薰子产生了纯真的爱慕。而少女薰子也对这个来自大都市东京的少年很有好感，并产生了微妙的情愫。可最终他们离别了，踏上了不同的人生之路，留在他们心间的，只是一种淡淡的哀伤和纯洁无瑕的初恋。小说中的那种少年男女之间初恋的纯真与朦胧，像雨像雾又像风，那是一个清新、空灵、美好的心灵世界，读来令人怅惘。

川端康成的代表作是小说《雪国》，这部小说发表于1947年，篇幅不长。小说的开头是这样的：

"穿过县境上长长的隧道，便是雪国。夜空下，大地一片莹白。

"火车在暮色中前往雪国。一个中年男子在火车的座位上，脸贴着车窗，他看见夜晚里黑色的原野飞速后退，窗外流动的夜景与闪过的篝火，流动着，好像时光的河流。于是，这个男人的思绪被拉回到十多年前，他的回忆就在火车行进中徐徐展开……

"人物是透明的幻影，背景则是朦胧逝去的日暮野景，两者融合在一起，构成一个不似人间的象征世界。尤其姑娘的脸庞上，叠现出寒山灯火的一刹那顷，真是美得无可形容，岛村的心都为之震颤。"

小说中的岛村是一个靠遗产生活的中年男子，他研究舞蹈艺术，三次去多雪的北国山村探访，和两个女子之间产生了复杂的情感关系。驹子是一名艺伎，她也对岛村产生爱慕之情，两个人互相倾慕。岛村又对萍水相逢的少女叶子产生了好感。小说的结尾出现了一场大火，叶子从二楼坠落，驹子抱起叶子的尸体大哭不已，场面令人悲伤。川端康成从1935年开始，就断断续续地修改着《雪国》，一直到1947年才完成定稿。全篇弥漫着悲凉之美、洁净之美与情爱之美，读来令人感伤和心动，掩卷又是一声长叹。

川端康成发表于 1951 年的小说《千只鹤》，也是诺贝尔颁奖词中提到的作品。《千只鹤》讲述小说主人公三谷菊治和身边的几个女子之间的情感纠葛，故事情节并不复杂，都是在演示茶道的茶室这一环境与氛围里展开，有一种独特的日本清雅闲适的气质，这使得小说具有东方岛国的风韵。小说中描写了一段涉及两代人的情感畸恋：三谷菊治的父亲是著名的茶道师傅，曾与栗本近子恋爱，后又钟情于太田夫人。他去世四年后，太田夫人喜欢上三谷菊治。三谷菊治不仅和太田夫人有染，还和她的女儿文子发生情事。这样的畸形之恋最后给三个人都带来了焦虑，太田夫人选择了自杀，这带给三谷菊治和文子更多的痛苦，最终，两人了断了他们之间的情缘。

　　《千只鹤》这部小说深刻表现了情感和道德之间的冲突，体现在几个主人公所表现出的道德选择与困惑中。小说中令人称道的还有对日式茶道的细腻描绘，让我们看到了独特的日本审美，小说的题目也带有象征性寓意，仿佛有洁白的千只鹤在翩翩飞舞，盘绕在主人公的命运和选择之上。

　　发表于 1962 年的小说《古都》，在外部景观的线路图的指引下，展示了日本千年古城京都的风貌。川端康成描绘了一个遭到贫困父母遗弃的女子千重子的故事。她出生时是双胞胎之一，被一个织锦商户收养，逐渐长大出落成一个美丽的少女。祇园节的夜里，她遇到京都郊外北山树村的姑娘苗子，感觉和苗子很相像。后来，她惊讶地得知，两人确实是失散的孪生姐妹。经过了多年的成长，如今的两姐妹地位悬殊，已无法相认。千重子纤弱柔美，苗子身体结实，她们有反差，又十分相似。这种无法确认的亲情在她们之间不断萦绕，她们内心的波澜和外部的交往都镶嵌在京都缤纷四季的景色中。在《古都》中，京都的神社佛坛、旧式街道、庭院楼阁带有独特的韵味和情调，成为小说主人公的背景，映衬出小说主人公质朴纯真的人性光辉。

在日本美学观念中，"幽玄"、"物哀"和"侘寂"是核心的概念，也是一种世界观。在川端康成的小说中，"物哀"这种美学展现得淋漓尽致。"物哀"是一种比较玄妙的感受，包含着悲哀与同情的双重意味，是一种说不清的、对人间万物的凋零和世事无常所产生的哀愁。比如，川端康成的《雪国》中叶子的跳楼、《千只鹤》中太田夫人的自杀、《古都》中苗子与千重子的离别，每当这种人物结局出现的时候，"物哀"的美感就非常生动而逼真地显现出来，只可意会，不可言传。

欧洲近代文学和日本古典文学都是川端康成文学创作的源泉。诺贝尔文学奖评选委员会主席安德斯·奥斯特林在颁奖词中说："与已经去世的谷崎润一郎相似，川端也同样受到近代欧洲现实主义的影响。但他同时又忠实于日本的古典文学传统，竭力维护日本文学的传统模式。在他的叙事艺术中所表现出来的诗一般的纤细情韵，即发源于 11 世纪的女作家紫氏部所描绘的历史风俗的巨大画面。"

川端康成的文学世界充满了独特魅力，他就像是日本文学中的富士山，突兀而耀眼，为世人所敬仰。

《金阁寺》

　　三岛由纪夫 1925 年 1 月 14 日生于东京，6 岁进入皇族学校学习院初等科就读。1938 年时，13 岁的三岛由纪夫发表短篇小说《酸模》，初试啼声。1944 年，他进入东京帝国大学法学部就读，主修德国法律，在川端康成的帮助下，他的小说《烟草》在川端康成主持的文学刊物《人间》上发表。对于三岛由纪夫来说，川端康成是他的良师益友，两人之间有着特殊的友谊。1947 年，三岛由纪夫从东京大学法学部毕业，通过了高等文官的考试后进入大藏省任职，在银行局国民储蓄课工作，成为一名职员。为了专心搞文学创作，1948 年 9 月，他从大藏省辞职，当上了职业作家。这个选择对于他来说是深思熟虑的。1948 年，他在真光社出版了第一部长篇小说《盗贼》，1949 年 7 月，河出书房出版了他的长篇小说《假面的告白》，这是三岛由纪夫的发轫之作。

　　1950 年，三岛由纪夫出版长篇小说《爱的渴望》，他开始以日本社会真实发生的事件作为写作素材。长篇小说《青色时代》以一个东京大学的学生当私募银行的社长，因资金链断绝后失败自杀的事件作为小说素材。1951 年，三岛由纪夫出版长篇小说《禁色》与《夏子的冒险》。长篇小说《禁色》的主人公是一个同性恋，这不由得让人猜测作者三岛由纪夫的性取向问题，一时之间，在保守的日本社会议论纷纷。

此后，三岛由纪夫进入到创作最为繁盛的阶段。他勤勉写作，著作非常宏富，一生共创作了长篇小说和中篇小说 40 多部，短篇小说集 20 多部，还有 18 部剧本。除了撰写电影剧本，相貌英俊、体魄强健的三岛由纪夫还在根据他的作品改编的电影中出演角色，比如 1951 年 8 月 29 日在全日本上映的电影《纯白之夜》，他就在其中扮演了角色。这部电影由松竹大船摄制所制作出品，导演是大庭秀雄。

1968 年，三岛由纪夫组织了私人武装组织"盾会"，旨在维护日本传统的武士道精神并保卫天皇。他和几个同伙经过长时间的准备，在 1970 年 11 月 25 日这一天，他写完长篇小说四部曲《丰饶之海》的第四卷《天人五衰》后，将他的计划付诸行动。这一过程是这样的：他带领 4 名盾会成员，前往日本陆上自卫队东部总监部，将自卫队的师团长绑架为人质后，三岛由纪夫在总监部阳台上，向不明就里的 800 多名自卫队士官发表演说，呼吁"真的武士"，号召大家保卫天皇和日本的传统。但是，现场的自卫队士官一脸茫然，没有人响应他，也不理解他要做什么。三岛由纪夫随后从阳台退入室内，按照日本传统仪式切腹自杀。三岛由纪夫就这样以一种非常戏剧化的方式结束了自己 45 岁的生命。

三岛由纪夫的代表作是长篇小说《金阁寺》，这部作品凝结了三岛最主要的美学理念和文学追求。他之所以创作这部作品，是因为有一个真实事件启发了他。1950 年 7 月，在京都发生了见习僧人放火烧毁京都鹿苑寺也即金阁寺的重大社会事件。在这年的 7 月 2 日凌晨，东方刚刚显现出鱼肚白，在日本京都北区金阁寺附近，忽然出现一柱红色火光，浓烟直上云霄。众人慌忙赶去救火，但来不及了，鹿苑寺内的一座金光闪闪的建筑"金阁"已被大火吞没，很快化为灰烬。金阁虽然并不高大，却异常美丽而耀眼，是一座有着五百年历史的日本国宝级文物建筑，就这么毁于一旦了。

鹿苑寺的僧侣和警员协同调查失火原因，很快发现了这场离奇大火的纵火者，竟然是金阁寺的一个见习僧人，他是大谷大学中国语专业一年级的学生林养贤。林养贤纵火后，逃到金阁寺的后山上企图自杀，被追到的警察发现并抓捕归案。经过仔细盘问，林养贤对他的纵火行为供认不讳，并对纵火焚烧金阁做了自我辩解，他供认，纵火的原因是他对金阁之美的嫉妒。

这个事件当时被广为报道。据鹿苑寺住持向媒体介绍，纵火者林养贤有一个明显的生理缺陷：口吃，这使他很自卑。他性格内向、孤僻，不喜欢与人交流，对社会不满。在寺院见习期间，对鹿苑寺的管理也很不满，认为他被忽视和歧视，就起了纵火之念。后来，林养贤被判刑后入监。1955 年 10 月获释，因肺结核入京都府立医院医治，1956 年 3 月 7 日病死，时年 27 岁。

三岛由纪夫为了写《金阁寺》，到京都深入调查。他按照纵火者的路线走了一遍，又到鹿苑寺、警察局和法院调阅相关的文案记录，还去了林养贤的故乡北海舞鹤，去观察林养贤成长之地的风景。三岛由纪夫说：

"凡能看的地方都看了，能去的地方都去了，估计有用的东西都详尽地作了笔记，就像采集植物和采集昆虫标本一样。"

他认真思考这个事件发生的原因、经过和背景，经过数年的努力，将这一事件提炼升华，创作出长篇小说《金阁寺》，在 1956 年的《新潮》杂志第一至第十期上连载，同年出版单行本，引起了轰动。1957 年 1 月，《金阁寺》获得日本读卖文学奖。

小说《金阁寺》的主人公沟口就是以林养贤为人物原型塑造的。沟口出生在日本舞鹤一个偏僻的山村，因结巴而自小自卑，孤僻，不合群，常常听父亲谈到京都的金阁寺多么的美丽，这在他内心埋下了种子。父亲去世后，沟口也成年了，他来到京都，在金阁寺出家。亲眼见到富丽堂皇、金光闪闪的金阁寺后，由于本来就有父亲的言说铺垫，沟口产生对这一建筑所代表的美极其崇拜的心理，却因外部环境对他的漠视而心灵扭曲。因自我的渺小，沟口竟然想象在日本太平洋战争的过程中，寺庙遭到战火焚毁，而他与金阁寺在烈火中燃烧，同归于尽。这种幻觉在吞噬他。日本发动的侵略战争以战败结束，沟口的幻想破灭了。战争的结束使这一愿望化为泡影，每天在寺院里，沟口来来回回都能见到金光闪闪的、在湖畔水面上倒影重叠的金阁寺，内心里激动而焦躁。这种焦躁渐渐化为畸形的愿望，就是毁灭美而最终占有美。

在寺院住持的推荐下，他上了上谷大学，认识了有生理缺陷的柏木。柏木有些内翻足，也是一位有心理疾病的人，他经常引导沟口搞恶作剧，使得沟口在欲望的泥潭里不能自拔。有一天，他企图凌辱一个女子，眼前却出现了金阁寺那金光闪闪的影子，似乎在无声地谴责他，他立刻委顿下来。这使他感觉到金阁寺在束缚与控制着他的行为，内心萌发了对金阁寺的仇视。回到寺院，看到金阁寺以庄严华美的样貌出现在丑陋而结巴的他面前，他的内心毁灭金阁寺的愿望就不断上升。有一天，沟口偶然发现了寺院住持的嫖妓行为，这让他产生了幻灭感，住持的虚伪增加了他对寺院的厌恶，毁掉金阁寺的念头疯狂滋长。终于，在一个夜晚，沟口跑到金阁寺前，带着狞笑，一把火点着了金阁寺。金阁寺在一片火海中就像是金花一样飘摇绽放，慢慢化为灰烬。小说结尾处，沟口并没有选择自杀，而是逃离了寺院，他反而决心要活下去。

作为三岛由纪夫的代表作，《金阁寺》出版之后获得了广泛好评。日本评论家奥野健男说："这是三岛文学中的最高水平，三岛美学的集大成。可以说，《金阁寺》在战后文学史的潮流中完成了一个划时代的任务。"确实，只有在三岛由纪夫的笔下，一个匪夷所思的一般社会案件，一个精神病人的扭曲世界，才能被演绎升华为一部极其唯美而具有相当深度的小说杰作。

三岛由纪夫的一些作品中，洋溢着一种阳刚的美。这一点与谷崎润一郎和川端康成的那种哀婉阴柔之美形成了强烈的反差。在存世的很多三岛由纪夫的照片上，我们能看到宛如希腊雕塑的、身材健美、体形健硕的三岛由纪夫，喜欢摆弄经过健美训练之后的身体造型，这给人以十分俊朗阳刚的美感。这是因为，三岛由纪夫自从游览过希腊之后，对希腊文化崇尚男性健体之美非常热衷，他将男人的身体健美与活力当作自己所追求的生活目标，也是他的作品要呈现的美学目标。

三岛由纪夫认为，男人的美与力要通过肉体的健康和健壮来体现，男人活力的展现首先要有一个健康的体魄。他身体力行，不断健美，将自己的身体训练成雕塑般的形态，拍摄了很多照片，在日本杂志报纸上刊登，引领日本男性的阳刚之美，而在他的作品中，我们也能看到很多具有健美体魄的男性主人公。不过，细读三岛由纪夫的作品，我们会发现，这种阳刚之美的背后，还有暴烈的毁灭之美。在他的作品中，善与恶、美与丑、爱与恨、善良与欺骗、希望与失望、生存与死亡以对应的方式一起呈现，处于一种深刻的美学矛盾中，不能自拔。

三岛由纪夫的创作也分为几个阶段。在他的早期作品《假面的告白》《潮骚》《爱的渴望》《禁色》《青色时代》《午后曳航》《春雪》《女神》等创作时期，他对青春与爱情的关注与呈现是主要主题。情爱中的困扰、无奈、焦虑，人物的心情、情绪变化、内心独白追求官能上的快感，纯洁、唯美的爱情等等，都寄托着三岛由纪夫对美好真情的期待，对虚幻的理想之爱的寻求。在三岛由纪夫的后期作品中，比如在《镜子之家》《萨德侯爵夫人》《纯白之夜》《忧国》《太阳与铁》《仲夏之死》《拉迪盖之死》《殉教》《长刀之夜》，以及《丰饶之海》四部曲等作品中，常常回荡着一股生命在燃烧之后的死亡之气。他似乎对死亡格外重视，死亡意识是他思考的重大命题，也是他无法逃避的一个旋涡。在他的后期作品中，常常表达出死是一种美丽的生，因而令人格外神往的观念。

在上述多部他的作品中，有关小说主人公的各种缤纷的死亡意象，是重要的符号和情节维系点。这使得他的作品中那种闪亮的美的灿烂过后，瞬间就带来一种死亡的暴烈的绚烂感。这也是最终导致 1970 年 11 月 25 日这一天，他的戏剧化自杀事件的原因。假如从这一美学角度来理解，三岛由纪夫的死亡就有了一个解释：他最终死于他所信奉的美学观念之下，如同樱花一般，开放和凋谢都是瞬间的事。

《砂女》

1924 年，安部公房出生于东京，后跟随父母亲来到辽宁，在沈阳上小学和中学。他父亲在沈阳一所医科大学担任教授，母亲醉心于文学，她指导安部公房读了很多世界名著。1940 年安部公房跟随家人回到日本，1943 年考上了日本东京大学医学系，在这个时期，他喜欢搜集昆虫的标本，阅读里尔克的诗集。1944 年，厌恶战争的安部公房为了躲避兵役，休学来到沈阳。在这个时期，他阅读了欧洲哲学家萨特、雅斯贝尔斯、海德格尔等人的著作，受到很大的影响。1945 年 8 月日本战败投降后，他被遣送回日本，在大学继续学习医学。毕业之后，并没有去从事医生的职业，而是走上了文学道路。日本一些研究者认为，正是安部公房在中国作为侨民的生活和日本战败景象的刺激，在他的脑海中形成了沙漠般荒凉的时代感受和个体生命极端孤独之下寻求意义的希望之举。这个寻求希望的举动，就是投身于文学，寻求一个意义的世界。

安部公房很早就开始写作了。1947 年，他自费出版诗集《无名诗集》，表达了二战结束之后青年人彷徨、苦闷的心情。1948 年，他参加了在东京成立的现代派作家沙龙"夜之会"，这个沙龙由一群醉心于欧洲现代派文学的青年作家组成。同年，他的处女作长篇小说《终道标》由真善美出版社出版。1950 年，他发表了短篇小说《赤茧》，表现出鲜明的存在主义小说风格。小说的主人公是第一人称的叙述者"我"，在无边的都市中找不到自己存在的家，他在寻找家园的过程中逐渐地退化和消失，变成了一个空空如也的赤茧。

1951 年，安部公房出版中短篇小说集《墙》，并以中篇小说《墙——S. 卡尔玛氏的犯罪》获得了日本第 26 届"芥川小说奖"，一跃登上了日本文坛。《墙》的情节非常怪诞，生动描绘了现代日本社会的边缘人的异化和精神世界的荒芜。一个地位卑微的职员有一天忽然被解雇，他失去工作之后，在社会上逐渐丧失了自己的名字，变成了一个无名无姓的人，被列为危险人物受到了社会的排斥。到后来，连他的衣服、帽子、鞋袜都开始造反了。在社会上到处遭到白眼，一些横祸降临到他的头上，他最终变成一个无足轻重的人。在安部公房的笔下，这个主人公不反抗，也不申辩，他接受了所有强加到他身上的一切，任人摆布，似乎有一面无形的墙摆在面前，根本无法逾越。在小说的结尾，主人公被人按到了墙上，他感觉自己逐渐地变成了墙：

"'他'立刻意识到那就是在'他'胸部的旷野中正在成长的墙壁。一定是墙壁已经长得更大了，已经填满了'他'的整个身体。抬起头来，在窗户上映出了自己的影子。已经不是人的模样了。好像是从一块方形厚板上，杂乱无章地向外伸出手、脚和脖子一样。过了不久，手、脚和脖子也像被钉到鞣皮板上的兔子皮一样被拉长、扯紧，终于，'他'整个身体完全变成了一堵墙壁。一望无垠的旷野。我就是在旷野中静静地、永无休止地成长下去的墙壁。"主人公发现，最终他自己变成了墙本身。

1952 年，安部公房出版短篇小说集《闯入者》和《饥饿的皮肤》，继续对现代人的异化问题深入探讨。其中，短篇小说《饥饿的皮肤》描绘一个生活失意的男人向一个女人复仇的怪诞故事。主人公极端厌恶的那个女人遭到了惩罚，在小说的结尾，却发生了离奇的变化：

"……我每天反复读着那则有关女人的报道。于是有一天，我注意到了一件不可思议的事：原来写着女人的名字的地方，不知何时竟变成了我的名字。然后，某一天，我的皮肤感觉到类似死亡的不安的冰凉，变成了墨绿色。"

1954 年，安部公房出版长篇小说《饥饿同盟》，并开始投身于电影剧本和戏曲的创作。长篇小说《饥饿同盟》篇幅不长。安部公房一生所写下的 10 部长篇小说篇幅都不长，《饥饿同盟》讲述了一些被社会抛弃的人组成了一个秘密组织饥饿同盟，他们把生存的唯一希望寄托在地热发电开发这个项目上。但他们的计划遭到了镇长和当地恶霸的阻止，地热开发项目被争夺了。小说塑造了一群无望的人们是如何怀抱希望，最终却功亏一篑，隐喻了二战结束后生活在日本社会边缘的民众们追求幸福生活的艰难处境。这个时期，他还出版了长篇小说《野兽们奔向家园》、评论集《文学电影论》和《将计算机的手移在猛兽的心》、戏剧戏曲作品《幽灵在此》。1959年，安部公房出版科幻色彩的长篇小说《第四个冰期》，1960 年出版长篇小说《石头的眼睛》，描绘日本现代社会激烈竞争所产生人的异化问题。

安部公房的代表作是长篇小说《砂女》（1962），这部小说获得了第十四届读卖文学奖。《砂女》是最具安部公房特色的小说，也是他在世界上影响最大的小说。这部小说在 1964 年被改编成电影，获得法国戛纳电影节评委会大奖。

在写《砂女》这部小说的时候，安部公房动用了他早年在东京帝国大学医学系学习期间喜欢搜集昆虫标本的经验。

这部小说的情节带有寓言性和荒诞性，讲述一个昆虫学家前往海边的砂丘地带搜集昆虫标本，却在一个女人的诱惑下，落入一个巨大的、被砂丘包围的洞穴里。那个女人是一个寡妇，她希望昆虫学家留下来，和她一起生活。但昆虫学家却觉得自己落入一个陷阱，他渴望逃走。于是，他开始了艰难的逃跑历程。但无论他采取什么样的逃跑方式，都无法离开这个巨大的洞穴。周边的砂丘令人绝望地耸立，砂砾滚动，他很难爬到洞穴的上方。在一次次的失败后，他和那个引诱他进入洞穴的女人之间的关系，却逐渐由敌对变得友好，他也逐渐意识到他还有另外一个自我，是可以和恶劣环境共处，可以和这个女人相处下去的自我。在小说的结尾，因为宫外孕，那个女人被吊索拉走去医治了，吊绳就垂悬在昆虫学家的面前，他获得了绝佳的可以逃跑的机会，但他却改变了主意：与其逃跑，不如在洞穴里生存下去，因为洞穴里的生活具有无法替代的安稳感。昆虫学家想，"逃亡，在那以后的第二天考虑怕也不迟"。在小说的最后，法院下达的有关失踪人员登记的催促通知说明，这个昆虫学家没有离开那个洞穴。

《砂女》带有的复杂寓意，使它成为日本现代小说的杰作之一。对《砂女》的解读也是多方面的，在呈现现代人的异化、孤独、精神异常和焦虑方面，安部公房是十分深刻的。

1964 年，安部公房出版长篇小说《他人的脸》。小说的主人公是一个男人，在一次意外的事故中，失去了他原来完好的脸，生活从此开始了变化。他的同事排斥他，妻子拒绝和他过性生活。为了从妻子那里得到原初的爱情，他请人制作了一个面具，去诱惑他的妻子，在试图找回真实的自我身份的迷途中越走越远。

他的长篇小说《燃烧的地图》(1967)，可以看作《砂女》的某种续篇。这部小说有一个侦探小说的外形，但其内里所包含的寓意却非常深刻。接受委托的某私人事务调查所的一个侦探，前往城市某地去调查一个突然失踪的男子，最终，所有的线索都中断了，在都市的迷宫中，侦探逐渐失去了自我，他在广大的都市中忘却了目标，他烧掉了不能给他指示方向的地图，在如同沙漠一样荒芜的大都市中，感觉到自己成了一个被追踪者，开始了逃亡。小说表达了人在高度商业化、都市化、物质化的世界里强烈的不安感。

1969 年，安部公房出版戏剧剧本《朋友们》。1970 年，新潮社出版了《安部公房戏曲全集》和《安部公房集》。1971 年，安部公房出版评论集《内在的边境》。1973 年，安部公房创办"安部公房话剧工作室"，努力推动日本现代话剧。

他的长篇小说《纸箱里的男人》出版于 1973 年，小说的情节非常荒诞，描述一个钻进纸箱里的男人在现代都市中的生活。小说一开始，引述一则报道：《上野·流浪汉大整治，今晨全线出击拘捕一百八十人》，讲述警察抓捕流浪汉的情况，开始引用一份流浪汉自己的讲述，作为小说的全文：

"这是一份在纸箱中度日的男人——箱男的实录。现在，我在纸箱中作这份自述。这纸箱，是一个从头往下套刚好捂住腰部大小的包装箱。方才说的箱男，其实就是我本人。也就是说，现在是：箱男在箱中作箱男的自述。"

小说从纸箱是如何制作成的说起，描述了这个都市流浪汉试图在纸箱里生存，通过一个窥视孔来观察外部世界的举动。同时，还出现了一个假箱男，和真箱男之间产生了错综复杂的冲突。箱男还喜欢上一个女护士，和她有了感情纠葛。生活在纸箱里的男人，在现代都市中与外部世界隔绝，他是想以纸箱作为保护，是想以这种方式反抗？在这部小说中，安部公房展开了他的想象力，悬置了人所存在的困境。

1984年，安部公房出版长篇小说《樱花号方舟》。这是他的最后一部长篇小说。樱花是日本的国花，从小说的题目上看，显然安部公房是在以"樱花号方舟"暗喻日本社会。这部小说带有科幻色彩，其内在质地却是黑色幽默的，探讨了核武器时代人类应如何生活下去的问题，借助《圣经》中关于诺亚方舟的记述，把故事背景放到一个用现代技术建造的、可以抵抗核战争的避难所里。这是一个海边的废石矿，只有被挑选的人才可以进入这个废石矿。可究竟谁能进入这个避难所，谁有权力去挑选避难的人，围绕这些问题发生了一系列令人啼笑皆非的事。小说塑造了一群荒唐滑稽的人，他们在欲望、私利的驱使下，演绎了一出荒唐戏。安部公房是一个敏锐地观察社会的人，这部小说是对核时代人类处境的一个提醒。1986年，安部公房出版评论集《急欲轻生的鲸鱼群》，对日本当代文化进行了犀利的批评。

安部公房的小说里总是将主人公忽然甩入一个绝望的处境，然后让这个人去寻找可能的希望。在他笔下，变成了赤茧的人、面对到处都是墙而变为墙的人、失去了姓名和脸的人、掉入洞穴里的昆虫学家、进入纸箱里生活的箱男、在都市中寻找自我的失踪侦探，仍旧在继续着对希望的寻求。他认为，希望是绝望的终点，对希望的追寻是人类的本能，也是文学的最终任务。1993 年 1 月 22 日，安部公房因病去世。

大江健三郎在 1994 年获得诺贝尔文学奖后谦虚地说："如果安部公房健在，诺贝尔文学奖这个殊荣非他莫属，而不会是我。"

大江健三郎：

《空翻》

　　大江健三郎 1935 年出生于日本四国岛爱媛县喜多郡，少年时期读过《哈克贝里·芬历险记》和《尼尔斯骑鹅旅行记》，这给他插上了幻想的翅膀，也使他后来走上文学道路。1954 年，大江健三郎进入东京大学攻读法国文学，受到法国作家加缪、萨特等人的影响。他说：

　　"那时候我喜欢安部公房，阅读了安部公房和卡夫卡的作品，觉得有人写作如同寓言一样的小说，这真有趣。不过，我还是告诫自己，不要去写寓言小说，而要尽量与现实生活挂起钩来。就这样，我决定写出与同在日本并同时代的安部公房所不同的、有独创性的作品来。"（《大江健三郎口述自传》第 46 页，新世界出版社版）

　　1957 年，大江健三郎发表第一篇小说《奇妙的工作》，这个短篇小说讲述二战之后一个日本少年的经历。随后，他发表了短篇小说《死者的奢华》和《饲育》。《死者的奢华》讲述青年男主人公和一个怀孕的女大学生一起为医学院解剖室搬运尸体的故事，有着对生命、女人、性和死亡的沉思，对时代内部病症的敏锐体察，对青春期成长的复杂体验：

"浸泡在浓褐色液体里的死者们，胳膊肘纠缠着，脑袋顶撞着，满满地挤了一水池。有的浮在表面，有的半沉在水中。他们被淡褐色的柔软的皮肤包裹着，保持着坚硬的不驯服的独立感，虽然各自都向内部收缩着，但却又互相执拗地摩擦着身体。他们的身体几乎都有难以确认般模糊的浮肿，这使他们禁闭着眼睑的脸庞显得更加丰腴。挥发性的臭气激烈地升腾，使禁闭的房间里的空气更加浓重。所有的声响都和黏稠的空气搅拌在一起，充满了沉甸甸的重量感。"

短篇小说《饲育》讲述二战期间，在日本的山村中，少年们俘获美国空军一架坠毁战斗机的黑人驾驶员，对这个俘虏进行"饲育"，并最终杀死了黑人俘虏的故事。《饲育》获得1958年的芥川文学奖，而使23岁的大江健三郎名声大噪。这一年，他还发表了短篇小说《人羊》《搬运》《鸽子》，长篇小说《掐死坏苗，勒死坏种》（又译《感化院的少年》）。《掐死坏苗，勒死坏种》描述了15个被关在感化院里的少年寻求成长的故事。

1959年，大江健三郎从东京大学文学部法国文学专业毕业，毕业论文是《论萨特小说里的形象》，并出版长篇小说《青年的污名》与《我们的时代》。《青年的污名》讲述日本边缘人的灰暗生活。小说的地理背景是日本偏僻的海岛阿若岛，某一年，青鱼的精液将海面染成了乳白色，当地的阿伊努人被灭绝了，一群青年渔民在性的欢愉和享乐主义的状态下，找不到人生的意义，遭到了自然和社群的惩罚，背负着岛屿无法捕捉青鱼的污名。《我们的时代》也是一部小长篇，它通过23岁的青年靖男的遭遇和冒险，弥漫着一股躁动和欲望的气息，以性的角度来观察青年的独特存在和精神状态。

1960 年，大江健三郎和电影导演伊丹万作的女儿伊丹缘结婚，积极参加反对日美安全条约的一些活动。在这年 5 月，他作为日本作家代表团成员访问了中国。9 月，他在《新潮》杂志上发表长篇小说《迟到的青年》。这部小说分为两部分，在大江健三郎早期作品中占有重要地位，它以第一人称的叙述，讲述了"我"自 1945 年夏天日本战败后的岁月，讲述在森林和山区的青少年离开故乡来到大都市东京，寻找出路的故事。

1963 年，大江健三郎的生活中发生了一个重要事件：他的儿子大江光出生，但大江光是一个先天头骨有残疾的孩子，存在智力障碍。这个不幸事件带给他很大打击。大江健三郎一度想放弃承担养护这个弱智孩子的责任，但最终他还是承担起了责任，用了很多年，终于把大江光培养成一个作曲家。

这个事件既是他写作的动力，也是他获得诺贝尔文学奖的原因之一。这段生活使他写出了长篇小说《个人的体验》，以他养育残疾孩子的体验作为素材，描述主人公鸟在面对残疾新生儿时的痛苦处境。他想逃避这一切，从一个叫火贝子的女人那里寻求性的安慰，家庭濒临解体。在火贝子的建议下，他有两个选择：要么把这个残疾婴儿作为给医院提供的研究标本，让他衰弱而死；要么交给堕胎的黑市医生，把残疾孩子杀死，然后嫁祸于黑市医生。但经过激烈的思想斗争，孩子还是留下来了。最终，人性中的善和爱，使鸟勇敢承担起做父亲的责任，他也离开火贝子的温柔乡，回到了家庭中，艰难地承受日常生活的挑战。《个人的体验》因为其人道主义光辉和对人性的深刻挖掘，获得了新潮文学奖。

这一年，是他创作的丰收年，他还发表了短篇小说《空中的怪物阿归》，出版长篇小说《日常生活的冒险》和长篇随笔《广岛札记》。《广岛札记》是他多次去广岛实地采访当年原子弹爆炸所带来的后遗症的著作，显示了他对日本战后现实的关注。

1965 年夏天，大江健三郎前往美国旅行，在哈佛参加写作研讨班。1967 年，他的长篇小说《万延元年的足球队》出版。小说有一个双层结构，一条线描绘 1960 年代，日本激进青年、生下一个白痴儿子的父亲蜜三郎参与反对日美安保协定的示威活动，遭到政府的镇压，活动失败之后，和从美国回来的弟弟鹰四一起回到家乡，在茂密的森林里苦苦寻找出路。后来，鹰四效仿一百年前的曾祖父带领当地农民起义暴动，组织起来一个足球队，打算和当年的曾祖父一样，以暴动的方式抵抗政府。在计划抢劫朝鲜人开的超市失败后，鹰四承认自己奸污了白痴妹妹使她自杀，接着，鹰四也自杀身亡。蜜三郎和妻子商议后决定，把自己的白痴儿子接回来，还准备收养弟弟鹰四的孩子。

《万延元年的足球队》在大江健三郎的创作中占据重要的地位。小说将历史传说和当下现实，以空间并置和双线并行的方式，把现在和过去、历史和现实、城市和乡村交织在一起，带有神话原型色彩的洪荒之美。大江健三郎运用神话原型手法，结合地域文化和民间传说与历史故事，打破了时间和空间的局限，不再去讲述青年人在性的世界里沉迷和堕落，而是进一步将日本本土神话、历史故事联系起来，创造了一个独立的文学想象的空间。

1968 年到 1970 年，大江健三郎出版随笔集《矢志不移》、中短篇小说集《请指给我们疯狂地活下去的路》、讲演集《核时代的想象》和长篇随笔《冲绳札记》。这三年中，1968 年川端康成获得诺贝尔文学奖，1970 年三岛由纪夫自杀，都是日本文坛的大事。大江健三郎更多地参与到文学和文化活动中，积极思考核时代下人类应该如何生存。

1973 年，他出版两卷本长篇小说《洪水涌上我的灵魂》。小说以当代世界所面临的核时代的恐惧作为主题，以日本左翼组织"赤军"在东京浅野山庄内讧事件为背景，讲述了主人公大大木勇鱼为逃避核时代的恐惧，幻想地面发生核爆炸、地壳大变动、洪水开始淹没人类社会，躲入到核避难所，最后也难逃现存体制的"洪水"，他与濒临绝境的鲸鱼和树木发生了奇异的潜对话，感到自己逐渐地淹没了灵魂。

大江健三郎的创作非常旺盛，此后出版的有长篇小说《摆脱危机者的调查书》（1977）、《同时代的游戏》（1979）、《M/T 森林里神奇故事》（1986）、《致令人怀念的岁月的信》（1987）、《人生的亲戚》（1989），短篇小说集《倾听雨树的女人们》（1982）、《新人啊，醒来吧》（1983）、《河马咬人》（1985）。

《同时代的游戏》受到他在墨西哥讲学时的经历所启发，小说带有科学幻想和超越核时代现实的想象，是一部书信体的小说。全书由 6 封长信构成，由叙述人写给自己的双胞胎妹妹，讲述关于故乡的村子到国家再到小宇宙的故事。叙述人的父亲是神官，母亲是江湖艺人，他在墨西哥大学担任教师，他的妹妹留在故乡的山村里当女巫。在叙述人的讲述中，神话、科学幻想和地域传说重合在一起。在一个无限的空间里，有着两种力量的角逐：一种是巨人创造者，另外一种是巨人破坏者，他们在一个宏大的空间里进行斗争。由村庄—国家—小宇宙的历史三个层层递进的结构，将日本 20 世纪的历史融合到小说中，以强大的想象力，把日本社会现实、人类面临核武器的威胁以及宇宙中的创造和破坏的力量抗衡的图景联结起来，小说的地理背景从墨西哥到日本，在太平洋两岸展开了对话，日本文化、墨西哥古代玛雅文化、当代都市文化交织成一幅绚丽的织锦。

1994 年，大江健三郎获得诺贝尔文学奖，这是继川端康成之后日本作家第二次获得该奖。大江健三郎焕发了更强劲的创作力。1995 年，他的长篇小说《燃烧的绿树》出版，分为上下卷，小说描述主人公回到故乡四国的森林山村去寻找精神的故乡，在那里，他获得了"燃烧的绿树洋溢着灵魂的力量"。大江健三郎继续探索日本人现代精神的故乡问题。

1999 年，大江健三郎出版长篇小说《空翻》，篇幅巨大而厚重。《空翻》是他历时四年创作的小说，是他对当下日本的精神境遇的反思。促使这部小说诞生的原因，是东京地铁发生的沙林毒气事件和日本奥姆真理教的产生。大江健三郎探索了产生奥姆真理教这个宗教怪胎的日本社会现实。小说题献给音乐家武满彻，带有对一个千年结束、另一个新千年到来的祈愿。这时，日本经济泡沫破灭带来 10 年的经济萧条，很多日本人恐慌、焦虑。

小说的情节紧凑紧张，描绘一个新生宗教团体领袖的精神世界的变化，就仿佛是原地翻了一个空翻。10 年之后，教主宣布团体解散，教会领袖放弃过去搞恐怖活动的方法，把教会命名为"新人教会"，实现了精神上的着陆。小说的着眼点在于对日本信仰体系与精神世界的拷问。大江健三郎说：

"我相继出版的《燃烧的绿树》和《空翻》，其实都是我对日本人的灵魂和精神问题进行思考的产物。比如，日本出现奥姆真理教这个以年轻人为主体的邪教，就说明我们必须重视和研究有关灵魂和精神的问题。我只不过是在文学上把它反映出来罢了。"

进入 21 世纪，大江健三郎接连出版了长篇小说《被偷换的孩子》（2000）、《愁容童子》（2002）、《两百年的孩子》（2003）、《别了，我的书》（2005）、《优美的安娜贝尔·李寒彻颤栗早逝去》（2007）、《水死》（2009）、《晚年样式集》（2013）。其中，《被偷换的孩子》《愁容童子》《别了，我的书》作为《奇怪的二人配》三部曲，出了三卷本套装。这三部小说中，都有相同的主人公，以两个人的反差和共同经验，来呈现日本自明治维新以来的现代史。小说内部空间复杂丰富，书中的主人公长江古义人似乎是大江健三郎本人的化身，表达了他对日本的未来以及人类未来的忧虑，核时代的恐惧平衡、人的精神世界的荒芜涣散，是大江健三郎的担忧之处。到了晚年，无论是演讲，还是写作，他开始更多使用"孩子"这个词汇，意在未来是属于孩子的，是属于那些即将成为世界主宰的年轻人的。他以杜鹃啼血般的呼唤，用《两百年的孩子》这种写给孩子看的作品，来向孩子们发出呼唤："我们最为重要的工作，就是创造未来。"

大江健三郎是一个非常勤奋的作家，除了 20 多部长篇小说、10 多部短篇小说集以外，他还有散文随笔集《矢志不移》《广岛札记》《冲绳札记》《在自己的树下》《康复的家庭》《宽松的纽带》《致新人》、讲演集《核时代的想象》、评论集《为了新的文学》《最后的小说》《小说的方法》等著作，是一个名副其实的多产作家。

大江健三郎十分关心社会和日本的政治走向，2003 年，大江健三郎和著名评论家加藤周一等人发起"九条会"，这个由九个日本著名的人文学者和作家组成的"九条会"，反对日本政府和右翼力量修改日本和平宪法第九条，因为这样做可能为日本军国主义复活铺平道路。

对于创造世界文学之一环的亚洲文学，大江健三郎曾深情地说：

"我的母国的年轻作家们，当然，也包括我在内，从内心里渴望实现前辈们没能创造出的世界文学之一环的亚洲文学。这是我最崇高的梦想，期望在 21 世纪上半叶能够用日本语实现的梦想……正因为如此，今天，我才仍然像青年时代刚刚开始步入文坛时那样，对世界文学之一环的亚洲文学总是抱有新奇和强烈的梦想。"

实际上，大江健三郎的写作不仅继承了日本古代和现代文学传统，他还从英语、法语和拉丁美洲西班牙语文学中吸取了大量养分，以他的丰富和宏阔的文学作品，创造出了属于世界文学之一环的文学世界。

《奇鸟行状录》

村上春树 1949 年 1 月 12 日出生于日本京都。京都保存了大量日本古代文化遗迹，这座城市有着醉人的美丽。他的父母亲是国语教师。后来，他们全家搬到了兵库县。在父亲的引导下，村上春树阅读了大量文学书籍，上中学后一直阅读河出书房版《世界文学全集》和中央公论出版社出的《世界文学》杂志，使他具有开阔的世界文学眼光。

1968 年，村上春树进入日本早稻田大学文学部学习。1974 年，在岳父的帮助下，村上春树开了一家爵士乐酒吧。1979 年的某一天，村上春树在球场踢球时，忽然有了写小说的念头，于是，他开始在酒吧的餐桌上奋笔疾书，写出了第一部小说《好风长吟》。

《好风长吟》讲述主人公"我"和好朋友鼠的迷离生活，将日本青年在高度发达的资本主义社会中的失落、孤独和迷茫情绪传达得淋漓尽致，扣动了青年人的心灵。小说获得《群像》杂志新人文学奖，讲谈社出版后印行达 140 多万册，村上春树一跃登上了日本文坛。

他的第二部长篇《一九七三年的弹子球》出版于 1980 年，这部小说算是《好风长吟》的续篇，前一部小说中的主人公"我"和好朋友鼠继续出场，以主人公离奇的都市经历作为吸引读者的情节，语言俏皮、轻快、幽默，还有一种青春的伤感，出版之后销售了一百万册。

接着，村上春树的长篇小说《寻羊历险记》(1982)出版，小说的主人公还是"我"和鼠，因此，村上春树这前三部小说可以看成一个系列。小说继续讲述主人公在现代都市中的迷茫和追寻，情节有些荒诞不经，却恰恰是日本社会的曲折反映，如同一面哈哈镜一样，将被政客和金钱政治所操纵的社会现实以夸张离奇、荒诞的情节展现出来。

村上春树的第四部长篇小说《世界尽头与冷酷仙境》出版于 1985 年，小说分为 40 章，单章标题为"世界尽头"，双章标题为"冷酷仙境"，交替叙述，形成了严实的双线叙述结构。这部小说具有寓言、科幻、侦探小说的一些元素。在"世界尽头"这条线索中，呈现出一派相对安宁和谐的景象。一座虚构的小镇里展开的是秩序井然的无趣世界——人们没有记忆，没有心灵生活，主人公"我"只能对着储存记忆的独角兽的头盖骨进行倾听和冥想。"冷酷仙境"这条线，以东京大都会光怪陆离的生活作为镜像，主人公、计算机高手"我"接受了一个古怪的任务，在计算一个复杂的数据，开始经历一系列惊险复杂、险象环生的事件，甚至在大都市的地下被"夜鬼"纠缠。两条并行的线索都是第一人称"我"的叙述，小说内容混杂了现代音乐、都市流行文化、汽车、广告、电脑、电视等信息，将一个被物质信息、传媒和科学、金钱所扭曲的世界以夸张、变形的方式呈现出来。

村上春树影响最大的小说是《挪威的森林》（1987），出版后销量惊人。小说的题目"挪威的森林"取材于甲壳虫乐队的一首乐曲，勾起了主人公渡边的回忆。他开始回忆 18 年前他和两个女孩的爱情经历。这部小说像是一首感伤的青春恋曲，小说情节并不复杂，非常好读，传达出青春逝去的哀伤的细腻感受，十分动人。但是，村上春树并不觉得这是他最好的小说，他说："我有心把《挪威的森林》看成另类的小说，相信以后我不会再写这类小说了。叫什么好呢？就算它是孤立的例子吧。对我来说，很想快点从中逃出来。我用写实风格去写，是为了显示不是我的东西也可以做到，所以尽快完成尽快离开。我想回到自己本来的世界中去。"

村上春树的第六部长篇小说《舞！舞！舞！》出版于 1988 年，小说的主人公仍旧是"我"，第一人称叙述也是村上春树最喜欢的叙述方式，青春逝去的哀伤和迷惘，是小说的主要基调。在《舞！舞！舞！》中，"我"已经是一个 34 岁的离婚男人，处于徘徊和迷离状态中，小说在情节上接续了《寻羊历险记》中的情节穿越在现实和超现实之间，情节也游移在侦破小说、爱情小说和后现代、存在主义小说之间。

村上春树后来的长篇小说还有《国境以南，太阳以西》（1992）、《奇鸟行状录》（1995）、《斯普特尼克恋人》（1999）、《海边的卡夫卡》（2002）、《天黑以后》（2004）、《1Q84》（2009）、《没有色彩的多崎作和他的巡礼之年》（2013）、《刺杀骑士团长》（2017）等。

村上春树的长篇小说中，篇幅较大的有《奇鸟行状录》（三卷）、《1Q84》（两卷）和《刺杀骑士团长》（两卷），这几部小说也是他的代表作。其中，《奇鸟行状录》在他早期和后期作品的中间，最能体现他的创作连接性。也就是说，这部小说既有他早期作品关于青春、生命和爱情的鲜活的表达，也有后期小说中更为广阔和深沉的关怀，因此，在村上春树的 14 部长篇小说中起着承上启下的独特作用。

《奇鸟行状录》三部曲分别为《贼喜鹊》、《预言鸟》和《刺鸟人》。这部小说仍旧采取第一人称叙述，描述一个失业的 31 岁男子的生活。一天，他们家养的一只猫失踪。于是，开始出现各种怪事，一个陌生女子打电话来，说一些显然和主人公并不陌生的话题，又有一个 16 岁的女中学生打电话问"我"一个怪问题。接着，一个神秘的电话来了，威胁"我"说，猫的丢失不过是一切怪事来临的开始。然后，一个老人来找"我"，向"我"讲述 40 年前蒙古边境的一口深井。这天傍晚，在外工作的妻子没有再回家。这天发生的一切让"我"觉得匪夷所思，然后，"我"躲到邻居家的一口井中，孤独地沉思了三天。从井中出来的时候，"我"已经决定改变生活，离家开始追寻所有的谜底。从此，"我"踏上了经历各种奇遇，遭遇各种离奇事件的历程。

《奇鸟行状录》三部曲创造了一个不断探索和追寻自我的模式。变形和夸张的情节与想象，莫名其妙的人物和行为围绕在主人公的周围，使"我"感到险象环生、危机四伏。可"我"似乎又能看到透露出来的一丝光亮，并继续向那光亮所在之处进发。小说还包含了一些故事套故事的短小说，使小说的叙事结构呈现出多个层次和情节的枝杈。

村上春树写这部小说时，正在美国旅居，他从外部的世界打量日本，"日本看上去更像是翻卷着暴力旋涡的莫名其妙的国家，是扭曲变形的空荡荡的空屋，是空虚的中心"。这使他在写小说时显得非常从容。小说中还有对一些日本现代史上的历史事件的讨论呈现，比如诺门罕大战以及二战之后日本社会的一些政治事件和经济动荡。在迷茫中追寻生命的意义，在相遇中体察人性的温暖，在广大的现实和想象的世界里去寻找生命的终点，构成这部小说的叙事历险。

村上春树的长篇小说大都是以第一人称叙述。这个第一人称"我"可以看作作者的无数变身与化身，不断地变换身份、年龄和姿态来讲述。村上春树还打通了通俗小说和纯文学之间的界限，将流行小说中的元素和他对时代的敏锐观察和批判联结起来，写出一种雅俗共赏的小说来，因而畅销全世界。在欧美国家的书店里，你能找到的亚洲作家的作品，往往是村上春树的书。近年来，他也多次位列诺贝尔文学奖的赔率榜单上，显示了他是多么受欢迎。

2006 年，村上春树凭借短篇小说《盲柳睡女》获得爱尔兰弗兰克·奥康纳国际短篇小说奖，还获得过捷克卡夫卡短篇小说奖。村上春树发表的短篇小说约 100 篇，出版有小说集《去中国的小船》(1983)、《袋鼠佳日》(1983)、《萤》(1984)、《旋转木马鏖战记》(1985)、《再袭面包店》(1986)、《电视人》(1990)、《列克星敦的幽灵》(1996)、《神的孩子全跳舞》(2000)、《东京奇谭集》(2005)、《没有女人的男人们》(2014)、《第一人称单数》(2020)等，还有多部微型小说集。村上春树的短篇小说大都短小精悍，叙述从容不迫，语言生动而有透明感，情节的转换和铺陈很精当，十分精美而特别。

除了长篇小说和短篇小说集，村上春树还出版有数十部随笔、对话、童话、绘本、摄影配文字和非虚构作品，如《地下》(1997)、

《在约定的场所：地下之二》（1998）、《悉尼》（2000）、《当我谈论跑步时，我谈些什么》（2008）、《村上T》（2022）等。村上春树痴迷于跑步，他跑过马拉松，是一个名副其实的慢跑爱好者。村上春树还翻译过很多美国作家的小说，如菲茨杰拉德、约翰·欧文、保罗·塞罗克斯、杜鲁门·卡波、蒂姆·奥布莱恩、塞林格等人的短篇。他还把雷蒙德·卡佛的所有短篇小说都翻译成了日文。

《战争哀歌》

　　保宁，原名黄幼方，1952 年生于越南义安省，是越南最重要的小说家之一。他的主要作品有长篇小说《战争哀歌》《摩托车时代》《凌晨的河内》等。其中，影响最大的是《战争哀歌》。这本书在 1987 年出版时，以《爱情的不幸》为名，因其题材涉及越南战争而广受关注，被译成英、日、韩、波斯文等十多种文字。其中，英文版于 1993 年在北美出版，被列为美国许多高校的研究生必读书目。《战争哀歌》曾获得越南文学最高奖项"越南作家协会奖"（1990）、英国《独立报》最佳外国小说奖（1994）、丹麦"亚非拉大洋洲文学奖"（1994）、日本第十六届"日经亚洲奖"（2011）等奖项。

　　越南是中国的邻国，三面环海，地形十分狭长，呈现 S 形弯曲，国土面积 33 万平方公里，海岸线长达 3000 多公里。越南的主体民族是京族，人口近一亿。在公元 10 世纪之前，越南主要由中国中央王朝所统治，越南曾长期以汉语为国语。公元 968 年独立为封建王国。清代时被嘉庆皇帝赐名为"越南"，1884 年沦为法国的保护国，

1945 年宣布独立。后来，南北越由不同政治势力所控制，1955 年开始发生激烈的军事冲突。美国在 1965 年出兵越南，介入到南北越的军事冲突当中，一直到 1975 年才撤离越南，越南实现了南北统一。可以说，在整个 20 世纪，越南大地上发生了反殖民战争、二战、民族独立战争、南北越内战、冷战以及与中国发生的战争，使越南一直笼罩在战争阴云之下，民众饱受摧残和蹂躏，长期不得安宁。到了1980 年代后期，越南开启了革新开放，才使得国家走出了一条和平发展之路，逐渐适应全球化进程，带来了持续的繁荣发展。

1969 年，17 岁的保宁入伍参军，投身到南北越的战争中，直到1975 年战争结束，他才回到了河内，过上了平常人的生活。但战争记忆深刻地在他的脑海里沉淀，他经常从噩梦中惊醒，才发现如今已经身处和平年代的大都市河内。为了摆脱战争阴影，1980 年代中期，保宁开始创作长篇小说《战争哀歌》，最终于 1987 年出版了这部小说。

保宁出身于越南一个知识分子家庭。他的曾祖父和祖父都是儒士，曾经参加过汉文科举考试并中举。他的父亲曾在北京大学教书，因此，保宁在很小的时候就对中国抱有好感。在中文版的序言中，保宁谈道：

"我第一次出国的目的地就是中国，那是 1959 年夏天。那会儿我父亲正在北京大学讲授越南语，我和我妹妹随母亲一起去看望他。由于时隔 60 年，加上那时我才 7 岁，所以我记不大清楚一些细节了，但童年时这段经历一直萦绕在我心里。从广西凭祥到北京的路上，除了夜晚进入梦乡之外，我的眼睛几乎就没有离开过火车的车窗。中国的万千风景和悠久历史随着奔驰的列车从眼前掠过，就像一幅幅画、一首首诗。"

那时，他们乘坐的火车从越南到达广西凭祥，换乘宽轨火车后到北京火车站，在火车上要待三天三夜。一路向北，火车越过湘江、长江、黄河，最后来到北京，每一处风景都成了保宁的美好记忆。父亲作为外籍教师在北大教书，待遇很好，每到周末，父亲申请专车带着他去参观颐和园、长城等风景名胜，这在保宁心里留下了深刻印象。

保宁的一部分文学影响来自中国古典文学。他父亲的藏书中有不少中国典籍名著，保宁识字之后，就从司马迁的《史记》读到明清小说，还有20世纪上半叶的中国现代作家作品，比如鲁迅的作品，也都读过。对于《红楼梦》，他能说出金陵十二钗，还把自己想象成贾宝玉。

保宁参军后，在高温潮湿的季节里，与战场上的战士们一起聊天，很多士兵来自农村，没怎么读过书，保宁就给大家讲《三国演义》里面的故事。讲不完的时候再说一句"下回分解"，士兵们听得如痴如醉。这简直成了保宁的"一千零一夜"。正因为如此，在战事激烈的时候，营长为了能够听到三国故事的后续，就把他留在营房，没有让保宁到前线作战。保宁后来觉得，可能就是因为他能讲三国故事，才距离战线稍远一点，侥幸保住了一条性命。1985年前后爆发的新时期中国当代文学热潮，也间接影响到了保宁，他阅读莫言等人的作品，深受启发，使他获得了重新打量越南战争的眼光。

保宁的长篇小说《战争哀歌》中的主人公是一个北越士兵，名叫阿坚。这个人物自然有保宁自身的影子。有人也问他这个问题，保宁曾回答说："阿坚是虚构的人物，完全不是我，他的生活和战斗与我都非常不同，但是他又恰恰是我。"

阿坚在小说中被设定为一个出身书香门第的青年，17岁时参军入伍。上战场的阿坚不得不与女友阿芳分开，他们俩青梅竹马。四月里，学校在进行战争动员，阿坚带着阿芳去西湖游泳，在湖边度过了一个青春期最美好的夜晚。阿坚对上战场满怀激情，渴望成为英雄，而阿芳责备他的英雄梦，认为那是与死亡为伍。但阿坚执迷不悟。几年之后，经过了战争的残酷场面，阿坚才幡然醒悟，而此时的阿芳早就在生活中沦落，他们再也不能在一起了。

《战争哀歌》的叙述是片段式的，意识流的，打乱了线性时间是这部小说的亮点之一，也就是说，保宁并没有采取讲故事的方式来结构这部作品，而是将眼前的景物带入到主人公的记忆中，再现那些战争岁月中的时光片段。这有一个好处，就是内在化地讲述战争给一个个体生命带来的精神震撼与精神创伤，从而具有精神分析的深度。小说给我们呈现了越南多雨的季节中令人发疯的感受。阿坚毅然走进了丛林中的战火硝烟里，战争极其残酷，阿坚所在的越军第 27 独立营在一片叫作招魂林的树林中被包围了。装满士兵的卡车在一片热带丛林边停下。溪流奔淌，树林和植被十分茂密，几天就能长高一米，空气中有一种闷热潮湿的死亡气息。独立营有 500 个战士，经过了一场残酷的战斗后，只剩下了 10 个人，而阿坚就是其中之一。

小说一开始，已经是战后的 1975 年，阿坚前往雨林"招魂林"寻找过去在那里阵亡的战友的骨骸，要把他们送回国家烈士公墓。他现在是收尸队的一员，重返带给他恐怖记忆的战场，每到一处，在阿坚的记忆里唤起的都是当年北越军队向南挺进，所进行的一场场无比血腥的战斗。当年，在他的眼前，一个个战友瞬间就死去了，他熟悉的战友越来越少。靠着南越魔玫瑰的迷幻和酒精的刺激，他们在充满危险的沼泽、在到处都是陷阱的雨林、在随时都有美军燃烧弹降临的稻田、在突然会出现张着血盆大口的鳄鱼的湖中穿行。最后，阿坚死里逃生，活了下来。战后，阿坚在都市中寻找自己的活路，一边开始用笔写下当年那些战死的亡灵的故事，成为一个书写战争记忆的作家。他说："我不善于用言语表达内心深处的痛苦，花了 10 年才鼓起勇气把战争的悲伤写在纸上。"

有人说："保宁的小说里没有任何意识形态，他只是反对战争本身。"的确，《战争哀歌》的基调是反对战争，因此这部小说既是一部战争题材的小说，又超越了一般的战争小说。有人曾把这部小说和雷马克的《西线无战事》相提并论，这不无道理，但也有不同。《战争哀歌》更像是一部现代主义小说，印象式的碎片化书写，情绪、记忆和心理活动，主人公的意识流给我们绘制了时间在人们内心形成的图像。逝去的青春与爱情，残酷的死亡具有黑暗的诗意，都是这部小说里的元素，使这部小说具有极高的审美价值和独特的气质。在小说的结尾部分，有这么一段：

"无论战争有多么恐怖，多么残暴，多么耻辱，多么充满成见，多么泯灭人性，无论岁月怎样流转，时空如何变幻，他的阿芳永远青春永驻，她永远那么美，没有任何人可以企及。她就像刚刚沐浴过春雨的绿草一样清新，又像盛开的鲜花一般迷人。她那么美，那么迷人，美到让人心痛。那是一种被损害的美，一种临危的美，一种缺陷美……他永远无法忘记过去，那些灿烂时光犹如火把在熊熊燃烧。战争时期第一枚炸弹爆炸的时刻，他生命中的第一次冒险，都曾令他心痛，但是那从孩提时代就萌发的爱情，也像灿烂的火光一样，一直照耀着他。"

保宁的《战争哀歌》把我们带入到 20 世纪的越南战争现场和稍后的岁月里，以文学的浓墨重彩和心理感受，刻画出战争给人带来的巨大创伤。在这之前，很大一部分与越战相关的文学、影视作品都是以美国视角来讲述的，保宁的这部小说以一己之力改变了越南战争叙述的角度。《战争哀歌》因此是一部不可忽视的小说。

《我的名字叫红》

奥尔罕·帕慕克 1952 年出生于土耳其的伊斯坦布尔，这座城市横跨欧亚洲，城区的大部分属于亚洲。土耳其的首都安卡拉位于国家中部，其文化地位比不上伊斯坦布尔。伊斯坦布尔有着辉煌的历史，在 15、16 世纪是奥斯曼帝国的首都，当时还叫君士坦丁堡。1923 年，在凯末尔元帅领导下，摆脱西方帝国主义成立了土耳其共和国，土耳其走上了世俗化的现代国家之路。

奥尔罕·帕慕克的家族属于土耳其富裕的工厂主家庭，他很早就对绘画产生了兴趣，6 岁开始学习绘画，幼年时在一所美国人开办的学校学习英语。后来，他在伊斯坦布尔科技大学学习建筑，后来又在伊斯坦布尔大学学习新闻，这期间他迷恋上了文学，放弃了当建筑师和画家的念头，最终选择了文学，开始埋头写作，40 多年来，以 10 多部精彩的小说和非虚构作品，成为当代最杰出作家之一。

奥尔罕·帕慕克的第一部小说是一个大部头。长篇小说《塞夫德特和他的儿子们》发表于1979年，获得了《土耳其日报》小说奖。1982年，小说出版了单行本，获得第二年的凯末尔文学奖。这是一部带有19世纪欧洲现实主义风格的小说，写法还比较传统，但叙述非常从容细腻。小说讲述了伊斯坦布尔一个上层人物塞夫德特州长和他的儿子、孙子孙女三代人的故事。小说精雕细刻，细致地描绘出伊斯坦布尔在一个特定年代的人群，带有浓郁的时代哀伤感。他的第二部小说《寂静的房子》出版于1983年，小说结构上采用了现代小说的形式，用了五种角度，以五个人的叙述，构成小说的全部情节结构，描绘孙子辈的孩子们从伊斯坦布尔来到乡下僻静的房子，看望年迈的老祖母，一时间，在这寂静的房子里充满了喧闹，也开始了他们的故事。

通过《塞夫德特和他的儿子们》和《寂静的房子》的写作，奥尔罕·帕慕克完成了他的早期写作阶段，进入到第二个阶段。在这个阶段里，现代小说技巧在他手下运用娴熟，他所擅长的多角度、多视点来描绘事件、人物和时代的手法也运用得炉火纯青，他的美术、建筑知识和修养也成为小说中重要的材料元素，由此形成了独特的叙事风格。

1985年，他出版了篇幅并不长的小说《白色城堡》。这是一部历史小说，描绘了奥斯曼土耳其帝国和意大利之间的文化交往与精神上的碰撞。一个年轻的威尼斯学者从意大利东部的亚得里亚海坐船前往那不勒斯，在地中海上遭到了土耳其海军的袭击，被抓到奥斯曼帝国，成为土耳其帝国贵族霍加的奴隶。霍加发现这个年轻的意大利学者和自己很相像，就和他成了朋友。两个人互相接触，学习对方的语言和文化。他们一起联手对抗袭击土耳其的瘟疫，一起为苏丹设计对抗来自西方国家的武器，在西方军队来袭的时候，他们的武器没有派上用场，战争失败了。就在战火纷飞的时刻，霍加趁机逃跑，奔向了他朝思暮想的威尼斯，而那个和他相像的威尼斯人则变成了他的替身，继续留在宫廷里，扮演霍加。

奥尔罕·帕慕克频频谈到土耳其一个很重要的文化概念"呼愁"，他说：

"'呼愁'一词，土耳其语的'忧伤'，有个阿拉伯根源：它出现在《古兰经》时，词义与当代土耳其词汇并无不同。先知穆罕默德指他的妻子赫蒂彻和伯父塔里涌两人过世的那年为'忧伤之年'，证明这个词是表达内心深处的失落感。但如果说'呼愁'起先的词义是指失落及伴随而来的心痛和悲伤，我自己所读的书却指出，伊斯兰历史在接下来几百年间有一条哲学断层逐渐形成。随着时间的推移，我们看见两个迥然不同的'呼愁'出现，各自唤起某种独特的哲学传统。根据第一个传统，当我们对世俗享乐和物质利益投注过多时，便体验到所谓的'呼愁'：其含义是'你若对这无常人世如此投入，你若是善良诚实的回教徒，便不会如此在意世间的失落'。第二个传统出自苏菲神秘主义思想，为'呼愁'一词以及失落与悲伤的生命定位提供一种较积极、较悲悯的认识。对苏菲派来说，'呼愁'是因为不够靠近真主安拉、因为在这个世上为安拉做的事不够而感受到的一种苦闷。"

在奥尔罕·帕慕克的所有小说中，似乎都弥漫着"呼愁"的情绪，在他笔下的语调中，"呼愁"如同黄昏缓慢地降临那样，弥漫在整个大地和城市上空，弥漫在人们的心头：

"伊斯坦布尔的'呼愁'不仅仅是由音乐和诗歌唤起的情绪，也是一种看待我们共同生命的方式，不仅仅是一种精神状态，也是一种思想状态，最后既肯定了人生，又否定了人生……现在我们逐渐明白，'呼愁'不是某个孤独之人的忧伤，而是数百万人共有的阴暗情绪。我想说明的是伊斯坦布尔整座城市的'呼愁'。"

进入奥尔罕·帕慕克的小说世界，深刻理解这一段话，才可以把握他的小说神魂。

1990 年，奥尔罕·帕慕克出版长篇小说《黑书》。这是一本复调小说，有一个侦探小说的外壳，内里却是对伊斯坦布尔城市文化、男人和女人、婚姻和爱情、背叛和忠诚的挖掘与诘问。小说描述律师卡利普有一天发现妻子茹梦忽然失踪，只留下了一张语焉不详的纸条。和她一起消失的还有她同父异母的哥哥耶拉。耶拉是一位很有名的专栏作家，他长期在报纸上开设介绍伊斯坦布尔城市文化的专栏，这些专栏文章成为卡利普寻找妻子的线索。于是，小说情节就在他一边寻找妻子，一边大量引用耶拉的文章中徐徐推进，最终发现了他们死亡的真正原因。小说混合了多种元素，写得绵密、紧张，内容非常丰富。

1994 年，他出版长篇小说《新人生》。这部小说一开始，似乎有什么事情要发生在主人公身上。这个叫奥斯曼的大学生读到一本书，感到了强烈的震撼，他爱上一个神秘的女子嘉娜，同时目睹了情敌被谋杀未遂。他抛弃了相依为命的母亲，由此被卷入一场命案中。他开始按照他读到的那本书的引导去寻找生命的轨迹。叔叔死后给他也留下了纸条，使他逐步接近事件真相的核心。小说的结尾，人物和读者都重新回到了起点。《新人生》如同一团雾，你走进去再走出来的时候，看见的仍是一团雾。

1998 年，奥尔罕·帕慕克出版长篇小说《我的名字叫红》。这部小说是他的代表作，小说的背景设在 16 世纪末期奥斯曼土耳其帝国时代，统治帝国的苏丹请一批细密画家制作一本伟大的书，用来赞颂苏丹的丰功伟绩和帝国的荣耀。一群卓越的细密画画家们开始为苏丹工作，很快，其中一个细密画画家就被谋杀了。是谁干的？原来，一位画家想用文艺复兴带来的透视绘画技法绘制细密画，但帝国的原教旨思想不允许带有阴影和透视的绘画出现。小说主人公由此展开了调查。

小说的故事情节紧紧围绕离开家庭 12 年之久的青年黑，他回到伊斯坦布尔之后，不仅迎来一场期待已久的爱情，还遭遇到一个谋杀案。苏丹要求三天查出谁是凶手，于是，在逐步推理中，在排除一个个怀疑对象的过程中，小说也将结局推向了高潮。

在写《我的名字叫红》这部小说时，帕慕克找到了多个声音、多个角度，用 30 多个叙述者来结构整部作品，形成了众声喧哗之中，又有一个强音出现的叙述风格，呈现出多个层次。这部小说一开始被赋予了侦探小说的外形，营造出悬疑气氛，有一个悬而未决的疑问。在情节推展过程中，逐渐逼近案件的核心，也牢牢抓住了读者的心。

小说的第一节标题是"我是一个死人"，令读者惊讶的是，这是由一个在枯井底死去的人开头说的话。这部小说采取了多声部的叙述手法，全书 59 个章节，几乎每个章节的叙述人都在变化，30 多个叙述者轮番上阵，甚至墙上画中的狗也能讲述。围绕被谋杀的细密画家，展开了多个声音的交织叙述，各个声音之间互相佐证，成为旁证，形成了补充和反差，有时候感觉距离揭开谜底越来越近，可又觉得距离事实真相越来越远。这种多个角度的叙述手法，在奥尔罕·帕慕克写《寂静的房子》时就开始运用了，不过那时他的技法还比较简单，在《黑书》中以穿插报刊专栏文章的引文手法也实现了某种多声部叙述。在《我的名字叫红》中，多声部是一种令人吃惊的众声喧哗。

在结构上，这部小说体现了建筑之美。小说似乎是用一块块砖头垒起来的，是用一幅幅壁画拼接起来的，使小说体现出严整和具体的美。从小说的外形上看，侦探小说的壳完美地罩在小说上面，这是因为人类天生就喜欢猜谜，喜欢刨根问底，喜欢谜底被揭开。但去掉侦探小说的外壳，你会发现，原来这是一部历史小说，还是一部文化小说。小说的内容十分庞杂，涉及 16 世纪奥斯曼土耳其帝国的政治、文化、宗教，涉及东西方的关系。在《我的名字叫红》中，大量奥斯曼土耳其帝国在那个时代和西方的地中海国家交往的细节出现了。其中，关于宫廷书籍的制作，特别是关于细密画和意大利文艺复兴时期之间的互动关系，是小说着墨最多的地方。

奥尔罕·帕慕克说："在我所有的小说中，都有一场东方和西方的交会。当然，我很清楚所谓的东方和西方，其实都是文化的概念，也就是说，它们都是想象的产物。尽管如此，无论两者的想象成分有多少，东方和西方毕竟仍是事实……东方和西方蕴含深邃而独特的传统，决定了人们的智慧、思想、感知能力以及生活方式。东方与西方的交会，并非如人们以为的是通过战争，相反，一直以来，它都发生在日常生活的种种细节中，通过物品、故事、艺术、人的热情与梦想进行，我喜欢描述人们生活中此种活动的痕迹。"

2002 年，他出版长篇小说《雪》，"雪"在土耳其语里念作"卡尔"，小说的主人公、记者也叫卡，他在一个大雪天前往的城市叫卡尔斯。于是，自然的物质、人物和地点，在名称上奇妙地构成了三重关系，互相呼应。诗人兼记者卡从德国的法兰克福回国，前往故乡卡尔斯，调查当地卡尔斯市长被杀和女性自杀事件。在卡尔斯这个被白雪覆盖的城市，隐藏着激烈的文化、宗教矛盾，极端宗教势力正在对世俗化政府发起挑战，最后，围绕着卡尔斯国家剧院，上演了一出惊心动魄的暴力活动。

对于这本书，作家约翰·厄普代克撰写书评说："……他热衷于剧场表演中非真实的现实，虚假的真实，而《雪》在其政治含义方面，以卡尔斯国家剧院两个夜晚的演出为支点，真真假假，幻觉和现实搅成一团，令人难以分辨。"

奥尔罕·帕慕克说："伊斯坦布尔的命运就是我的命运：我依附于这个城市，只因她造就了今天的我。"2005 年，奥尔罕·帕慕克出版长篇非虚构自传体小说《伊斯坦布尔：一座城市的记忆》，引起了轰动。奥尔罕·帕慕克说："要想传达伊斯坦布尔让儿时的我感受到的强烈'呼愁'感，则必须描述奥斯曼帝国毁灭之后的城市历史，以及此一历史如何反映在这城市的'美丽'风光以及其人民身上。"

在这本书中，奥尔罕·帕慕克讲述他记忆中的伊斯坦布尔。这座充满了荣耀帝国遗迹的城市，横跨欧亚，有着特殊的地理位置和文化地位。这本书以 37 个章节的篇幅，从家族历史、城市遗迹、帝国记忆、日常生活、建筑环境、气候变化等多个角度，展开了作者和一座伟大城市的心灵对话，仿佛逐渐地展开了一张有些陈旧但依然绚丽的地毯。奥尔罕·帕慕克展现出他卓越的叙述才能，不疾不徐地带领我们走进他的城市记忆、成长环境和城市空间里。

2007 年，他出版了随笔集《别样的色彩：关于生活、艺术、书籍与城市》，收录了他的随笔和评论，自传性和独特感受性是这本书的特点，可以看到一个在生活、美术、文学和建筑中间自由穿梭的人，他打通了时间，把阅读和思考、写作和漫游变成了一种人生的乐趣。

奥尔罕·帕慕克近年的长篇小说还有《纯真博物馆》（2008）、《红发女人》（2015）、《瘟疫之夜》（2021），文学演讲集《天真的和感伤的小说家》（2010）等。

《大河尽头》

李永平 1947 年生于英属婆罗洲沙捞越邦古晋市。他的祖籍是广东揭西县灰寨镇，客家人。父亲早年从广东揭阳南下婆罗洲谋生，娶了婆罗洲当地的女子刘银娇，生下李永平这个儿子。因此，李永平认为自己的生母是婆罗洲，养母是台湾岛，嫡母是"唐山"——华侨对祖国故乡的特称。婆罗洲指的是加里曼丹岛，现在该岛为印尼、马来西亚和文莱三国所有。李永平在婆罗洲度过童年和少年时光，由于不愿入籍马来西亚，1967 年，19 岁的李永平到台湾求学，考入台湾大学外文系，毕业后留校担任助教，并在《中外文学》杂志担任执行编辑。后赴美深造，先后获得纽约州立大学比较文学硕士、圣路易华盛顿大学比较文学博士学位后，回到台湾，任教于台湾中山大学外文系、东吴大学英文系、东华大学英语文学系等，直至退休。

李永平著有中篇小说《婆罗洲之子》，小说集《吉陵春秋》，长篇小说《海东青：台北的一则寓言》《朱鸰漫游仙境》，小说"月河三部曲"之《雨雪霏霏：婆罗洲童年记事》、《大河尽头》（上下卷）、《朱鸰书》等。未竟之作是一部长篇武侠小说《新侠女图》。他于2017年9月22日在台湾去世，终年71岁。

李永平的主要作品大都和婆罗洲的记忆有关。他的几部重要的长篇小说就是对这一地域的文学书写。婆罗洲——加里曼丹是世界第三大岛，面积74万多平方公里，比地球上大多数国家的国土面积都要大，是婆罗洲-加里曼丹岛面积的一半。因而，近代以来，婆罗洲成为各种政治势力争夺的焦点。荷兰曾以坚船利炮攻破并占领这个大岛，进行了殖民统治。之后，婆罗洲成为印度尼西亚、马来西亚和文莱三国的领土。婆罗洲神奇的自然景观和独特的地域风情，以及南来北往的人们和岛上原住民的互动，在千百年间形成了独特的婆罗洲的历史文化，使这座岛屿具有十分传奇的色彩。对一座巨大岛屿的凝视和观察、游历和挖掘，最终使李永平成为婆罗洲的文学代言人。

有时候，作家就像是从一片土地里长出来的植物，带着那片土地的所有风貌。这也就是为什么地域文化小说和在地写作，是文学中最重要的一种形态。一个作家总是有一个出生地，那么，书写出生地就成了作家的第一要务和不二法门。李永平后来离开了婆罗洲，可他对婆罗洲的书写很早就开始了。从他的中篇小说《婆罗洲之子》、小说集《拉子妇》，到短篇小说集《雨雪霏霏：婆罗洲童年记事》，是他初步建立的关于婆罗洲的文学世界。

《雨雪霏霏：婆罗洲童年记事》可以看作一个系列短篇小说集，由5篇追忆构成，也可以看作一部长篇小说。我们能看到，在《雨雪霏霏：婆罗洲童年记事》中，李永平对婆罗洲的童年记忆的清晰呈现。可以说，《雨雪霏霏：婆罗洲童年记事》是他的巨著《大河尽头》的前传，是他初试啼声，对婆罗洲少年记忆的深情一瞥。

由12篇小说构成的《吉陵春秋》，某种程度上是他对想象中的原乡、故土"唐山"的文学书写。"唐山"的深层含义是"大唐江山"，以历史上最强盛的唐朝来代指中国，华侨一般将祖国称为"唐山"。李小龙有一部电影叫《唐山大兄》，意思就是"中国大哥"。李永平的这部小说虚构了一个想象中的镇子，在这个镇子上，原始冲动的人性混合着某种来自土地的蛮力，使人们演绎出离奇古怪的事件。小说因此而获得了一种奇特的想象风景，获得好评，并入选"20世纪中文小说100强"。他说：

"《吉陵春秋》是我二十多岁时写的一本书。那时我还不太懂文学理论，也不太讲求小说技巧，是'我手写我心'。我的意念很单纯：写一个童年记忆中的迎神之夜，在众目睽睽之下，小镇上发生了强奸事件，这桩罪恶如同涟漪一般引起了种种影响和后果。这是个罪与罚的古老故事，探讨东方式的因果报应过程。'吉陵'是一个虚构的小镇，没有明确的地理位置和时代背景。因此，它是具体而微小的世界，可以是读者心目中任何一座城镇。同时，'吉陵'也是个文学象征，代表人们心中某个阴暗的角落。偶尔，在一桩血案发生后，它才会暴露在天光下，让人们一睹它的真面貌。很多读者欣赏《吉陵春秋》的文字和形式之美，却受不了故事的残酷和丑恶……我在英国殖民地生长，却从小仰慕中华语文，长大后，决定从事写作，竟然舍弃我比较熟悉的英文，选择我学得很辛苦的中文。只因为在我看来，方块字比拼音文字更美丽、更好看，更适合描写和呈现这个世界，包括它的丑陋面。"

李永平后来长期在台湾生活，他写下了《海东青：台北的一则寓言》《朱鸰漫游仙境》《朱鸰书》等三部大部头小说，来表达他对台湾的感情，使有关台湾岛的文学想象焕发出别样的风采。在这几部小说中，女主角朱鸰是一个台湾女子，她之于这几部小说中的男主角就像是贝阿特丽丝之于但丁一样，发挥了引导者的引领作用，从而协助小说男主人公进入到一个陌生的世界。

李永平的小说代表作是《大河尽头》上下卷。在2008年至2010年，他的长篇小说《大河尽头》的上卷《溯源》、下卷《山》分别出版，立即获得好评，接连入选2008、2010《亚洲周刊》十大华文小说，还荣获了第三届"红楼梦奖：世界华文长篇小说奖"。这部近50万字的小说气势撼人，叙述紧密，带有史诗的力量，是对未知世界进行探询的成长小说，也是他对婆罗洲所建构的宏大的文学想象。

"在南中国海的彼端、离我们不远之处，赤道日头炎炎下的世界第三大岛，有着最深邃、神秘、幽黯的原始雨林。生命的源头……不就是一堆石头、性和死亡？"

《大河尽头》上卷《溯源》腰封上的这句推荐语，是引领我们进入这部小说的窗户。对一条大河的溯源，这样的旅程书写，有着某种史诗原型的力量。地球上有多条大河，浩荡而神秘地在大地上弯曲流过，尼罗河、刚果河、多瑙河、长江、黄河、亚马孙河、密西西比河、伏尔加河、顿河，随便一想，有关上述这些大河的文学书写，在路德维希、约瑟夫·康拉德、克劳迪奥·马格里斯、威廉·福克纳、肖洛霍夫的笔下早就形成了经典的文学的叙述。而在婆罗洲大岛上，也有一条大河，它叫卡普阿斯河，发源于大岛中部高高隆起的卡普阿斯山脉。这条河向西南流去，长达1143公里，最后注入南海。河面弯弯曲曲，大部分河段可以通航。

《大河尽头》上卷《溯源》里，每一个章节题目都是时间。从

第 1 章 "六月二十九日，爪哇海上" 到第 18 章 "七月七日七夕，浪游红色城市" 结束，写了八天里发生的故事。小说以第一人称 "我" 来讲述。叙述者、主人公是一位情感细腻、观察细致的华裔少年 "永"。这也许是李永平的化身。永在十五岁那年的暑假，从古晋市出发到大岛的西南边那位于卡普阿斯河入海口的坤甸，与未曾谋面的 "姑妈" 克莉丝汀娜·房龙相会，由她带领他沿着卡普阿斯河溯源而上，进行一次别样的旅行。克莉丝汀娜·房龙是生活在坤甸的荷兰人后裔，时年 38 岁。少年永怀疑她与自己的父亲有情感关系。此时，正值 1962 年 8 月，文莱、沙捞越在为被并入即将诞生的马来西亚和马来半岛讨价还价，社会上不断有暴力事件发生。少年永的大河溯源之旅，也即将宏伟地展开。

坤甸是一座有着 50 万人口的城市，百分之四十的人是华侨，潮州人和客家人各占一半。在坤甸码头上，克莉丝汀娜·房龙接到了少年永，对他说：

"我是你父亲的老朋友克莉丝汀娜·房龙。你叫我克丝婷姑姑就好。哈啰，欢迎来到崭新的印度尼西亚共和国，西加里曼丹岛省会，坤甸。祝你有个快乐的假期。"

克丝婷在坤甸有一座自己的橡胶园。当年，她曾被入侵东南亚的日军作为慰安妇，最终是永的父亲老李解救了她。她的个人屈辱和被解救的故事，此时还没有告诉少年永。出发之前，她对永说：

"永，你记得吗？昨天从码头接你到我家，经过这条河，我对着月亮向你许诺：今年暑假我要带你展开你的人生之旅，进入婆罗洲内陆，搭乘达雅克人的长舟，沿着卡普阿斯河一路溯源而上，直到河的尽头，天尽头，探访达雅克人的圣山峇都帝坂，寻找生命的源头。明天我先去准备一下，后天我们就出发，启航！"

于是，一场激动人心的大岛之上的大河溯流之旅就此展开。起初，这次溯源之旅的组成队伍是五花八门的，队伍里有经验丰富的探险家、不谙世事的女大学生、来自北欧的孪生兄弟以及联合国调查人员等等，男女老少什么人都有。小说还有一个叙述的声音一直在诉说，那就是15岁的少年永在向他心目中的女孩朱鸰诉说。朱鸰是他在台湾认识的一个姑娘。永看到了什么，就以内心独白的方式告诉他心目中的朱鸰，使这部小说具有多声部的色彩。

这支溯源的队伍沿河而上，很快就进入到幽暗的热带雨林，队伍里的文明世界来的欧洲人并不文明，他们那人性的卑鄙和恶劣暴露了出来。成年男女们各种荒唐不堪的行径在旅途中出现，在少年永看来十分刺目，在他内心也引发了困惑。一天晚上，永撞见一个道貌岸然的澳洲白人竟然诱奸一个当地小女孩，永不禁非常愤怒。到了卡普阿斯河的中途，婆罗洲的原住民、小伙子毕嗨，开始惩治几个卑鄙下流的白人，给他们下药之后，将这些白人剥成光猪捆起来晾晒。在路上，永也了解到克丝婷当年被日寇当作慰安妇蹂躏的不堪回首的往事，心里唏嘘感叹。这溯源之旅的每一天永都在成长。连续多个昼夜的叙述之后，《大河尽头》的上卷以抵达中途的"红色城市"而结束。

《大河尽头》的下卷《山》，则叙述了永和克丝婷进入原始洪荒世界的经历。从"红色城市"再度出发，不久，他们就来到了一个未知的世界。在野蛮幽暗的婆罗洲的内陆深处，大河滔滔之下，到处都是原始世界的面貌。土著民的原始生活场景不断展现，婆罗洲的深处，鬼影幢幢、阴暗潮湿，他们遇见了一些被现代文明残害的土著部落人，队伍成员也接连散失。终于，在一个月圆之夜，他们到达了圣山之巅峇都帝坂。在峇都帝坂上，少年永在克丝婷的协助下，完成了自己的成人礼。

　　在李永平笔下，少年永的溯源之旅显然具有更广大的象征意义，绝不仅仅是一个成长故事。小说具有史诗般的原型结构，在婆罗洲的蛮荒世界的映衬下，文明世界的镜像丑陋不堪，不由得使人思考人类现代文明的诸多问题。李永平的这部用中文写就的小说，可以说是一个南洋浪子在用父亲的语言写就的回乡之书，也是一部关于婆罗洲这个大岛的辉煌史诗。他是强有力的，在海外华人作家中尤其耀眼。本来，婆罗洲——加里曼丹岛在文学意义上是无名的，自《大河尽头》之后，它已然被重新命名，并拥有了一个文学地标。

《檀香刑》

　　莫言，原名管谟业，1955年2月出生在山东高密县。小学五年级时，莫言因为家庭贫困而辍学。18岁时他到高密县棉花加工厂当工人，21岁应征入伍，离开了家乡。1984年到1986年在解放军艺术学院学习，1991年毕业于北京师范大学和鲁迅文学院联办的作家班，获得硕士学位。1997年，莫言从部队转业到《检察日报》工作，后又调到中国艺术研究院工作。目前受聘于北师大国际写作中心，担任主任、教授和博士生导师。

　　莫言从1981年开始发表文学作品，他最早的短篇小说是《春夜雨霏霏》，发表于河北保定的《莲池》杂志，从此就走上了文学道路。1985年初，他发表中篇小说《透明的红萝卜》，引起了很大关注。小说《透明的红萝卜》有一种别样的空灵感。有一天，莫言做了一个梦，他梦见在一块开阔的红萝卜地边，从一间草棚里走出来一个身穿红衣的姑娘，她手里拿着一把鱼叉，鱼叉上叉着一根红萝卜，迎着初升的金色太阳向他走来。莫言久久地为这个梦中的形象和意象所激动，写下了这部小说。小说主人公叫黑孩，他幼年丧母，在一个特定年代里经历了外部世界的变化。小说通过黑孩的感觉来表现，以个人化的印象和感觉描绘物质贫乏年代带给少年的荒芜感。老铁匠、小石匠、红衣姑娘和红萝卜之间的关系在黑孩的内心拼贴成关于世界的缤纷印象。

1986 年莫言在《人民文学》杂志上发表中篇小说《红高粱》。此前，有老作家充满忧虑地说，年轻一代没有经历过战争，很难写好战争年代。莫言认为：

"我们可以通过别的方式来弥补这个缺陷。没有听过放枪放炮但我听过放鞭炮；没有见过杀人但我见过杀猪甚至亲手杀过鸡；没有亲手跟日本鬼子拼过刺刀但我在电影上见过。因为小说家的创作不是要复制历史，那是历史学家的任务。小说家写战争——人类历史进程中这一愚昧现象，他所要表现的是战争对人的灵魂的扭曲或者人性在战争中的变异。从这个意义上说，即便没有经历过战争的人，也可以写战争。"

《红高粱》引起了震动。小说以"我爷爷、我奶奶"的叙述方式，将第一人称和第三人称结合，讲述了一个发生在山东的民众抗击日本侵略者的故事，同时，这还是一个充满激情的爱情故事，有一种巨大的张力。这部小说后来被张艺谋改编拍成电影后影响很大，莫言一鼓作气，接连发表《高粱酒》《高粱殡》《狗道》《奇死》等中篇小说，构成《红高粱家族》系列。在《红高粱家族》的题记中，莫言写道："谨以此书召唤那些游荡在我的故乡无边无际的高粱地里的英魂和冤魂。我是你们的不肖子孙，我愿扒出我的被酱油腌透了的心，切碎，放在三个碗里，摆在高粱地里。伏惟尚飨！尚飨！"

1985 年之后的几年里，是莫言创作的井喷期，他接连发表中短篇小说《欢乐》《筑路》《爆炸》《金发婴儿》《红蝗》《大风》《白狗秋千架》，出版3部长篇小说《红高粱家族》（1987）、《天堂蒜薹之歌》（1988）和《十三步》（1989）。

长篇小说《天堂蒜薹之歌》取材于山东某县一个真实事件：因为响应县政府的号召，很多农民大种蒜薹，蒜薹丰收后无法被收购，愤怒的农民群起抗议，将丰收后的蒜薹丢进机关大院。莫言关心当下现实，写出了这部带有批判现实色彩的小说。在小说的结构上，采用民间艺人瞎子张扣的演唱词来"串场"，将蒜薹事件的参与者高羊和高马兄弟的故事穿插在其中，叙述节奏有着一种明快、迅疾的风格，说书人的说书增添了这部小说的阅读快感。

长篇小说《十三步》从一位中学老师方富贵在讲课时猝死，由此引发一系列带有荒诞色彩的情节延展，将1980年代的社会情绪传达出来。莫言在写这部小说时，对叙述人称转换和场景转换十分自如，人物内心的独白和社会群体的喧哗一起喧响，带给人们深沉的思考。

莫言的长篇小说《酒国》（1993）文体庞杂，是一部具有探案小说、批判现实主义与结构现实主义小说和魔幻现实主义小说诸多元素的，同时还具有后现代元小说特征的作品。所谓元小说，就是探讨如何写小说的小说。在这部小说中，插叙了不少作者和文学青年李一斗关于文学创作的通信，以及李一斗创作的文章。小说借用侦探小说的外壳，描述检察院侦察员丁钩儿前往一家煤矿调查吃婴孩事件，他在权力、美酒和女人之间周旋的故事。结构上采用多条线索共同推进，构成了互文性，使小说具有多重主题。小说还探讨了中国的国民性和中国人为何喜欢喝酒，亦庄亦谐，妙趣横生。

1993年，莫言的长篇小说《食草家族》出版。在小说的题记中，莫言说：

"这本书是我于 1987—1989 年间陆续完成的。书中表达了我渴望通过吃草净化灵魂的强烈愿望，表达了我对大自然的敬畏与膜拜，表达了我对蹼膜的恐惧，表达了我对性爱与暴力的看法，表达了我对传说和神话的理解，当然也表达了我的爱与恨，当然也袒露了我的灵魂，丑的和美的，光明的和阴晦的，浮在水面的冰和潜在水下的冰，梦境与现实。"

小说远离历史和现实的层面，和神话、梦境有关。《食草家族》由六个章节构成：《红蝗》《玫瑰玫瑰香气扑鼻》《生蹼的祖先》《复仇记》《二姑随后就到》《马驹横穿沼泽》。阅读这部小说，我们似乎进入到一片洪荒世界里，人们还在吃草，刚刚从水里进化到岸上，为脚趾间还残存着未完成进化的脚蹼而感到恐惧。那是一个原始的神话与巫术的世界，人性的、历史的、梦境的、神话的、民俗的、爱情的、暴力的和慈爱的故事，以六个侧面来呈现，人类学、民俗学、神话学和弗洛依德理论是进入这部小说的门径。

1994 年，莫言的母亲去世。两年之后，他的 60 万字的长篇小说《丰乳肥臀》出版。有人对小说的书名感到不适，实际上，在莫言看来，"丰乳肥臀"就是"母亲大地"。它是一部献给母亲的长歌，是一部饱含了浪漫色彩和历史伤痛的小说，篇幅巨大，主题宏阔，表达了对饱经沧桑、饱受蹂躏的母亲和大地的赞颂。

小说塑造了上官鲁氏这个母亲形象，她活了 95 岁，经历了 20 世纪各种政治、战争和自然灾害的磨难，生育了 8 个女儿和 1 个儿子。小说的核心人物是她的第 9 个孩子上官金童。莫言通过这部小说将 20 世纪发生在中国大地上的风云变幻以错综复杂的人物命运纠葛呈现出来。小说中，男人如同落叶一样不断飘零，而母亲则如大树一般顽强生存，生养众多。莫言说：

《丰乳肥臀》集中地表达了我对历史、乡土、生命等古老问题的看法，毫无疑问，《丰乳肥臀》是我文学殿堂里一块最重的基石，一旦抽掉这块基石，整座殿堂就会倒塌。"

1999 年，莫言的长篇小说《红树林》出版。这是一部当代题材的小说，带有犯罪小说和侦破小说的外形，具有批判现实的色彩。不过，小说离开了莫言的山东高密东北乡这个他所缔造的文学故乡，写的是在海南培育珍珠的姑娘和濒临灭绝的红树林的故事，实际上是为影视作品改编而创作的。

2001 年，莫言出版长篇小说《檀香刑》，达到了他的创作新高度。这是一部历史小说，又颠覆了历史小说。在叙事与结构上，莫言进行了向传统的"大踏步地撤退"，它从中国传统小说和民间文学中吸取了养分，叙述语调上也让人想到说书人的腔调，有民间说唱文学的影子。小说结构分为"凤头部"、"猪肚部"和"豹尾部"三部分，将中国传统小说的结构活学活用，章节的安排也与章回小说的章回体相互呼应，但其内里却是一部极具现代精神的现代小说。这部小说十分强调声音的元素，它的叙述者都是小说的主人公，由他们的内心独白构成。小说的第一部分和第三部分是主人公个人的声音，叙述了整个故事的来龙去脉。而小说内部构成的故事线索和时间线索也不是线性的，而是交叉重叠的，甚至从过去走向未来，又从未来回到当下。

小说的主干情节讲的是发生在 1900 年清朝结束统治前夕的历史事件。大历史中的小人物，在生死之间，他们的选择和命运在莫言的叙述下，显得鲜活、生动、复杂和充满激情。对人物内心声音的强调，是现代小说的一大特点，莫言的这本小说着重突出人物内心的声音、火车的声音、地方戏猫腔的声音，这些声音混杂历史的大量信息，声调的高低，音质的各异，以众生喧哗的狂欢般的叙事，不断把小说情节推向了高潮。

小说中，对中国历史和传统文化的批判十分深入，最为耸人听闻的就是凌迟和檀香刑这样的酷刑，在这本小说里的逼真描绘。阅读这样的章节，是需要读者有强健的神经的。有些读者在阅读这些章节时估计会感到震颤和不适。对酷刑的真切描绘，是莫言的小说叙述最终走向狂欢高潮的最后铺垫。而狂欢化的叙述，在莫言过去的作品当中，像《红高粱》、《欢乐》、《食草家族》以及《天堂蒜薹之歌》里，都有这样的表达。似乎只有在一种狂欢的叙述语调所形成的氛围里，莫言才能说出他最想说的故事。而小说也就在这样滔滔江河般的叙述当中，瞬间生成了不可能再复述的形态。这是小说艺术的一大秘密。

在《檀香刑》中，莫言再次以一种狂欢叙述的调子，把小说人物推向行刑台，让他创造的主人公把一出悲壮的历史活剧演绎出来，在一阵紧似一阵的语言的激流中推向结局那大悲大喜的终章。小说的结尾，几个主人公都在行刑场所出现，这一幕就像是伟大戏剧的尾声场景，所有紧紧纠缠的人物关系都将在行刑中一次了断，在这个行刑的过程中全部有所交代，达到了狂欢之后的最终的平静与死寂，小说也因此完美地结束。

这部小说给人的感受相当复杂，影响莫言的元素有历史叙述、传统说部、民间说唱、意识流、戏剧结构、魔幻现实主义小说、地域文化、地方史志等等，都在这部小说中得到了回响。评论家李敬泽说：

"莫言已成'正典'。他巨大的胃口、充沛的体能，他的欢乐和残忍，他的宽阔、绚烂，乃至他的古怪，20多年来一直是现代汉语文学的重要景观……《檀香刑》是一部伟大的作品，从小说的第二句开始一直到小说的最后一句，莫言一退十万八千里，他以惊人的规模、惊人的革命彻底性把小说带回了他的故乡高密，带回中国人的耳边和嘴边，带回我们古典和乡土的伟大传统的地平线。《檀香刑》是21世纪第一部重要的中国小说，它的出现体现着历史的对称之美，莫言也不再是一个小说家，他成了说书人。"

2003年，莫言出版第9部长篇小说《四十一炮》。这部小说由莫言过去的一部中篇小说《野骡子》发展而来。当地人喜欢把吹牛撒谎的人叫"炮孩子"，小说是第一人称叙述，主人公罗小通是个"炮孩子"，在一座庙宇中，他向一个和尚讲述他过去的童年遭遇。他的讲述真真假假，谎言与真事，袒露与掩饰都有。罗小通这么一个对成人世界感到恐惧的少年的讲述滔滔不绝，在讲述中完成了少年记忆的复原。

2006年，莫言出版了长篇小说《生死疲劳》，再度回到对多变、复杂的中国现当代史的讲述。《生死疲劳》套用佛教里六道轮回的结构，讲述地主西门闹被正法之后，在随后的岁月里不断转生为驴、牛、猪、狗、猴和大头婴儿蓝千岁的六次轮回故事。小说分为5个部分，分别是"驴折腾"、"牛犟劲"、"猪撒欢"、"狗精神"和"结局与开端"，采取了章回体小说的形式，除了第五章，其余章节都有对称的回目。小说的结尾处叙述回到了起点，最后一句话和小说开头完全一样，从而形成了一个叙述的圆环。

2009年，莫言出版长篇小说《蛙》，讲述接生的姑妈一生的故事。这部小说获得了2011年茅盾文学奖、法国"儒尔·巴泰雍"外国文学奖、法兰西文化艺术骑士勋章、意大利诺尼诺文学奖、日本

"福冈亚洲文化大奖"。

2012 年，莫言获得诺贝尔文学奖，获奖理由是："将魔幻现实主义与民间故事、历史与当代社会融合在一起。"

莫言的小说受到了魔幻现实主义和民间文学的影响，他对中国社会强烈关切，在写作手法上将结构主义、批判现实主义和荒诞小说结合起来，叙述人称、神话原型和意识流以及对声音的强调，进行大量的文学实验，对地域文化和神话、知识分子精神困境、童年记忆的还原做了多方面探索。莫言总要寻找到一个小说的语调和结构，他的小说有大象一样的体量和气质，他的讲述总是如同大河一样泥沙俱下，滚滚而来。

莫言的小说有一种中国气派，他从故乡出发，抵达了当代小说新境界，表述了 20 世纪中国人复杂的经验，并传达出一种中国精神。莫言自《檀香刑》出版时就宣称，他要"大踏步地撤退"，撤退到从中国本土、古代和民间中寻找小说再生的种子。因此，要写出"中国气派"，必须从自己的文化资源里、从民间文化中寻找再生资源。莫言做到了，他强有力地使一片神奇的、苦难的、光芒四射的中国大陆作为一种文学书写的新形象，在世界文学版图上浮现出来。

《天工开物·栩栩如真》

董启章，1967 年生于香港。童年和少年时期在香港长大，后来在香港大学获得了比较文学系硕士学位。毕业之后他曾任中学教师。1992 年开始发表文学作品，写了一些短篇小说，如《西西利亚》《皮箱女孩》《名字的玫瑰》《少年神农》等。《西西利亚》这篇小说讲述一个男白领并不喜欢自己的女同事暗恋他，他喜欢的却是一家服装店里的断臂塑料模特，开始给这个塑料模特写情书，并委托女店员转交。女店员收信还代为回信，给断臂塑料模特起了一个名字叫"西西利亚"。小说的最后，服装店关门，女店员和塑料模特"西西利亚"一起消失了。

1994 年，董启章的中篇小说《安卓珍尼》获得《联合文学》小说新人奖中篇小说首奖。"安卓珍尼"是英文雌雄同体的中文音译，讲述了一个叫安卓珍尼的女子，对一种雌雄同体的斑尾毛蜥蜴进行调查研究，探讨了自性繁殖的可能。小说的副题是"一个不存在的物种的进化史"，由此导致了对人类本身性别关系、繁殖系统、欲望本能和生物结构的想象性思考。

1995 年，他的长篇小说《双身》获得了《联合报》长篇小说特别奖。《双身》讲述的是一个男人一觉醒来，发现自己变成了有女性生理特征的"双身人"。此后，他埋头写作，从 1997 年到 2000 年，接连写作《Ｖ城系列》四部曲——《地图集》《梦华录》《繁胜录》《博物志》，四本书将地理散文、笔记小说、幻想断片和词典释义等文体结合起来，创造出一种独到的文学文本。在《地图集：一个想象的城市的考古学》的后记里，他写道：

"《地图集：一个想象的城市的考古学》读来不像小说，但它的确是一部小说。关于这部不像小说的小说，常常产生两类误会，我在这里稍作辩解：这本书很严肃，因为这本书涉及很多似是而非的地图学理论，又好像是关于历史和考古学，并且假借学者的语气写出，所以会让人认为这是一本严肃的书。我想说的是，这首先是一本让人发笑的书……这本书只是游戏，写这本书的时候，我投入了我所有的个人情感，对（香港）这个我所生长的城市，对我在这个城市所遇所知所见所感的种种，对我个人至为私密的记忆和体验。"

翻开《地图集：一个想象的城市的考古学》，这本书分为"理论篇"、"城市篇"、"街道篇"和"符号篇"四部分，俨然一部城市文化地理学著作。实际上，四个部分下面的具体内容都是虚构的，是董启章对香港这座城市带给他的信息的变形、荒诞、夸张的经验性提炼。比如"错置地""非地方""东方半人马""海市""蜃楼""糖街""诗歌舞街""北进偏差""符号之墓穴"等等，都是董启章的想象性篇章。在《繁胜录》（1998）、《梦华录》（1999）中，对香港的另类书写，是董启章向南宋孟元老的《东京梦华录》以及南宋初年问世的《西湖老人繁胜录》致敬的作品。董启章的《繁胜录》共分三卷，每卷分为七节，分别写了地理形态、日常生活和四时风俗。董启章的后记题为：《名实之辨、正反之辨、不是预言、罗列的艺术，或用顿号写成的小说》，这个长长的题目，说明了他的创作初衷。

董启章在书中的《酒楼之城》一节，写到了 V 城的酒楼和吃食：

"根据 V 城风物志撰写者刘华生的记载，在长达 156 年的殖民时期中，V 城也是一个以酒楼闻名的城市。早期酒楼和茶楼性质各异，前者主理晚间筵席兼召妓陪酒作乐，后者则提供日间点心饭食，后渐难以区分，功能归一。著名酒楼有：杏花楼、宴琼林、得云楼、如意楼、观海楼、望江楼、五层楼、潇湘馆、多男、莲香、陆羽、双喜、龙凤、高升、平安、永盛、醉红、依香、金鼎、顺利、云来、樊楼、喜迎春、福临门、一笑楼、庆双逢、三元楼、大四喜、五月花。早上茶市俗称饮茶，茶叶主要用普洱、寿眉、香片、水仙、龙井、铁观音；点心亦琳琅多样：叉烧包、鸡包仔、大包、麻蓉包、莲蓉包、奶黄包、虾饺、鱼翅饺、韭菜饺、上汤水饺、灌汤饺、山竹牛肉、干蒸牛肉、烧卖、锦卤馄饨、潮州粉果、鲜虾粉果、咸水角、荔芋角、炸虾角、煎堆、鲜竹卷、海鲜卷、鸡杂、鸡脚杂、棉花鸡、牛百叶、凤爪、鸭脚杂、豉汁蒸排骨、豉汁蒸鱼云、蚬蚧鲮鱼球、叉烧酥、皮蛋酥、蛋挞仔、马拉糕、千层糕、红豆糕、马豆糕、芝麻卷、炸面、鲜虾粉肠、牛肉粉肠、叉烧粉肠、碟头炒粉面、肉丝炒面、干烧伊面、扬州窝面、扬州炒饭、福建炒饭、星州炒米、厦门炒米、雪菜火鸭丝炆米。晚饭小菜款式数之不尽：生炒排骨、西柠软鸡、咕噜斑球、腰果鸡丁、翡翠虾仁、凉瓜炒牛肉、瑶柱扒菜胆、金银蛋苋菜、清炒大斑球、薑葱斑腩煲、虾酱通菜炒鲜鱿、红烧豆腐、麻婆豆腐、琵琶豆腐、咸鱼鸡仔豆腐、百花蒸酿豆腐、玉兰腊味、梅菜扣肉；海鲜有龙虾、濑尿虾、基围虾、海虾、象拔蚌、鲍鱼、贵妃蚌、鱼翅、青斑、红斑、星斑、杉斑、虎斑、老鼠斑、青衣、苏眉、黄鳝、大闸蟹、花蟹。或清蒸之、或上汤烩之、或椒盐焗之，或葱蒜炒之，各具风味。嫁娶或大寿筵席，菜式多为十二道，如：鸿运乳猪全体、翡翠金银带子、发财蒜子柱脯、百花炸酿蟹钳、肘子鸡炖大排翅、福禄海参鲍片、清蒸大青斑、金华报喜鸡、飘香莲叶饭、金菇瑶柱炆伊面、红莲炖雪蛤、鸳鸯美点及鲜果拼盘。"（《繁胜录》第 77 页，台湾联经出版社 2012 年 4 月版）

上面这一段，可以看到董启章的耐心和罗列功夫的强大。稍后出版的《梦华录》是一部记录当下香港日常生活中的时尚符号的笔记体小短篇或者说断片小说。《梦华录》中的 99 篇短篇，每篇在千字左右，很多标题有英文的，也有中文的，都是物品的名称。中文部分如下：吊带背心、少女标本、贴纸相、波衫、军裤、围裙、颜色太阳镜、古着、夏金城、迷彩、渔夫帽、日剧万岁、电波少年、渔夫楼、灰色、牛仔帽、发夹、短袖、领巾、动物纹、百褶裙、扭绳、挂颈袋、人字拖、香港制造等等。在这些词汇的背后，有着转眼就不再流行的时尚和那些飘散而去的感觉与故事。

《V 城系列》的第四部《博物志》，董启章以类似笔记小说和微型小说的笔法，以动植物和博物学家的思路，编撰了一本虚构的博物词典。涉及植物、动物、人工制品和纯粹幻想出来的东西：柏、白海豚、桃、鼠、蝴蝶、地衣、蜻蜓、打火机、燕、杜鹃、木耳、松、喜鹊、树蛙、瓶子、烟斗、表、蝉、木棉、壁虎、太阳鸟、豆娘、枫树、核桃等等，在寻常事物的背后，有着怎样的阐发呢？于是，城市、历史、当下生活、符号、记忆、幻想和虚构，成了董启章书写的、以香港为打量客体的微观和宏观、缩小和放大、拉近和推远的《V城系列》，也成了他的文学世界的入口。

2003年，他出版了长篇小说《体育时期》。在我看来，这部32万字的小说的故事很单纯，围绕两个女孩的成长展开，以校裙底下穿的P.E.裤（一种香港大中学校要求女生体育课上穿的紧身短裤）开始，描绘了她们脱去安全裤的束缚迈出校门，而又没有走进复杂社会前的那种状态。董启章说，《体育时期》是一部从日本摇滚乐女王椎名林檎的音乐中得来的灵感写成的小说。小说中，女大学生贝贝在一次唱歌聚会上发生的袭击导师事件中，从袭击者、一个摇滚乐爱好者身上的P.E.裤，回忆起一段她自己旁观他人屈辱的经历，从而产生了强烈的想认识对方的冲动。于是，两个看似毫无共同点的女孩子就此产生交集，以椎名林檎为引导，两人组建了一支叫"体育系"的乐队，作词、作曲、演唱，开始了与椎名林檎共度的青春时光。

2005年到2010年，董启章接连出版长篇小说《自然史三部曲》，分为《天工开物·栩栩如真》、《时间繁史·哑瓷之光》（上下册）和《物种源始·贝贝重生》（上下册）。《自然史三部曲》是一部超过200万字的鸿篇巨制。

《自然史三部曲》的第一部《天工开物·栩栩如真》出版之后，一炮走红，引起了很大的关注和很多好评，先后获得《联合报》读书人文学类最佳图书奖、《亚洲周刊》中文十大好书等。2006年，香港浸会大学颁发首届"红楼梦文学奖"，董启章得到一个评审团特别奖。哈佛大学教授王德威认为，《天工开物·栩栩如真》是一部构思绝佳的作品，以人、物之间的关系，构筑了一部家族史和香港史，恰如其分又匠心独运地写出了香港这座城市特有的历史风貌。

《天工开物·栩栩如真》是一部二声部的小说。全书以董家家族史为背景，一条线结合香港从 1930 年代到 1960 年代的艰难岁月，另外一条线则以叙述者个人的经验，展现了 1970 年代到 1990 年代的个人和香港社会的成长面貌。全书分为 24 个部分，有两个声部、两条时间线索并行发展，细腻呈现有关香港的历史和物质的记忆。董启章就像一个博物考古学家那样，描述了董家三代人：董富、董铣和叙述人——董启章的化身"我"的生活，以收音机、电报、电话、车床、衣床、电视机、汽车、游戏机、表、打字机、相机、卡式录音机等 12 种器物串起来，最后以书作为代后记，将这些日常生活中的器物的历史与个人成长和城市的生长结合起来，创造出一个由远及近、由暗淡到鲜亮，又继续暗淡的那种来自时光，又消失于时光的感觉。

小说的另外一条线是少女栩栩身世的发现和显现。叙述者"我"后来分化成两个人，作家黑和黑的好朋友独裁者。而独裁者给《天工开物·栩栩如真》作序，暗示作家黑是这本书的作者。小说的叙述语言非常结实，仿佛绵密的针脚在细细地缝制，又如同拥挤在一起的沙粒一样无法区分。这样的语言密度和强度带来的阅读感觉，是小说可以带着读者往前走，这有点像读普鲁斯特的《追忆似水年华》的那种感觉，语言的水流自动带着读者远去。这本书里散发出来一种时光的味道。

2007 年出版的《时间繁史·哑瓷之光》获得了香港第二届红楼梦文学奖决审团奖。小说是三声部的，小说一开始，商店女服务员恩恩接到了作家"独裁者"的信，两个人探讨的是关于婴儿宇宙的话题。瘫痪在床的"独裁者"一直被妻子哑瓷悉心照料。哑瓷生了两个孩子，花和果。有一天，花失踪了。一个中西混血女孩维珍尼亚闯入了他们的生活。维珍尼亚是一个永远 17 岁的女孩子，她的心脏是机械的，就设定在 17 岁。于是，"独裁者"和维珍尼亚合写关于 2097 年——香港回归一百周年时发生的故事。而那个时候，象征香港的 V 城已经被洪水淹没，维珍尼亚在等待失踪的少年花穿越时空而来。最后，在溜冰场上，过去、现在和未来交织在一起，原来，大家都是时间的旅人。

2010 年，董启章的《物种源始·贝贝重生》之"学习年代"出版，这是一部四声部的小说。女主人公芝是主角，她可以看作《体育时期》里的那个贝贝成长为现在的女人芝。芝从大学毕业之后，来到香港海边的小镇西贡，在一个小店里工作。她发现隔壁开书店的大学生们正在研讨和读书，她就陆续结识了他们。其中，有一个是有着男性生理特征的女性，名字叫中，还有一个喜欢社会运动的志，芝也被志的好朋友角所暗恋。后来，这四个人展开了男性女性、同性异性、变形自性的复杂恋爱。

小说结合了读书会的十多场读书讨论，就是书名"学习年代"的含义。这些人的读书会开了 12 场，非常有意思，从大江健三郎、佩索阿、梭罗、阿伦特、萨义德、赫胥黎、萨拉马戈、赫塞、歌德，又回到大江健三郎，他们读的书有历史、政治、宗教、文学、哲学、科学等各方面的名著，与此同时，人类本身的性状态——男性女性、变性人、双性人、同性恋、双性恋也在他们之间不停的对话中转换关系，董启章在这部小说里呈现了一批香港青年人的读书、学习、恋爱生活，最后，他们走向了社会抗争，前去保护西贡镇的一座面临拆迁的庙和庙旁的大树。这部小说中呈现了某些终极的追问：人究竟是什么？人生的意义在哪里？在于学习，还是在于行动？这其实是汉娜·阿伦特思考的要点，人生在于学习、思考和默想，还是在于行动和抗争？虽然小说的结尾，读书会各自散去，走向了生活本身的广阔，却昭示着新的可能性。

2013年，他的《地图集：一个想象的城市的考古学》获得了第三届科幻奇幻翻译作品的长篇作品奖。获奖消息是在克罗地亚举办的欧洲科幻奇幻节上发布的。在谈到写作的意义时，董启章说：

"其中，有一个很原始的，就是纯粹的创造欲。当你创造的世界成功了，你的创造欲也得到了满足，这是人皆有之的。但除了这个，我创作的世界并非与真实世界无关，也不是反映或揭示的问题，而是创作一个对应着现在世界的想象的世界，当中有相似，也有不相似的地方，它对真实世界隐藏的一些东西给予了放大，希望最终对真实世界有所反弹，希望读者在我的作品中也会看到这层关系。"

《鸽子项圈》

阿拉伯国家分布于非洲北部到亚洲西部的广袤地带。按照一般的划分，当代阿拉伯国家指的是北非的埃及、阿尔及利亚、突尼斯、摩洛哥、苏丹、利比亚、毛里塔尼亚、索马里等以及西亚的黎巴嫩、叙利亚、伊拉克、约旦、沙特阿拉伯、巴林、阿曼、卡塔尔、阿联酋等，有 22 个国家。这些国家和地区通行阿拉伯语，大都信奉伊斯兰教。而现代阿拉伯文学，指的就是这些国家的文学。近年，由于阿拉伯世界一些国家如伊拉克、利比亚、叙利亚、埃及、约旦等接连发生"革命"、战争和教派冲突，使阿拉伯的现实问题成为当代世界的重要问题，阿拉伯地区也成了世界瞩目的新焦点。

阿拉伯世界有着非常复杂的、矛盾交织的文化历史、宗教政治、经济社会问题，阿拉伯作家们是怎么解读和看待正在他们身边发生的事情的？他们是如何表达阿拉伯的历史、宗教、文化、记忆、政治、战争和眼下的变革的？这也促使世界文坛对阿拉伯作家投以了更多的关注。必须承认，在当代，阿拉伯文学对中国文学影响不大。

当然，古代阿拉伯文学的经典还在发挥作用，埃及作家如马哈福兹、黑托尼等的作品也有译介。相比较而言，阿拉伯女作家近些年的写作，却取得了很好的成绩。

2000年，黎巴嫩女学者卜塞娜·舍阿班出版了一本《阿拉伯妇女小说100年》。在这本书中，卜塞娜·舍阿班先从公元7世纪到9世纪的两百年谈起，证明在那个时期，就有不少阿拉伯女作家写下了很多杰出的散文、小说、故事、诗歌、谚语和论辩文章，但她们的作品基本上被以男性为主导的阿拉伯文学史的写作和出版"从历史的账本中删掉了"。比如，官方钦定的阿拉伯文学史认为，穆罕默德·侯赛因·海卡尔的《宰纳布》是第一部阿拉伯长篇小说，可卜塞娜·舍阿班以有力的证据证明，在《宰纳布》之前已经有13部阿拉伯女作家创作的长篇小说出现了。同时，很多当代阿拉伯的女作家、女诗人，已经摆脱了私人性话语的书写，不光把目光放在家庭、孩子和厨房之中，而是参与到男性作家才喜欢的"宏大叙事"当中，积极地对阿拉伯世界的社会问题、政治问题表达态度。

如生于1942年的科威特女诗人苏阿德·萨巴赫写的诗歌。她是政治经济学博士，精通英语、法语，从1961年到现在，出版了18部诗集，深刻呈现了阿拉伯女性的处境和状况。叙利亚女作家哈黛·萨曼，巴林女作家法姬亚·拉希德、哈娜·谢赫，她们的作品从历史、现实和哲学的角度，探讨了阿拉伯世界朝向现代性的艰难转折，并从女性的私人视角和话语走向了"宏大叙事"，获得了耀眼的文学成果。

进入21世纪之后，又有更多的阿拉伯女作家引起了关注。比如，出生于1932年的叙利亚女作家戈玛尔·凯伊莱尼创作的长篇小说《漩涡》，描述了1967年第三次中东战争带给阿拉伯世界的挫败感。出生于 1942 年的哈黛·萨曼以长篇小说《十亿之夜》，描绘了黎巴嫩旷日持久的内战是如何被军火商、政客、毒贩和军人所操纵的，小说中还塑造了一个性无能的男性学者，他面对社会乱局和女性，都是无能的。出生于 1953 年的阿尔及利亚女作家艾赫拉姆·穆斯塔尼米，从 1993 年起陆续出版自传体三部曲《肉体的记忆》《感官的紊乱》《床帏的过客》，描绘了那场影响深远的阿尔及利亚独立革命后，阿尔及利亚的社会现实，发行量达到了几十万册，获得了以埃及大作家马哈福兹命名的文学奖。

巴勒斯坦问题也是一些女作家喜欢的题材。生于 1952 年的黎巴嫩女作家胡黛·巴拉凯特的长篇小说《禁止欢笑》，描绘了一个有洁癖的、对政治和战争完全不敏感的男人，屋外一旦发生爆炸和战斗，他则把自己的屋子打扫得更加整洁，而他那混乱的男女关系也成了他那整洁的屋子的一种反讽。这部小说的女性视角的犀利，黑色幽默和讽刺的力量让人惊叹。同为黎巴嫩女作家，1946 年出生的哈米黛·娜娜以长篇小说《眼中的祖国》，描绘了一个巴勒斯坦女性移民在中东背景下的困难处境。

从女人和性的角度书写阿拉伯世界问题的最为持久和杰出的，当属埃及女作家纳娃勒·赛阿达维，她出生于 1930 年，一共出版了45 部小说，其中 27 部被翻译成英文。由于学过医，她的作品大都触及女性的身体意识。1957 年，她出版长篇小说《女医生回忆录》，引起了轩然大波。宗教、政治、女性的禁忌使她成为埃及社会的名人，她也被激进的伊斯兰组织攻击，被世俗的法律律师告上法庭，丈夫也提出离婚，埃及当局施加压力迫使她流亡。2009 年，79 岁的她还出版了《装饰小说》，显示了她作为女权斗士的旺盛创造力。

此外，出生于 1963 年的埃及女作家萨哈尔·穆吉 1999 年出版的长篇小说《大尔雅》塑造了一个杰出女诗人的一生。1968 年出生的埃及女作家米塔哈维的小说《布鲁克林高地》于 2010 年获得了第五届马哈福兹文学奖，小说深刻描绘了东西方关系，在欧美受到了欢迎。

拉佳·阿利姆 1970 年出生于沙特阿拉伯的圣地麦加。她毕业于沙特阿拉伯吉达大学英美文学专业，获得学士学位。拉佳·阿利姆在大学期间开始写作，早期作品主要是散文和戏剧剧本。后来，她转向小说创作，已经出版有十多部小说。如今，拉佳·阿利姆是沙特新生代女作家中的代表，也是阿拉伯当代文学中的先锋作家之一。她的作品带有鲜明的女性气息，语言风格具有明显的苏菲主义印迹。她的作品获得过阿拉伯地区内外的各种奖项，并被翻译成英语、西班牙语和德语等多种语言。

2011 年，她的长篇小说《鸽子项圈》获得了阿拉伯小说国际奖，获奖理由是：

"这部小说是一次跨越时空的旅行，一种通过制造虚幻时间和思维空间来打破桎梏的尝试，一场通向释放灵魂及其无限创造力的旅程。"

阿拉伯小说国际奖有"阿拉伯布克奖"之称，在阿拉伯国家所设立的文学奖项中影响最大，而拉佳·阿利姆是目前唯一一位获得这个奖的阿拉伯女性作家。2011 年，她与一位摩洛哥男作家穆罕默德同获此奖，因此，有些评论家和作家对此十分不满，认为阿拉伯小说国际奖的评委对女性有偏见和性别歧视，他们认为，拉佳·阿利姆的《鸽子项圈》完全可以独自领受这一奖项的荣耀。时隔十多年后再来看这部作品，可以说，《鸽子项圈》是阿拉伯文学中当之无愧的一部杰作。

沙特阿拉伯王国是海湾国家中的大国，国土面积有 220 多万平方公里，人口超过 3600 万。公元 7 世纪属于阿拉伯帝国的主体部分。16 世纪为奥斯曼帝国所统治，1932 年 9 月 23 日成立了沙特阿拉伯王国，首都利雅得。沙特是一个石油王国，石油储量世界第二，依靠石油工业成为一个中等发达国家。地势西高东低，沙漠面积较广，主要民族为阿拉伯族，逊尼派穆斯林占人口中的大多数。中国在 1990 年 7 月 21 日与沙特建交，此后的经济文化交流频繁，近年来，沙特作家的多部作品被译介到中国。

《鸽子项圈》这部小说中文版有 50 万字，从篇幅上看，显然是一部巨著。小说分为上下部，一共 98 个章节，每一个章节都有小题目，作为这一章的提示，叙述紧密，结构宏大严谨，以悬念和层层递进、抽丝剥茧的方式，讲述了在圣地麦加的神圣面纱之下，种种不为人知的隐秘生活。由于拉佳·阿利姆从小就在麦加城长大，她对这座城市的气质与风格、建筑与环境、声音与色彩、起居与行走都十分熟悉，带给读者一种独特的圣地麦加的气韵。小说一开始就出现了悬念性的叙述：

"本书中唯一确定无疑的，就是尸体所在地：一条被叫作人头巷的狭窄的小街。这里所指的人头，绝不仅仅是一个，而是几个。

"除了我自己，又有谁敢动笔来写关于这条与几个人头有关的街巷的事情呢？我，人头巷，是副朝集合地旁的一条小巷。在这个集合地，准备做副朝的朝觐者们要用净水清洁全身，除却旧年的罪恶，为新年可能发生的过失备留落脚之处。"

这一段文字并不是一个人在讲述，而是"人头巷"这条小街在讲述。这样的叙述，让我想到帕慕克的小说《我的名字叫红》中，开始第一章就是一具死尸在叙述，死者在潮湿阴暗的井底讲述自己死去的感受。在帕慕克笔下，叙述者多达数十个，人与物皆可讲述，使小说本身形成了多声部的声音，解谜之路出现了多条岔路，从而使小说具有阅读的悬念和吸引力。

《鸽子项圈》这部小说以这样的叙述方式展开了故事情节，有先声夺人之妙。接着，我们读下去就发现尸体果然出现了，就在圣城麦加的一条古老的人头巷中。有一天，摄影师穆阿兹发在两座房子之间幽深的夹道处发现了一具尸体，他情不自禁地按下了快门。令人惊讶的是，这具无名尸体不仅是一位女性的尸体，而且尸体还一丝不挂。这不由得让人浮想联翩。经过调查，死者是一位年轻的女子，有人猜测她是阿伊莎的尸体。可奇怪的是，尸体竟然没有人来认领。我们可以设想一下，在宗教气氛浓厚的圣地麦加城的一条偏僻巷道里，出现了一具裸体女尸，多么令人惊悚，其令人震惊的程度可想而知。这是这部小说最重要的情节之扣。

有了一具女尸，就会有警察出场。一名叫纳赛尔的探长出马，开始调查这个案件。纳赛尔首先从发现尸体的人头巷开始调查，因为尸体出现的场所是案件的中心点，展开调查是第一步。通过询问，纳赛尔发现，在人头巷生活的四个人都有作案嫌疑，他们都生活在这条巷道中，这四个人分别是优素福、哈利勒、穆阿兹和台斯·艾俄瓦特。第一个嫌疑人优素福在案发时已经失踪。他住在两个女子阿扎和阿伊莎的居所对面，纳赛尔在他家中找到了一本日记，优素福喜欢写日记，他的日记很庞杂，分为两部分，一部分是关于麦加山上历史悠久的尖塔研究的散记，另外一部分是写给阿扎的情书。优素福的日记里充满着他对人头巷与麦加城的描述和打量。

探长纳赛尔继续侦查。他在搜查阿伊莎的房间时，发现了她的电子邮箱里还存有一些文档。这些文档本来要发给一个德国人。在未发出的邮件中，阿伊莎对这个德国人讲述着她对麦加城的不满，特别是作为一个女性，生活在麦加城的窒息感，并对沙特阿拉伯的社会现实进行批判。阿伊莎的邮件中还提到了一个叫哈利勒的人，他是一名出租车司机，原先是个飞行员，却因吸食毒品被航空公司解雇；还提到一个叫泰斯的人，他是5岁时被奥马尔·阿萨德所收养。纳赛尔苦苦地阅读着优素福的日记和阿伊莎的电子邮件，试图从这两个人的笔下文档中，发现这个案件的蛛丝马迹。同时，圣地麦加的表层之下，社会生活中的黑暗面和犯罪活动出现了端倪。宗教极端主义也在滋生，圣地麦加这座城市的神圣性因其具有的阴暗面而正在消失……小说的第二部分在西班牙的马德里展开，谜团被一一揭开，抽丝剥茧的过程令人叹为观止。小说从人头巷出发，将人头巷拟人化，它变成了这部小说真正的叙述者，又从小巷出发，引领我们来到吉达这个海港城市，以及欧洲的西班牙马德里，才将小说收束。

这部小说还有一个特点，那就是它和阿拉伯古代作家、生活在公元10世纪末期到11世纪中叶的伊本·哈兹姆所著的《鹁鸽的项圈》有着互文性，形成了跨越一千年的对话。伊本·哈兹姆所写的《鹁鸽的项圈》是一部关于爱的艺术的哲思著作，探讨了爱情的诸多方面，比如爱情的表现、规律和种类，探讨了爱的背叛、分离和灾难等，特别强调了爱情的贞洁之美与矢志不渝的价值。

拉佳·阿利姆的《鸽子项圈》恰恰是以当代沙特女性的眼光对一千年前强调贞洁之爱的伊本·哈兹姆的反驳。贞洁这个词汇现在成了阿拉伯世界男人压迫女人的代名词。小说中有关这一问题的呈现具有令人触目惊心的表达。小说具有鲜明的阿拉伯文化所诞生出来的文学叙述文本的特征。苏菲神秘主义的呈现，也是这部小说的一大特点。

可以说，这部小说从一个点出发，将麦加与广阔的当代生活联系在一起，运用了互文性，展开了和阿拉伯古代作家的对话与反驳，叙述手段多样化，小说中文本夹杂着文本，日记、书信、记述等等片段文字是整部小说的组成部分，将时间的过去与历史的走向呈现出来，记忆与当下、谎言与证词，都在小说中成为旁证。表面上看是一部侦探小说，外壳之下，渐渐让我们看到这是一部独特的、融合了现实关怀和历史文化探询的文化小说，也是一部具有女性眼光和特点的现实主义小说。

阿拉伯小说国际奖的评委会主任、伊拉克诗人和小说家法赫德·阿尔-阿扎威这样评价这部作品：

"《鸽子的项圈》揭露了麦加真实的一面：在这座城市神圣的面纱后面，是另一个麦加，其中包括大量的犯罪，还有腐败、娼妓，以及黑手党建筑承包商，为了商业利益，他们正在摧毁这座城市的历史区域，也正在摧毁这座城市的灵魂。"

由此可见，《鸽子项圈》正是因其独特丰富的、光谱一般的色彩，而成为当代阿拉伯文学中的一部杰作。

萨乌德·桑欧西：

《竹竿》

萨乌德·桑欧西 1981 年生于科威特，是海湾地区涌现的阿拉伯新生代小说家之一。科威特是位于亚洲西部的国家，在波斯湾西北岸，国土面积 17818 平方公里，还有近 300 公里的海岸线，人口近 500 万，首都是科威特城。早在公元 7 世纪，这片土地属于阿拉伯帝国的一部分，此后曾属于奥斯曼土耳其帝国、英帝国殖民地等。1961 年独立。因它盛产石油，1990 年曾被伊拉克萨达姆派兵侵占，经过海湾战争之后，1991 年 2 月 26 日复国。

从文学的角度来看，当代阿拉伯文学在地理版图上分为三块。一块是海湾地区，包括沙特阿拉伯、科威特、巴林、卡塔尔、阿联酋和阿曼，另一块是沙姆地区，包括叙利亚、黎巴嫩、约旦、巴勒斯坦，还有一块是马格里布地区，包括突尼斯、摩洛哥、阿尔及利亚等国。马格里布地区几个国家的文学与欧洲特别是法国的文学有着深刻的联系，出现了很多用法语写作并具有世界影响力的作家。海湾国家的作家大都用阿拉伯语写作。北非的埃及则因其历史悠久，有着一枝独秀的文学风景。

进入 21 世纪之后，海湾地区国家的文学获得了突飞猛进的发展，出现了一大批作家，同时，因海湾地区经济蓬勃发展，在文化文学上的投入也比较大，新设立了在国际上具有影响力的文学奖，极大地促进了阿拉伯当代文学的发展。

这些文学奖项有：阿拉伯小说国际奖（又称为阿拉伯小说布克奖）、阿联酋百万诗人大奖赛、卡塔尔卡塔拉阿拉伯小说奖、卡塔尔哈马德国际翻译与谅解奖、沙特阿卜杜拉国王世界翻译文学奖、阿联酋谢赫·扎耶德国际图书奖、阿联酋沙迦国际图书奖、阿联酋苏尔坦·阿维斯文学奖等。这些奖项的奖金不菲，因此对阿拉伯文学的创作和出版都具有吸引力。特别是设立于 2007 年的阿拉伯小说国际奖，十多年来每年的颁发都深受瞩目，奖掖的阿拉伯作家及其作品在思想性和艺术性上都令人称道，逐渐获得了信誉，目前是阿拉伯世界的最高文学奖，影响日益扩大。

2013 年，科威特作家萨乌德·桑欧西凭借长篇小说《竹竿》获得这一年的阿拉伯小说国际奖。

作为一名阿拉伯新生代小说家，萨乌德·桑欧西虽然刚过 40 岁，但他的创作经验十分丰富，已出版了长篇小说《镜中囚》《竹竿》《妈妈的节事活动》《浴室》等。其中，他的长篇小说《镜中囚》获得莱拉·奥斯曼文学奖；这是以科威特作家莱拉·奥斯曼的名字命名的文学奖。莱拉·奥斯曼的代表作是《沃斯米娅跃出大海》，被选为 20 世纪阿拉伯最佳小说 100 部之一。年轻的萨乌德·桑欧西的小说《竹竿》获得了阿拉伯国际小说奖之后，名声大噪，这部小说被翻译成包括汉语在内的多种语言，被改编为同名电视剧，在海湾各国热播，创下了海湾地区电视剧收视率的纪录，很吸引人。萨乌德·桑欧西也是科威特《火炬报》等多家阿拉伯语报刊的特约撰稿人，写了很多随笔、时事文化评论和书评。

有意思的是，《竹竿》这部小说是萨乌德·桑欧西用阿拉伯语创作的作品，但他假托一个叫胡塞·门多萨的菲律宾人在创作自传《竹竿》，又有一位叫易卜拉欣·撒莱姆的翻译家（还有一个虚构的校对郝莱·拉希德也参与了这本书的翻译）从菲律宾语将这部作品翻译成了阿拉伯语，在书前还写下了译者简介和译者的话，一开始很容易让人摸不着头脑：这本书到底是谁写的？难道是一部翻译作品吗？等我们读下去，才明白这本书是萨乌德·桑欧西的作品。因他写的是一位在菲律宾长大的私生子的自述，又与科威特有着复杂的关系，才这么弯弯绕地玩了一个叙述圈套，以这种方式呈现，因此，这本书就是伊萨的自述。小说一开始是这样的：

"我叫 Jose。

"写是这样写的，在菲律宾，发音和英语一样，念作胡塞，在阿拉伯文里，就变得和西班牙文一样，叫作何塞。在葡萄牙文中，仍是同样的几个字母，但读作约瑟。在这里，在科威特，这些名字都与我无关，在这儿，我叫伊萨！

"怎么会这样呢？不是我取的名字，我自然不知道为什么。我只知道全世界已经接受了我有各种不同名字的事实！

"我在那儿的时候，母亲不愿意叫我'伊萨'，这个名字是我在这儿出生时，父亲给取的。母亲信仰基督教，阿拉伯语中'伊萨'就是'耶稣'，但在菲律宾语中，它表示数词'一'，试想，当别人叫我的时候，他们叫的不是名字，而是一个数字，那该有多好笑啊！

"母亲给我取这个名字是为了纪念菲律宾民族英雄何塞·黎刹，

他曾是一位医生和小说家，若没有他，菲律宾人民不会愤然起义，赶走西班牙殖民者，尽管这场革命是在他被处决后才爆发的。

"叫胡塞、何塞也好，约瑟、伊萨也罢，我觉得没有必要去谈论这些不同的名字或者名字的由来，因为我的问题并不在于这些不同的名字本身，而是它背后的故事。"

在小说的开头，萨乌德·桑欧西模仿主人公的身份与口吻，确定了这部小说的叙述语调。这是他的最精彩之处，他找到了属于主人公的语言风格。这会让人想到威廉·福克纳给他的小说《喧哗与骚动》中的角色白痴班吉也找到了独特的语言。这部小说中的主人公伊萨却是一个跨文化跨地域的人物，有着自己独特的心理特征和性格特点。

这部小说的章节设置也很独到，分为六个部分，分别为"伊萨……在他出生之前"、"伊萨……在他出生之后"、"伊萨……第一次迷失"、"伊萨……第二次迷失"、"伊萨……在国家的边缘"和"结局：伊萨……向后看"。由此，形成了这部小说的叙事节奏与结构，使这部自叙性的小说带有第三人称叙述的潜在视角。这可以理解为是虚构的翻译者在翻译时加上的一种视角，便于读者理解这个角色。

主人公伊萨是一个私生子，生下他的人是在科威特打工的一个菲律宾女佣。小说的主题涉及在海湾国家打工的外籍劳工和女性的地位问题。而这一问题，在富裕的海湾国家中是一个普遍的现象。贫困地区的人们为了追求幸福和物质保证，纷纷来到了海湾国家，这其中，也包括了在亚洲地区十分有名的菲律宾女佣。

伊萨从小在菲律宾长大，他渐渐意识到自己没有父亲。这让他感到耻辱和奇怪，听说了自己的生身父亲是一个科威特男人之后，他就对前往科威特有了向往。他自小在菲律宾的贫穷环境中成长，母亲再婚后，作为一个私生子，伊萨只能和外祖父、姨妈、表妹这些亲戚生活在一起。伊萨对家族人的命运感到悲切，而他对自身的存在也有疑问，他问自己，他是"菲律宾人"还是"科威特人"？是一个"基督徒"还是一位"穆斯林"？这样的身份危机与信仰危机在他身上体现得很严重。他与表妹梅拉莱的爱恋遭到拒绝，伊萨陷入走投无路的状态，他决定前往科威特。

在科威特，他的生身父亲并没有遗忘他，而是让朋友格桑把伊萨接到科威特。伊萨来到了科威特城，得到了父亲的好友、姑妈杏德与同父异母的妹妹郝莱的悉心照料，逐渐融入科威特的社会与生活中。实际上，科威特也是一个传统观念根深蒂固的阿拉伯国家，伊萨作为一个私生子，是不会被父亲的家族所接受的。为了维护家族声誉，他被迫隐瞒起真实身份，假装是祖母家的一个用人，就这样有些屈辱地生活在科威特。

萨乌德·桑欧西在描述伊萨的生存状态时，意图呼吁不同文明与宗教、不同民族与社会之间的对话、包容和理解。小说起名为《竹竿》，也有作者的深意：

"如果我像竹子那样就好了，无须依附于根。砍下一截竹竿，没有根，随便插进一片土里，不久，就会重新长出根来，在一片新的土地上，重新生长，没有过去，没有记忆……"

最终，由于社会环境、文化习俗、宗教信仰、情感失败等多方面的原因，伊萨还是返回了菲律宾。回到菲律宾之后，伊萨不吐不快，拿起笔来，写下了这部有关科威特的小说，完成了父亲未竟的心愿，也达成了向科威特作为父亲形象的化身诉说的愿望，解开了心结：

"我坐在父亲坟边,抚摸着他的坟墓,攥紧拳头敲打地面:'爸爸……'如果这个词没有从我嘴里蹦出,我肯定不会突然哭起来的。我发现自己已泣不成声,所有的话都哽在喉咙口。我在格桑的抽屉里,还有母亲的包里见过的那些照片全都浮现在眼前。所有的欢乐、疯狂、爱、勇气都被埋进这片坟墓……

"……每当我抓住了科威特这个国家衣襟的一角,她就会迅速地从我手中溜走,我呼唤她,她却背对着我,我只好满身怨气地跑向菲律宾。"

《竹竿》中所运用的语言十分简洁明快,也非常准确生动。用词直白,却情感浓烈。短句子比较短,对环境与情景的描绘很精准。以自述的方式将内心显在和隐形的活动与状态都表现得很到位。在人物塑造方面,围绕着伊萨,或者说借助伊萨的眼光,我们看到了很多生活在难以名状的孤独与困苦中的现代人。

可以说,《竹竿》这部小说的题材十分独特,让我们看到全球化时代里一位在夹缝中的边缘人的生存境遇。伊萨这个角色的塑造十分成功,小说触及了海湾阿拉伯国家中存在的社会问题,表现出人性的丰富性和深度,为那些身份迷失和信仰无着的人找到了一条回家的心灵救赎之路。小说直面科威特所谓的传统观念与身份认同、信仰多元等复杂话题,深刻剖析海湾国家的社会问题。

阿拉伯国际小说奖授奖词这样评价这部作品:

《竹竿》无论从语言、结构、情节、叙事等方面都堪称是一部极其完美的现实主义小说。"

后　记

邱
华
栋

　　1988 年秋天，当时我还是武汉大学的本科生，学校邮局旁一座绿树掩映的山坡上有一家书店，就在那里，我买到了一本书：《现代主义代表作 100 种／现代小说佳作 99 种提要》。书名双行排列，红与黑的封图显得醒目而果决。作者为两位英国学者——作家西利尔·康诺利和安东尼·伯吉斯，后者以小说《发条橙》而闻名，译者为李文俊等。大学期间我就按图索骥，读到了书中提及且已被译成中文的小说，于是，现代小说在我脑海中有了初步的轮廓。这本书被我啃得品相很旧了，以至于多年后我专门找了一本崭新的《提要》作纪念。

　　1996 年底，我又读到余中先先生翻译的《理想藏书》，大约超过一半的书已经被翻译成了中文，我都买了来。后来，余先生和女儿余宁补充修订，2011 年又推出了新版

《理想藏书》，厚厚的一大本，变得更加完备。《理想藏书》在很长时间里都是我的案头书。这本书的撰述人是法国著名节目主持人、作家贝尔纳·皮沃先生。全书分为49个章节，按照各个语种和品类，每一章节介绍49种书，因此总计2401本书。

有意思的是，安东尼·伯吉斯和贝尔纳·皮沃都很尊重读者的选择，安东尼·伯吉斯推荐了"现代小说佳作99种"，有意给读到这本书的读者预留一个名额，邀请有心的读者挑选一本自己喜欢的书补足100种。贝尔纳·皮沃认为，50个品类共2500册是法国家庭必备的基本藏书量，也就是"理想藏书"的构成。因此，读者的自我发挥余地就是可自行组织一个单独的品类，每一品类里读者也可以自行提名一本书。

后来，我接触到更多的相似书目类图书，但这两部对我个人而言影响深远。多年来，我依然会时不时翻阅一下，我也逐渐发现这两本书的一些缺陷，比如它所包含的英国中心论或者欧洲中心论的偏见。然而瑕不掩瑜，这两本书仍十分值得重视。

我阅读世界文学起步很早。大约十二三岁，我在邻居家看到一本被撕去了封面的小说。书里的内容深深印刻在我的记忆里，可我一直都不知道这书叫什么。后来，我在武大图书馆与之重逢，原来，它是美国犹太作家马拉默德的小说《伙计》。从那时到现在，40多年的时间里，我阅读了世界文学经典的大部分，及时跟踪当代世界文学作品，也搜集了一些外文版原版书，根据个人兴趣做了些笔记。久而久之，我对现代小说的发展和构成就熟悉了起来。

2022 年，外部世界被战争和疫情所裹挟而纷扰不堪。在书房中，夜深人静，一眼望去，成千上万册图书簇拥着我，让我摆脱了某种忧虑。翻阅那些书籍，我萌发了写一本《现代小说佳作 100 部》的念头。

根据我自己的阅读经验，每年精读的书也就在几十部，而泛读、浏览、暂存的数量可达上千部。在 2022 年，我依然认为，阅读极其重要。哈佛大学教授哈罗德·布鲁姆曾说过，阅读在其深层意义上不只是一种视觉经验，而是一种建立在内在听觉与活力充沛的心灵之上的认知和审美的经验。

回想起来，1922 年对现代主义文学来讲是一个极其重要的年份，其标志性事件是《尤利西斯》在 1922 年 2 月 2 日的出版，以及这年 10 月，T.S. 艾略特的长诗《荒原》的出版。同在 1922 年，普鲁斯特自 1907 年开始创作的鸿篇巨制《追忆似水年华》七卷全部完成。其第一卷《在斯万家那边》的英文版也于 1922 年隆重推出，在英语世界引起了反响。这一年，卡夫卡完成了他的主要小说，两年后他就过世了。弗吉尼亚·伍尔夫在 1922 年开始写作长篇小说《达洛维夫人》。E.M. 福斯特在写他的《印度之旅》，D.H. 劳伦斯在写作小说《袋鼠》。在中国，鲁迅于 1921 年 12 月 4 日到 1922 年 2 月 12 日，在北京《晨报副刊》连载了其小说代表作《阿 Q 正传》，引领了中国现代小说的潮流。

而从 1922 年到 2022 年这 100 年的时间里，包含中国文学在内的世界文学发生了巨大变化，百年间，杰出作家不断涌现，佳作连连，是他们的表达塑造了如今我们看待世界的方法，创造出一个个瑰丽的小说世界。

于是，我开始动笔写作《现代小说佳作 100 部》。我一边转着地球仪，一边想着活跃在地球表面的作家们。我发现，如今，我们看待世界文学的眼光已然发生了很大变化。我首先确定了约 300 位作家和他们的小说代表作，然后做删减，范围逐渐缩小到 100 位作家的 100 部小说。当然，小说世界中的生命都互有辐射，实际上，这本书涉及的作品有好几百部。

我把这本书的内容分为三卷，大体上按照作家生活和写作题材的地理板块来划分。第一卷是欧洲作家的作品，第二卷是北美洲、南美洲和大洋洲作家的作品，第三卷是亚洲、非洲作家的作品。这里有一个情况需要说明，分卷并非严格按照作家的国籍，也不按照语种或年龄来编排，而是按照我的写作顺序进行排列的。其中，有些作家出身于非洲、南美或亚洲，但后来入籍欧美，我是根据其题材来定位。比如，第一卷中的匈牙利作家马洛伊·山多尔后来持有美国国籍，第二卷的卡夫雷拉·因凡特，第三卷的迈克尔·翁达杰、罗欣顿·米斯特里、萨尔曼·拉什迪等作家的情况也类似，但他们笔下很多作品的题材都和祖国原乡故土密切相关。这样的分卷，更能体现出 21 世纪世界文学的某种"小说地理学"意义上的图景。

写作这本书，还有一个基本的设定，就是每一本小说都要有简体中文译本，这样读者就能找到原著去阅读。其中唯独印度作家维克拉姆·赛思的《如意郎君》不是全译本。这部小说英文版厚达 1400 多页，由刘凯芳先生翻译的一部分发表在《世界文学》杂志 2001 年第 1 期上，全译本我尚未见到。但我特别欣赏这本书，它有资格排进这个书目里。

从收入这本书的 100 部小说的构成，大致可以看到每隔 20 年，现代小说在地理意义上会发生转变和"漂移"。比如，从 1920 年代到 1940 年代，现代小说主要出现在欧洲，它们几乎奠定了如今我们所谈论的现代主义小说的基本范式。1940 年代到 1960 年代，现代小说的大潮转移到了北美和南美，出现了美国文学的多元生长和"拉丁美洲文学爆炸"现象。1970 年代到 1990 年代，出现了"无国界作家"和"离散作家"群现象，更多亚洲、非洲作家涌现。这一阶段，中国当代文学也带着独特的生命印记汇入世界文学大洋，世所瞩目。

进入 21 世纪之后，随着全球化时代的深刻变革，世界文学的面貌出现了纷繁复杂的变化。小说不仅没有死亡，而且借助新型传媒具有了撒播效应，世界文学呈现出现代性和在地性，大众关注和精英阅读并行不悖的景象，一些文学大奖的影响也呈现出跨越国界、语种和地理范畴的面貌。

这本《现代小说佳作 100 部》也许存在着个人的趣味和取舍，从广义上来说，毕竟凝聚了一个持续阅读和写作的文学人的眼光和对定评作家作品的关注，所选的绝大部分都是经典之作。什么是经典？卡尔维诺说：

"经典得是一部开放的作品，能够在时间的长河中始终保持生命力，无数充满'热情'的重读和解读，不仅不会穷尽那部作品的可能，反而会使它在不同的环境中迸发出新的活力，赋予人类个体或群体生活以'新的意义'。"

假如不同语言的文学是一条条大河，那么，这些小说就是文学之河边醒目的航标，显示了里程和方位，指引后来者能找到自己的目标。航标的出现对于行路之人是十分亲切的，就像当年 19 岁的我从书店捧回一本《提要》的心情。我在写这本书的时候也注意到文风的朴实，希望在每一篇三五千字的篇幅之内，把这个作家的基本生平信息说清楚，把他的代表作的主要内容大致勾勒出来。因此，这本书是一扇门，打开门，我希望读者可以迈出更远的足迹进入小说那广袤的森林，不要止步于此，只了解一个大概。

我选择译林出版社出版这本书也有原因。早在 1989 年秋，我就开始邮购译林出版社推出的《追忆似水年华》七卷本的第一册《在斯万家那边》，这套书直到 1991 年才全部出齐。两年多的时间里，我读完了这部让人望而生畏的巨著。后来，我又读到译林社出版的萧乾先生与文洁若女士翻译的《尤利西斯》上下册。无独有偶，多年来，我在报社工作时刊发和撰写书评的许多书籍，很多都是译林社出版的。在对世界文学的译介中，译林出版社一马当先，久久为功。时隔 30 多年的 2022 年 11 月，译林社又推出了《追忆似水年华》新的纪念版。这些年，他们开始出版中国作家的原创文学作品，其潜在标准是，出版具有世界文学品质的中国当代文学原创作品。因而我把我的长篇小说《空城纪》和这本《现代小说佳作 100 部》先后交给译林社来出版，表达对这家出版社的敬意。

读书是最好的事。作家索尔·贝娄说过："自然而然，书一向是买得多、读得慢。但是，只要那些书摆在书架上，就像是一群广阔生活的保证人站在我身后。这就是书籍的感召和力量。"

作家们创作出了优秀或杰出的文学作品，它进入了我们的思想和生活，改变了我们的情感结构，变成了人类新的自我认知的方式。那么，我们为什么不把这些书摆在自己的书架上呢？

2022 年 12 月 31 日